Knaur.

Knaur.

Im Knaur Taschenbuch Verlag sind von der Autorin bereits erschienen:
Das Marzipanmädchen
Die Bernsteinsammlerin

Über die Autorin:
Lena Johannson wurde 1967 in Reinbek bei Hamburg geboren. Nach der Schulzeit auf dem Gymnasium machte sie zunächst eine Ausbildung zur Buchhändlerin, bevor sie sich der Tourismusbranche zuwandte. Ihre beiden Leidenschaften Schreiben und Reisen konnte sie später in ihrem Beruf als Reisejournalistin miteinander verbinden.
Vor einiger Zeit erfüllte sich Lena Johannson einen Traum und zog an die Ostsee.
»Die Bernsteinheilerin« ist nach »Das Marzipanmädchen« und »Die Bernsteinsammlerin« ihr dritter Roman.

Lena Johannson

Die Bernstein-heilerin

Roman

Knaur Taschenbuch Verlag

Besuchen Sie uns im Internet:
www.knaur.de

Originalausgabe April 2010
Copyright © 2010 by Knaur Taschenbuch.
Ein Unternehmen der Droemerschen Verlagsanstalt
Th. Knaur Nachf. GmbH & Co. KG, München
Alle Rechte vorbehalten. Das Werk darf – auch teilweise –
nur mit Genehmigung des Verlags wiedergegeben werden.
Redaktion: Dr. Gisela Menza
Umschlaggestaltung: ZERO Werbeagentur, München
Umschlagabbildung: Bridgeman Art Library / MAAS GALLERY
Satz: Adobe InDesign im Verlag
Druck und Bindung: CPI – Clausen & Bosse, Leck
Printed in Germany
ISBN 978-3-426-50509-0

Prolog

Sie war hungrig. Sehr hungrig. Schon viel zu lange hatte sie nicht mehr gegessen. Jedenfalls nicht genug. Nicht so viel, dass ihr Körper kräftig und voller Energie hätte sein können. Es war heiß. Die Sonne brannte an diesem Tag besonders erbarmungslos auf den Wald nieder. Nicht weit von dem Platz, an dem sie sich vor den sengenden Strahlen verbarg, plätscherte ein Fluss. Schon der Klang war die Verheißung von Abkühlung und Erfrischung. Doch sie fühlte sich nicht stark genug, um die mehreren hundert Meter zurückzulegen. Es wäre gewiss klug gewesen, in einer Höhle Schutz zu suchen, bis der Abend dämmerte. Nur musste sie essen, und zwar bald. Also ging sie auf die Jagd. Sie beobachtete aufmerksam die Ahornbäume, Stechpalmen und Kiefern um sich herum und den weichen Waldboden, auf dem niedrige Myrte und haarige Brennnessel wuchs, ob sich irgendwo etwas bewegte, ob sich eine lohnende Beute sehen ließ. Sie konnte nur regungslos verharren in der Hoffnung, eine Kreatur, vielleicht auf dem Weg zum Fluss, käme an ihr vorüber. War die leichtsinnig genug, sich in ihre Nähe zu wagen, wäre ihre Stunde gekommen. Blitzschnell würde sie zuschlagen, wie sie es schon oft getan hatte. Sie war eine gute Jägerin, die es bisher stets verstanden hatte, sich

reichlich zu versorgen, und der es gleichzeitig immer gelungen war, den Gefahren des Waldes aus dem Weg zu gehen. Und die gab es nicht zu knapp. Es waren mehr Räuber unterwegs, als ihr lieb sein konnte. Auch war die Zahl derer groß, die auf die gleiche Beute aus waren wie sie selbst. Sie gehörte keiner Gemeinschaft an, die sie in schlechten Zeiten hätte ernähren können. Sie war allein und ganz auf sich selbst und ihre Fähigkeiten gestellt. So war es schon immer.
Die Hitze war kaum mehr zu ertragen. Ohne den Wald mit seinem Schatten wäre sie verloren. Ihr war, als würde sie innerlich ausdorren, als würde ihr die Haut auf dem Leib brennen. Sie hatte kein Empfinden dafür, wie lange sie bereits wartete, und es kümmerte sie auch nicht. Sie lauerte, matt, von der Entbehrung gezeichnet und dennoch aufmerksam. Sie würde so lange aushalten, bis sich eine Gelegenheit ergab.
Endlich war diese gekommen. Eine fette Made kroch über die Rinde einer Kiefer nur wenige Zentimeter von ihr entfernt. In dem Moment, in dem sie die Insektenlarve entdeckte, wusste sie, dass diese ihr nicht entrinnen konnte. Mit ihren kurzen, kaum erkennbaren Beinen, mit denen sie sich vorwärtsschob, war sie viel zu langsam.

Die Eidechse würde leichtes Spiel haben, die Made endlich wieder eine lohnende Mahlzeit abgeben. Vögel zwitscherten, der Fluss klang mit einem Mal munter und fröhlich, und kam da nicht auch ein laues Lüftchen auf, das in den Blättern rauschte und Abkühlung versprach? Nur noch wenige Sekunden, dann konnte sie sich am Fleisch ihrer Beute laben. Die Augen der Eidechse, kupferfarben und erhaben wie die Köpfe kleiner Nägel, schnellten von einer Seite zur anderen, kontrollierten die Umgebung. Jetzt durfte niemand mehr den Fang gefährden. Der geschuppte Körper regte sich keinen Deut. In dem Moment, als er sich anspannte, um sich mit einem Satz auf die Made zu stürzen, wurde er vom Baum geschleudert. Ein dicker Tropfen, zäh wie fester Honig, hüllte den Kopf der Eidechse ein. Die Zunge, schon vorgestreckt, um die Larve zu fangen, ließ sich nicht mehr bewegen. Das kleine Herz pochte wild, die Knöpfchenaugen waren weit aufgerissen, als die Eidechse im Harz der Kiefer ganz langsam zu ersticken begann.

I

Johanna Luise streckte sich unter ihrem dicken Daunenbett. Sie mochte die Augen nicht öffnen, denn sie hatte einen herrlichen Traum gehabt, in dem sie gerne noch verweilen wollte. Sie war wieder zu Hause bei ihren Großeltern Hanna und Carsten Thurau in Lübeck. Der französische Weinhändler Luc Briand war mit seiner Frau und seinem Sohn Louis zu Besuch, und Johanna hatte ihm soeben das Versprechen abgenommen, die Familie bald auf dem Weingut vor den Toren von Bordeaux besuchen zu dürfen. Bei dem Gedanken an die geliebte Hansestadt, in der sie aufgewachsen war, seufzte sie tief und wurde vollends wach. Sie rieb sich die Augen. Ein weiterer Seufzer entwischte ihrer Brust. Wie sehr sie sich nach zu Hause sehnte. Johanna schlüpfte aus dem Bett, ging ans Fenster und öffnete es. Sie hörte den Vögeln zu, die den Tag mit zwitscherndem Gesang begrüßten, blinzelte in die Sonne und schaute über die Straße zur Marienkirche. Der Anblick schenkte ihr Trost, erinnerte sie das Gotteshaus doch ein wenig an die gleichnamige Kirche in Lübeck. Dort, in der Wehde zu St. Marien, war sie bis zu ihrer Konfirmation zur Lehranstalt für Mädchen gegangen. Vor allem Handarbeiten hatten auf dem Plan gestanden. Und auch über die Tiere und Pflanzen ihrer

Heimat hatte Johanna viel gelernt. Sie wurde wehmütig bei dem Gedanken an die unbeschwerte Zeit, die sie mit ihren Freundinnen verbracht, und an die Abende mit ihrer Großmutter Hanna, die sie die französische Sprache gelehrt hatte.
Johanna schüttelte die Traurigkeit ab. Noch einmal führte sie sich ihren Traum vor Augen. Wie merkwürdig, dass sie ausgerechnet von Besuch aus Frankreich geträumt hatte. Es war schon lange her, dass sie Louis Briand zum letzten Mal gesehen hatte. Damals war sie noch ein Kind von vierzehn Jahren gewesen. Louis war drei Jahre älter als sie. Sie erinnerte sich an sein störrisches dunkelblondes Haar und die grauen Augen, die ihr so gut gefielen. Viel geredet hatten sie bei keiner ihrer Begegnungen. Johanna hatte ihre Freundinnen und Louis kein Interesse an kleinen Mädchen.

Das Haus des Stolper Bernsteindrehers Johann-Baptist Becker, bei dem sie seit zwei Jahren in die Lehre ging, lag in der Neuthorschen Straße an der Ecke zur Kirchhofsstraße. Gerade rumpelte eine Droschke die Neuthorsche entlang und verschwand aus Johannas Blick in den Abschnitt, den man die goldene Gasse nannte, weil dort die Bernsteinmeister ansässig waren, die aus dem Gold der Ostsee feinsten Schmuck und auch Gegenstände des täglichen Lebens machten wie Schalen oder Brieföffner. Von ihrem Fenster konnte sie nicht nur die Kirche sehen, sondern auch das Haus des Brauers Scheffler. Seine Tochter wohnte ihr direkt vis-à-vis. Die Vorhänge waren an diesem Morgen aufgezogen. Ein gutes Zeichen. Johanna konnte Trautlind in ihrem Bett sitzen sehen. Sie wusste nicht viel von ihr, nur dass man sie meist hinter geschlossenen Vorhängen versteckte, weil sie angeblich eine hässliche Nervenkrankheit hatte, und dass sie derartig auf dem Klavier zu spielen vermochte wie kein Zweiter in der ganzen Stadt. Nur selten hatte Johanna einen freien Blick in Trautlinds Zimmer. Manchmal winkten die jungen Frauen sich kurz zu, dann wieder blieb es nur bei einem Lächeln. Gewiss würde Trautlind an diesem Tag noch musizieren, und Johanna konnte ihr ein wenig zuhören, wenn sie in der Gasse die Frühlingssonne genoss, die bereits jetzt einige Kraft hatte.

Es muss schon spät sein, schoss es ihr durch den Kopf. Ihr Onkel Johann-Baptist würde enttäuscht sein, dass sie wieder einmal nicht mit ihm und seiner Frau Bruni gefrühstückt hatte. Er würde nicht verstehen, dass sie ihren Traum bis zum letzten Moment hatte auskosten wollen. Und er würde nie begreifen, dass es ihr einfach keine Freude machte, Tag für Tag in seine Werkstatt zu kommen und aus unförmigen Bernsteinbrocken die abenteuerlichsten Figuren zu schnitzen. Sosehr sie sich auch mühte, gelangen ihr doch nicht die Kunstwerke, die man offenbar von ihr erwartete. Warum also sollte sie es immer wieder aufs Neue probieren? Welchen Grund gab es, jeden Morgen das warme Bett zu verlassen? Nur weil ihre Mutter eine Künstlerin gewesen war, musste sie nun ein Handwerk erlernen, das doch für gewöhnlich Männern vorbehalten blieb. Keine ihrer Freundinnen in Lübeck musste in eine Lehre gehen. Sie wurden von ihren Müttern oder Ammen darauf vorbereitet, einen Haushalt zu führen. Johanna hatte nicht einmal eine Mutter. Die war gleich nach ihrer Geburt gestorben. Doch kurz vor ihrem Tod, so predigte man es Johanna wieder und wieder, hatte sie den dringenden Wunsch geäußert, ihre Tochter möge bei dem Bernsteindreher in Stolp in die Lehre gehen. Johanna hatte sich mit aller Kraft dagegen gewehrt – ohne Erfolg.

»Es ist so beschlossen«, hatte Großvater Carsten sie wissen lassen.
Und Großmutter Hanna hatte ergänzt: »Wir haben es deiner Mutter versprochen.«

Johanna steckte das lange braune Haar zu einem lockeren Knoten und kleidete sich an. In der Küche würde ihr das Dienstmädchen etwas Gutes zum Frühstück zubereiten, wie so oft, wenn Johanna wieder einmal spät dran war. In der Werkstatt dann würde Johann-Baptist sie schweigend und mit vorwurfsvollem Blick erwarten, doch es kümmerte sie nicht sehr. Sie wollte nicht hier sein. Und sie wollte nicht schnitzen. Wenn ihr mangelndes Talent und ihr fehlender Eifer ihrem Onkel so zu schaffen machten, sollte er sie doch endlich nach Hause schicken. Gerade wollte sie ihre Kammer verlassen, als es klopfte, gleich darauf die Tür aufflog, noch ehe Johanna etwas sagen konnte, und das Dienstmädchen Marija hereinkam. Sie war klein, drall und hölzern in ihrer Bewegung.
Marija machte einen umständlichen Knicks und verlor fast die Balance, so war sie in Eile. »Der Herr Becker wünscht Sie in der Stube zu sehen, Fräulein«, sagte sie.
»Er ist nicht in der Werkstatt?«, fragte Johanna erstaunt.
»Nein, er hat ausdrücklich gesagt, Sie sollen in die Stube kommen«, antwortete Marija und sah dabei aus, als müsste sie sich sehr konzentrieren, um sich an die Worte des Hausherrn zu erinnern.
»Na schön«, meinte Johanna leichthin. Sie fürchtete sich nicht vor einer Standpauke, die ihr bevorstehen mochte. Es wäre nicht die erste und gewiss auch nicht die letzte.

Die gute Stube war leer, als Johanna eintrat. Also nutzte sie die Zeit, um die neue Standuhr zu betrachten, die kürzlich aus Amsterdam geliefert worden war. Sie liebte das aus Messing gefertigte Zifferblatt. Dabei war es weder der Glanz des polierten Metalls, den sie so mochte, noch interessierte sie sich für die Anzeige von Datum und Wochentag, von Monat oder Sternbild. Ihr Blick war fest auf die bemalten Metallschiffe gerichtet, die in zwei Reihen oberhalb des Zifferblatts auf den Wellen erstarrt waren. Nur noch zwei Minuten, dann würde die Uhr die volle Stunde schlagen, und die Schiffe würden über das metallene Meer tanzen. Sooft sie das seit der Ankunft der Uhr auch schon gesehen hatte, so sehr konnte der Anblick sie immer wieder erfreuen und ihre Phantasie beflügeln, sich Geschichten über kühne Seefahrer und wilde Piraten auszudenken. Sie starrte gebannt hinauf. Schon war ihr, als würden sich die Segel im Wind blähen. Doch wenige Sekunden bevor der Minutenzeiger auf die Zwölf rückte und die Mechanik sich in Bewegung setzte, betrat Johann-Baptist den Raum, und Johanna fuhr zu ihm herum. Obwohl er längst ein alter Mann war, der sich zur Ruhe setzen sollte, machte er mit seiner kräftigen Statur und dem vollen grauen Haar und ebensolchem Bart noch immer eine gute Figur, die einen jeden beeindruckte. Hinter Johanna schlug die Standuhr zehn, und ein leises Surren verriet, dass das Schauspiel der Schiffe begann. Sie ärgerte sich, dass sie es dieses Mal verpasste, verzichtete jedoch darauf, ihrem Onkel den Rücken zu kehren.

»Setz dich, mein Kind«, sagte er. Er klang ein wenig müde, ließ aber nicht erkennen, ob er böse auf sie war.

Johanna nahm in einem Sessel nahe dem Kamin Platz und ließ sich von den Wandbehängen ablenken, die Gondeln auf den Kanälen Venedigs zeigten. Wenn wie jetzt Sonnenstrahlen auf

dem feingearbeiteten Stoff tanzten, schienen auch die sonderbaren Schiffchen auf dem Wasser zu hüpfen.
Johann-Baptist holte tief Luft und begann: »Du weißt, Johanna, dass du bei uns bist, weil deine Mutter, meine Nichte, es sich so gewünscht hat. Sie hat dir einen für eine Frau ungewöhnlichen Lebensweg aufgebürdet. Da sie aber ein so großes Talent für das Bernsteinschnitzen hatte, haben wir gehofft, du hättest dieses ebenfalls. Wir haben dich gern bei uns aufgenommen und waren allerbester Hoffnung.«
»Die ich nicht erfüllt habe«, sagte sie trotzig, als er Atem holte.
»Das ist wahr.«
Johanna schnappte nach Luft, um sich zu rechtfertigen, doch sie ließ es gut sein. Viel zu oft schon hatten sie darüber gestritten. Diesmal sah ihr Onkel traurig und grau aus. Sie wollte ihm keinen Kummer bereiten, denn im Grunde hatte sie ihn gern. Er war stets gut zu ihr gewesen.
»Das ist wahr«, wiederholte er. »Nur darf ich dir daraus keinen Vorwurf machen. Ich hätte wissen müssen, dass das Talent deiner Mutter einzigartig war. Sie hatte es bereits von ihrer Mutter, meiner geliebten Schwester, geerbt, und es war bei der Tochter noch größer, noch wunderbarer als bei der Mutter. So glaubte ich wohl, bei dir würde sich die Reihe fortsetzen.« Er schwieg und sah sie an. In seinem Blick lag Erschöpfung, die Lider schienen ihm schwer zu sein. Doch auch die Liebe, die er für seine Nichte empfand, strahlte aus seinen Augen. »Du weißt, dass Vincent von Anfang an dagegen war, dich in die Lehre zu nehmen. Er sollte längst allein die Geschäfte führen. Einzig deinetwegen habe ich ihm das Zepter noch nicht in die Hand gegeben, denn ich bin sicher, ihr hättet einander das Leben zur Hölle gemacht.« Er lachte leise in sich hinein.

Johanna und ihr Cousin Vincent waren wahrhaftig wie Hund und Katze. In ihm hatte sich ein Groll auf seine Tante entwickelt, den er vom ersten Tag an auf Johanna übertragen hatte. Und dann auch noch ein Mädchen in einem Handwerk, das schlug doch wohl dem Fass den Boden aus. Ihr mangelndes Talent und fehlendes Interesse taten das Übrige. Vincent wollte nur eins, Johanna loswerden. Sie wiederum war gegen ihren Willen in Stolp. Da war ihr einer, der ihr offen seine Abneigung zeigte, nur recht, um ihren Zorn gegen ihn zu richten. Onkel und Tante waren stets freundlich, ließen ihr vieles durchgehen und verwöhnten sie. Ihnen konnte Johanna nicht zornig begegnen. Also galt dem Cousin all ihre Ablehnung.

»Es ist so schön, dich hier zu haben«, sagte Johann-Baptist. »Deine Großmutter habe ich verloren, und die Zeit mit deiner Mutter war gar zu kurz.« Er seufzte bei der Erinnerung und machte wieder eine lange Pause.

Für Johanna war Hanna Thurau aus Lübeck ihre Großmutter, doch sie wusste, dass sie nicht ihre leibliche Großmutter war. Das nämlich war Luise gewesen, die Schwester von Johann-Baptist, die mit jungen Jahren von der Familie fortgegangen war und deren Namen sie als zweiten Namen trug. Luise hatte irgendwann ein Mädchen zur Welt gebracht, Johannas Mutter. So viel immerhin wusste sie. Doch das war schon fast alles. Viel mehr erzählte man ihr nicht.

»Warum ist meine Großmutter damals fortgegangen, und warum war meine Mutter nur kurze Zeit bei euch?«, fragte sie darum in der Hoffnung, endlich Antworten zu erhalten.

»Das sind lange Geschichten, mein Kind.«

»Ich weiß, denn das ist jedes Mal deine Antwort. Warum erzählst du mir diese Geschichten nicht endlich? Denkst du

nicht, ich bin alt genug?« Sie wollte ihm keinen Kummer bereiten, doch wie so oft ereiferte sie sich immer mehr.
»Es ist keine Frage des Alters«, beschied Johann-Baptist sie. Seine Stimme verriet, dass auch sein Ärger und seine Ungeduld wuchsen. »Du bist jetzt achtzehn Jahre alt, doch auch mit achtundzwanzig würdest du es nicht verstehen. Es ist keine Geschichte für eine junge Frau.«
»Aber es ist meine Geschichte«, beharrte sie.
»Sei endlich still!« Er hatte die Stimme erhoben und musste aufgrund der plötzlichen Anstrengung husten. Etwas leiser fuhr er fort: »Bruni und ich haben uns gestern beraten und beschlossen, dass es keinen Zweck hat, dich weiter hierzubehalten.«
Johanna sah ihren Onkel mit großen Augen an. Sollte das wirklich heißen, dass sie zurück nach Lübeck gehen durfte? Würde sie ihre Großeltern und die geliebte Hansestadt bald wiedersehen, so wie in ihrem Traum? Sie konnte ihr Glück kaum fassen.
»Wir sind dem Wunsch deiner Mutter nachgekommen, aber dir fehlt das Talent zum Schnitzen. Warum also sollten wir dich weiter quälen? Du wirst es nie zu mehr bringen als zur gewöhnlichen Paternostermacherin. Du kannst einfache Arbeiten erledigen, ja, aber dabei wird es auch bleiben.«
»Es tut mir leid, dass ich euch so enttäuscht habe«, sagte Johanna aufrichtig. Wenn sie auch die Zusammenhänge nicht kannte, so war ihr doch seit langem klar, wie groß die Hoffnung war, die ihr Onkel in sie gesetzt hatte. Es musste ihm sehr weh tun, diese Hoffnung nun in Scherben zu sehen. Doch neben dem Bedauern keimte ein anderes Gefühl in Johanna auf. Es musste herrlich sein, ein besonderes Talent zu haben. Sie verfügte über keinerlei Talent, sie war nur gewöhnlich, wie ihr Onkel gesagt hatte. Ohne erklären zu können, warum sie so betrübt darüber war,

spürte sie, wie diese Aussage an ihr zu nagen begann. Sehr schwer fiel es ihr freilich nicht, den Stachel zu ignorieren, der nun in ihrem Fleisch steckte. Die Freude über die baldige Abreise ließ alle anderen Empfindungen in den Hintergrund treten.
»Es ist nicht deine Schuld, mein Kind.« Johann-Baptist fuhr sich mit der Hand über die Augen. »Wie auch immer, Vincent wird endlich die Geschäfte übernehmen, du gehst zurück nach Lübeck, und ich kann mir mit Bruni die Zeit angenehm gestalten, die uns noch bleibt.«
Nun hielt es Johanna nicht mehr in dem Sessel. Sie sprang auf, fiel ihm um den Hals und drückte ihn fest an sich. »Ich danke dir, Onkel. Ganz gewiss ist das die richtige Entscheidung. Meine Mutter hätte sicher ebenso entschieden«, fügte sie hinzu, ohne auch nur eine Ahnung von dem zu haben, was ihre Mutter getan oder gelassen hätte. Sie kannte sie ja nicht, wusste kaum etwas von ihr. So oft hatte sie als Kind am Grab gestanden und gehofft, bald wieder spielen gehen zu können. Sie hatte keine Trauer empfunden und keine Sehnsucht. Ihre Mutter war nur ein Name für sie. Ihr Onkel dagegen vermisste seine Nichte schmerzlich. Er hatte sie gekannt und ihr ihren letzten Wunsch erfüllt. Für ihn war es von Bedeutung, ob sie seine Entscheidung gutgeheißen hätte oder nicht.
Statt etwas darauf zu erwidern, seufzte er nur und tätschelte Johanna die Wange.
»Wann werde ich reisen?«, fragte sie aufgeregt.
»Der Wagen ist morgen früh für dich bereit, wenn du willst.«
»Und ob ich will«, jubelte sie. Als sie seinen betrübten Blick sah, fügte sie schnell hinzu: »Ich komme euch ganz bestimmt besuchen. Das verspreche ich.«
»Ja, gewiss«, sagte Johann-Baptist und lächelte nachsichtig.

Sie blinzelte in die Sonne, als sie aus dem Haus trat. Noch musste man einen leichten Mantel über dem Kleid tragen, doch der Sommer des Jahres 1824 schickte schon seinen Duft voraus und würde bald in die Stadt kommen. Johanna wollte sich von den Gassen verabschieden, die ihr für zwei Jahre ein Zuhause, aber niemals eine Heimat geworden waren. In der Sonne zeigten die roten Backsteine, aus denen die meisten Häuser gemacht waren, ihre ganze Pracht. Sie schimmerten orange, gelb, braun und sogar violett, was ihr besonders gut gefiel. Wie schön würde es sein, schon bald die Backsteingebäude von Lübeck begrüßen zu können.

Auch Marcus Runge, dem Apotheker, wollte sie Lebewohl sagen. Er war ihr einziger Freund in Stolp. Nie würde sie vergessen, wie sie sich zum ersten Mal begegnet waren. Johanna war kaum zwei Wochen bei ihrem Onkel gewesen, als es zum ersten Streit gekommen war. Vincent hatte ihr vorgeworfen, dass sie sich ungeschickt anstelle, wie ein Esel, dem man das Tanzen beibringen wolle, ein Wort hatte das andere gegeben, bis sie schließlich auf und davon gelaufen war. Nicht ohne einen Brocken Bernstein und ein Schnitzmesser in die Tasche ihrer Schürze verschwinden zu lassen. Sie würde es ihrem hochnäsigen Cousin schon zeigen. Wenn ihre Mutter eine solch grandiose Künstlerin war, wie man ihr stets unter die Nase hielt, dann musste sie doch wenigstens einen Funken dieses Talents in sich tragen.

Sie stand am Brunnen vor dem Haus von Brauer Scheffler und lächelte bei dem Gedanken an damals. Wie starrköpfig sie doch gewesen war. Sie war die Kirchhofsstraße entlanggerannt, um das Spritzenhaus herum bis zur Mittelstraße, von wo sie schließlich den Marienkirchhof betreten hatte. In einer Nische, die der mächtige Kirchenbau bildete, blieb sie stehen, holte Bernstein und Messer hervor und begann mit ihrem törichten Tun. Ihre Hände zitterten von der Aufregung, und ihre Konzentration war nicht bei dem Material, wie ihr Onkel sie immer wieder ermahnt hatte, sondern bei der dreisten Beleidigung ihres Cousins. Sie mit einem Esel zu vergleichen war eine Frechheit, die sie sich nicht gefallen lassen musste. Sie würde ihm schon zeigen, wer hier der Esel war. Mit aller Wut setzte sie das Messer an und trieb es ohne jegliches Fingerspitzengefühl in den dunkelbraunen Klumpen in ihrer linken Hand.

»Niemals den Stein in der Luft halten«, hörte sie ihren Onkel predigen. »Der Bernstein muss immer fest aufliegen, wenn du ihn bearbeiten willst.«

Johanna wusste es besser. Für sie galten die Regeln nicht, denn sie hatte die einzigartige Begabung ihrer Mutter geerbt. Es musste so sein. Mit dem Amulett, in dem eine Eidechse eingeschlossen war und das einmal ihrer Mutter gehört hatte, musste sie auch das Talent geerbt haben.

Dass Bernstein ein weiches Material sein sollte, wollte ihr nicht in den Kopf. Dieser Brocken hier war es jedenfalls nicht. Keinen Millimeter drang die scharfe Klinge vor. Auch diesem sturen Stein würde sie es zeigen. Sie würde ihn in genau die Form zwingen, die sie sich ausgedacht hatte. Wieder setzte sie das Messer an, legte alle Kraft hinein, rutschte ab und spürte einen brennenden Schmerz zwischen Mittel- und Zeigefinger. Das Werkzeug steckte in ihrer Hand, Blut quoll an beiden Seiten der Klinge hervor. Ihr wurde übel und schwarz vor den Augen.

»Ein junges Mädchen und ein so scharfes Messer, das konnte nicht gutgehen.«

Johanna fragte sich, woher der Mann mit den runden Augengläsern und dem schütteren schwarzen Haar auf einmal gekommen war.
»Was erlauben Sie sich?«, sagte sie noch immer aufgebracht, während er ein großes Leinentuch um ihre Hand wickelte. »Warum hacken überhaupt alle auf mir herum? Ich bin ja erst seit zwei Wochen hier. Da kann man doch nicht erwarten, dass ich schon eine Meisterin bin!«
»Da haben Sie allerdings recht. Kommen Sie, und halten Sie die linke Hand schön hoch, wenn Sie können.« Er brachte sie zu einem kleinen Gebäude, dessen Rückseite direkt auf den Marienkirchhof ging. Vor dem Haus verlief die Mittelstraße. Er schob sie zwei Stufen hinauf und führte sie in einen Raum, der nach Kamille, Minze und Hoffmannstropfen roch. Johanna ließ sich auf einen Stuhl fallen und kämpfte gegen die Übelkeit.
»Es wird gleich ein bisschen weh tun«, kündigte der Mann an.
»Es tut jetzt schon sehr weh«, gab sie zurück.
»Ja, das kann ich mir denken. Wollen Sie etwas haben, auf das Sie beißen können?« Er nahm ihre Hand und legte drei Finger um den hölzernen Griff des Messers.
»Wird es so schlimm?«, fragte sie mit vor Entsetzen geweiteten Augen. Sie hatte noch gar nicht ausgesprochen, da hatte er mit einem Ruck das Messer aus ihrer Hand gezogen.
Johanna schrie auf.
»Schon geschafft«, beruhigte er sie.
Doch das war eine glatte Untertreibung, denn nun holte er eine Schüssel, hielt die verletzte Hand darüber und goss aus einem Krug kaltes sauberes Wasser über die Wunde. Das brannte, war jedoch gar nichts im Vergleich zu dem Schmerz, den Johanna ertragen musste, als er den Schnitt mit einem in einer scharf riechenden Flüssigkeit getränkten Tuch betupfte.

»Sind Sie Arzt?«, fragte sie, als der schlimmste Schmerz vorbei war und in ein dumpfes Pochen überging.
»Fast«, erwiderte er konzentriert. »Ich bin Apotheker.« Fachmännisch legte er ihr einen Verband an. »Bewegen Sie einmal die Finger«, bat er und betrachtete aufmerksam das, was aus dem weißen Mull hervorsah.
Johanna beugte und streckte alle Finger nacheinander.
»Gut. Wie es aussieht, haben Sie keine Sehne durchtrennt. Sie werden mit etwas Glück nicht einmal eine Narbe behalten.«

Noch immer stand Johanna am Brunnen und dachte an diese erste Begegnung. Sie lauschte dem Klavierspiel von Trautlind, das aus dem Hause Scheffler zu hören war. Der Apotheker hatte sich ihr als Marcus Runge vorgestellt, sie hatte ihm erklärt, warum sie nach Stolp gekommen war. Zwei Tage später war sie mit Johann-Baptist und Bruni zu ihm gegangen, um sich für seine Hilfe zu bedanken. Die Wunde heilte schnell, er hatte alles richtig gemacht. Der Bernsteindreher Becker und der Apotheker Runge waren gut miteinander bekannt. Marcus, der einzige Sohn der Runges, hatte recht früh die Apothekerskunst seines Vaters erlernt und die Geschäfte übernommen. Er galt in der Stadt als fleißiger und anständiger Mann, und so hatte Johann-Baptist nichts dagegen, dass seine Nichte hin und wieder zu ihm ging. Marcus war knapp zehn Jahre älter als Johanna. Sie waren wie Feuer und Wasser. War sie wild und ungestüm, so war er ruhig und meist ernst. Dennoch schien er sich über ihre Besuche in der Apotheke stets zu freuen. So würde es sicher auch an diesem Tag sein, an dem sie ihm die gute Nachricht bringen konnte, dass sie endlich nach Hause durfte.
Johanna riss sich von den Klängen einer Symphonie los und spazierte zwischen den Häusern des Buchbinders, des Schuh-

machers und des Küsters bis zur großen Bäckerei, an die sich die alte Apotheke lehnte. Sie betrat die Diele, die am Tage für die Kranken offen stand, und klopfte an die Tür zu seinem Kontor, wie es alle taten, die eine Arznei gemischt haben wollten.
»Nur herein!«, rief Marcus von drinnen.
»Guten Tag.«
»Ah, Sie sind es, Johanna. Gut, Sie haben kein Messer in der Hand«, scherzte er, wie immer, wenn sie sich trafen. Darüber hinaus war Humor nicht seine Sache.
»Nein, und Sie brauchen sich darum auch keine Sorgen mehr zu machen.«
Er stellte eine Dose hin, aus der er gerade getrocknete Blüten, Wurzelstücke und Stengel in ein Säckchen gefüllt hatte. »So? Haben Sie sich entschieden, die Schnitzerei aufzugeben?« Durch seine Gläser wirkten die Augen größer, als sie in Wirklichkeit waren.
»Die Wahrheit ist, mein Onkel hat es mit mir aufgegeben.« Sie strahlte ihn an. »Er lässt mich endlich wieder nach Hause gehen.«
»Oh.« Marcus nahm die Brille ab und steckte sie gedankenverloren in die Dose zu den Pflanzenteilen. »Sie gehen fort?«
Johanna lachte schallend und schlug sich dann rasch eine Hand vor den Mund. Es gehörte sich nicht, beim Lachen derart die Zähne zu entblößen, das wusste sie natürlich. Zudem lachte sie ihn aus, wenn man es genau nahm, doch das war keinesfalls böse gemeint.
»Haben Sie sich denn hier kein bisschen wohl gefühlt?«, fragte Marcus, der ihr Gelächter offenbar falsch deutete. »Freut es Sie so sehr, uns und unsere Stadt zu verlassen?«
Sie kicherte noch immer und deutete auf seine Gläser, die aus den würzig duftenden getrockneten Pflanzenteilen ragten.

»Oh.« Er zog die Brille heraus und rieb sie lange an seinem Ärmel.

»Sie wissen doch, wie wenig mir die Schnitzerei liegt«, sagte Johanna und griff nach einer Büchse, auf der *Arnica montana* geschrieben stand. Sie öffnete sie und schnupperte, während sie weitersprach: »Und dann die ewigen Streitereien mit meinem Cousin Vincent. Das Schlimmste daran ist, dass er ja recht hat. Ausgerechnet Vincent und ich müssten uns geradezu lieben, denn wir wollen doch beide dasselbe.«

Marcus zog die Augenbrauen hoch.

»Aber gewiss. Wir wollen beide, dass ich die Finger vom Bernstein lasse und nach Lübeck fahre, wohin ich gehöre.«

»Dann haben Sie jetzt ja beide, was Sie wollen«, stellte er fest.

Johanna war überrascht. Er kannte alle Geschichten, alle Vorkommnisse, die ihr das Leben in Stolp so schwer machten. Zu ihm war sie gekommen, wenn sie sich wieder einmal schrecklich über Vincent geärgert hatte oder über sich selbst, weil sie ihrem Onkel gar zu großen Kummer machte. Warum nur konnte er sich nicht mit ihr freuen? Sie verstand die Welt nicht mehr.

»Ja«, rief sie, »schon morgen kann ich nach Hause reisen.«

»Morgen schon?« Jetzt sah er wirklich betroffen aus.

Johanna begriff. Er mochte sie, und es war ihm nicht einerlei, dass er sie verlieren würde. Es gab nicht viel Zerstreuungen in seinem Leben. Schon oft hatte Johanna Onkel und Tante darüber reden hören, wie ganz und gar unverständlich es sei, dass eine Partie wie er noch immer keine Braut an seiner Seite habe. Doch daran schien er nicht interessiert zu sein. Johannas Interesse an all den Tiegeln und Fläschchen, den Kräutern und Tinkturen seiner Apotheke hingegen machte ihm große Freude. Fast immer, wenn sie zusammen waren, erklärte er ihr mehr seiner Heilkunde, und sie lernte dazu und wurde von Mal zu

Mal wissbegieriger. Wenn sie an die gemeinsamen Stunden dachte und daran, wie viel er ihr noch hätte beibringen können, wurde ihr das Herz schwer.

»Ja, morgen«, sagte sie. »Ich bin so glücklich. Lübeck ist die schönste Stadt der Welt. Sie müssen mich unbedingt dort besuchen kommen.«

»Würde Ihnen das Freude machen?«

»Aber natürlich!« Johanna strahlte ihn an. »Sie werden sehen, Travemünde ist noch schöner als Stolpmünde, und gewiss kann mein Großvater arrangieren, dass Sie sich die Löwenapotheke ansehen. Schon das alte Haus mit seinen Treppengiebeln würden Sie lieben. Ein goldener Löwe liegt über der Tür im Portal zur Johannisstraße. Und wenn Sie erst den Apotheker kennenlernen. Er ist ein angesehener Kaufmann und hat dafür gesorgt, dass es eine ganze Reihe von Privatapotheken in der Hansestadt gibt.«

»Das wäre nett«, meinte er zurückhaltend. Wenn er so traurig dreinblickte, sah er aus wie ein Feldmäuschen, fand sie, mit der kleinen spitzen Nase, dem spitzen Mund und den feinen Lippen.

»Also, dann …«, sagte sie etwas unentschlossen.

»Ja«, erwiderte er, »dann …« Erneut rieb er die Brillengläser an seinem Ärmel.

»Dann ist es wohl Zeit, Abschied zu nehmen.« Sie streckte ihm die Hand hin. »Aber Sie müssen mir versprechen, dass Sie mich besuchen, ja?«

Zögernd nahm er ihre Hand. »Kann ich Sie morgen noch sehen, bevor Sie abreisen?«

Johanna freute sich. »Aber natürlich, warum nicht?«

»Gut.« Jetzt drückte er ihre Hand kräftig. »Dann bis morgen.«

»Bis morgen«, sagte sie und huschte zur Tür hinaus.

Sie nahm denselben Weg zurück, den sie gekommen war. Als sie fast das Haus ihres Onkels erreicht hatte, trat Frau Scheffler, die Frau des Braumeisters, auf die Straße.
»Fräulein Johanna?«
»Ja?«
»Guten Tag, meine Liebe.« Frau Scheffler, eine schlanke Dame mit farblosem Schopf und bleicher Haut, kam auf sie zu. »Ich wollte Sie schon längst einmal ansprechen«, begann sie und lächelte freundlich. »Ich habe bemerkt, dass Sie und Trautlind einander hin und wieder grüßen.«
»Ja«, sagte Johanna. Sie deutete an der Fassade des Giebelhauses hinauf zu dem weißgerahmten Fenster, hinter dem eine weiße Spitzengardine zu erahnen war. »Mein Zimmer ist gleich dort oben, genau gegenüber von dem Ihrer Tochter.«
Frau Schefflers Gesichtsausdruck wurde mit einem Mal ernst und fast ein wenig ängstlich. Sie blickte sich rasch um und sah nach der Haustür, doch dort war kein Mensch zu sehen.
»Leider müssen wir die Vorhänge oft geschlossen halten. Trautlind leidet unter furchtbaren Kopfschmerzen und kann das Sonnenlicht nur schwer vertragen«, log sie. »Doch ich habe bemerkt, dass es ihr so viel Freude macht, Sie zu sehen. Wenn Sie ihr winken, dann spricht sie manchmal sogar.«
»Ach, spricht sie denn nicht immer?«, fragte Johanna überrascht.
Frau Scheffler senkte den Kopf. »Nein, sie spricht kaum ein Wort«, sagte sie, und der Kummer ließ ihre Stimme brüchig klingen wie dünnes Glas.
»Was fehlt ihr denn?«, wollte Johanna wissen.
Wieder schaute sich Frau Scheffler um. »Es sind die Nerven«, flüsterte sie. »Nur wenn sie am Klavier sitzt, scheint sie sich wohl zu fühlen. Dann ist sie in ihrer eigenen Welt und ist

glücklich.« Sie lächelte versonnen. »Sonst starrt sie oft stundenlang vor sich hin, oder sie ordnet Dinge.«
»Sie ordnet Dinge? Welche Dinge denn?«
»Alles. Alles muss für sie eine bestimmte Ordnung haben. Wenn ich eine Stickarbeit liegen lasse oder wenn ein Sessel nicht exakt an dem Platz steht, an den er in ihren Augen gehört, dann muss sie die Ordnung wiederherstellen, verstehen Sie?«
»Ja«, sagte Johanna, obwohl sie das beschriebene Verhalten keinen Deut verstand.
»Nun, ich dachte mir, weil Trautlind doch keine Freundin hat, Sie aber zu mögen scheint, vielleicht möchten Sie sie einmal besuchen und ihr zuhören, wenn sie spielt.«
»Liese!« Das war die Stimme des Braumeisters.
»Ich komme!«, rief Frau Scheffler, und zu Johanna sagte sie: »Mögen Sie es sich überlegen?« Dann raffte sie ihr Kleid und wollte zum Haus laufen.
»Ich kann nicht«, entgegnete Johanna eilig. »Morgen reise ich ab, nach Lübeck, nach Hause.«
»Oh, dann vielleicht, wenn Sie zurück sind, ja?« Sie hob die Hand zu einem raschen Gruß und verschwand im Haus.
»Aber ich komme nicht zurück. Jedenfalls nicht so bald«, rief Johanna ihr hinterher, wusste aber nicht, ob sie sie noch gehört hatte. Ratlos stand sie auf dem Pflaster, das in der Sonne glänzte. Sie zuckte mit den Schultern und ging langsam auf das Haus ihres Onkels zu. An der schweren Haustür angekommen, drehte sie sich noch einmal um und sah hinauf zu Trautlinds Zimmer. Das Mädchen stand am Fenster und schaute hinunter. Johanna winkte ihr zu, doch Trautlind reagierte nicht. Sie schien durch Johanna hindurchzublicken.

Von der Diele lief Johanna die kunstvoll gedrechselte Treppe hinauf. Sie wollte in ihr Zimmer gehen, doch aus dem Salon, an dem sie vorbeikam, hörte sie ein Stimmengewirr, das ihr sonderbar erschien. So blieb sie kurz stehen und lauschte.
»Aber Sie können ihn doch nicht so einfach mitnehmen. Das kann doch nur ein furchtbarer Irrtum sein.« Das war die Stimme von Johann-Baptist.
»Sollte ein Irrtum vorliegen, wird sich das zeigen«, erwiderte jemand, den Johanna nicht erkannte. »Die Hinweise, die wir haben, wiegen schwer, die Indizien sind erdrückend.«
»Hinweise«, schnaubte jemand, der sehr nach Vincent klang. »Dass ich nicht lache! Sie sagen ja nicht einmal, von wem Sie diese vermeintlichen Hinweise haben.«
»Aus gutem Grund«, gab der Fremde zurück. »Wenn Sie reinen Gewissens sind, können Sie mir jetzt ja ohne großes Aufheben folgen. Dann wird sich alles rasch klären, und Sie können wieder nach Hause gehen. Aber darüber habe ich nicht zu entscheiden.«
»Sie können doch nicht …«, setzte Johann-Baptist noch einmal an, wurde dann aber offenbar unterbrochen.
Johanna hörte ein Poltern und Rumpeln, dann schwere Schritte, und schon flog die Tür zum Salon auf, so dass sie einen Satz zur Seite machen musste.
Vincent, die Hände auf den Rücken gebunden, stolperte heraus. Er warf ihr einen Blick zu, in dem Hass und Verzweiflung lagen, die diesmal jedoch kaum ihr galten. Ein Uniformierter schob ihn vor sich her. Er nickte Johanna kurz zu und trieb Vincent dann die Treppe hinunter und aus dem Haus.
»Was um Himmels willen war das?«, fragte sie ihren Onkel, der im Sessel zusammengesackt war. Sein Gesicht war so grau wie sein Bart und sein dichtes Haar.

»Vincent«, stammelte er. »Sie haben ihn einfach mitgenommen.«
»Das habe ich gesehen. Aber warum denn nur?«
Er atmete schwer. »Er soll ein Schmuckstück gefälscht haben.«
»Was?«
»Ja«, keuchte er, »einen Einschluss.«
Johanna machte sich ernstlich Sorgen um ihren Onkel. Er sah aus, als würde er jeden Moment zu Boden sinken.
»Das kann doch nicht sein.« Was auch immer sie von ihrem Cousin hielt, ein Gauner und Betrüger war er ganz gewiss nicht. Dafür würde sie ihre Hand ins Feuer legen. Nur, wie konnte sie das beweisen?
»Du kannst nicht gehen«, sagte Johann-Baptist schnaufend. »Wir brauchen dich. Wir brauchen jede helfende Hand, solange Vincent nicht da ist.«

Femke Thurau

Femke Thurau war überglücklich, wieder in Lübeck zu sein. Obwohl die Reise von Wolgast nach Hause beschwerlich war, hatte sie kaum etwas davon bemerkt. Es war ihr erschienen, als wäre der Wagen ihres Vaters nur so dahingeflogen. Endlich hatte sie mit Johannes über alles reden können, was sie beide in der langen Zeit der Trennung erlebt hatten. Sie hatte ihm berichtet, wie sie sich mit ihren und seinen Eltern in dem feuchten Weinlager vor den Franzosen versteckt hatte. Sie konnte über ihre Angst sprechen, die von ihr Besitz ergriffen hatte, nachdem sie unabsichtlich Generalleutnant Blücher, der den preußischen Truppen vorstand, zur Flucht verholfen hatte. Gemeinsam erinnerten sie sich daran, wie sie da-

mals in das Lager der Franzosen gegangen war, ihnen Wein gebracht hatte, nicht gerade viel, aber doch genug, um die ausgezehrten, erschöpften Soldaten betrunken zu machen. Als diese dann von ihrem Rausch in den Schlaf fielen, hatte Johannes mit seinen Kameraden fliehen können. Dass auch Blücher sich den Flüchtenden anschloss, hatte nicht zum Plan gehört und die Hansestadt in große Gefahr gebracht.

Johannes schilderte ihr den beschwerlichen Fußmarsch von Jena bis nach Lübeck, während dessen es bereits immer wieder zu Kampfhandlungen mit den überlegenen Franzosen gekommen war. Sie sprachen auch über die erste Zeit ihrer Trennung, in der sich beide über ihre Gefühle füreinander klargeworden waren. Es erschien ihnen wie ein Wunder, dass zwei Menschen wahrhaftig füreinander bestimmt sein konnten. Als Johannes nach Jena gehen musste, um dort die Rechte zu studieren, war Femke noch ein Kind und zwischen ihnen nichts als unschuldige Freundschaft gewesen. Sie begannen sich Briefe zu schreiben, und ihre Sehnsucht war von Tag zu Tag gewachsen. Als sie sich schließlich wiedersahen, war beiden klar, dass sie sich liebten und für immer zusammengehörten. Nur waren sie nicht mehr die Kinder von einst, sondern zwei Erwachsene, die endlich ihre gemeinsame Zukunft planten.

Das Wiedersehen mit Hanna und Carsten war tränenreich gewesen. Femke musste erschrocken feststellen, wie die Sorge der Eltern um sie Spuren in ihre Gesichter gezeichnet hatte. Obwohl sie nur einige Monate fort gewesen war, sahen Mutter und Vater um Jahre gealtert aus.

Dennoch ließen sie es sich nicht nehmen, zu einem Fest zu laden. Die Nebbiens, Johannes' Eltern, waren natürlich zu Gast und auch Gärtner Fricke mit seiner Frau, Senator Brömse, Korkenschneider Mommsen und andere Geschäftsfreunde des Weinhändlers Thurau. Es war keine offizielle Verlobungsfeier. Die sollte es geben, wenn

Femke sich von den Torturen der vergangenen Wochen erholt hatte. Aber immerhin traten sie und Johannes nun zum ersten Mal als Paar in Erscheinung.

* * *

Johanna tobte vor Wut und Enttäuschung. Sie schlug ungeduldig eine lange Strähne ihres Haares aus dem Gesicht, die sich aus dem Knoten gelöst hatte und sie nun ständig an der Oberlippe kitzelte.
»Ein einziger Tag«, schimpfte sie. »Hätten die nicht einen Tag später kommen und Vincent mitnehmen können? Dann wäre ich weg gewesen. Dann hätten sie eben einen Bernsteinschnitzer in Stellung nehmen müssen.«
»Ich bitte Sie, Johanna, reden Sie doch nicht so. Sollten Sie sich nicht wünschen, dass die ihn gar nicht abgeholt hätten?« Marcus Runge sah sie vorwurfsvoll an. Er hatte ihnen einen Tee gemacht, mit dem sie nun in seiner bescheidenen Stube saßen. Obwohl er es sich hätte leisten können, verzichtete er auf kostbare Teppiche oder teure Möbel. Sie saßen auf dem alten Sofa seiner Eltern, das längst in die Jahre gekommen war. Es gab einen kleinen Tisch, die Teekanne war bereits angeschlagen, und auch eine Tasse hatte einen Sprung, doch derartige Kleinigkeiten schien Marcus nicht zu bemerken. Meist war er viel zu sehr damit beschäftigt, die alten Bücher, darunter Folianten und Aufzeichnungen, zu studieren, die in großer Zahl die einfachen Regale ringsum an den Wänden füllten. Er las alte Rezepte, machte sich über die Heilmethoden der alten Ägypter und Griechen kundig und probierte eigene Rezepturen aus.
»Aber sie haben ihn nun einmal abgeholt. Der fromme Wunsch würde mir nichts nützen.«

»Sicher kommt alles recht bald in Ordnung, und dann können Sie nach Lübeck fahren«, versuchte er sie zum wiederholten Male zu beschwichtigen.

»Recht bald«, schnaubte sie. »Wann soll das sein?« Sie hielt ihre linke Hand hoch, in der bei ihrer ersten Begegnung das Messer gesteckt hatte, Zeigefinger und Daumen nur einen Hauch voneinander entfernt. »So nah habe ich meine Abreise vor mir gesehen. So nah ... Und jetzt?« Sie ließ die Hände enttäuscht in den Schoß sinken.

»Sie könnten Ihren Onkel doch gar nicht im Stich lassen, Johanna. Das mag ich nicht glauben. Sie würden bleiben und ihm helfen, auch wenn er Sie gehen ließe.«

»Warum sollte ich wohl?«, fuhr sie ihn an. »Er hat mir doch oft genug bescheinigt, dass ich nichts kann, zu nichts nutze bin in seiner Werkstatt. Wieso sollte ich ihm jetzt eine Hilfe sein?« Böse starrte sie vor sich hin. Sie war wütend darüber, dass Marcus recht hatte. Natürlich würde sie jetzt nicht gehen, selbst wenn es ihr freigestellt wäre. Obwohl sie tatsächlich nicht wusste, ob ihre Arbeit ihrem Onkel in irgendeiner Weise nützlich sein konnte. »Ich verfluche den Bernstein!«, sagte sie finster. »Er hat mein ganzes Leben verdorben.«

»Wenn ich mich nicht irre, schlagen Sie sich erst seit zwei Jahren damit herum. Ist es nicht ein wenig übertrieben, da von Ihrem ganzen Leben zu sprechen?« Er hatte schon wieder recht. Und er blieb die Ruhe in Person, ließ sich von ihrer Wut und ihrem Temperament in keiner Weise anstecken. Es war zum Aus-der-Haut-Fahren. »Wissen Sie denn nicht, dass Bernstein ein ganz wundervolles Heilmittel ist?«, fragte er. »Ich beschäftige mich seit geraumer Zeit damit und bin guten Mutes, dass man damit viele Krankheiten lindern kann.«

Johanna sah ihn ungläubig an. »Sie treiben Scherze mit mir.«
»Ich bitte Sie. Denken Sie das wirklich?«
»Nein«, antwortete sie. »Wofür man Sie auch halten mag, aber bestimmt nicht für einen Scherzbold.«
»Aber für gänzlich humorlos halten Sie mich doch auch nicht, oder?« Er sah sie so ernst und fast ein wenig erschrocken an, dass sie lächeln musste.
»Ihre herausragendste Eigenschaft scheint der Humor jedenfalls nicht zu sein. Doch nun verraten Sie mir lieber, was es mit der Heilkraft des Bernsteins auf sich hat. Niemand in der Werkstatt hat je davon gesprochen, und selbst mein Onkel hat es nie erwähnt.«
»Das überrascht mich nicht.« Er griff nach seinen Augengläsern und stand auf. »Kommen Sie!«
Sie gingen in sein Kontor, wo sie sich meistens aufhielten. Von einem Regal sehr weit oben nahm er ein braunes Fläschchen. *Ol. Succini* stand darauf geschrieben.
»Georgius Agricola ist es gelungen, Bernstein durch ein wissenschaftliches Verfahren in seine Bestandteile zu zerlegen: Öl, Harz und Säure. Hier haben wir das Öl.« Er zog den Glasverschluss von der Flasche und hielt sie ihr hin.
Johanna schnupperte und rümpfte die Nase. »Das riecht wie … nach …« Es wollte ihr nicht einfallen.
»Es riecht metallisch, nicht wahr? Nach der Technik, die als Segen der Zukunft gepriesen wird.«
»Natürlich, Sie haben recht!« Johanna erinnerte sich, woher sie diesen kräftigen Geruch kannte. Ihre Großeltern hatten sie einmal mit nach Frankreich genommen. Sie war damals acht Jahre alt, und Großvater Carsten wollte, dass sie einen großen historischen Moment ihres jungen Lebens nicht verpasste, wie er sich damals ausgedrückt hatte. Es war die Ankunft der Elise

in Le Havre, eines Schiffes, das nicht von der Kraft des Windes, sondern von einer sogenannten Dampfmaschine angetrieben wurde. Johanna konnte sich gut entsinnen, dass es ein schrecklich kalter Märztag war. Frierend hatten sie zu dritt im Hafen gestanden und gewartet. Und endlich traf die Elise wirklich ein und hatte damit zur größten Überraschung der zahlreichen Spötter die Überquerung des Kanals geschafft. Das Schiff ließ ein triumphierendes Tuten hören, als es, einen Schleier aus stinkendem schwarzem Rauch hinter sich herziehend, den Hafen erreichte.

»Die Säure hat einen noch intensiveren Geruch«, sagte Marcus in ihre Gedanken hinein. »Aber ich habe keine da. Man bekommt nicht immer welche, dabei ist der Säuregehalt des Bernsteins, der hier vor den Küsten gefischt wird, recht hoch.« Er holte eine Büchse hervor, die ihren Platz in dem Regal neben dem Fläschchen hatte. Darin befand sich ein sehr feines Pulver, das Johanna sofort an die Werkstatt erinnerte.

»Das ist Bernsteinstaub«, stellte sie fest. »Wir haben ihn überall auf den Tischen und Schemeln, selbst auf dem Boden und in den Regalen, wenn wir geschliffen haben. Jeden Abend wischen wir ihn fort, bevor wir die Werkstatt verlassen.«

»Sie sollten ihn besser zusammenkehren, anstatt ihn achtlos fortzuwischen«, tadelte er sie. »Dieser Staub, wie Sie ihn nennen, ist fein geriebenes Bernsteinpulver. Ich unternehme gerade einen Versuch, um herauszufinden, ob sich damit der Haarwuchs anregen lässt.« Er hüstelte verlegen und wurde sogar ein wenig rot. Johanna vermutete, dass er diesen Versuch weniger aus beruflichem als aus ganz eigenem Interesse unternahm. »Ich habe davon gelesen, dass das Pulver den Wuchs fördern soll. Die Damen in Stolp würden es mir aus den Händen reißen, wenn sich diese Vermutung bestätigt.« Johanna lächelte spöttisch. »Vor allem ist es aber hilfreich gegen Steine«, sprach er hastig weiter. »Mit etwas Wein vermischt, lindert es Gallen-, Nieren- und auch Blasensteine.« Er schraubte die Büchse wieder zu und stellte sie an ihren Platz. Auch das Fläschchen verschloss er sorgfältig. »Hätte ich schon Bernsteinpulver gehabt, als Sie sich damals die Hand verletzten, hätte ich es mit einer Salbe vermischt auf den Verband gegeben, um den Heilungsprozess zu beschleunigen. Bedauerlicherweise habe ich mich zu der Zeit noch nicht damit beschäftigt.« Er lächelte sie entschuldigend an.

»Die Wunde ist auch so rasch geheilt, ohne Narben zu hinterlassen«, sagte sie fröhlich und streckte die linke Hand vor. »Wie kamen Sie überhaupt darauf, Bernstein in Ihrer Apotheke zu untersuchen?« Sie sah ihm zu, wie er die Flasche zurück in das Regal stellte. Wieder huschte leichte Röte über seine blassen Wangen.

»Nun, wir hatten uns kennengelernt, und Sie haben so viel über Ihre Arbeit und den Bernstein erzählt.« Er hüstelte wiederum und schien nach Worten zu suchen. »Und ich hatte schon manches darüber gelesen«, ergänzte er rasch. »Es gibt so vieles zu lernen. Doch irgendwann konnte ich mir endlich die Zeit nehmen, mich mehr damit zu beschäftigen.«

Johanna nickte. »Gegen Kopfschmerzen oder Nervenkrankheiten hilft der Stein wohl nicht zufällig?« Trautlind war ihr wieder eingefallen. Wenn sie schon in Stolp bleiben musste, konnte sie Frau Scheffler den Gefallen tun und ihre Tochter einmal besuchen. Es wäre sicher nett, ihr beim Klavierspiel nicht nur zuzuhören, sondern sie auch dabei zu sehen.

»Über eine Wirkung bei Nervenkrankheiten ist mir nichts bekannt. Aber gegen Schmerzen hilft für gewöhnlich das Einatmen des Bernsteinrauches. Warum fragen Sie danach?«

»Ich habe gerade an jemanden gedacht. Warum weiß mein Onkel nichts von den wunderbaren Eigenschaften des Bernsteins? Tante Bruni ist oft nicht wohl. Vielleicht könnte er ihr helfen. Er könnte den Staub in der Werkstatt zusammenkehren und Ihnen bringen.«

»Oh, Ihr Herr Onkel weiß gewiss um die Wirkung.« Er nahm seine Gläser ab und rieb sie an seinem Ärmel. »Immerhin waren es die Bernsteinhandwerker drüben in Danzig oder Königsberg und anderen Orten, die allesamt die Pest überlebten. Matthäus Praetorius berichtet in seinen Schriften davon, dass sie regelmäßig Brocken als Räucherwerk benutzten und so die Luft von der Pestkrankheit reinigen konnten. Das ist nicht nur in der Zunft bekannt.«

»Warum nutzen die Handwerker ihr Wissen dann nicht? Das begreife ich nicht.«

»Nun, sie fürchten wohl die Macht des Steins. Sie müssen das verstehen, die Männer wollen keinen Fehler machen und die Kraft des Bernsteins womöglich im Negativen zu spüren bekommen. In nahezu allen Pflanzen stecken Ingredienzien, die eine Heilkraft besitzen. Jede Köchin geht täglich mit unzähligen Pflanzen um, ohne sie jedoch zur Heilung von Kranken zu verwenden. Das überlassen sie besser denen, die etwas davon verstehen. Und so machen es auch Ihr Onkel und seine Zunftbrüder.«

Als Johanna zum zweiten Mal an diesem Tag die Apotheke verließ, erschien es ihr nicht mehr gar so schrecklich, dass aus ihrer Heimreise nun doch nicht so bald etwas würde. So blieb ihr immerhin noch Zeit, mehr über die heilende Wirkung des Materials zu lernen, das sie jetzt mit ganz anderen Augen sah. Außerdem konnte sie Trautlind einen Besuch abstatten. Es hatte ihr schon sehr leidgetan, Frau Scheffler diesen Wunsch abschlagen zu müssen. Und schließlich würde der Aufschub gewiss nicht von langer Dauer sein. Vincent hatte nichts Unrechtes getan, dessen war sie sicher. Es musste doch mit dem Teufel zugehen, wenn sich das nicht bald herausstellen sollte.

II

So einfach, wie Johanna es sich vorgestellt hatte, war die Sache indes nicht. Die Tage verstrichen, ohne dass Vincent in die Werkstatt zurückkam. Damit nicht genug, es gab überhaupt keine Neuigkeiten. Johanna mühte sich redlich, eingehende Aufträge zu erledigen. Was wahrer Schnitzkunst bedurfte, musste jedoch Johann-Baptist übernehmen, der von Stunde zu Stunde grauer und erschöpfter zu werden schien. Wie gerne hätte sie es ihm leichter gemacht, doch sosehr sie es auch versuchte, vermochte sie doch kein ebenbürtiger Ersatz für Vincent zu sein. Bald wurde ihr klar, dass es so nicht weitergehen konnte.

Sie nahm sich ein Herz und sprach ihren Onkel am Abend nach einem weiteren langen Arbeitstag an. »Gibt es Neuigkeiten von Vincent, Onkel?«

»Nein.« Er stocherte in dem Fleisch auf seinem Teller herum und schien kein weiteres Wort für sie übrig zu haben.

Auch Bruni rührte ihr Essen kaum an und starrte angestrengt und mit vor unterdrückten Tränen glasigen Augen auf die weiße Damastdecke, die auf dem großen Eichentisch lag. Die Standuhr schlug neun. Johanna kümmerte es nicht. Sie hatte keinen Blick für das Auf und Ab der Schiffe, das mit leisem

Schnarren ablief. Auch die bunten Wandbehänge und das flackernde Kerzenlicht konnten sie nicht ablenken. Zu schwer drückte die Stimmung in diesem Raum auf ihr Gemüt. Onkel und Tante ergaben sich offenkundig in ihr vermeintlich unausweichliches Schicksal. Johanna konnte kaum atmen, so schlug ihr der Kummer und die lähmende Verzweiflung der beiden entgegen. Sie hielt es nicht mehr aus.
»Wenn die Beamten nicht von allein darauf kommen, dass Vincent unschuldig ist, dann müssen wir es ihnen klarmachen.«
Bruni seufzte. Eine Träne schaffte es nun doch und rollte über ihre Wange. Es schmerzte Johanna, sie derart in Sorge zu sehen. Gleichzeitig war sie fassungslos, dass niemand es für möglich hielt, dem Verdächtigen zu helfen.
»Und wie sollen wir das anstellen?« Johann-Baptist sprach leise, aber dennoch war seine Wut nicht zu überhören. »Der Handschuhmacher Olivier ist ein ehrbarer Kaufmann. Er hat das Schmuckstück bei meinem Sohn bestellt und bezahlt.«
»Nein!«, rief Johanna aufgebracht. »Das behauptet er zwar, aber es kann nicht wahr sein. Ein Bernstein, in dem eine Biene eingeschlossen ist, das ist doch etwas ganz Außergewöhnliches. Aber weder kannst du dich an diesen Auftrag erinnern, noch kann Vincent es.«
»Natürlich können wir uns nicht erinnern, weil es diesen Auftrag niemals gab und sich der Stein mit der Biene nie in unserem Besitz befunden hat.«
»Also konntet ihr ihn auch schwerlich verkaufen!«
»Ich weiß das, Johanna, aber ich kann es nicht beweisen. Olivier hat das Papier, auf dem geschrieben steht, dass er dieses Schmuckstück von uns erworben und was es ihn gekostet hat. Der Anhänger ist exakt beschrieben, es ist die

Handschrift meines Sohnes, und es ist das Papier aus meinem Kontor.«

»Also hat jemand das Papier gestohlen und die Schrift gefälscht. Es kann nicht anders sein.« Johanna hatte mit der flachen Hand auf den Tisch geschlagen und erschrak selbst über den dumpfen Laut und das feine Klirren der Gläser, die mit einem Mal den Salon erfüllten. Bruni schreckte zusammen und hielt sich dann die Hände vor den Leib.

»Hast du schon wieder Schmerzen?«, fragte Johann-Baptist sie, beugte sich zu ihr hinüber und streichelte über ihren Arm.

»Das Ganze ist mir wohl auf den Magen geschlagen. Ich werde zu Bett gehen, dann ist es morgen gewiss vorüber.« Sie stand auf.

»Ich werde Apotheker Runge nach einer Arznei fragen. Sicher kennt er eine Mixtur, die dir helfen wird.«

»Das ist eine gute Idee, mein Kind.« Bruni tätschelte ihr die Schulter und verließ das Zimmer.

Auch Johanna war der Appetit gründlich vergangen. Sie schob den Teller, auf dem sich noch eine gute halbe Lammkeule befand, von sich weg. Seit sie hier war, hatte sie wieder nach Hause fahren wollen. Doch so unwohl wie jetzt hatte sie sich nie zuvor gefühlt. Mit einem Schlag war es wirklich von Bedeutung, ob sie passable Brieföffner, Broschen oder Intarsien zustande brachte oder nicht. War es ihr in der letzten Zeit gleichgültig gewesen, ob ihr Onkel an ihrem Talent verzweifelte, so spürte sie jetzt einen Druck auf sich lasten, mit dem sie nicht umzugehen wusste. Und dann auch noch diese schreckliche Atmosphäre, die seit Vincents unfreiwilligem Fortgang im Hause herrschte. Jeder Raum schien auf einmal dunkler und unfreundlicher geworden zu sein, jedes Geräusch erschien unschicklich laut, jedes Lachen fehl am Platze. Johanna kam sich

vor wie in einem Trauerhaus. Dabei war doch niemand gestorben. Erneut regte sich ihr Widerstand gegen die stumpfe Ergebenheit von Johann-Baptist und Bruni.
Bevor sie jedoch Pläne mit ihrem Onkel schmieden konnte, wie sich der wahre Schuldige finden ließe, sagte er: »Wir sollten auch zu Bett gehen. Ich will morgen noch eine Stunde früher anfangen. Ich weiß nicht, wie ich die Schnitzarbeiten sonst bewältigen soll.«
»Noch eine Stunde früher?« Johanna war entsetzt. Schon jetzt mutete er sich mehr zu, als er verkraften konnte. Wenn Johann-Baptist den Bogen überspannte und auch noch ausfiel, waren sie verloren.
»Das gilt ja nicht für dich«, erwiderte er böse. »Du bist mir in der Werkstatt ohnehin keine große Hilfe, da tut es nichts zur Sache, ob du eine Stunde früher oder später erscheinst.« Er stand auf und löschte die Kerzen, die in silbernen Leuchtern auf dem Tisch standen.
»Dann musst du eben einen Gesellen in Dienst nehmen, wenn ich denn zu gar nichts nütze bin. Ich habe von Anfang an nicht begriffen, warum du das nicht tust, sondern dich auf mich verlässt, obwohl du doch weißt, dass ich nicht ein solches Wunderkind bin, wie meine Mutter es war.« Sie musste hart schlucken, um nicht an dem Kloß in ihrem Hals zu ersticken.
»Das würde ich nur zu gern«, sagte er matt, »aber leider hat mir die Zunft weitere Gesellen versagt. Das habe ich dem Wunderkind, deiner Mutter, zu verdanken.« Damit ließ er sie allein im Salon zurück.
Nur noch die Kerzen in den Leuchtern an der Wand neben der Tür brannten. Die Standuhr hatte plötzlich etwas Bedrohliches, und auch die Kanäle Venedigs, die im schummrigen Licht eben noch auszumachen waren, wirkten fremd und unheim-

lich. Betrübt schlich Johanna in ihre Kammer. Johann-Baptist hatte ihren Einwand gründlich missverstanden. Sie hätte ihm das sagen sollen. Nun glaubte er, sie scheute das frühe Aufstehen. Dabei hatte sie doch nur Sorge, dass er seine Gesundheit über die Maßen strapazierte. Sie musste ihm sagen, dass es sich um ein dummes Missverständnis handelte. Sie würde sich bei ihm entschuldigen, gleich morgen früh. Doch es war auch an ihm, sie um Verzeihung zu bitten. Sie ließ sich auf ihr Bett fallen und atmete tief durch. Es war nicht richtig, wie er ihr gleich über den Mund gefahren war. Er hatte ihr ja nicht einmal die Möglichkeit gegeben, sich zu erklären. Stattdessen hatte er sie beleidigt. Und nicht nur sie, sondern auch ihre Mutter. Johanna musste an seinen letzten Satz denken. Es war das erste Mal, dass Johann-Baptist schlecht über seine geliebte Nichte gesprochen hatte. Was um Himmels willen hatte sie getan, dass die gesamte Zunft den Bernsteindreher Becker offenbar bestrafte? Oder hatte sie das falsch verstanden?

Am nächsten Morgen war Johanna die Erste in der Werkstatt. Gleich nach ihr erschien Johann-Baptist. Er hob nur die Augenbrauen, als er sie sah, sagte aber nichts. Um die Mittagszeit taten Johanna die Hände vom Halten der Schale weh, in die sie mit Hilfe einer Schablone Blumenornamente ritzen musste. Auch das Halten der Nadel und das Führen des Werkzeugs mit kontrolliertem Druck ließen die Finger schmerzen. Sie brauchte eine Pause. Vor allem aber wollte sie dem Handschuhmacher Olivier einen Besuch abstatten. Sie würde nicht wie alle anderen untätig warten, bis sich Vincents Unschuld durch ein Wunder von selbst zeigte oder er gar verurteilt und viele Jahre weggesperrt wurde. Sie würde diesen feinen Herrn zur Rede stellen.

»Ich möchte rasch zu Apotheker Runge wegen einer Arznei für Tante Bruni laufen. Ist das recht, Onkel?«, fragte sie deshalb.
Johann-Baptist schnitzte gerade an einem Familienwappen. Er sah auf und rieb sich die müden Augen. »Ja, geh nur.« Schon wendete er sich wieder seiner Arbeit zu.
»Wenn ich schon da bin, könnte ich uns etwas von Bäcker Schroth mitbringen. Die Backstube ist ja gleich nebenan.« Sie wollte ihren Onkel so gern ein wenig aufheitern.
Der alte Geselle Schneider, ein kleiner Mann mit breiten Schultern, einem kleinen Bauch und rötlichem Haar, der sich sicher bald auf das Altenteil zurückziehen würde, lächelte ihr aufmunternd zu. Der Bursche, der Handreichungen und Botengänge erledigte und wegen seiner schnellen Füße von allen Flitzebein genannt wurde, verbrannte sich beinahe die Finger am Ofen, auf dem er gerade ein heißes Wasserbad vorbereitete. Er sah mit glänzenden Augen zu ihr hinüber. Es war nicht schwer zu erraten, dass er auf eine Leckerei von Schroth hoffte. Johann-Baptist dagegen zeigte keinerlei Begeisterung, sondern brummte bloß etwas, das Johanna nur mit viel gutem Willen als Zustimmung deuten konnte.
Sie schlüpfte in ihren Mantel und trat hinaus auf die Straße. Wolken verdeckten die Sonne. Nicht einmal Trautlinds Klavierspiel war zu hören. Als ob sich die ganze Welt von der Traurigkeit anstecken ließe, dachte Johanna. Sie nahm nicht den kürzesten Weg zur Apotheke, sondern ging geradeaus, bis in die Butterstraße, wo der Lederhandschuhmacher sein Kontor und seine Werkstatt hatte. Es waren nicht viele Schritte bis dorthin. Als die Witwe Wegner ihr entgegenkam, senkte Johanna den Kopf. Sie wollte hier lieber nicht gesehen werden. Doch die alte Dame war ohnehin wie meist tief in Gedanken versunken und schlurfte an ihr vorbei, ohne sie zu bemerken.

Dachte Johanna zunächst noch voller Wut daran, wie sie Olivier so lange bedrängen würde, bis er ihr verriet, wer ihm in Wahrheit das Schmuckstück gegeben hat, wuchsen ihre Zweifel mit jedem Pflasterstein, den sie unter ihren Füßen hinter sich ließ. Als ob es so einfach wäre. Gewiss, es war festzustellen, ob ein Einschluss echt oder falsch war. Eine Fälschung mit einer Quittung über den Kaufpreis war ein erdrückender Beweis. Es lag also nahe, dem Stolper Kaufmann Glauben zu schenken. Dennoch hatte man ihm ganz bestimmt die eine oder andere Frage gestellt, bevor man Vincent abgeholt und eingesperrt hatte. Der angeblich Betrogene musste sich eine sehr gute Geschichte ausgedacht haben, die er auch Johanna erzählen würde. Oder erwartete sie etwa, dass er bei ihrem Anblick erweichen oder gar ihren Zorn fürchten würde? Wohl kaum. Je mehr sie darüber nachdachte, desto törichter erschien ihr ihr Tun. Sie wurde immer langsamer. Vor dem Haus des Handschuhmachers angekommen, blieb sie einen Moment unschlüssig stehen. Dann machte sie kehrt und eilte in die Kirchhofsstraße. Der Anblick der dicken Mauern der Marienkirche zu ihrer Linken brachte sie auf einen Gedanken. Sie musste mit Vincent sprechen. Es musste einen Grund dafür geben, dass man ihn angeschwärzt hatte, dass gerade er jetzt hinter dicken Mauern gefangen saß. Immerhin gab es noch einige Bernsteindreher in der Stadt. Warum war keiner von ihnen beschuldigt worden? Hier draußen an der frischen Luft, fern von der betrübten Tante und dem verbitterten Onkel, fühlte Johanna neue Energie in sich aufsteigen. Sie würde herausfinden, wer ihrem Cousin diesen Schlamassel eingebrockt hatte. Auf dem Weg zum Landarbeiterhaus, das man eingerichtet hatte, um Personen, die durch Müßiggang, Bettelei oder verbotene Gewerbe der bürgerlichen Gesellschaft zur Gefahr werden

könnten, in Gewahrsam zu nehmen, zögerte sie kurz. Immerhin lag es ein gutes Stück von hier entfernt. Es würde lange dauern, bis sie dort war, mit Vincent gesprochen hatte, falls man sie überhaupt zu ihm ließ, bis sie dann wieder hier war, in die Apotheke und zum Bäcker ging und schließlich in die Bernsteinwerkstatt zurückkehrte.
Und wenn schon. Hatte ihr Onkel ihr nicht am vergangenen Tag erklärt, dass es ohnehin keine Bedeutung habe, ob sie in der Werkstatt sei oder nicht. Soll er doch sehen, wie er ohne mich zurechtkommt, dachte sie trotzig.

Das Landarbeiterhaus, das im Grunde nichts anderes war als ein Gefängnis, stand wie ein behäbiger Riese hinter einem hohen schmiedeeisernen Zaun, dessen Stäbe nach oben dornig zuliefen wie Speerspitzen. Johanna wurde schwach ums Herz. Noch nie in ihrem Leben war sie in einem Gefängnis oder einer vergleichbaren Einrichtung gewesen. Sie kannte nicht einmal jemanden, der dies von sich behaupten konnte. Sie atmete tief durch und schüttelte über sich selbst den Kopf. Dann drückte sie den Rücken durch. Vincent würde ihr gewiss nichts antun, und die anderen Strolche oder ebenso Unglückseligen, die unschuldig hinter diesen Mauern ihr Dasein fristeten, würden dort schließlich nicht frei herumlaufen. Sie hatte also nichts zu befürchten.
Da sie glaubhaft versichern konnte, dass sie die leibliche Cousine von Vincent Becker war, ließ man sie zu ihm. Man führte sie über einen dunkelgrauen Steinboden, auf dem die Absätze ihrer Stiefel laut klapperten, einen schmalen Gang entlang bis zu einer niedrigen Tür. Obwohl Johanna nicht ungewöhnlich groß war, musste sie sich bücken, um unter dem geschwungenen steinernen Bogen hindurch einen kleinen Raum zu betre-

ten, in dem es nur einen Tisch mit einem Stuhl gab. Es dauerte eine Weile, bis sie die spärlichen Möbel erkannte, denn lediglich durch eine winzige Scharte, so klein, dass Johanna meinte sie mit einer Hand verschließen zu können, fiel etwas Licht.
»Setzen Sie sich«, sagte der Wachmann, der sie hergeführt hatte, in strengem Ton.
Johanna fröstelte. Sie nahm, wie man ihr gesagt hatte, Platz und erschrak, denn der Stuhl kippte nach hinten. Eines der hinteren Beine hatte genau über der Kuhle zwischen zwei Steinen geschwebt. Sie presste eine Hand auf die Brust und atmete tief. Den Wachmann schien das nicht zu kümmern. Er hatte den Raum bereits verlassen und die Tür hinter sich verschlossen. Sie schluckte, als sie das Geräusch des Schlüssels vernahm. Auf der Stelle fühlte sie sich, als wäre sie selbst eingesperrt, als könnte sie nicht zurück auf Stolps Straßen. Das erste Mal hatte sie Mitleid mit ihrem Cousin. Allmählich gewöhnten sich ihre Augen an die Dunkelheit. Nichts als nackte Steinwände waren um sie herum. Hier und da sah es aus, als würde ein Moos oder eine Flechte in den Fugen zwischen den ungleichmäßigen Quadern gedeihen. Der Geruch erinnerte Johanna ein wenig an den, der ihr vom Weinkeller ihres Großvaters vertraut war. Nur dass hier das angenehm fruchtige Aroma fehlte, das sich daheim in Lübeck mit der Feuchtigkeit mischte. Hier roch es nach Schimmel und Schweiß und nach Erbrochenem, das vor einiger Zeit nicht gründlich entfernt worden war. Gerade bemerkte Johanna, dass ihre Beine und ihr Gesäß kalt wurden, fuhr mit der Hand über das Holz des wackeligen Stuhls und stellte fest, dass es feucht war, als sie wieder das Klappern des Schlüsselbunds hörte. Eine Sekunde später öffnete sich die niedrige Tür mit leisem Quietschen, und für einen

kurzen Moment wurde es ein wenig heller in der kleinen Zelle. Die Zeit, bis die Tür sich wieder schloss und das Tageslicht, das den Gang erhellte, aussperrte, reichte, um Vincents jämmerlichen Zustand zu erkennen.
»Du?«, fragte er überrascht.
»Guten Tag«, sagte sie unsicher. Plötzlich erschien ihr die Idee, hierherzukommen, nicht mehr sonderlich klug. »Möchtest du dich vielleicht setzen?«, fragte sie und machte Anstalten, sich zu erheben. Er war nicht besonders kräftig auf den Beinen, das war leicht zu erkennen.
»Nein«, sagte der Wachmann knapp, der an der Wand neben der Tür stehen geblieben war.
»Ich dachte doch nur ...«
»Sie setzen sich, er steht«, kommandierte der Wachmann.
Also ließ sich Johanna wieder auf den Stuhl sinken, obwohl sie lieber auch stehen geblieben wäre.
»Was willst du?« Vincent funkelte sie feindselig an. Verkrustetes Blut über seiner rechten Augenbraue verriet, dass er gestürzt oder geschlagen worden war. »Reicht es dir nicht zu wissen, dass ich hier bin? Musst du herkommen, um dich an meinem Unglück zu ergötzen?«
Johanna blieb kurz die Luft weg. Glaubte wirklich jeder in dieser Familie, dass sie zu nichts nütze sei und nur an sich dachte? Zu ihrem Vergnügen war sie gewiss nicht gekommen. Sie schluckte ihren Ärger hinunter. Wenn sie stritten, wäre der Weg hierher umsonst gewesen. Dann bekäme sie sicher keine vernünftigen Hinweise von ihm.
»Ich will dir helfen.«
»Warum?«
»Warum?« Sie konnte nicht glauben, dass er sie das fragte. »Es ist einfach nicht auszuhalten, wie deine Eltern leiden«, spru-

delte es aus ihr heraus. »Sie essen kaum, schlafen schlecht, deine Mutter krümmt sich vor Schmerzen, und dein Vater arbeitet viel zu viel. Er scheint sich noch immer für einen jungen starken Mann zu halten, aber er ist beinahe ein Greis, der das nicht lange überstehen kann. Und ich bin ihm nun einmal keine große Hilfe, selbst wenn ich mich noch so sehr bemühe. Also musst du so bald wie möglich nach Hause kommen. Darum will ich dir helfen.«

Er hatte ihr ruhig zugehört. In seinem Blick lag pure Verzweiflung. Es hatte den Anschein, als hätte er sich bis zu diesem Moment eingeredet, dass es seinen Eltern schon gut ergehen würde. Diese Illusion hatte sie ihm genommen.

»Und wie willst du das anstellen?«, fragte er traurig.

»Du musst mir sagen, wer das getan haben könnte. Du hast die Biene nicht in den Bernstein gebracht, das steht fest. Und du hast dir auch keinen Rohstein mit einem gefälschten Einschluss unterschieben lassen. Habe ich recht?«

»Mit jedem Wort, ja.«

»Dann kann es nur so sein, dass ein anderer für die Fälschung verantwortlich ist. Und dieser Unbekannte macht mit Olivier gemeinsame Sache, denn der behauptet, er habe das Stück von dir erworben.«

»Was er beweisen kann!«

»Nein, was er vorgibt, beweisen zu können. Mit einem Trick.«

»Warum sollte Olivier das tun? Das ergibt doch keinen Sinn.«

»Du hattest niemals Streit mit ihm?«

»Nein.«

»Hat er jemals Bernstein bei euch gekauft?«

»Ich weiß nicht ... Doch, vor vielen Jahren hat er eine Haarspange für seine Frau machen lassen.«

»War er mit der Arbeit zufrieden? Oder habt ihr womöglich über den Preis gestritten?«

»Nichts dergleichen, nein.« Vincent strich sich durch die rötlich braunen Haare, die dringend nach Wasser und Seife verlangten.

»Es muss einen Grund geben, dass er dir Böses will«, überlegte Johanna laut. »Seine Tochter ist sehr hübsch. Hast du vielleicht ein Auge auf sie geworfen?«

»Wie kannst du …? Helene ist doch fast noch ein Kind!«

»Darum. Ich dachte, falls du etwas gesagt oder ihr einmal hinterhergeschaut hast … Väter können in dieser Beziehung sehr empfindlich sein.«

Er überlegte nicht lange, sondern schüttelte nur verneinend den Kopf.

»Also schön, wer könnte sonst ein Hühnchen mit dir zu rupfen haben? Denk nach! Kann doch sein, dass Olivier von jemandem vor dessen Karren gespannt wurde.«

»Ich weiß nicht. Ich werde darüber nachdenken.«

Sie seufzte. »Gut. Vincent?«

»Ja?«

Sie rutschte auf ihrem Stuhl herum, traute sich aber nicht, aufzustehen. »Kann uns der Bernstein seine Herkunft verraten? Ich meine, könnte nicht die Art des Schliffs, der Verarbeitung einen Hinweis darauf geben, durch wessen Hände er gegangen ist?«

»Schon möglich, ja. Soweit ich weiß, hat man ihn in siedendes Wasser gelegt, wo er auf der Stelle in zwei Teile zerfiel. Damit stand fest, dass ein Betrug vorlag. Die beiden Teile verraten gewiss dem eine Menge, der etwas davon versteht. Nur wie willst du nach solchen Hinweisen suchen? Der Anhänger oder das, was von ihm übrig ist, ist in polizeilicher Obhut. Wenn er in der Werkstatt wäre, hätte Vater ihn längst gründlich angesehen.«

»Ich werde mich erkundigen, ob man Johann-Baptist einen Blick darauf werfen lassen würde«, versprach Johanna. »Er muss sich das unglückbringende Stück einfach ansehen dürfen.«

Er drehte sich um und schaute kurz zu dem Wachmann. Dann beugte er sich zu ihr vor und zischte: »Mach nur keinen Unfug, hörst du? Es ist schon genug, dass Vater auf mich verzichten muss. Wenn du nun auch noch Kummer machst, ist er in der Werkstatt verloren.« Es klang, als würde er es ehrlich meinen.

»Ach Unsinn, wir wissen beide, dass ich ihm eher im Weg stehe, als ihm eine Hilfe zu sein«, sagte sie betrübt.

»Das stimmt nicht. Nun gut, du bist nicht gerade zur Bernsteinschnitzerin geboren. Aber du bist eine Frau. Da ist das ganz normal.«

»Meine Mutter …«

»Deine Mutter hat meinem Vater auch nicht nur Freude bereitet«, unterbrach er sie barsch. »Das kannst du mir glauben.« Ihr fiel die Bemerkung von Johann-Baptist ein. Bevor sie fragen konnte, was ihre Mutter denn so Schlimmes angerichtet habe, sprach Vincent weiter: »Ich habe von Anfang an nichts davon gehalten, dass du bei uns in die Lehre gehst. Ein Mädchen in einem Handwerk!« Er schnaubte verächtlich. »Aber ich habe in den letzten Wochen gesehen, dass du doch einige Grundkenntnisse erworben hast und einzusetzen weißt. Wenn Vater die Formen grob vorgibt, kannst du sie gewiss anständig herausarbeiten, so dass er dann nur noch die Feinarbeit erledigen muss. Das Polieren übernimmst wieder du. So kommt ihr schneller zum Ziel.«

»Glaubst du wirklich?« Sie war mehr als überrascht. Es war das

erste Mal, dass ihr jemand sagte, sie habe in ihrer Lehre nicht vollständig versagt. Und dieser Jemand war ausgerechnet ihr verhasster Cousin Vincent.
»Aber sicher. So haben Vater und ich es auch gemacht, als ich noch nicht die Fingerfertigkeit von heute besaß. Erinnere ihn nur daran. Damals sagte er mir, jeder müsse nach seinen Fähigkeiten beschäftigt werden, dann lerne man am besten.«
»Du hast viel gelernt, daran gibt es keinen Zweifel.«
»Aber so gründlich poliert wie du habe ich niemals. Es hat mir immer die wenigste Freude gemacht.« Er lächelte.
Der Wachmann trat von einem Bein auf das andere.
Johanna stand auf. »Ich muss zurück in die Werkstatt«, sagte sie. »Johann-Baptist wird ohnehin schon böse sein, weil ich so lange fortgeblieben bin.« Sie raffte den Rock ihres Kleides. »Vergiss nicht, darüber nachzudenken, wer dir feindlich gesinnt sein könnte. Ich komme dich wieder besuchen. Es wäre gut, wenn du mir dann Namen nennen könntest.«
Sie standen einander kurz gegenüber.
»Halt!«, rief der Wachmann. »Erst er, dann Sie«, kommandierte er, packte Vincent am Arm und drehte ihn herum.
»Danke«, flüsterte der noch, während er schon durch die Tür geschoben wurde.
»Ja«, erwiderte Johanna leise.

Wind war aufgekommen. Schwere graue Wolken jagten über den Himmel. Johanna hielt mit einer Hand ihre Haube, mit der anderen zog sie den Kragen ihres Mantels fest zusammen, damit die Böen nicht hineinfahren konnten. Sie kam kaum drei Schritte weit, als sie stolperte. Nein, so ging das nicht, sie musste Mantel und Rock halten. So lief sie, so schnell sie konnte, gegen den Wind an. Er trieb ihr die Tränen in die Augen

und färbte ihre Wangen rot. Der Kragen des Mantels klaffte weit auseinander, so dass der Luftzug selbst den Stoff ihres Kleides durchdrang. Johanna konnte sich nicht darum kümmern. Sie hatte es eilig.
Trotz der Kälte stand ihr der Schweiß auf Stirn und Oberlippe, als sie die Apotheke von Marcus Runge erreichte.
»Nur herein«, rief die vertraute Stimme, nachdem Johanna geklopft hatte. »Gut, Sie haben kein …« Der Scherz, mit dem er sie zu begrüßen pflegte, blieb ihm bei ihrem Anblick im Halse stecken. »Johanna, wie sehen Sie denn aus?«
»Ich musste mich so beeilen«, brachte sie mühsam hervor und ließ sich auf den ihr dargebotenen Stuhl fallen. »Puh, in Lübeck bin ich manches Mal mit meinen Freundinnen um die Wette gelaufen. Das ist lange her. Mir scheint, ich bin etwas aus der Übung.« Sie zog ein Tuch aus ihrer Manteltasche und tupfte sich die Stirn.
»Aber sonst sind Sie wohlauf?« Er sah sie besorgt an.
»Ja, ja. Ich wollte nur rasch ein Magenmittel für meine Tante holen. Es geht ihr seit Tagen nicht gut. Sie hat manchmal sehr starke Schmerzen.«
»Haben Sie Weißwein zu Hause?«
»Gewiss.«
»Gut.« Er nahm den Tiegel mit Bernsteinpulver aus dem Regal und füllte ihr einige Gramm in ein kleines Gefäß. »Eine Messerspitze genügt. Erwärmen Sie den Wein, rühren Sie das Pulver ein, und geben Sie Ihrer werten Tante jeden Abend, bevor sie zu Bett geht, einen Becher davon zu trinken. Nach zwei Tagen sollte sie eine deutliche Linderung spüren.«
»Kann ich nicht einfach den Bernsteinstaub aus der Werkstatt nehmen?«
Er lachte. »Besser nicht. Wer weiß, was dann noch alles den

Weg in den Wein und in den Magen Ihrer Frau Tante findet. Bringen Sie mir den Staub, ich reinige ihn für Sie, damit Sie ihn verwenden können.«

»Danke.« Johanna stand auf und nahm das kleine Gefäß entgegen.

»Wenn es so schlimm um Ihre Tante steht, sollten Sie Dr. Jenson verständigen. Nur zur Vorsicht.« Er legte mitfühlend eine Hand auf ihren Arm.

»So schlimm ist es gewiss nicht.«

»Ich dachte, Sie seien so schnell gelaufen, weil ...«

»O nein, das hatte einen ganz anderen Grund. Den erkläre ich Ihnen später.« Schon war sie an ihm vorbei und an der Tür.

»Wann sehe ich Sie wieder? Ich muss Ihnen unbedingt etwas sagen.«

»Heute Abend, wenn ich es möglich machen kann«, rief sie und lief davon.

Sie konnte es nicht möglich machen, denn am Abend berichtete sie ihrem Onkel arglos von Vincents Vorschlag, wie die Arbeit in der Werkstatt besser und schneller von der Hand gehen könnte. Die Reaktion von Johann-Baptist traf sie gänzlich unvorbereitet. Anstatt sich zu freuen, warf er ihr vor, sich unter einem Vorwand aus der Werkstatt geschlichen zu haben. Er war erbost darüber, dass sie ihren Cousin besucht hatte. Bruni ergriff für Johanna Partei. Sie fand es sehr nett, dass Vincent einmal mit jemandem hatte sprechen können, der ihm vertraut war. Die Auseinandersetzung gipfelte darin, dass Bruni sich derart aufregte, dass es ihr wieder schlechtging. Johanna war in die Küche gelaufen und hatte den Bernsteintrunk nach Marcus' Anweisung zubereitet. Dann hatte sie noch eine geraume

Weile bei ihrer Tante gesessen und sie ein wenig beruhigt, bis diese schließlich gesagt hatte: »Geh jetzt schlafen, Kind, es war ein anstrengender Tag. Vincents Vorschlag klingt doch sehr vernünftig. Ich werde mit deinem Onkel noch einmal darüber sprechen.« Und als Johanna aufstand und die Schlafstube verlassen wollte, sagte sie noch: »Du solltest den Runge mal wieder mitbringen. Er ist so ein feiner junger Herr.«

Am nächsten Morgen liefen Johanna und Johann-Baptist fast ineinander, als sie gleichzeitig die Treppe von der großzügigen Etage, in der sich die gute Stube, der Salon und die Schlafstuben befanden, in die Werkstatt hinabsteigen wollten.
»Guten Morgen«, sagte Johanna.
»Guten Morgen, Kind.« Johann-Baptist fuhr sich durch das dichte graue Haar. »Deine Tante hat mir gestern noch ganz schön den Kopf gewaschen«, berichtete er ohne Umschweife, während sich beide an ihre Tische setzten.
Johanna griff nach der Schale, die sie heute auf Hochglanz polieren wollte, sagte aber kein Wort. Auch ihr Onkel setzte sich auf seinen alten Schemel, ohne sich jedoch dem Familienwappen zuzuwenden, das bald fertig sein musste.
»Ich muss mich bei dir entschuldigen«, begann er. »In den letzten Tagen war ich sehr ungerecht zu dir. Du hast dich darauf gefreut, endlich nach Hause zu reisen, und dann kam alles ganz anders. Seither schuftest du von früh bis spät, und ich hatte noch kein Wort des Dankes. Schlimmer noch, nur Vorwürfe habe ich dir gemacht.«
Sie stand auf und ging zu ihm. »Ist schon gut. Du hast es mit mir auch nicht immer leicht. Das Temperament habe ich wohl von meiner Mutter geerbt.« Sie lächelte und legte ihre Hand auf seine.

»O nein. Sie war zwar höchst eigensinnig, wenn ihr wirklich etwas bedeutet hat, aber dabei war sie doch zart, zerbrechlich und auch immer ein wenig scheu.«

»So?« Johanna hoffte inständig, er würde nun von ihrem Vater sprechen, der dann offenbar derjenige war, der für ihr Temperament gesorgt hatte. Doch wie schon so oft wurde sie enttäuscht.

»Jedenfalls hat Bruni recht. Der Vorschlag von Vincent ist vernünftig. Jeder soll nach seinen Fähigkeiten ...«

»... beschäftigt werden«, beendete sie den Satz für ihn.

»Ja, so ist es. Und außerdem habe ich beschlossen, in der Zunft noch einmal wegen der Zahl der Gesellen vorzusprechen. Jetzt, da mein Sohn ausfällt, werden sie vielleicht ein Einsehen haben und mir einen weiteren zugestehen. Dann hätten wir beide es wieder etwas leichter, und Geselle Schneider müsste auch nicht bis in die tiefe Nacht mit den Messern hantieren. Sein Buckel ist schon ganz krumm.«

»Warum darfst du eigentlich nur einen Gesellen haben?«, wollte sie wissen. »Du sagtest, meine Mutter sei dafür verantwortlich. Aber wie kann sie das denn, wo sie doch schon so lange tot ist?«

In dem Moment betraten der Geselle Schneider und Flitzebein die Werkstatt.

»Das erkläre ich dir später ganz in Ruhe«, vertröstete Johann-Baptist sie.

Am Abend holte sie den versprochenen Besuch bei Marcus nach. Flitzebein begleitete sie bis zur Apotheke. In seinem Kontor war Marcus nicht mehr, doch aus seiner Stube fiel Licht auf die Straße. Also klopfte Johanna an der rotgestrichenen Haustür. Es dauerte eine Weile, bis er ihr öffnete. Mittlerweile war Johanna daran gewöhnt, dass er seine Gäste selbst hereinbat. Am Anfang war ihr das als sehr wunderlich erschienen. Wofür gab es denn Bedienstete? In Lübeck galt es als unschicklich, wenn der Hausherr diese Aufgabe selbst übernahm, und auch hier war es absolut unüblich. Doch diese Marotte war bei weitem nicht die einzige, die er pflegte, seit seine Eltern in das hübsche Sommerhaus gezogen waren, das sie auf der anderen Seite der Stadt besaßen, und er die Apotheke übernommen hatte.

»Johanna, das ist eine Freude! Kommen Sie herein.«

Er ging voraus und sammelte eilig einige Papiere auf, die um den Tisch herum auf dem Fußboden lagen. Auch auf dem Möbelstück, von dem nur noch die Beine zu sehen waren, stapelten sich Bücher und beschriebene Blätter.

»Ich wollte nicht stören«, sagte Johanna.

»Sie stören nicht, nein, Sie stören überhaupt nicht.« Er schob die Papiere, die soeben noch einen guten Teil des Parketts bedeckt hatten, auf ein Bord. »Setzen Sie sich.« Er nahm zwei Bücher von dem zerschlissenen Sofa, dem neue Polster recht gut gestanden hätten, und bedeutete ihr, dort Platz zu nehmen. »Ich habe etwas Interessantes gelesen. Sie werden staunen.« Er hob die Schriften und Bände an, die auf dem Tisch nach einer nur für ihn verständlichen Ordnung lagen, sortierte sie neu, blätterte hier und da und schien etwas zu suchen.

Johanna liebte es für gewöhnlich, wenn er sie in seine Welt der Tinkturen und Pflanzen, der Wickel und Güsse entführte, doch an diesem Abend war sie zu müde, um ihm ihre Aufmerksamkeit zu schenken. Und es erforderte stets ihre volle Konzentration, wenn Marcus Runge sie in die Geheimnisse der Apothekerkunst einweihte. Sie würde ihm nicht folgen können, das wusste sie, denn ihre Gedanken waren bei Vincent, dem Bienen-Einschluss und dem Handschuhmacher

Olivier, doch das mochte sie ihm nicht sagen und ließ ihn daher einfach gewähren.

»Da ist es ja!« Er schwenkte ein vergilbtes Bändchen durch die Luft, dessen Seiten fast alle ein Eselsohr aufwiesen. Johanna fragte sich, welchen Sinn es ergeben sollte, nahezu jede Seite auf diese Weise zu markieren. Es würde einem das Auffinden bestimmter Textpassagen keinesfalls erleichtern, nicht mehr, als hätte man das Papier gänzlich unbeschädigt gelassen. »Dies sind die Aufzeichnungen des Callistratus«, fuhr er fort und sah sie erwartungsvoll an. »Erinnern Sie sich denn nicht? Ich hatte Ihnen bereits von dem römischen Gelehrten erzählt.«

»Ja, natürlich, jetzt weiß ich es wieder«, schwindelte sie abwesend. Zwar interessierte sie sich für die Heilkunst und ihre Methoden, die Namen der Gelehrten, die vor vielen hundert Jahren gelebt hatten, konnte sie sich jedoch nicht merken und hielt es auch nicht für bedeutend.

»Dies ist natürlich keine Originalschrift, sondern eine Übertragung. Darin ist von Chryselektrum die Rede.«

»Aha.«

»Nun, Chryselektrum lässt sich mit *goldfarbig* und …«, er machte eine bedeutungsvolle Pause und lächelte sie aufmunternd an, »… *elektrisch anziehend* in unsere Sprache übertragen.«

»Oh.« Johanna war nicht sehr beeindruckt.

»Goldfarbig und elektrisch anziehend, was könnte das wohl sein?« Wie er sie so ansah, die großen Augen hinter den runden Gläsern noch ein wenig mehr geweitet, vermochte Johanna nicht zu widerstehen und musste auf sein Fragespiel eingehen.

»Es wird sich wohl um Bernstein handeln«, antwortete sie daher brav.

Sein Lächeln wurde zu einem Strahlen. »Exakt!«
Sie ließ die Schultern sinken und unterdrückte ein Seufzen. Den ganzen Tag hatte sie mit Bernstein zu tun gehabt. Jeder ihrer Tage in Stolp wurde von dem Gold des Nordens, wie es hier viele nannten, bestimmt. Sie mochte nicht auch noch an diesem Abend etwas darüber hören. Doch es gab kein Entrinnen, und so fügte sie sich in ihr Schicksal.
»Callistratus hat sich wie so viele Gelehrte vor und nach ihm mit der vielfältigen Nutzung des zu Stein gewordenen Baumharzes befasst. Neben vielen anderen Erkenntnissen fand er heraus, dass die Arznei daraus gegen den Wahnsinn hilft.«
»So«, murmelte sie und ließ sich von den bunten ledernen Buchrücken ablenken, die ihr inzwischen so vertraut waren, ihr jedoch auch immer wieder Überraschungen offenbarten. Da sein Blick noch immer voller freudiger Erwartung auf sie geheftet war, musste sein kleiner Vortrag eine besondere Pointe haben, die ihr bislang entgangen war. Es dauerte eine Weile, bis sie begriff. Endlich war ihre Neugier geweckt.
»Sie meinen, Sie könnten aus dem Bernstein eine Arznei bereiten, die gegen den Wahn nützlich ist?«
»Es wäre ganz gewiss einen Versuch wert«, erwiderte er zufrieden und setzte sich endlich auf seinen Stuhl. »Wollen Sie mir sagen, für wen Sie mich nach einer Behandlung von Nervenkrankheiten gefragt haben?«
»Ich fragte für Trautlind Scheffler, die Tochter des Braumeisters.«
Er nahm seine Gläser von der Nase und rieb sie an seinem Ärmel. »Ausgerechnet«, seufzte er.
»Sie kennen sie?«
»Selbstverständlich. Ein jeder hier in Stolp spricht von ihrer außergewöhnlichen Begabung für das Klavierspiel ebenso wie

über den Irrsinn, der von ihr schon als kleines Mädchen Besitz ergriffen haben soll. Beides hinter vorgehaltener Hand, versteht sich.«

»Ich mag einfach nicht glauben, dass es so schlimm um sie steht. Ein Mensch, der einem Instrument so wunderschöne Klänge entlocken kann, ist doch nicht irrsinnig oder womöglich bösartig.«

Er schlug ein Bein über das andere, setzte seine Gläser wieder auf die Nase und lehnte sich ein wenig zurück. »Das war auch immer meine Ansicht.«

»Ich kann sie sehen, wenn die Vorhänge ihrer Kammer geöffnet sind. Dann winken wir uns zu. Sie scheint mir so freundlich zu sein. Man muss doch etwas für sie tun können.«

»Ich weiß, dass der Doktor sie angesehen hat. Es ist sogar ein Herr Roller hier gewesen. Er kam von weit her, erzählte man sich. Das mag jetzt …« Er dachte kurz nach. »Es mag ein oder zwei Jahre her sein. Der Roller war noch ganz jung, hatte aber einen glänzenden Ruf in Bezug auf Nervenkrankheiten. Nachdem auch er nichts für sie tun konnte und ohne nennenswerten Erfolg abreiste, haben ihre Eltern es mit ihr aufgegeben, meine ich. Haben sie sich schon zuvor geschämt, sperren sie sie seit dem Tag weg und lassen sie nicht mehr auf die Straße.«

»Das habe ich nicht gewusst.«

»Gut möglich, dass es doch schon etwas länger her ist und der ehrenwerte Herr Roller bei dem Fräulein Scheffler war, kurz bevor Sie nach Stolp kamen.«

Johanna konnte sich nicht vorstellen, was Trautlind durchgemacht haben musste, und mochte es auch nicht.

»Ich entsinne mich noch gut, dass ein Heiler aus dem Nichts auftauchte, als Fräulein Scheffler gerade die ersten Anzeichen zeigte. Da sie damals noch ein Kind war, das schon auf dem

Klavier spielen konnte wie kaum ein Erwachsener, riet der Heiler, vor allem ihre Hüfte und ihre Knie und bestimmte Wirbel zu behandeln. Das seien die Orte, wo der Zwiespalt zwischen Ruhmsucht und Gottesfurcht zu finden sei, behauptete er.«
»Ist denn so etwas möglich?«, wollte Johanna ungläubig wissen.
»Diese Frage habe ich mir damals auch gestellt. Ich hatte gerade die Lehre bei meinem Vater begonnen und las viel über Hildegard von Bingen. In der Tat vertrat sie die Auffassung, jeder Wirbel verkörpere die Spannung zwischen einer Tugend und einer charakterlichen Schwäche. Bedenken Sie aber, dass diese Hildegard von Bingen vor etwa siebenhundert Jahren lebte. Wie viele neue Erkenntnisse haben wir seit dieser Zeit gewonnen, die dieser Quacksalber, entschuldigen Sie diesen derben Ausdruck, keinesfalls in seine Überlegungen einbezog.«
»Hat er ihr eine Medizin gegeben?«
»Niemand weiß, was er genau mit ihr gemacht hat«, antwortete er leise. »Fasten und Gebete hätte Hildegard von Bingen ihr verordnet. Und auch körperliche Abhärtung, gewiss. Dieser Unmensch beließ es bei Letzterem. Er müsse mit seinem Körper den ihren abhärten, hatte er ihren Eltern erklärt. Diesem Vorgang beiwohnen durften sie freilich nicht. Bis zum Hause des Buchbinders Wieland sollen die Schreie des Mädchens zu hören gewesen sein. Noch lange Zeit, nachdem sich der vermeintliche Heiler längst auf und davon gemacht hatte, soll sie nachts fürchterlich geschrien haben.«
»Wie schrecklich!«
»Allerdings. Frau Scheffler wusste sich keinen Rat und hat auch mich um Hilfe gebeten. Ich versuchte es mit Fenchel, Dinkel und empfahl ihr auch einen Dachsgürtel.«

»Ohne Erfolg, nehme ich an.«
»So ist es, leider. Und ausgerechnet diesem unglückseligen Fräulein wollen Sie nun helfen?«
Johanna erzählte von ihrer Begegnung mit Frau Scheffler.
»Wenn sie Sie schon einmal ins Haus geholt hat, wird sie sicher nichts dagegen einwenden, wenn Sie mich bei meinem Besuch begleiten.«
»Oh, sie hat mich damals nicht ins Haus geholt. Sie hatte einen Burschen zu mir geschickt, der eine Medizin holen sollte.«
»Trotzdem«, beharrte Johanna, »kann ich mir nicht vorstellen, dass Sie im Hause der Schefflers nicht willkommen sind. Und mit Bernstein ist es noch nicht probiert worden. Womöglich kann er ihr Leiden lindern.«
»Wie ich schon sagte, es wäre den Versuch wert.« Er sah sie eindringlich an. »Sie sind blass, Johanna. Sie gefallen mir schon seit geraumer Zeit nicht. Wollen Sie mir nicht erzählen, was Ihnen fehlt?«
»Ich bin nur müde. Es ist alles recht viel in letzter Zeit.«
»Wie unaufmerksam von mir. Ich hätte Ihnen längst einen Tee machen sollen«, brachte er beschämt hervor, stand auch schon auf und stapelte die Bücher vom Tisch in die Regale an den Wänden ringsherum. Er folgte dabei einem System, das sie nicht zu durchschauen vermochte. »Entschuldigen Sie mich«, sagte er und verschwand.
Johanna gähnte, ließ den Kopf auf die Lehne des Sofas sinken und schloss die Augen.

Als sie die Augen wieder öffnete, saß er erneut auf seinem Stuhl. Er hatte ihn ein wenig näher an das Sofa gestellt und betrachtete sie, den Oberkörper vorgeneigt, die Ellbogen auf die Knie gestützt.

»Oh, ich werde doch nicht eingeschlafen sein?« Johanna kniff die Augen zusammen und stöhnte leise. »Bitte entschuldigen Sie. Wie unhöflich von mir. Es ist wohl besser, wenn ich jetzt gehe.«
»Nicht bevor Sie das hier getrunken haben.«
Er schob ihr einen Becher hin, in dem eine weiße Flüssigkeit dampfte. Pflanzenteile schwammen darin.
»Borretschmilch«, erklärte er ihr. »Trinken Sie das langsam, denn es ist sehr heiß. Die Borretschblüten können Sie ruhig essen, das schadet nicht.«
»Danke schön.« Sie drehte den Becher zwischen ihren Handflächen hin und her und lächelte Marcus an. Es war nicht das erste Mal, dass er sich rührend um sie kümmerte. Sie hatte ihn wirklich von Herzen gern. Und so begann sie von alleine über ihren Kummer zu erzählen. Natürlich war jedermann in Stolp bekannt, dass man Vincent Becker in Haft genommen hatte. Über die Hintergründe gab es freilich die verschiedensten Gerüchte. Spekulationen schossen ins Kraut, und Johanna war froh, Marcus die Wahrheit sagen zu können. Sie erwähnte auch den Handschuhmacher Olivier.
»Es kann nicht anders sein. Dieser feine Herr Olivier muss in der Sache die Fäden ziehen. Zumindest spielt er das falsche Spiel mit. Nur will mir leider nicht in den Kopf, warum er meinem Cousin Böses will.«
»Und wenn Sie einen Gedankenfehler machen, Johanna?«
»Was meinen Sie?«
»Ich kenne Herrn Olivier seit meiner Kindheit. Er ist ein absolut ehrbarer Kaufmann, der schon länger in der Stadt ist, als Sie am Leben sind. Er hat unsere Sprache perfekt gelernt. Sie werden kaum noch hören, dass er einst aus Frankreich kam.«
»Daher der Name ... Ich hatte mir schon so etwas gedacht.«

»Ja, er kehrte wie so viele seiner Landsleute Frankreich vor bald dreißig Jahren den Rücken, als die Royalisten nach den politischen Wandlungen ohne Gnade verfolgt wurden. Zunächst führte sein Weg ihn nach Hamburg, wo er ein Café eröffnete. Auch in Ihre Heimat Lübeck kamen damals unzählige Franzosen, hörte ich, wenn auch einige Jahre später. In beiden Hansestädten liebten die Bürger die Fremden und hofften von ihnen einiges zu lernen. Sie können sich schwerlich erinnern, nehme ich an. Sie dürften um diese Zeit gerade erst geboren worden sein. Jedenfalls war die Lebensart der französischen Bürger so gänzlich anders, neu. Sie brachten Kultur mit und gutes Essen ...« Marcus kam regelrecht ins Schwärmen. Doch rasch war dieser romantische Anflug vorüber. »Als Hamburg an den Rand des Staatsbankrotts geriet, wurden die Zeiten auch für die Kaufleute und für die Franzosen, die sich eben erst ihre Existenz aufgebaut hatten, schwer. Nach meiner Kenntnis musste Olivier sein Café schließen. Er besann sich, so hieß es, auf seinen eigentlichen Beruf, die Handschuhmacherei. So kam er nach Stolp und ließ sich als tüchtiger Handwerker nieder.«

Johanna schüttelte den Kopf. Das mochte ja alles stimmen, nur hatte es rein gar nichts mit der Fälschung und einer Erklärung für Oliviers Rolle in dem Fall zu tun.

»Wäre es nicht möglich«, überlegte Marcus laut, »dass ein Knecht oder eine Magd den Auftrag hatte, ein ganz genau beschriebenes Schmuckstück zu besorgen? Er oder sie hat dafür eine stattliche Summe Geldes bekommen, den Anhänger für viel weniger fälschen lassen, das falsche Papier mit der Handschrift Ihres Cousins besorgt und sich das übrige Geld in die eigene Börse gesteckt.«

Das klang im ersten Augenblick plausibel. Johanna merkte, wie

ihr vor Aufregung die Röte in die Wangen stieg. Je mehr sie indes darüber nachdachte, desto unwahrscheinlicher erschien ihr die Geschichte.
»Nein«, sagte sie. »Wer einen Bernstein mit einem Einschluss haben will, der sieht sich selbst danach um. Er würde sich zeigen lassen, was immer man ihm anbieten kann. Dann würde er selber mit dem Meister besprechen, wie die Form, wie der Schliff aussehen soll. Wer würde seinem Gesinde derartige Entscheidungen übertragen und es dann mit einer mehr als stattlichen Summe allein das Geschäft abwickeln lassen? Das ist ganz undenkbar.«
Sie diskutierten noch eine geraume Weile das Für und Wider der verschiedensten Theorien. Dann befand Marcus, dass Johanna endlich ins Bett gehöre, und brachte sie nach Hause.

In den nächsten Tagen hielten Johanna und ihr Onkel es, wie sie es besprochen hatten. Johann-Baptist bereitete Griffe für Essbesteck, Schachfiguren und Ringe so vor, dass sie daran ein gutes Stück weiterarbeiten konnte. Sobald es ihr zu heikel, die geforderte Arbeit zu filigran wurde, gab sie sie wiederum an den Onkel zurück. Wie sie gehofft hatten, kamen sie auf diese Weise besser voran.
Weniger erfreulich war Johann-Baptists Vorsprechen bei der Zunft. Die war nämlich in höchstem Maße mit sich selbst beschäftigt und im Begriff, sich aufzulösen, wie es die Bernsteindreherzunft zu Königsberg bereits viele Jahre zuvor getan hatte. Johann-Baptist war hin- und hergerissen. Solange er denken konnte, hatte er zu dieser Verbindung ehrbarer Kaufmänner gehört, deren Lebensinhalt es war, das Gold des Nordens sorgsam und mit höchster handwerklicher Kunst zu verarbeiten. Gäbe es die Zunft nicht mehr, hätte das für ihn den Vorteil,

dass er sich einen Gesellen suchen und ihn in seine Dienste nehmen konnte, wann immer er mochte. Auf der anderen Seite hatte er zu den Männern eine Bindung wie zu einer Familie. Es war für ihn unvorstellbar, dass es die Zunft nicht mehr gab. Also wollte er mit aller Kraft für deren Fortbestand kämpfen, selbst wenn ihn das um den eigenen Vorteil brachte.

»Ich verstehe dich nicht«, jammerte Bruni, die an einem besonders warmen Tag – der Sommer würde nun nicht mehr lange auf sich warten lassen – in die Werkstatt kam und die Männer und Johanna mit dünnem Bier versorgte. »Seit damals, als Luise auf und davon ist, hast du nur noch Scherereien mit deinen Zunftbrüdern.«

»Lass es gut sein«, sagte Johann-Baptist sanft.

»Einer muss dich doch zu Verstand bringen«, ereiferte sie sich weiter.

Flitzebein kümmerte sich geschäftig darum, Pflanzenöl zu erwärmen, in dem Schneider später kleine Klumpen von minderer Qualität klarkochen würde. Ihm war dabei anzusehen, dass er die Ohren spitzte. Der alte Schneider lauschte ebenfalls.

»Sie haben dir nie verziehen, dass du sie wegen des Anhängers belogen hast. Und schon dreimal nicht, dass Femke ihn nicht im Zunfthaus gelassen hat.«

»Schweig!«, herrschte Johann-Baptist sie an. »Dies ist weder die Zeit noch der Ort, das zu besprechen.«

Für einen kurzen Moment sah es so aus, als ob Bruni noch etwas erwidern würde, doch dann besann sie sich. Sie kannte ihren Mann gut genug, um zu wissen, dass sie nichts erreichen würde, wenn sie ihn jetzt in die Enge trieb. Johanna kannte ihrerseits ihre Tante gut genug, um zu wissen, dass diese sich längst nicht endgültig geschlagen gab. Sie nahm sich vor, sie so bald als möglich auf das anzusprechen, was sie da gerade gesagt hatte. Konnte es wirklich sein, dass ihr Onkel seine Zunftbrüder belogen hatte? Und um welchen Anhänger ging es hier?

Johanna konnte sich nicht darum kümmern, so wissbegierig sie auch war, wenn es auch nur im Entferntesten um ihre Mutter ging. Doch die Stunden flogen einfach zu rasch dahin und zogen sie wie in einem einzigen Sog mit sich. Sie hatte es gerade noch einrichten können, bei den Schefflers einen Besuch bei Trautlind auszumachen. Wie sie erwartet hatte, hatte Liese Scheffler nichts dagegen, dass Marcus sich anschloss. Er genoss den besten Ruf in der Stadt, und vermutlich hatte sie die Hoffnung doch noch nicht vollends begraben, dass jemand ihrer Tochter helfen könne.
An einem warmen Nachmittag Ende Mai holte Marcus Johanna ab.
»Sie sehen ganz reizend aus«, stellte er zur Begrüßung fest, nahm ihre Hand, deutete etwas steif einen Handkuss an und errötete.
»Danke schön«, sagte Johanna fröhlich. Sie hatte sich so sehr darauf gefreut, an diesem Tag nicht bis in den Abend in der Werkstatt sitzen zu müssen. Auch auf Marcus' Gesellschaft hatte sie sich gefreut und darauf, Trautlind nun endlich näher kennenzulernen. Bruni und Johann-Baptist Becker wechselten ein paar Worte mit Marcus, dann verließ Johanna mit ihm das Haus.
»Haben Sie die Arznei?«, fragte sie.
»Aber natürlich. Ich hatte es Ihnen doch versprochen«, gab er zur Antwort und zog rasch ein Fläschchen hervor. »Ich habe den Bernstein in Öl gekocht und das Ganze mit Honig versetzt. Hoffentlich gelingt es ihrer Frau Mutter, ihr täglich einen

Löffel davon einzuflößen.« Damit verstaute er das Fläschchen wieder. »Und was ist mit Ihnen?«
Johanna lächelte und zog einen Bernstein hervor, der etwa die Form eines flachen Tropfens hatte. An der schmalsten Stelle war er seitlich durchbohrt und auf eine Lederschnur gezogen. »Das ist eins meiner ersten Stücke, die ich in meiner Lehrzeit bearbeitet habe. Ich habe ihn noch ein wenig verbessert, Unebenheiten abgeschliffen und ihn erneut gründlich poliert. Es ist kein Meisterstück, wird aber seinen Zweck erfüllen, oder nicht?«
»Leider kann man nicht sagen, ob ihr der Bernstein überhaupt zu helfen vermag. Schaden kann er aber gewiss nicht. Ein Amulett, das großflächig auf der Haut aufliegt wie dieser Anhänger, ist bei Geisteskrankheiten empfohlen. Hoffen wir, dass es zusammen mit meiner Arznei etwas auszurichten imstande ist.«

Frau Scheffler konnte ihre Freude über den Besuch nicht verbergen. Wieder und wieder sagte sie: »Dass Sie gekommen sind!« oder: »Nein, diese große Freude! Trautlind ist so glücklich, dass sie heute Besuch bekommt.«
Herr Scheffler dagegen begrüßte die beiden weniger herzlich. »Wenn sie nicht mehr mag oder wenn sie sich gar zu wunderlich beträgt, dann gehen Sie auf der Stelle«, mahnte er sie und zog sich zurück.
Johanna sah Marcus fragend an. Der nickte ihr kaum sichtbar beruhigend zu.
Wären sie wahrhaftig gegangen, sollte Trautlind sich wunderlich benehmen, wäre dies ein sehr kurzer Besuch gewesen. Schon als sie den Salon betraten, in dem das Klavier stand, tat die junge Frau Dinge, die kein Mensch mit gesundem Geist zu

verstehen in der Lage war. Sie prüfte immer wieder eine gewisse Reihenfolge, in der ihre Noten offenbar hintereinander zu liegen hatten. Dann richtete sie den Stapel Papier an dem kleinen hölzernen Notenständer aus, der auf dem Klavier befestigt war. War sie damit fertig, lief sie hinüber zu dem Tisch, der vor einem kleinen Sofa und den zwei Sesselchen, alle mit türkis- und silbergrau gestreiftem Stoff bezogen, stand. Dort arrangierte sie das Spitzendeckchen, eine Vase mit Hyazinthen und ein Kristallschälchen mit Gebäck symmetrisch. Kaum dass sie das erledigt hatte, lief sie zum Klavier zurück und prüfte erneut die Ordnung der Notenblätter. Ihre Besucher schien sie ebenso wenig zu bemerken wie ihre Mutter.

»Sieh nur, Trautlind, deine Gäste sind da«, sagte Liese Scheffler ein wenig zu laut. Auch wenn sie an das Verhalten ihrer Tochter inzwischen gewöhnt war, wusste sie natürlich, dass es Fremden in höchstem Maße merkwürdig erscheinen musste.

Trautlind reagierte nicht. Schon lief sie wieder zum Tisch und schob Spitzendecke, Vase und Kristallschale hin und her.

»Hörst du nicht, Kind? Das Fräulein Thurau und der Herr Runge sind da, um dir beim Spielen zuzuhören. Willst du sie nicht begrüßen?« Sie war näher getreten, so dass Trautlind nun in einem Bogen um ihre Mutter herumlaufen musste. Das tat diese, als wäre es das Natürlichste der Welt, als gäbe es keinen anderen Weg und nichts, was sie von ihrer Beschäftigung abbringen konnte.

»Guten Tag«, sagte Johanna freundlich.

Trautlind blieb stehen.

»Ich freue mich, dass ich Sie endlich kennenlernen darf«, sprach Johanna weiter. »Es ist immer so nett, wenn Sie mir zuwinken. Ich wohne ja gleich da drüben.« Sie deutete in die Richtung, in der sich das Haus ihres Onkels befand. »Aber das wissen Sie ja.« Noch immer stand Trautlind starr da und blickte ins Leere. Johanna war völlig verunsichert. »Ich habe Ihnen etwas mitgebracht.« Sie zog den Bernsteinanhänger hervor. »Gewiss haben Sie schon weitaus schönere Stücke gesehen und besitzen auch kostbareren Schmuck. Leider bin ich nicht gerade begabt. Und das ist noch freundlich ausgedrückt.« Sie lachte und blickte hilflos zu Marcus hinüber. »Aber ich lerne ja auch noch. Nun ja, jedenfalls dachte ich, vielleicht freuen Sie sich trotzdem über mein Geschenk.« Damit streckte sie den Arm in Trautlinds Richtung.

Diese löste sich aus ihrer Erstarrung und sah erst den honigfarbenen Anhänger an, der an dem Lederband hin und her baumelte und das Kerzenlicht reflektierte, das den Raum erhellte, dann blickte sie Johanna ins Gesicht. »Ein Geschenk?«, flüsterte sie. Ein Krächzen verriet, dass diese Stimme nicht oft in Gebrauch war.

»Ja!« Johanna freute sich, dass sie endlich auf sie reagierte. Trautlind schloss die Hand um den Anhänger, hob ihn zu ihrem Gesicht und legte ihn an ihre Wange. Sie schloss die Augen und schien sich ganz auf das Gefühl des glatten Materials auf ihrer Haut zu konzentrieren. Unvermittelt öffnete sie die Augen wieder und trat Johanna gegenüber, so nah, dass diese fast einen Schritt zurückgemacht hätte. Trautlind hob jetzt beide Hände und legte sich das Lederband um den Hals. Dann legte sie ihre zarten, feingliedrigen Hände auf Johannas Schultern und betastete danach ihr Gesicht, wie eine Blinde, die sich ein Bild von einem Menschen machen wollte. Die Luft war erfüllt vom schweren Duft der Blumen. Johanna ließ die junge Frau gewähren und nutzte die Gelegenheit, sie eingehend zu betrachten. Sie wusste, dass sie nur wenige Jahre älter war als sie selbst. Die ungesund gelbliche Haut, bereits von vielen kleinen Falten durchzogen, das streng nach hinten gesteckte Haar, aber vor allem die trüben Augen ließen sie deutlich älter aussehen. Ebenso plötzlich, wie sie sich Johanna zugewandt hatte, machte sie kehrt und rempelte um ein Haar Marcus an, der schweigend das Schauspiel beobachtet hatte. Sie erschrak, als hätte sie ihn jetzt erst bemerkt. Ihre Augen weiteten sich ängstlich. Marcus trat instinktiv einen Schritt zurück, lächelte ihr zu und deutete eine Verbeugung an. Sie zögerte einen Augenblick, wusste offensichtlich nicht, ob sie sich mit seiner Anwesenheit abfinden sollte, und traf dann ihre Entscheidung. Sie setzte sich an das Klavier und begann zu spielen. Die Notenblätter schlug sie nicht auf. Sie spielte mehr als eine Stunde aus dem Gedächtnis und hörte erst auf, als sie völlig erschöpft war und ihr der Schweiß auf der Stirn stand.

Femke Thurau

»Johannes, wie schön, dass du mich besuchen kommst.« Femke richtete sich mühsam in ihrem Bett auf. Der Arzt hatte ihre strengste Ruhe verordnet, wenn sie sich und das Kind, das sie erwartete, nicht in Gefahr bringen wollte.
»Ich muss mit dir reden«, sagte er ernst, und eine steile Falte zeigte sich über seiner Nasenwurzel.
»Das will ich meinen«, erwiderte sie und lachte unsicher. Immerhin sollten sie längst ihre Hochzeit besprechen, wie Hanna und Carsten mehrmals gedrängt hatten. Bald würde jeder sehen, dass sie guter Hoffnung war, und erst nach der Niederkunft zu heiraten wäre gänzlich unschicklich. Sie strich die roten Haare zurück, die offen ihr schmales Gesicht einrahmten. »Setz dich doch«, bat sie ihn leise und klopfte auf das Laken neben sich.

Johannes aber blieb stehen und knetete linkisch die Hände. »*Ich bin in einer sehr ernsten Angelegenheit hier*«, *begann er, ohne sie anzusehen.*
Femke wurde bang. Sie wollte zu gerne einen Scherz machen, ihn darauf hinweisen, dass eine Hochzeit natürlich eine ernste Angelegenheit sei, doch sie konnte es nicht. Genau das hatte sie nämlich in der vergangenen Nacht geträumt. Sie hatte es völlig vergessen, doch jetzt fiel es ihr wieder ein. Sie hätte nicht sagen können, wie ihr Traum zu Ende gegangen war, doch sie entsann sich, dass sie an diesem Morgen mit einem unguten Gefühl erwacht war und einen unerklärlichen Druck auf der Brust gespürt hatte.
»*Die Sache ist die*«, *setzte Johannes erneut an und ging in der Kammer auf und ab, ganz der Herr Jurist.* »*Du weißt, dass du mir sehr viel bedeutest. Ich habe trotz dieser Affäre mit dem Franzosen zu dir gehalten …*«
»*Affäre?*« *Femke traute ihren Ohren nicht. Hatte sie ihm nicht ganz genau erklärt, warum sie sich mit dem General Pierre Deval hatte einlassen müssen? Ihr Herz krampfte sich bei dem Gedanken daran zusammen. Sie war in einer Notlage gewesen. Vor allem aber hatte der Franzose, wie Johannes ihn nannte, ihr Schutz und Sicherheit für Johannes' Leben in Aussicht gestellt. Nur für ihn hatte sie doch das ganze schmutzige Spiel mitgespielt. Und nun stand er vor ihrem Bett und machte ihr Vorwürfe.*
»*Verzeih*«, *murmelte er kaum hörbar.* »*Ich weiß nicht, wie ich es sonst nennen soll.*« *Dann räusperte er sich und fand zu seinem sachlichen Ton zurück, als wäre er bei Gericht.* »*Wie dem auch sei … Gewiss, du hast mir deine Gründe dargelegt, nur siehst du, man hat immer eine Wahl. Ich bin der festen Überzeugung, dass es auch einen anderen Weg gegeben hätte. Dennoch habe ich zu dir gehalten. Doch nun dieses Kind als mein eigenes anzunehmen, das ist etwas zu viel verlangt, denkst du nicht?*«

Femke spürte, wie ihr der kalte Schweiß ausbrach. Ihr war, als gäbe das Krankenlager unter ihr nach und würde mit ihr in einen tiefen Abgrund stürzen. Wie aus weiter Ferne hörte sie seine Stimme:
»Wenn du mir nur früher die Wahrheit gesagt hättest, dass du ein Kind von diesem Kerl erwartest, dann hätten wir noch etwas dagegen unternehmen können. Aber so ... Es ist zu spät. Ich bin so enttäuscht von dir, Femke. Du kannst kaum von mir erwarten, dass ich dich zu meiner Frau nehme und dieses Franzosenbalg gleich mit dazu.«
Ihr wurde übel. Bis ins kleinste Detail hatte sie noch alles vor Augen. Ihre Reise die Bernsteinküste entlang bis nach Stolp, wo sie schließlich ihren Onkel gefunden und so viel über ihre Mutter Luise erfahren hatte. Dann der Kampf um ihren Anhänger mit der Eidechse, den sie der Zunft nicht überlassen wollte, ihre Reise zurück über die Insel Usedom, wo sie trotz des Verbots Bernstein vor der Küste aufgelesen hatte, um zu Hause in Lübeck endlich wieder schnitzen und damit zum Unterhalt der Familie beitragen zu können. Und wie genau stand ihr noch der Moment vor Augen, als sie in Wolgast von einer Kutsche ihres Vaters abgeholt werden sollte und sich plötzlich Johannes gegenübersah, der sie endlich in seine Arme schloss. Noch an dem Abend wollte sie ihm alles sagen. Doch er war es gewesen, der sie aufhielt, der erklärte, er wisse alles, was er wissen müsse. Sie würden für alles eine Lösung finden, was es auch sei, das waren seine Worte gewesen.
Wie durch einen Schleier nahm sie wahr, dass Johannes »Lebe wohl« sagte und ihre Kammer verließ.
Sie wollte ihn aufhalten, doch ihr fehlte die Kraft. Nun ja, sie hatte sich wahrhaftig Zeit damit gelassen, es auszusprechen, zu sagen, dass sie ein Kind unter dem Herzen trug. Aber war das nicht auch seine Schuld gewesen? Wann immer sie davon anfing, hatte er sie unterbrochen, hatte Dinge gesagt, die sie annehmen ließen, er habe

längst begriffen. Alles, was sie wissen musste, war, dass Johannes sie nie mehr hergeben, sie niemals alleine lassen würde, wie er es ihr mehr als einmal versprochen hatte. Doch nun war alles vorbei. Es würde keine Heirat geben. Sie bekam ein Kind, das seinen leiblichen Vater genau wie sie selbst nie kennenlernen würde. Nur hatte sie wenigstens einen Vater gehabt, Carsten Thurau, der sie wie eine eigene Tochter aufgezogen hatte. Ihr kleines Mädchen würde nur eine Mutter haben. Und vielleicht nicht einmal die, denn seit einiger Zeit verfolgte Femke immer wieder der gleiche böse Traum.

III

Johanna war auf dem Weg zum Landarbeiterhaus. Längst hatte sie ein zweites Mal nach ihrem Cousin sehen wollen, es bisher aber einfach nicht geschafft. Darum war sie an diesem Morgen sehr früh aufgestanden, um das Pensum zu erledigen, dass sie am Vormittag bewältigen musste. Nachdem das geschafft war, konnte sie eine längere Pause einrichten.
Es war ein herrlicher Frühsommertag mit einem makellos blauen Himmel und milden Temperaturen. Kein Lüftchen bewegte die Zweige und Blätter der Birken und Kastanien, die in saftigem Grün leuchteten und wie jedes Jahr das Wunder des Neuanfangs verkündeten. Sie ging an einem lila blühenden Fliederbusch vorüber, dessen intensiver Duft ihr in die Nase stieg. Sie schnupperte daran und setzte dann ihren Weg fort. Die Welt schien ihr endlich wieder freundlicher. Alles würde in Ordnung kommen, ganz gewiss.
Nur wenige Minuten später, als sie einem Wachmann den schmalen Gang entlang folgte und dann zum zweiten Mal die finstere feuchte Zelle betrat, in der sie ihren Cousin würde sehen dürfen, war sie nicht mehr so sicher. Wie schwer musste es für Vincent sein, in diesem Gemäuer nicht die Zuversicht zu verlieren. Als der Wachmann sie dieses Mal allein warten ließ und das

Klirren ihr sagte, dass sie eingeschlossen worden war, entsetzte es sie nicht mehr. Sie dachte darüber nach, ob es sich um denselben Mann handelte, dem sie das letzte Mal hier begegnet war. War der nicht blond gewesen? Dieser hier hatte dunkles Haar, das unter der Dienstmütze hervorlugte. Sonst konnte sie keinen Unterschied ausmachen. Die gleiche Uniform, die gleichen knappen Anordnungen, ja, sogar die gleichen Bewegungen. Es dauerte nicht lange, bis Vincent gebracht wurde.
»Du bist wirklich wiedergekommen«, begrüßte er sie und zwang sich zu einem Lächeln.
»Selbstverständlich. Ich hatte es doch versprochen«, sagte sie und betrachtete verstohlen die dunklen Ringe unter seinen Augen, die blauen und grünen Flecke auf seinen Armen und die aufgesprungenen geschwollenen Hände. Wie sollte er mit diesen Händen nur die feine Schnitzarbeit erledigen, wenn er nach Hause kam? Es wird eine gute Weile dauern, bis er wieder vollständig in Ordnung ist, dachte sie.
»Wie geht es dir? Behandelt man dich gut?«
»Oh, aber gewiss doch.« Er warf dem Wachmann neben der Tür einen raschen Blick zu. Johanna hatte die Ironie in seiner Stimme durchaus bemerkt.
»Ich soll dir Grüße von Bruni und Johann-Baptist übermitteln. Sie würden dich auch besuchen kommen, aber sie können nicht.« Und rasch fügte sie hinzu: »Es wäre ihnen viel lieber, du kämst bald nach Hause.«
»Ja, das wünschte ich auch, nur sieht es leider nicht danach aus.«
»Wann ist deine Verhandlung?«, wollte sie wissen.
»Man hat mir noch keinen Tag genannt. Aber es gibt schlimme Neuigkeiten. Wenn man mich verurteilt, spricht einiges dafür, dass sie mich nach Brasilien schicken werden.«

»Was? Aber ... Wieso denn Brasilien?« Johanna war vollkommen verwirrt.
»Das Arbeiterhaus ist jetzt schon überfüllt. Jeden Tag bringen sie mehr Bettler und Landstreicher und vielleicht sogar den einen oder anderen Verbrecher.« Er konnte ein bitteres Lachen nicht unterdrücken. »Sie sagen, dass einige hundert nach Brasilien verschifft werden sollen. Frag mich nur nicht, was mich dort erwartet.«
»So weit darf es gar nicht erst kommen. Deiner Mutter würde das Herz brechen«, erwiderte sie entsetzt. »Ich mag es mir nicht ausmalen. Sag mir lieber, ob dir jemand eingefallen ist, der noch eine offene Rechnung mit dir hatte.«
»Nein, ich wüsste niemanden zu benennen.«
Johanna ließ die Schultern sinken. Dann gab es nichts, was sie tun konnte.
»Mir ist allerdings etwas in den Sinn gekommen.« Er beugte sich ein wenig vor und schien aufgeregt zu sein. »Es kommen nur zwei in Frage.«
Nun wurde sie auch aufgeregt und schöpfte vor allem neue Hoffnung. »Wer?«
»Unsere eigenen Leute. Mein Vater wird es kaum gewesen sein. Und du wohl auch nicht, sonst gnade dir Gott!« Er sah sie so drohend an, dass es den Anschein hatte, als käme sie als Schuldige für ihn durchaus in Betracht. Johanna verstand die Welt nicht mehr.
»Was meinst du damit? Du glaubst doch nicht, dass der alte Schneider oder gar Flitzebein etwas mit der Sache zu tun hat?«
»Genauso ist es. Es kann nicht anders sein.«
»Aber wie kommst du denn nur auf so etwas?«
»Denk doch einmal nach.« Er beugte sich noch weiter vor und machte Anstalten, sich auf dem kleinen Holztisch abzustützen.

Sofort trat der Wachmann einen Schritt nach vorn, und Vincent zog die Hände zurück. »Die beiden haben Zugang zu der Werkstatt und wissen, wo wir das Papier aufbewahren, auf dem wir die Fakturen ausstellen oder auch den Erhalt der Bezahlung quittieren, wie in diesem Fall. Außerdem sehen sie täglich meine Schrift und hatten längst Gelegenheit, sich in der Nachahmung zu üben.«
Johanna schüttelte ungläubig den Kopf. Zwar entbehrte seine Theorie durchaus nicht einer überzeugenden Logik, trotzdem kamen diese beiden Männer für sie einfach nicht in Frage. Schneider arbeitete schon seit so vielen Jahren für den Bernsteindreher Becker, dass er beinahe zur Familie gehörte. Und Flitzebein war als Tagelöhner vom Land in die Stadt gekommen, hungrig, krank und mit Läusen, die ihn begleiteten. Er war bereit gewesen, jede Arbeit zu erledigen, die man ihm übertrug. Bruni hatte manches Mal davon erzählt, wie gelehrig und fleißig er gewesen sei, mit welchem Eifer und welcher Freundlichkeit er sich nicht nur seinen Platz in der Werkstatt, sondern auch in ihren Herzen gesichert hatte.
»Wenn du nichts zu verbergen hast, Johanna, dann muss es einer der beiden gewesen sein. Wie sonst sollte der Lump an das Papier aus unserem Kontor gekommen sein? Wie?«
»Ich weiß es ja auch nicht. Ich kann mir nur nicht vorstellen … Aber ich werde ein Auge auf die beiden haben.«
»Du bist nur ein Mädchen«, entgegnete Vincent. »Allein kannst du nichts ausrichten. Sag Vater, was ich denke. Er soll sich der Angelegenheit annehmen.«

Auf dem Weg zurück in die goldene Gasse hatte Johanna keinen Blick mehr für blühende Sträucher oder für die Backsteinhäuser, die in der Sonne rot glänzten. Sie dachte nach. Die

kostbaren Rohbernsteine, die auf ihre Bearbeitung warteten, waren stets unter Verschluss. Für das Briefpapier galt das nicht. Mit ein wenig Geschick und einer Portion Dreistigkeit könnte es auch Fremden möglich sein, eines Bogens habhaft zu werden. Nun gut, vielleicht nicht Fremden, aber doch Personen, die mit schöner Regelmäßigkeit im Kontor erschienen, um Geschäfte abzuwickeln. Da gab es Kunden, die sich häufig sehen ließen. Dann war da der Mann, der die aufgelesenen oder gefischten Brocken an die Meister verteilte, wenn sie nicht selbst kommen und sich ihren Anteil holen konnten. Sie gelangte zu dem Schluss, dass weit mehr als zwei Personen sich das Papier hatten aneignen können. Dennoch würde sie Flitzebein und Schneider auf die Finger schauen. Ihrem Onkel würde sie davon jedoch besser nichts sagen. Er war nicht dumm. Auch er hatte sich bestimmt schon Gedanken darüber gemacht, wer wohl auf welche Weise an den Briefbogen gekommen war. Johanna musste feststellen, dass sie nichts in der Hand hatte, keinen einzigen echten Hinweis. So einfach war es anscheinend nicht, die Aufgabe der Polizei zu lösen.
Am Nachmittag kratzte sie mit einer dicken Nadel die einfachen Muster tief in eine Bernsteinkugel nach der anderen, die einmal aufgezogen werden und der Tochter eines Großbauern als Brautkette dienen würden. Sie fühlte sich unbehaglich, weil sie stets die beiden Männer belauerte, die wie jeden Tag tüchtig ihrer Arbeit nachgingen. Vielleicht hatte ihr Cousin doch recht und einer der beiden verriet sich durch ein falsches Wort, einen auffälligen Blick oder irgendetwas sonst. Sie war nicht konzentriert bei der Sache, hielt die Kugel, an der sie sich gerade zu schaffen machte, in die Luft, anstatt sie fest auf dem Tisch aufliegen zu lassen, und rutschte ab. Es gab ein hässliches kratzendes Geräusch, als die Nadel quer durch die Oberfläche der

braun-weißen Kugel fuhr und eine tiefe Kerbe hinterließ. Zu allem Überfluss sprang auch noch ein ovaler Splitter ab.
»O nein, so ein Unglück«, schimpfte Johanna.
Schneider stand auf der Stelle auf und kam zu ihr herüber. Er wusste, dass ihre Ungeschicklichkeit schon Anlass für so manchen Streit gewesen war, und eilte ihr, wann immer er konnte, zu Hilfe.
»Zeig mal her«, sagte er.
»Ich fürchte, die ist hin«, meinte sie zerknirscht und warf ihrem Onkel einen ängstlichen Blick zu, der mit dem König eines Schachspiels beschäftigt war und nicht einmal aufsah.
»Die Kerbe ist ziemlich tief«, bestätigte Schneider ihre Befürchtung. Er kratzte sich mit einer Hand am Hinterkopf, was dazu führte, dass eine Strähne des kurzen rötlichen Haares senkrecht nach oben stand. Er griff nach zwei der fertigen Kugeln. »Du musst recht viel abschleifen, um sie noch gebrauchen zu können. Dann ist sie aber viel kleiner als diese hier.«
»Ich weiß.«
»Nun lass man den Kopf nicht hängen«, versuchte er sie zu trösten. »Für 'ne andere Kette oder ein Armband ist sie noch immer gut.«
Johanna fühlte sich elend. Ausgerechnet Schneider sollte sie verdächtigen, der ihr immer hilfreich zur Seite stand? Und nun musste sie auch noch ihrem Onkel das Malheur zeigen und ihn bitten, eine weitere Kugel vorzuzeichnen. Sie trat an seinen Tisch.
»Tut mir leid«, sagte sie, »ich bin abgerutscht.«
Ohne aufzusehen, fragte Johann-Baptist: »Lag sie fest auf deiner Arbeitsplatte auf?«
»Nein, ich habe sie hochgehoben, um das Licht besser auszunutzen«, gab sie zu.

Nun blickte er sie kurz an, dann die Kugel. »Ausgerechnet eine von den weißen«, seufzte er. »Lass sie mir hier, dann vergesse ich es nicht, dir eine neue vorzubereiten.«
»Danke«, flüsterte sie. Es wäre ihr lieber gewesen, er hätte ihr ordentlich den Kopf gewaschen. Die Enttäuschung, die sie in seinem Blick gelesen hatte, schmerzte sie weit mehr.
Am selben Tag traf ein Brief von Carsten Thurau ein, der ihre Laune noch weiter sinken ließ. Wie in jedem seiner Schreiben fragte er zunächst, wie es mit ihrer Ausbildung vorangehe, ob man sie gut behandle, sie tüchtig und vor allem glücklich sei. Dann schrieb er von den Geschehnissen in der Stadt. Das Sommerhaus, er war einmal mit ihr da gewesen, draußen vor den Toren Lübecks, das einst ihm und Hanna gehört hatte, sei gelb gestrichen, schrieb er. Johanna erinnerte sich gut an das prächtige Schlösschen, das damals noch weiß war. Von dort hatte man einen herrlichen Blick auf die Türme der Stadt und auf die Trave. Gelb! Er war offenkundig geradezu schockiert, wie der neue Besitzer es gelb hatte streichen lassen können. Johanna musste schmunzeln. Noch immer schrieb er von den neuen Besitzern, dabei gehörte den Leuten, einer Kaufmannsfamilie, die aus Altona nach Lübeck gekommen war, das Sommerhaus nun schon seit siebzehn Jahren. Während sich Großmutter Hanna nichts anmerken ließ, spürte man deutlich, dass Carsten sich mit dem Verkauf einfach nicht abfinden mochte.
Als sie weiterlas, wurde ihr das Herz schwer. Carsten schrieb, dass es Hanna seit geraumer Zeit nicht gutgehe. Immer häufiger müsse der Arzt nach ihr sehen. Sie gehe kaum noch hinaus, berichtete er, und verliere nahezu täglich an Gewicht. Johanna schluckte, als sie die letzten Zeilen las.

»Es liegt mir fern, Dich über Gebühr zu beunruhigen. Doch möchte ich Dich auch nicht im Unklaren über den wahrhaft ernsten Zustand Deiner Großmutter lassen. Wenn es Dir möglich ist und Johann-Baptist Becker zustimmt, wären Ferien im Juli oder spätestens August hier in Deiner Heimat gewiss ein guter Einfall. Hanna fragt viel nach Dir, und ich weiß, dass sie Dich sehr gerne noch einmal sehen würde. Außerdem kannst Du mit etwas Glück auch Familie Briand wiedersehen. Madame ist kürzlich an der Lungenentzündung gestorben, aber Luc will mit seinem Sohn kommen. Louis scheint ein tüchtiger junger Mann geworden zu sein, der sich schon recht ordentlich um das Gut und die Trauben kümmert. Wäre es nicht schön, wenn Ihr Euch begegnen würdet?
Wir senden Dir die besten Wünsche!
Carsten Thurau«

Es wurde allerhöchste Zeit, dass sie Vincents Unschuld bewies und Stolp hinter sich ließ. Wieder einmal wurde sie daran erinnert, wie alt Hanna und Carsten bereits waren. Sie würden nicht mehr lange für sie da sein. Eine Vorstellung, die ihr gar nicht behagen wollte. Sie nahm sich vor, ihren Großeltern bald zurückzuschreiben. Noch ahnten sie ja nicht einmal, dass sie schon fast nach Hause gekommen wäre und was sich seitdem hier ereignet hatte.

Am nächsten Morgen war Johanna früh auf den Beinen. Zwar hatte Marcus ihr nachdrücklich geraten, sich an ihrem freien Tag gründlich auszuschlafen, doch sie wollte die wenige Zeit, die sie außerhalb der Werkstatt zubringen durfte, lieber nutzen, um mit ihm ans Meer zu fahren. Er hatte ihr gesagt, dass er ein kleines Dorf besuchen wolle, das sich nahe der Küste befand. Er holte dort Honig und Bienengift für seine Arzneien. Augenblicklich hatte sie ihn angefleht, sie mitzunehmen. Erst zweimal war sie in der ganzen Zeit, in der sie bei Onkel und Tante in Stolp lebte, in Stolpmünde gewesen. Obwohl er doch weit vor den Toren der Stadt an der Ostsee lag, gehörte der kleine Ort zu Stolp. Dort gab es einen Hafen, der einst während der Hansezeit von recht ordentlicher Bedeutung gewesen war. Wer heute in das Dorf kam, in dem Fischer, Handwerker und einige Seeleute zu Hause waren, konnte sich das schwerlich ausmalen. Seit der Hafen im vorigen Jahrhundert nach einem schweren Sturm stark versandet war, kamen kaum noch Schiffe hierher. Immer wieder war zwar die Rede davon, das Hafenbecken auszuheben, damit wieder mehr Verkehr möglich wurde, nur blieb es bei dem Reden und Planen, während der kleine Ort weiter in seinem Schlaf dämmerte. Mit Travemünde, ihrem geliebten Seebad, in dem die Schankwirtschaft ihres Großvaters stand, hatte Stolpmünde kaum etwas gemein. Dennoch war Johanna bei ihren beiden Besuchen glücklich gewesen, so sehr hatte sie den Strand von Travemünde vermisst. Und wenigstens hierin war ihr vorübergehendes Zuhause der Heimat ebenbürtig. Der Strand war ebenfalls breit und lang. Er lag jedoch nicht so geschützt wie der in der Bucht von Lübeck, so dass das Meer erheblich wilder auf das Land rollte. Wenn die Werkstatt des Onkels doch nur in Stolpmünde sein könnte, hatte sie damals gedacht und sich kaum vom Rauschen der Wellen, der salzigen Luft und dem Kreischen der Möwen trennen mögen.

»Kannst du wirklich auf mich verzichten?«, fragte Johanna ihren Onkel beim Frühstück und hoffte inständig, er hätte es sich nicht anders überlegt.
»Ja, fahr nur, Kind«, sagte er schnell und biss in sein Butterbrot. »Seit Vincent in Haft genommen wurde, kommen kaum neue Aufträge. Ein jeder scheint ihn bereits für schuldig zu halten und nun auch mir zu misstrauen.«
»Das ist ungerecht.«
»Niemand behauptet, dass die Menschen gerecht seien.« Er seufzte und lächelte sie an. »Weißt du, so schlimm ist es auch wieder nicht. Eine Verschnaufpause können wir alle gebrauchen. Heute muss Schneider allein zurechtkommen, denn ich will noch einmal ins Zunfthaus gehen. Es gibt noch etwas zu bereden«, sagte er und widmete sich dabei seinem Brot. Dann sprach er schnell weiter: »Morgen soll Schneider sich dann ausruhen, und wir beide halten mit Flitzebein die Stellung. Wenn Vincent erst wieder zurück ist, kommen auch wieder Aufträge. Mich braucht es dann allerdings nicht mehr zu kümmern.«
Und wenn er nicht zurückkäme, könnte er sich auch komfortabel mit Bruni einrichten, dachte Johanna. Geselle Schneider würde seine alten Tage bei einem seiner Kinder zubringen, und Flitzebein fand bestimmt bald eine neue Stellung.

Johanna verließ das Haus. So früh am Morgen war es noch recht frisch, aber der klare Himmel versprach einen herrlichen Sonnentag. Am Brunnen standen zwei Mägde und plauderten, während sie, eine nach der anderen, Wasser schöpften. Johanna sah am Haus der Schefflers nach oben und entdeckte Trautlind, die am Fenster stand und freudig winkte. Sie winkte zurück. Dann hörte sie schon Hufgeklapper und Holzräder auf dem Kopfsteinpflaster und sah Marcus' Wagen, der ihr auf der

Neuthorschen Straße entgegenkam. Noch einmal schaute sie nach oben und winkte zum Abschied, bevor sie zu Marcus in den Wagen stieg.
»Guten Morgen«, begrüßte er sie. »Es wird eine lange Reise und ein anstrengender Tag.«
»Das sagten Sie schon gestern und vorgestern«, erinnerte sie ihn unbekümmert, setzte sich auf die Bank ihm gegenüber und legte die Wolldecke, die er ihr reichte, über ihre Beine. »Trotzdem konnte ich es kaum erwarten, dass es endlich losgeht. Seit zwei Jahren sehe ich nur die Werkstatt und selten mal ein Theater oder einen Konzertsaal. Sonst nichts. Das ist nicht zu ertragen!«
»Seien Sie nicht ungerecht.«
»Niemand behauptet, dass die Menschen gerecht seien«, warf sie ein.
Er runzelte irritiert die Stirn. »Bei mir in der Apotheke haben Sie doch auch viel Zeit verbracht.«
»O ja, das ist wahr«, stimmte sie zu. »Bei Ihnen gefällt es mir sehr.«
»Wirklich? Das freut mich.«
»Trotzdem fehlen mir Lübeck und Travemünde schmerzlich. Dort kann ich an einem Tag einen Spaziergang um den Mühlenteich herum machen und am anderen am Ufer der Trave entlanggehen bis zu der Schiffswerft. Hier erscheint mir alles so eng«, erklärte sie, als sie durch das Mühlentor die Stadt verließen.
Einen Augenblick schwiegen beide. Dann musste Johanna an Trautlind denken. Wie entsetzlich eingesperrt musste die sich fühlen.
»Der Besuch bei Trautlind war schön«, begann sie. »Ungewöhnlich, aber schön, finde ich.«

»Ja, in gewisser Weise war es ein schöner Abend.«
»Was meinen Sie, ob unsere Bernsteinbehandlung ihr hilft?«
»Sie dürfen keine Wunder erwarten, Johanna. Kann ich offen zu Ihnen sprechen?«
»Gewiss.«
»Ich glaube, dass sie sich als Kind sicher anders verhalten hat als andere Mädchen ihres Alters, doch geisteskrank oder verblödet, wie es hieß, war sie deshalb noch nicht. Den größten Schaden scheint mir dieser angebliche Heiler von damals angerichtet zu haben. Seit er bei ihr war, ist es immer nur schlimmer geworden. Es wäre gut, wenn sich ein Arzt ihrer annehmen könnte, der sich mit so etwas auskennt. Nur lässt ihr Vater ja keinen Arzt mehr zu ihr. Dass der Herr Roller vor zwei Jahren vorgelassen wurde, grenzte an ein Wunder, sagt mein Vater, mit dem ich kürzlich über den Fall sprach.«
»Dann müssen wir uns eben um sie kümmern. Wenn wir nur genug Geduld haben, wer weiß, womöglich bewirkt der Bernstein dann doch noch etwas.«
»Wir? Werden Sie denn nicht zurück nach Lübeck gehen, sobald Sie können?«
»Das würde ich nur zu gern, bloß sieht es nicht danach aus, als ob das bald möglich wäre.« Sie erzählte von ihrem zweiten Besuch bei ihrem Cousin und von dem Verdacht, den er geäußert hatte.
»Sie haben doch nicht wirklich vor, sich als Spionin zu versuchen?« Er gab sich Mühe, seine Sorge zu verbergen, was ihm kaum gelang.
»Was bleibt mir denn übrig?« Sie blickte aus dem kleinen Fenster und sah dichte Kiefernwälder.
»Sprechen Sie mit Ihrem Onkel, berichten Sie den zuständigen Beamten von dem Gedanken.« Er schüttelte den Kopf.

»Sie wollen Trautlind helfen und Ihren Cousin retten. Meinen Sie nicht, Sie nehmen sich da ein bisschen viel vor?«
»Jedenfalls kann ich nicht untätig sein wie die meisten anderen hier«, gab sie trotzig zurück.
Er redete noch eine ganze Weile auf sie ein. Schließlich sagte er: »Vielleicht kann ich Ihnen helfen. Jeden Tag kommen viele Bürger und auch einiges Gesinde in meine Apotheke. Ich werde mich mal umhören«, versprach er. Zwar klang das nicht so, als hätte er eine genaue Vorstellung davon, wie er an nützliche Hinweise gelangen könnte, aber dennoch war Johanna ihm dankbar und fühlte sich weniger allein.

Die Stunden flogen nur so dahin. Überrascht stellte Johanna fest, dass Marcus nicht nur Apotheker mit Leib und Seele war, sondern auch äußerst unterhaltsam und interessant von der Region erzählen konnte, in der er aufgewachsen war. Er war gebildet und warmherzig. Sie fühlte sich sehr wohl in seiner Gesellschaft.
»Ich habe eine Überraschung für Sie«, verkündete er, als der Kutscher den Wagen zum Stehen brachte. »Wir gehen nicht direkt zu Bauer Albrecht, sondern nehmen uns vorher noch die Zeit für einen Spaziergang am Strand. Was sagen Sie?«
»Ist das wahr?« Sie schaute aus dem winzigen Fenster und erkannte goldgelben Sand und die geliebte graue Ostsee. »O Marcus, das ist eine wundervolle Überraschung!«, rief sie, schob die Decke von den Knien, raffte ihren Rock und war auch schon aus dem Wagen gestiegen.
»Langsam«, sagte er lachend.
Überglücklich atmete sie zweimal tief durch. »Diese Luft«, schwärmte sie, »ist ganz unvergleichlich.«
»Ja, das ist sie.«

Inzwischen hatte die Sonne Kraft. Johanna trug ein weißes Kleid mit kurzen Ärmeln und einem lachsfarbenen Überrock, der nach der neuesten Mode Venedigs aus reiner Seide für sie gefertigt worden war. Er war hinten ein wenig kürzer als vorne und wurde auf der Brust von einem mit dunkelrotem Samt besetzten Einsatz gehalten, der mit zwei ebenfalls lachsfarbenen Trägern verbunden war. Trotz Marcus' gehörigem Protest weigerte sie sich, ihre Stola zu tragen, die sie in der Frühe noch gebraucht hatte. Jetzt wollte sie die Sonne auf ihrer Haut spüren, und er trug ergeben ihren Überwurf.

Es war windstill an diesem Tag. Johanna entdeckte ein Boot mit vier Männern, das sich in nicht eben großem Abstand vor der Küste nicht vom Fleck rührte. Alle Männer hatten Holzstöcke in den Händen.

»Was tun die dort?«, wollte sie wissen.

»Ihren Onkel und die anderen Schnitzer mit Bernstein versorgen«, antwortete er.

»Wie das?« Sie schirmte mit der Hand die Augen gegen das blendende, vom Wasser reflektierte Sonnenlicht ab.

»Es gibt in dieser Gegend große Steine am Grund der Ostsee. Nach jedem Sturm verfangen sich die begehrten Klumpen dazwischen. Durch das Stechen kann man sie hervorholen.«

»Stechen?« Sie faltete die Hände hinter dem Rücken und blinzelte weiter auf das Wasser.

»Bernsteinstechen, so nennt man das. Sehen Sie die beiden, die ihre Stöcke immer wieder tief in das Wasser eintauchen und dann hinausziehen? Sie drehen mit ihren Haken die Steine um und lockern den Bernstein.«

»Und was machen die beiden anderen? Sie haben doch auch Stöcke in den Händen.«

»Daran sind kleine Netze befestigt, mit denen sie die auftrei-

benden Bernsteinklumpen abfischen. Es ist nämlich so, dass das Material, mit dem Sie täglich umgehen, im Salzwasser der Ostsee schwimmt.«
»Das weiß ich doch längst«, erklärte Johanna stolz. Carsten hatte ihr das mehrmals vorführen müssen, als sie ein kleines Mädchen war.

Viel Zeit hatten sie nicht, denn Bauer Albrecht wartete schon auf sie, doch sie genoss jede Sekunde und hätte den vier Männern noch lange zusehen mögen.
»Wozu benötigen Sie das Bienengift?«, erkundigte sich Johanna, als sie wieder im Wagen saßen, der sich in der Sonne deutlich aufgewärmt hatte. Es war jetzt schon stickig, und ihr graute bei dem Gedanken an die Rückfahrt.
»Es hilft gegen allerlei Beschwerden. Die Gewinnung ist die Schwierigkeit. Am besten wäre, die Ärzte würden ihre Patienten stechen lassen.«
»Oh!«, stieß sie erschrocken aus.
»Es tut nicht sehr weh. Es kommt lediglich zu einer Rötung und Schwellung, und es juckt ein bisschen. Nur ist es eben nicht besonders praktisch, stets ein paar Bienen parat zu halten.«
»Das ist wahr«, sagte sie und musste bei der Vorstellung lachen.
»Dummerweise sterben die Tiere nach dem Stich. Darum versuche ich eine Methode zu entwickeln, wie das Gift zu bekommen ist, ohne dass die Tiere ihr Leben lassen. Bedauerlicherweise gelingt das noch nicht. Zwar zermahle ich die Bienen nicht, wie andere Apotheker es tun, sondern reize sie nur durch Berührungen, aber dennoch stechen sie meist so kräftig zu, dass sich der Stachel ablöst und sie sterben müssen.«

Es dauerte nicht lange, bis sie ihr Ziel erreichten.
»Wir lassen den Wagen hier stehen. Es ist zu befürchten, dass die Räder sonst im Schlamm steckenbleiben«, erklärte Marcus.
»Dieses Mal lassen Sie mich aber zuerst aussteigen, damit ich Ihnen helfen kann«, bat er und öffnete auch schon den Verschlag.
Obwohl nicht weit vom Meer entfernt, konnte hier von frischer Ostseeluft keine Rede sein. Stattdessen schlug ihr ein Geruch von Mist und Schweinen entgegen. Welch eine törichte Idee, ein weißes Kleid zu tragen, dachte sie und raffte ihren Rock, damit er nicht den schlammigen Boden berührte. Die Sonne hatte es noch nicht geschafft, die Pfützen auszutrocknen, die die nächtlichen Regenfälle der letzten Zeit hinterlassen hatten. Hier und da befestigten zwar ein paar Steine den Weg, der durch das kleine Dorf führte, doch überwiegend handelte es sich um Sand, der quatschend um ihre Schuhe quoll und später eine hässliche Kruste darauf hinterlassen würde.
Johanna sah sich um. Die Siedlung bestand aus wenigen Höfen, die sich um einen kleinen Teich gruppierten. Hinter mit Stroh bedeckten Hütten lagen die Felder. Marcus zeigte auf das einzige Gehöft, zu dem fünf Gebäude gehörten, die durch ein Torhaus bereits zu erkennen waren.
»Dort ist es. Albrecht ist der Dorfschulze hier. Er besitzt die größte Landfläche und auch den Teich.«
Während der Kutscher sich um die Pferde kümmerte, gingen sie den einzigen Weg entlang, vorbei an den kleinen Parzellen vor den Hütten. Hühner scharrten am Fuße einer Trauerweide im Schlamm. Johanna entdeckte einen kleinen Jungen mit verfilztem Haar und schmutzigem Gesicht, der hinter dem Rest einer vermutlich von einem Blitzschlag umgelegten Eiche kauerte und die Fremden mit großen Augen beobachtete.

»Dem Dorfschulzen gehört fast alles hier, und die anderen Bauern sind bettelarm? Das verstehe ich nicht.«

»Ihm gehört nicht nur alles, er braucht auch keine Abgaben zu zahlen wie die anderen.«

»Das ist doch nicht gerecht«, ereiferte sie sich.

»Haben Sie mir nicht gerade vorhin erklärt, dass die Menschen nicht gerecht sind?«

Ohne darauf einzugehen, sagte sie: »Ich dachte, es ginge den Bauern gut, seit die Leibeigenschaft abgeschafft wurde.« Sie blickte sich um. »Den Eindruck habe ich hier jedoch ganz und gar nicht.«

»Ihr Eindruck trügt Sie nicht. Zwar sind die Bauern jetzt Pächter, aber die Regelungen sind derart kompliziert, dass jeder nur winzige Landflächen bekommt, die zu bestellen nicht einmal den Aufwand lohnt.«

»Jeder, mit Ausnahme des Dorfschulzen«, korrigierte sie ihn böse.

»Zudem wird nur auf kurze Zeit verpachtet. Nach Ablauf der Frist kann der Zins jeweils erhöht werden.«

»Wäre es nicht gescheiter, die Bauern wären gleich Leibeigene geblieben? Ich sehe nicht, welchen Vorteil sie von den neuen Regelungen haben sollten.«

»Versprechen Sie mir, dass Sie sich neben der Freilassung Ihres Cousins und der Genesung Trautlinds nicht auch noch die Gleichstellung der Landbevölkerung auf die Fahnen schreiben!«

»Sie nehmen mich nicht ernst«, stellte sie verstimmt fest.

»O doch, sehr sogar. Ich mache mir nur ernsthaft Sorgen um Sie«, stellte er richtig.

Der Dorfschulze Albrecht war ein feister Kerl mit rotgeäderten Wangen und glasigem Blick. Es schien ihm nicht zu gefallen, dass Marcus in Begleitung gekommen war.

»Mund halten und bloß nich rumzappeln«, wies er sie grob an, als sie sich einem hölzernen Bienenstock näherten. Immer lauter wurde das Summen, und immer mehr der kleinen gelbbraunen Insekten schwirrten durch die Luft.

Johanna brannten so viele Fragen auf der Zunge, und sie hatte Angst, dass sie die Hälfte davon vergessen könnte. Doch es nützte ihr nichts, sie durfte nicht sprechen, denn sonst bestünde die Gefahr, dass eine der Bienen sich in ihren Mund verirren und sie stechen könnte. Das wollte sie keinesfalls riskieren. Sie vermied rasche Bewegungen und blieb sogar ruhig, als zwei Tiere auf ihren nackten Armen landeten. Albrecht fing einige der Insekten und setzte sie in einen Strohbehälter, der mit winzigen Sehschlitzen ausgestattet war. Marcus streifte lange merkwürdige Handschuhe über und begann, die Augen ganz nah an den Schlitzen des Behälters, im Inneren zu hantieren. Johanna war nur froh, dass seine Augen durch seine Brillengläser geschützt waren. Konnte man wirklich sicher sein, dass keine der kleinen Bienen durch den Schlitz passte und ihn verletzte? Nicht auszudenken, wenn seine Augen schwellen würden.

Die Prozedur dauerte eine ganze Weile, die Ausbeute war gering. Langsam entfernten sie sich von dem Stock, und Marcus zeigte ihr das Fläschchen, in dem sich eine leicht trübe gelbliche Flüssigkeit befand.

»Riechen Sie«, sagte er und hielt ihr das kleine Gefäß unter die Nase.

Zuerst schnupperte sie vorsichtig, dann kräftig. »Der Geruch erinnert sehr an Honig.«

»Ja, so ist es.«
Eine Magd brachte ihnen zur Stärkung frisches Brot, Schinken und einen Krug Wasser. Ein Knecht ging mit dem Kutscher an ihnen vorbei auf dem Weg zu den Pferden. Sie saßen draußen im Schatten des Haupthauses auf einfachen Hockern an einem Baumstumpf. Er macht es immer so, erzählte Marcus, als der Dorfschulze gerade ins Haus gegangen war.
»Sie müssen verzeihen, aber Albrecht kennt es nicht anders von mir. Ich sitze am liebsten hier draußen. Er hielt es wohl nicht für nötig, für Sie eine Ausnahme zu machen. Wirklich, es ist eigentlich unverzeihlich, dass er nicht in der Stube den Tisch gedeckt hat.«
»Überhaupt nicht«, widersprach Johanna. An den dörflichen Geruch hatte sie sich längst gewöhnt, und es gefiel ihr ausnehmend gut, mit ihm hier draußen zu sitzen.
Albrecht kam zurück, gefolgt von einer Frau, die augenscheinlich ebenso gut und reichlich zu essen hatte wie er. Johanna beobachtete, wie die Frau bei ihrem Anblick zunächst zögerte, dann zurück ins Haus wollte und erneut unschlüssig in der Bewegung verharrte.
»Liebe Frau Albrecht«, rief Marcus ihr zu, der sie nun ebenfalls entdeckt hatte. »Was macht der Schlaf?«
Albrecht sah sich böse nach seiner Frau um. Aus irgendeinem Grund schien es ihm nicht recht zu sein, dass sie mit den Besuchern sprach, vermutete Johanna. Aber vielleicht war er auch einfach nur ein Griesgram, der sich über alles und jeden ärgerte.
»Es ist schon viel besser. Wenn wir das nächste Mal auf dem Markt in Stolp sind, hole ich mir mehr von diesem Johanniskraut.« Sie nestelte an dem derben Wolltuch, das aussah, als wäre es kürzlich zu Boden gefallen und noch nicht gereinigt worden. Verstohlen zog sie es sich über die Brust, als sie sich

nun mit einem ungelenken Knicks an Johanna wandte. »Guten Tag, gnädige Dame«, murmelte sie.
»Guten Tag«, erwiderte Johanna freundlich. »Und besten Dank für die köstliche Stärkung.«
»Hast du drinnen nichts zu beschicken?«, fragte Albrecht seine Frau barsch.
»Ich geh ja schon«, gab sie zurück und versuchte einen weiteren Knicks, tiefer diesmal. Das Tuch rutschte ihr dabei fast von der Schulter und ließ für einen kurzen Moment eine Brosche sehen. Johanna stutzte. Sie musste sich schon sehr irren, wenn das nicht ein großer weißer Bernstein gewesen war. Ein Stück von dieser Größe kostete eine hübsche Stange Geld, das wusste sie. Und es wollte kein bisschen in diese Umgebung passen.
Kaum dass sie wieder im Wagen saßen, sprach sie Marcus darauf an. »Haben Sie ihre Brosche gesehen? Das war ein prächtiger Bernstein. Wie kann sie sich so wertvollen Schmuck leisten?«
»Vergessen Sie nicht, sie ist die Frau des Dorfschulzen. Sie sind nicht arm.«
»Aber sie wollte die Schmucknadel vor mir verbergen. Gewiss, weil sie weiß, dass ich den Wert mit einem Blick schätzen kann.«
»Johanna, Sie sehen Gespenster.«
»Bestimmt nicht«, widersprach sie eifrig.
»Nennen Sie mir einen guten Grund, warum die Albrecht das Stück verbergen sollte. Ich kenne sie als nicht gerade sehr kluge, dafür recht eitle Person. Schon oft schmückte sie sich in einer Weise, die mir für die Arbeit auf dem Hof nicht passend erschien. Das hat nichts zu bedeuten.«
Johanna hatte keine Entgegnung darauf. Sie wusste nur, was sie gesehen hatte.

Während der Rückfahrt in die Stadt erzählte Marcus ihr, wie er die helle Flüssigkeit zu einem gelblich braunen Pulver trocknen würde.
»Es ist gut für den, der schwache Nerven hat. Das Gift stärkt den ganzen Körper. Es ist eine wunderbare Zutat für so manche Arznei.«
Der Wagen ließ die Küste hinter sich und passierte wieder große Waldgebiete.
»Die wilden Bienen leben in den Wäldern«, erklärte er. »Es ist keine leichte Aufgabe, sie zu fangen und in den künstlichen Bäumen anzusiedeln.«
»Sicher ist es auch sehr gefährlich. Ein einziger Stich mag nur unangenehm sein. Was aber passiert, wenn man viele Male gestochen wurde?«
»Man stirbt«, sagte er ruhig.
»Was?« Johanna war entsetzt. Begab er sich etwa immer in diese große Gefahr, um das Bienengift zu bekommen? Das konnte er doch nicht tun.
»Verzeihen Sie, ich habe einen Scherz mit Ihnen getrieben.« Er lächelte sie verschmitzt an.
»Wie können Sie nur?« Sie war ihm auf den Leim gegangen. Natürlich, denn eigentlich war er stets ernst und erlaubte sich keine Scherze. Schon gar nicht, wenn es um wissenschaftliche Dinge ging. Sie musste lächeln. Ein wenig Heiterkeit stand ihm gut, fand sie.
»Nicht wenige Menschen glauben wahrhaftig, dass man vom Stich der Bienen sterben kann.« Nun war er wieder ganz ernst bei der Sache. »Deshalb ist die Angst vor den kleinen Tieren so groß. Schon der griechische Lyriker Anakreon hat sich darüber lustig gemacht.«
»Ach ja?«

»Allerdings. Er schrieb:
›Eros, von einer Biene gestochen,
als er an einer Rose gerochen,
lief weinend in Venus' Arme:
Liebe Mutter, ich sterbe, erbarme.
Eine fliegende Schlange
biss mich schmerzhaft in die Wange.‹«
Johanna lachte. »Der Reim ist nett, doch entbehrt er einer gewissen literarischen Qualität, denken Sie nicht?«
»Kann sein, doch er ist nicht wegen des künstlerischen Reizes verfasst worden, sondern um uns zu erinnern, wie nützlich diese Tierchen sind.«
»Das ist wahr«, stimmte sie ihm zu. »Ohne sie hätten wir keinen Honig.«
»Und kein Bienengift. Doch das ist längst nicht alles. Wussten Sie, dass es viele Pflanzen gar nicht geben würde, wenn die fleißigen Insekten nicht wären?«
Sie schaute ihn erstaunt an.
»Man hat herausgefunden, dass sie an der Fortpflanzung vieler Pflanzenarten beteiligt sind. Wir sollten sie also achten, statt sie zu fürchten.«

Beim Abendessen hatte Johanna Bruni und Johann-Baptist voller Begeisterung erzählt, was sie alles gesehen und erlebt hatte. Natürlich hatte sie ihnen ein kleines Gefäß mit Honig mitgebracht, das der Dorfschulze ihr geschenkt, nachdem er seine Frau ins Haus gejagt hatte. Während Bruni ihr zuhörte und auch die eine oder andere Frage stellte, blieb Johann-Baptist in sich gekehrt, wie es in den letzten Tagen so oft der Fall war. Johanna wollte sich davon jedoch nicht die Laune verderben lassen. Der Tag war einfach zu schön, die Gesellschaft von

Marcus zu angenehm gewesen. Als sie endlich ins Bett ging, schlief sie auf der Stelle ein.
Sie träumte, dass sie am Strand spazieren ging. Die See war bedeckt mit gelben, braunen, rötlichen, weißen und marmorierten Brocken in unterschiedlichen Formen und Größen, die auf den Wellen tanzten. Die Männer in den Booten hatten sie mit ihren Stöcken und Haken unter den Steinen, die am Meeresgrund lagen, aufgewühlt und an die Oberfläche getrieben. Johanna begriff nicht, warum niemand den Bernstein einsammelte. Alle Männer waren damit beschäftigt, nach mehr Klumpen zu stochern, doch niemand hatte ein Netz, um die Beute zu fischen.
Johanna war nicht allein am Strand. Louis war bei ihr, der Sohn des französischen Winzers Luc Briand, mit dem Carsten Thurau Handel getrieben hatte. Als sie am nächsten Morgen erwachte, erinnerte sie sich deutlich an sein dunkelblondes Haar, das in der Sonne geschimmert hatte, an seine braungebrannten Füße, die er, barfuß in den Wellen stehend, gekühlt hatte, und an die feinen Härchen auf seinen kräftigen Armen. Ganz anders als Marcus war Louis nicht etwa in gebührlichem Abstand neben ihr hergegangen, dachte sie, als Marija ihr gerade beim Ankleiden half, sondern er hatte ihre Hand gehalten und sie sogar fest in den Arm genommen. Ein Kribbeln fuhr ihr durch den Bauch bei der Erinnerung daran, wie warm sich sein Körper angefühlt hatte, wie vertraut ihr diese Situation vorgekommen war.
Sie schüttelte den Kopf über sich selbst, was ihr einen verständnislosen Blick von Marija einbrachte. Dann machte sie sich an ihr Tagewerk.

Sorgsam fuhr sie wieder und wieder mit dem rauhen Ledertuch über den Fuß des Kerzenleuchters. Er glänzte schon jetzt und würde, wenn sie ihn perfekt poliert hatte, die Zierde einer jeden Festtafel werden. Dem Bernstein seinen Glanz zu geben war die Aufgabe, die Johanna am liebsten erledigte. Sie brauchte sich nicht mehr zu ängstigen, dass sie etwas beschädigte, und konnte ihren Gedanken freien Lauf lassen. Während sie den Lederlappen fest über den Leuchter rieb, dachte sie an diesem Tag an den gefälschten Einschluss. Wie man ihr berichtet hatte, war die Biene, die man in den Bernstein eingebracht hatte, so deutlich zu sehen, dass jeder, der nur ein wenig davon verstand, auf den ersten Blick den Betrug erkannte. Ein Insekt, das vor Millionen von Jahren vom Harz erstickt worden war, sah völlig anders aus als ein Insekt gleicher Art, das gestern noch Honig produziert hatte. Nun gut, Johanna hätte den Unterschied nicht ausmachen können. Sie wusste aber, dass die Echtheit eines Einschlusses von den Gelehrten vor allem anhand des Alters des eingeschlossenen Gegenstands oder Lebewesens bestätigt wurde. Und das geschah durch eingehendes Betrachten durch ein Vergrößerungsglas. Man prüfte die äußerlichen Merkmale, von denen man wusste, dass sie Zeichen einer längst vergangenen Zeit waren. Ebenso versicherte man sich, dass keins der Merkmale, die erst für die jüngere Zeit bekannt waren, an dem Einschluss zu finden war. Wenn die Biene ohne große Mühe und mit bloßem Auge als Insekt dieser Tage zu erkennen war, musste es sich um eine ausgesprochen törichte Tat handeln. Oder jemand hatte absichtlich dafür gesorgt, dass der Schwindel ans Tageslicht kam, den dieser Jemand bereits geschickt Vincent in die Schuhe geschoben hatte. Sie musste an ihren Anhänger denken, den sie von ihrer Mutter geerbt hatte. Als kleines Mädchen hatte sie ihn häufig zur Hand genommen, hatte die Schuppen und die winzigen Krallen der eingeschlossenen Eidechse betrachtet und war vor allem fasziniert von dem kleinen erhabenen Auge gewesen, das

metallisch glänzte wie der Kopf eines Nagels. Nur ein Auge war zu sehen. Auf der anderen Seite des Anhängers waren die Verunreinigungen so stark, dass der Bernstein zu dunkel, ja, fast schwarz aussah. Wahrscheinlich war das Reptil vom Baum geschleudert worden, als ihn ein Harztropfen traf. Als sie neu in Stolp war, hatte Johann-Baptist ihr erklärt, dass das Harz vermutlich immer wieder auf dieselbe Stelle getropft war. Einmal muss die Eidechse gerade in dem Moment die Rinde des Baums entlanggehuscht sein, in dem der nächste Tropfen sich löste.
»Vielleicht war sie auf der Jagd«, hatte er damals gesagt. »Sieh nur, die Zungenspitze schaut hervor, als ob sie gerade hatte Beute machen wollen. Stattdessen ist sie selbst zur Beute geworden.«
Plötzlich fiel Johanna das hübsche kleine Notizbuch wieder ein, das Hanna und Carsten ihr zu ihrem zehnten Geburtstag zusammen mit dem Eidechsen-Anhänger gegeben hatten. Sie würde nie den Moment vergessen, als sie ihr die Geschichte des Schmuckstücks erzählten, das jeweils von der Mutter an die älteste Tochter vererbt wurde, und das schon seit Generationen.
»Deine Mutter hat es getragen«, hatte Hanna mit Tränen in den Augen erklärt. »Nun ist es an der Zeit, dass du es bekommst. Und irgendwann einmal, wenn du eine erwachsene Frau bist, wirst du auch eine Tochter haben, an die du die Eidechse weitergeben kannst.«
Johanna spürte Traurigkeit in sich aufsteigen. Damals und danach immer und immer wieder hatte sie mehr wissen wollen, hatte nach ihrem Vater gefragt. Aber niemand, der überhaupt etwas über ihn zu wissen schien, sagte je ein Wort. Sosehr sie sich auch über das ungewöhnliche und bedeutsame Geschenk

gefreut hatte, so sehr hatte es sie gleichzeitig betrübt, dass man ihr nicht die Geschichte ihrer Herkunft, ihrer Vergangenheit erzählen wollte. Nein, diesen zehnten Geburtstag würde sie gewiss niemals vergessen. Völlig vergessen hatte sie dagegen ebenjenes Notizbuch, das ihr nun aus heiterem Himmel in den Sinn kam. Es enthielt Aufzeichnungen ihrer Mutter, Geschichten, die diese sich während einer Reise über die Eidechse im Bernstein ausgedacht hatte. Johanna liebte die Geschichten und hatte sie als Kind wieder und wieder gelesen. Sie erinnerte sich, dass sie das Heftchen mitgenommen hatte, als man sie nach Stolp geschickt hatte. Doch angerührt hatte sie es hier nie. Sie nahm sich vor, das beizeiten zu ändern.

Johanna nickte dem Knecht von Witwe Wegner zu, der eben da war, um das frisch aufgearbeitete Essbesteck abzuholen. Sie sah, wie Flitzebein es ihm einwickelte. Die beiden Männer redeten miteinander. Was, konnte sie nicht verstehen, denn sie sprachen leise und draußen rollten laut klappernd Fuhrwerke über das Kopfsteinpflaster, rannten Menschen eilig und einander etwas zurufend vor dem Regen davon, der mit Blitz und Donner aufzog. Mit einem Mal kam ihr in den Sinn, ob Vincent nicht doch recht haben könnte. Statt des Lumpens, in den Flitzebein die Ware wickelte, konnte er leicht einen Bogen Papier nehmen. Oder er konnte ihn zu den in Lumpen gewickelten Bernsteinen geben, ohne dass es jemand bemerkte. Schwer war es für ihn und Meister Schneider gewiss nicht, einem Schurken den Briefbogen für seinen hinterhältigen Plan zukommen zu lassen. Vielleicht hatte ihn jemand unter falschem Vorwand nach Papier gefragt, und er hatte es arglos aus der Hand gegeben, ohne jetzt auch nur den Zusammenhang zwischen seinem Tun und Vincents Misere zu begreifen. So musste es sein. Flitzebein musste ungewollt zum Handlanger geworden sein.

Als er am Abend die Werkstatt verließ, warf Johanna sich einen Umhang über, denn noch immer fielen dicke Tropfen aus schwarzen Wolken, und folgte ihm. Sie ließ gerade so viel Abstand, dass sie ihn noch sehen konnte, er sie aber nicht bemerkte. Sie musste sich sputen, denn der Bursche trug seinen Namen aus gutem Grund. Fast wäre sie gestürzt, als sie auf dem von Sand und Regenwasser schmierigen Pflaster ausrutschte. Flitzebein nahm denselben Weg, den sie gestern mit Marcus in seinem Wagen gefahren war. Auch er verließ jetzt die Stadt durch das Mühlentor. Ihr war mulmig, denn sie wusste, dass das Stadttor bei einbrechender Dunkelheit geschlossen wurde. Hoffentlich konnte sie einen Hinweis finden, bevor das geschah. Doch wenn sie es recht bedachte, wäre es ihr am liebsten, sie fände keinen Hinweis. Jedenfalls keinen, der eine Mitschuld des Burschen beweisen würde.
Er verschwand in eine der kleinen Behausungen, die sich hier aneinanderreihten. Es sah aus, als müssten sie sich stützen, weil sie, windschief und morsch, sonst in tausend Stücke zerfielen. Eine der Hütten hatte nicht einmal eine Haustür. Ein derber Fetzen, der jetzt an einer Seite festgebunden war, wurde offenkundig zur Nacht vor den Eingang gehängt. Johanna konnte im Innern der Hütte eine Frau sehen, die auf einem Holzschemel hockte und aus Lehm einen Krug formte. Zu ihren Füßen krabbelten drei Kinder, die einander glichen wie ein Ei dem anderen. Eins der Kinder ballte gerade die kleine Faust um etwas, das es am Boden entdeckt hatte, und steckte es in den Mund. Dann hob es den Kopf, und Johanna hielt die Luft an.

Was immer der kleine Junge auf dem Boden gefunden hatte, es hatte Fühler und Beine.

Sie ging weiter und verlangsamte den Schritt. Schon war sie an der Hütte angekommen, in die Flitzebein verschwunden war. Die hatte bedauerlicherweise eine Tür. Sie blickte sich um und zog sich die Kapuze ihres Umhangs tiefer ins Gesicht. Leise, nur die Spitzen ihrer Schuhe aufsetzend, näherte sie sich dem Zuhause des Burschen. Ob sie es wagen konnte, einen Blick durch das Fenster zu werfen? Sie musste es versuchen. Ganz nah war sie bereits der mit Lehm verputzten Hütte, als sie etwas an ihrem Fuß spürte und beinahe aufgeschrien hätte. Sie machte einen Satz zurück und sah eine Ratte mit grauem Fell und langem dünnem Schwanz durch eine Pfütze huschen und in einem Holzverhau verschwinden. Lange konnte Johanna nicht mehr hier draußen bleiben. Der Regen wurde immer stärker, und auch das Gewitter schien zurückzukommen. Vor allem aber durfte sie nicht riskieren, die Schließung des Mühlentors zu versäumen.

»Was schleichen Sie denn hier durch die Gegend?«

Johanna fuhr herum. Sie hatte nicht bemerkt, dass ein Mann sich ihr genähert hatte. Er hatte dunkle Augen, schwarze Haare und einen buschigen Schnauzbart und blickte misstrauisch drein.

»Ich schleiche ja gar nicht«, verteidigte sie sich.

»Grade hab ich Sie doch schon gesehn, wie Sie bei uns zur Tür reingeguckt haben.«

»Was? Nein, bestimmt nicht. Ich …«

»Nu man hübsch bei der Wahrheit bleiben!«

»Es kann doch jeder zu Ihnen hineinsehen, wenn Sie keine Haustür haben«, sagte sie.

»Aha!«

»Ja, also gut, dann habe ich eben in Ihr Haus geschaut. Ich entschuldige mich dafür. Aber ich wollte gewiss nichts Schlechtes.«

»Hm«, machte er. Noch immer sah er nicht so aus, als ob er ihr glauben würde.

Sie versuchte ihn auf andere Gedanken zu bringen. »Waren das Ihre Kinder, die dort auf dem Boden spielten?«

»Wem sollten die wohl sonst gehören?«

»Eins der Kinder hat etwas in den Mund gesteckt.«

»Wird wohl Hunger gehabt haben«, fiel er ihr barsch ins Wort.

»Das mag sein. Nur hat es sich etwas in den Mund gesteckt, das Fühler und Beine hatte. Einen Käfer womöglich.«

»Na und!« Er warf den Kopf zurück und lachte. »Hat es wenigstens mal 'n bisschen Fleisch zwischen die Zähne gekriegt.«

Sie schluckte. »Ich kann mir nicht vorstellen, dass es der Gesundheit Ihres Kindes zuträglich ist, wenn es ...«

»Machen Sie, dass Sie hier wegkommen. Ist keine Gegend für 'ne feine Dame.«

»Ich geh ja schon«, erwiderte sie leise. Sie blickte dem Mann nach, der in seine Hütte zurückkehrte und den Lumpen hinter sich vor dem Eingang ausbreitete. Im Grunde war sie froh, dass er sie fortgeschickt hatte. So hatte sie nicht das Gefühl, ein Feigling zu sein, der aus eigenen Stücken die Flinte ins Korn warf. Sie drehte sich um und machte sich schon auf den Heimweg, als sie hörte, wie sich quietschend eine Tür öffnete.

»Also, Flitzebein, hast was gut bei mir«, sagte eine tiefe Stimme.

Sie wagte nicht, sich umzusehen, senkte den Kopf und ging langsam weiter.

»Wir sind doch Freunde, oder etwa nich? Hev ick gern mokt.«

Die Männer verabschiedeten sich, eine Tür fiel ins Schloss, und Schritte kamen näher. Dann ging Flitzebeins Besucher an ihr vorüber.

»'n Abend«, sagte er.

Sie warf ihm einen Blick zu, murmelte ebenfalls einen Gruß und ließ ihn passieren. Wenn das nicht der Knecht vom Dorfschulzen Albrecht gewesen ist?, dachte sie. Sie war ganz sicher, diesen Mann gestern in dem Dorf gesehen zu haben, in dem sie das Bienengift geholt hatten. Er hatte dem Kutscher geholfen, Wasser und Stroh zu den Pferden zu bringen. Kein Zweifel, das war der Mann. Er schien denselben Weg zu haben wie sie. Er hastete durch das Mühlentor. Sie tat es ihm gleich, gerade noch rechtzeitig, bevor es zum Schutze der Bürger verschlossen wurde. Genau wie sie lief er geradewegs in den Abschnitt der Neuthorschen Straße, die als goldene Gasse bekannt war. Sie brauchte ihm nicht bis zur Tür zu folgen, um zu wissen, dass er in das Gesindehaus des Bernsteindrehers Eduard Schlägel verschwunden war.

»Wir müssen Meister Schlägel warnen!« Johanna hielt es nicht mehr in ihrem Sessel. Sie lief in der guten Stube auf und ab. Bruni war bereits zu Bett gegangen, nachdem Marcus, der den Abend im Hause der Beckers verbrachte, ihr gegen ihre Magenbeschwerden Rosenöl, vermengt mit Bernsteinpulver, verabreicht hatte. »Kann doch sein, dass dieser Kerl nun auch ihn hereinlegen will.«

»Das wäre ein Skandal!« Johann-Baptist schlug mit der flachen Hand auf den Tisch. »Was, wenn der Knecht von einem geschickt wurde, der unsere gesamte Zunft zerschlagen will.«

»Das will mir nicht in den Kopf«, meinte Marcus, nahm die Brille von der Nase und begann sie gedankenverloren am Ärmel zu reiben. »Mit Verlaub, aber Ihre Zunft ist ohnehin im Begriff, sich aufzulösen. Ich wüsste nicht, wer einen Vorteil davon haben sollte. Aber wenn es einem gefiele, der bräuchte nur die Hände in den Schoß legen und abwarten.«
»Aber warum sonst zieht er erst Vincent in diesen Schlamassel und schleicht sich jetzt bei Meister Schlägel ein?« Johanna sah beim besten Willen keinen Sinn in der Angelegenheit.
»Sie dürfen nicht voreilig urteilen, Johanna. Zunächst einmal wissen Sie nicht, ob der Knecht vom Albrecht wirklich etwas mit dem Betrug zu tun hat. Wenn es überhaupt sein Knecht war.«
»Sie glauben mir nicht?«
»Sie sagten doch selbst, es habe geregnet und sei schon recht dunkel gewesen.«
»Ich habe ihn erkannt. Es gibt keinen Zweifel.«
»Also schön. Trotzdem, seine Schuld ist noch nicht bewiesen. Welches Motiv sollte er haben?«
»Habgier«, knurrte Johann-Baptist. »Ist das nicht meist das Motiv der Menschen?«
Sie rätselten gemeinsam darüber, was hinter allem stecken mochte, und vor allem darüber, was zu tun sei.
»Du unterstehst dich, noch einmal ganz alleine derartige Eskapaden zu unternehmen«, sagte Johann-Baptist streng. »Nicht auszudenken, was dir hätte zustoßen können.«
»Was soll mir denn zustoßen?«, fragte sie halbherzig. Noch zu gut erinnerte sie sich an den Mann, der aus dem Nichts hinter ihr aufgetaucht war. Wenn er nun kostbaren Schmuck bei ihr vermutet hätte, was dann?
»Da bin ich ganz Ihrer Meinung«, pflichtete Marcus Johann-

Baptist bei und setzte seine Gläser zurück auf die Nase. »Es ist Aufgabe der Polizei, den Knecht gründlich unter die Lupe zu nehmen.«

Johann-Baptist stimmte ihm zu, ließ sich von ihm das Versprechen geben, sich darum zu kümmern, weil er nicht mehr die Kraft dazu habe, und wünschte schließlich eine gute Nacht.

»Was wollen Sie der Polizei denn sagen?«, fragte Johanna verzagt, als sie alleine waren.

»Alles, was Sie beobachtet haben und vermuten«, war die Antwort.

»Das ist nicht viel«, gab sie zu bedenken. »Und dann wird der Knecht gewarnt sein. Wäre es nicht viel klüger, wir würden erst etwas sagen, wenn wir mehr in der Hand haben?«

Marcus zögerte. Ihre Argumentation schien ihm durchaus einzuleuchten. »Nur habe ich es Ihrem Onkel versprochen«, wandte er ein.

»Sie können ja auch für ihn zur Polizei gehen. Nur eben später, wenn wir mehr herausgefunden haben.«

»Wir?«

»Sie wollen mich doch partout nicht alleine Polizei spielen lassen.«

»Allerdings nicht. Auf keinen Fall.«

»Also?«

Er erhob sich. »Geben Sie mir eine Nacht, um die Sache zu überschlafen, Johanna. Vielleicht ist es Ihnen möglich, dass wir uns morgen wiedersehen. Dann können wir alles noch einmal in Ruhe besprechen.«

»Gern.«

»Oh, das hätte ich beinahe vergessen. Frau Scheffler war heute bei mir in der Apotheke. Sie sagt, sie habe den Eindruck, es ginge Trautlind ein wenig besser.«

»Wirklich? Das wäre schön.«
»Ich mag es kaum glauben, nach so kurzer Zeit. Sie hat uns eingeladen, Trautlind erneut zu besuchen. Wollen Sie?«
»Aber natürlich.«
»Schön.« Er machte rasch einen Diener und ging.

Es klopfte an Johannas Tür. Wer konnte das sein? Onkel und Tante waren längst im Bett, und auch Marija sollte drüben in den Gesinderäumen sein.
»Darf ich hereinkommen?« Das war die Stimme von Johann-Baptist.
»Natürlich!« Sie trug bereits ihr Nachthemd, warf sich rasch den Morgenmantel über und öffnete die Tür.
»Verzeih, dass ich dich so spät noch störe. Ich wollte vorhin nicht mit dir sprechen, solange Marcus da war. Versteh mich nicht falsch, ich mag ihn und vertraue ihm. Sonst hätte ich ihn nicht gebeten, an meiner Stelle zur Polizei zu gehen. Was ich mit dir zu besprechen habe, ist jedoch nicht einmal für seine Ohren bestimmt. Das geht nur die Familie etwas an. Bis morgen konnte ich nicht warten, dann hätte ich keinen Schlaf gefunden.«
Johanna spürte, wie ihr Herz zu klopfen begann. Was konnte es so Wichtiges geben, das ihm den Schlaf geraubt hätte? Sie zog die beiden Stühle, die an einem kleinen runden Tisch direkt am Fenster standen, zurecht und setzte sich.
Auch Johann-Baptist nahm Platz. »Ich bin noch einmal im Haus der Zunft gewesen«, begann er. »Es sieht nicht gut aus. Sie wird sich auflösen.«
»Das tut mir leid«, sagte sie, weil sie wusste, dass ihm dieser Schritt zu schaffen machte. Ein Unglück sah sie selbst darin nicht.

Er lachte leise. »Ich bin ein alter Esel, der an Traditionen festhält. Dabei ist es unter Umständen sogar gut, dass es so kommt, wer weiß.« Er blickte sich nachdenklich in der Kammer um, die nur dürftig vom flackernden Schein einer Öllampe erhellt wurde. Johanna wartete gespannt. Es dauerte lange, bis er weitersprach. »In dieser Kammer hat meine Schwester Luise geschlafen. Sie war das ungewöhnlichste Mädchen, das ich jemals kannte, mit einem Talent für das Bernsteinschnitzen und einem Kopf voller Flausen und Eigensinn. Sie lernte bei einem Paternostermacher, doch das war ihr nicht genug. Tagtäglich nur Kugeln zu ritzen und zu polieren, das war für sie die Arbeit eines Handlangers. Sie wollte Kunstwerke nach ihrer eigenen Vorstellung schaffen. Eines Tages schloss sie sich einem fahrenden Bernsteinmeister an und ging fort. Nur ein Brief ist mir damals von meiner Schwester geblieben.« Wieder entstand eine lange Pause, in der er betrübt vor sich hin starrte. »Eines Tages tauchte eine junge Frau hier auf, die dieselben geheimnisvollen grünen Augen und dieselben roten Haare hatte. Deine Mutter!«

Johanna hielt kurz die Luft an. Würde er ihr endlich verraten, was ihre Mutter damals in Stolp gewollt, warum ihr Auftauchen so einen Schock ausgelöst hatte und wieso ein solches Geheimnis um Johannas Vater gemacht wurde?

»Sie trug den Eidechsen-Anhänger bei sich, der einmal meiner Schwester gehört hatte.«

»Meinen Anhänger?«, fragte sie, obwohl sie die Antwort kannte.

»Ja, mein Kind, deinen Anhänger. Er ist ein Heiligtum für alle, die etwas mit Bernstein zu schaffen haben. Denn siehst du, seit nunmehr zweihundertvierzig Jahren gibt es ihn, und er wurde von Generation zu Generation weitergegeben.«

Johanna machte große Augen. »Dass er vererbt wurde, ist mir wohl bekannt, nicht aber, dass er so alt ist.«
»O ja, mein Kind, und seine Geschichte ist stets notiert und ebenfalls weitergegeben worden.«
»Nein. Ich meine, ich habe nur den Anhänger mit dem Notizbuch bekommen. Aber darin steht nicht die Geschichte des Schmuckstücks, sondern darin sind nur erdachte Geschichten, die mit der Eidechse zu tun haben.«
»Die Chronik des Steins war lange verschollen, so wie der Stein selbst auch.«
»So?«
»Meine Schwester hatte ihn damals mitgenommen, als sie fortging. Niemand wusste, ob wir ihn je wieder zu Gesicht bekämen. Und das hätten wir vermutlich auch nicht, wenn nicht eine glückliche Fügung deine Mutter zu uns gebracht hätte.«
»Das heißt«, überlegte Johanna laut, »deine Schwester ist fortgegangen, hat einem Mädchen das Leben geschenkt und ihm später auch den Schmuck übergeben. Und dieses Mädchen war meine Mutter, die hierherkam.«
»Ja.«
»Was meinst du mit einer glücklichen Fügung? Kam sie denn nicht her, um ihre Verwandten kennenzulernen?«
»Nein. Sie wusste lange Zeit nicht, dass sie nicht die Tochter von Hanna und Carsten Thurau war. Sie hat es erst erfahren, als sie schon eine junge Frau war.«
»Oh!« Wie schwer musste dieser Moment für ihre Mutter gewesen sein. »Aber was hat sie dann hier bei euch gewollt?«
»Sie kam nach Stolp, um Bernstein zu holen. Sie benötigte Rohmaterial, um zu schnitzen.« Er sprach langsam und wählte jedes Wort mit Bedacht. Es schien ihm schwerzufallen, derartig tief in die Vergangenheit einzutauchen. »Es war eine

schwere Zeit damals. Die Franzosen hatten im gesamten Norden des Reiches gewütet und riesige Gebiete an sich gerissen. Es gab große Not, und auch die Thuraus verloren viel. Niemand kaufte mehr Wein. Da Femke aber nicht nur die grünen Augen und das rote Haar ihrer Mutter geerbt hatte, sondern auch ihr enormes Talent, gelang es ihr, die Not ein wenig zu lindern. Es fand sich immer jemand, der für ein Werk von ihr ein paar Taler berappte. Weil es aber in Lübeck keinen Bernsteinhandel gab, musste sie nach Osten reisen, um hier um Material zu bitten.«

»Warum hat sie keinen Burschen geschickt?«, wollte Johanna wissen.

»Weil sie ebenso unüberlegt gehandelt hat wie Luise. Genau wie sie hat sie der Stimme ihres Herzens gehorcht, ohne sich auch nur im Geringsten die Folgen ihres Handelns auszumalen.« Er schüttelte bei dem Gedanken daran den Kopf. Im flackernden Schein der Lampe tanzten Schatten über sein Gesicht und verliehen ihm ein beinahe bedrohliches Aussehen. »Damals wie heute konnte und kann nicht einfach ein jeder Bernstein erwerben, wie es ihm gefällt. Fast wäre ihre gefahrvolle Reise umsonst gewesen, wenn sie nicht den Anhänger mit der Eidechse hätte vorzeigen können, durch den ich sie als meine Nichte erkannt habe.«

Johanna versuchte sich die Verzweiflung und das Wechselbad der Empfindungen ihrer Mutter auszumalen. Gerade erst hatte sie erfahren, dass ihre Eltern gar nicht ihre wahren Eltern sind, dann hatte sie sich auf die lange Reise gemacht und hätte beinahe unverrichteter Dinge umkehren müssen. Und zum guten Schluss hatte sie sich bei ihren Verwandten wiedergefunden, die ihr dann doch noch zu Bernstein hatten verhelfen können.

»Was hat es nun mit dieser Chronik auf sich?«, fragte sie.
»Die Legende sagt, der arme Bernsteinfischer Nikolaus habe den kostbaren Fund vor gut und gerne zweihundertvierzig Jahren gemacht.«
»Die Legende?«, unterbrach sie ihn. »Dann ist die Geschichte des Schmucks also nicht bekannt, sondern beruht nur auf einer Legende?«
»Diese Geschichte beginnt bei sehr einfachen Leuten, mein Kind. Sie konnten nicht lesen oder schreiben. Darum war es zunächst gebräuchlich, dass sie einer dem anderen weitererzählt hat. Wir können nicht ausschließen, dass etwas vergessen oder auch dazugedichtet wurde. Der Kern aber ist wahr, dessen können wir sicher sein. Und irgendwann begann man Herkunft und Schicksal des Bernsteins zu notieren.« Er schwieg und sah für einen Moment verwirrt aus. »Wo war ich? Ach ja, dieser Fischer jedenfalls hat den Klumpen der Ostsee abgerungen und ihn nicht abgegeben, wie es seine Pflicht gewesen wäre.«
»Er hat ihn gestohlen?«
»Unterschlagen. Ja, er hat ihn unterschlagen. Mit einer List soll es ihm gelungen sein, seine wertvolle Beute vor zwei Strandreitern zu verbergen, die auf ihn aufmerksam geworden waren.«
»Strandreiter?«
»Männer, die zu Pferde die Strände kontrollierten, dass es nur ja keiner wage, ohne Erlaubnis Bernstein zu sammeln. Sie standen im Dienste des Generalpächters und gaben auch acht, dass die Küstenbewohner, die das Gold des Nordens sammeln und fischen mussten, keinen noch so winzigen Splitter für sich behielten.«
»Aber dieser eine Fischer, von dem du sprichst …«
»Sein Name war Nikolaus.«

»Dieser Nikolaus hat doch sogar einen recht großen Brocken für sich behalten und war gewiss nicht der Erste, der das wagte, oder?«

»Er hatte bereits zuvor kleine Brocken vor den Häschern verborgen. Jeder wird das wohl getan haben, und sei es nur, um Brennmaterial zu haben. Doch mit diesem Fund war es etwas ganz anderes. Du kennst den Stein nur zu gut. Er ist groß und enthält die Eidechse, die ihn so kostbar macht.«

Schon immer hatte der Anhänger eine große Bedeutung für sie gehabt, war er doch das Einzige, was ihr von ihrer Mutter geblieben war. Durch die Erzählungen von Johann-Baptist wuchs diese Bedeutung ins Unermessliche. Obwohl die Kostbarkeit in einer kleinen Schatulle sicher verwahrt war, konnte sie das Auge des Reptils in aller Deutlichkeit vor sich sehen. Es war, als würde es in der Dunkelheit glühen und sie eindringlich anstarren.

»Es ist ihm irgendwie gelungen, seine Entdeckung vor den Strandreitern zu verbergen und sie seinem Weib unbemerkt zuzustecken. Durch eine List hat er die Männer glauben gemacht, seine Beute bestünde nur aus kleinen unbedeutenden Steinen, die er lange zuvor gesammelt hatte. So blieb die Eidechse bei seiner Frau, und Nikolaus wurde für die Unterschlagung der kleinen Brocken gehängt.«

»Man hat ihn getötet?«

»Das war die Strafe, die auf Unterschlagung stand«, antwortete Johann-Baptist ungerührt. »Bevor er aber sein Leben aushauchte, rief Nikolaus die Bewohner der Küste auf, um den Besitz des Bernsteins zu kämpfen. Es sei nicht recht, soll er gesagt haben, dass einer allein sich an dem bereichere, was die Ostsee so großzügig verschenke. Jeder, der am Strand wohne, solle auch behalten dürfen, was er dort findet. Das waren wohl die letzten Dinge, die er zu sagen vermochte, bevor er am Galgen endete.« Für einen Moment war es ganz still in der kleinen Kammer. Dann sprach Johann-Baptist mit gedämpfter Stimme weiter. »Es klebt noch mehr Blut an dem Stein, Johanna. Du bist nun alt genug. Ich hoffe, du kannst die Wahrheit aushalten. Nachdem man ihn aufgeknüpft hatte, kamen die beiden Strandreiter zurück. Einer erst, der schon ein Auge auf das Weib von Nikolaus geworfen hatte, als man den gefangen nahm. Er kehrte zurück und machte sich über sie her – vor den Augen ihrer Kinder.«

»O mein Gott!«

»Der andere Reiter hatte wohl so etwas befürchtet oder wollte im Haus nach weiterem Bernstein suchen. Jedenfalls kam auch er zurück, nur leider zu spät, um ihr das Schlimmste zu ersparen. Als er seinen Kameraden bei der Frau fand, die entblößt war und deren Kleider in Fetzen auf dem Boden lagen, und als er die Kinder weinend und dem Irrsinn nahe sah, da schlug er auf ihn ein, bis er tot war.«

Johanna war nicht sicher, ob sie die Wahrheit über ihren Anhänger ertragen konnte. War denn nichts Gutes mit ihm verbunden?

»Die Frau ging mit ihren Kindern fort, weit weg von der Küste an einen Ort, an dem man sie nicht kannte und nicht fragte, woher sie den Stein habe. Das älteste Kind war ein Mädchen. Ihm gab sie den Anhänger, nachdem sie ihn von der rauhen Kruste befreit und fein säuberlich poliert hatte, als Mitgift. Es sollte genügen, um einen reichen Bauern dazu zu bewegen, das Mädchen zur Frau zu nehmen. Ich kann die Mutter gut verstehen«, sagte Johann-Baptist. »Sie hat sich für ihre Tochter ein besseres Leben gewünscht und gewiss gehofft, dass die jüngeren Geschwister als Gesinde auf dem Hof auch ihr Auskommen finden würden.«

»Und? Hat der Bauer sie geheiratet?«
»Allerdings. So war es ausgemacht. Doch sie hat es bei ihm nicht gut gehabt. Er hat sie geschlagen und behandelt wie die niederste Magd. Noch schlimmer wurde es, als sie ihm eine Tochter gebar, denn er wollte einen Sohn und kein Mädchen, heißt es. So kam es, dass sie des Nachts ihr Kind und ihren Stein packte und den Hof verließ. Wer auch immer die Eidechse besitzt, scheint früher oder später davonlaufen zu müssen.«
Johanna schwirrte der Kopf. Das alles war ein bisschen viel auf einen Schlag. »So hat es also begonnen, dass das Erbstück stets von der Mutter an die älteste Tochter gegeben wurde. Aber wurde denn diese Reihe niemals unterbrochen? Kam es nicht vor, dass eine Erbin kein Kind oder nur Jungen zur Welt gebracht hat?«
»Nur einmal ist es passiert, dass es keine Tochter gab, die den Schmuck hätte erben können. Doch gab es einen Sohn, der später Vater einer Tochter wurde, meiner Mutter.«
Sie nickte langsam, während sie sich vorzustellen versuchte, wie viele Generationen es gewesen waren, deren Schicksal auf die eine oder andere Weise von dem Bernsteinanhänger beeinflusst worden war, der sich jetzt in ihrem Besitz befand.
Als hätte er ihre Gedanken erraten, sagte er: »Am besten, du liest die ganze Geschichte, wie der Stein von einer Generation zur nächsten gelangen konnte, selbst einmal in aller Ruhe.« Damit zog er eine Rolle hervor.
Sie erkannte mehrere Bogen Papier, die von einem Lederband gehalten wurden. »Sagtest du nicht, Anhänger und Chronik seien verschollen gewesen? Den Bernstein hat deine Schwester meiner Mutter gegeben, aber von diesen Aufzeichnungen weiß ich nichts. Und auch Hanna und Carsten haben nie ein Wort davon erwähnt.«

»Sie hatten ebenso wenig eine Ahnung davon wie deine Mutter Femke.«
»Das verstehe ich nicht.«
»Meine Schwester, deine Großmutter, ist zum Sterben nach Hause zurückgekehrt.«
Allmählich reichten Johanna die Offenbarungen. »Das wusste ich nicht«, sagte sie matt.
»Es war vor elf Jahren. Wir erhielten Nachricht vom Armenhaus, dass dort eine Frau im Sterben liege, die nach mir verlange. Ich bin auf der Stelle zu ihr gegangen, denn ich wusste, um wen es sich handeln musste. Es konnte nicht anders sein. Immer habe ich gewusst, dass ich meine Schwester noch einmal sehen würde. Sie bat mich um Verzeihung für all den Kummer, den sie mir bereitet hat. Weißt du, was sie sagte?«
Johanna schüttelte den Kopf.
»Sie sagte, es betrübe sie sehr, dass sie so lange ohne mich habe leben, und noch mehr, dass sie mir das habe antun müssen. Aber sie habe keine Wahl gehabt und würde es noch einmal genauso machen.« Ein schmales Lächeln erschien auf seinen Lippen. »Eine Sache bereute sie indes von ganzem Herzen. Sie hatte sich fest vorgenommen, deiner Mutter eines Tages die ganze Geschichte zu erzählen. Immerhin wusste sie, dass Femke von Hanna und Carsten großgezogen wurde. Denk dir, sie hatte die beiden selbst ausgewählt und ihr Kind nur wenige Tage nach der Niederkunft bei ihnen vor der Tür abgelegt. Sie sagte mir, dass sie sich eines Tages habe zu erkennen geben wollen. Wann immer sie in Lübeck war, fragte sie die Händler auf dem Markt oder das Gesinde in den Gassen ganz beiläufig nach den Thuraus. Sie muss auch um das Haus in der Glockengießerstraße geschlichen sein. Sie hatte das hier aufbewahrt«, sagte er und legte die Papierrolle auf den Tisch, »und wollte es

Femke geben, wenn sie alt genug war, alles zu verstehen. Doch je mehr Zeit verstrich, desto mehr schwand ihr Mut. Und dann entschied sie, dass es für deine Mutter nicht gut gewesen wäre, sich ihrer wahren Vergangenheit gegenüberzusehen. Das war der Moment, in dem Luise beschloss, sich von ihrer Tochter fernzuhalten und stattdessen nach Stolp zurückzukehren, um mir das Papier zu geben. Sie hatte mir dann sagen wollen, wo der Anhänger ist.« Leise fügte er hinzu: »Es hat weiß Gott lange gedauert, bis sie wenigstens das wahr gemacht hat und in ihre Heimat zurückgekehrt ist. Hätte sie sich nur früher besonnen. Vielleicht hätten Mutter und Tochter sich dann doch noch begegnen dürfen.«

»Danke!«, sagte Johanna und nahm behutsam die Papierrolle vom Tisch. »Danke, dass du mir das alles erzählt und die Chronik gebracht hast.«

»Es ist mir nicht leichtgefallen. Und noch schwerer fällt es mir, dich jetzt um etwas zu bitten. Aber nach allem, was ich dir gesagt habe, bin ich sicher, du erkennst den Wert des Eidechsen-Steins und wirst ihn mir gern überlassen.«

»Wie meinst du das?« Johanna starrte ihn an. Sie konnte einfach nicht glauben, dass er sie um den Anhänger bat.

»Nicht mir«, stellte er schnell richtig. »Ich bitte dich für die Zunft.«

»Hast du mir nicht selber erklärt, dass es schlecht um sie steht und sie im Begriff ist, sich aufzulösen?«

»Gerade deshalb muss ich dich um dieses für dich persönlich gewiss große Opfer bitten, mein Kind. Eine Bernsteindreherzunft wird es bald nicht mehr geben. Doch wir haben beschlossen, eine Gemeinschaft zu bleiben. Wir wollen zusammenhalten. Man wird mich in den Verbund aufnehmen, hat aber zur Bedingung gemacht, dass ich die Eidechse, die so wichtig für

das Schicksal aller Bernsteinmeister ist, an die Gemeinschaft übergebe. Niemand will sich bereichern, das darfst du nicht meinen. Wir werden ein kleines Museum gründen. Dort ist der Stein mit seiner Geschichte doch am besten aufgehoben, denkst du nicht?«
»Nein!«
»Ich verstehe, dass du dich zunächst mit dem Gedanken vertraut machen musst. Aber sieh mal, um ein Haar hätte deine Großmutter dafür gesorgt, dass Stein und Chronik getrennt worden wären. Und, noch schlimmer, deine Mutter hat sogar darüber nachgedacht, den Stein zu zerteilen, um Stücke davon weiterzuverarbeiten. Das hat sie mir einmal erzählt. Niemand kann ihn so gut schützen wie eine Handvoll Meister, glaube mir.«
Johanna sah ihm an, dass es ihm das Herz zerriss, das von ihr zu erbitten. Aber es war auch offensichtlich, dass er von dem Plan überzeugt war.
»Warum stellen sie überhaupt eine Bedingung für deine Aufnahme in den Verbund? Du warst immer ein respektables Mitglied der Zunft. Was müssen die anderen tun, um aufgenommen zu werden?«
»Nichts, sie müssen gar nichts tun. Sie haben die Zunft auch nicht betrogen.«
Sie schnappte nach Luft. »Du hast …?«
»Ja. Als Luise ging, nahm sie den Anhänger mit. Weil aber die Zunftmitglieder ohnehin schon so schlecht auf sie zu sprechen waren, auf die Frau, die immer wieder gefordert hatte, zur Schnitzmeisterin ausgebildet und von den Männern anerkannt zu werden, habe ich behauptet, sie habe ihn mir gelassen. Es hat sich gefügt, dass es in der Gasse gebrannt hat und ich sagen konnte, der Stein sei wohl wie so viele damals geschmolzen oder er sei in dem Durcheinander gestohlen worden.«

»Bis er wieder aufgetaucht ist.«
»Tja, da ist der Schwindel aufgeflogen. Seitdem habe ich viele Scherereien gehabt. Wo sie nur konnten, haben sie mir das Leben schwergemacht.«
»Und jetzt willst du ihnen das Wertvollste geben, was ich habe, damit sie dir wieder freundlich begegnen? Du willst ihre Freundschaft kaufen?«, fragte sie lauter als beabsichtigt.
»Nein, Johanna. Ich bin ein alter Mann, der sich nicht mehr um die Geschäfte kümmern muss. Und Freundschaft? Das ist ein großes Wort. Sagen wir, ich will meinen Frieden mit ihnen machen und die Geschichte der Eidechse zu einem guten Ende bringen. Meinst du nicht, sie hat endlich Ruhe verdient?«
»Und wenn ich einmal eine Tochter haben werde? Hätte ich sie dann nicht um ihr Erbe betrogen?«
Er erhob sich schwerfällig. »Überleg es dir in Ruhe und lies die ganze Geschichte. Sobald du dich entschieden hast, mir die Eidechse zu überlassen, kannst du nach Hause fahren.«
»Und wenn ich mich dagegen entscheide?«
»Gute Nacht, Johanna.« Er schloss die Tür hinter sich.
Noch immer schlug ihr Herz wild. Nun war es Johanna, die keinen Schlaf finden würde.

IV

Ein Zufall spielte Johanna und Marcus in die Hände. Swen Albersen, der Knecht des Dorfschulzen Albrecht, betrat nämlich die Apotheke, um Rizinusöl für den Bernsteindreher Schlägel zu holen.
»Für den Schlägel?«, fragte Marcus. »Sind Sie denn nicht der Knecht vom Albrecht?«
»Dat bün ick ok.« Er erzählte freimütig, dass er sowohl als Knecht für Albrecht schufte als auch als Tagelöhner für Schlägel. »Wie wullt ick woll sonst de Gören satt kreegen?« Während er darauf wartete, dass Marcus die verlangte Menge Öl abfüllte, plauderte er weiter, wie dankbar er dem Albrecht sei, dass der ihm die Arbeit beim Schlägel besorgt habe.
Als er Johanna abholte, um mit ihr Trautlind einen Besuch abzustatten, berichtete er von den Neuigkeiten.
»Wie hängt das nur alles zusammen?«, überlegte sie laut. »Der Albersen ist Knecht beim Albrecht, dem die Bienen gehören. Und er ist Tagelöhner beim Schlägel, der Mitglied der Zunft ist und meinem Onkel den Betrug von damals nie verziehen hat. Das kann doch kein Zufall sein.«
»Es sieht wahrhaftig so aus, als müssten wir nur die Verbindung richtig deuten, um zu verstehen, wer Ihren Cousin ange-

schwärzt hat. Es dürfte allerdings nicht ganz einfach sein, diese Hintergründe aufzudecken.«
»O nein, bestimmt nicht. Aber wir sind immerhin ein Stück weiter, denken Sie nicht, Marcus? Da werden wir doch jetzt wohl nicht aufgeben.«
»Sie überlassen Ihrem Onkel also nicht Ihren Anhänger und reisen nach Lübeck?«
Johanna hatte Marcus gleich am nächsten Tag noch immer fassungslos von der Forderung ihres Onkels erzählt.
»Bestimmt nicht. Ich sehne mich nach wie vor nach meiner lieben Heimatstadt, aber der Abschied von hier wird mir gleichzeitig mit jedem Tag schwerer.« Sie sah ihn an und erkannte ein Lächeln auf seinem Gesicht. »Solange Vincent nicht auf freiem Fuß ist, gehe ich keinesfalls fort. Ich kann es Ihnen doch nicht ganz allein überlassen, seine Unschuld zu beweisen«, sagte sie.
»Nein, das können Sie nicht.«
Trautlind spielte an diesem Abend verschiedene Lieder, darunter Stücke des Stettiner Organisten Carl Loewe. Sie wirkte ein wenig aufgeräumter, lief nicht so oft hin und her, sondern saß meist ruhig und blickte ihre Gäste aufmerksam an. Den Bernsteinanhänger trug sie jeden Tag, wie ihre Mutter erzählte. Trautlind betrachtete eingehend Johannas Anhänger, den sich diese an dem Morgen nach Johann-Baptists nächtlichem Besuch umgelegt und nicht wieder abgenommen hatte. Sie sprach nur wenige Worte mit ihren Besuchern. Für Marcus hatte sie an diesem Tag sogar ein zartes Lächeln.
»Wie geht es Ihrem Cousin, Fräulein Thurau?«, fragte Frau Scheffler, nachdem sich Trautlind in ihre Kammer zurückgezogen hatte.
»Nicht gerade gut«, antwortete Johanna betrübt. »Jeder hält ihn für schuldig, niemand versucht ihm zu helfen.«

»Wir glauben an seine Unschuld«, beteuerte Frau Scheffler. »Er ist ein feiner Mensch, der immer tüchtig und rechtschaffen gearbeitet hat. Aber die Beweise wiegen schwer, wie man hört.«
»Keine Beweise, sondern Spuren, die jemand mutwillig gelegt hat.«
Marcus warf ihr einen warnenden Blick zu, doch Johanna war nicht aufzuhalten. Sie befriedigte die Neugier der Scheffler nur zu gern. »Wir glauben, dass der Albersen etwas damit zu schaffen hat.«
»Wir vermuten, dass er etwas damit zu schaffen haben könnte«, wandte Marcus ein.
»Swen Albersen etwa?«
»Ja, kennen Sie ihn?«, fragte Johanna gespannt.
»Und ob! Jeder kennt doch diesen Strolch. Findet Arbeit beim Schlägel, und statt ihm dankbar zu sein, bestiehlt er ihn. Haben Sie das nicht gewusst?«, fragte sie an Marcus gewandt.
»Nein.« Er sah Johanna hilflos an und zuckte mit den Schultern.
»Jetzt weiß ich wieder«, erklärte Frau Scheffler. »Sie waren ja gar nicht in Stolp. Wenn ich mich recht entsinne, passierte es, als Sie gerade in Stralsund waren.«
»Ich verstehe«, sagte er, und zu Johanna gewandt: »Ich war für ein Jahr in Stralsund, um meine Kenntnisse zu vertiefen und meinen Horizont zu erweitern, bevor ich die Apotheke meines Vaters übernahm.«
Johanna nickte. »Wenn er den Schlägel bestohlen hat, wieso ist er dann noch in seinen Diensten? Das will mir nicht in den Kopf.«
»Keiner versteht das, Fräulein. Eine Zeitlang hieß es, er sei aufs Land gegangen und arbeite nun irgendwo als Knecht. In der

Stadt hat er sich für eine Weile nicht blicken lassen. Bis er plötzlich wieder da war, als wäre nichts geschehen.« Sie hob missbilligend eine Augenbraue und strich den Rock ihres Kleides glatt.

Johanna und Marcus verabschiedeten sich. Kaum auf der Straße, sagte sie: »Das ist doch ein starkes Stück! Ich schwöre es Ihnen, Marcus, wir sind auf dem richtigen Weg.«

»Inzwischen denke ich das auch. Nur wissen wir noch immer nicht, was das alles mit der Fälschung zu tun hat.«

»Hat der Albersen Ihnen nicht erzählt, er habe die Arbeit bei Schlägel durch Albrecht bekommen? Was, wenn es umgekehrt ist? Wenn er zuerst in Schlägels Diensten war und zu Albrecht kam, als er sich für eine Weile auf dem Land aufgehalten hat, wie Frau Scheffler sagte?«

»Das ist es! Der Albrecht ist der Dorfschulze. Er ist zwar nicht für die Vollstreckung von Urteilen hier in der Stadt zuständig, aber für die, die sich in dem Dorf zutragen.«

»Aber der Diebstahl hat doch in Stolp stattgefunden. Dann hatte der Albrecht doch nichts damit zu schaffen.«

»Nein, aber er kannte gewiss denjenigen, der zuständig war. Es wäre nicht das erste Mal, wenn man unter der Hand eine Regelung gefunden hätte.«

»Damit der Albersen nicht bestraft wird? Aber warum?«

»Das müssen wir herausfinden. Wir werden ihn zur Rede stellen.«

Johanna kannte den sonst so besonnenen Marcus kaum wieder. Offenbar war er überzeugt, den Schlüssel direkt vor der Nase zu haben, der den Fall lösen würde. Das bedeutete, Vincent würde endlich Gerechtigkeit zuteilwerden.

»Gleich morgen werden wir ihn zur Rede stellen. Ich habe einen Plan.«

Früh am nächsten Morgen war Johanna wie mit Marcus verabredet in der Apotheke zur Stelle. Sie war froh, Johann-Baptist zu entwischen, der sie jeden Tag zu einer Entscheidung zu drängen versuchte. Bisher hatte sie stets Ausflüchte gehabt und ihn hingehalten.

Marcus hatte einen Boten ins Haus des Bernsteindrehers Schlägel geschickt, der ausrichten ließ, der Knecht habe das falsche Öl gebracht. Er möge dringend in die Apotheke kommen, es zu tauschen. Sie hatten Glück. Es war Swen Albersen, der wenig später mit dem Ölfläschchen in der Tür stand.

»So ein dummer Irrtum von mir«, sagte Marcus rasch, während Johanna nur zum Gruß mit dem Kopf nickte und so tat, als würde sie darauf warten, eine Arznei gemischt zu bekommen. Sie gab vor, interessiert die unzähligen braunen Glasflaschen anzusehen und die Tongefäße mit den getrockneten Pflanzen, die einen intensiven Duft von Rosmarin und Minze verströmten, obwohl sie fest verschlossen waren. Unter normalen Umständen hätte sie sich nicht zu verstellen brauchen, denn in der Tat liebte sie all die Tiegel und Töpfchen, die Flaschen und Schalen, doch in diesem Moment gehörte ihre ganze Aufmerksamkeit ihrer Aufgabe. Sie schlenderte an den Regalen entlang zur Eingangstür. Marcus ging in die genau entgegengesetzte Ecke des Raums, hantierte dort mit einer großen Ölflasche, die er von einem der oberen Bretter holte, und forderte Albersen auf, ihm zu helfen.

»Nehmen Sie mir die Flasche bitte ab. Sie ist gerade erst gefüllt und wiegt einiges.«

Obwohl es keinen ersichtlichen Grund dafür gab, dass Marcus die Flasche nicht einfach abstellte, folgte Albersen seiner Aufforderung, ohne zu zögern. Augenblicklich nutzte Johanna die Gelegenheit, drehte den Schlüssel im Schloss um und ließ ihn

unbemerkt in ihren bestickten Samtbeutel gleiten. Zum Zeichen, dass sie ihren Teil erledigt hatte, hüstelte sie.
Marcus nickte ihr zu. »Also schön«, sagte er. Man konnte hören, dass er aufgeregt war. »Was haben Sie damals beim Schlägel gestohlen, Swen Albersen?«
Der wurde blass, und Marcus musste ihm rasch die Flasche aus den Händen nehmen.
»Wat? Aber …«
»Wir wissen, dass Sie den Bernsteindreher Schlägel bestohlen haben. Aber Sie sind nicht dafür bestraft worden. Ist das richtig?«
»Nee, ick …« Er wand sich. Pure Verzweiflung stand ihm ins Gesicht geschrieben. »Ick muss nu fix wech …« Er drehte auf dem Absatz um und stürmte zur Tür, drückte die Klinke hinunter und riss die Augen auf. »Wat is denn nu?«
»Zu«, antwortete Johanna und lächelte ihn zuckersüß an.
»Ihnen geschieht nichts«, beruhigte Marcus ihn. »Wir haben nur ein paar Fragen und wollen die Wahrheit von Ihnen wissen. Bitte!« Er schob ihm einen Schemel hin.
Albersen sah sich panisch um, suchte offenbar nach einem Fluchtweg. Doch da war keiner. Er musste einsehen, dass er in der Falle saß, und ließ sich auf den Hocker nieder.
»Also, was haben Sie damals gestohlen?«
»Na, Bernstein, wat sonst?«, rief er aufgebracht. »So 'n lüttes Stück.« Er hielt Daumen und Zeigefinger in die Höhe, um zu zeigen, wie klein seine Beute gewesen war. »Hev ick insteckt zum Verbrennen«, fügte er leise hinzu und ließ die Schultern hängen.
Er konnte einem leidtun, so ein Häufchen Elend war er nur noch. Nach und nach erzählte er die ganze Geschichte. Schlägel hatte ihn mit aller Härte bestrafen wollen und sich an den

städtischen Richter gewandt. Nach einer Weile sei Albrecht aufgetaucht, der ihm eine Möglichkeit in Aussicht stellte, straffrei davonzukommen. Er wusste von Albersens handwerklichem Geschick und meinte, es müsse doch ein lohnendes Geschäft zu machen sein, wenn er regelmäßig von Schlägel Bernstein mit aufs Land bringen und Teile von Albrechts Bienen darin einschließen würde.

»Dann haben Sie die Fälschung also hergestellt, die Vincent Becker hinter Schloss und Riegel gebracht hat?« Johanna funkelte ihn zornig an.

»Ick wullt doch nich, dat er …« Er faltete die Hände wie zum Gebet und stützte den Kopf darauf. »Gar nix segg ick mehr.« Glücklicherweise besann er sich und sagte doch noch etwas. Dass er nämlich gehört habe, wie Schlägel und Albrecht gestritten hätten. Schlägel habe Albrecht vorgeworfen, dass er ihn betrogen habe. Er habe viel mehr für die gefälschten Einschlüsse kassiert, als er dann mit ihm geteilt habe. Das habe er von einem arglosen Käufer erfahren, der ausgerechnet zu ihm, Schlägel, gekommen sei, um den Wert einer Brosche schätzen zu lassen. Um den Streit aus der Welt zu schaffen und dem lohnenden Handel mit Bienen-Einschlüssen weiter nachgehen zu können, ohne die unterschlagenen Anteile zurückzahlen zu müssen, erklärte sich Albrecht dazu bereit, eine Fälschung herstellen zu lassen, die man auf hundert Ellen gegen den Wind als solche erkennen konnte.

»Wat he domit wullt, weet ick nich.«

»Ich glaube ihm, dass er nicht wusste, warum er eine Fälschung machen sollte, die als solche zu erkennen ist«, sagte Marcus nachdenklich, nachdem sie Albersen hatten gehen lassen. Seine Wangen waren gerötet.

»Glauben Sie auch, dass er nichts von unserer Unterhaltung mit ihm verrät?«

Er schüttelte den Kopf und rieb sich die Augen. Wahrscheinlich hatte er vor Aufregung kaum geschlafen. »Der sagt kein Wort. Er ist in die Sache hineingeraten und hat versucht, seine Haut zu retten. Und das wird er wieder versuchen. Wir haben ihn in der Hand, das hat er begriffen, wenn er auch nicht sonderlich helle ist. Er wird kein Wort sagen.«

»Und wie geht es weiter?«, fragte Johanna. »Wir fahren noch einmal zu Albrecht, um Beweise zu finden, richtig?«

»Sie fahren nicht mit«, sagte er bestimmt. »Darum kümmere ich mich allein.«

Ihr Protest half ihr nicht, Marcus blieb standhaft.

»Bleibt nur noch die Frage, wieso der Handschuhmacher Olivier bei der Sache mitgespielt hat.«

»Darum brauchen wir uns nun wahrhaftig nicht zu kümmern, Johanna. Das soll schön die Polizei erledigen.«

Da hatte er recht. Was sie herausgefunden hatten, reichte, um Vincent endlich aus dem Landarbeiterhaus zu holen. Mehr wollte sie nicht verlangen.

Am nächsten Tag blieb die Apotheke Runge geschlossen. Johanna polierte an den Steinen einer Deckenkrone. Die Bernsteinbrocken waren zu Ketten aufgefädelt, die wiederum derart miteinander verbunden waren, dass sich ein Gehänge in der Form eines Kronleuchters ergab. Brachte man eine solche Deckenkrone über einer Tafel an, die von Kerzen erleuchtet war, wurde das Licht von dem Bernstein auf zauberhafte Weise zurückgeworfen und an die Wände gemalt.

Sie war froh, keine schwere Aufgabe erledigen zu müssen, denn ihre Gedanken waren bei Marcus. Hoffentlich konnte er Al-

bersen trauen, der ihm exakt beschrieben hatte, wo auf Albrechts Gehöft die kleine Werkstatt zu finden sei. Albersen selbst sollte an diesem Tag nicht auf dem Hof sein, damit nur ja kein Verdacht auf den Verräter fiele. Was, wenn er nicht die Wahrheit gesagt hatte? Womöglich lauerte er Marcus bereits auf. Oder er hatte Albrecht gewarnt, so dass der sämtliche Hinweise auf die Fälscherwerkstatt längst hatte verschwinden lassen. Johanna seufzte schwer. Immer wieder sah sie nach draußen, als könnte sie die Sonne dadurch bewegen, rascher unterzugehen und den Tag früher enden zu lassen. Sie hatte Marcus das Versprechen abgenommen, dass er am selben Abend noch komme und berichte, ganz gleich, wie spät es sei.
»Nun, mein Kind, hast du über meine Bitte nachgedacht?«, fragte Johann-Baptist sie, als sie zur Mittagsstunde im Salon saßen und ihren Eintopf löffelten.
»Jede Minute denke ich nach«, entgegnete sie gereizt. »Und zwar darüber, wie deinem Sohn zu helfen ist.«
»Du weißt sehr wohl, wovon ich spreche.«
»O ja, das weiß ich. Aber du solltest ebenfalls über gar nichts anderes sprechen und nachdenken als über das Unglück, das Vincent aushalten muss. Stattdessen hast du nur diesen Verbund der Meister im Sinn. Ich verstehe dich nicht.«
»Das verlange ich auch nicht von dir. Was ich verlange, ist eine Antwort. Morgen Abend ist die Versammlung. Da wird man von mir eine Entscheidung verlangen. Bis dahin gebe ich dir noch Zeit.« Seine Stimme klang sanft. Dennoch ärgerte sich Johanna.
»Die brauche ich nicht«, zischte sie ihn an. »Du kannst meine Entscheidung gleich haben. Meine Antwort lautet: Nein! Ich gebe den Anhänger nicht her. Niemals!« Sie schob ihren Teller fort, so dass ein wenig Brühe über den Rand schwappte, stand

auf und ging zurück zu der Deckenkrone, die sie zu polieren hatte. Ihr ganzes Leben würde sie den Blick ihres Onkels nicht vergessen.

Es war längst dunkel, als Marcus endlich eintraf. Marija öffnete ihm. Johanna stand direkt hinter ihr. Sie mochte keine Sekunde länger warten.
»Marcus, ich bin so froh, Sie zu sehen!« Sie fiel ihm um den Hals und drückte ihn fest an sich. Gleich darauf erschrak sie über sich selbst und ließ ihn ebenso plötzlich los.
»O ja ... ich auch. Ich bin auch froh.«
»Sagen Sie mir, ob alles gutgegangen ist, bitte!«
Johann-Baptist erschien oben an der Treppe. »Was ist denn hier los?«, rief er und kam die Stufen hinunter.
»Herr Runge ist beim Albrecht gewesen. Er wollte Vincents Unschuld beweisen.« Damit wandte sie sich wieder an Marcus. »Es ist Ihnen doch geglückt, ja?«
Er strahlte sie an. »Ja, es ist geglückt!«
»Oh, wie wunderbar! Ich weiß gar nicht, wie ich Ihnen danken soll.«
»Jetzt wäre vielleicht der richtige Zeitpunkt, mir um den Hals zu fallen«, sagte er leise und lächelte.
Johanna spürte, wie ihre Wangen glühten. »Das habe ich vorhin schon getan. Das muss reichen«, erwiderte sie scheu.
»Darf ich vielleicht endlich erfahren, was das alles zu bedeuten hat?«
»Natürlich, verzeihen Sie, Herr Becker.«
Sie gingen gemeinsam hinauf in die gute Stube. Marcus berichtete Johann-Baptist zunächst, was Johanna und er über Swen Albersen herausgefunden hatten, was sich am Vortag in der Apotheke abgespielt habe und dass er in der Früh zu Al-

brecht gefahren sei, um Beweise für Albersens Angaben sicherzustellen.

»Die Fälscherwerkstatt, nicht mehr als ein schäbiger Verhau, war wirklich da, wo Albersen gesagt hatte. Ich fand dort Bernstein, alte Töpfe, in denen er vermutlich aufgewärmt wurde, Messer und allerhand Werkzeug zum Schleifen und Polieren.«

Johann-Baptist hörte ihm aufmerksam zu. Johanna dagegen, die immerhin ein gutes Stück mitgeholfen hatte, Licht in die Angelegenheit zu bringen, schien für ihn Luft zu sein. Er sah sie nicht an, stellte ihr keine Fragen. »Ist das die Möglichkeit?«, sagte er, an Marcus gewandt.

»Damit nicht genug. Ich entdeckte unter ein paar alten Lumpen Papier, auf dem jemand sich offenkundig daran versucht hat, die Handschrift Ihres Sohnes zu probieren.«

»Nein!« Johanna schlug fassungslos die Hände vor den Mund.

»Ein Schreiben, das Vincent vor einigen Monaten an Schlägel geschickt hat, war ebenfalls dabei. Es diente als Vorlage.«

»Alles zusammengenommen«, sagte Johann-Baptist, »komme ich zu dem Schluss, dass der Schlägel dahintersteckt, dass er mir schaden wollte.«

»Es hat den Anschein, ja.«

»Du hast mir doch selber gesagt, dass du nur noch Schereien hast, seit …« Weiter kam Johanna nicht.

»Kein Wort mehr«, fuhr er sie an.

»Und diesen Leuten soll ich meinen Anhänger überlassen?«

Das Gesicht von Johann-Baptist war grau. »Ich danke Ihnen sehr, Runge. Was wird jetzt geschehen?«

»Nun, ich habe natürlich auf der Stelle die Polizei gerufen. Das heißt, ich habe meinem Kutscher ein verabredetes Zeichen gegeben und mich dann ausgiebig an den Bienen zu schaffen gemacht. Dem Albrecht habe ich gesagt, ich hätte nach dem letzten Besuch eine Idee gehabt, wie ich an das Gift kommen könne, ohne dass die Tiere sterben müssen. Ich wolle keinen Tag verlieren und sei darum noch einmal wiedergekommen. Sie müssen wissen, ich fahre sonst nur etwa jeden dritten Monat raus«, fügte er hinzu. »Wie dem auch sei, mein Kutscher kam mit der Polizei zurück, ich habe ihnen den Verhau gezeigt, und Albrecht wurde vom Fleck weg mitgenommen.«

»Und mein Sohn kommt nach Hause«, flüsterte Johann-Baptist. Seine Stimme klang rauh.

»Ja, das steht fest.«

»Danke, Runge, ich danke Ihnen so sehr!« Er stand auf, schwankte ein wenig und streckte Marcus, der sich ebenfalls erhoben hatte, die Hand hin. Dann verließ er mit schleppenden Schritten den Salon.

»Für mich hat er kein einziges Wort«, stellte Johanna traurig fest, als die beiden alleine waren.

»Seien Sie ihm nicht böse, er ist ein alter Mann, der an seinen Erinnerungen hängt.«

»An dieser nichtsnutzigen Zunft hängt er. Und zwar mehr als an allem anderen.«

»Das glaube ich nicht, Johanna. Nach allem, was Sie mir erzählt haben, vermute ich, dass Ihr Schmuckstück ...« Er deutete auf den Anhänger, den Sie um den Hals trug. »Dass es für ihn das Symbol seiner Lebensgeschichte, seiner Familie ist. Verzeihen Sie ihm, wenn er Angst hat, es wieder zu verlieren.«

»Ich möchte nicht mehr darüber reden«, sagte sie. »Erzählen Sie mir lieber, was Sie erlebt, wie Sie das Fälschernest ausgehoben haben.«

»Aber das habe ich doch bereits. Sie wissen alles.«
»Ich will es noch einmal hören, bitte. Lassen Sie kein noch so kleines Detail aus.«
Er sah sie glücklich an. Die durch die Brille größer wirkenden Augen leuchteten. »Also schön.«

Femke Thurau

»Jan Delius ist hier und will dich sehen, Femke. Wie fühlst du dich? Denkst du, du bist einem Besuch gewachsen?« Hanna sah sie besorgt an.
»Jan Delius ist hier?« Es war nur ein Flüstern. Seit Johannes ihr vor zwei Wochen Lebewohl gesagt hatte, rührte Femke kaum noch das Essen an, das man ihr brachte. Sie lag nur in ihrem Bett, weinte und schlief. »Natürlich will ich ihn sehen.«
Kurz darauf betrat Jan Delius, der Sohn des alten Bernsteindrehers, bei dem Femke alles über den Umgang mit dem versteinerten Harz gelernt hatte, ihre Kammer.
»Guten Tag«, sagte er munter. Seine Augen blitzten fröhlich, seine Haut war von der Sonne gebräunt, so dass die grauen Haare, die sein Gesicht einrahmten, geradezu silbern leuchteten.
»Jan Delius, das ist eine Freude«, brachte sie mühsam hervor.
»Das würde ich auch gern sagen.« Er zog sich einen Stuhl zu ihr heran. »Ihr Anblick macht mir allerdings mehr Sorgen als Freude.« Er nahm ihre Hand. »Ich war in der Werkstatt meines Vaters, weil ich erwartete, Sie dort schnitzend zu finden. Aber nichts, nur böse Erinnerungen und leere Tische starrten mich an.«
»Ich konnte nicht«, flüsterte sie und drückte seine Hand ein wenig.
»Was soll das heißen, he? Habe ich Sie auf Usedom etwa gerettet, damit Sie jetzt aufgeben? Nein, so haben wir nicht gewettet.«

»*Und Sie, warum sind Sie wieder hergekommen? Ich dachte, Sie wollten nach Hamburg und dort auf einem Schiff anheuern.*«
»*Ich war in Hamburg und habe dort ein paar Wochen im Hafen gearbeitet. Aber ich habe immer wieder an Sie denken müssen. Sie waren so etwas wie ein schlechtes Beispiel für mich.*«
»*Wie bitte?*« *Sie versuchte sich ein wenig aufrechter zu setzen, doch ihr fehlte die Kraft.*
»*An Ihnen habe ich gesehen, was geschehen kann, wenn man davonläuft. Hätte der Zufall uns nicht beide an denselben Ort geführt, wären Sie jetzt nicht mehr am Leben, sondern damals während Ihrer törichten Bernsteinsuche erfroren. Sie sehen, fortzulaufen ist gefährlich.*«
Er gab sich alle Mühe, heiter und sorglos zu wirken, um sie aufzumuntern, doch der Versuch war leicht zu durchschauen. Lange war es noch nicht her, dass er sie auf der Insel Usedom aufgelesen und ihr, wie er ganz richtig sagte, das Leben gerettet hatte. Als sie beide die Nacht in eisiger Kälte nahezu im Freien verbringen mussten, hatte er ihr auch erzählt, dass seine Frau, die er gerade erst geheiratet hatte, sich das Leben genommen habe, nachdem französische Soldaten sich an ihr vergangen hätten. Und als ob das nicht genug Schmerz für einen Menschen wäre, hatte Jan auch noch mit angesehen, wie die Leiche seines Vaters weggeschleppt wurde. Femke fand es nur zu verständlich, dass er daraufhin weggelaufen war, um ein neues Leben zu beginnen. Nein, tief in seinem Herzen war er gewiss nicht heiter oder sorglos.
»*Es ist mein Ernst. Ich habe Sie damals gerettet, weil es zum einen die Pflicht eines Menschen ist, einem anderen zu helfen, der in Not ist. Ich habe es aber auch getan, weil ich wusste, dass mein Vater Sie wie eine Tochter geliebt hat. Mehr als das. Meine Schwester hat er nicht so geliebt wie Sie. Das ist nicht verwunderlich, denn sie ist eine durchtriebene Person, die sich nur für sich selbst, für schöne*

Kleider und Schmuck interessiert. O ja, kostbaren Bernstein hat sie gern von meinem Vater genommen. Jedenfalls bis der aus der Mode kam. Sonst hat sie sich kaum blicken lassen.«
»Das tut mir leid.«
»Er hatte ja noch mich, wenn ich auch viel fort war. Und er hatte Sie. Weil Sie ihm so viel bedeutet haben, bin ich Ihnen nach unserem zufälligen Zusammentreffen gefolgt. Es war Ihnen anzusehen, dass etwas mit Ihnen nicht stimmte. Und mir war klar, dass eine Reise für eine Frau allein gefährlich ist.«
»Ich werde Ihnen das nie vergessen.«
»Was aber nützt es, wenn Sie jetzt nichts essen und nicht gesund werden wollen, wie mir Frau Thurau sagte?«
Von dem Kind, das sie erwartete, brauchte Femke ihm nichts zu erzählen, das hatte sie bereits auf Usedom getan. Dass aber Johannes nicht, wie sie so sehr gehofft hatte, auch mit dem Kind zu ihr stand, das konnte er noch nicht wissen. Also erzählte sie es ihm und musste immer wieder eine Pause machen, um Atem zu holen.
»Kein Mann wäre hocherfreut gewesen, das Kind eines anderen annehmen zu müssen.« Er dachte kurz nach. »Wäre meine Frau damals von einem der Kerle guter Hoffnung gewesen, ich hätte keinen Augenblick gezögert.«
Femke sah ihn bestürzt an.
»Ich hätte sie auch mit dem Kind genommen.«
»Ah«, machte sie erleichtert.
»Ich wünschte, es wäre so gekommen, aber meine Frau ist tot. Ihr Johannes sollte glücklich sein, dass Sie leben. Das ist alles, was zählt.«
Sie schwiegen eine Weile.
»Ich habe in Hamburg nicht nur an Sie gedacht, damit Sie mir als schlechtes Beispiel dienen«, nahm er den Faden wieder auf. »Ich habe an Sie gedacht, weil ich Sie gern habe. Na ja, Sie hatten mir ange-

boten, dass ich vielleicht bei Ihnen unterkommen könnte. Zumindest eine Zeitlang. Und Sie wollten sich um die Werkstatt kümmern. Der Gedanke, nach Lübeck zurückkommen zu können, anstatt den Rest meines Lebens wegzulaufen, der hat mir gut gefallen. Also habe ich kurzerhand meinen Seesack gepackt, und nun bin ich hier.«
»Das ist schön. Ich werde Hanna bitten, Ihnen eine Kammer zu richten.«
»Nicht nötig. Nicht weglaufen heißt auch, dass ich zurück in unser Haus gegangen bin. Und siehe da, die Dämonen sind fort. Es ist nur ein Haus, und ich bin ja auch nie lange in der Stadt. Es sei denn, ich gründe noch mal eine Familie. Irgendwann, vielleicht ...«
»Das wäre gut. Sie sollten nicht allein bleiben. Niemand sollte allein sein.«
»Wahrscheinlich glauben Sie, dass Sie allein sind, was? Aber das stimmt nicht.« Er fuhr sich mit einer Hand durchs Haar. »Mein Vater kann nicht mehr auf Sie achtgeben, der Herr Johannes Nebbien will es nicht, also muss ich das wohl wieder übernehmen.« Er schnaufte übertrieben und entlockte ihr damit ein Lächeln. »Es ist mein Ernst, Femke, Sie sind nicht allein. Sie haben Ihre Eltern, die sich immer um Sie kümmern werden. Aber wenn Sie wollen, sind Sie auch bei mir jederzeit willkommen. Auch mit dem Kind. Sie können in meinem Haus leben und in der Werkstatt arbeiten. Wenn ich auf Landurlaub bin, kochen Sie für mich und stopfen mir die Strümpfe, und wir sitzen am Ofen wie ein altes Ehepaar.«
Ihr lief eine Träne über die Wange. Sie konnte nichts sagen.
»Na schön, das mit den Strümpfen war nicht ernst gemeint.« Er lachte sie an und wischte die Träne behutsam weg. »Hören Sie auf den Arzt und auf Frau Thurau. Essen und trinken Sie anständig, und tun Sie alles, damit Sie bald wieder auf den Beinen sind. Wenn Sie es nicht für sich selbst wollen, dann tun Sie es wenigstens für das

Kind. Was sagten Sie damals auf Usedom? Es ist nur ein unschuldiges Kind. Es kann nichts für das, was andere Menschen anrichten. Dann sollte es auch nicht dafür bezahlen, denken Sie nicht?«
»Ich würde so gern noch einmal nach Travemünde fahren«, murmelte sie anstelle einer Antwort.
»Warum nicht? Ich bringe Sie hin. Wenn ich Sie das nächste Mal besuche, will ich Sie angezogen in der guten Stube vorfinden. Das ist die Abmachung. Ansonsten können Sie sich Travemünde aus dem Kopf schlagen.«

* * *

Obwohl Johanna nur wenige Stunden geschlafen hatte, machte sie sich gleich in der Frühe auf den Weg zum Landarbeiterhaus. Vincent sollte die gute Nachricht von ihr erfahren. Sie wollte ihn abholen. Beschwingt lief sie die Gassen entlang. Schon jetzt staute sich die Hitze zwischen den Häusern. Es würde ein sehr heißer Tag werden. Fast sehnte sie sich nach der feuchten Kälte in den Gefängnisräumen. Doch die bekam sie gar nicht erst zu spüren, denn die zuständigen Beamten hatten schon Mitteilung gemacht, und Vincent kam ihr bereits entgegen. Sie erschrak bei seinem Anblick. Er hatte viel Gewicht verloren. Hose, Hemd und Jacke hingen an ihm, als würden sie einem anderen gehören. Um seine Augen lagen dunkle Schatten. Die Haare hatte man ihm so kurz geschoren, dass die Kopfhaut hervorschimmerte.
»Die Mühlen der Polizei mahlen aber schnell«, stellte sie erfreut fest und versuchte ihn nicht allzu sehr anzustarren.
»Wenn man ihnen das rechte Korn verschafft«, gab er zurück.
»Es heißt, man habe den Fälscher entlarvt. Aber das weißt du anscheinend schon.«

»Das will ich meinen«, erklärte sie stolz. »Immerhin habe ich dabei geholfen.«

»Ich habe es geahnt, aber so recht daran glauben konnte ich doch nicht.«

»Beim Schnitzen habe ich versagt, schön, aber dumm bin ich deswegen noch lange nicht. Und auch kein Angsthase.«

Sie gingen langsam einen unbefestigten Weg entlang, der zum Ufer der Stolpe führte. Beide spürten, dass es viel zwischen ihnen gab, was besprochen werden sollte. Mücken schwirrten über den Fluss, der leise gurgelnd über die Steine sprang.

»Wie mir das gefehlt hat«, sagte Vincent und füllte seine Lungen mit der frischen Luft.

»Ja, das kann ich mir denken.« Johanna ließ ihn kurz gewähren und sich an seiner zurückgewonnenen Freiheit erfreuen, dann begann sie ihm die ganze Geschichte zu erzählen, die ihn hinter die Mauern des Arbeiterhauses gebracht hatte. Er hörte ihr stumm zu, ballte ein und das andere Mal die Faust und schluckte seinen Zorn hörbar hinunter.

Als sie ihren Bericht schloss, sagte er: »Ich danke dir, Johanna. Ich weiß, wie schwer es dir gefallen sein muss, das für mich zu tun.«

»Ich habe dir doch erklärt, warum. Ich wollte nach Hause, und das ist nicht möglich, solange du nicht wieder in der Werkstatt bist.«

»Trotzdem.« Er wirkte unsicher wie ein kleiner Junge. »Ich war nicht gerade nett zu dir. Ich meine, seit du gekommen bist, habe ich mich wie ein Scheusal benommen, obwohl du mir keinen Anlass gegeben hast. Jedenfalls nicht direkt.«

»Du meinst wohl, jedenfalls nicht von Anfang an.«

»Das ist wahr.« Er lachte. »Es hat keine Woche gedauert, da hast du dich wie eine wahre Kratzbürste betragen.«

»Irgendwie musste ich mich doch wehren.«
Es entstand eine Pause.
»Warum warst du gegen mich, vom ersten Tag an?«, fragte Johanna ihn.
»Dafür gab es manchen Grund.« Sie spazierten langsam am Ufer entlang. Das Gras unter ihren Schuhen war vom Tau noch ganz nass. Butterblumen leuchteten gelb. »Zuerst richtete sich mein Groll gar nicht gegen dich, sondern gegen deine Mutter. Meine Lehrzeit fing gerade an, als sie damals aus dem Nichts bei uns auftauchte. Von dem Tag an war es, als gäbe es mich für meinen Vater nicht mehr. Er hat sich nur noch für sie interessiert, für ihr großes Talent, an das ich nicht heranreichen konnte.«
»Da ging es dir wie mir«, stellte sie überrascht fest.
»Als sie so schnell wieder verschwand, wie sie gekommen war, fühlte ich mich erleichtert. Aber nicht lange. Mein Vater war am Boden zerstört, dass er sie verloren hatte. Immer wieder hielt er mir ihre große Begabung vor Augen, verglich meine Arbeit mit ihrer. Dabei hatte sie in der Zeit, in der sie in der Stadt war, nur ein einziges Stück geschnitzt. Es war ein Meisterwerk, zugegeben. Doch ich stand ja auch erst am Anfang.«
»Es ist furchtbar, sich stets mit ihr messen zu müssen«, sagte Johanna seufzend.
»Zu allem Überfluss hat sie den Anhänger mitgenommen, der so viel für uns alle bedeutet.« Er sah sie kurz an und schien jetzt erst zu bemerken, dass Johanna ihn trug. »Wie die Mutter, so die Tochter.« Es klang nicht böse, wie er es sagte, aber sie fühlte sich dennoch unbehaglich, denn im Grunde traf er den Nagel damit auf den Kopf. Auch sie würde gehen und den Schmuck mitnehmen. »Es war ihr gutes Recht. Nur leider ha-

ben die Meister der Zunft uns von dem Tag an drangsaliert. Sie behandelten uns wie Aussätzige und legten uns Steine in den Weg, wo sie nur konnten. Und jetzt haben sie sogar dafür gesorgt, dass ich eingesperrt werde«, fügte er bitter hinzu.
Sie sprachen über das Ende der Zunft, darüber, was es Johann-Baptist bedeutete.
»Was schert es ihn überhaupt noch? Schon so lange hat er davon gesprochen, sich mit Mutter einen schönen Lebensabend zu machen. Mit dem Geschäft sollte er schon lang nichts mehr zu schaffen haben. Und mit der Zunft schon dreimal nicht. Nun darf ich mich damit herumschlagen, denn er wird mir Werkstatt und Kontor endlich übergeben müssen, der alte Sturkopf«, sagte Vincent, der an einer Weide eine kurze Rast einlegte und sich festhielt.
»Sollen wir nach Hause gehen? Du bist gewiss hungrig und willst dich ausruhen.«
»Nein, es ist schön hier draußen. Ich würde gern noch ein wenig bleiben. Da ist nämlich noch etwas, das ich dir sagen möchte. Noch etwas, das mich gegen deine Mutter aufgebracht hat.«
Gespannt sah sie ihn von der Seite an und stellte fest, dass er keinerlei Ähnlichkeit mit seinem Vater hatte. Er hatte Brunis Augen und auch ihren Mund.
»Ich bin nicht sicher, ob es gut für dich ist, wenn du es erfährst. So lange haben sich alle die größte Mühe gegeben, es vor dir zu verheimlichen.«
Johanna wurde nervös. »Du verstehst es, einen neugierig zu machen.« Ihr Lachen sollte ihre Angst verbergen.
»Da brauche ich nichts zu machen, das bist du schon längst. Immer wieder hast du nach deinem Vater gefragt. Mehrmals habe ich das gehört.«

Sie traute sich kaum, weiterzuatmen. Still starrte sie ihn nur an und hoffte, er möge es sich nicht anders überlegen und doch noch schweigen wie alle anderen.

»Er ist Franzose.«

Johanna war überrascht. Damit hatte sie nicht gerechnet. Sie dachte an die Familie Briand, die sie sehr mochte. Sie wusste, dass ihre Mutter die Eidechsen-Geschichten während einer Reise nach Frankreich aufgeschrieben hatte. Dann hatte sie damals also jemanden kennengelernt und sich verliebt, vermutete Johanna. Ob sie in dem Jahr vor Johannas Geburt noch einmal in Frankreich war? Oder war der Franzose in Lübeck gewesen? Vielleicht lebte er sogar in der Hansestadt.

»Genauer gesagt ist es ein französischer Soldat gewesen, der beim Überfall auf Lübeck dabei war. So jedenfalls erzählte man es damals.«

Nun griff sie nach einem Ast und hielt sich fest. »Ein Soldat? War er denn kein Winzer?«

Er schüttelte den Kopf. »Deine Mutter hatte dich bereits im Leib, als sie hier vor der Tür stand. Ein Soldatenbalg! Verzeih! Deine Schuld ist das ja nicht. Die deiner Mutter dafür umso mehr. Ich konnte es einfach nicht begreifen. Was hatten die Franzosen uns alles angetan? Schön, so ist der Krieg nun einmal, da mordet und brandschatzt ein jeder. Aber sich einzulassen mit denen? Jeder Bürger wusste, dass viele Männer getötet und Frauen geschändet wurden. Wie konnte sie sich mit so einem einlassen?«

Johanna wusste keine Antwort. Sie vermochte sich nicht vorzustellen, dass sich eine ehrbare Frau einem Kerl hingibt, der ihre geliebte Heimatstadt angreift, der mordet und schändet, wie Vincent sagte. Und ihre Mutter war doch gewiss eine ehrbare Frau gewesen. Es musste eine Erklärung geben. »Kann

doch sein«, begann sie zögernd, »dass er kein böser Mensch war. Soldaten haben keine Wahl, sie müssen tun, was man von ihnen verlangt. Hätte er Befehle verweigert, wäre er gar fahnenflüchtig gewesen, wäre sein eigener Kopf gerollt.« Sie hatte sich in Rage geredet. Sie wollte so gern glauben, dass ihre Mutter Anstand und Moral im Leib gehabt hatte.
»Nein, Johanna, der hat bestimmt keine Befehle verweigert, der hat sie erteilt. Er war ein General, einer von denen, die die Verantwortung hatten.«
»Das kann doch nicht sein.«
»Doch, Johanna, es tut mir leid. Ich sagte ja, ich weiß nicht, ob es gut ist, wenn du es erfährst. Aber du hast es wissen wollen. Nun musst du mit der Wahrheit leben.« Er griff nach ihrem Arm und führte sie langsam vom Ufer zurück auf den Sandweg. »Gehen wir nach Hause. Ich glaube, wir brauchen jetzt beide etwas Zeit für uns.«

Die Offenbarung von Vincent machte Johanna schwer zu schaffen. Gleichzeitig bestärkte sie sie in ihrem Entschluss, zu ihren Großeltern nach Hause zu reisen. Niemand konnte sagen, wie lange Hanna noch am Leben sein würde. Sie musste unbedingt mit ihr sprechen. Sie hoffte so sehr, dass sie ihre Mutter verstehen könnte, wenn sie mehr über diesen General wüsste. Also schickte sie eine Nachricht nach Lübeck, die ihr Kommen ankündigte. Ihr blieben nur zwei Tage, die sie nutzen wollte, um von Trautlind, von den Beckers und natürlich von Marcus Abschied zu nehmen. Die Freude, die sie empfunden hatte, als Johann-Baptist ihr das erste Mal gesagt hatte, sie könne gehen, wollte sich dieses Mal nicht einstellen. Sie war unsicher, und das Herz war ihr schwer.

Wie vertraut war Johanna der Salon der Schefflers in der kurzen Zeit geworden. Gemeinsam mit Marcus und Frau Scheffler saß sie bei Tee und Gebäck in einem der türkis-silber gestreiften Sesselchen und lauschte Trautlinds Klavierspiel. Kam es ihr nur so vor, oder hatte sie für diesen Nachmittag schwermütige Stücke ausgewählt, als wüsste sie bereits von Johannas bevorstehender Abreise? Wie immer dauerte das Spiel ein wenig länger als eine Stunde. Die Finger des Mädchens flogen nur so über die schwarzen und weißen Tasten des Klaviers, die Noten blieben unbenutzt in ihrem Ständer, und Trautlinds Blick war auf etwas gerichtet, das allen anderen verborgen blieb. Sie war in ihrer eigenen Welt, in der sie sich sicher fühlen konnte. Wie üblich stand sie nach dem Spiel auf, legte einen Streifen aus nachtblauem Samt über die Tasten, exakt an deren Linien ausgerichtet, und schloss den hölzernen Deckel des Instruments. Es gehörte zum Ritual, dass sie noch einmal mit der Hand über den Deckel strich, bevor sie den Salon verließ. Als sie ihre Handfläche über das Holz gleiten ließ, erhob sich Johanna und trat ihr entgegen.

»Es war wie immer ein Genuss, Fräulein Scheffler«, begann sie behutsam. Trautlind war mitten im Salon stehen geblieben. Einige Haare, die unter ihrer Haube hervorsahen, klebten an dem vom Schweiß feuchten Hals. Wie sie spielte, leidenschaftlich und voller Energie, grenzte das Musizieren an Schwerstarbeit. Sie hielt den Kopf gesenkt und atmete schnell. Eine Störung ihrer gewohnten Abläufe konnte sie aus der Fassung bringen, das wusste Johanna. »Ich wollte Ihnen sagen, dass ich sehr froh bin, dass ich Sie kennenlernen durfte. Und ich bedaure es außerordentlich, dass wir uns nicht mehr sehen werden.« Sie warf einen unsicheren Blick zu Marcus, der sich ebenfalls erhoben hatte und neben seinem Sessel stand, als könnte er helfen, wenn

das Mädchen außer Kontrolle geraten würde. »Jedenfalls in der nächsten Zeit nicht, denn ich gehe nach Hause zurück, nach Lübeck.« Johanna sah, wie Trautlind, die mit hängenden Armen vor ihr stand, die Finger leicht zu bewegen begann. Als ob sie ihr zum Abschied winken wollte, wie sie einander oft von einem Fenster zum anderen gewinkt hatten, dachte Johanna. Fast hätte sie schon ihre Hand gehoben, um es Trautlind gleichzutun, da sah sie, dass die Finger beider Hände des Mädchens sich bewegten. Immer schneller und in einer stets wechselnden Reihenfolge. Johanna erkannte, dass Trautlind Klavier spielte, nur ohne ihr Instrument. Die Konzentration auf die Noten, die durch ihren Kopf gingen, schien ihr Ruhe zu geben. Ihr Atem wurde langsamer und tiefer. »Meine Großmutter ist krank, und ich will mich um sie kümmern. Wenn ich kann, komme ich aber einmal auf Besuch nach Stolp. Und bis dahin haben Sie ja Marcus«, sagte sie zum Trost. »Der kommt gewiss auch gerne alleine zu Ihnen, wenn er darf.«
Frau Scheffler nickte eifrig.
»Natürlich komme ich auch in Zukunft gern, Fräulein Scheffler.« Auch er war einen Schritt näher getreten. »Wenn es Ihnen recht ist.«
Trautlinds Finger beendeten ihr stummes Spiel. Sie lächelte dünn und verließ den Salon.

Der nächste Tag war von früh bis spät ausgefüllt. Johanna hatte ihre Kleider und die wenigen Habseligkeiten, die sie hergebracht hatte, zu packen. Marija half ihr dabei, doch ungeschickt, wie sie war, musste Johanna alles noch einmal von neuem richten, was das Mädchen angefasst hatte. Dann rief Vincent sie in die Werkstatt, weil er Flitzebein zur Rede stellen wollte. Immerhin hatte Johanna ihn zusammen mit Swen Albersen gese-

hen, der, wenn auch nicht aus freien Stücken, so doch maßgeblich in die böse Intrige gegen die Beckers verstrickt war.
»Was hat der bei dir gewollt?«, fragte Vincent.
Flitzebein sah ihn an, als hätte er den Verstand verloren. »Den Swen kenne ich schon seit Kindertagen. Wir sind Freunde. Was soll da wohl ungewöhnlich oder verdächtig an einem Besuch sein?«
»Ich frage dich noch einmal: Was hat er bei dir gewollt?«
»Nix! Nur ein bisschen schnacken. Das war alles.«
»Johanna!«, sagte Vincent streng.
Zögernd begann sie zu erzählen, dass sie vor seiner Hütte gewesen war. Sie mochte nicht zugeben, dass sie ihm eigens gefolgt war, sondern versuchte es so aussehen zu lassen, als wäre sie rein zufällig dort vorbeigekommen, als hätte sie etwas zu beschicken gehabt.
»Er hat zum Abschied gesagt, du hättest etwas bei ihm gut. Das sagt man doch wohl, wenn jemand einem einen Dienst erwiesen hat, oder?«
»Ja«, stimmte Flitzebein arglos zu. »Wenn ein Freund einem einen Gefallen getan hat, sacht man so was.«
»Also?« Vincent sah ihn erwartungsvoll an.
»Der alte Albersen hat für zwei Nächte ein Bett bei uns gehabt.« Die beiden starrten ihn verblüfft an. »Na, der Swen, der arbeitet doch tagaus, tagein. Als Knecht beim Albrecht und als Tagelöhner beim Schlägel. Da bleibt keine Zeit über, um sich um seinen alten Vater zu kümmern. Bis jetzt hat das auch immer die Mira gemacht, die Frau vom Albersen. Aber nu war die krank. Und da haben wir sacht, denn soll er ihn eben bringen, den Alten. Wenn wir mit unseren Gören klarkommen, werden wir wohl auch noch zwei oder drei Nächte auf einen Greis aufpassen können.«

Johanna war gerührt von Flitzebeins Hilfsbereitschaft, die der als ganz selbstverständlich anzusehen schien. Und sie war heilfroh, dass der Verdacht sich als völlig unbegründet erwies, schämte sich aber gleichzeitig, ihn überhaupt verdächtigt zu haben.

Bruni ließ es sich nicht nehmen, ein Festessen für den Abschiedsabend bereiten zu lassen. Sie sah immer wieder in der Küche nach dem Rechten, schickte Marija zu Bäcker Schroth, um frisches Brot und Kuchen zu holen, und sorgte dafür, dass ein Korb mit allerhand Köstlichkeiten für die Reise bestückt wurde. Der Abend kam schnell und ging ebenso schnell vorbei. Sie saßen mit Vincent und Marcus in der guten Stube, nachdem sie das Essen im Salon eingenommen hatten. Marcus Runge war recht schweigsam gewesen und hatte nicht wie sonst üblich von Aufzeichnungen erzählt, die er gelesen, von neuen Rezepturen, der er ausprobiert hatte. Jetzt verwickelte Vincent ihn in ein Gespräch, denn er wollte jede Einzelheit von der Fälscherwerkstatt wissen. Bruni wünschte eine gute Nacht.
»Es wird eine anstrengende Reise, Kind«, sagte sie und küsste Johanna auf die Stirn. »Du solltest auch zu Bett gehen.«
»Aber es ist mein letzter Abend«, widersprach sie.
Bruni blickte zu Marcus, der seine Beschreibungen des kleinen einfachen Verhaus unterbrach, lächelte nachsichtig und meinte: »Dann sei wenigstens du vernünftig und begleite mich, Johann-Baptist. Lassen wir die jungen Leute noch ein wenig allein.«
Johann-Baptist folgte der Aufforderung. Auch er küsste Johanna auf die Stirn. »Wir haben morgen früh noch Zeit für eine Unterhaltung. Gute Nacht.«

»Gute Nacht«, erwiderte sie beklommen. Hoffentlich würde er nicht in letzter Minute versuchen, sie wegen der Eidechse umzustimmen.

Vincent leerte gerade sein Weinglas, als die Standuhr dreiundzwanzig Uhr schlug. Ein Schnarren, und die Schiffchen auf dem Messingmeer nahmen Fahrt auf.

»Schade«, sagte Johanna, »das werde ich nun bald nicht mehr sehen können.«

»Das hast du davon, uns einfach zu verlassen«, scherzte Vincent. Seine Augen verrieten, dass sie ihm fehlen würde. »Für mich wird es höchste Zeit, ins Bett zu gehen. Das Arbeiterhaus war kein Vergnügen. Es steckt mir mehr in den Knochen, als ich dachte.«

»In meiner Apotheke habe ich Gebäck mit Zimt, Nelken und Muskat. Ich werde Ihnen gelegentlich etwas davon bringen. Es stärkt die Nerven und gibt neue Kraft. Sicher wird es Ihnen guttun, täglich davon zu essen.«

»Danke, sehr freundlich von Ihnen.«

Marcus deutete eine Verbeugung an. »Dann verabschiede ich mich jetzt.«

»Ich begleite Sie noch zur Tür«, verkündete Johanna rasch. Und an Vincent gewandt, sagte sie: »Geh du ruhig zu Bett, ich bringe Herrn Runge hinunter.«

Wenig später stand sie mit Marcus in der lauen Sommernacht.

»Also dann …« Am liebsten hätte sie ihn in den Arm genommen, doch ihr fehlte der Mut. Neulich war es etwas anderes gewesen. Da hatte sie gar nicht darüber nachgedacht, aber jetzt … Sie sah in seine Augen und hoffte inständig, er möge es tun, er möge sie fest in den Arm nehmen.

»Ich bedaure es sehr, dass Sie uns verlassen, Johanna. Sagen Sie

mir bitte: War es ernst gemeint, dass ich Sie einmal besuchen kommen darf?«
»Aber natürlich! Ich würde mich sehr darüber freuen.«
»Gut.« Er nestelte an seinen Gläsern, schien sie von der Nase nehmen zu wollen, überlegte es sich dann aber doch anders. Stattdessen ergriff er plötzlich ihre Hände. »Wie gut, es steckt kein Messer darin«, sagte er und lachte leise. »Sie wissen wohl, dass ich etwas für Sie empfinde«, sprudelte er los, bevor ihn der Mut verließ. »Bitte erlauben Sie mir …«
»Ja!«, fiel Johanna ihm ins Wort.
»Erlauben Sie mir, Ihnen zu schreiben, ja?«
Sie war überrascht und auch enttäuscht. »Aber gerne«, murmelte sie und entzog ihm ihre Hände.
»Danke. Ja, also dann wünsche ich Ihnen eine gute Reise. Geben Sie auf sich acht, Johanna.« Er machte einen Diener, zögerte einen Augenschlag lang, drehte sich dann jedoch um und ging in die Dunkelheit.

Johanna bekam kaum ein Auge zu. Ihre Gedanken kreisten um Marcus und ihre Gefühle für ihn. Er hat sich wie ein perfekter Kavalier verhalten, dachte sie. Wäre er nur weniger perfekt. Hätte er nicht von Liebe sprechen, sie in seine Arme reißen und küssen können? Wie oft hatten Johanna und ihre Freundinnen in Lübeck sich kichernd ausgemalt, wie es sein würde, von einem Mann erobert zu werden. Nun gut, sie war inzwischen eine erwachsene junge Frau und kein romantisch verträumtes Mädchen mehr, aber dennoch hätte alles so wunderbar gepasst – die warme Frühsommernacht, der Mond am dunklen Himmel und Abschiedsschmerz in der Luft. Nun war die Chance vergeben, und sie würde sich mit Briefen begnügen müssen. Wie lange? Wann würde er sie besuchen? Käme er überhaupt? Ja, dachte sie, Marcus ist ein Mensch, der sein Wort hält. Er würde kommen.

Als es endlich hell genug war, um sich ohne den Schein der Öllampe ankleiden zu können, sprang Johanna aus dem Bett. Sie ging ans Fenster und öffnete es. Noch kroch Nebel über die Dächer und Gassen. Auch die Marienkirche trug noch ein dunstig feines Nachtgewand. Die Vögel waren schon hellwach und zwitscherten, als ginge es darum, sich gegenseitig im Gesang an Schönheit und Lautstärke zu übertreffen. Bald würde die Sonne den Nebel auflösen und den Menschen ihre hellen, wärmenden Strahlen schicken, die ihren Geschäften nachgehen würden wie an jedem Tag. Sie würden unten am Brunnen Wasser holen, in Schroths Backstube laufen, sie würden sich mit Körben zu Schneidermeister Küntzel in der Kirchhofsstraße begeben und bei Brauer Scheffler Fässer mit Bier ordern. Das Leben in Stolp würde weitergehen, als wäre sie nie da gewesen. Marcus würde weiter Bienengift trocknen, Pflanzen in kleine Stücke schneiden und die Brille am Ärmel reiben, Trautlind würde weiter Klavier spielen und Dinge nach einem nur ihr bekannten System wieder und wieder ordnen. Ein wenig gleichen Marcus und Trautlind sich in ihrer Angewohnheit, Dingen ihren ganz bestimmten Platz zuzuordnen, dachte sie und musste schmunzeln. Die Vorhänge gegenüber waren zu. Sie atmete tief durch, schloss das Fenster und zog sich das robuste grüne Leinenkleid an, in dem sie vor nunmehr gut zwei Jahren in Stolp angekommen war.

Als sie gerade auf den Flur hinaustrat, hörte sie, wie Witwe Gernreich eintraf. Sie hatte eine Schwester in Lübeck, die sie besuchen würde. So hatte man es arrangiert, damit Johanna nicht allein reisen musste. Von Lübeck nach Stolp war sie damals von einer Gouvernante begleitet worden, die anschließend nach Danzig weitergereist war, um sich dort um die Kinder eines Gelehrten zu kümmern, dessen Frau an der Schwindsucht gestorben war.

Johanna trat in die gute Stube, wo Marija das Frühstück auftrug. »Der gnädige Herr und die gnädige Frau haben bereits gefrühstückt«, verkündete sie. »Aber Sie möchten sich gewiss ordentlich stärken vor der langen Reise.«

»Nein danke, Marija, ich habe keinen großen Hunger. Ich nehme nur etwas Tee und vielleicht etwas Brot.« Jeder Bissen, jeder Schluck kämpfte gegen einen Widerstand in ihrem Hals, der wie zugeschnürt war. So ließ Johanna von dem wenigen noch die Hälfte stehen und lief in die Diele. Bruni machte sie mit Witwe Gernreich bekannt. Es war eine rundliche stattliche Frau mit roten Wangen, freundlichen Augen und weißen in perfekten Wellen unter dem Hut hervorschauenden Haaren.

»Es wird eine lange Reise«, sagte sie und zwinkerte Johanna zu. »Viel Zeit, um sich einmal richtig auszuschlafen.«

Dann war der Moment der Abreise gekommen. Bruni tupfte sich die Tränen weg. »Ach, Johanna, Kind, du wirst uns allen sehr fehlen.«

»Ihr werdet mir auch fehlen«, erwiderte sie und ließ sich von Bruni in den Armen halten.

»Du zerdrückst sie noch, Mutter«, sagte Vincent, nur um sie mindestens ebenso fest in seine Arme zu nehmen, sobald sich die beiden Frauen voneinander gelöst hatten. »Pass auf dich auf, hörst du?«

»Gewiss, das werde ich. Außerdem hat Witwe Gernreich sicher immer ein Auge auf mich«, scherzte sie, stupste ihn und deutete verstohlen auf die dralle Dame, die gerade ein überdimensionales Kissen im Wagen verstaute.

»Da bin ich aber beruhigt. Im Ernst, Johanna, ich wünsche dir

das Allerbeste. Und ich möchte dir noch einmal danken. Ohne dich würde ich heute noch hinter den dicken Mauern hocken und verrotten.«
»Ach Unsinn«, widersprach sie, wohl wissend, dass er vermutlich recht hatte.
Als Letzter war Johann-Baptist an der Reihe. Auch er drückte sie zum Abschied an sich, und es fühlte sich aufrichtig an. »Ich bin nicht glücklich über deine Entscheidung, die Eidechse mitzunehmen, aber ich muss sie akzeptieren.«
»Danke.«
»Deine Mutter habe ich damals gebeten, noch einmal über das Schicksal des Anhängers nachzudenken, wenn etwas Zeit vergangen ist. Bedauerlicherweise hatte sie kaum noch Zeit, was ich natürlich nicht wusste, als sie ging. Ich bin froh, dass ich sie wenigstens noch einmal lebend gesehen habe«, sagte er traurig. Dann räusperte er sich und fuhr sich durch den dichten Bart. »Wie auch immer, ich werde dich nicht mehr bitten. Du wirst selber wissen, was du mit dem Schmuckstück anstellen willst, wie alle Besitzerinnen vor dir auch. Ich vertraue dir, dass du das Richtige tust.«
»Danke«, sagte sie erneut. »Das bedeutet mir sehr viel.« Die Pferde, die unruhig schnaubten und mit den Hufen scharrten, verschwammen vor ihren Augen. »Ich werde noch einmal darüber nachdenken, wenn etwas Zeit vergangen ist. Glaube mir, ich werde gründlich darüber nachdenken.«

Der Vierspänner setzte sich in Bewegung. Johanna hatte bis zum letzten Moment abwechselnd die Neuthorsche Straße und die Kirchhofsstraße entlanggesehen in der Hoffnung, Marcus nutze die letzte Gelegenheit, sie noch in den Arm zu nehmen, aber er war nicht gekommen. Sie rumpelten los, zum Tor hinaus aus der Stadt. Johanna sah in der ersten Zeit viel aus dem kleinen Fenster, das in die Tür eingesetzt war. Bald wurde es jedoch zu warm, und sie schloss den Vorhang und sperrte die Sonne aus. Was Witwe Gernreich mit ihrer Bemerkung gemeint hatte, begriff sie schnell. Die alte Dame bettete ihren Kopf auf ihr Kissen, das sie in den Winkel zwischen Seiten- und Rückwand gestopft hatte.

»Seien Sie mal für einen Moment still, Fräuleinchen«, sagte sie, obwohl Johanna kein Wort von sich gegeben hatte. »Ich will nur mal eben die Augen zumachen.« Das tat sie dann auch und schnarchte nach wenigen Minuten wie das Ungeheuer aus einem Märchen, das Hanna vor vielen Jahren oft erzählt hatte.

Mit jeder Wagenlänge, die sie weiter von Stolp weg- und näher nach Lübeck herankam, wuchs die Freude auf daheim. Um sich die Zeit zu vertreiben, hatte Johanna das Notizbüchlein mit den Eidechsen-Geschichten ihrer Mutter zur Hand. Wie viel näher war sie ihrer Mutter in den letzten Wochen gekommen. Sie hoffte von Herzen auf noch mehr Klarheit, auf mehr Verständnis, wenn sie erst wieder mit ihren Großeltern reden konnte.

Nach dem ersten Tag in dem schaukelnden Wagen spürte Johanna jeden einzelnen Knochen. Sie war verblüfft, dass die Gernreich, die immerhin schon die sechzig überschritten haben mochte, leichtfüßig aus dem Gefährt stieg und sich hervorragend zu fühlen schien. Sie nahmen Quartier in einer kleinen Wirtschaft. Die Kammern für die Reisenden lagen zwischen Vorratskammer und Stall, was sich in einem Gemisch aus Schinkenduft und dem Gestank von Mist und Vieh niederschlug, der in Betten und Wänden hing. Johanna störte sich nicht daran. Sie war froh und dankbar, ihre müden Glieder ausstrecken zu können. Die kleine Luke, durch die frische Luft

hereinkam, ließ sie geöffnet. Ein Mensch würde schwerlich hindurchpassen, und sie genoss viel zu sehr die erfrischende Kühle, die der Abend mitbrachte.
Witwe Gernreich saß bereits bei einem einfachen Frühstück in der Stube, als Johanna tags darauf erschien.
»Guten Morgen«, begrüßte sie sie fröhlich und gähnte herzhaft hinter der vorgehaltenen Hand.
»Ich wünsche Ihnen auch einen guten Morgen.« Johanna setzte sich. Sie konnte die Frage einfach nicht hinunterschlucken. »Gewiss haben Sie in der Nacht kaum ein Auge zugemacht, habe ich recht, und es deshalb auch nicht lange im Bett ausgehalten?«
»Wie kommen Sie denn darauf?«, wollte die alte Dame schmunzelnd wissen.
»Nun, Sie haben gestern einige Stunden im Wagen geschlafen. Da würde es mich doch sehr wundern, wenn Sie nachts ebenfalls einen gesegneten Schlaf gehabt hätten.«
»Den hatte ich tatsächlich nicht. Gott sei Dank!«
»Das verstehe ich nicht.«
»Ich verrate Ihnen ein Geheimnis, Fräuleinchen. Es gibt keine angenehmere Art zu reisen, als auf meine Weise. Nun seien Sie doch einmal ehrlich, bei diesem schrecklichen Geschaukel und Gehüpfe des Wagens durch Löcher und über Stock und Stein macht es kein wirkliches Vergnügen zu lesen. Mir jedenfalls wird dabei immer nur flau im Magen. Glauben Sie mir, ich habe es durchaus probiert. Mir wird flau, und ich bin stets auf der Suche nach der Zeile, die ich gerade lese, weil meine Augen sie verlieren bei dem ständigen Links und Rechts, dem Auf und Ab.« Sie trank einen großen Schluck Milch, stellte den Becher ab und sah Johanna sehr zufrieden an. »Lese ich aber nicht, wird mir die Zeit schon am ersten Tag furchtbar lang.

Also schlafe ich tagsüber im Wagen und lese des Nachts. Die Betten sind ohnehin meist eine schiere Katastrophe. Also kontrolliere ich nur, ob genug Öl in der Lampe ist, schiebe mir mein Kissen in den Nacken und verbringe eine kurze und kurzweilige Nacht im Bett und stehe müde genug auf, um im rumpelnden Wagen meinen Schlaf zu finden.«
Johanna vermochte sich für diese Art des Reisens, die die Witwe so anpries, nicht zu begeistern. Wie jemand bei dem Schaukeln des Wagens zwar nicht lesen, aber doch ganz hervorragend schlafen konnte, wollte ihr nicht in den Kopf. Dass es funktionierte, war indes nicht zu übersehen. Vor allem war es nicht zu überhören, denn die Gernreich schnarchte unentwegt, sobald sie eingeschlummert war.

So verbrachten die beiden Frauen Tag um Tag. Die Witwe schlief während der Fahrt, Johanna las hin und wieder eine Geschichte, die ihre Mutter sich einst ausgedacht hatte, und grübelte auch oft darüber nach, wie sie die Beschwerden ihrer Großmutter Hanna lindern konnte, wenn sie erst zu Hause in der Glockengießerstraße war. Zunächst würde sie ihr eine Mischung aus Andorn, Ysop, Ingwer und Honig machen, die ihren Husten zum Abklingen bringen würde. Ihre Großmutter hatte schon früher häufig unter Beschwerden der Atemwege gelitten, nun war es offenkundig wieder besonders schlimm und raubte ihr zusätzlich die Kraft. Hinzu kamen Schmerzen in den Knochen. Hanna hatte sich vor vielen Jahren, als Johanna noch nicht einmal geboren war, bei einem Unfall ein Bein schwer verletzt. Solange Johanna denken konnte, hatte sie stets ein wenig gehumpelt. Wechselte das Wetter, hatte sie sich oft verstohlen den Knöchel oder das Knie gerieben, ohne jedoch zu klagen. Sie würde es mit einem Tee aus Brennnessel, Löwenzahn, Eisenkraut, Veilchen, Mädesüß und Schlüsselblume versuchen. Und natürlich würde sie die Beine der Großmutter jeden Tag mit Bernsteinöl einreiben. Gewiss ginge es ihr dann ganz allmählich wieder besser.

Die einfachen Wirtschaften, in denen sie zur Nacht einkehrten, glichen einander sehr. Mal gab es einen heißen Eintopf als Abendmahl, dann wieder Speck und einen Kanten Brot oder Kartoffeln, die mit Eiern in der Pfanne gebraten worden waren. Mal stand nur eine Schüssel mit Wasser in einer Kammer, dann wieder gab es einen Raum mit einem Zuber, in dem sich die Frauen den Staub von den Körpern spülen konnten. Nach einem besonders heißen Tag, an dem die Luft so feucht war, dass sie einem einen öligen Film auf die Haut legte, wäre Johanna am liebsten in einen kühlen See gestiegen. Doch da war nur eine Schüssel in der Kammer und ein Krug mit frischem Wasser. Sie schlüpfte aus ihrem Reisekleid, faltete es sorgfältig und legte es über den einzigen Stuhl. Dann rieb sie ihren Körper vom Gesicht bis zu den Füßen mit dem Tuch ab, das neben der Schüssel war und das sie immer wieder in das kalte Wasser tauchte. »Herrlich!«, seufzte sie. Doch der Genuss war nicht von Dauer. Schon als sie das zweite Kleid, das sie zum Wechseln griffbereit in ihrer Reisetasche hatte – die schweren Koffer nahm der Kutscher mit in sein Lager im Holzstall –, überzog, brach ihr erneut der Schweiß aus. Ihre Haube setzte sie gar nicht erst auf, sondern steckte die langen braunen Haare nur rasch zu einem lockeren Knoten. Augenblicklich klebten ihr die kurzen Löckchen über der Stirn auf der Haut. Sie ging in die Stube, wo es das Abendessen geben sollte, und sah von dem kleinen Flur, den sie zu durchqueren hatte, hinaus auf eine Terrasse, auf der ein Kind spielte.

»Sagen Sie, gute Frau«, sprach sie die Wirtin an, die in der

Stube gerade Teller und Krüge auf den Tisch stellte, »ist es nicht möglich, dass wir draußen sitzen?«

»Draußen?« Die Wirtin sah sie überrascht an. Offenbar hatte noch nie ein Gast diesen Wunsch gehabt.

»Ach ja, bitte. Es ist so stickig hier drinnen, und dort draußen im Schatten der alten Eiche ist es gewiss sehr viel angenehmer.«

»Von mir aus. Aber da gibt es nur die olle Bank und den Tisch, den mein Mann gezimmert hat.«

»Wundervoll.« Schon war Johanna an ihr vorbei, durch den kleinen Flur und zur Tür hinaus. Auch auf der Terrasse, die geschützt zwischen einem Holzanbau, vermutlich einem Stall, und dem Lehmhaus lag, war kaum Luft zu kriegen, aber immerhin schien ein seichter Wind aufzukommen. Johanna musste an das Essen auf Albrechts Gehöft denken, das sie mit Marcus ebenfalls unter freiem Himmel eingenommen hatte. Wie schön dieser Tag gewesen war.

Es gab süßes Gebäck, Milch, Käse und Brot. Das Kind, ein kleines Mädchen mit glattem blondem Haar, das ihm bis zum Kinn reichte, und mit auffallend hellblauen Augen, krabbelte auf allen vieren zu Johanna, zog sich an ihrem Kleid hoch und stand schließlich auf wackeligen Beinchen vor ihr, die Arme ausgestreckt.

»Wen haben wir denn da?«

»Finja, lass die Damen in Ruhe!«, rief die Wirtin, kümmerte sich aber nicht darum, ob ihre Jüngste sich an das hielt, was ihre Mutter sagte.

Als Johanna nicht so reagierte, wie das Kind es anscheinend erhofft hatte, schlang Finja die Arme um ihre Beine.

»Da haben Sie wohl gerade eine neue Freundin gefunden, Fräuleinchen«, meinte Witwe Gernreich und lachte schallend über Johannas verdutzten Gesichtsausdruck. Die hatte

nicht viel Erfahrung im Umgang mit Kindern und wusste nicht recht, was mit einem kleinen Mädchen zu tun sei, das sich an ihre Beine klammerte wie ein Äffchen an einen Baumstamm.
»Finja?« Der Kopf der Wirtin erschien im offenen Fenster der Stube. »Wo ist das Kind nur wieder?«
»Sie ist hier«, antwortete Johanna.
Schon hatte die Wirtin sich zurückgezogen und kam nun mit Erdbeeren auf die Terrasse, die sie im Garten gepflückt hatte. »Was soll ich nur mit diesem Kind anfangen?«, jammerte sie. »Niemals will es hören.«
»Lassen Sie nur«, sagte Johanna schnell. »Die Kleine stört doch gar nicht.«
Die Wirtin zog gleichzeitig Augenbrauen und Schultern hoch und ging wieder. Finja dagegen ließ die Beine ihrer neuen Freundin los und breitete erneut die Ärmchen aus. Dabei strahlte sie Johanna an, dass die blauen Augen nur so leuchteten.
»Du bist wirklich ein hübsches Kind.«
»Ein hübsches Kind, das auf Ihren Schoß will«, klärte Witwe Gernreich sie auf.
»Meinen Sie?« Johanna war unsicher. »Also dann ...«, sagte sie und hob das Kind zu sich hoch. Am liebsten wäre es ihr gewesen, wenn der Stoff ihres Kleides ihren feuchten, schwitzenden Körper gar nicht berührt hätte. Stattdessen wurde er ihr von dem kleinen Mädchen nun gerade auf die Haut gepresst. Finjas Körperwärme tat ein Übriges. Trotzdem hüpfte ihr Herz vor Freude, wenn die Kleine kicherte, weil Johanna sie kitzelte, wenn sie unverständlich, aber doch unablässig brabbelte oder Johanna aus großen Augen höchst aufmerksam beobachtete.

Später, als Johanna im Bett lag, ging ein tosendes Gewitter nieder. An Schlaf war nicht zu denken, in so rascher Folge erhellten grelle Blitze den Himmel, so laut und bedrohlich brach der Donner über die Ortschaft herein. Sie hörte Kinder weinen und die Wirtin mit ihrem Mann gegen das Unwetter brüllen. Sie kümmerten sich um Kühe und Schweine, die im hinteren Teil des Hauses ihre Ställe hatten. Oft genug kam es vor, dass ein Blitz in ein Haus einschlug und es in Flammen aufging. Es gab also guten Grund, in höchstem Maße alarmiert zu sein. Sie hatte sich deshalb nicht ausgekleidet, um bei einem Unglück alles rasch parat zu haben. So lag sie in der Kammer, und Finja ging ihr nicht aus dem Sinn. Bisher hatte sie noch keinen Gedanken an eine eigene Familie verschwendet, doch hatte sie auch nie daran gezweifelt, einmal Kinder zu haben. Mit einem Mal wurde ihr bewusst, dass es in wenigen Jahren so weit sein konnte. Die Vorstellung gab ihr ein behagliches Gefühl. Wäre dieses zarte kleine Wesen, diese hübsche Finja, ihre Tochter, so wäre sie die rechtmäßige Erbin des Eidechsen-Anhängers. Könnte sie es jemals übers Herz bringen, ihr den Schmuck vorzuenthalten und ihn einem Museum zu überlassen? Sie tröstete sich damit, die Entscheidung nicht in dieser Nacht treffen zu müssen. Die Abstände zwischen den Blitzen wurden immer länger, das Donnern klang aus immer größerer Ferne heran. Dafür setzte ein verheißungsvolles Rauschen ein – Regen! Er würde die Luft sauber waschen, so dass man endlich wieder atmen kann, dachte Johanna und ließ sich vom gleichmäßigen Trommeln in den Schlaf begleiten.

Es regnete den gesamten nächsten Tag und auch die darauffolgende Nacht. Dann hörte es wieder auf, gerade noch rechtzeitig, dass die Wege sich nicht in tückische Schlammpfade verwandelten, in denen ein Wagenrad leicht steckenbleiben konnte. Sie kamen zügig und ohne Malaisen voran. Endlich waren an einem späten Nachmittag in der Ferne die Türme Lübecks zu erkennen.

Johanna betrat das Haus in der Glockengießerstraße. Zwei Schritte durch den Windfang, dann stand sie in der hohen offenen Diele. Ein Blick durch die Scheiben in die Küche zeigte ihr, dass sich nichts verändert hatte. Da war der alte Ofen, auf dem stets ein Kessel stand, die zerschlissene Arbeitsplatte, auf der Hanna so manchen Teig geknetet und so manchen Hering eingelegt hatte. Doch, es hatte sich etwas geändert, etwas Grundlegendes sogar. Hanna stand nicht in ihrer Küche, bereit, ein kühles Glas Milch als Willkommensgruß zu bringen. Sie lag krank oben in ihrem Bett. Johanna musste schlucken. Die Freude, endlich wieder zu Hause zu sein, die Sorge um die Großmutter und die Erschöpfung nach der langen Reise trieben ihr die Tränen in die Augen, die sie jedoch auf der Stelle niederkämpfte, denn sie hörte schwere schleppende Schritte. Einen kurzen Augenblick glaubte sie, es sei Hanna, die vom Krankenlager aufgestanden war, um ihr Enkelkind zur Begrüßung in die Arme zu nehmen. Doch es war Carsten, der langsam die Treppen hinabstieg. Johanna erschrak bei seinem Anblick. Der Großvater war dünn geworden und hatte kaum noch Haare. Seine Haut war fahl. Gewiss, als sie damals nach Stolp aufgebrochen war, war er schon ein alter Mann mit schütterem Schopf gewesen, aber seine Wangen waren damals noch prall, seine Figur stattlich. Nun ging er gebeugt und musste sich an dem geschwungenen Geländer halten, um langsam Stufe für Stufe in die Diele zu gelangen.
»Da bist du endlich«, begrüßte er sie heiser. »Warum nur bist

du nicht schon früher eingetroffen? Sie hätte dich so gern noch einmal gesehen.«

Johanna fühlte sich, als hätte sie der Schlag getroffen. Sie verstand nicht gleich oder wollte nicht verstehen. »Was soll denn das heißen? Ich konnte doch nicht früher aufbrechen. Ich habe doch geschrieben, es euch erklärt«, stammelte sie. Sie musste sich irren. Es durfte einfach nicht wahr sein.

»Ja, Kind, ich weiß. Es tut mir nur so schrecklich leid für euch beide.«

Johanna hatte das Gefühl, noch immer einen schaukelnden Wagen unter sich zu haben anstelle des festen Bodens unter ihren Füßen. »Das kann doch nicht sein. Ich wollte ihr doch Andorn geben, Ysop und Ingwer gegen ihren Husten.« Wie ein schweres Tuch, das sich um ihren Körper schlang und ihr die Luft zum Atmen nahm, überwältigte sie die Trauer. Sie trat einen Schritt auf Carsten zu und ließ sich von ihm in die Arme nehmen, wie er es getan hatte, als sie ein kleines Mädchen war. Sie schauderte, als sie statt des prallen Körpers, der Kraft und Lebendigkeit ausstrahlte, zerbrechliche Knochen spürte. Trotzdem fühlte sie sich noch immer sicher und geborgen bei ihm.

»Deine Großmutter ist gestern gestorben«, flüsterte er, während er ihr über das Haar strich. »Sie wollte auf dich warten und hat bis zur letzten Minute gekämpft. Aber ihre Uhr war abgelaufen. Dagegen konnte auch meine starke eigensinnige Hanna nichts tun.«

Sie standen in der Diele, hielten sich in den Armen, weinten, und Carsten erzählte leise von den letzten Stunden und Minuten seiner Hanna.

»Geh zu ihr, wenn du willst«, sagte er schließlich. »Sie ist noch oben.«

Johanna nickte. Sie löste sich von ihm und ging an ihm vorbei,

die ausgetretenen Stufen, die vertraut knarzten, hinauf. Vor dem Schlafzimmer der Großeltern strich sie sich nervös eine Strähne hinter das Ohr. Noch nie hatte sie einen Toten gesehen. Sie fürchtete sich davor.
Das Zimmer erschien ihr fremd. Zwar war sie als kleines Kind manchmal ins Bett der Großeltern geschlüpft, wenn sie schlecht geträumt hatte, doch das war lange her. Das letzte Mal mochte das geschehen sein, als Johanna vier oder vielleicht fünf Jahre alt gewesen war. Danach hatte sie das Schlafzimmer nur selten betreten.
Man hatte Großmutter Hanna in ihrem eigenen Bett aufgebahrt. Beim ersten Anblick brach Johanna wiederum in Tränen aus. Das Schluchzen schüttelte ihren Körper, sie fühlte sich allein. Sonst war es immer Hanna gewesen, die sie in einer solchen Situation tröstend in den Arm genommen hätte. Doch gerade die lag jetzt bewegungslos da. Nicht einmal der Brustkorb hob und senkte sich, wie sie bemerkte, als sie sich endlich beruhigte und ihre Großmutter anschauen konnte. Andernfalls hätte man meinen können, sie schlafe nur. Die sonst rosigen Wangen schimmerten gelblich, die Haut sah aus wie aus Wachs gemacht.
An den gefalteten Händen, die auf dem weißen Laken ruhten, das man ihr als Decke übergelegt hatte, war sie brüchig und zerknittert wie Pergament. Johanna berührte die Hände, die einst so hatten zupacken können. Sie hatten sie aufgehoben, wenn sie als kleines Kind gestürzt war, hatten ihr die Haare gekämmt und ihr manche Köstlichkeit zugesteckt. Jetzt waren sie schrecklich kalt, und Johanna verspürte trotz der Wärme in der Kammer den Impuls, nach einer zusätzlichen Decke zu schauen.
Sie hätte nicht sagen können, wie lange sie an Hannas Bett gesessen hatte, bis Carsten kam und sie sanft hinausführte.

»Es ist schön, dich wieder hier zu haben. Trotz allem«, sagte Carsten. »Donnerschlag, du bist eine richtige junge Dame geworden. Bestimmt bist du hungrig. Ich werde Gesa gleich Bescheid geben, dass sie dir etwas macht.«
»Nein danke. Ich werde nur ein Glas Wasser trinken und dann ins Bett gehen. Ich glaube, ich könnte im Stehen schlafen.«
»Natürlich, schlaf dich nur richtig aus. Und morgen erzählst du mir alles, ja?«
»Ja, Großvater.«
»Johanna?«
»Ja?«
»Ich bin wirklich sehr froh, dass du hier bist!«

Femke Thurau

Femke hatte für die Erfüllung ihres großen Wunsches gekämpft. Ohne Appetit hatte sie tapfer gegessen und getrunken und hatte nicht mehr darum gebeten, die Vorhänge geschlossen zu lassen. Sie fragte nach Papier und zeichnete Entwürfe für Schmuck, den sie zu schnitzen gedachte. Sie wollte gesund werden, denn sie wollte unbedingt nach Travemünde. Und sie musste an das Kind denken, da hatte Jan Delius recht gehabt. Irgendwann schaffte sie es, zunächst für eine dann für zwei Stunden aufzustehen. Immer länger wurden die Zeiträume, die sie außerhalb des Bettes zubrachte. Und dann war endlich der Tag gekommen, an dem Jan in die Glockengießerstraße spazierte und mit ihr in den Wagen ihres Vaters stieg.

Es war ein windiger Tag. Die Wolken jagten über den blauen Himmel. Noch war es recht mild, aber der Herbst sandte bereits seine

Vorboten. Die in der Bucht sonst eher sanfte Ostsee war aufgewühlt und warf eine schäumende Welle nach der anderen auf den Strand. Femke hielt sich an Jans Arm fest. »Es ist so schön«, sagte sie und seufzte. »Riechen Sie nur, diese herrlich salzige Luft. Hätte ich die jeden Tag in der Nase, ich würde schneller wieder zu Kräften kommen.« Sie schnupperte und schloss die Augen.

»Das dürfte das geringste Problem sein«, meinte er leichthin. »Gewiss ist im Logierhaus noch eine Kammer zu bekommen.«

Femke erschrak und schnappte nach Luft.

»Ist Ihnen nicht wohl?«

»Nein, schon gut«, stammelte sie. Mit einem Mal stand ihr die erste Nacht mit Deval wieder klar vor Augen, als wäre es erst gestern gewesen. Dabei waren Monate vergangen, in denen so viel geschehen war. Sie war mit ihm nach Travemünde gefahren, um nach Bernstein zu suchen. Auch damals war es ein windiger Tag gewesen. Dann hatte Deval leichtfertig die Kutsche zurück nach Lübeck geschickt, so dass sie über Nacht in dem Seebad bleiben mussten. War es wirklich leichtfertig und unbedacht, oder war es von Anfang an seine Absicht gewesen? Das spielte keine Rolle mehr. Sie hatten Quartier im Logierhaus genommen. Eine andere Möglichkeit hatte es zu dieser Jahreszeit nicht gegeben. Femke hatte an dem Abend weit mehr Alkohol getrunken, als gut für sie war. Es war die Angst vor der ersten Nacht gewesen, die sie mit einem Mann verbringen würde. Dachte sie heute daran zurück, spürte sie eine große Leere, eine Kälte in ihrem Inneren. Sie war hin- und hergerissen zwischen Scham, schlechtem Gewissen, das sie Johannes gegenüber trotz allem noch immer verspürte, weil sie sich einem anderen Mann hingegeben hatte, und der Überzeugung, es doch nur für ihn, für das Leben von Johannes getan zu haben. Deval hatte ihr versprochen, Johannes' Leben zu beschützen und dafür zu sorgen, dass er unversehrt nach Hause zurückkehrte. Das war ihr Antrieb gewesen. So

sehr hatte sie Johannes geliebt, dass sie sogar sich selbst zu seinem Schutz verkauft hatte. Was wusste sie damals schon von Liebe? Nichts, dachte sie bitter. Wenigstens was Johannes betraf, hatte Deval sein Wort gehalten. Obwohl Johannes ihr dafür nicht seine Liebe schenkte, wie sie fest angenommen hatte, war es gut, dass er gerettet war. Sie würde den Preis dafür ihr Leben lang bezahlen. Einen hohen Preis. Sie schauderte.
»Ist Ihnen kalt?«, fragte Jan, der sie seit einer Weile von der Seite betrachtete, und zog auch schon seinen Mantel aus.
»Nein, es geht schon, wirklich.«
»Sie dürfen sich nicht erkälten«, erklärte er und legte ihr seinen Mantel um.
»Und was ist mit Ihnen? Sie sollen sich auch nicht erkälten.«
»Ich bin nur einer. Bei Ihnen geht es um die Gesundheit von zweien.« Er lachte sie fröhlich an.
»Ach, Jan, ich fürchte mich so sehr davor, dieses Kind zu bekommen.«
Sie standen im weichen Sand und sahen auf das graue Wasser hinaus. Möwen segelten kreischend über ihre Köpfe.
»Das ist ganz natürlich. So eine Geburt ist immerhin keine Kleinigkeit. Aber Sie haben doch schon ganz anderes überstanden. Sie kriegen das schon hin.«
»Es ist ja nicht die Geburt, die mir Sorgen macht. Ich weiß einfach nicht, wie ich alleine ein Kind großziehen soll. Meine Mutter hat gewusst, dass das nicht zu schaffen ist, und mich bei den Thuraus vor die Tür gelegt.«
»Sie denken doch nicht daran, Ihr Kind fremden Leuten zu überlassen? Sie sind nicht alleine. Ihre Mutter hatte vielleicht niemanden, der ihr geholfen hätte, aber Sie haben Ihre Eltern.«
»Man wird über mich reden. Es wurde viel über mich geredet und hat mich nie gekümmert, aber jetzt? Mein Kind wird gewiss ge-

mieden. Eine Mutter, die allein mit ihrem Kind ist, weil der Mann im Krieg gefallen ist oder ihn der Schlag getroffen hat, ja, das ist eine ehrbare Frau. Aber eine, die mit einem französischen General zusammen war? Sie werden es Franzosenbalg nennen. So wird man es rufen.«

»Eine Zeitlang, ja, aber irgendwann hat sich jeder daran gewöhnt. Die Leute finden etwas anderes, worüber sie sich das Maul zerreißen können. Wir sind in Lübeck. Die Leute haben scharfe Zungen, aber große Herzen. Sie werden sehen.« Sie erwiderte nichts, sondern stand nur da, die roten Haare vom Wind durch die Luft gewirbelt, und blickte auf die weißen Kämme der wogenden See. Er legte den Arm um sie, wie er es auf Usedom in der Nacht gemacht hatte, als sie frierend beieinandergelegen hatten. »Vielleicht denkt der Nebbien noch mal darüber nach. Gut möglich, dass er nur Zeit braucht, um sich an den Gedanken zu gewöhnen. Und wenn nicht, bin ich ja auch noch da«, redete er auf sie ein. »Ich habe es Ihnen schon einmal gesagt, bei mir sind Sie willkommen. Sie beide.«

»Ich weiß. Es ist nur ...«

»Die Strümpfe, ich verstehe. Aber ich sagte doch schon, sie brauchen Sie nicht zu stopfen.« Er gab sich wirklich alle Mühe, sie aufzuheitern.

»Es ist dieser Traum, den ich seit einer Weile immer wieder habe. Seit ich ein kleines Mädchen bin, träume ich manchmal Dinge, die dann wahrhaftig passieren.«

Er hob die Augenbrauen und sah sie ungläubig an. »Es ist mir wohl bekannt, dass manch einer Sie unheimlich findet, geheimnisvoll. Ihre Mutter sei eine Hexe gewesen, hieß es früher. Vater und ich hielten das stets für ausgemachten Unfug. Und jetzt erzählen Sie mir, Sie sehen in Ihren Träumen die Zukunft?«

»Nicht immer. Aber manchmal ist es so gewesen, ja.«

»Hm«, machte er. »Und was geschieht in diesem Traum, den Sie jetzt haben?«
»Ich bringe mein Kind zur Welt, eine gesunde Tochter. Doch ich stehe aus dem Kindbett nicht mehr auf. Ich werde sterben, Jan.«

* * *

Johanna begriff rasch, dass es höchste Zeit war, ganz erwachsen zu werden. Es gab so vieles zu regeln und zu tun, und Carsten war dazu offensichtlich nicht in der Lage. Er brauchte ihre Hilfe, also tat sie, was zu tun war. Hanna fehlte ihr so sehr. Sie hätte stets gewusst, wie etwas zu erledigen sei, hätte die Menschen mit Namen gekannt, deren Dienste man benötigte. Noch mehr als der Verlust schmerzte Johanna indes Carstens Trauer. Die konnte er nicht verbergen, auch wenn er zu ihr am Tag nach ihrer Rückkehr nach Lübeck gesagt hatte, wie dankbar man sein müsse, dass Hanna so alt geworden sei. Immerhin war es ihr vergönnt gewesen, ihren zweiundsiebzigsten Geburtstag zu feiern.
»Das ist ein ordentliches Alter, mein Kind. Nicht viele sind damit gesegnet. Und denk nur, ich bin noch einmal drei Jahre älter. Donnerschlag! Richte dich man lieber darauf ein, bald ganz alleine zurechtzukommen.«
Zwar hatte Johanna widersprochen und ihm vorgehalten, wie fidel er doch noch sei, dass sie ihn brauche, er also noch gar nicht sterben dürfe. Doch das beeindruckte ihn wenig.
»Der da oben hat einen dickeren Kopf als du, Johanna. Nicht einmal meine Hanna kam dagegen an. Wenn es ihm gefällt, holt er mich gleich morgen. Da wirst du nicht lange gefragt, ob du mich noch brauchst.«
Er hatte gelacht, war dann aber wieder ernst geworden, weil er

zum wiederholten Male mit der Tatsache haderte, keine prächtige Familiengruft in einem der Kirchhöfe bezahlen zu können.
»Dieses verdammte Travemünde hat mich einfach zu viel gekostet. Deine Großmutter hat mich von Anfang an gewarnt, aber ich habe ja nicht auf sie gehört.«
Nach der Franzosenzeit, die die Thurausche Weinhandlung einst in die Knie gezwungen hatte, folgte eine Neuordnung, die mit dem Deutschen Bund in erster Linie zu alten Strukturen zurückkehrte. Eine kurze Phase der Depression, doch dann gediehen Handel und Wirtschaft wieder recht anständig. Auch der Weinhandel kam wieder auf die Beine, nur waren Carsten und Hanna schon recht betagt. Und sie hatten keine Reserven, weil Carsten eine beträchtliche Summe in den Aufbau des Seebades Travemünde gesteckt hatte. So hatten sie beide entschieden, sich mit dem Verkauf ihres Sommerhauses wenigstens ihren Lebensabend zu sichern, und keine Anstrengungen unternommen, das Geschäft wieder an die Spitze der Lübecker Weinhändler zu führen. Wollte Carsten seinen Lebensabend nicht im Armenhaus zubringen, musste er auf ein Grabmahl verzichten, das sämtlichen Lübeckern den Atem verschlagen hätte.
»Das und nicht weniger hätte aber meine Hanna verdient«, sagte er zu Johanna. »Und ich kann es ihr nicht geben, ich Dussel.«

Als Carsten und Johanna von der kleinen Begräbnisfeier zurück nach Hause kamen, lag dort ein prächtiger Blumenstrauß. Ein Kuvert war daran befestigt mit Johannas Namen darauf.
»Mögen die Farben und der Duft Sie ein wenig trösten!«, stand auf der Karte. Mehr nicht.

Mit jedem Tag konnte Carsten sich schlechter bewegen, und Appetit hatte er auch kaum noch. Johanna wusste, dass sie sich in der Tat darauf einstellen musste, bald ganz allein auf der Welt zu sein. Sie tröstete sich damit, dass es ja noch immer Marcus Runge gab. Von ihm war wenige Tage nach ihrer Ankunft in Lübeck bereits ein Brief gekommen.

»Liebe Johanna!
Wie leer scheint mir meine Apotheke, seit Sie abgereist sind. Wann immer es klopft, hoffe ich so sehr, dass Sie es sind. Doch immer wieder aufs Neue werde ich enttäuscht.
Bei Fräulein Scheffler bin ich gewesen, wie ich es versprochen habe. Ich habe ihr eine Mischung aus Hopfenblüten und Baldrianwurzel mitgebracht. Ihre Mutter soll ihr jeden Morgen einen Tee daraus bereiten. Insgesamt macht sie mir einen besseren Eindruck. Den Bernsteinanhänger, den Sie ihr gegeben haben, trägt sie Tag und Nacht. Gewiss spürt sie, dass er ihr Gutes tut.
Zuletzt noch dieses: Bauer Albrecht hat versucht, den Handschuhmacher Olivier als den Schuldigen erscheinen zu lassen. Er habe sich alles ausgedacht und den bösen Plan entwickelt, Ihrem Onkel Schaden zuzufügen. Auf die Frage nach dem Grund, den Olivier dafür gehabt haben soll, hat er sich in so sonderbare Geschichten verstrickt, dass man dazu neigt, dem Franzosen zu glauben. Dem ist wohl der Hass gegen seine Nation vor einigen Jahren beinahe zum Verhängnis geworden. Albrecht hat ihm damals geholfen, hat er ausgesagt. Was Albrecht für Olivier getan haben mag,

dass dieser derartig in dessen Schuld stand, ist mir nicht bekannt. Nun, es ist überstanden. Der wahre Schuldige erhält seine Strafe, und Meister Olivier kommt mit einer Zahlung davon.
Für heute will ich schließen.
Ihnen stets ergeben,
Marcus Runge«

Es schien Trautlind also wirklich besserzugehen. Das freute Johanna sehr. Marcus' Apothekerskunst sei Dank! Sie besann sich darauf, was sie bei ihm alles gelernt hatte. Wenn es für Hanna auch zu spät war, würde sie wenigstens Carsten damit von Nutzen sein. Sie gab ihm Wein zu trinken, in dem sie Anis, Baldrian, Ehrenpreis und Süßholzwurzel hatte ziehen lassen. Jeden Abend rieb sie ihn mit Bernsteinöl ein. Für den Rücken besorgte sie ihm gemahlene Kastanienkerne, die sie in einen Kissenbezug füllte. Dieses Kissen schob er sich ins Kreuz, wann immer sie in der guten Stube beieinandersaßen.
»Es kommt mir vor, als wärst du nicht bei einem Bernsteinschnitzer, sondern bei einem Wundarzt in der Lehre gewesen«, sagte Carsten eines Abends zu ihr, als sie in der Stube saßen und ein Glas Wein tranken. »Meine alten Knochen schmerzen nicht mehr gar so sehr, und auch der Appetit kommt allmählich wieder. Woher kennst du dich so gut mit den Arzneien aus?«
»Ich hatte euch doch von Marcus Runge geschrieben, dem Apotheker.«
»Richtig. Das war doch der, der dir das Messer aus der Hand gepult hat, stimmt's?«
Sie musste lachen. »Er hat es mit einem Schwung aus meiner

Hand gezogen, ja. Ich weiß nicht, was ohne ihn geschehen wäre.«
»Hanna wäre fast in die Kutsche gestiegen und zu dir gefahren, als sie das gelesen hat. Du hast uns einen ganz schönen Schrecken eingejagt.«
»Ach, wäre sie nur gekommen. Ich war sehr einsam in der ersten Zeit. Und unglücklich.«
»Ja, das haben wir mit jeder Zeile gespürt. Aber wir haben deiner Mutter nun einmal versprochen, dass du diese Lehre dort machst, und daran waren wir gebunden. Na ja, und mit der Zeit hast du dich doch auch eingelebt, oder etwa nicht?«
»Irgendwann schon«, gab sie zu. »Marcus hat mir sehr dabei geholfen. In seiner Apotheke gab es immer etwas zu entdecken. Und er kann sehr gut erklären, weißt du? Er hat mir die interessantesten Dinge gezeigt.«
»So, so«, machte Carsten und schmunzelte. Dann fiel ihm etwas ein. »Als ich vorhin vom Kirchhof kam, ist mir die Aldenrath begegnet, die Frau vom Kapitän Aldenrath. Sie haben einen Sohn, einen Nachzügler. Wird jetzt zwölf Jahre alt sein, nehme ich an. Jedenfalls ist er dauernd krank. Kannst du dem nicht auch helfen?«
»Ich bin kein Arzt, Großvater.«
»Natürlich nicht, du bist meine Kleine!« Er lächelte sie an, dass ihr ganz warm ums Herz wurde. »Der Arzt sieht alle naselang nach dem Jungen. Sie hat mir gesagt, es habe etwas mit ihrem Alter zu tun. Sie war ja schon recht alt, als sie den Jungen noch bekommen hat. Die anderen beiden Aldenrath-Kinder sind in deinem Alter oder älter. Der Arzt hat jedenfalls gemeint, der Lüttste habe einfach nicht genug Kraft von der Mutter mitbekommen und sei deshalb so anfällig. So hat sie es mir gesagt.«
»Ich könnte ihm einen meiner Anhänger bringen. Schön sind

sie nicht, aber schaden werden sie auch nicht. Wer weiß, vielleicht kann ein Bernstein, auf der Brust getragen, die Konstitution des Jungen verbessern.«

Carsten trank einen Schluck Wein. »Wette, die hatten keinen solchen Tropfen in Stolp. Habe ich recht?«

»O gewiss, Großvater, mit deinem Rotspon kommt kein anderer Wein mit.«

Er nickte zufrieden. »Deine Anhänger, die du geschnitzt hast, sind also nicht schön? Du hast nicht das Talent deiner Mutter geerbt?«

Sie schüttelte den Kopf. »Nein, zum Schnitzen fehlt mir die Begabung. Wenn du möchtest, zeige ich dir die Stücke, an denen ich mich versucht habe. Ich durfte sie mitnehmen, weil sie zum Verkauf nicht getaugt haben«, sagte sie und sah ihn bedeutungsvoll an.

»Ach, das macht doch nichts, meine Kleine. Deine Mutter hat es sich so sehr gewünscht, dass du nach Stolp gehst. Es ist gut, dass du ihren letzten Willen erfüllt hast. Aber jetzt bist du wieder da, wo du hingehörst. Und du kannst tun, was dir gefällt. Du könntest zum Beispiel einen netten jungen Mann heiraten, der einmal ein großes Weingut in Frankreich besitzen wird.«

»Du hast nicht zufällig einen ganz bestimmten jungen Mann im Auge, Großvater?«

Er strahlte und sah mit einem Mal wieder so lebendig aus, wie sie ihn früher gekannt hatte. »Das habe ich! Die Briands werden endlich ihren längst versprochenen Besuch nachholen. Im Winter werden sie hier sein, wenn die Arbeit auf ihrem Gut ihnen eine Rast erlaubt. Luc ist ein wahrer Meister. Was er aus den Trauben macht, kriegt kein Zweiter hin. Und Louis, sein Sohn, scheint ganz nach ihm zu geraten.«

»So?« Sie gab sich uninteressiert, doch ihr Herz schlug schnel-

ler, als sein Name fiel. Augenblicklich musste sie an den Traum denken, den sie gehabt hatte. Louis und sie am Strand. Er hatte ihre Hand gehalten und sie fest an seinen kräftigen Körper gedrückt.
»Es würde mir sehr gefallen, wenn Louis meinen Weinhandel übernehmen würde.«
»Donnerschlag!«, entfuhr es ihr.
Carsten lachte schallend auf und musste gleich darauf husten. »Warum wohl nicht?«, brachte er mühsam hervor, nachdem er sich einigermaßen beruhigt hatte. »Louis ist ein schmucker junger Kerl, der etwas von Wein versteht. Du bist die Erbin von Thuraus Weinhandel. Ihr heiratet und macht den Laden wieder so richtig flott. Was? Das wäre doch etwas.«
»Du hast mit Luc Briand doch hoffentlich nicht bereits Derartiges besprochen?« Sie gab sich große Mühe, recht entsetzt zu wirken.
»Aber nein, meine Kleine. Doch ich beabsichtige, das zu tun.« Johanna wurde ernst. »Denkst du, es ist eine gute Idee, wenn ein Franzose in Lübeck sein Kontor hat? So lange ist es doch noch nicht her, dass die Franzosen mit Schimpf und Schande davongejagt wurden. Glaubst du, die Lübecker haben das bereits vergessen?«
»Gewiss doch. Und wenn nicht, dann gewöhnen sie sich eben an ihn. Louis ist sicher jemand, der es versteht, sich durchzusetzen. Und mit einer ehrbaren Lübeckerin an seiner Seite …«
Johanna konnte nicht länger an sich halten. »Großvater, ihr habt mir nie gesagt, dass mein Vater ein Franzose war.«
Die Farbe wich mit einem Schlag aus seinem Gesicht. »Was redest du denn da?«, keuchte er.
»Ich verstehe ja, dass ihr es nicht getan habt. Ich bin euch nicht böse. Aber ich bin inzwischen eine richtige junge Dame, das

hast du selbst gesagt. Bitte, Großvater, erzähl mir etwas über ihn. Hat er Mutter geliebt? Und hat sie ...«
Er schnitt ihr das Wort ab. »Du hast keinen Vater!«
»Wie bitte? Aber das ist doch Unsinn. Jeder Mensch ...«
»Du nicht. Du hast keinen Vater. Für mich gibt es niemanden, über den ich dir etwas erzählen kann.«
»Bitte, Großvater, du kannst mich doch nicht behandeln wie ein kleines Kind. Ich habe doch ein Recht darauf, endlich mehr zu erfahren.« Sie war verzweifelt, und sie spürte Zorn in sich aufsteigen.
»Die Unterhaltung ist beendet. Du willst eine erwachsene junge Frau sein?« Er atmete schwer. »Dann benimm dich wie eine, und frage mich nie wieder nach deinem Vater!«
Damit ließ er sie allein. Johanna verstand die Welt nicht. Sie war traurig und wütend. Schön, dann würde sie eben einen anderen Weg finden, mehr über ihren Vater zu erfahren.

Die Wochen gingen ins Land. Der Sommer machte dem Herbst Platz, und schon war der Winter eingekehrt. Johanna war vollends damit beschäftigt, dem Haushalt vorzustehen, den Dienstboten und Laufburschen Anweisungen zu erteilen, Entscheidungen zu treffen und natürlich auch ihren Großvater im Kontor zu unterstützen. Der hatte sich nicht nur ganz erstaunlich erholt, sondern sich offenbar auch in den Kopf gesetzt, seinen Handel zumindest ein wenig auf Vordermann zu bringen, bis Briand und Sohn eintreffen würden. Amüsierte sich Johanna auch über seinen Einfall einer Heirat zwischen ihr und Louis, nahm er die Sache doch ausgesprochen ernst. Johannas glatt polierte Muscheln und Fische, Blätter und Schmetterlinge aus Bernstein, die kaum als solche zu erkennen waren, erfreuten sich einer wachsenden Nachfrage. Es hatte sich herumgesprochen, dass es Carsten so viel besserging, seit seine Enkelin ihn mit dem zu Stein gewordenen Baumharz behandelte. Sie habe die magischen Kräfte von ihrer Mutter geerbt, tuschelte man. Sie sei eine Heilerin. Sie selbst schüttelte nur den Kopf über das Geschwätz.

»Würden sich alle Frauen ein bisschen besser mit den guten alten Hausmitteln auskennen, würden die Ärzte weniger Bedeutung haben«, sagte sie einmal zu Carsten. Ob es ihr nun gefiel oder nicht, bald war von der heiligen Johanna der Arzneien die Rede. Und sie war sich nicht sicher, ob ihr Großvater nicht ordentlich zu diesem Ruf beigetragen hatte. So geschah es immer öfter, dass Menschen sie in den Gassen oder auf dem Markt ansprachen, ihr ein Leiden schilderten und sie fragten, was sie sich denn vom Apotheker holen sollten.

Eines Tages trat eine Dame mit braunem Haar, das von silbernen Strähnen durchzogen war, und mit großen sehr dunklen warmen Augen auf sie zu, als sie gerade die Beckergrube heraufkam.

»Verzeihung, sind Sie nicht Fräulein Thurau, die Enkeltochter des Weinhändlers?«

»Das bin ich«, antwortete Johanna freundlich.

»Verzeihen Sie, dass ich derart auf Sie einstürme. Es ist nur … Mein Achim kränkelt nun schon seit Jahren. Ich weiß mir bald keinen Rat mehr. Und Sie sind eine begnadete Heilerin, erzählt man sich.«

Johanna seufzte. Nun wurde es ihr aber doch bald zu viel. »Ich habe hier und da einen Rat gegeben, aber das ist schon alles, gute Frau.«

»Aldenrath«, stellte die sich jetzt vor. »Mein Name ist Aldenrath. Gewiss kennen Sie meinen Gatten, den Kapitän.«

»Ich habe den Namen schon gehört.« Ihr fiel ein, dass Carsten

sie bereits vor Monaten gebeten hatte, dem Aldenrath-Jungen einen Bernstein zur Stärkung zu bringen. Es war ihr unangenehm, dass sie es einfach so vergessen hatte. »Mein Großvater hat mir von ihrem Sohn erzählt. Wenn es Ihnen recht ist, bringe ich ihm einen Stein, den er jeden Tag auf der nackten Haut tragen soll. Ich will Ihnen keine großen Hoffnungen machen, aber in so manchem Fall hat der Bernstein zu einer Verbesserung des Befindens geführt.«
»Das wäre zu freundlich!« Die feinen Züge von Frau Aldenrath entspannten sich. »Ich danke Ihnen sehr!«
»Keine Ursache, gleich morgen lasse ich den Bernstein bringen«, versprach sie und verabschiedete sich.

Am nächsten Tag, es war ein strahlender Dezembertag, der einem die Nase im Gesicht schmerzhaft frieren ließ, machte Johanna sich selbst auf den Weg in die Königstraße. Sie sah hinüber zu den Türmen der Marienkirche, die sich stolz in das Blau des Himmels reckten, und lief vorbei an dem Rathaus mit seiner Schmucktreppe, den Windlöchern, die das Winterblau einfingen wie Bilderrahmen, und mit den metallenen Fähnchen auf Zuckerbäckertürmchen. Johanna ging das Herz auf. Wann immer sie hier des Weges kam, wusste sie, warum sie Lübeck so liebte. Sie lief mit schnellem Schritt die Holstenstraße hinunter, ihren Atem als kleine weiße Wolke vor sich her tragend, und schließlich an Holz- und Salzmarkt vorbei zu dem stattlichen Bürgerhaus, in dem Kapitän Aldenrath mit seiner Familie wohnte.
Das Mädchen ließ sie ein. Johanna zog die Handschuhe aus und rieb die Finger, die trotz des schützenden Leders kalt geworden waren. Sie wartete in der Diele auf Frau Aldenrath, doch an ihrer Stelle erschien deren Mann, Kapitän Aldenrath.

»Guten Tag, Fräulein Thurau.«
»Guten Tag.«
Es entstand eine kurze Pause, die Johanna als bedrückend empfand. Der Mann – er hatte eine drahtige Figur, die darauf schließen ließ, dass er seit früher Jugend regelmäßig Sport getrieben hatte – musterte sie mit unverhohlener Skepsis.
»Ich habe Ihrer Frau versprochen, das hier für Ihren Sohn Achim zu bringen.« Sie zog einen Anhänger und ein Fläschchen mit Bernsteinpulver hervor. Beide lagen eisig in ihren Händen, als sie diese Aldenrath entgegenstreckte.
»Und was soll er damit anfangen?«
»Den Anhänger trägt er am besten jeden Tag direkt auf der nackten Haut. Bernstein wird recht schnell warm und fühlt sich nicht lange so furchtbar kalt an wie jetzt gerade.« Sie stand noch immer mit ausgestreckten Armen vor ihm, die Geschenke auf den offenen Handflächen. »Wie das Pulver einzunehmen ist, habe ich auf dem Etikett vermerkt. Falls es ihm hilft, bekommen Sie in der Apotheke mehr von dem Pulver.«
»Falls es ihm hilft. Nur glaube ich nicht daran.«
Johanna ließ die Arme sinken. »Nun, Ihre Frau wollte es gern auf einen Versuch ankommen lassen. Ich habe ihr gesagt, dass ich nichts versprechen kann. Doch durfte ich schon so manches Mal beobachten, wie es einem besserging, der die Bernsteinarznei nutzte.«
»Wie die Mutter, so die Tochter, was?« So wie er das sagte, klang es nicht freundlich. »Von ihr hieß es auch, sie habe magische Fähigkeiten, und ihre Kunstwerke könnten böse Geister vertreiben.«
»Ich halte das für Unsinn.«
»Ich ebenfalls«, stimmte er zu, ohne dabei zu lächeln.
»Was der Bernstein zu bewirken vermag, hat nichts mit demje-

nigen zu tun, der ihn geschliffen hat. Und an böse Geister glaube ich ohnedies nicht.«
»Das höre ich gern.«
Johanna konnte sich keinen Reim darauf machen, warum er so abweisend war. Sie legte den Anhänger auf eine Kommode und stellte das Fläschchen daneben. »Ihr Sohn wird durch die Behandlung gewiss keinen Schaden nehmen. So viel jedenfalls kann ich Ihnen versprechen. Richten Sie Ihrer Frau bitte meine Grüße aus und sagen Sie ihr, es ist mir eine Freude, Ihrem Sohn dieses kleine Geschenk gemacht zu haben. Ich hoffe sehr, dass es ihm hilft. Guten Tag!« Damit machte sie auf dem Absatz kehrt und verließ das Haus, ohne dass das Dienstmädchen sie hätte zur Tür bringen können.

Ihren Ärger über den unfreundlichen Kapitän vergaß Johanna schnell. Sie war viel zu sehr mit den Vorbereitungen für den Besuch der Briands beschäftigt. Sie hatte Fleisch zu besorgen für einen anständigen Braten, Kartoffeln, Kuchen und Marzipan. Die Kammern mussten gerichtet werden, und auch im Kontor gab es einiges zu beschicken. Die Papiere sollten parat liegen, damit Luc und Louis sich ein Bild über Thuraus Weinhandel verschaffen konnten. Endlich war der Tag der Ankunft gekommen. Johannas Herz schlug bereits seit dem Morgen wie wild. Es war eine gute Zeit her, dass sie Louis das letzte Mal gesehen hatte. Inzwischen waren sie beide erwachsen. Sie zog ein bronzefarben glänzendes Kleid mit weißem Spitzenbesatz an Ärmeln und Kragen an und ließ sich das braune Haar kunstvoll aufstecken und mit Kämmen schmücken, anstatt eine Haube zu tragen. Die Kutsche traf erst spät am Abend ein. Welche Enttäuschung war es, als die beiden sich nach dem Austausch einer höflichen Begrüßung in ihre Kammern zurückzogen. Gewiss, die Fahrt war lang, und sie waren noch auf dem letzten Stück in eine Schneewehe gerutscht, und es hatte eine Weile gedauert, bis es ihnen mit vereinten Kräften gelungen war, den Wagen wieder auf den Weg zu bringen, aber dennoch wäre es freundlich gewesen, wenigstens eine Stunde im Gespräch mit den Gastgebern auszuhalten. Johannas Enttäuschung schloss Louis mit ein. Sein Gesicht wirkte blass – bei ihrer letzten Begegnung hatte seine Haut einen braunen Schimmer gehabt, der nach Lebendigkeit und nach südlicher Sonne ausgesehen hatte. Und er sprach nur das Nötigste. Auch das hatte sie vollkommen anders in Erinnerung. Doch lange sollte ihre Enttäuschung nicht anhalten, denn schon am nächsten Tag, als die beiden Männer sich gründlich ausgeschlafen hatten, waren sie ganz die Alten. Louis hatte seine Farbe zurückgewonnen und erzählte mit weit ausholenden Gebärden, wie ein Rad der Kutsche im tiefen Schnee steckengeblieben war, woraufhin sich das gesamte Gefährt gedreht hatte und in den Graben neben dem Weg gerutscht war. Er schilderte, was alles hätte passieren können, wenn der Wagen gekippt wäre, und wie viel Kraft es gekostet hatte, ihn wieder so in Position zu bringen, dass sie ihre Fahrt hatten fortsetzen können. Verstohlen beobachtete sie ihn den ganzen Tag. Das dichte dunkelblonde Haar hatte er von seinem Vater geerbt, ebenso das Temperament. Wenn er erzählte, waren seine Hände ständig in Bewegung, seine Mimik unterstrich jedes Wort. Gerade noch blickte er ernst und aufmerksam drein, und im nächsten Moment warf er schon wieder lachend den Kopf zurück. Johanna war fasziniert von ihm. Womöglich war es gar kein schlechter Einfall von ihrem Großvater, Weinhandel und Weingut in dieselben Hände zu legen.

Am Nachmittag machten sie einen Spaziergang die Glockengießerstraße hinauf bis zur Wakenitz. Die Kreidemannsche Anstalt, wo sich im Sommer die Kinder juchzend und planschend im Fluss vergnügten, lag im Winterschlaf.
»Wenn es so kalt bleibt, friert die Wakenitz zu«, sagte Carsten. »Für mich ist das nichts mehr, aber die jungen Leute können dann darauf Schlittschuh laufen oder einen Spaziergang auf dem Fluss unternehmen.«
»Laufen Sie Schlittschuh?«, wollte Louis von Johanna wissen.
»Ich habe es noch nicht probiert, aber ich habe den Läufern hier schon mal zugesehen. So schwierig kann es nicht sein.«
Er war sofort Feuer und Flamme für die Idee. »Also hoffen wir, dass es Stein und Bein friert! Diese kleinen Pfützen hier nützen uns zum Laufen wenig.« Er nahm Schwung und glitt über das Eis, das sich in einer kleinen Senke mitten auf dem Pfad gebildet hatte.
»Gib nur acht, Sohn, dass du dir nicht die Beine brichst«, mahnte Luc. Noch ehe er es ausgesprochen hatte, setzte er einen Fuß auf eine der vereisten Pfützen, die unter einer dünnen Schneedecke verborgen lagen, strauchelte und stürzte der Länge nach zu Boden.
Louis lachte auf. »Mir scheint, man muss besser auf dich achtgeben als auf mich.« Er machte Anstalten, seinem Vater auf die Beine zu helfen, noch immer fröhlich lachend. Als er das Blut sah, das den Schnee tränkte, verging ihm schlagartig die Fröhlichkeit. »Hast du dich verletzt? Du wirst dir doch hoffentlich nichts gebrochen haben?«, fragte er besorgt.
Auch Johanna war sofort bei Luc, der sich aufrappelte und Schnee und Dreck von seinem Mantel klopfte.
»Es ist nichts«, sagte er und betrachtete seine Hände, aus denen das Blut hellrot quoll. »Das heilt von ganz alleine wieder.«

»Darf ich es mir mal ansehen?« Johanna nahm behutsam seine großen Hände in ihre. »Wir sollten nach Hause gehen und die Wunden reinigen.«
»Unbedingt, das ist das einzig Vernünftige«, stimmte Carsten zu, dem das viele Laufen ohnehin zu schaffen machte. Mit der Winterkälte waren auch seine Schmerzen zurückgekehrt.
»Nein«, widersprach Luc. »Meinetwegen müssen wir nicht umkehren. Es sind doch nur Kratzer.«
Frau Prahn, eine aufgedunsene kleine Person mit großen Füßen und von der Kälte rot leuchtenden Wangen, kam mit ihren beiden Kindern und der Gouvernante des Weges. Sie war die Frau des angesehenen Arztes Prahn, der zum Ärztlichen Verein zu Lübeck gehörte und sich dort einen guten Namen gemacht hatte.
»Guten Tag, gnädige Frau«, grüßte Carsten, setzte sein charmantestes Lächeln auf und deutete eine Verbeugung an. Sie sah durch ihn hindurch.
Johanna widmete sich unterdessen weiter Lucs Verletzungen.
»Es sind Schürfwunden, und die müssen gesäubert werden. Ich denke, ich habe noch etwas Schwarzen Beinwell zu Hause. Damit wird es schneller heilen.«
Die beiden Menschengrüppchen waren nun auf einer Höhe. Johanna registrierte die Frau des Arztes, ihre Kinder und die Gouvernante erst jetzt und grüßte ebenfalls.
»Hexe!«, zischte Frau Prahn, anstatt den Gruß zu erwidern, und trieb ihre Kinder an, schneller zu gehen.
Johanna starrte ihr hinterher. Zu gerne hätte sie etwas erwidert, doch sie war sprachlos und schnappte hilflos nach Luft. Zu allem Überfluss spürte sie Louis' Blick auf sich ruhen.
»Was war denn das?«, fragte er.
»Gehen wir nach Hause«, verkündete Carsten lautstark. »Las-

sen wir uns von Gesa einen würzigen Glühwein machen. Der wird uns allen wohl bekommen.«

Johannas Wangen glühten. Nicht nur von der Kälte, sondern auch vor Scham Louis und Luc gegenüber und vor Zorn.

Beim Abendessen kam Louis auf das Thema zurück: »Warum war die Frau vorhin so böse? Warum hat sie Sie eine Hexe genannt?«

»Weil sie eine dumme, aufgeblasene Person ist«, antwortete Carsten an Johannas Stelle und machte eine wegwerfende Handbewegung. »Johanna hat in Stolp wahrlich viel über Pflanzen und Mittelchen gelernt. Und sie hat magische Fähigkeiten.«

»Großvater, bitte! Erzähl doch unseren Gästen nicht einen solchen Unsinn. Wenn sogar du von Magie sprichst, ist es nicht verwunderlich, wenn die Leute mich eine Hexe schimpfen.« Sie war verärgert. Wie konnte er nur derartigen Unfug reden?

»Kein Unsinn«, widersprach er stur. »Die heilige Johanna der Arzneien, so nennt man sie.«

»O ja?« Luc beugte sich interessiert vor und streckte seine Hände aus. »Es ist kaum noch etwas zu sehen, nicht wahr? Es scheint also was dran zu sein an Ihrem Ruf.« Er schaute sie eindringlich an.

»Ich bitte Sie, glauben Sie meinem Großvater kein Wort. Sie haben ja vorhin gehört, welchen Ruf mir diese Reden eingebracht haben.« Sie erzählte von den vielen Stunden, die sie in Stolp in der Apotheke zugebracht hatte, und geriet ins Schwärmen von all den Tiegeln und Fläschchen, von Pflanzen und Tinkturen. Marcus Runge erwähnte sie dabei nur am Rande und hatte ein schlechtes Gewissen deswegen. Doch wäre es ihr nicht recht, wenn man gemerkt hätte, wie gern sie ihn hatte.

»Ich verstehe noch immer nicht, warum die Frau so schlecht auf Sie zu sprechen war«, warf Louis ein. »Sie haben sich gewisse Kenntnisse angeeignet und setzen diese ein, um anderen zu helfen. Was sollte schlimm daran sein?«

»Ihr Mann ist ein höchst angesehenes Mitglied des Ärztlichen Vereins«, klärte Johanna ihn auf. »Das ist ein Bund, den es so im ganzen Land noch nicht gab. Seit seiner Gründung vor gut fünfzehn Jahren kümmern sich die Mitglieder um die medizinische Versorgung der Bürger. Sie kümmern sich um eine gesündere Ernährung der Leute, um die Einrichtung von Hospitälern und auch um die systematische Schulung junger Ärzte. Es soll sogar Prüfungen und Examen geben, die als Nachweis für die Befähigung der Ärzte dienen. Kann wohl sein, dass sie Rückschritte fürchten, dass sie Angst vor Quacksalbern haben und mich für einen solchen halten.« Trautlind fiel ihr ein, und sie fügte hinzu: »Man muss das verstehen. Es gab zu viele, die sich selbst als Heiler bezeichnet und großen Schaden angerichtet haben.«

»Nennen Sie sich denn eine Heilerin?«, wollte Luc wissen.

»Nein, natürlich nicht.«

»Wenn Sie mich fragen, meine Herren, wollen die feinen Leute aus dem Ärztlichen Verein nur ihren Einfluss und ihre Bedeutung sichern. Es schmeckt denen nicht, dass meine Kleine mehr ausrichten kann als die.«

»Also wirklich, Großvater!« Sie schüttelte verärgert den Kopf. Konnten sie nicht endlich über etwas anderes sprechen?

»So unrecht scheint mir Ihr Großvater gar nicht zu haben«, sagte Louis energisch. »Kann es nicht sein, dass es den schlauen Gelehrten um die Sicherung ihrer Pfründe geht? Wir kennen das zur Genüge. Seit Karl X. den französischen Thron bestiegen hat, geht es um nichts anderes.«

»Louis, fang bitte nicht damit an!« Luc verdrehte die Augen.
»Aber es ist doch wahr, Vater! Alles, was sich in Frankreich schon zum Besseren geändert hat, geht wieder verloren. Die Royalisten und die Kirchenmänner gewinnen ihren Einfluss zurück. Wir können unmöglich einfach ruhig dabei zusehen.«
»Aber was wollen Sie denn tun?« Johanna sah ihn erschrocken an.
»Das kann ich Ihnen beantworten«, sagte Luc. »Er wird das Weingut seines Vaters übernehmen, damit der es sich recht bald bequem machen kann. Für seine verqueren Ideen hat er dann keine Zeit mehr.« Er lachte. Carsten stimmte ein.
»Mir ist es sehr ernst damit«, beharrte Louis. »Meine Vorväter haben für Freiheit und Gleichheit gekämpft. Was wird uns davon bleiben, wenn dieser aufgeblasene Fatzke lange mit seinem dicken Hinterteil auf dem Thron sitzt?«
»Louis!« Luc war wenig angetan von den Reden seines Sohnes, das war nicht zu übersehen. Johanna dagegen musste kichern. Und auch Carsten konnte ein Schmunzeln nicht unterdrücken.
»Donnerschlag, Sie haben keine hohe Meinung von Ihrem König.«
»Was halten Sie von einem, der in seiner Jugend durch nichts als skandalöse Ausschweifungen von sich reden gemacht hat und der seinem Land einen erklecklichen Schuldenberg beschert?«
»Auch ich gehöre nicht zu den Royalisten«, warf Luc ein. »Die Ideen der Revolution waren richtig. Doch erinnere ich mich auch noch gut an ihre blutigen Auswirkungen. Ganz Paris war getränkt vom Blut der Revolutionsgegner oder derer, die dafür gehalten oder als solche diffamiert wurden. Nein, alle auf das

Schafott zu führen, die nicht in das Gleichheitsgeschrei eingefallen sind, war sicher nicht der richtige Weg. Es wird Zeit, dass die Kräfte wieder eine Balance finden, und dafür ist König Karl X. vielleicht der richtige Mann. Er hat den Thron doch gerade erst bestiegen. Wir sollten ihm Zeit geben.«

»Er ist ein alter Mann, mit Verlaub«, sagte Louis, an Carsten gewandt. »Das Land braucht junges Blut. Wenn ich nur daran denke, wie er sich in der Kathedrale von Reims mit allem Pomp hat krönen lassen, so ist mir seine Gesinnung mehr als deutlich.«

»Lass es gut sein, Sohn, wir wollen doch unsere reizende Gastgeberin nicht mit Politik langweilen.«

»Es langweilt mich überhaupt nicht«, sagte Johanna schnell, die mit großen Augen zugehört hatte. Tatsächlich verstand sie nicht viel von diesen Dingen und hatte sich bisher auch nicht übermäßig dafür interessiert. Die Leidenschaft, mit der Louis sprach, zog sie jedoch in seinen Bann und ließ sie neugierig werden.

Luc ignorierte ihren Einwand und wechselte abrupt das Thema. »Sie haben noch nicht erzählt, wie Ihre Lehre in der Bernsteinschnitzerei vonstattengegangen ist. Sind Sie eine ebenso große Meisterin, wie Ihre Frau Mutter es war?«

»Nein, das glatte Gegenteil ist der Fall. Ich habe mit Bernstein nichts im Sinn. Außer natürlich, wenn ich mit dem Öl die müden Knochen meines Großvaters einreibe.«

»Aber Sie tragen den Anhänger«, stellte er fest. »Ich habe ihn bei Ihrer Mutter gesehen.«

»Ja«, sagte sie und griff automatisch nach dem Schmuck. Alle richteten in diesem Moment den Blick auf das Köpfchen der Eidechse, die geschuppte Haut, die vorgestreckte Zungenspitze und das metallisch glänzende Auge. »Es ist ein Erbstück.«

»Sie war eine Künstlerin«, sagte er. »Ich werde nie Ihren letzten Besuch mit Hanna und Femke vergessen, Carsten. Sie brachten einen Leuchter mit, der, nun, der nicht eben meinen Geschmack traf. Meinen Eltern dagegen gefiel er ausnehmend gut, und für sie war er ja auch gedacht. Jedenfalls konnte ich nicht glauben, dass Femke ihn selbst gemacht hat. Ich war sicher, sie treibe einen Scherz mit mir, als sie es sagte.«
»Niemand hat ihr das zugetraut«, meinte Carsten wehmütig.
»Es ist ein Jammer, dass ihr Leben so früh enden musste.« Luc hob sein Weinglas. »Trinken wir auf sie!«
»Und auf Hanna«, ergänzte Carsten.

Die Männer verbrachten viel Zeit damit, über Papieren zu hocken und Verhandlungen zu führen. Carsten hatte Johanna hoch und heilig versprechen müssen, dass er den Briands keine Heirat vorschlug. Wenn sich etwas ergebe, solle es ihr recht sein, sagte sie, aber einen Handel darüber abschließen oder es erzwingen komme für sie nicht in Frage.
Wann immer sich die Gelegenheit ergab, unternahmen Johanna und Louis zu zweit Spaziergänge oder tranken Tee miteinander. Sie zeigte ihm die Plätze und Gebäude der Stadt, die sie besonders mochte, wie etwa den kantigen Glockengießerturm, der am unteren Ende der Glockengießerstraße stand. Sie schritten durch den Torturm mit dem schiefen Dach und überlegten, was er schon alles gesehen haben mochte in den rund fünfhundert Jahren, die er an dieser Stelle stand. Ein anderes Mal zeigte sie ihm die ehemalige St.-Clemens-Kirche in der Clemenstwiete, ein kleines Bauwerk, das bereits vor Jahren profaniert worden war und seither als Lagerhaus diente. Oder sie beobachteten, wie die Fuhrleute sich vor dem Burgtor wahre Rennen lieferten. So mancher Bürger, der das Tor zu Fuß

passieren wollte, hatte Mühe, sich vor den heranpreschenden Pferdefuhrwerken in Sicherheit zu bringen.
»Es ist die Rede davon, dass ein zweiter Torbogen gebaut werden soll, einer nur für Fußgänger«, erzählte Johanna ihm. »Doch das geschieht wohl erst, wenn einer umgekommen ist.«
Fast immer, wenn sie allein waren, kamen sie auf die Situation in Frankreich zu sprechen, die Louis so sehr zur Weißglut trieb.
»Mein Vater ist liberal«, sagte er, als sie gerade vom Burgtor zurück in Richtung Glockengießerstraße gingen. »Trotzdem lässt er sich von dem König blenden. Ich verstehe ihn einfach nicht.«
»Er sagte, dass die Revolution nicht nur Gutes gebracht hat. Sie hat auch zu Blutvergießen geführt. Ist das wahr?«
»Leider«, gab er zu. »Eine friedliche Revolution, das ist wohl schon ein Widerspruch in sich. Doch ich will nichts beschönigen, glauben Sie mir. Ich gestehe ohne Umschweife, dass Fehler gemacht worden sind. Eine Gesellschaft freier und vor dem Gesetz gleicher Menschen ist niemals mit Terror zu bekommen. Genau das war aber der Weg, für den sich Robespierre und die Leute seines Wohlfahrtskomitees entschieden haben.«
Johanna dachte an Flitzebein oder die tollpatschige Marija. Sie würden niemals die gleichen Rechte haben wie etwa Onkel Johann-Baptist oder Marcus Runge. Wie sollte das auch möglich sein? Sie fragte ihn danach.
»Stellen Sie sich einmal sich selbst und dann Ihre Magd Gesa gleich nach der Geburt vor. Worin unterscheiden Sie sich?«
»Nun ja«, begann sie unsicher, »ich bin die Tochter eines Kaufmanns und sie …«
»Non, Mademoiselle, stellen Sie sich nur die beiden kleinen

Mädchen vor, die gerade geboren wurden. Denken Sie sich, sie lägen nebeneinander in völlig gleichen Bettchen. Wie könnten Sie sie unterscheiden? Woher wüssten Sie, welches kleine Menschenkind mehr Rechte hat, wenn Sie die Familie nicht kennen?«

»Das ist natürlich nicht möglich. Ohne die Familie, ohne die Herkunft zu kennen, kann ich die gesellschaftliche Stellung niemals erraten.«

»Sehen Sie? Was hat ein Wesen, das erst einen oder zwei Monate alt ist, für seine hohe gesellschaftliche Stellung geleistet? Oder wie hätte ein Wesen seine niedrige Stellung verhindern können?«

Sie wusste nichts darauf zu sagen.

»Und darum geht es mir. Wenn einer fleißig ist und mutig, sollte der dann nicht etwas erreichen können? Sollte er nicht die gleichen Chancen haben, in gleicher Art behandelt werden wie jemand, der womöglich nur glücklich geerbt hat?«

Ja, das erschien ihr einleuchtend. Sie gingen ein paar Schritte schweigend über die vom Schnee bestäubte Gasse. Johanna betrachtete die hauchfeinen Abdrücke, die die Sohlen ihrer Stiefel im Weiß hinterließen.

»Sie selbst sind ein wunderbares Beispiel«, griff er das Thema wieder auf. »Sie kennen leidlich die Geschäfte Ihres Großvaters. Geht es aber um die Verhandlungen, die er mit uns führt, sind Sie nicht anwesend. Und das nur, weil Sie eine Frau sind.«

Sie lachte. »Aber das ist doch ganz normal.«

»Warum? Sind sie denn weniger klug als wir Männer? Können Sie keine Entscheidungen treffen?«

»Doch, natürlich. Ich treffe ständig Entscheidungen, wenn es etwa um den Haushalt geht.«

»Johanna, Sie müssen doch selbst mit der Tatsache hadern, als Frau nicht die gleichen Rechte zu besitzen, wie ein Mann sie hat. Immerhin haben Sie dafür gekämpft, eine handwerkliche Ausbildung machen zu dürfen. Wollen Sie sich damit etwa zufriedengeben?«
Sie lachte auf. »Ich habe gewiss nicht dafür gekämpft. Das Gegenteil trifft zu. Ich wollte es nicht. Hier in Lübeck wollte ich bleiben, aber meine Großeltern haben darauf bestanden, weil es der letzte Wille meiner Mutter war.«
»In Frankreich glauben die Männer auch, sie könnten von oben auf die Frauen hinabschauen«, deklamierte er, ohne auf ihren Einwand einzugehen. »Molière hat sich schon Mitte des 17. Jahrhunderts mit einem Theaterstück über die borniterten, schlecht erzogenen französischen Männer lustig gemacht. Glauben Sie, man hat ihm Gehör geschenkt? Nein! Hundert Jahre später hat Olympe de Gouges eine Erklärung der Frauenrechte verfasst. Sie starb unter dem Messer der Guillotine, geführt von den Revolutionären, die doch auch Gleichheit wollten. Können Sie das begreifen? Gleichheit ja, aber nicht für alle? Mademoiselle, ich sage Ihnen, es sind auch in der Revolution viele Fehler gemacht worden.«
»Und doch sind Sie ihr Anhänger.«
»Weil der Grundgedanke richtig ist, ja. Solange aber die Vordenker Frauen noch als Eigentum der Männer anstatt als eigenständige Wesen betrachten, sind sie keinen Deut besser als die Royalisten und die Anhänger vergangener Strukturen.«

Das neue Jahr brach an. Luc, Louis und Carsten schienen sich einig darin zu sein, dass eine Übernahme des Weinhandels Thurau durch den Winzer eine vortreffliche Idee sei. Auch über die Abwicklung schienen die Herren Einigkeit erzielen zu können.

Johanna half weiterhin hier und da mit einem guten Rat oder ging auch mal zu jemandem nach Hause, der sie um Hilfe gebeten hatte, legte einen Wickel an oder rieb mit einer Salbe ein. Viele Lübecker liebten sie, doch es gab auch solche, die ihr mit Skepsis oder unverhohlener Ablehnung begegneten. Mit Marcus Runge stand sie weiter in Kontakt. Er schrieb ihr Briefe, die eine Leidenschaft verrieten, die er ihr in Stolp nicht hatte zeigen können. Johanna freute sich darüber nicht mehr, denn sie spürte, dass ihre Gefühle für ihn längst abgekühlt waren. Louis hatte sich in ihr Herz geschlichen wie einst in ihre Träume. Erfreut war sie über die Zeilen aus Stolp trotzdem, schrieb er ihr doch jedes Mal, wie es Trautlind ging. Und das waren wahrlich gute Nachrichten. Er schien viel Zeit mit ihr zu verbringen, und es kam sogar vor, ließ er sie wissen, dass diese einen Satz mit ihm sprach. Überdies konnte Johanna Marcus in ihren Briefen Fragen nach Mitteln stellen oder nach Beschwerden und Möglichkeiten, diese zu lindern, und er antwortete ihr stets gewissenhaft. Sie vermochte weiter von ihm zu lernen, wie sie es in Stolp so gerne getan hatte.

Mitte Januar, die Heimreise von Louis und Luc stand bevor, war endlich die Wakenitz zugefroren. Louis und Johanna machten sich auf den Weg zum Fluss.

»Es wird herrlich!«, schwärmte er schon, bevor sie nur die Glockengießerstraße verlassen hatten. »Es wird sein wie Fliegen.«

Johanna wurde mit jedem Schritt mulmiger. Was, wenn es doch nicht so einfach war, wie es ausgesehen hatte?

Sie liehen sich jeder ein Paar Schlittschuhe, eigentümliche Holzsohlen mit einer Eisenkufe darunter, die sie mit ledernen Riemen an ihren Stiefeln befestigen mussten. Im Uferbereich war das Eis holperig und rauh, als hätte es eine Gänsehaut. Auch schauten hier und da Schilfhalme hervor, die einfach eingefroren waren. Louis machte ein paar Schritte und holte dann beherzt Schwung.

»Hier in der Mitte ist es viel besser«, rief er ihr zu. »Hier ist das Eis glatt wie ein Spiegel.«

Johanna versuchte sich daran zu erinnern, wie sie als Kind über die zugefrorene Wakenitz geschlittert war. Sie würde die gleichen Bewegungen machen, dann sollte es schon klappen mit dem Schlittschuhlaufen. Dem war nicht so. Zwar glitten die Kufen leicht über das Eis, nur vermochte sie nicht, die Füße in einer Position zu halten, die den Kufen das auch erlaubte. Immer wieder knickten ihre Knöchel nach innen, so dass die Holzsohle mit hässlich kratzendem Geräusch über die erstarrte Wakenitz schleifte. Jedes Mal, wenn das geschah, wurde ihr Schwung, den sie gerade bekommen hatte, abrupt gebremst, und sie ruderte mit den Armen, um nicht zu stürzen.

»Kommen Sie, ich nehme Ihre Hand!« Schon war er bei ihr und hakte sie unter. »Konzentrieren Sie sich nur darauf, auf den Kufen zu stehen. Den Rest mache ich.«

Sie gehorchte. Zu Anfang musste er sich an ihr Gewicht gewöhnen, das ihn ein wenig aus der Balance brachte. Beide wackelten und lachten, weil sie vermutlich eine drollige Figur machten. Dann ging es besser, und gemeinsam nahmen sie Fahrt auf.

»Ich wusste, dass es herrlich ist!«, jubelte er.

»Ja, das ist es!« Ihr Gesicht glühte vor Vergnügen, der Wind griff in ihren Mantel und ließ den Stoff mehr flattern, je schneller sie dahinglitten. Johanna hatte Angst, dass sie ihre Pelzkappe verlieren könnte, vergaß diese Sorge allerdings sehr schnell. Der Fahrtwind brachte eine Kälte mit, die ihr in die Wangen biss. Es kümmerte sie nicht. Sie schaute Louis auf die Füße und versuchte seinen Schritt zu imitieren. Besser und besser ging es, geschwind und immer geschwinder. Irgendwann konnte sie sich von seinem Arm lösen. Sie hielten einander nur noch locker an der Hand, während sie zwischen den von Linden gesäumten Ufern über das Eis flogen.

Als ihr Herz wie wild klopfte und sie trotz Januarkälte zu schwitzen begann, rief Johanna ihm zu: »Ich kann nicht mehr, Louis. Lassen Sie uns eine kleine Rast einlegen.« Sie stellte ihre Bewegungen ein und wurde augenblicklich langsamer. Er dagegen wollte aus voller Fahrt die Richtung wechseln, geriet dabei ins Stolpern und fiel geradewegs auf sein Hinterteil.

»Mon Dieu, tut das weh!« Mit lang ausgestreckten Beinen saß er auf dem Eis und verzog übertrieben das Gesicht.

Sie machte wieder ein paar Schritte, um ihn zu erreichen. »Sie müssen aufstehen, sonst holen Sie sich noch den Tod. Kommen Sie, ich helfe Ihnen.« Sie reichte ihm die Hand.

»Es geht schon«, entgegnete er, drehte sich um, um auf die Knie zu kommen, und richtete sich dann mühsam auf. »Ich kann mir doch nicht von einer Frau helfen lassen«, murmelte er leise.

»Ach so? Ich denke, es gibt keinen Unterschied zwischen Mann und Frau«, neckte Johanna ihn, die jetzt direkt vor ihm stand.

»Da müssen Sie etwas völlig falsch verstanden haben, Mademoiselle Johanna. Es gibt sehr wohl Unterschiede.« Er nahm ihre Hände und küsste ihre Fingerspitzen, die in ledernen Handschuhen steckten. »Frauen sind so viel zarter und schöner als Männer«, sagte er und sah ihr in die Augen. »Sie haben größere Herzen, klügere Köpfe.« Während er sprach, kam er ihr immer näher, seine Stimme wurde sanfter. »Und sie haben weichere Lippen.« Behutsam legte er seine Lippen auf ihre. Es

dauerte nur kurz, aber Johanna meinte, ihr Herz müsse stehenbleiben. »Erlauben Sie es mir?«, fragte er.
Sie traute sich nicht zu antworten, weil sie fürchtete, keinen Ton hervorzubringen. Also nickte sie nur. Er lächelte und küsste sie wieder, länger diesmal und mit wachsender Leidenschaft. Er schlang seine Arme um ihre Taille und zog sie an sich. Es war genau wie in ihrem Traum vom Strand, dachte Johanna. Trotz der dicken Wintermäntel konnte sie die Wärme seines Körpers spüren, fühlte sie seine Kraft und Lebendigkeit.

Die Abenddämmerung setzte bereits ein, als sie Hand in Hand nach Hause gingen.
»Du kennst die Pläne von Carsten und Luc, ja?«, fragte er.
»Den Verkauf der Weinhandlung an deinen Vater?«, fragte sie unsicher zurück.
»Verkauf, ja, wenn man es so nennen will. Mein Vater hat mir vorgeschlagen, dass es einen anderen Weg der Verbindung geben könnte. Einen persönlicheren.«
»Ja, Großvater hatte diesen Gedanken auch.«
»Das dachte ich mir schon.« Er lachte fröhlich. »Sonst hätte er wohl nicht so gut dafür gesorgt, dass wir genug Zeit für uns alleine haben.«
»Das ist wahr.« Sie schmunzelte. Ihr Herz klopfte noch immer. Sie war verliebt. Sie konnte ihre Augen nicht von Louis nehmen, der so anders war als die jungen Kerle, die sie aus Lübeck kannte. Auch in Stolp hätte sie keinen nennen können, der stark wirkte und gleichzeitig so besonnen, so lebendig und leidenschaftlich. Und zuletzt – sie kannte keinen Mann, der so gut aussah wie er. Sie liebte den tiefen Glanz seiner Augen und das störrische blonde Haar, das sich zu locken begann, sobald

es längere Zeit nicht mit einer Schere in Berührung kam. Sie liebte die Arme, auf die sie einmal einen Blick hatte erhaschen können. Sie waren muskulös, schimmerten wie die Arme einer Bronzeskulptur, und es kringelten sich feine blonde Härchen darauf.

»Wie denkst du darüber?«, fragte er unvermittelt.

Johanna errötete, weil sie das Gefühl hatte, er könne ihre Gedanken erraten. »Ich weiß nicht«, stammelte sie. »So recht habe ich noch gar nicht darüber nachgedacht.«

»Das ist gut.« Sie sah ihn überrascht an. »Versteh mich um Himmels willen nicht falsch, Johanna. Ich finde nur wichtig, dass du meine Ansichten kennst, bevor du deine Entscheidung triffst.«

Sie nickte. Das klang sehr vernünftig und ließe sie weniger töricht dastehen für den Fall, dass er an einer Verbindung nicht interessiert war.

»Eine Heirat kommt für mich nur in Frage, wenn ich die Frau liebe. Das habe ich meinem Vater von Anfang an gesagt. Er kann das sehr gut verstehen, denn immerhin hat er meine Mutter aus dem gleichen Grund geheiratet, und die beiden waren sehr glücklich miteinander.« Er machte eine kurze Pause, und Johanna war nicht sicher, ob das Gespräch in eine erfreuliche Richtung ging. »Nun, wir hatten reichlich Zeit, einander besser kennenzulernen. Ich konnte mich davon überzeugen, dass du kein albernes oder verstocktes junges Ding geworden bist.«

»Oh, danke«, sagte sie ironisch.

Er blieb stehen, nahm ihr Gesicht in seine Hände und küsste sie. »Zu allem Überfluss schmeckst du auch noch vorzüglich. Ich konnte also gar nicht anders, als mich in dich zu verlieben.«

Ihr Herz hüpfte vor Freude.
»Wenn du mich also auch ein kleines bisschen magst und dir vorstellen kannst, dein Leben mal in Lübeck und mal bei Bordeaux zu verbringen, könnten wir die Planung der alten Herren ein gutes Stück erleichtern.«
»War das etwa Ihr Antrag, Monsieur?«, fragte sie, hob die Nase ein Stückchen höher und sah ihn keck von der Seite an.
»Erlaubst du mir, dass ich mich später auf die Knie werfe. Hier ist es mir zu kalt und zu schmutzig. Und außerdem schmerzt mein Gesäß noch grauenvoll, und ich müsste fürchten, nicht aus eigener Kraft aufstehen zu können.«
»Akzeptiert!«
Sie erreichten das weißverputzte Giebelhaus in der Glockengießerstraße. Johanna schwebte auf Wolken. Sie konnte sich nicht vorstellen, jemals glücklicher zu sein.
»Ich bin sehr froh, dass du ein so zauberhaftes Wesen bist. Mein Vater wäre doch sehr enttäuscht gewesen, wenn sein heimlicher Plan nicht aufgehen würde, und es gibt schon so vieles, was ihm an seinem Sohn nicht gefällt.« Er lachte, wurde aber sofort wieder ernst. »Außerdem bin ich froh, dass du keine dieser romantischen dummen Gänse bist. Du wirst gewiss verstehen, wenn ich jetzt noch nicht heiraten möchte.«
»Natürlich«, sagte sie ganz automatisch, obwohl sie keineswegs verstand, worauf er warten wollte. Ihr war flau im Magen.
»Ich wusste, du bist eine gescheite Frau.« Er küsste sie flüchtig auf die Wange. »Noch kann ich die Geschäfte meines Vaters nicht vollends übernehmen. Nicht jetzt. Wer weiß, vielleicht kommt es zu einer neuen Revolution. Dann muss ich bereit sein. Und dann kann ich unmöglich eine Frau brauchen, die zu Hause auf mich wartet.«

Obwohl Carsten nicht verstehen konnte, was in den Köpfen der jungen Leute vorging, wie er mehrfach betonte, musste er zähneknirschend hinnehmen, dass die Herren Briand abreisen würden, ohne einen Hochzeitstermin ausgemacht zu haben. Luc nahm die Sache von der praktischen Seite. Noch sei sein Sohn ohnehin nicht so weit, ihn in allen Belangen zur vollen Zufriedenheit zu vertreten. Man würde die Zeit also nutzen, um die Übergabe in aller Gründlichkeit vorzubereiten. Den wahren Grund für die Verzögerung erfuhren beide nicht, denn sie hätten ihn niemals akzeptiert. Stattdessen schob Louis Ausflüchte vor, und Johanna bemühte sich, ebenfalls Gründe dafür zu finden, warum sie den Zeitpunkt für eine Ehe noch nicht für gekommen erachtete. Sie war nicht sicher, ob die Männer ihnen glaubten. Carsten kannte sie zu gut und bemerkte ganz gewiss, dass sie nicht wirklich meinte, was sie sagte, aber er ließ es ihr durchgehen. So feierten sie im kleinen Kreis die Verlobung, und wenige Tage später reisten Louis und Luc ab.

V

Der Winter ging, und mit dem Schnee schmolz auch die Erinnerung an Louis, an das Schlittschuhlaufen und seine Küsse. Mit jedem Tag fiel es Johanna leichter, ihre Sehnsucht zu vergessen und sich um Großvater Carsten zu kümmern. Die Abstände zwischen den Briefen von Marcus wurden länger, dafür kamen fast wöchentlich Briefe von Louis. Sie schrieb eifrig beiden zurück und war darüber hinaus vollauf damit beschäftigt, sich um ihre Patienten zu kümmern. Der kleine Achim Aldenrath litt deutlich weniger unter Infektionen und anderen Erkrankungen, seine Mutter war die ständigen Schmerzen der Ohren losgeworden, nachdem sie Johanna um Hilfe gebeten hatte, und die Magd Gesa klagte nicht mehr über Harnbeschwerden. All diese Heilungen sprachen sich herum, jeder dichtete noch seinen Teil hinzu, so dass sich das Gerücht, sie verfüge über geheimnisvolle Zauberkräfte, festigte und verbreitete. So kam es dazu, dass immer mehr Frauen und Männer jeden Alters sie als ihre Heilkundige akzeptierten und den Gang zum Arzt ablehnten. Es mochte Johanna gefallen oder nicht, sie konnte die Menschen, derer sie sich einmal angenommen hatte, nicht mehr sich selbst überlassen. Sie waren ihre Patienten, die sie nicht im Stich lassen durfte.

Im gleichen Maße, wie die Nachfrage nach ihren Heilkünsten und ihrer Arznei wuchs, nahm auch die Ablehnung zu, die von einigen Bürgern auf sie niederprasselte. Wo immer die fettleibige Frau Prahn ihr über den Weg lief, zischte sie ihr »Hexe!« entgegen. Andere spuckten aus, wenn sie sie in der Gasse sahen. Jedes Mal, wenn so etwas geschah, machte es ihr lange Zeit zu schaffen. Sie verstand nicht, was an ihrem Tun auszusetzen sein sollte. Immerhin war noch niemand durch ihre Schuld zu Schaden gekommen, und sie ließ sich nicht einmal für ihre Dienste entlohnen. Mehr als einmal überlegte sie, ob sie sich zurückziehen, es einfach ablehnen sollte, wenn jemand sie um einen Wickel oder eine andere Behandlung bat, doch sie brachte es nicht übers Herz. Sie gewöhnte sich daran, mit der Bosheit des einen oder anderen zu leben, gehässige Bemerkungen, hinter der Hand dem Nachbarn zugeraunt, zu überhören und einfach weiterzugehen, wenn jemand ihretwegen die Straßenseite wechselte. Sie schrieb sich ihren Kummer von der Seele. In ihren Briefen berichtete sie Louis von den Geschehnissen, und er bestärkte sie darin, sich nicht vom Gerede der Leute beeinflussen zu lassen.

»Du tust das Richtige«, schrieb er einmal. »Du darfst dich von niemandem beirren lassen. Nimm dir ein Beispiel an Abbé Grégoire. Er ist ein Geistlicher und gleichzeitig doch ein Republikaner. Von allen Seiten ist er höchstem Druck ausgesetzt, doch beugt er sich niemals.«

Sie kannte diesen Abt, von dem er ihr schrieb, nicht, freute sich aber über seinen Beistand. Es war, als könnte er ihr mit seinen Worten ein wenig von seinem Kampfgeist zuteilwerden lassen.

Ins Wanken geriet ihre Überzeugung, als sie eines Morgens, es war ein heißer Julitag, aus dem Hause trat und etwas Weiches unter ihrem Fuß spürte. Ihre Schuhspitze stand auf einer toten Krähe, deren Bauch aufgeschlitzt war. Johanna schrie entsetzt auf und sprang zurück. Blut quoll aus dem Tier hervor, der Vogel konnte noch nicht lange tot sein. Sie schluckte, atmete schwer und sah die Gasse entlang. Einige Mägde mit ihren gestärkten weißen Schürzen und Hauben und Knechte mit den knielangen Hosen waren bereits zu der frühen Stunde unterwegs und liefen geschäftig über das steinige Pflaster. Sie scherten sich nicht um sie. Langsam bückte sie sich. Man hatte der Krähe eine Schnur um den Hals gebunden. Daran war ein Stück Papier befestigt. Mit spitzen Fingern versuchte sie die Nachricht von dem Faden zu lösen, ohne den Vogel zu berühren.

»Dammi noch mal, wer macht denn so einen Schietkram?«, schimpfte sie leise vor sich hin. Sie fühlte sich ein bisschen mutiger und stärker, wenn sie sich einer unflätigen Sprache bediente. Endlich gelang es ihr, das Papier von der Schnur zu trennen. Sie richtete sich auf und faltete es auseinander.

> »Hören Sie auf der Stelle auf, den anständigen Ärzten
> von Lübeck ins Handwerk zu pfuschen! Wenn Sie die
> Finger nicht von Ihrer Hexenkunst lassen, wird es
> Ihnen nicht gut bekommen.«

Noch einmal sah sie sich nach allen Seiten um, ob da jemand war, der sie beobachtete, doch sie konnte niemanden entdecken. Vorsichtig schob sie die tote Krähe mit der Schuhspitze ein wenig beiseite. Es würde nicht lange dauern, bis die Katzen sich darüber hermachten. Sie zerknüllte das Papier und ging ihres Weges. Carsten sagte sie nichts von dem grausigen Fund. Es führte zu nichts, wenn er sich aufregte. Auch Louis schrieb sie zunächst nichts davon, damit er sich nicht um sie sorgte. Wahrscheinlich handelte es sich ohnehin um den Streich dummer Jungen. Vielleicht hatten sie ihre Mütter über die Hexe Johanna reden hören und wollten ihr nun einen gewaltigen Schrecken einjagen. Wieder und wieder redete sie sich das ein. Nur half es nichts, wenn sie nachts schweißgebadet aus fürchterlichen Alpträumen erwachte, in denen Krähen mit aufgeschlitzten Leibern und leeren Augenhöhlen über ihren Kopf segelten und kreischten, dass einem das Blut in den Adern gefror.

Einen Monat später hatte Johanna einige Besorgungen zu machen. Wenn es ging, schickte sie Gesa und blieb selbst lieber im Haus. Doch immer war das natürlich nicht möglich, und sie mochte auch nicht einsehen, sich zu verstecken, statt in die herrliche Sommersonne hinauszugehen. Sie lief den Wall an der Wakenitz entlang. Einige feierlich gekleidete Herrschaften strömten dem eben renovierten Kaiserturm entgegen, in den die Navigationsschule einziehen würde. Herren in Frack und Zylinder, Damen in feinen Roben und mit großkrempigen Hüten und Sonnenschirmchen waren auf dem Weg zum Festakt. Johanna senkte automatisch den Kopf. Sie hatte es sich so angewöhnt, um nicht gar zu oft erkannt und beschimpft zu werden.

Mit schnellen Schritten lief sie den Mühlendamm entlang, vorbei an Walk- und Malzmühle und schließlich am Dom zum Haus der Aldenraths. Im Sommer besuchte sie Achim und seine Mutter gern, denn da konnte sie sicher sein, dass der Herr des Hauses, Kapitän Aldenrath, mit seinem Schiff ir-

gendwo in der Welt, aber gewiss nicht in Lübeck anzutreffen war.
»Darf ich Ihnen etwas Limonade anbieten?«, fragte Frau Aldenrath.
»Gern, das ist sehr freundlich.« Johanna tupfte sich den Schweiß von der Stirn. »Es ist so schwül heute, wir werden wohl noch ein Gewitter bekommen.«
»Nur das nicht!«, rief Achim entsetzt. Er hatte einen blauweißen Matrosenanzug an. Eine goldene Kette, die am Hals aufblitzte, verriet ihr, dass er auch den Bernsteinanhänger trug.
»Du wirst doch wohl keine Angst vor Gewitter haben, oder? Du bist doch schon so ein großer Junge.« Johanna lächelte ihm aufmunternd zu.
»Ich fürchte, das hat er von mir«, sagte Frau Aldenrath. »Bei Gewitter finde ich keine Ruhe. Zu oft schon ist der Blitz in ein Gebäude gefahren. Und wie schnell brennt dann alles nieder.«
Natürlich hatte sie recht. Das Feuer war ein gefährlicher Feind. Weil es aber so viele Gründe für Brände gab – ein Gewitter war nur einer davon –, fürchtete sich Johanna nicht sonderlich.
»Sei brav, Achim, und geh mit Mira in deine Kammer. Sie wird ein wenig mit dir mit dem neuen Fuhrwerk spielen.«
Das Mädchen Mira, das die Limonade gebracht hatte, griff nach Achims Hand. »Gehen wir hinauf. Wollen mal sehen, ob du das Fuhrwerk sicher lenken kannst.« Sie lächelte ihn fröhlich an, machte einen Knicks in Richtung der Damen und verließ mit dem Jungen die Stube.
»Möchten Sie das Fuhrwerk einmal sehen? Es ist ganz neu und aus bestem Holz gefertigt«, rief Achim, während er an der Hand des Mädchens davongezogen wurde.

»Später vielleicht«, rief Johanna ihm hinterher.
»Haben Sie eine Arznei für mich beschaffen können?«, fragte Frau Aldenrath mit gedämpfter Stimme, kaum dass sie alleine waren. »Es eilt zwar nicht sehr, aber es wäre mir wohler, wenn ich sie schon hätte.« Das sagte sie nicht zum ersten Mal. Ihre Wangen waren dabei gerötet, ihr Blick gesenkt.
»Ich habe Ihnen Bilsenkraut mitgebracht. Sie müssen es in Ihrer Kammer verräuchern. Dann spürt jedoch auch Ihr Mann die Wirkung, und er wird vielleicht wissen wollen, was und wozu das ist, was Sie da verbrennen.«
»Nein, das geht nicht. Dann müsste ich ja mit ihm sprechen. Über ... nun ja, Sie wissen schon, darüber, dass ich nicht mehr mag.«
»Es gibt noch eine Möglichkeit.« Sie holte ein winziges Säckchen aus Leinen hervor. »Hier, die Samen des Krautes. Geben Sie davon wenige in ein Glas Bier und trinken das, bevor Ihr Mann mit Ihnen ...« Sie brach ab. Selbst hatte sie noch keine Erfahrungen mit ehelichen Pflichten, und darüber zu sprechen war ebenfalls mehr als ungewöhnlich für sie.
Frau Aldenraths schönes Gesicht hellte sich auf. »Ja, damit will ich es versuchen.«
»Seien Sie aber um Himmels willen ganz besonders vorsichtig damit«, sagte sie eindringlich. »Die Samen enthalten ein Gift, das Spannungen löst, den vom Bier herbeigeführten Rausch verstärkt und Hemmungen verringert. Es handelt sich um ein sehr starkes Gift, das, in zu hoher Dosis genossen, schwerste Störungen hervorrufen kann.«
»Ich werde aufpassen«, versicherte sie.
»Bitte, ich muss mir ganz sicher sein können!« Sie sah Frau Aldenrath lange in die Augen. »Sie dürfen nie vergessen, dass diese kleinen unscheinbaren Samen zum Tode führen können.

Ich würde sie Ihnen nicht bringen, wenn wir uns nicht schon eine gute Weile kennen würden und wenn Sie es nicht so dringlich gemacht hätten.«

»Ich weiß Ihre Hilfe zu schätzen, Fräulein Thurau, seien Sie gewiss. Und ich werde nur wenige Körnchen nehmen. Sonst wüsste ich mir keinen Rat mehr«, sagte sie mit einer plötzlichen Verzweiflung, die Johanna erschreckte. Schon liefen ihr Tränen über die Wangen, und sie zog ein Spitzentuch hervor, in das sie laut schluchzte.

»Bitte, Frau Aldenrath, beruhigen Sie sich doch.« Johanna ergriff die bebenden Schultern der Frau und murmelte Worte des Trostes.

Endlich beruhigte diese sich, putzte beschämt die Nase und schüttete ihr Herz aus. »Sie haben ja keine Vorstellung, wie das ist. Die vielen Monate, die mein Mann und ich getrennt sind. Dann kehrt er heim und ist mir irgendwie fremd. Dennoch erwartet er mich meist unverzüglich in unserer Kammer und stürzt sich auf mich wie ein Tier.«

Johanna wusste nicht, was sie sagen sollte. Sie hatte sich neben die aufgelöste Frau Aldenrath gesetzt und hielt ihre Hand.

»Nicht, dass Sie das falsch verstehen«, fuhr diese fort. »Ich liebe meinen Mann. Ich rechne es ihm wahrhaft hoch an, dass er nicht, wie es für andere üblich ist, in den Häfen zu den käuflichen Frauen geht. Er nimmt sich zusammen und hält aus, bis er wieder bei mir ist. Nur ich, ich habe einfach keine Freude mehr daran. Im Grunde hat es mir nie Freude bereitet. Ich hatte gehofft, dass er mich, nachdem ich ihm die Kinder geschenkt habe, so spät noch den Achim, in Ruhe lassen würde. Ich glaubte, meine eheliche Pflicht sei zu seiner Zufriedenheit erfüllt. Doch das ist nicht der Fall. Wenn er mich nur sieht, überkommt ihn die Lust, hat er mir gesagt.« Sie tupfte die letzten Tränen ab und atmete tief durch. »Ich würde es ja über mich ergehen lassen, wenn es nur nicht so weh täte.«

Johanna musste noch lange an das Gespräch denken, nachdem sie gegangen war. Sobald sie sich an die Küsse und Berührungen von Louis erinnerte, durchflutete sie ein angenehmes, warmes Kribbeln, und sie wünschte sich sehnlichst mehr davon. Natürlich wusste sie, dass eheliche Pflichten viel mehr bedeuteten als unschuldige Küsse und Hände um ihre Taille, doch sie hatte sich bisher immer vorgestellt, dieses Mehr würde noch schöner werden als das, was sie bislang kennengelernt hatte. Nun war sie dessen nicht mehr so sicher.

Femke Thurau

»Rufen Sie die Hebamme, rasch!« Hanna stürmte die Treppen hinauf, so schnell es ihre Beine erlaubten, während die Magd durch den Windfang verschwand, um zu tun, was die gnädige Dame ihr aufgetragen hatte. Nur Augenblicke später saß Hanna an Femkes Bett.
»Keine Sorge, mein Kind, es wird ganz einfach gehen. Du brauchst keine Angst zu haben. Eine Geburt ist etwas ganz Natürliches. Ehe du dich versiehst, hast du es schon überstanden.« Der Ofen in der kleinen Kammer strahlte Hitze ab. Hanna wischte sich mit dem Handrücken den Schweiß von der Stirn wie ein Hafenarbeiter. Nervös lief sie durch das Zimmer, setzte sich zu Femke und sprang gleich wieder auf, um aus dem Fenster zu schauen.
Femke dagegen war ganz ruhig. Endlich würde ihre Tochter auf die Welt kommen. Sie konnte es kaum noch erwarten, das Gesicht des

Kindes zu sehen. Einerseits fürchtete sie sich ein wenig davor, weil sie Angst hatte, in die Augen von Deval zu blicken, andererseits war es ihr Kind. Nur das war wichtig. Wieder schoss ein unsäglicher Schmerz durch ihren Leib. Sie stöhnte und spannte ihren Körper an.
»*Sie muss gleich da sein, Femke, hab keine Angst.*«
»*Ich habe keine Angst*«, *flüsterte sie. Als der Schmerz allmählich wieder verebbte und sie sich entspannte, tasteten ihre Finger nach dem Anhänger mit der Eidechse. Sie spürte ihn ganz deutlich warm und glatt auf ihrer Haut liegen. Sie brauchte nicht hinzuschauen, um zu wissen, dass das Auge sie anstarrte. Schon wieder dieser Schmerz, immer schneller kam er jetzt.*
»*Ich glaube, sie will nicht mehr warten*«, *keuchte Femke.*
Hanna blickte sie entsetzt an. »*Ich sehe mal nach, wo das Mädchen bleibt. Es müsste längst zurück sein.*« *Sie humpelte auf die Tür zu.*
»*Nein, geh nicht weg*«, *bat Femke. Ohne Pause lief eine Welle des Schmerzes nach der anderen durch ihren Leib.* »*Wir haben keine Zeit mehr, meine Tochter will jetzt auf die Welt kommen. Du musst mir helfen.*«
»*Ich? Aber …*« *Hanna schlug die Decke zurück, um Femke Handtücher unter den Leib zu legen. Sie erstarrte, denn Blut tränkte bereits das Laken.*
Femke zog instinktiv die Beine an und presste fest gegen jede Woge, die sie zu zerreißen drohte. Sie fürchtete, ohnmächtig zu werden. Das rote Haar klebte ihr in Strähnen am Kopf und auf den eingefallenen Wangen. Dann geschah alles gleichzeitig. Femke stieß einen langen entsetzlichen Schrei aus, die Tür flog auf, die Hebamme, eine knochige Person mit blitzenden Augen, die die Situation auf der Stelle erfasste, stand in der Kammer, und Femkes Tochter rutschte blutig in die Welt.

»Da habe ich ja nicht mehr viel zu tun«, stellte die Hebamme fest. Sie gehörte noch zu der Generation ihres Standes, die in einer Kopenhagener Entbindungsstation ausgebildet worden war. Neben ihrem reichen Erfahrungsschatz konnte sie eine akademische Fortbildung vorweisen, die es ihr ermöglichte, selbst bei komplizierten Geburten das Richtige zu tun. In diesem Fall warf sie nur einen flüchtigen Blick auf die Mutter und stellte die erforderlichen Lebensfunktionen des Neugeborenen fest, das war alles.

Als sie den Bernstein an Femkes nass geschwitztem Hals sah, sagte sie: »Ah, Bernstein! Geben Sie der Kleinen eine Bernsteinkette, wenn die ersten Zähne kommen. Glauben Sie mir, es gibt nichts Besseres, auf dem die kleinen Würmchen herumkauen können. Allerdings erscheint mir dieses Stück dafür zu kostbar. Besorgen Sie am besten eine Kette ungeschliffener Brocken. Ist ja noch genug Zeit.« Damit ging sie, ohne auch nur ein einziges Mal gelächelt zu haben.

»Mein Gott, ist die goldig!« Hanna stand am Bett und blickte gerührt auf Femke und das kleine Wesen nieder, das mit geschlossenen Augen und zu Fäusten geballten Händchen auf der Brust seiner Mutter lag. Es zog einmal die Nase kraus und gab ein leises schmatzendes Geräusch von sich.

»Wie du, als du noch klein warst. Ganz genau wie du«, sagte Hanna und klatschte begeistert in die Hände. »Carsten wird sie nicht mehr aus den Fingern lassen. Ich kann gar nicht erwarten, dass er nach Hause kommt und wir sie ihm zeigen können.«

»Hat er sich nicht einen Enkel gewünscht?«, fragte Femke schwach.

»Du kennst ihn doch. Er will immer Jungs, und dann ist er von den Mädchen ganz verzaubert.«

Femke musste lächeln. Hanna sprach, als hätten sie und Carsten jede Menge Kinder und Enkelkinder.

»Hast du schon einen Namen für die Kleine?«

»Ja«, sagte sie, ohne zu zögern. Sie hatte lange und gründlich darüber nachgedacht. »Sie wird Johanna heißen. Johannes soll an jedem Tag daran erinnert werden, dass es seine Tochter hätte sein können.«

* * *

Johanna und Carsten saßen im Salon. Er las in den *Lübecker Anzeigen,* sie schrieb einen Brief an Louis. In der Küche, wo sie sich früher gerne aufgehalten hatten, waren sie seit Hannas Tod nicht mehr.
»Die Getreidepreise steigen schon wieder«, berichtete Carsten und schüttelte den Kopf. »Wohin das noch führen soll?«
Johanna sah kurz auf. Als sie sich wieder ihrem Schreiben zuwenden wollte, klopfte es, und Gesa brachte Tee und Gebäck.
»Ham Sie's schon gehört?«, sprudelte sie los. »Der Aldenrath-Junge ist tot.«
»Was?« Johannas Feder fiel auf das Papier und machte einen dicken hässlichen Tintenklecks. »Doch nicht der Achim.«
»Doch, doch, der Lüttste. Ist das nicht schlimm?«
»Da war er am Ende doch zu kränklich«, meinte Carsten. »Ist ein Jammer.«
Johanna packte rasch Papier und Tintenfass zusammen. »Ich muss sofort nach Frau Aldenrath sehen«, sagte sie. »Vielleicht kann ich etwas für sie tun.«
»Was ist denn mit unserem Tee? Kannst doch später gehen, Kind.«
»Tut mir leid, Großvater, du musst deinen Tee heute alleine trinken. Ihr Mann ist auf See, und sie braucht doch jemanden, der ihr jetzt zur Seite steht.«
Auf dem Weg zu dem Kapitänshaus schnürte sich Johannas

Kehle immer mehr zu. Der unermesslich große Schmerz einer Mutter, die ihr Kind verlor, war das eine. Hinzu kam das ungute Gefühl, dass der Junge womöglich nicht eines natürlichen Todes gestorben sein könnte. Es war nur wenige Tage her, dass sie ihn zuletzt gesehen hatte, und er war munter und wohlauf gewesen. Er hatte ihr noch sein neues hölzernes Fuhrwerk zeigen wollen, dachte sie traurig und musste schlucken. Was nur hatte ihn von einem Moment auf den nächsten aus dem Leben gerissen? Vor dem Haus sammelte sie sich, bevor sie endlich ihren Mut zusammennahm und nach dem Türklopfer greifen wollte.

»Dass Sie sich noch hierher trauen!« Eine junge Frau war aus der Tür des Nachbarhauses getreten.

Johanna zog vor Schreck die Hand zurück, als hätte sie sich an dem eisernen Ring verbrannt.

»Ich kenne Sie. Habe Sie ja oft genug gesehen, wenn Sie sich bei Frau Aldenrath hineingeschlichen haben, Sie Hexe. Dass die alten Frauen noch an dem Zauberkram von früher festhalten, mag ja einzusehen sein, aber eine Junge wie Sie?« Die blonde propere Dame mit ordentlich gestärktem Kleid und ebensolcher Haube war von Herzen aufgebracht. Sie ließ Johanna keine Möglichkeit, sich zu rechtfertigen. »Froh und dankbar können wir sein, dass es Ärzte gibt, die gut ausgebildet sind und allen Lübeckern helfen. Wir brauchen keine selbsternannten Heiler, die die Menschen vergiften.« Sie spuckte aus. »Pfui!«

Johanna wurden die Knie weich. Gift? Von dem Moment an, als Gesa von Achims Tod berichtet hatte, nagte das schlechte Gewissen an ihr. Was, wenn Frau Aldenrath die Bilsenkrautsamen nicht ordentlich aufbewahrt hatte? Was, wenn Achim sie in die Finger bekommen hatte? Sie mochte es sich nicht ausmalen. Ohne auf die Nachbarin zu achten, klopfte sie an.

Mira, die Augen rot und vom Weinen dick aufgequollen, führte sie in die gute Stube, wo Frau Aldenrath in einem Sessel saß. Die Vorhänge waren vor die Fenster gezogen und sperrten das Sonnenlicht aus. So war es nicht nur dunkel, sondern auch schrecklich warm und stickig.

»Soll ich ein Fenster öffnen?«, fragte Johanna darum, nachdem sie auf ihre Begrüßung keine Antwort erhalten hatte. Als ihre Augen sich an das wenige Licht gewöhnt hatten, sah sie die Schweißperlen auf der Stirn der Aldenrath. »Ein bisschen frische Luft tut Ihnen gewiss gut.«

Doch die schüttelte nur den Kopf und starrte weiter vor sich hin. Johanna ließ also die Fenster und Vorhänge geschlossen und setzte sich in den Sessel neben sie. Sie zog ein Taschentuch hervor und tupfte ihr damit die Stirn. »Es tut mir so schrecklich leid«, flüsterte sie.

Langsam wandte Frau Aldenrath ihr den Kopf zu. »Sie tragen die Schuld an seinem Tod. Sie ganz alleine«, zischte sie.

Johanna glaubte sich verhört zu haben. Das konnte nicht sein. »Ich? Aber wieso …?«

»Sie haben dieses Gift in unser Haus gebracht!« Ihre Stimme wurde lauter und kräftiger.

»Nein!« Johanna sprang auf. Es waren also wahrhaftig die Bilsenkrautsamen.

»Das wollen Sie doch wohl nicht leugnen.«

»Natürlich nicht. Aber ich hatte Sie doch gewarnt. Ich hatte Ihnen alles über die Kraft dieses Gifts gesagt. Sie wussten von der Gefahr.«

»Nein«, entgegnete sie eisig. »Ich wusste, dass ich nicht zu viel davon nehmen darf. Aber Sie haben mit keinem Wort erwähnt, dass es für ein Kind gefährlich sein könnte.«

Johanna war jetzt außer sich. »Ich sagte, die Samen können den

Tod bringen. Sogar für Sie! Ich bat Sie, ganz besonders vorsichtig zu sein. Es hätte Ihnen klar sein müssen, dass die Samen niemals und unter keinen Umständen in die Hände eines Kindes gelangen durften.«

»Das haben Sie nicht gesagt«, beharrte Frau Aldenrath.

»Um Himmels willen, Sie haben das Säckchen doch nicht offen liegen lassen?«

»Es war in meinem Schlafzimmer auf der Kommode. Ich hatte es noch nicht versteckt, weil mein Mann ja noch nicht da ist. Vor ihm hätte ich es ganz bestimmt verborgen, damit er mir keine Fragen stellt.« Sie machte eine kurze Pause. »Achim kriecht manches Mal in mein Bett, wenn sein Vater nicht da ist. Aber er ist ein braves Kind. Er würde nie in einen Beutel schauen, ohne mich um Erlaubnis zu fragen.«

»Niemals? Dann kann es nicht das Bilsenkraut gewesen sein«, erklärte Johanna hoffnungsvoll.

»Ich weiß, dass es das verfluchte Zeug war«, erwiderte sie tonlos. »Ich habe von dem Mohn genascht, hat er gesagt, aber er hat mir nicht geschmeckt.« Ihre Augen füllten sich mit Tränen bei der Erinnerung an das Ende ihres Jungen. »Sein Herz schlug so stark, er war aufgeregt, begann zu rasen. Dann wurde er müde, und ich glaubte schon, er schliefe ein. Bis ich merkte, dass er nicht mehr atmete.«

Johannas Hoffnung war dahin. Die winzigen schwarzen Samen erinnerten in der Tat an Mohn, die Anzeichen, die Frau Aldenrath beschrieben hatte, stimmten ganz genau. Achim hatte von den Samen genascht und war daran gestorben.

»Er hätte sie niemals in die Finger bekommen dürfen«, flüsterte sie und begann zu zittern. »Sie hätten sie sicher verwahren müssen.«

»Dann war er kein braves Kind. Das Beutelchen gehörte ihm

doch nicht. Er hätte mich fragen müssen.« Frau Aldenrath, die eben noch aufrecht und kalt gewirkt hatte, fiel mit einem Mal in sich zusammen. Johanna setzte sich zu ihr und hielt lange Zeit ihre Hände. Sie wusste, dass die Frau in diesem Moment begriffen hatte, dass es ihr eigener Fehler gewesen war, dass ihre mangelnde Sorgfalt und Vorsicht den Tod ihres Kindes verursacht hatten. Wie schwer musste diese Einsicht für sie sein.

Sie saßen stumm beieinander und weinten leise. Zu dem Schmerz kam das schrecklich lastende Gewissen. Wenn Johannas Kopf ihr auch immer wieder sagte, sie habe keinen Fehler begangen, blieb doch die Tatsache, dass sie den todbringenden Stoff ins Haus gebracht hatte. Sie hätte ablehnen können. Ja, sie hätte ablehnen müssen. Zum ersten Mal hatte sie das Gefühl, die Verantwortung nicht tragen zu können, die sie womöglich zu leichtfertig übernommen hatte. Zum ersten Mal verstand sie die Ablehnung, die ihr von mancher Seite entgegenschlug, aus tiefstem Herzen.

Der Wind riss heulend an den Fenstern, dass Glas und Holz nur so ächzten, als wollte der Herbst in diesem Jahr gar zu früh über sie hereinbrechen. Sogar die Gardinen wehten vor den geschlossenen Fenstern. Johanna hatte sich in ihre Kammer zurückgezogen, wie fast immer in den Tagen, die seit ihrem Besuch bei Frau Aldenrath vergangen waren. Es reichte ihr, dass sie wusste, wie böse in der Stadt über sie geredet wurde. Sie fürchtete sich davor, es mit eigenen Ohren zu hören. Sie war verzweifelt. In ihr tobte ein Widerstreit der Gefühle. Sooft sie sich auch sagte, der Fehler sei es gewesen, dem Kind die Samen zugänglich zu machen, nicht, sie einer erwachsenen Frau anzuvertrauen, so beharrlich meldete sich doch ihr Gefühl und ihr Bedauern darüber, dass sie überhaupt erst angefangen hatte, die Leute mit Arznei und Ratschlägen zu versorgen. Wieder und wieder warf sie die Besserung, die sie für viele hatte erreichen können, in die Waagschale gegen den Tod des Jungen.

Sie versuchte sich erneut auf den Brief zu konzentrieren, den sie soeben von Louis erhalten hatte. Er schrieb, dass Kartoffeln in Frankreich knapp seien, wodurch die Getreidepreise in die Höhe schnellen würden. Der Hektoliter Weizen koste nicht mehr zweiundzwanzig, sondern vierundvierzig oder gar sechsundvierzig Franc. Auch der Brotpreis habe sich dadurch verdoppelt, eine Katastrophe für die Leute, die ohnehin schon nichts hätten und nicht wüssten, wie sie die vielen Mäuler ihrer Familien stopfen sollten, schrieb er. Ausgerechnet von Kindern berichtete er, die struppig und rotznasig in den Straßen lungerten, ohne Schuhe, mit einer alten aufgekrempelten Hose vom Vater und meist ohne Hemd. Sie ließ das Papier sinken und rieb die müden Augen. Gab es denn nichts mehr, worüber sie sich freuen durfte?

Stimmen drangen aus der Diele zu ihr herauf in die Kammer. Eine gehörte Carsten, und sie klang sehr aufgebracht. Johanna stand auf, schlich zur Tür und öffnete sie einen Spalt.

»Habe ich Ihnen nicht klar und deutlich gesagt, dass Sie in diesem Haus nichts mehr zu suchen haben?«, donnerte er.

»Das haben Sie, Herr Thurau«, antwortete eine Stimme, die sie nicht kannte. »Glauben Sie mir, ich habe kein Wort vergessen, das hier bei meinem letzten Besuch gesprochen wurde, keine winzige Kleinigkeit.«

»Dann ist es umso mehr eine Unverschämtheit, dass Sie hier auftauchen!« Johanna hatte ihren Großvater selten so erlebt. Er war außer sich.

»Es gibt einen guten Grund dafür«, erklärte der fremde Besucher ruhig. »Ich hörte, was in der Stadt über Johanna gesagt wird.«

Sie hielt den Atem an und öffnete die Tür noch ein kleines Stück weiter.

»Mir scheint, ich bin gerade zur rechten Zeit aus Jena zurückgekehrt. Johanna wird in der nächsten Zeit jemanden brauchen, der ihr beistehen kann.«

»Sie hat jemanden, der ihr beisteht. Mich! Ich habe ihr ihr ganzes Leben lang beigestanden und tauche nicht erst nach Jahren auf. Das, mein lieber Nebbien, ist der Unterschied.«

Johanna stutzte. Den Namen Nebbien kannte sie. Die Nebbiens hatten im Haus nebenan gewohnt. Beide waren jedoch schon vor Jahren verstorben. Sie sollen einen Sohn gehabt haben, der aus Lübeck fortgegangen ist, fiel ihr wieder ein. Was hatte der mit ihr zu schaffen?

»Ich spreche von rechtlichem Beistand, Herr Thurau.«

Einen Moment blieb es still. Dann sagte Carsten: »Kommen Sie! Es muss ja nicht das ganze Haus hören, was wir zu bereden haben.«

Johanna hörte Schritte auf Stein, dann das Knarzen der Treppe. Eilig schloss sie ihre Tür. Gewiss begaben sich die Männer in Carstens Kontor. Sie hielt es in ihrer Kammer kaum aus. Unruhig lief sie auf und ab, überlegte, ob sie einfach zu ihnen gehen und klopfen sollte. Immerhin ging es um sie. Oh, sie konnte sich genau vorstellen, was Louis sagen würde. »Geh zu ihnen, oder hältst du dich als Frau nicht für gescheit genug, dich um deine eigenen Belange zu kümmern?« Wie sehr sie ihn in diesem Moment vermisste. Sie dachte darüber nach, sich in den Flur zu schleichen, um an der Tür zum Kontor zu lauschen, verwarf diesen Gedanken jedoch sofort wieder. Dann

hörte sie, wie die Männer auf den Flur traten. Schritte wurden lauter, sie kamen näher. Es klopfte an ihrer Kammer.
»Ja?«
Carsten öffnete die Tür und schlüpfte durch einen viel zu engen Spalt hinein. Er wollte nicht, dass sie den Besucher sah, der draußen wartete.
»Der Herr Nebbien ist gekommen. Du erinnerst dich vielleicht an die Nebbiens von nebenan.«
»Ja, natürlich.«
»Herr Nebbien ist Advokat, mein Kind. Er konnte mir überzeugend darlegen, dass du wegen dieser unerfreulichen Sache in naher Zukunft seine Dienste benötigen könntest. Du solltest mit ihm sprechen.«
Nicht genug, dass sie sich selbst die schrecklichsten Vorwürfe machte, nun schien ihr Großvater auch noch zu befürchten, dass ihr rechtliche Konsequenzen drohen könnten. Sie seufzte. Vincent fiel ihr ein. Er war unschuldig hinter den Mauern des Landarbeiterhauses verschwunden. Ihr schauderte bei dem Gedanken daran, wie rasch es gegangen war. »Ja«, sagte sie deshalb, »das ist eine gute Idee.«
Carsten öffnete die Tür und rief: »Kommen Sie herein!«
Der Mann trat ein. Er war etwas größer als Johanna und trug eine Brille und einen Anzug aus feinem Stoff. Er hatte blondes Haar, ein ernstes Gesicht mit melancholischen Augen, und über seiner Nasenwurzel stand eine auffällige senkrechte Falte.
»Guten Tag, Fräulein Thurau«, sagte er. Wenn sie sich nicht sehr täuschte, zitterte seine Stimme ein wenig.
»Guten Tag.«
Er wandte sich Carsten zu. »Würden Sie uns bitte allein lassen?«

»Nein, das werde ich ganz gewiss nicht«, brauste der auf.
Johanna sah, wie Herr Nebbien zusammenzuckte. Er tat ihr leid.
»Aber Großvater, ich bin doch kein kleines Kind mehr. Natürlich kann ich alleine mit Herrn Nebbien reden. Gehen wir in den Salon.«

Das Gespräch dauerte eine gute Stunde. Nebbien hatte ihr erklärt, dass sie mit einer Klage der Eltern Aldenrath zu rechnen habe. Sie hatte ihrerseits beteuert, dass sie die Samen des Bilsenkrauts für Frau Aldenrath, keinesfalls aber für den Jungen gebracht habe. Was auch immer sie zu ihrer Verteidigung sagen konnte, das sagte sie. Er notierte alles fein säuberlich in einem kleinen Notizbuch.
»Schön.« Er klappte das Büchlein zu, steckte es in die Innentasche seiner Anzugjacke zusammen mit dem Bleistift, den er zuvor in ein Taschentuch wickelte. »Mit Ihrer Erlaubnis werde ich also ein Schreiben an die Aldenraths aufsetzen. Das Beste wäre, sie würden von vornherein auf eine Klage verzichten. Ich werde mich bemühen, das für Sie zu erreichen.«
»Danke, Sie sind sehr freundlich. Wo finde ich Ihr Kontor? Ich meine, für den Fall, dass es etwas Neues gibt oder ich noch ein Anliegen habe.«
Er strich umständlich seinen Anzug glatt und räusperte sich.
»Ich habe kein Kontor in Lübeck. Noch bis vor kurzem habe ich in Jena praktiziert, ich muss mich hier erst einrichten. Sie finden mich im Gasthaus an der Ecke Mühlenstraße und St. Annen.«
Einen Augenblick standen sie einander gegenüber. Dann hielt Johanna es nicht mehr aus. Sie musste die Frage stellen, die ihr schon die ganze Zeit auf der Seele brannte. »Bitte verzeihen

Sie meine Offenheit, Herr Nebbien, aber ich wüsste zu gerne, warum mein Großvater so schlecht auf Sie zu sprechen ist. Sie kommen, um mir Ihre Hilfe anzubieten, obwohl Sie mich gar nicht kennen. Trotzdem hörte ich, wie er vorhin zu Ihnen sagte, Sie haben hier nichts zu suchen.«
Die steile Falte über seiner Nase wurde tiefer. »Ich würde Ihnen das gern bei einem Abendessen erklären. Gestatten Sie mir, dass ich Sie in den nächsten Tagen einlade? Dann habe ich vielleicht schon Nachricht von Aldenrath, und Sie brauchen sich nicht weiter zu ängstigen.« Er war schrecklich unsicher. Merkwürdig für einen Advokaten, fand Johanna. Ständig pochte er mit dem Zeigefinger auf seinen Daumennagel. »Außerdem ist da noch so vieles mehr, was ich Ihnen erklären möchte, erklären muss«, korrigierte er. »Schön«, sagte er noch einmal, nahm seinen Hut, verbeugte sich steif und ging.
Am Abend wollte Johanna von Carsten wissen, was er gegen Herrn Nebbien einzuwenden habe.
»Ich finde es sehr freundlich von ihm, mir seine Hilfe anzubieten. Wie konntest du nur so grob und abweisend zu ihm sein?«
»Ich will nicht darüber sprechen.«
Sie wurde ärgerlich, dachte an Louis und sagte mit fester Stimme: »Aber ich will, Großvater.«
»Dieser Mensch hat vor langer Zeit etwas getan, was ich ihm niemals verzeihen werde. Es geht dich nichts an.«
»Wie sollte es mich nichts angehen, wenn er doch meinetwegen gekommen ist?«
Er schlug mit der flachen Hand auf den Tisch. »Wie kannst du dich nur erdreisten? Wenn ich sage, dass es dich nichts angeht, ist das so. Punktum!«
»Ich bin kein Kind mehr, Großvater«, erwiderte sie ruhig.

»Nebbien will mich zum Essen ausführen. Er sagte, dass es viel gebe, was er mir zu erklären habe.«
»Du gehst da nicht hin!«, keuchte Carsten. Sein Gesicht färbte sich dunkelrot, dass das feine weiße Haar dagegen nur so leuchtete. »Ich verbiete es dir, hörst du?«
»Aber ich lasse es mir nicht verbieten. Du verschweigst mir, wer mein Vater ist, du erklärst mir nicht, warum du so unfreundlich zu diesem Mann bist, aus allem machst du ein Geheimnis. Und Großmutter Hanna kann ich nicht mehr fragen.« Sie hatte die Stimme angehoben. Als sie sah, wie blass Carsten mit einem Schlag wurde, tat es ihr schon wieder leid.
»Ich will nur das Beste für dich, meine Kleine, das weißt du doch, oder? Kannst du mir denn nicht vertrauen?«

Nur zu gerne hätte sie ihrem Großvater blind vertraut, doch dazu hätte er offen mit ihr sein müssen. Solange er Geheimnisse vor ihr hatte, ihr die Dinge verschwieg, die ihr so wichtig waren, konnte sie es nicht. Also schickte sie eine Zusage in das Gasthaus, in dem Nebbien einquartiert war, nachdem er ihr eine Einladung in den Gasthof Zum Goldenen Engel hatte zukommen lassen. Carsten versuchte mit allen Mitteln, sie davon abzuhalten. Er wurde laut, herrschte sie an, bettelte, erinnerte sie daran, was wohl Louis denken sollte, wenn er davon erführe.
»Überhaupt, nun ist bald ein Jahr rum, und ihr seid noch nicht verheiratet. Solltest du dich nicht darum kümmern?«
»Das werde ich schon, wenn die Zeit reif ist«, gab sie gereizt zurück. Dieses Thema war nicht gerade dazu geeignet, ihre Laune zu heben. Sie hoffte ja selbst jedes Mal, wenn sie einen Brief von Louis öffnete, er möge endlich einen Termin vorschlagen oder nur andeuten, dass es bald so weit sein könnte.

Stattdessen schrieb er stets davon, wie schlecht es dem französischen Volk gehe, wie unverschämt Adel und Klerus sich die Macht zurückholen würden. Zwar schrieb er auch, wie sehr er sich nach ihr sehne, nach ihrer Haut, ihren Augen, ihrem Lachen, doch es klang in jeder Zeile so, als stünde er mehr denn je bereit für den Kampf für Gleichheit und Gerechtigkeit in seinem Land.

Johanna bemerkte, dass Carsten sie noch immer erwartungsvoll ansah. »Wir wollen nicht streiten«, lenkte sie ein. »Ich habe Gesa gesagt, sie soll dir einen Grießbrei machen. Den magst du doch so gern. Ich bin gewiss nicht zu spät zurück.« Sie gab ihm einen Kuss auf die Wange. Schon meldete Gesa den Herrn Nebbien. Er kam nicht herein, sondern wartete draußen vor dem Haus auf sie. Auf dem kurzen Weg von der Glockengießerstraße in die Breite Straße sprachen sie nicht viel. Sie bekamen einen Tisch im ersten Stockwerk des Gasthofs. Das feine Porzellan, das auf Hochglanz polierte Silberbesteck, der prächtige Kristallleuchter an der Decke und die taubenblauen Seidentapeten verrieten, dass es sich um ein Haus handelte, in dem die feinen Leute speisten. Für Johanna, die ihr weißes Kleid mit dem lachsfarbenen Überkleid trug, das Bruni ihr in Stolp hatte machen lassen, war es nichts Besonderes. Der Gasthof Zum Goldenen Engel hatte zu Carstens Stammkunden gehört. Alle Häuser, die er mit Wein beliefert hatte, waren vornehm und kostspielig.

Wie schon bei ihrer ersten Begegnung fiel Johanna auf, wie unsicher dieser Nebbien war. Irgendetwas stimmte nicht mit ihm. Umständlich fingerte er sein Notizbuch hervor, obwohl er das, was er ihr zu sagen hatte, gewiss nicht nachlesen musste.

»Leider habe ich schlechte Nachrichten für Sie.« Er schlug das Büchlein auf und starrte auf die Seiten. Es war unschwer zu erraten, dass er ihr nicht in die Augen sehen konnte. »Frau Aldenrath ist nicht davon abzubringen, dass Sie die ganze Schuld trifft. Und darum müssen Sie ihrer Meinung nach auch dafür bezahlen.«

»Oje, ich hatte so gehofft, sie würde sich besinnen.«

»Mir scheint, sie fürchtet sich vor ihrem Mann, der recht bald in Lübeck eintreffen wird.« Er räusperte sich. »Ich halte es für klug, wenn Sie der Dame noch einen Besuch abstatten und selbst mit ihr reden. Sehen Sie, mir gibt sie kaum Antworten. Sie hat mir nicht gesagt, gegen welche Beschwerden Sie ihr die Arznei gebracht haben. Ich konnte mich des Eindrucks nicht erwehren, dass mehr als ein Dämon Frau Aldenrath zu schaffen macht. Wenn Sie mit ihr reden, finden Sie vielleicht gemeinsam einen Weg aus ihrer Pein, der Sie vor einem Prozess schützt.«

»Ihr Eindruck täuscht Sie nicht. Die Dämonen kenne ich nur zu gut. Zum einen war Herr Aldenrath nicht damit einverstanden, dass ich seiner Frau so manchen guten Rat gegeben habe. Zum anderen darf er nicht erfahren, wofür seine Frau das Gift hatte verwenden wollen.«

»Das ist Ihre Chance, Fräulein Johanna. Kommt es zu einem Prozess, müssen Sie das vor dem Richter und allen anderen preisgeben. Dann erfährt es auch Herr Aldenrath. Machen Sie das der Frau klar.«

Johanna seufzte. Wie verwerflich war es, Frau Aldenrath mit einer derart kompromittierenden Enthüllung zu drohen. Aber blieb ihr eine andere Wahl? Sie teilte ihm ihre Bedenken mit.

»Sie müssen jetzt nur an sich denken, Fräulein Johanna, ich bitte Sie! Glauben Sie mir, wenn Sie Frau Aldenrath verschonen wollen, haben Sie in einem Prozess nicht viel, was Sie zu Ihrer Verteidigung vorbringen können. Ich möchte mir nicht ausmalen, welche Folgen eine Verurteilung für Sie haben könnte.«

Das mochte auch Johanna sich nicht ausmalen. Sie bekam schreckliche Angst.

Das Essen wurde gereicht. Der Raum war erfüllt von den gedämpften Stimmen der anderen Gäste, vom leisen Klirren des Kristalls und von dem Geräusch des Bestecks auf dem feinen Porzellan.
Lange hielt Johanna das Schweigen nicht aus. »Was ist geschehen, Herr Nebbien, dass mein Großvater Ihnen mit derartigem Hass begegnet?«, fragte sie. »Sie haben mir keine Antwort gegeben, aber jetzt bestehe ich darauf.«
Nebbien hatte gerade einen Bissen im Mund, verschluckte sich beinahe und gab dabei einen glucksenden Laut von sich. Er war sichtlich unangenehm überrascht.
»Verzeihen Sie mir meine Offenheit«, sagte sie darum schnell. »Aber mein Großvater will mir nicht mehr verraten, als dass Sie vor langer Zeit etwas getan haben, was er Ihnen nicht vergeben kann. Er ist darüber noch heute so wütend, dass Sie in unserem Hause nicht erwünscht sind. Was war das?«
Nebbien trank einen Schluck Wasser. »Hat er Ihnen nie von mir erzählt?«, wollte er wissen.
»Nein. Ihre Eltern kenne ich noch flüchtig. Sie wohnten ja gleich nebenan. Und ich hörte wohl, dass sie einen Sohn haben, allerdings habe ich über den nie etwas erfahren.«
»Verstehe.«
»Also?« Sie sah ihn unentwegt an.
»Sie werden das nicht gerne hören, nur denke ich, da es sich um eine Familienangelegenheit handelt, sollte Carsten Thurau derjenige sein, der Ihnen reinen Wein einschenkt.«

Eine Familienangelegenheit? Dieser Nebbien gehörte doch gewiss nicht zur Familie. Worum konnte es sich nur handeln? Was konnte so bedeutend sein, dass kein Mensch ihr antworten wollte? Sie wurde ärgerlich. »Sie können sich ja gar nicht vorstellen, Herr Nebbien, wie satt ich es habe, dass mir niemand etwas sagt. Immer nur Heimlichtuerei, Andeutungen, Schweigen oder gar Streit, weil ich überhaupt zu fragen wage.«

»So?« Er sah sie aus diesen melancholischen grauen Augen an. »Welche Geheimnisse hat Ihr Großvater denn sonst noch vor Ihnen?«

»Sobald es um meine Eltern geht, ist alles streng geheim«, schleuderte sie ihm entgegen. Sie kam jetzt richtig in Fahrt. »An meine Mutter kann ich mich nicht erinnern. Sie starb wenige Tage nach meiner Geburt. Kannten Sie meine Mutter?«

»Ja«, sagte er heiser. Die Falte über seiner Nasenwurzel, die Johanna gleich bei seinem ersten Besuch aufgefallen war, war mit einem Mal ganz ausgeprägt, und er sah so betrübt aus.

»Sie ist es ja, die mit der Geheimniskrämerei angefangen hat. Ich sollte unbedingt nach Stolp gehen, um dort eine handwerkliche Lehre zu machen. Das war ihr Letzter Wille. Können Sie sich das vorstellen? Ein Mädchen und ein Handwerk! Was in aller Welt ist denn das für ein Letzter Wille?«

»Ein ungewöhnlicher Wunsch einer ungewöhnlichen Frau«, antwortete er traurig.

Johanna schöpfte Hoffnung. Er schien ihre Mutter gut gekannt zu haben. Womöglich wusste er auch etwas über ihren Vater. »Was war an ihr so ungewöhnlich? Bitte, erzählen Sie mir doch von ihr!«

Er sah sie so verzweifelt an, als würden in seinem Inneren noch viel grausamere Dämonen kämpfen als in der Seele der Alden-

rath. »Ich kann nicht. Ich ... Was ist denn mit Ihrem Vater? Kennen Sie seinen Namen?«
Sie schüttelte den Kopf. »Nein, das ist das größte Geheimnis«, sagte sie bitter.
»Haben Sie denn Ihre Großeltern nicht nach ihm gefragt?«
»Nicht einmal, sondern unzählige Male. Als ich aus Stolp nach Hause kam, wollte ich Großmutter Hanna erneut nach ihm fragen, aber es war ja schon zu spät.«
»Sie wissen gar nichts über ihn?«
»Nein, kein einziges Wort.« Sie dachte nach. Das war nicht die Wahrheit. Sollte sie offen zu Nebbien sein, obwohl er nicht offen mit ihr war? »Als ich Großvater das letzte Mal fragte, lautete seine Antwort, ich hätte keinen Vater. Aber jeder hat doch einen Vater!« Sie hatte lauter gesprochen, als es ihre Absicht war, und Tränen schossen ihr in die Augen, ohne dass sie es verhindern konnte.
»Er hat Ihre Mutter vor Ihrer Geburt verlassen«, sagte er leise, den Blick auf seinen noch nahezu vollständig gefüllten Teller gerichtet. »Carsten Thurau muss einen unsäglichen Hass auf diesen Mann haben.« Er blickte auf, Johanna direkt in die Augen. »Sie können davon ausgehen, dass er diesen Kerl in seinem Hause nicht mehr duldet.«
Ihr wurde flau. Sie starrte ihn an. »Sie sind ...?«

Johanna wachte jeden Morgen mit demselben Gedanken auf, mit dem Sie auch zu Bett ging: War Johannes Nebbien ihr Vater? Er hatte sich bei ihrem Essen gewunden und ihr keine unmissverständliche Antwort gegeben. Aber es konnte doch gar nicht anders sein. Warum wohl sollte er sie im Unklaren lassen, wenn er es nicht war? Dafür fand sie beim besten Willen keine plausible Erklärung. Und dann war da noch ihr Name.

Womöglich war sie weder nach ihrer Großmutter Hanna noch nach ihrem Onkel Johann-Baptist benannt, wie sie bisher geglaubt hatte, sondern nach ihrem Vater Johannes. Das würde ihr einleuchten. Andererseits, welchen Grund sollte Vincent gehabt haben, sie zu belügen. Noch dazu in der Situation. Er war ihr dankbar für ihre Hilfe gewesen. Es war in gewisser Weise der Lohn, den er ihr geben konnte, um seine Dankbarkeit zu zeigen. Da würde er sie doch nicht belügen. Oder gab es eine offizielle Geschichte, die aller Welt erzählt worden war, auch ihrem Cousin, damit die Wahrheit verborgen blieb? Auch das ergab in ihren Augen keinen Sinn, denn dann hätte man doch gewiss eine Geschichte verbreitet, die ihre Mutter Femke in besserem Licht hätte dastehen lassen. Mit einem Franzosen von hohem militärischen Rang, also dem Feind Lübecks, ein Kind zu zeugen war alles andere als ehrenvoll. Sosehr Johanna sich auch den Kopf zermarterte, ihr wollte keine gescheite Erklärung einfallen. Jeden Tag war sie kurz davor, bei Carsten Hilfe zu suchen. Nur fiel ihr jedes Mal wieder seine Reaktion ein, mit der er ihr begegnet war, nachdem sie ihn nach der französischen Herkunft ihres Vaters gefragt hatte. Sie zog es daher vor, auf anderem Weg der Wahrheit auf den Grund zu gehen. Und dieser Weg konnte nur zu Nebbien führen. Sie würde ihn im Gasthaus aufsuchen und zur Rede stellen.

Es war der 2. Oktober. Carsten fühlte sich den ganzen Tag nicht recht wohl. Seine Knochen schmerzten, er hatte keinen Appetit, und es war zu befürchten, dass er eine Erkältung bekommen würde. Johanna hatte Schafgarbe und Fenchel angesetzt, den Sud erhitzt und ihm davon drei Tassen über den Tag zu trinken gegeben. Am frühen Abend ging er ins Bett.
»Würden Sie mir den Gefallen tun, nachher einmal nach ihm

zu schauen? Wenn er nicht schlafen kann, bringen Sie ihm die letzte Tasse von dem Sud. Ich muss noch einmal weg«, sagte sie zu Gesa.
»Das mache ich doch gern, Fräulein Thurau.«
»Danke, Gesa, Sie sind ein Goldstück.«
Johanna erkannte sehr wohl an Gesas Blick, dass diese sich wunderte, wenn sie es nicht sogar missbilligte, dass sie noch alleine ausgehen wollte, aber darüber erlaubte die sich keine Bemerkung.
Johanna zog ihren Mantel an, setzte den wollenen Hut auf und verließ durch den Windfang das Haus. Direkt vor der Tür stieß sie mit dem Fuß gegen einen schweren Stein.
»Verdammi noch eins«, schimpfte sie. In dem großen Zeh ihres rechten Fußes pochte dumpfer Schmerz. Sie bückte sich, um den Brocken, den jemand mit Absicht dort hingelegt haben musste, aus dem Weg zu räumen, und entdeckte ein Kuvert, das darunter verborgen gewesen war. Eine Hand schien nach ihrer Kehle zu packen und ihr die Luft abzudrücken. Augenblicklich musste sie wieder an die tote Krähe denken. Mit zitternden Händen öffnete sie das Kuvert, zog ein Papier hervor und las:

»Fräulein Thurau!
Ich benötige dringender denn je Ihre Hilfe! Bitte
kommen Sie morgen Abend um neun Uhr zu mir.
Hochachtungsvoll
Lore Aldenrath«

Johanna verstand die Welt nicht mehr. Warum schickte Frau Aldenrath nicht die Magd oder einen Burschen, um ihr diese Nachricht zu überbringen? Oder noch besser, warum kam sie

nicht selbst? Immerhin war ihr Mann wieder zu Hause und würde Johanna gewiss nicht in der Nähe seiner Frau dulden. Da wäre es ohnehin klüger, die beiden Frauen würden sich im Hause Thurau begegnen. Sie war ganz in Gedanken, als sie zur Mühlenstraße lief. War die Nachricht von Frau Aldenrath auch noch so kurz, so steckte sie doch voller Merkwürdigkeiten. Sie bat sie zu einer ungewöhnlich späten Stunde zu sich. Und es gab sicher weniger gefährliche Wege, jemandem ein Schreiben zukommen zu lassen. Wenn ihr Großvater nun über diesen stattlichen Stein gestolpert wäre ... Nicht auszudenken!
Am Gasthaus angekommen, wurde sie enttäuscht.
»Der Advokat ist nicht in seiner Stube«, ließ die Wirtin, eine dralle Person mit ausladendem Busen, sie wissen. Wann er zu erwarten sei, ob es sich lohne, in der Gaststube auf ihn zu warten, das konnte sie nicht sagen. Als Johanna unverrichteter Dinge wieder ging, blickte sie sich noch einmal um und meinte Nebbien kurz an einem der Fenster zu sehen. Dann wurde dort jedoch der Vorhang zugezogen. Ob er sich verleugnen ließ, um ihr nicht Rede und Antwort stehen zu müssen?

Am nächsten Tag blieb Carsten im Bett. Er hustete erbärmlich, seine Nase lief, und er zitterte vor Kälte, obgleich seine Schlafstube der wärmste Raum im ganzen Haus war. Johanna brachte ihm heißes Wasser mit Spitzwegerich und Thymian, das Ganze mit Kandis gesüßt, damit es nicht gar zu scheußlich schmecke. Sie hatte ein ungutes Gefühl wegen des bevorstehenden Besuchs bei Frau Aldenrath, lief unruhig bald hierhin, bald dorthin und konnte sich auf keine Sache so recht konzentrieren. Um überhaupt etwas zu tun, das ein wenig Zeit herumbringen und sie ablenken würde, ging sie aus dem Haus, lief die

Königstraße entlang bis zum Klingberg und dann zum Pferdemarkt, wo das Stadtpostamt war. Ihr Herz hüpfte vor Freude, als sie einen Brief von Louis entgegennehmen konnte. Wie sehr hoffte sie, er würde sein Kommen ankündigen oder sie endlich bitten, mit Carsten bald die Diligence zu nehmen, um nach Frankreich zu reisen. Doch sie wurde enttäuscht. Stattdessen erwartete sie eine Überraschung. Louis war in Paris. Er kümmerte sich also nicht um das Weingut seines Vaters. Mit großer Begeisterung berichtete er, er habe sich mit Gleichgesinnten zusammengeschlossen. Studenten seien dabei, ein Schriftsteller, ein Maler, Gelehrte und Handwerker. Er schrieb:

»Wir haben einen geheimen Bund gegründet, jederzeit bereit, loszuschlagen, um die bestehenden Verhältnisse endlich für alle Zeit zu ändern. Freimaurer gehören zu uns, ebenso Karbonari. Es ist ein herrliches Gefühl, nicht mehr allein zu stehen. Wir treffen uns in Gewölben unter der Stadt. Von dort verteilen wir unsere Schriften, damit sich uns möglichst viele anschließen. Die Rede führt meist Pascal. Er war Soldat im Heer Napoleons. Du müsstest ihn hören, wenn er von der Zerstörung der Kirche und vom Umsturz der Staatsgewalt spricht. Wir alle verehren ihn sehr und sind sicher, er kann uns in ein besseres Frankreich führen.
Es mag Dir schwerfallen, Dir das vorzustellen, aber sogar ein Mädchen gehört zu uns. Sie ist gerade sechzehn Jahre alt, trägt die Kleider eines Jungen und lebt in der Unterwelt von Paris. Denk Dir, Du könntest auch zu uns gehören, Johanna, wäre das nicht wunderbar?

Meine Sehnsucht nach Dir wächst mit jeder Minute.
Wenn Du nur an meiner Seite sein könntest, meine
geliebte Johanna.
Ich küsse Dich,
Louis«

Es war bereits dunkel, als Johanna sich auf den Weg zu Lore
Aldenrath machte. Es hatte leicht zu regnen begonnen, und ein
kräftiger Wind fegte von Osten her heran und brachte schneidende Kälte mit. Um ihr Unbehagen zu bekämpfen, das mit
jedem Schritt wuchs, konzentrierte sie sich auf Louis' Worte.
Einerseits war sie verärgert, dass er sich nicht um die Geschäfte seines Vaters kümmerte, um diese endlich vollständig zu
übernehmen. So war es immerhin besprochen, und das war,
jedenfalls hatte sie es so verstanden, die Voraussetzung, um
endlich die Ehe schließen zu können. Andererseits klopfte ihr
Herz einige Takte schneller, wenn sie daran dachte, welch ein
Leben er führte. Wie aufregend musste es sein, in Gewölben
unter der Stadt, in einer Unterwelt von Paris Pläne zu schmieden, die die Geschicke des ganzen Landes dramatisch würden
verändern können. Ob sie wahrhaftig mit ihm an seiner Seite
kämpfen konnte? Das lag außerhalb ihrer Vorstellungskraft.
Zwar wusste sie, dass die Zustände, die er umzustürzen im
Sinn hatte, in vielen Ländern bestanden, aber dennoch war Paris weit und sein Kampf nicht der einer Lübeckerin. Ihr war
nicht so recht klar, was sie dort verloren hätte.
Sie hatte das Kapitänshaus beinahe erreicht. Beklommen fragte sie sich, ob sie Herrn Aldenrath begegnen, wie sie mit ihm
umgehen sollte. Schon konnte sie die Giebel im Schein der
Laterne sehen, die nicht weit von dem Gebäude brannte. Nur
wenige Meter noch. Da hörte sie ein Geräusch, schnelle Schrit-

te auf dem feuchten Sand der Straße. Sie drehte sich um, sah gerade noch eine finstere Gestalt in einem schwarzen Umhang mit einer Kapuze, die weit ins Gesicht gezogen war, dann wurde es dunkel um sie herum. Die Gestalt hatte ihr einen Sack über den Kopf gezogen. Sie wollte schreien, doch eine Hand hatte sich blitzschnell über ihren Mund gelegt. Sie spürte dünne Fasern, die sich zwischen ihre Lippen schoben, das Kratzen von Jute auf ihrer Haut, und ein faulig strenger Geruch stieg ihr in die Nase.
»Haben wir dich, Hexe«, zischte eine tiefe Männerstimme, die Johanna nicht erkannte.
Schnelle Schritte verrieten die Ankunft eines zweiten Kerls. Der packte ihre Hände, zog sie auf ihren Rücken und verschnürte sie mit einem Strick. Johanna wand sich, versuchte sich aus dem Griff zu befreien, aber sie war ohne jegliche Chance, allein gegen zwei, blind, stumm und gefesselt. Wenn doch nur die Aldenrath aus dem Fenster schauen und den schändlichen Überfall sehen würde, dachte Johanna verzweifelt.
»Jetzt helfen dir deine Hexenkünste wohl nicht, was?« Ein hässliches Lachen erklang dicht an ihrem Ohr. »Na los, lauf!« Er versetzte ihr einen Stoß, der sie vorwärtstaumeln ließ. Weil ihre Hände auf dem Rücken waren, fehlte ihr das Gleichgewicht, und sie wäre beinahe gestürzt, konnte sich jedoch gerade noch abfangen. Die Männer eskortierten sie. Jeder ging an einer Seite, hielt einen Arm im festen schmerzhaften Griff und schob sie voran. Es war ein schreckliches Gefühl, mit diesen Fremden, die offenkundig abgrundtief Böses mit ihr im Sinn hatten, in die Schwärze zu stolpern, ohne zu ahnen, wohin es gehen könnte. Der Regen wurde immer stärker. Schon spürte Johanna, wie das Wasser durch ihren Mantel drang. Der Jutesack hatte die Tropfen keine Minute abgehalten. So war ihr

Gesicht nass und wurde immer kälter, je länger der kräftige Wind ihr entgegenblies.
Sie wollte mit den Männern reden, wollte fragen, was sie mit ihr vorhatten, doch es war unmöglich zu sprechen. Ein Knebel lag inzwischen über ihrem Mund, so dass sie nur inhaltlose Laute von sich geben konnte.
»War das eine Zauberformel?«, fragte der eine hämisch.
»Sie bettelt wohl eher um Gnade«, meinte der andere. Beide lachten.
Johanna nahm den Geruch von Wasser wahr und hörte das Glucksen kleiner Wellen, die ans Ufer schlugen. Sie mussten an der Trave sein. Der Schein der Laternen, den sie durch das grobe Material des Sacks erkennen konnte, wurde immer schwächer und blieb schließlich ganz aus. Natürlich, die Kerle führten sie einen Weg entlang, der finster und einsam war. Sie wollten nicht riskieren, mit einer gefesselten Frau gesehen zu werden, der man einen Sack über den Kopf gestülpt hatte. Das Herz schlug ihr bis zum Hals. Sie begann zu zittern – vor Kälte und noch viel mehr vor Angst. Was würden diese Unmenschen mit ihr anstellen? Die machten sich einen Spaß daraus, sie hin und her zu stoßen, von einer Seite zur anderen, während sie sie gleichzeitig vorwärtstrieben wie ein Stück Vieh. Sie versuchte das scheußliche Gelächter zu ignorieren und an etwas zu denken, das ihr Mut machte. Gewiss würde Frau Aldenrath bereits nach ihr schicken. Dann würde Gesa und damit auch Carsten erfahren, dass sie nicht war, wo sie sein sollte. Man würde sogleich Polizisten schicken, nach ihr zu suchen. Lange konnte es nicht dauern, bis man sie aus den Fängen dieser Gestalten befreite.
Nach einer Zeit, die ihr wie eine Ewigkeit erschien, hatten sie ihr Ziel erreicht. Johanna glaubte zu wissen, wo sie waren, denn

den ekelerregenden Geruch, der im Sommer geradezu bestialisch war, jetzt noch schlimm genug, um einen Würgereiz auszulösen, kannte jeder Lübecker. Sie mussten bei den Küterhäusern sein. Tatsächlich brachten die Männer sie einen Holzpfad entlang. Der Gestank wurde immer stärker. Sie meinte unter ihren Füßen außer dem Knarzen von Holzbohlen auch das Schwappen von Wasser zu vernehmen. Kein Zweifel, man hatte sie in die Pfahlbauten gebracht, die zu einer kleinen Siedlung aneinandergedrängt oberhalb der Wakenitz standen.

Ein Knarzen, das Quietschen von Scharnieren, dann fiel eine Tür hinter ihr zu. Kein Regen mehr, dafür aber auch keine frische Luft, sondern nur noch stickig fauliger Geruch nach Tierkadavern und Fisch. Sie befand sich ohne Zweifel in einem der Küterhäuser, wo am Tag vermutlich noch tüchtig geschlachtet worden war. Johanna konnte durch den groben Jutestoff eine Laterne sehen, die auf dem Fußboden stand. Im Halbkreis darum erkannte sie schemenhaft die Silhouetten von acht Menschen.
Grundgütiger, dachte sie, als ob zwei nicht mehr als genug wären. Mit ihnen waren es jedoch zehn, die sich zusammengerottet hatten, um ihr etwas anzutun. Sie spürte Panik aufsteigen, und sie spürte eine grenzenlose Trauer darüber, dass sie offenkundig so viel Hass auf sich gezogen hatte.
Der Knebel wurde ihr abgenommen, die Hände im gleichen Moment losgebunden, und endlich zog ihr einer auch den Sack vom Kopf. Sie spuckte die Fasern aus, die ihr auf den Lippen und der Zunge klebten, und sah sich verstohlen um. Die beiden, die sie hergebracht und soeben ihre Fesseln gelöst hatten, setzten sich zu den anderen. Alle trugen schwarze Mäntel mit Kapuzen, die ihnen über die Gesichter reichten.

Hinter zwei Schlitzen blitzte jeweils ein Augenpaar. Alle starrten sie an, sagten aber kein Wort.
»Bitte«, stotterte sie, »tun Sie mir nichts. Was haben Sie mit mir vor? Ich habe Ihnen doch nichts getan!« Sie konnte nicht verhindern, dass ihre Stimme zitterte.
»Sie stehen hier vor Gericht«, sagte einer, dessen Stuhl sich ein wenig näher bei der Laterne befand als die der anderen. Wenn das ein Gericht sein sollte, dann hatte er augenscheinlich den Vorsitz.
»Vor Gericht? Aber was soll ich denn verbrochen haben?« Natürlich ahnte sie auf der Stelle, weshalb man sie anklagte, wenn man es denn so nennen wollte. Es ging um den kleinen Achim Aldenrath, es konnte nicht anders sein. Sie überlegte fieberhaft, ob sie sich gleich verteidigen oder nach ihrem Advokaten verlangen sollte.
»Sie stehen im Verdacht, eine Hexe zu sein.«
Johanna konnte es nicht fassen. »Was? Aber …« Es war ihr nur zu gut bekannt, dass einige sie so nannten, ja, oft genug war sie so beschimpft worden. Doch sie lebten immerhin in modernen Zeiten. Es war über dreißig Jahre her, dass man an Hexen geglaubt, ihnen den Prozess gemacht und sie hingerichtet hatte. Sie schluckte, ihr Herz schlug noch schneller, und ihr wurde heiß. War es das, was diese Vermummten im Sinn hatten? Wollten sie sie wahrhaftig hinrichten?
»Ziehen Sie sich aus!«, befahl der Sprecher ihr.
»Nein!«
Eine der Gestalten flüsterte ihrem Nachbarn etwas zu. Johanna meinte eine Frauenstimme zu erkennen und glaubte zu hören, dass diese fragte, ob es wirklich nötig sei. Gemurmel setzte ein. Das endete abrupt, als der Anführer seine Stimme erhob: »Sie ziehen sich jetzt aus, oder einer der Männer tut es.«

Johanna war verzweifelt. Ihr Verstand wusste, dass sie sich gegen nichts wehren konnte, was man von ihr verlangte, und doch weigerte sich ihr Herz, sich in das Unvermeidbare zu fügen. Sie atmete schwer und kämpfte die Tränen nieder. Wie erstarrt stand sie da und blickte hilfesuchend in die Runde. Da nickte der Vorsitzende einem der Männer zu, die sie hergebracht hatten und die jetzt ganz außen im Halbkreis saßen. Der machte sofort Anstalten, sich zu erheben.
»Nein!«, schrie sie. Sie holte tief Luft und sagte dann leise: »Ich mach es.« Der Kerl zu ihrer Linken setzte sich wieder. Ganz langsam streifte sie den Mantel ab, der wollene Hut war ihr gleich vom Kopf gerutscht, als man den Sack abgenommen hatte. Sie zitterte und bewegte sich mit der Geschwindigkeit einer alten Frau. Vielleicht würde ein Wunder geschehen und ihr diese schreckliche Demütigung ersparen. Doch es geschah kein Wunder. Sie entledigte sich ihres Kleides, des Unterkleides, ihrer Schuhe, Strümpfe und zum Schluss auch der Wäsche. Noch nie in ihrem Leben hatte sie sich fremden Menschen nackt zeigen müssen, außer einmal einem Arzt. Und dann auch noch in dieser unwürdigen Umgebung. Ihre nackten Füße standen auf Holzplanken, an denen geronnenes Blut und Reste von Eingeweiden klebten. Alle Augen waren auf sie gerichtet. Tränen liefen ihr über die Wangen. Es gelang ihr nicht länger, sie zu unterdrücken. Sie legte einen Arm schützend vor ihre Brust, die andere Hand vor ihre Scham, wohl wissend, dass ihr das nicht lange nützen würde. Der Mann, der das Sagen zu haben schien, nickte einer Person zu, die sich von dem einfachen Holzstuhl erhob, ein Messer aus einer Tasche im Umhang zog und auf Johanna zukam.
»O nein, bitte nicht«, wisperte sie. Sie hatte Todesangst, denn sie zweifelte nicht mehr daran, dass diese Ungeheuer sie ohne

großes Zögern töten würden. Und Hilfe hatte sie hier auch keine zu erwarten. Sie wusste, dass Küter und Fleischhauer zum Teil ihre Wohnungen in der Pfahlbausiedlung hatten. Würde es ihr helfen zu schreien? Kaum. Es gehörte wahrscheinlich zur Tagesordnung, dass hier mal eine Frau schrie. Niemand würde sich darum kümmern, und viel Zeit würde man ihr ohnehin nicht gewähren, bevor wieder ein Knebel ihre Lippen verschließen würde.

»Ganz ruhig«, sagte eine helle Stimme. »Ihnen geschieht nichts.« In Johannas Ohren und in dieser Situation klang das wenig beruhigend. Das Einzige, was sie etwas Hoffnung schöpfen ließ, war die Tatsache, dass die Stimme eine Frau verriet, die das Messer in der Hand hielt. Johanna konnte sich beim besten Willen nicht vorstellen, dass eine Frau ihr körperliches Leid antun würde.

Die Vermummte setzte das Messer an ihrer Kehle an. Also hatte Johanna sich getäuscht. Diese Frau würde ihr ohne Skrupel den Hals durchschneiden. Ein Schluchzen schüttelte sie, sie schloss die Augen. Die Klinge lag kalt unterhalb ihres Kehlkopfes. Der Druck wurde stärker, ließ dann aber wieder nach und hörte ganz auf. Die Frau schnitt ihr nicht die Kehle durch. Sie zog die Klinge zurück, hob Johannas rechten Arm und begann damit ihr die Haare abzurasieren. Ganz langsam öffnete Johanna die Augen wieder. Was ging hier vor? Sie konnte sich keinen Reim darauf machen. War sie etwa Geisteskranken in die Hände gefallen, die eine Art Ritual mit ihr vollziehen wollten? Die Prozedur war unangenehm, da weder Wasser noch Seife verwendet wurden. So kratzte das Messer über die empfindliche Haut, zupfte Härchen aus, riss die Haut hier und da ein, bis sich in der gesamten Achsel ein brennender Schmerz ausbreitete. Johanna versuchte ruhiger zu atmen. Sie sah der

Frau in die Augen, die jetzt auf die andere Seite wechselte, um auch die linke Achsel grob von Haaren zu befreien, doch diese erwiderte den Blick nicht. Die anderen beobachteten sie unbewegt und schweigend. Als die Frau sich schließlich vor Johanna hinkniete, ihre Hand beiseiteschob und ihre Scham rasierte, rutschten einige unruhig auf ihren Stühlen hin und her. Sie beugten sich vor, damit ihnen nur ja kein Detail entging. Johanna atmete schwer. Großer Gott, wie demütigend das war! Sie schloss erneut die Augen. Eine Hand fuhr ihr zwischen die Schenkel, die sie instinktiv aneinandergepresst hatte. Die Hand übte Druck aus, die zweite Hand mit dem Messer berührte nun ebenfalls die zarte Haut an dieser Stelle. Um schlimmere Verletzungen zu vermeiden, öffnete Johanna zaghaft die Schenkel ein Stückchen. Schon spürte sie die Klinge an Stellen, die nicht einmal sie selbst zu betasten gewagt hätte. Einer der Männer gab unter seiner Kapuze ein Ächzen von sich. Für eine Sekunde wandten sich alle Köpfe ihm zu.
Es ist eine Frau, die dich auf diese Weise anfasst, sagte sich Johanna immer wieder. Es ist kein Mann! Dennoch genierte sie sich so sehr, dass sie still betete, das alles möge rasch vorbeigehen. So oder so. Das brennende Kratzen hörte auf. Die Frau erhob sich und kehrte zu ihrem Platz zurück. Johanna hielt den Kopf gesenkt. Unter halbgeschlossenen Lidern sah sie die grausige Runde an, die offenbar noch nicht fertig mit ihr war.
»Sie werden bezichtigt, eine Hexe zu sein«, wandte sich wieder der Anführer an sie. »Wir sind fortschrittliche Menschen und glauben, dass die Zeit der Hexen vorbei ist. Nur können wir nicht sicher sein. Die Anzeichen sprechen gegen Sie, und es sind so viele. Darum haben wir uns entschlossen, die Probe mit Ihnen zu machen.«
»Was denn für eine Probe?«, fragte sie leise.

»Wir beginnen mit der Wiegeprobe.« Wieder nickte er jemandem zu, der aufstand und Johanna zu einer Balkenwaage führte.
»Hinsetzen!«, kommandierte der.
Sie stieg auf ein Holzbrett, das an dicken Seilen befestigt war, und hockte sich hin. Ihr war kalt. Sie verdrängte den Gedanken, dass auf dieser Vorrichtung sonst geschlachtete Tiere gewogen wurden. Johanna schlang ihre Arme um die Knie. So konnte sie sich vor den Blicken schützen und sich ein wenig wärmen. Du überlebst das, sagte sie sich. Du musst es überleben. Großvater Carsten braucht dich. Der Mann befestigte einen Sack an einem Haken, der, nachdem er ihn losgelassen hatte, in der Luft hing und sich langsam zu drehen begann. Alle starrten gebannt abwechselnd auf den Sack und zu Johanna, die mit ihrem Brett auf dem Boden blieb. Der Mann tauschte den Sack gegen einen größeren aus. Das Ergebnis war das gleiche.
»Sie hat die Waage verhext«, zischte jemand.
»Oder sie ist keine Hexe«, war die Frauenstimme zu hören.
Ein letztes Mal wurde der Sack getauscht. Jetzt hob sich das Brett, auf dem Johanna zusammengekauert hockte, in die Luft. Sie erschrak und hielt sich mit den Händen an den Seilen fest. Doch höher, als dass man gerade einen Fuß unter das Brett hätte schieben können, ging es nicht hinauf. Der Sack hing sehr viel höher.
»Sie wiegt, was eine normale Frau wiegen sollte«, meinte einer.
»Die Waage ist verhext«, beharrte ein anderer.
Der Mann nahm den Sack vom Haken, woraufhin das Brett mit Johanna hart auf den Boden schlug.
»Kommen Sie her«, forderte der Anführer sie auf.

Sie stand auf, zitternd, tränenblind, und ging zurück an ihren ursprünglichen Platz.

»Sie haben die Probe bestanden«, sagte er. »Das bedeutet, Sie sind keine Hexe.« Er machte eine lange Pause, in der auch sonst niemand sprach.

»Darf ich mich wieder ankleiden?«, fragte Johanna. Vielleicht wollten sie sie gar nicht töten. Es war doch möglich, dass sie tatsächlich nur Angst vor ihr hatten. Ja, und jetzt wussten sie, dass es dafür keinen Grund gab. Sie würden sie gehen lassen.

»Ja, ich denke, das kann ich Ihnen gestatten.«

Johanna riss augenblicklich ihre Kleider an sich.

»Wir können nicht sicher sein«, sagte jemand.

»Was ist, wenn die Waage doch verhext war?«, fragte ein anderer.

Und ein Dritter geiferte: »Sie hat ihre Seele dem Teufel verkauft, sie hat ein Kind umgebracht. Wir können sie nicht laufen lassen!«

Johanna wurde den Eindruck nicht los, dass dies eine Inszenierung war. Es klang, als hätte jeder nur auf seinen Einsatz gewartet, um seinen Text zu sprechen.

»Ihr denkt also, wir sollten zur Sicherheit noch die Wasserprobe machen?«

»Ja«, schrien alle wie aus einem Mund, »die Wasserprobe!«

»Ich bin ganz bestimmt keine Hexe! Wie kann ich Ihnen das nur beweisen?«

»Die Wasserprobe wird es zeigen«, antwortete der Anführer ruhig und nickte den Männern zu, die sie in das Küterhaus geschleppt hatten. Die schienen nur darauf gewartet zu haben, sprangen auf und drückten sie auf den Boden. Einer hatte plötzlich einen Strick in der Hand, vielleicht den, mit dem er zuvor ihre Hände gefesselt hatte. Sie lag auf dem Rücken. Die

Männer banden ihr Hände und Füße zusammen, dass sie wie ein Ferkel verschnürt war, das über dem Feuer gebraten werden sollte. Alle Zuschauer standen auf.
»Nein! Ich flehe Sie an, lassen Sie mich gehen.« Sie bebte und weinte. Niemals in ihrem ganzen Leben würde sie über diese Tortur hinwegkommen. »Bitte!«, wisperte sie immer wieder.
Es half nichts. Rauhe Hände packten sie grob an Armen und Beinen und trugen sie hinaus. Die Vermummten folgten. Es regnete nicht mehr. Sie standen auf dem Steg, über den sie vor einer Zeit, für die Johanna jegliches Gefühl verloren hatte, gekommen waren.
Wasserprobe, schoss es ihr durch den Kopf. Sie werden mich ertränken wie eine räudige Katze.
Die Männer schwenkten sie vor und zurück.
»Sie können doch nicht ... Sie dürfen nicht. Bitte, wenn Sie Ihre Seelen nicht verkauft haben, dann tun Sie das nicht!« Sie schrie und strampelte, und schon flog sie durch die Luft. Sie hörte noch eine Männerstimme »Nein!« brüllen, dann waren ihre Ohren von Rauschen und Gluckern erfüllt. Die Kälte des Flusses versetzte ihr einen Schock. Sie sank und verlor dabei das Gefühl dafür, was oben und unten war. Die Angst hatte ihr dermaßen die Kehle zugeschnürt, dass sie nicht einmal mehr tief Luft geholt hatte, bevor sie untergegangen war. Sie wollte atmen, nur einmal tief durchatmen. Johanna verspürte einen Ruck, es ging in eine andere Richtung. Luft! Sie war wieder an der Oberfläche und hustete und keuchte.
»Das reicht! Zieht sie heraus!«
»Nein, noch ist es nicht genug.«
»Genau, sie kann noch mehr vertragen!«
»Ich sagte, es reicht!«
»Was kümmert's uns? Wir sagen etwas anderes.«

Die Männer, die das sogenannte Gericht bildeten, hatten zu streiten begonnen. Der Anführer schien auf Johannas Seite zu sein. Er wollte die Qual endlich beenden. Die anderen dagegen waren wie im Rausch.
»Davon stirbt sie schon nicht gleich«, rief einer und lachte böse.
»Sie hat doch sonst auch für alles einen Zauber zur Hand. Soll sie sich doch mal selbst helfen«, hörte sie einen anderen hetzen, bevor sie erneut unter Wasser sank.
Der Strick scheuerte an Hand- und Fußgelenken, die zarte Haut brannte an den Stellen, wo sie rasiert worden war. Diesmal hatte sie Luft geholt, bevor es dafür zu spät war. Lange würde sie dennoch nicht aushalten. Etwas Kaltes, Langes glitt über ihren Bauch. Sie erschrak, wollte aufschreien und schluckte Wasser. Ein Wakenitz-Aal, sagte sie sich, es musste einer gewesen sein. Keine Gefahr also, er würde ihr nichts tun. Ihre Gedanken rasten, ihr Kopf tat weh, sie sah Sterne. Dann war ihr, als würde sie ganz langsam und ruhig dahintreiben. Es rauschte in ihren Ohren, aber sie fühlte keine Kälte und keinen Schmerz mehr. Sie musste an das Bernsteinstechen denken. Fast musste sie lachen bei dem Einfall, sie sei ein Bernsteinklumpen, der von den Stöcken der Männer aufgetrieben wurde und langsam an die Oberfläche schwebte, um mit einem Netz aufgefangen zu werden. Ein bronzefarbenes Auge kam ihr noch in den Sinn, das sie aus einem schuppigen Gesicht ansah, dann wurde es schwarz.
Stimmen drängten sich in ihre Wahrnehmung. Sie klangen dumpf und unwirklich. Johanna konnte sich nicht auf die Worte konzentrieren, begriff aber, dass noch immer gestritten wurde. Ihretwegen. Sie lag auf nassem Holz, der Strick war ihr abgenommen worden.

»Verschwinden wir!«, rief schließlich jemand. Das Getrappel der über den Steg davoneilenden Füße dröhnte in ihrem Kopf. Sie wagte nicht, sich zu rühren, nicht einmal, die Augen zu öffnen. Beinahe wäre sie zusammengezuckt, als sie eine Hand an ihrem Hals spürte.
»Dem Himmel sei Dank, sie lebt«, hörte sie die Stimme des Anführers leise sagen. Er hatte neben ihr gekniet, stand auf und entfernte sich in Richtung der Küterhäuser. Keine Minute später verrieten schwere Schritte, dass er zurückkehrte. Johanna fühlte Stoff, der über sie gelegt wurde – ihre Kleider. Anschließend machte sich auch der Anführer der Bande davon. Sie hätte nicht sagen können, wie lange sie noch liegen geblieben war, schlotternd und voller Angst, die Männer könnten zurückkommen. Dann endlich fasste sie den Mut, sich umzublicken. Sie richtete sich auf, zog sich ihre Kleider notdürftig über und lief mit vor Kälte schmerzenden Knochen, so schnell sie konnte, nach Hause.

Femke Thurau

Femke war aus dem Kindbett noch nicht wieder aufgestanden. Sie war nur noch ein Schatten ihrer selbst. Ihre Tochter hatte man ihr weggenommen und einer Amme gegeben, um die Mutter zu schonen. Dabei war ihr Kind genau die Arznei, die sie brauchte, damit es ihr besserging. Die Tür öffnete sich leise, und Hanna sah hinein.
»Nun, mein Kind, wie fühlst du dich?«
»Es ist gut, dass du kommst. Ich muss zwei Dinge tun.« Sie sprach langsam, ihre Stimme war nur noch ein Flüstern.
»Du musst nur eins, nämlich dich ausruhen, damit du bald wieder auf den Beinen bist.«

In Hannas Augen konnte Femke ablesen, welches Bild sie abgab. Es machte ihr nicht gerade Hoffnung. Dafür bestärkte es sie umso mehr, jetzt auf der Stelle zu erledigen, was noch zu erledigen war. Viel Zeit blieb ihr dafür nicht mehr.
»Bitte, du musst etwas für mich tun«, wisperte sie.
»Alles, mein Kind!« Hanna nahm ihre Hand.
»Dort in der unteren Schublade ganz hinten hinter der warmen Wäsche liegt mein Anhänger. Und dort ist auch der Brief von …«
Sie zögerte und atmete schwer. »Von Luise«, sagte sie. Sie brachte es nicht übers Herz, Hanna gegenüber Luise ihre Mutter zu nennen.
»Ist schon gut, Kind, die Sachen sind sicher an ihrem Platz.«
»Du musst sie meiner Tochter geben, wenn sie alt genug ist, hörst du?«
»Das wirst du schön selber machen«, sagte Hanna tadelnd. Ihre Augen glänzten verräterisch.
»Und da ist auch das Büchlein mit meinen Eidechsengeschichten«, fuhr Femke unbeirrt fort. »Bitte, hol alles hervor. Jetzt gleich, damit ich weiß, dass du die Sachen für meine Johanna an dich genommen hast.«
Hanna wollte widersprechen, brachte aber keinen Ton heraus und ging stattdessen zu der Kommode, öffnete die untere Schublade und fand alles, wie Femke es gesagt hatte.
»Sehr gut.« Schweiß stand ihr auf der Stirn. »Bewahre es gut für sie auf. Und dann noch das: Ich möchte, dass Johanna das Schnitzen lernt. Wenn die Zeit dafür reif ist, dann schicke sie nach Stolp zu Onkel Johann-Baptist. In seiner Werkstatt soll sie das Handwerk lernen, für das sie bestimmt ist.«
»Ja, Kind, ich verspreche es«, sagte Hanna. Eine Träne lief ihr über die Wange.
»Jetzt bin ich beruhigt.« Femke schloss einen Moment die Augen. Dann öffnete sie sie wieder, sah ihre Mutter an und bat: »Kannst du

mir Johanna bringen, bitte? Ich möchte mein Kind noch einmal im Arm halten.«
»O Femke, du darfst noch nicht ...« Hanna schluchzte, wischte sich über das Gesicht und holte tief Atem. »Natürlich, Kind, und ich werde auch sehen, wo Carsten steckt.« Damit verließ sie mit ihrem ganz eigenen schleppenden Schritt die Kammer. Es vergingen keine zwanzig Minuten, bis Hanna und Carsten mit dem Säugling zurück waren. Als sie die Schlafstube betraten, war Femke tot.

VI

Gesa war ihr zur Verbündeten geworden. Ihr war Johanna in der Nacht des Hexengerichts in die Arme getaumelt, mit blauen Lippen, nassen Haaren, ohne Schuhe und mit schmutzigen Kleidern. Sie hatte der Magd das Versprechen abgenommen, keiner Seele und unter gar keinen Umständen Carsten etwas von dem Vorfall zu verraten. Um welchen Vorfall es sich aber handelte, verschwieg sie dem Mädchen gegenüber. Was ihr widerfahren war, war schlimm genug. Sie wollte sich die Demütigung ersparen, dass alle Welt die Einzelheiten erfuhr. Dass sie Fieber bekam und schrecklichen Husten, erklärte sie damit, sich wohl bei ihrem Großvater angesteckt zu haben. Sie hütete das Bett und konnte so die Striemen an Hand- und Fußgelenken leicht verbergen.
Einige Zeit nach dem schändlichen Überfall meldete Gesa einen Besucher. Carsten war längst wieder auf den Beinen und hatte sich an diesem Morgen nach der Lektüre der Zeitung verabschiedet, um das Kontor eines Reeders aufzusuchen. Wenn sein zukünftiger Schwiegersohn es mit der Heirat nicht eilig hatte, musste sich Carsten eben selbst noch um die Geschäfte kümmern. Doch lange war er dazu gewiss nicht bereit, ließ er Johanna wissen, bevor er aus dem Haus ging.

Körperlich war sie wieder bei Kräften, und so rang sie sich dazu durch, einen Spaziergang zum Markt zu unternehmen und vielleicht noch rasch bei Frau Aldenrath vorbeizuschauen. Sie war erstaunt, dass diese sich nicht mehr bei ihr gemeldet hatte, obwohl sie es doch so dringlich gemacht hatte. Womöglich war die Nachricht unter dem Stein gar nicht von der Aldenrath, war Johanna zwischenzeitlich in den Sinn gekommen. Sie wollte es herausfinden. Vor allem wollte sie sich wieder vor die Tür trauen. Wenn sie nicht bald ging, würde es ihr immer schwerer werden. Sie war gerade auf der Treppe, als es klopfte. Johanna blieb stehen und hörte, wie Gesa mit jemandem sprach.
»Da ist ein Herr, der Sie sehen möchte, Fräulein. Soll ich ihm sagen, er muss noch einmal wiederkommen?«, fragte Gesa mit Blick auf Johannas Mantel.
»Wer ist es denn, der Herr Nebbien?«
»Nein, er sagt, sein Name ist Lambert.«
Johanna runzelte die Stirn. Sie kannte niemanden mit diesem Namen. »Bitten Sie ihn herein. Zu lange wird es wohl nicht dauern«, sagte sie und streifte Schal und Handschuhe wieder ab.
Der Mann, der sich als Herr Lambert vorgestellt hatte, betrat die Diele. Er trug einen Wollmantel, Flanellhosen und einen Filzhut. Seine Gesichtszüge wirkten fein und freundlich. Er machte einen formvollendeten Diener und lüpfte den Hut.
»Guten Tag, Fräulein Thurau.«
Der blanke Schrecken fuhr ihr durch die Glieder. Sie kannte diese Stimme. Das war einer ihrer Peiniger. Nein, das war nicht irgendeiner von ihnen, das war der Anführer!
»Gehen Sie weg«, flüsterte sie voller Angst. Dann nahm sie all ihren Mut zusammen und zischte ihre ganze Wut heraus: »Gehen Sie! Verschwinden Sie sofort!«

»Ich kann gut verstehen, dass Sie mich nicht sehen wollen. Ja, ich war dabei. Und ich bedaure zutiefst, was ich getan habe, was ich Ihnen angetan habe. Ich erwarte nicht, dass Sie mich verstehen.«
»Dann ist es gut, denn ich werde etwas derart Schändliches niemals verstehen.«
»Bitte, geben Sie mir dennoch die Möglichkeit, es Ihnen zu erklären.«
»Ich will kein Wort hören. Es gibt nichts, was das erklären könnte.«
»Bitte, Fräulein Thurau …«
»Gehen Sie! Gehen Sie auf der Stelle, oder ich sorge dafür, dass Sie bezahlen!« Ihre Stimme klang eisig. Sie zwang sich, ruhig zu atmen, und trat ihm entgegen, so dass er instinktiv einen Schritt zurückwich. Als er jedoch wie festgewachsen stehen blieb und ihr trotzte, öffnete sie die Tür zur Küche und bedeutete ihm, sich hineinzubegeben.
»Lassen Sie es mich wiedergutmachen«, sagte er, nachdem Johanna die Tür hinter ihnen geschlossen hatte.
Sie lachte bitter auf. »Das ist wohl kaum möglich. Wie wollen Sie das anstellen? Können Sie es ungeschehen machen, dass ich fremden Leuten meinen Körper nackt zeigen musste, in unsäglichen Stellungen und Situationen?« Die Erinnerung stand ihr so deutlich vor Augen, dass sie laut schluchzte. Aber sie nahm sich gleich wieder zusammen und sagte mit fester Stimme: »Können Sie ungeschehen machen, dass ich in der Wakenitz beinahe ertrunken wäre, dass ich eine volle Woche mit Schmerzen fiebernd im Bett zugebracht habe?«
»Nein. Ich wünschte, ich könnte es, aber nein, das kann ich nicht. Ich kann Ihnen allerdings in einer Sache helfen, die Ihnen noch mehr Leid bringen könnte.«

Sie starrte ihn lange an, bevor sie fragte: »Wovon sprechen Sie?«
»Ich spreche vom Tod des Aldenrath-Jungen.«
Sie funkelte ihn böse an. »Sie haben keinen Zweifel an meiner Schuld, habe ich recht?«
»Halten Sie sich denn für unschuldig?«
Johanna senkte rasch den Blick. Nein, das tat sie wahrhaftig nicht. Sie fühlte sich entsetzlich schuldig. Doch sie war nicht allein verantwortlich.
»Ich weiß, dass die Mutter des Jungen im Grunde die Schuld trägt. Sie hat die Samen des Bilsenkrauts, die sie nie hätte in die Hände bekommen dürfen, sorglos herumliegen lassen«, erklärte er ruhig.
»Woher …?«
»Sie hat es mir gesagt.«
Johanna konnte es nicht fassen. Wenn er mit Nebbien zum Gericht gehen und das für sie bezeugen würde, ließe man die Klage, die sie vor einigen Tagen auf dem Krankenlager erreicht hatte, doch sicher fallen.
»Allerdings bin ich Arzt und habe mich daher zur Verschwiegenheit verpflichtet. Ich darf nicht weitertragen, was sie mir anvertraut hat.«
»Das haben Sie bereits getan«, stellte Johanna ungerührt fest.
»Um Ihnen zu zeigen, dass es mir mit meiner Reue ernst ist. Ich begebe mich in Ihre Hände. Wenn es Ihnen beliebt, können Sie mir nun das Leben schwermachen, mich bezahlen lassen, wie Sie mir vorhin drohten.« In seinen blauen Augen lag so viel Wärme, so viel Offenheit. Johanna traute ihrem Gefühl nicht mehr. Konnte sie ihm glauben? Konnte er ein aufrichtiger Mensch sein und nicht abgrundtief böse und sich dennoch an einer derart grausigen Tat beteiligen?

»Wie wollen Sie mir helfen, wenn Sie doch nichts sagen dürfen?«, fragte sie misstrauisch.
»Erlauben Sie mir, dass ich Ihnen etwas zeige. Womöglich verstehen Sie dann zumindest annähernd die Motive für mein übles Tun. Auf dem Weg erkläre ich Ihnen, was ich zu unternehmen gedenke, um Ihnen die Aldenrath-Sache vom Hals zu schaffen.«
Sie zögerte. »Was wollen Sie mir zeigen?«
»Erschrecken Sie jetzt nicht. Ich möchte Sie zu den Küterhäusern bringen.«
Sie sog hörbar die Luft ein. »Wie können Sie es wagen?«
»Bitte, Fräulein Thurau! Sehen Sie, ich bin Arzt und Mitglied im Ärztlichen Verein zu Lübeck. Ich verurteile zutiefst, dass, verzeihen Sie, Menschen wie Sie noch immer wie die Scharlatane früherer Zeit Unheil anrichten. Nur habe ich unverzeihlicherweise einen falschen Weg beschritten, um dagegen vorzugehen. Aufklärung ist unser vorrangiges Ziel im Verein. Das hätte mein Weg sein müssen.«
»Ich verstehe nicht recht …«
»Ich bitte Sie inständig, mit mir zu kommen, dann werden Sie verstehen, dessen bin ich gewiss.«
Sie dachte gründlich nach. Zwar scheute sie sich, an den Ort zurückzukehren, mit dem sie die schlimmsten Erinnerungen verbanden, und dann auch noch mit dem Mann, der die Verantwortung dafür auf seinen Schultern trug, doch wollte sie nicht den Rest ihres Lebens einen Bogen um diesen Platz an der Wakenitz machen. Noch schwerer wog, dass sie sich die letzten Tage, seit das Schreiben vom Gericht gekommen war, unablässig Gedanken darüber gemacht hatte, wie sie nur ihre Unschuld beweisen könnte. Den Gang zu Nebbien hatte sie vor sich hergeschoben, wusste aber natürlich, dass sie ihn drin-

gend sprechen musste. Nicht nur wegen der Aldenrath-Angelegenheit. Wenn Sie jemanden herbeibringen konnte, der ihre Aussage bestätigte, dann konnte Nebbien vor Gericht für sie gewinnen. Und dann wäre es ihm auch nicht länger möglich, ihr aus dem Weg zu gehen, und sie würde endlich erfahren, ob er ihr Vater war.
»Also schön«, meinte sie schließlich. »Ich werde der Magd Bescheid geben, wohin ich gehe. Und ich werde ihr auftragen, jemanden zu mir zu schicken, wenn ich in einer Stunde nicht zurück bin.«
Er nickte.

Johanna zog den Mantel fest um sich. Der Wind war kalt, der Winter war nicht mehr weit.
»Lassen Sie mich Ihnen erklären, was mich so sehr gegen Sie aufgebracht hat«, begann er, als sie von der Glockengießerstraße an das Flussufer kamen. »Den Ärztlichen Verein gibt es seit 1809, nun also bereits seit siebzehn Jahren. Eine lange Zeit, möchte man meinen. Trotzdem schlagen wir uns noch immer mit den gleichen Problemen herum, kämpfen für die gleichen Ziele.«
Sie sagte nichts und sah ihn auch nicht an.
»Es geht uns um Wissen, um Forschung und Aufklärung«, fuhr er fort. »Wir haben bereits einige sehr tüchtige und gut gebildete Ärzte, aber natürlich sind da noch viele junge Kollegen, die eine Menge lernen müssen. Und bedauerlicherweise gibt es Unbelehrbare, die neue Erkenntnisse einfach ignorieren und an alten Behandlungsmethoden und Vorgehensweisen festhalten. Und von dieser Sorte gibt es nicht zu wenige.«
Sie erreichten das Kütertor, das mit seinen zahlreichen mal in diese Richtung, mal in jene angesetzten Anbauten malerisch

und ein wenig geheimnisvoll wirkte. Dahinter lagen die Bretterbuden über dem Fluss, die der Stadt als Schlachthäuser dienten. Johanna hatte Mühe, das Beben zu unterdrücken, das ihren Körper ergriff.

»Sie kannten diese Häuser schon, bevor wir Sie herbrachten, nicht wahr?«

»Jeder in Lübeck kennt sie«, gab sie knapp zurück.

»Und jeder weiß, was hier passiert. Tiere werden geschlachtet und dann den Fleischhauern gebracht. Kaum einer weiß jedoch, unter welchen katastrophalen hygienischen Bedingungen das geschieht.«

Sie würdigte ihn noch immer keines Blickes, sondern hörte nur stumm zu, während sie ihre Augen nicht von den Pfahlbauten nehmen konnte.

»Die Tiere werden geschlachtet, und durch Bodenluken fließt das Blut zusammen mit Fleischabfällen und Stalldung direkt in die Wakenitz. Im Sommer, wenn alles so viel schneller verdirbt, dann können auch mal verweste Innereien dabei sein, die diesen Weg nehmen.«

Sie zwang sich, ruhig zu atmen. Auf keinen Fall wollte sie sich vorstellen, dass sie in diesen Unrat getaucht war. Mit einem Mal fiel ihr etwas ein. »Wie kann es denn sein, dass es Badeanstalten gibt, wenn das Wasser derart verschmutzt ist?«

»Das ist eine sehr gute Frage.« Zum ersten Mal lächelte er sie an. »Badeanstalten sind wichtig für die Gesunderhaltung der Bürger. Schwimmen ist die empfehlenswerteste Form körperlicher Ertüchtigung. Darum müsste die Frage noch besser lauten: Warum schützt niemand die Bürger vor diesen hygienischen Verbrechen? Warum sorgt niemand dafür, dass die Abfälle gar nicht erst ins Wasser gelangen können?« Er redete sich immer mehr in Rage. »Die Wakenitz-Aale werden natürlich schön fett von dem, was regelmäßig in ihrem Fluss landet. Kein Wunder, dass die Fischer alles gut finden, wie es ist. Sogar einige Ratsmitglieder kommen zum Fischen. Können Sie sich das vorstellen? Die sollten doch auf der Stelle die katastrophalen Umstände ändern, meinen Sie nicht?«

»Ja, natürlich.«

»Aber das tun sie nicht. Nein, sie kommen mit ihren Angeln.«

»Ich kann mir gar nicht denken, dass jemand den Aal essen mag, der zuvor …« Sie konnte nicht weitersprechen, hielt sich eine Hand vor den Mund und wehrte sich gegen den Würgereiz.

»Es kommt noch schlimmer! Folgen Sie mir, fort von dem Gestank!« Sie gingen nur wenige Schritte. Zwar war der Geruch hier nicht mehr ganz so stark, aber er lag noch immer in der Luft. »Sehen Sie«, sagte er zu ihr, »hier liegen die Wasserkünste. Die Bürgerwasserkunst und die Brauerwasserkunst. Haben Sie eine Ahnung, wie viele Häuser mit dem Wasser versorgt werden, das durch die Wasserkünste verteilt wird? Machen Sie sich überhaupt ein Bild davon, wie viele Menschen davon täglich trinken? Und dann kommen noch die Brauer hinzu, die das Wasser benötigen, um Bier herzustellen. Und womit füllen die Wasserkünste ihre Reservoirs?«

»Mit dem Wasser der Wakenitz«, antwortete sie.

»So ist es. Das sind unhaltbare Zustände.«

»Niemand wird das bestreiten«, sagte sie. »Doch warum fangen Sie mit Ihren Bemühungen um mehr Hygiene nicht bei Ihren eigenen Leuten an? Schwarze Operationsschürzen zu tragen, damit niemand das viele längst getrocknete Blut darauf sieht, anstatt diese nach jeder Behandlung zu waschen, scheint mir ebenso wenig förderlich für die Gesundheit wie die Angewohnheit, mit einem einzigen Schwamm die Wunden ver-

schiedener Patienten zu säubern, ohne ihn zwischendurch auch nur auszuspülen.« Sie blickte ihn herausfordernd an.
Lambert kniff die Augen zusammen. »Woher wissen Sie das?«
»Ist das nicht allgemein bekannt?«, erwiderte sie hochmütig und freute sich darüber, diese Geschichten von Marcus Runge gehört zu haben.
»Dass diese Praxis üblich ist, wissen viele, ja. Wovon indes nicht einmal alle Ärzte Kenntnis haben, ist der Umstand, dass diese Form mangelnder Hygiene für mannigfaltige gesundheitliche Probleme verantwortlich ist.« Er beobachtete sie. Sie tat gleichgültig, zuckte nur leicht mit den Schultern und sah die Wassertürme an, als gäbe es dort etwas Aufregendes zu entdecken.
»Sie haben vollkommen recht«, nahm er den Faden wieder auf. »Unsere Kollegen in den Fragen der Hygiene zu unterweisen ist eine der wichtigsten Aufgaben des Vereins. Aber wir handeln an vielen Fronten zur gleichen Zeit. So versuchen wir auch dafür Sorge zu tragen, dass das Trinkwasser nicht länger verunreinigt wird. Eine verschmutzte Schürze ist gewiss ein Mangel. Doch der schadet, wenn überhaupt, nur einem oder wenigen Kranken. Durch diese Verschmutzung hier«, er zeigte auf den Fluss, der sich grau um die Stadt schmiegte, »brechen Epidemien aus, mit unzähligen Opfern.«
Johanna sah sich einem besonnenen und engagierten Mann gegenüber, der mit jedem Wort, das er sagte, recht hatte. War das wirklich der Gleiche, der sie auf so infame Weise vorgeführt und gequält hatte?
»Sie sollten mir langsam erklären, was das alles mit mir zu tun hat«, forderte sie ihn kühl auf. »Sehr lange wird es nicht mehr dauern, bis Gesa nach mir schickt.«
»Nun, es war nicht meine Idee. Aber damit will ich mich nicht reinwaschen. Weil man so viel von der Hexe sprach, die in Lü-

beck die Menschen mit ihren Mittelchen behandelt, anstatt sie zu einem anständigen Arzt zu schicken, hat jemand mal voller Wut gesagt, man müsse mit ihr verfahren, wie man früher mit Hexen verfahren ist. Für mich waren das nur Worte, die im Zorn so dahingesagt waren. Doch dann ist der kleine Aldenrath gestorben. Es war bekannt, dass Sie zuvor im Hause waren. Angst und Hass der Leute waren groß. Da sagte einer, man müsste dieser Hexe einmal einen ordentlichen Schrecken einjagen. Man wisse ja nicht einmal, ob sie überhaupt bestraft werde.«

Johanna schüttelte verständnislos den Kopf.

»Ich dachte, der Zweck heiligt die Mittel. Und es sollte ihnen doch nichts geschehen.« Er sah auf seine Hände hinab.

»Hexenverfolgung! Und Sie wollen ein fortschrittlicher Mann und Arzt sein?« Sie war fassungslos.

»Heute weiß ich auch, dass der Zweck die Mittel nicht heiligt. Wir sind schon zu weit gegangen, als wir sie gewaltsam zu den Küterhäusern brachten. Die Leute waren nicht mehr zu halten. Sie waren wie im Rausch. Ich hatte große Angst, dass sie Sie wahrhaftig töten könnten. Niemals hätte ich gedacht, dass alles so außer Kontrolle gerät.«

Sie glaubte ihm. Ob sie wollte oder nicht, sie hielt ihn für keinen üblen Menschen.

»Mir war einfach nur daran gelegen, dass Sie mit Ihrem Treiben aufhören. Und ich wollte ein Exempel statuieren, damit niemand in Lübeck mehr auf die Idee käme, uns Ärzten ins Handwerk zu pfuschen. Ich habe Sie für eine Quacksalberin und Betrügerin gehalten, die nichts von Heilmitteln versteht. Jetzt bin ich nicht mehr sicher.«

»Ach?« Sie sah ihm direkt in die Augen. »Und was hat Ihre Meinung geändert?«

»Das, was Sie vorhin über die Schürzen und die Schwämme sagten. Würde ich das von einem jungen Kollegen hören, ich würde ihm eine hoffnungsvolle Zukunft prophezeien. Woher kennen Sie sich mit diesen Dingen aus? Sie sind doch keine Hebamme, oder?«

»Nein.« Sie verriet ihm nichts von ihrer guten Schule, die sie in Stolp genossen hatte. Noch nicht. So schnell konnte sie ihm nicht verzeihen, und er schuldete ihr immerhin schon lange eine Antwort. »Sie wollten mir auf dem Weg erklären, wie Sie mir helfen wollen. Also?«

Er zögerte keine Sekunde. »Herr Aldenrath hat an dem Tribunal teilgenommen. Ich werde auf ihn und seine Frau einwirken, damit sie die Vorwürfe gegen Sie zurücknehmen.«

»Und wenn sie sich weigern?«

»Dann werde ich mich selbst bezichtigen, an diesem schrecklichen Hexengericht beteiligt gewesen zu sein und meine Schweigepflicht verletzt zu haben. Dann steht zumindest Aussage gegen Aussage.«

»Das würden Sie wirklich tun?« Sie sah ihn ungläubig an.

»Das ist das Mindeste.« Einen Moment standen sie einander schweigend gegenüber.

»Danke«, sagte Johanna schließlich.

»Ich bringe Sie nach Hause.«

Sie passierten zum zweiten Mal das Kütertor.

»Ich habe einige Zeit in Stolp gelebt«, begann Johanna. »Dort gibt es einen großartigen Apotheker. Sein Name ist Marcus Runge.« Sie erzählte, wie sie ihn kennengelernt hatte, berichtete von ihren Besuchen und schwärmte von den Tiegeln und Fläschchen, den Kräutern und Tinkturen.

Als sie vor dem Haus in der Glockengießerstraße ankamen, steckte Gesa den Kopf zur Tür heraus.

»Da sind Sie ja, Fräulein. Ich wollte gerade jemanden nach Ihnen schicken.«

»Nicht nötig, Gesa, danke. Es ist alles in Ordnung.«

»Dann ist es gut.« Schon war sie wieder verschwunden.

»Ich danke Ihnen, dass Sie mich aufgesucht und mir erklärt haben, was Sie zu diesem Handeln getrieben hat. Und ich danke Ihnen wirklich von Herzen, dass Sie mir in der Aldenrath-Sache helfen werden. Ich kann Ihnen versprechen, dass ich in Zukunft niemandem mehr Arzneien bringen werde. Glauben Sie mir, der Tod des kleinen Achim hat mich schwer erschüttert. Ich mochte ihn so sehr. Nein, ich rühre gewiss keine Heilkräuter mehr an.«

»Das wäre im höchsten Maße bedauerlich.«

»Wie bitte?« Johanna glaubte sich verhört zu haben. Aber offenbar hatte sie ganz richtig gehört, und seinem Gesicht nach zu urteilen trieb er auch keinen Scherz mit ihr.

»Sie könnten sich unterrichten lassen. Es gibt einige Frauen, die den Ärzten zur Hand gehen. Oder Sie lassen sich zur Hebamme ausbilden.«

»Ich dachte, das vermeintliche Gericht sollte dazu dienen, mich so weit wie möglich von sämtlichen Heilmitteln und dem Wunsch, Menschen ihre Gebrechen zu lindern, fernzuhalten. Und nun schlagen Sie mir ernstlich vor, mich erst richtig damit zu befassen?«

»Ich weiß jetzt, dass ich Ihre Tätigkeit vollkommen falsch eingeschätzt habe. Jemanden wie Sie können wir immer gebrauchen. Denken Sie darüber nach.«

Noch vor Weihnachten war die Angelegenheit Achim Aldenrath ausgestanden. Carsten war überglücklich.
»Das hätte ich denen doch gleich sagen können, dass meine Kleine niemandem etwas Böses antun könnte. Donnerschlag, wie die Aldenraths so etwas nur behaupten konnten. Nie wieder wechsle ich ein Wort mit denen. Kein einziges Wort.« Immerzu beteuerte er das. Von der Idee, Johanna könne sich zur Hebamme ausbilden lassen, hielt er überhaupt nichts. Sie gehöre endlich an die Seite ihres Mannes, meinte er. Alles andere sei doch wohl größter Unfug.
Sie selbst wusste nicht recht, was sie tun sollte. Sie hatte Louis von dem Angebot geschrieben. Der war aus Paris auf das elterliche Weingut zurückgekehrt. Die Revolution ließ auf sich warten, so schien es. So bald würden er und seine Gefährten die Geschicke des Landes nicht neu bestimmen können. Also waren alle wieder dort, wo sie hingehörten, blieben jedoch bereit, jederzeit nach Paris zu strömen, wenn es die Lage erforderte. Louis hatte den Moment für glücklich gehalten, um sie nun endlich in seine Heimat zu holen. Was sie ihm jedoch über die gemeinnützige und wohltätige Arbeit schrieb, die man sie zu tun gebeten hatte, gefiel ihm so gut, dass er sie aufforderte, sich noch Zeit zu lassen. Es gebe zu viel Armut, zu wenig Reiche, die sich um die Bedürftigen kümmern würden. Die Ungerechtigkeit und vor allem die Ungleichheit würden immer größer, so groß, dass er es kaum noch ertragen könne. Obwohl sie ihm von Herzen fehle, sei er glücklich zu wissen, dass seine zukünftige Frau keine dieser verwöhnten Kaufmannstöchter sei, sondern eine, die für ihre Überzeugung einstehe.
Johanna konnte ihn vor sich sehen, die blitzenden Augen, die Hände ständig in Bewegung, die kräftigen, wohlgeformten Arme, das störrische blonde Haar. Sie vermisste ihn schreck-

lich. Ein Jahr war es nun bald her, seit sie sich gesehen hatten. Am liebsten würde sie auf der Stelle nach Frankreich aufbrechen und ihm um den Hals fallen. Nur lockte sie eben auch der Gedanke, sich wie in Stolp mit Kräutern und Ölen zu beschäftigen, noch mehr darüber zu erfahren, ohne als Hexe bezichtigt zu werden. Außerdem hatte sie in Lübeck noch etwas zu erledigen. Sie musste Nebbien aufsuchen, um sich endlich mit ihm auszusprechen.

Es war ein Tag vor Heiligabend, als sie sich auf den Weg zu dem Gasthaus machen wollte, in dem Johannes Nebbien noch immer eine kleine Stube bewohnte. Vor der Haustür rannte sie ihn fast um.
»Herr Nebbien! Entschuldigung, ich habe nicht damit gerechnet, dass jemand direkt vor der Tür steht.«
»Ich muss mich entschuldigen.« Er sah peinlich berührt zu Boden. Dann ging ihm anscheinend ein angenehmer Gedanke durch den Kopf, und er schmunzelte. »So habe ich Ihre Mutter kennengelernt.«
Johanna war irritiert. »Vor der Haustür?«
»Nein, wir sind ineinandergelaufen. Ich kam gerade aus der Schule und sie aus der Werkstatt, wo sie Bernstein bearbeitet hatte. Sie war noch ein kleines Mädchen.« Seine Augen glänzten bei diesen Worten, und sein Gesicht bekam einen sanften, entspannten Ausdruck, wie sie es noch nie bei ihm bemerkt hatte. »Natürlich hatte ich sie schon vorher im Hof oder in der Straße gesehen. Wir waren schließlich Nachbarn. Aber so richtig wahrgenommen habe ich sie erst an diesem Tag. Sie erzählte mir, dass sie schnitzt. Damals habe ich auch noch geschnitzt, aber mit Holz. Das ist lange her.« Er machte eine kurze Pause. »Jedenfalls schleppte sie mich in diese kleine düs-

tere Werkstatt, und der Meister zeigte mir ihre Arbeiten. Nie hätte ich geglaubt, dass ein Mädchen ein Handwerk beherrschen könnte. Und sie war doch noch so jung. Ihre Begabung war wirklich einzigartig.«
»Wollen Sie nicht hereinkommen?«
»Ich möchte nicht stören. Es ist ein Tag vor Weihnachten.«
»Dann haben Sie rein zufällig vor unserem Haus gestanden?«
»Nein.«
»Also. Kommen Sie, bevor wir hier draußen erfrieren.«
»Aber Sie wollten gerade gehen. Dann störe ich doch.«
»Keineswegs, ich wollte ja zu Ihnen.«
»Ich glaube nicht, dass das eine gute Idee ist«, protestierte er, während er ihr ins Haus folgte. »Wenn Ihr Großvater mich sieht …«
Doch sie achtete nicht auf seinen Widerspruch.

Sie saßen in der guten Stube. Gesa brachte Tee mit Orangenscheiben und einen Teller mit Marzipan. Johanna strich sich eine Strähne hinter das Ohr.
»Sie sind ihr ähnlich, wissen Sie das? Nun ja, Ihr Haar ist nicht rot, sondern braun, aber es fällt in den gleichen sanften Wellen wie bei Ihrer Mutter. Auch die zarte Gestalt haben Sie von ihr.«
»Das Talent zum Bernsteinschnitzen dagegen habe ich nicht geerbt.«
»Wirklich nicht? Wie schade.«
»Darüber sind einige sehr enttäuscht.«
»Sie selbst gehören nicht dazu?«
»Es gab eine Zeit, da habe ich es bedauert. Heute denke ich, meine Begabung liegt möglicherweise auf einem anderen Gebiet. Zwar wäre ich deswegen fast in größte Schwierigkeiten

geraten, doch ich glaube, dass es kostbarer ist, etwas von Kräutern und lindernden Substanzen zu verstehen, als Dinge herzustellen, mit denen eitle Menschen sich schmücken. Bernstein kann so viel sinnvoller genutzt werden als an den Hälsen aufgeblasener Damen.«

»Sie tragen Ihren Anhänger doch auch«, wandte er ein und sah auf den Stein mit der Eidechse, der auf dem Stoff ihres Winterkleides lag. »Die ganze Zeit schon muss ich ihn ansehen, weil er mich so sehr an Ihre Mutter erinnert.«

Es entstand eine fast greifbare Stille. Johanna fühlte sich nicht wohl, weil dieser Mann offenbar voller Traurigkeit an Femke Thurau dachte, während sie selbst ihre Mutter zu wenig gekannt hatte, um sie von Herzen zu vermissen.

Sie brach das Schweigen. »Sind Sie mein Vater, Herr Nebbien?«

Er schluckte. »Ja, Johanna«, antwortete er zögernd.

Obwohl sie es geahnt hatte, war es ein Schock für sie, und sie wusste nicht, was sie sagen sollte.

Die Tür ging auf, und Carsten trat ein. Seine von der Kälte geröteten Wangen leuchteten. Sein fröhliches Gesicht gefror zu einer Maske, als er Nebbien erblickte.

»Was verdammt noch mal tun Sie hier? Habe ich mich nicht deutlich ausgedrückt? Sie haben hier nichts zu suchen!«, donnerte er los.

»Es ist schon gut, Großvater.«

»Nein, das ist es nicht!«

Nebbien sprang auf. »Ich gehe schon.«

»Nein, das werden Sie nicht tun.« Johanna war auch aufgestanden. »Es muss irgendwann einmal Schluss sein mit den Geistern der Vergangenheit. Das gilt für Sie genauso wie für dich, Großvater.«

»Was soll das heißen? Der Advokat hat seine Arbeit erledigt. Ich wüsste nicht, was er jetzt noch in unserem Hause zu tun hätte.«
»Der Advokat ist immerhin mein Vater!«
Nebbiens Gesicht war nicht mehr entspannt. Die steile Falte über der Nase war zurück. Carsten wurde blass unter den roten Wangen, seine Augen schienen beinahe aus den Höhlen zu treten.
»Was sagst du da? Haben Sie ihr das etwa eingeredet?«
»Nun ja, ich ... Johanna braucht doch einen Vater.«
»Der Sie jetzt sein wollen, nach all den Jahren?«
»Es wäre Femkes Wunsch gewesen.«
»Halten Sie den Mund! Wagen Sie nicht noch einmal, den Namen meiner Tochter auszusprechen. Was wissen Sie denn von Femkes Wünschen? Im Stich gelassen haben Sie sie!«
»Dann ist es also wahr, dann sind Sie mein Vater und haben meine Mutter vor meiner Geburt verlassen? Warum?« Johannas Herz klopfte. Endlich erfuhr sie, was damals geschehen war.
Nebbien holte Luft, doch Carsten kam ihm zuvor. »Ich habe es dir schon einmal gesagt, du hast keinen Vater. Dieser Kerl hier ist es ganz bestimmt nicht. Das Einzige, was du ihm glauben kannst, ist, dass er deine Mutter hat sitzenlassen, als sie guter Hoffnung war. Erst die große Liebe vorgaukeln und sich dann aus dem Staub machen, das hab ich gern!« Seine Stimme dröhnte. Die Wut der vergangenen Jahre brach sich Bahn. »Du hättest ihn sehen müssen, wie er um ihre Hand angehalten hat. Wie ein kleiner Junge, noch ganz grün hinter den Ohren. Angefleht hat er uns, mit unserem Wagen nach Wolgast fahren zu dürfen, um sie zu holen. Er würde immer für sie da sein, was auch passiert, hat er hoch und heilig versprochen.« Carstens

Augen funkelten voller Hass. »Kein Wort hat er gehalten. Pfui Teufel!«

Nebbien hatte die Vorwürfe über sich ergehen lassen. Mit einem Mal drückte er sein Kreuz durch, machte sich gerade und sah Carsten direkt in die Augen. »Stattgegeben. Sie haben mit jeder Silbe recht, und es gibt nichts, was ich zu meiner Verteidigung vorbringen könnte. Das Einzige, was mir zu tun bleibt, ist, Johanna eine Erklärung zu geben. Meinen Sie nicht, Herr Thurau, es ist höchste Zeit, dass sie mehr über ihre Vergangenheit erfährt?«

Carsten holte hörbar Luft.

»Bitte, Großvater.«

»Erlauben Sie mir, das Gespräch mit Ihrer Enkelin zu Ende zu bringen. Nicht für mich, sondern einzig und allein für sie.«

Es trat eine lange Pause ein. Atemlose Spannung lag in der guten Stube, die weihnachtlich herausgeputzt war.

»Also schön«, brummte Carsten endlich. »Aber danach verschwinden Sie und lassen sich hier nicht mehr blicken.«

»Wenn das auch Johannas Wunsch ist, können Sie sich darauf verlassen.«

Es sah einen Moment so aus, als wollte Carsten noch etwas darauf erwidern, doch er ließ die beiden einfach wortlos allein.

»Es tut mir sehr leid, dass ich Ihnen nicht die Wahrheit gesagt habe. Leider hat Ihr Großvater recht, Sie sind nicht mein Fleisch und Blut.«

»Dann ist mein Vater doch ein französischer General?«

Er sah sie erstaunt an. »Sie wissen also etwas über ihn?«

»Dann ist es also wahr.«

»Ja. Woher …? Ja, Ihre Mutter hat sich in der Not, die damals in Lübeck herrschte, mit ihm eingelassen. Glauben Sie mir, sie war eine durch und durch ehrbare Frau, die gewiss kein Vergnügen daran gefunden hat. Der Kerl hat sie erpresst, könnte man sagen. Er hat Druck auf sie ausgeübt, und sie hat sich ihm hingegeben, um andere Menschen in der Not zu retten.« Er hatte sich erneut gesetzt und wirkte nun wieder schwach und elend und in sich gekehrt. Der Funken Stärke, der Carsten gegenüber aufgeblitzt war, war längst verblasst.

»Sie ist von ihm schwanger geworden, schön«, stellte Johanna möglichst sachlich fest, »aber welche Rolle haben Sie gespielt? Was ist in Wolgast geschehen?«

»Ich habe Femke geliebt. Das ist die Wahrheit. Als ich in Jena war, um Rechtswissenschaften zu studieren, ist es mir klargeworden. Sie können sich ja nicht vorstellen, wie glücklich ich war, wieder nach Hause in die Hansestadt zu kommen. Leider waren die Umstände alles andere als glücklich. Es war Krieg. Ich kämpfte im preußischen Heer gegen die Franzosen.«

»Sie waren auch Soldat?«

»Ja, das war ich. Mein Vater hat es von mir erwartet.« Er atmete tief ein. Die Erinnerung musste ihm wahrlich schwer zu schaffen machen. »Jedenfalls war ich so froh, als ich Femke endlich wiedersehen durfte. Meine Hoffnung, dass sie mich auch lieben könnte, hat sich erfüllt.«

»Aber dann wurde sie schwanger.«

»Nein, so war es nicht. Ich wurde schwer verletzt und lag auf Leben und Tod im Hospiz. Sie machte sich ganz allein auf den Weg, um Bernstein zu beschaffen. Die Thuraus konnten in dieser Zeit keinen Wein mehr verkaufen. Aber die Franzosen fanden Gefallen an Femkes Bernsteinschmuck. Damit hoffte sie die Familie ernähren zu können. Nur gab es kein Rohmaterial mehr. Also lief sie los in Richtung Osten an der Küste entlang.«

Johanna hing an seinen Lippen. Zum ersten Mal entstand vor ihren Augen das Bild einer Frau, die ihre Mutter gewesen war, und sie konnte sich zum ersten Mal vorstellen, wie sie gewesen sein mochte.

»Bis nach Stolp kam sie.«

»Wo sie Johann-Baptist und Bruni gefunden hat«, rief sie aufgeregt.

»Ja, bei ihnen hat sie wohl einige Zeit verbracht. Schließlich hat sie die Heimreise angetreten. Zuvor hatte sie ihren Eltern einen Brief geschickt, dass sie ihr eine Kutsche nach Wolgast schicken mögen, die sie abholen sollte. Ich hielt bei Ihren Großeltern um ihre Hand an und bat, mit dem Wagen nach Wolgast reisen zu dürfen. Es ist wahr, ich habe den Thuraus und natürlich auch Femke selbst versprochen, zu ihr zu halten, was auch kommen möge. Glauben Sie mir, ich habe jedes Wort ehrlich gemeint.«

»Aber keines gehalten, wie Großvater sagte.«

»Mein Vater hat es mir verboten. Ich weiß, was Sie jetzt denken. Ich verabscheue mich ja selbst für meine Schwäche. Ich hatte gehofft, dass noch Zeit ist, etwas gegen das Kind zu unternehmen, dann hätte mein Vater die Verbindung akzeptiert.«

Sie sah ihn entsetzt an. Erst jetzt schien ihm klarzuwerden, was er da gesagt hatte.

»Verzeihen Sie mir«, flüsterte er.

»Nun, offenkundig war es nicht mehr möglich, etwas gegen mich zu unternehmen.« Sie betonte jedes Wort.

»Ihre Mutter hätte das auch niemals gekonnt. Sie wollte ihr Kind bekommen, das dürfen Sie mir ruhig glauben.«

»So? Es fällt mir schwer, Ihnen zu glauben, Herr Nebbien. Immerhin haben Sie mich ebenso angelogen wie vor Jahren meine Mutter. Vorhin gerade erst. Warum haben Sie behauptet, mein Vater zu sein?« Sie strich sich eine Strähne hinter das Ohr, die ihr in die Stirn gefallen war, und betrachtete ihn aufmerksam.

»Wie ich schon sagte, ich glaube, es war Femkes größter Wunsch, dass ich ihr Kind als das meine annehme. Diesen Wunsch habe ich ihr damals ausgeschlagen. Ich dachte, ich könnte jetzt nachholen, was ich versäumt habe. Es ist mein Ernst, Johanna, Sie brauchen doch jemanden, einen Vater.«

»Ich habe Großvater Carsten, und ich habe meinen Verlobten Louis, ein Franzose übrigens«, sagte sie spitz.

Er ging nicht darauf ein. »Trotzdem, wenn Sie es wünschen, hätten Sie auch einen Vater. Ich würde alles für Sie tun, wie ich alles für ein leibliches Kind tun würde. Sie sind ein Stück von ihr, und ich liebe sie noch immer. Ich kann Sie zu nichts zwingen, doch ich will Ihnen dieses Angebot so gerne ans Herz legen.«

Er gab ein jämmerliches Bild ab, wie er da hockte und die Hände ineinanderkrallte. Er hätte ihr leidtun können, doch ihre Wut war stärker. Wie schrecklich einsam und enttäuscht musste ihre Mutter sich damals gefühlt haben. Wenn sie sich ausmalte, mit einem Mann zusammen sein zu müssen, den man nicht liebte, ein Kind von ihm zu empfangen und dann den zu verlieren, dem man sein Herz geschenkt, der einem die Welt versprochen hatte!

»Sie würden alles für mich tun?«

»Ja, Johanna, das würde ich, wenn Sie mich lassen.«

»Sehr gerne, Herr Nebbien«, erwiderte sie kühl. »Dann verraten Sie mir den Namen meines Vaters.«

»Sein Name ist Pierre Deval«, sagte er, ohne auch nur eine Sekunde zu zögern.

»Wo finde ich ihn?«

»Das kann ich Ihnen nicht sagen.«
»Sie wollen es mir nicht sagen?«
»Nein, Johanna, ich kann nicht. Meines Wissens hat er Lübeck schon vor Ihrer Geburt verlassen. Ich weiß nicht, ob er nach Frankreich zurückgegangen ist, aber das nehme ich an. Doch wo er dort lebt, weiß ich nicht.«
»Dann finden Sie es heraus. Können Sie das?«
Er überlegte kurz. »Es wird wohl einen Weg geben, denke ich.«
»Gut, dann tun Sie es.«
»Und was dann? Was haben Sie vor, wenn ich ihn finden sollte?«
Darüber hatte sie sich noch keine Gedanken gemacht.
»Wollen Sie ihn sehen, ihn kennenlernen? Sie glauben doch nicht, dass er Interesse an Ihnen hat. Es tut mir leid, Ihnen das sagen zu müssen, aber Sie werden nur eine Enttäuschung erleben. Wenn ich ihn überhaupt ausfindig machen kann.«
»Wir werden sehen«, sagte sie leise.
Er nickte, stand auf und ging zur Tür.
»Herr Nebbien?«
Er drehte sich noch einmal um.
»Danke, dass Sie mir die Wahrheit gesagt haben.«
Wieder nickte er wortlos und ging.

Das neue Jahr begann. Johanna war klar, dass es erhebliche Zeit in Anspruch nehmen würde, bis Nebbien etwas über ihren Vater und dessen Aufenthaltsort herausgefunden haben würde. Bis das der Fall war, musste sie in Lübeck bleiben. Also konnte sie die Wochen und Monate, die es dauern würde, auch sinnvoll nutzen. Sie ließ Dr. Lambert wissen, dass sie bereit sei, seinen Vorschlag anzunehmen, und einem Arzt zur Hand gehen wolle. Er möge ihr mitteilen, wann und wo sie sich einzufinden

habe, um zu lernen, was nötig sei. Noch am selben Tag meldete Gesa den Besuch von Dr. Lambert.
»Fräulein Thurau, ich freue mich aus tiefstem Herzen, dass Ihre Entscheidung so glücklich ausgefallen ist«, sprudelte er los, als er den Salon betrat.
»Mein Großvater ist weniger erfreut«, gab sie zurück und lächelte knapp. »Bitte, nehmen Sie doch Platz.«
»Wenn Sie erlauben, würde ich lieber gleich wieder gehen.« Sie hob erstaunt die Augenbrauen. »Mit Ihnen. Ich würde Ihnen gern etwas zeigen.«
»Wir begegnen uns zum zweiten Mal und …« Sie korrigierte sich: »Zum dritten Mal, wenn man es genau nimmt, aber die erste Begegnung wollen wir lieber nicht rechnen.«
»Es ist gut, dass Sie das noch einmal ansprechen. Haben Sie mir verziehen, Fräulein Thurau. Ich muss das wissen, denn es ist für eine vertrauensvolle gemeinsame Arbeit unabdingbar.«
Sie nickte langsam. »Wie ich schon sagte, wir wollen es vergessen. Ist das genug für Sie?«
»Ja, da bin ich froh! Sie ahnen gar nicht, wie froh mich das macht.« Die blauen Augen strahlten in seinem blassen Gesicht. Das schwarze Haar, das er seitlich gescheitelt, glatt und glänzend am Kopf anliegend trug, ließ seine Haut noch weißer erscheinen.
»Und was wollen Sie mir nun wieder zeigen? Ich hoffe, es ist etwas mit einem weniger beißenden Geruch.«
»Ich verspreche es.«
Es waren nur wenige Schritte von dem weißverputzten Giebelhaus der Thuraus in der Glockengießerstraße Nummer 40 zum Füchtings Hof, der von der Straße durch ein prächtiges Sandsteinportal zu erreichen war.
»Ihre Nachricht kam gerade zur rechten Zeit«, berichtete Lam-

bert unterwegs. »Erst gestern haben wir mit den Mitgliedern des Ärztlichen Vereins beieinandergesessen und uns die Köpfe zerbrochen, wie wir bloß all die Menschen versorgen sollen, die unsere Hilfe benötigen. Gerade in den Stiftshöfen gibt es alle Hände voll zu tun. Nur können wir nicht immer einen Arzt schicken, wenn nur ein Verband gewechselt oder ein Umschlag gewickelt werden muss. Die Frauen im Füchtings Hof brauchen dergleichen und benötigen hier und da ein wenig Zuspruch. Könnten Sie sich vorstellen, sich darum zu kümmern?«

Der Stiftshof wurde von Kaufmanns- und Schifferwitwen bewohnt.

»Meinen Sie denn, dass die Witwen eine junge Frau, die in der Stadt als Hexe verschrien ist, als Ersatz für einen erfahrenen Arzt anerkennen?«

»Ich will offen zu Ihnen sein. Am Anfang mag es nicht leicht für Sie werden, aber die Damen werden sich schon an Sie gewöhnen. Es wird ihnen allemal lieber sein, Sie rasch rufen zu können, als elendig lange auf einen Arzt zu warten. Das wäre eine Verbesserung. Derzeit ist es so geregelt, dass die Witwen zur gegenseitigen Fürsorge verpflichtet sind. Sie können sich denken, was aus Unkenntnis alles versäumt oder falsch behandelt wird.«

»Allerdings. Wohl möglich, dass die Frauen noch schlimmere Kurpfuscherinnen sind als ich.« Sie konnte sich diesen kleinen Seitenhieb einfach nicht verkneifen.

Er blickte sie ernst an, sah, dass sie lächelte, und musste ebenfalls schmunzeln.

»Sie hätten es nicht weit«, fuhr er fort. »Das ist praktisch für Sie und gut für die Bewohnerinnen. Benötigt eine Hilfe, können Sie sofort zur Stelle sein. Darüber hinaus ist nicht zu leugnen, dass viele Bürger der Stadt Sie noch vor einiger Zeit aus freien Stücken gerufen haben, um ihre Wehwehchen kurieren zu lassen. Sie waren hinter Ihren angeblich magischen Bernsteinanhängern her. Ich will damit sagen, dass Sie bei einigen ein gutes Ansehen genossen haben. Erst seit dem schrecklichen Tod des Jungen trauen sich die Leute nicht mehr, auch nur Ihren Namen laut auszusprechen.«

Sie hatten das Sandsteinportal erreicht, das Johanna schon oft bewundert hatte. Es hätte einer Kaufmannsgilde oder dem Wohnsitz eines Ratsmitgliedes gut zu Gesicht gestanden. Dass es zu einem Stiftshof führte, eingerichtet, um die Armen bis an deren Lebensalter sorglos zu halten, war mehr als ungewöhnlich. *Füchtings Hof Anno 1639* stand in den weichen Stein gemeißelt, das Portal war von verzierten Säulen gerahmt, Fratzen schauten vom Bogen über dem Durchgang auf die Besucher hinab.

Sie schritten durch das Tor und erreichten den weiträumigen Hof, der von kleinen sauberen Häusern umgeben war. Auch in der Mitte stand eine Häuserreihe, dass es insgesamt auf zwanzig Hofhäuser kam. Die freien Flächen dazwischen waren vom Schnee zugedeckt. Keine der Frauen war zu sehen. Lambert und Johanna betraten das Quergebäude, in dem sich das Vorsteherzimmer befand.

»Guten Tag, Herr Doktor, gnädige Frau«, begrüßte der Vorsteher mit einer für einen Mann recht hohen Stimme seine Gäste.

»Guten Tag, Behn. Ich bringe Ihnen Fräulein Thurau. Sie wird sich in Zukunft ein wenig um die Gebrechen der alten Damen kümmern.«

»Vortrefflich, vortrefflich!«, rief Behn in höchsten Tönen.

Johanna fiel ein Stein vom Herzen. Sie hatte befürchtet, seine Miene verfinstere sich, sobald er nur ihren Namen hörte. Das Gegenteil war der Fall. Er strahlte sie an.

»Erst gestern ist die Koch gestürzt und jammert nun über Schmerzen im Knie. Und die Schmidt wird den Durchfall nicht los, dabei ist die doch schon so dünn. Wenn das so weitergeht ...«
Er wedelte mit der rechten Hand in der Luft herum, was wohl bedeuten sollte, dass es dann schlecht um Witwe Schmidt stehe. »Am besten, ich mache Sie gleich einmal mit der Hofwärterin Haase bekannt«, fuhr Behn fort, ohne Johanna auch nur zu Wort kommen zu lassen. »Sie vertritt die Witwen in gewisser Weise, erstattet uns Vorstehern Bericht, nun ja, was eben so nötig ist.«
Zu dritt überquerten sie den Hof. Behn klopfte an einem der weißgetünchten Häuschen. Wenig später öffnete eine kleine gebeugte Frau mit weißem Haar, das sich unter einer schwarzen Haube hervorkringelte. Sie musste den Hals stark verdrehen, um den Kopf heben und ihre Gäste ansehen zu können, da ihr Rücken sich offenbar nicht mehr aufrichten ließ. Ihre Augen verrieten einen wachen Geist, der in dem von den Jahren verbogenen Körper wohnte.
»Besuch? Oh, der Herr Doktor! Kommen Sie, um nach der Kochschen zu sehen?«
»Guten Tag, liebe Frau Haase. Ich will Ihnen Fräulein Thurau vorstellen. Sie wird sich zukünftig um die Beschwerden der Bewohnerinnen kümmern. Was meinen Sie dazu?«
»Ach, die Thurau«, sagte sie gedehnt und blitzte Johanna von unten herauf an.
»Guten Tag«, grüßte Johanna unsicher.
»Ich habe schon so einiges von Ihnen gehört.« So wie sie das sagte, klang es nicht gerade ermutigend, fand Johanna, doch mehr war der Hofwärterin zunächst nicht zu entlocken. Sie bat ihre Gäste in das Haus. Behn nutzte die Gelegenheit, sich gleich wieder zu verabschieden. Er habe noch vieles zu erledigen, entschuldigte er sich.

Im offenen Kamin der kleinen Diele loderte schwach ein Feuer. Witwe Haase rückte Johanna einen einfachen Holzstuhl zurecht, dem nicht nur ein Kissen oder sonstige Bequemlichkeit fehlte, sondern der auch noch am weitesten vom wärmenden Feuer entfernt stand. Sie selbst setzte sich mit Lambert auf ein kleines zerschlissenes Sofa mit abgewetztem Samtbezug, der einmal dunkelrot gewesen sein mochte, das sich direkt vor dem Kamin befand. Ohne Johanna auch nur eines Blickes zu würdigen oder sie womöglich an dem Gespräch teilhaben zu lassen, plauderte sie angeregt mit Lambert. Zunächst unterrichtete sie ihn über den neuesten Tratsch. Die Richter soll ja Herrenbesuch empfangen haben, der unschicklich spät gegangen sei, und die Albers komme mit ihren Gören nicht zurecht. Eine Schande, wie die ihr auf der Nase herumtanzten. Dann ließ sie sich über ihre Goldene Ader aus, die ihr von Tag zu Tag mehr Beschwerden mache. Ob der Doktor denn nicht endlich ein Mittel dagegen habe, das sie auch wirklich von der Qual befreie, wollte sie von ihm wissen.
»Gute Frau Haase, wie oft habe ich Ihnen bereits gesagt, Sie dürfen nicht so viele warme Klistiere machen. Davon wird Ihr Leiden nur schlimmer. So, und nun wollen Fräulein Thurau und ich mal nach den beiden Kranken sehen.«
»Haben Sie es schon mit Eichenrinde probiert?«, fragte Johanna.
Die Alte legte den Kopf schief und sah sie aus zu kleinen Schlitzen verengten Augen an. »Nein. Was ist das für ein Teufelszeug?«
»Na, na, liebe Frau Haase«, mischte Lambert sich ein, »von Teufelszeug kann keine Rede sein.« An Johanna gewandt, sagte er bedächtig nickend: »Ich habe ihr bisher nur Bäder mit Kamille und Mäusedorn verabreicht. Eichenrinde ist eine fa-

mose Idee. Probieren Sie es, wenn Sie das nächste Mal hier sind.«

»Die soll mich behandeln?« Blanker Unwille war ihr ins Gesicht geschrieben. »Und Sie sind nicht dabei, um dem jungen Ding auf die Finger zu schauen?« Die Vorstellung behagte ihr augenscheinlich gar nicht.

»Sie braucht niemanden, der ihr auf die Finger schaut, haben Sie keine Sorge. Und seien Sie freundlich zu ihr. Wenn Sie sie gar zu sehr ärgern, kommt sie nicht wieder, und Sie sind erneut auf sich allein gestellt.«

Die Haase zog die Nase kraus und begleitete die beiden ohne weitere Äußerung zur Tür.

»Sie mag mich nicht«, stellte Johanna fest, als sie über den Hof zu dem Haus gingen, in dem Witwe Schmidt lebte.

»Ich hatte Ihnen gesagt, dass nicht gleich alles wie am Schnürchen gehen würde. Aber das wird schon. Die Haase mag niemanden. Nur mich.« Er grinste. Bevor er klopfte, erklärte er rasch: »So werden wir es in Zukunft immer halten: Sie besprechen mit mir, worüber die Frauen klagen und was Sie zu unternehmen gedenken, ich gebe Ihnen mein Einverständnis oder eben nicht. Liegt etwas Ernsthaftes vor, bei dem Sie sich nicht ganz sicher sind, rufen Sie mich, und ich entscheide die Behandlung.« Er sah sie eindringlich an. »Ohne mein Einverständnis tun Sie nichts, hören Sie?«

»Natürlich.«

»Kann ich mich auf Sie verlassen? Sie müssen es mir versprechen.«

»Hatten Sie nicht etwas von einer vertrauensvollen gemeinsamen Arbeit gesagt? Meinen Sie nicht, Sie sollten auch mir vertrauen?«

Er nickte. »Sie haben recht. Ja, Sie haben natürlich recht.«

Im Hause der Witwe Schmidt war es bitterkalt. Niemand hatte der Frau, die im ersten Stock in ihrer Schlafkammer lag, den Kamin angezündet.

»Oh, diese Weiber«, schimpfte Lambert unbeherrscht. »Verzeihen Sie, aber es ist wirklich ein Kreuz. Die eine gönnt der anderen nichts, die Nächste glaubt, man müsse wohl den Teufel im Leib haben, wenn man lange unter Durchfall leidet. Missverständnisse, Unkenntnis, Dummheit und Missgunst, das sind unsere Feinde. Die Witwen sind alle verpflichtet, einträchtig miteinander zu leben, ihrer Nächsten beizustehen, wann immer es nötig ist. Würden wir uns darauf verlassen, käme es zur Katastrophe.« Er hatte ein dünnes Hölzchen entzündet, das unter anderen Scheiten lag. Nun stapfte er die enge Treppe nach oben, von wo ein beißender Geruch hinabwaberte. »Neben dem Kamin steht ein Eimer. Holen Sie bitte Wasser aus dem Hof und hängen Sie es über das Feuer«, rief er Johanna über die Schulter zu, die sich gerade anschickte, ihm zu folgen.

Sie ging in den Hof, den Eimer in der Hand. Hoffentlich ist die Pumpe nicht eingefroren, dachte sie. Sie hatte Glück. Wenig später schleppte sie die schwere Fracht zurück zu dem Schmidtschen Haus. Der Bügel des Eimers schnitt ihr in die Haut, ihre Hände waren eiskalt.

Lambert legte gerade eine wollene Decke über das Daunenbett, das den dürren Leib der Frau verschluckte. Johanna erschrak, denn für einen Moment dachte sie, die Frau sei tot, doch dann begriff sie, dass der Arzt seine Patientin nur mit allen Decken zu wärmen versuchte, derer er habhaft werden konnte. Sie atmete so flach, wie sie nur konnte, um den Geruch zu ertragen und die Übelkeit niederzukämpfen, die in ihr aufstieg.

»Eine Sauerei, die Frau hier in der Eiseskälte ihrem Schicksal zu überlassen«, schimpfte er. »Ich werde der Haase noch einen Besuch abstatten und ihr gehörig die Leviten lesen, bevor ich nach Hause gehe.«
Allmählich kam die Wärme die Stiegen herauf.
»Ach, ist das herrlich«, krächzte die Schmidt schwach.
»Durchfall seit nunmehr drei Tagen. Was würden Sie vorschlagen?« Er sah Johanna erwartungsvoll an.
Sie dachte nach. Was hatte Marcus noch dieser Mutter für ihren Sohn gegeben, der unter starkem Durchfall gelitten hatte? Sie konnte das besorgte Gesicht der Frau vor sich sehen. Wenn sie sich doch nur erinnern könnte ... Dann fiel es ihr ein. »Ich würde ihr getrocknete Heidelbeeren zum Kauen geben.«
»Sehr gut. Reiben Sie ihr außerdem einen Apfel, wenn Sie einen bekommen, und lassen ihn braun werden. Das soll sie essen. Wichtig ist Salz. Geben Sie ihr Salzwasser zu trinken, und machen Sie ihr heißen Reisschleim mit Salz.«
Johanna nickte. Sie verabschiedeten sich von der Kranken und gingen die Treppe hinunter.
»Und immer gründlich die Hände waschen, wenn Sie bei ihr waren«, sagte Lambert.
»Wie nach jedem Besuch eines Kranken«, ergänzte sie.
Sie statteten noch Witwe Koch eine Visite ab und sahen sich deren dick geschwollenes Knie an. Johanna schlug Umschläge mit Bernsteinpulver und Quark vor. Als sie den Füchtings Hof durch das Portal verließen, war es längst dunkel. Johanna fühlte sich müde, aber auch aus tiefstem Herzen zufrieden.

So blieb es die nächsten Wochen und Monate. Mit der Zeit hatte Johanna alle Witwen kennengelernt. Albers war die einzige der Frauen, die Kinder hatte. Eine Altersbeschränkung

gab es nicht. Wer schon früh Witwe geworden war wie Ilse Albers, der durfte eben schon mit jungen Jahren in eine der Stiftswohnungen einziehen, wenn er keinen Menschen hatte, zu dem er gehen konnte. Die Albers hatte zwei Töchter von sechs und acht Jahren, denen Johanna liebend gern die Eidechsengeschichten ihrer Mutter vorlas. Wann immer sie sich Zeit für die Mädchen nehmen konnte, tat Johanna das. Sie musste dann an die kleine Finja denken, die sie auf ihrer Heimreise aus Stolp auf den Knien gewiegt hatte. Mit Louis hatte sie noch nicht über Kinder gesprochen, doch sie war inzwischen sicher, dass sie einmal eigene haben wollte. Sie fand es wunderbar, wenn die kleinen Mädchen – die eine hatte goldene Locken, die ältere ganz glattes Haar in dem gleichen warmen Ton – aufmerksam den Geschichten lauschten. Natürlich wollten sie die Eidechse auch einmal sehen, und Johanna brachte ihren Anhänger mit.
»Sie streckt uns ja die Zunge raus«, rief die Kleine.
»Sie war offenkundig gerade auf der Jagd. Habe ich euch nicht die Geschichte vorgelesen, als die Eidechse schon halb verhungert in der Hitze ausharren muss?«
»Doch, die hast du uns schon zweimal vorgelesen«, rief die Große. »Sie will sich gerade die fette Made schnappen ...«
»Iiihhh«, quietschte ihre kleine Schwester.
»Das ist nicht Iiihh. Eidechsen mögen das.«
Johanna musste lachen. »Stimmt, die mögen so etwas. Hört sich aber nicht sehr appetitlich an, oder?« Sie stupste der Kleinen die Nase und verzog selbst das Gesicht, so dass beide lachen mussten.
Dann wurde die Große ernst und fragte: »Darf ich den Stein einmal halten?«
Johanna gab ihn ihr.

Das Mädchen drehte ihn dicht vor seinen Augen. »Er ist so schön«, flüsterte es. »Er glänzt so schön und wechselt die Farben, wenn ich ihn im Feuerschein bewege.«
»Du darfst ihn niemals nah an das Feuer halten«, ermahnte Johanna sie, »sonst wird der Bernstein ganz weich und fließt dir zwischen den Fingern davon.«
»Wirklich?«, fragte die Kleine mit großen Augen.
»Ja, wirklich.«
»Wie ist die überhaupt da reingekommen?«, wollte die Große wissen.
»Hast du denn nicht zugehört? Der Bernstein war ganz klebrig und ist vom Baum getropft, und die ist drinnen steckengeblieben.«
»Dummes Zeug, Stein kann doch gar nicht tropfen. Der ist doch ganz hart.«
»Wenn du den nicht ans Feuer halten sollst, weil er sonst weich und klebrig wird, war der vielleicht schon früher mal weich wie Honig. Du hast doch gehört, dass es ganz heiß war, als die Eidechse jagen musste.« Die Kleine war ein wenig altklug, fand Johanna, aber auch recht gescheit.
»Stimmt genau«, klärte sie die Mädchen auf. »Vor vielen Millionen Jahren war der Bernstein noch nicht hart. Es war noch Harz, das aus Bäumen lief, wenn die Rinde verletzt worden war. Manchmal fiel ein kleiner Tropfen vom Baum, manchmal aber auch ein riesig großer Klecks.« Sie deutete mit den vorgestreckten Armen einen Kreis an. »Der konnte dann ganz leicht zwei kleine Mädchen verschlingen«, sagte sie und riss die beiden blitzschnell in ihre Arme. Die Kinder quietschten vor Vergnügen.
»Nur nicht so laut«, sagte Ilse Albers, die in diesem Moment mit einem Korb Wäsche zur Tür hereinkam. Johanna bedauer-

te die junge Witwe eines Steuermanns. Ständig wurde sie von den anderen Frauen angefeindet, weil ihre Kinder angeblich etwas ausgefressen hatten oder zu viel Lärm machten. Es waren eben die einzigen Kinder inmitten alter Damen, die nicht viel anderes zu tun hatten, als ein Auge auf sie zu haben und ihre Ruhe einzufordern. Ilse wusste, dass sie keine andere Wahl hatte, als im Hof zu leben. So hielt sie ihre Töchter stets an, still und unauffällig zu sein und nur ja keinen Schabernack zu treiben.
»Sieh mal!« Die Ältere, die noch immer Johannas Anhänger in der Hand hielt, streckte ihn ihrer Mutter entgegen. Die betrachtete ihn mit staunenden Augen.
»Was für ein herrliches Stück! Sie können sich glücklich schätzen, so etwas zu besitzen. Seid nur vorsichtig damit, Kinder. Besser, ihr gebt es Fräulein Thurau wieder zurück, bevor es noch auf den Boden fällt und zerspringt.« Wer in dem Hof Wohnung und Auskommen genießen durfte, war angewiesen, sich in keiner Weise herauszuputzen. Einen auffälligen Anhänger wie diesen hier hätte die Albers niemals an einer Kette tragen dürfen. Selbst wenn es ihr nicht verboten wäre, hätte sie ihn sich niemals leisten können.
Augenblicklich reichte das Mädchen Johanna ihren Schmuck.
»Ist schon gut«, sagte diese. »So schnell zerbricht er schon nicht.« Trotzdem steckte sie ihn gut weg, denn bei dem Gedanken an Johann-Baptist bekam sie auf der Stelle ein schlechtes Gewissen. Wenn er den Anhänger in Kinderhänden sehen würde, wäre er wahrlich nicht erfreut.
»Danke, dass Sie auf die beiden aufgepasst haben, Fräulein Thurau. Ich hoffe, sie waren nicht zu ungezogen.«
»Aber nein, die beiden sind eine große Freude für mich. Es tut gut, wenigstens ein-, zweimal in der Woche fröhlich lachende

lebendige Wesen um sich zu haben anstatt immer nur griesgrämige Alte.« Sie zog eine Grimasse, und die Mädchen kicherten hinter vorgehaltenen Händen.
»Nächstes Mal erzähle ich euch eine neue Geschichte«, versprach sie und ging.

Frau Haase, die alle nur die Verwaltersche nannten, machte Johanna das Leben schwer, wo sie nur konnte. Sie war diejenige, die bei den Bewohnerinnen nach dem Rechten sah, die wusste, wem etwas fehlte, und der man Bericht zu erstatten hatte, damit sie wiederum die Vorsteher unterrichten konnte. In der ersten Zeit war Johanna, nachdem sie sich einmal allen vorgestellt hatte, nicht jedes Mal in jedem Haus gewesen. Dafür reichte ihre Zeit nicht. Als sie aber begriff, dass die Verwaltersche ihr manchmal tagelang verschwieg, wenn eine über Kopfweh klagte, eine andere wegen einer Warze um ihren Besuch gebeten hatte, gewöhnte sie sich an, wenigstens für eine Minute nach jeder der Witwen zu sehen. Das führte dazu, dass sie morgens früh aus dem Haus ging, meist etwas aus der Apotheke oder vom Markt besorgte und dann bis spät im Füchtings Hof beschäftigt war. Wenn sie am Abend nach Hause kam, war sie so erschöpft, dass sie sich bald in ihre Kammer zurückzog. Carsten beschwerte sich zwar hin und wieder, sie habe für ihn kaum noch Zeit, doch hatte er immerhin ein Alter erreicht, in dem es ihn ebenfalls früh am Abend in sein Bett zog.
Während ihrer Arbeit dachte sie häufig an Marcus. Was sie wusste, hatte sie bei ihm gelernt. Sie war ein wenig enttäuscht, so lange nichts mehr von ihm gehört zu haben. Trotz Müdigkeit setzte sie sich daher eines Abends an den kleinen Sekretär aus honigfarbenem Holz, der in ihrer Kammer stand, und verfasste einen Brief an ihn. Sie schrieb von Widrigkeiten, die sie

hatte ertragen müssen, weil sie als Frau zu viel über Heilkunde wusste, ohne eine anerkannte Ausbildung vorweisen zu können. Details nannte sie freilich nicht, sondern schilderte ihm stattdessen ausführlich ihren Alltag in den Hofhäusern. Dass sie inzwischen verlobt war, verschwieg sie ihm. Sie redete sich ein, es sei nicht mehr von Bedeutung, da Marcus sich bei ihr so lange nicht mehr gemeldet und auch keine Anstalten gemacht hatte, sie in Lübeck zu besuchen.

Es war März, die ersten Schneeglöckchen durchbrachen den norddeutschen Boden. In den letzten Tagen war das Thermometer stets deutlich über null geklettert. Wo gerade noch weißer Schnee unter ihren Stiefeln geknirscht hatte, weichten die Wege mehr und mehr auf. Johanna hob Rock und Mantel an, um möglichst sauber durch den Matsch zu kommen. Schon von weitem erblickte sie Lambert. Sie hatte ihn hergebeten, weil Witwe Schmidt, nach ihrem schlimmen Durchfall kaum ein wenig zu Kräften gekommen, nun über Schmerzen in der Brust klagte.
»Guten Tag, Fräulein Thurau«, begrüßte er sie fröhlich. Er war blass wie immer, seine schwarzen Haare waren, wie sie festzustellen glaubte, länger geworden, und er war – ebenfalls wie immer – furchtbar in Eile. Zwar nahm er sich stets Zeit für Johannas Fragen und für jeden Patienten, den er zu behandeln gerufen wurde, doch schien er alles im Laufschritt zu erledigen, ständig auf dem Sprung zu sein, sich um den nächsten zu kümmern. Sie fragte sich, ob er jemals aß oder schlief.
Gemeinsam betraten sie das kleine Haus und stiegen die enge Treppe hinauf, die ihr mit der Zeit so vertraut war. Die Schmidt lag matt in ihren Kissen.
»Kommt se bloß nich in mien hohes Öller«, krächzte sie. »De

Tied is mi lang un länger. Blot rümliegen, schlopen, warten. Nee, dat is nix mehr.« In der Tat war sie die älteste der Witwen. Und obwohl sie ständig unter einem Gebrechen litt, meinte Lambert, sie würde noch einige überleben. Während er sie abhörte und ihren Puls fühlte, versprach Johanna, ihr bei Gelegenheit mal ein wenig gegen die Eintönigkeit vorzulesen.
»Ach ja, Deern, dat wär allerbest«, sagte sie, atmete geräuschvoll ein und aus, wie der Doktor es von ihr verlangt hatte, und zeigte lächelnd den letzten Zahn, der ihr noch geblieben war.
»Vor allem werden Sie ihr jeden Tag die Brust mit Rosmarinöl massieren. Wollen doch mal sehen, ob es unserer Frau Schmidt dann nicht bald bessergeht.«
Als die beiden geschlagene drei Stunden später wieder im Hof waren – die Verwaltersche hatte Lambert noch in Beschlag genommen, die Albers-Mädchen waren herausgestürmt, weil sie Johanna durch das Fenster entdeckt hatten, und zwei der Bewohnerinnen hatten plötzlich Beschwerden bekommen, wo doch endlich mal ein richtiger Arzt zur Stelle war –, blieb Lambert vor Johanna stehen, statt sich zu verabschieden und schnellstens seines Weges zu gehen.
»Sehen Sie, die meisten haben Sie inzwischen in ihr Herz geschlossen.«
»Das habe ich gerade deutlich gemerkt«, sagte sie lächelnd.
»Ach, endlich sind Sie einmal wieder höchstselbst hier, Herr Doktor«, ahmte sie das Flöten der Damen nach.
Lambert lachte. »Sie sind brillant, Sie könnten auch unter die Schauspieler gehen.«
»Ich werde darüber nachdenken«, gab sie zurück und lachte ebenfalls.
Er wurde ernst. »Das will ich nicht hoffen. Sie machen Ihre Sache gut, Fräulein Thurau, sehr gut sogar. Uns ist eine große

Last von den Schultern genommen, weil wir wissen, dass wenigstens in diesem Stiftshof alle aufs beste versorgt sind. Wenn wir nur mehrere hätten wie Sie.«
»Danke, es ist schön, das zu hören. Die Arbeit macht mir so viel Freude, und die meisten sind wirklich ganz zauberhaft. Die Albers mag ich sehr mit ihren Kindern, und auch die alte Schmidt hat das Herz am rechten Fleck.«
»Ja, das hat sie.« Er rührte sich nicht von der Stelle und schien noch etwas auf der Seele zu haben.
»Nun, was möchten Sie mir noch sagen?«, fragte sie darum freiheraus.
»Es gibt einen weiteren Grund, warum wir auf Sie nicht mehr verzichten möchten. Das ist merkwürdig, aber seit Sie sich um die Füchtings-Witwen kümmern, erhält der Hof großzügige Gaben.«
Sie wusste nicht, worauf er hinauswollte. »Was soll daran ungewöhnlich sein? Viele Lübecker unterstützen die Stiftungen freigiebig. Das war doch schon immer so.«
»Nur, dass die Lübecker dies mit der Aufforderung verbinden, recht kräftig beim Herrgott für ihr Seelenheil einzutreten, wenn die Witwen denn dorthin abberufen werden.« Er deutete zum Himmel. »Seit Sie in Füchtings Hof ein und aus gehen, bringt ein Bote regelmäßig ein üppiges Bündel Scheine, ohne den edlen Spender nennen zu dürfen.«
Sie runzelte die Stirn. »Wahrhaftig, das ist merkwürdig.« Konnte es ein Zufall sein, oder hatten die Geldgeschenke fürwahr etwas mit ihr zu schaffen? Wer mochte dahinterstecken? Ihr kam der Gedanke, dass ein Advokat gewiss kein übles Auskommen hatte. »Ich habe da jemanden in Verdacht«, sagte sie.

Der Mai kam, ohne dass Nebbien Devals Aufenthaltsort herausgefunden hatte. Er wusste nur, dass dieser im Süden Frankreichs zu Hause sein sollte. Also hatte er ein Schreiben an einen einflussreichen Oberbefehlshaber gesandt, doch noch nichts von ihm gehört, wie er ihr berichtete. Johanna war nicht sicher, ob sie ihm glauben sollte. Womöglich wollte er sie, solange es ging, vor der Enttäuschung schützen, die er ihr prophezeit hatte. Mit den geheimnisvollen Geldgeschenken, die weiterhin mit schöner Regelmäßigkeit auf dem Schreibtisch der Vorsteher von Füchtings Hof landeten, wollte er nichts zu tun haben. Auch diesbezüglich wusste sie nicht, ob sie ihm trauen konnte. Es würde sie nicht überraschen, wenn er sie im Verborgenen unterstützte. Ihr sollte es recht sein. Nebbien hatte mittlerweile ein rotes Backsteingebäude in der Königstraße bezogen. Dort konnten sie sich sehen, ohne Carsten jedes Mal unnötig aufzuregen. Viel Zeit verbrachten sie indes nicht miteinander, denn Johanna waren ihre Witwen wichtiger.

An einem herrlich warmen Mai-Tag, der den Sommer ahnen ließ, saß Johanna mit den Albers-Mädchen im Hof. Die Rosenbüsche waren voller Knospen und würden bald Blüten tragen, die Luft war weich wie Seide. Die Vorsteher hatten die Bänke wieder aufstellen und säubern lassen. Johanna hatte den Kindern versprochen, ihnen ein Märchen zu erzählen, wenn sie die Zeit dazu fände. Als ob sie es alle gemeinsam möglich machen wollten, waren die Damen an diesem Tag wohlauf und guter Dinge. Oder bewirkte der Frühling dieses kleine Wunder? Johanna hegte im Stillen den Verdacht, dass sie der Märchenstunde nur selbst beiwohnen wollten, denn tatsächlich hatten sich die meisten der zwanzig Frauen hier draußen auf den Bänken versammelt. Nur die Albers fehlte, die, wie Johanna wusste, die Zeit in aller Heimlichkeit nutzte, um für ihre jüngere Tochter ein Geburtstagsfest vorzubereiten. Auch die Schmidt konnte nicht draußen sein, weil sie noch immer das Bett hüten musste, und die Verwaltersche war natürlich ebenfalls nicht unter der Zuhörerschaft.

Johanna spazierte im Hof auf und ab. Ihr Publikum saß in der Sonne, den Rücken einer Häuserzeile zugewandt. Die Kinder hockten bei zwei der Alten auf dem Schoß. Ihnen verdankten die Witwen immerhin die ungewohnte Abwechslung, also schimpften sie ausnahmsweise nicht, sondern betüterten die Mädchen.

»Es war einmal ein König, der hatte drei Söhne«, begann sie.

»Warum fangen Märchen immer mit *Es war einmal* an?«, wollte die Jüngere wissen.

»Psst«, machte die Koch, deren Knie wieder ganz passabel zu gebrauchen war.

»Weil sich Märchen meist vor ganz langer Zeit zugetragen haben«, erklärte Johanna geduldig. »Märchen sind ein großer Schatz, weißt du. Es ist von großer Bedeutung, dass sie immer weitererzählt werden. Wenn ihr einmal Kinder habt, dann solltet ihr ihnen dieses Märchen auch erzählen.« Sie machte eine Pause und fuhr dann fort: »Dass Märchen etwas so Wunderbares und Wichtiges sind, wusste auch der König. Nur hatte sein Volk alle seine Märchen verloren, und das machte ihn sehr, sehr traurig. Da hörte er, dass ein Vogel vor langer Zeit den Märchenschatz seines Volkes geraubt hatte. Wenn er diesen Vogel fangen könnte, würde er auch den Schatz zurückbekommen.« Johanna sah, dass die Alten ihr ebenso an den Lippen hingen wie die Kinder. Ihr wurde warm ums Herz. Waren die Umstände, die sie hierhergeführt hatten, auch alles andere als glücklich gewesen, war sie doch froh, dass dies geschehen war.

»Der älteste Sohn des Königs machte sich also auf in ein Land hinter den neun Hügeln und den neun Flüssen, wo der Vogel wohnen sollte. Man hatte ihm gesagt, das Tier sei auf einer Linde zu finden, die drei Kronen habe.«

»Ein Baum hat doch keine Krone«, meinte die Kleine. »Die hat doch nur der König.«

»Still«, zischten zwei Witwen wie aus einem Mund.

Und die große Schwester flüsterte: »Das erkläre ich dir später.«

Johanna erzählte weiter. »In dem Land fand der Königssohn zuerst nur Birken. Ein ganzer Wald war dort voll davon. Dann endlich entdeckte er eine einzelne Linde, die drei Kronen hatte.« Das ältere Mädchen legte seiner kleinen Schwester eine Hand auf den Mund und erstickte die erneute Frage. »In deren Mitte stand ein goldener Käfig. Der Königssohn versteckte sich und wartete, bis der Vogel geflogen kam. Dieser sang so wunderschön, wie er es noch nie zuvor gehört hatte. Doch was war das?« Alle Augen waren gebannt auf sie gerichtet. »Er sang nicht nur, er wehklagte auch herzzerreißend, weil er so alleine war und niemand ihm eine gute Nacht wünschte. Da wünschte der Königssohn dem Vogel eine gute Nacht und gab damit sein Versteck preis. Der Vogel berührte ihn mit einem Flügel, und schon wurde aus dem jungen Mann eine zarte Birke.«

Eine der Witwen schüttelte entsetzt den Kopf, eine andere schlug sich die Hand vor den Mund. Die beiden Kinder waren wie verzaubert.

»Als der älteste Sohn nach einer Zeit nicht nach Hause kam, schickte der König seinen zweitgeborenen Sohn. Auch dieser ritt in das Land hinter den neun Flüssen und neun Hügeln. Auch er entdeckte sofort den Wald mit den vielen Birken und nach längerem Suchen auch die eine einzelne Linde. Genau wie zuvor sein Bruder war auch er entzückt von dem Gesang des Vogels und konnte nicht widerstehen, als dieser sich beklagte, niemand wünsche ihm eine gute Nacht. So ereilte ihn das gleiche Schicksal wie zuvor seinen älteren Bruder. Er wünschte dem Vogel eine gute Nacht, war in seinem Versteck erkannt, wurde von einem Flügel berührt und erstarrte zu einer Birke.« Johanna sah in die Gesichter ihrer Zuhörerinnen. »Ihr könnt es euch schon denken«, sagte sie. »Nachdem auch der zweite Königssohn nicht heimkehrte, machte sich der jüngste auf die Reise. Alles geschah genauso wie vorher bei den beiden anderen. Bis zu dem Moment, als der Vogel zu wehklagen anfing. Der jüngste Königssohn schwieg nämlich. Dreimal jammerte der Vogel, er sei so einsam, dass ihm nicht einmal jemand eine gute Nacht wünsche, und dreimal schwieg der junge Mann dazu. Da glaubte sich der Vogel in Sicherheit, hüpfte in seinen goldenen Käfig, der auf der Linde stand, steckte seinen Schnabel ins Gefieder und schlief ein.« Während die Mädchen noch immer ganz gespannt waren, was wohl als Nächstes geschehen mochte, erschien auf den Gesichtern der Witwen hier und da ein zufriedenes Lächeln. Sie meinten den guten Ausgang des Märchens schon zu kennen. Johanna erzählte weiter: »Der Königssohn kletterte auf den Baum und entdeckte am Fuß des Vogels einen herrlichen Bernsteinring. Den zog er ihm von der Kralle, bevor er den Käfig schloss und damit den Vogel gefangen hatte. Der gefiederte Geselle wurde wach, musste einsehen, dass er in der Gewalt des Mannes war, und verriet ihm, wie er seine Brüder und die vielen zuvor, die bereits versucht hatten, ihn zu bezwingen, wieder in Menschen verwandeln konnte. Das tat der Königssohn und wurde von seinen Brüdern überglücklich begrüßt.« Johanna sah in die Runde, und alle klatschten. »Ihr meint, hier ist das Märchen zu Ende?«

»Nein«, rief die Kleine, »der Schatz ist doch noch nicht wieder zu Hause.«

»Da hast du recht«, sagte Johanna. »Stellt euch vor, als die drei auf dem Weg in ihr Heimatland zu ihrem Vater waren, da überfiel die beiden Älteren der Neid. Sie hatten versagt, so meinten sie, und ausgerechnet dem Jüngsten war es gelungen, den Vogel zu fangen. Sie wollten diejenigen sein, die ihrem Vater den Vogel brachten. So überrumpelten sie ihren Bruder, als der bei einer Rast am Meeresufer schlief. Sie fesselten ihn und warfen ihn ins Meer.« Für einen kurzen Moment blitzten in ihren Gedanken Erinnerungen auf, wie sie gefesselt in den Fluss geworfen worden war. Sie schluckte.

»Das ist aber gemein«, rief die kleine Albers-Tochter.

»Ja, das ist es«, stimmte Johanna ihr zu. »Du brauchst aber keine Angst zu haben, denn der Königssohn ist nicht ertrunken. Die Strömung trieb ihn nämlich in das Schloss der Meereskönigin, das ganz aus Bernstein gemacht war. Die Königin verliebte sich sofort in den Jüngling und er sich in sie. Also beschlossen sie zu heiraten.« Johanna bemerkte nicht, dass ein Mann den Hof betrat, so sehr war sie selbst in der Geschichte gefangen, so genau hatte sie das Bernsteinschloss am Meeresgrund vor Augen. »Trotzdem war der Königssohn nicht glücklich, denn er war von seinen Brüdern schrecklich enttäuscht. Außerdem wollte er doch seinem Vater und seinem Volk die Märchen zurückbringen, aber das hatten jetzt seine Brüder getan und Lob und Ehre dafür erhalten, die ihm zugestanden hätten. Ihm war lediglich der Ring geblieben, den er dem Vogel vom Fuß abgezogen hatte. Als seine Frau, die Meereskönigin, den Ring sah, konnte sie ihrem Mann eine wahrlich gute Nachricht bringen. Nicht der Vogel nämlich konnte die Märchen dem Volk zurückgeben, sondern sie wa-

ren in diesem Bernsteinring eingeschlossen. Der Königssohn brauchte ihn sich nur noch unter die Zunge zu legen, schon kamen ihm alle Märchen ganz von allein über die Lippen.«
Johanna verbeugte sich. »Und wenn sie nicht gestorben sind, dann ...«
» ... leben sie noch heute!«, kam es aus vielen Kehlen.
Vom Torbogen ertönte Applaus. Johanna drehte sich überrascht herum und war wie vom Donner gerührt. »Louis!«, rief sie, rannte ihm entgegen und warf sich in seine Arme. Er hob sie hoch und wirbelte sie herum, dass ihr Rock nur so flatterte.
»Mon amour«, flüsterte er, setzte sie ab und küsste sie leidenschaftlich. Jetzt klatschten die Alten, und die Mädchen kicherten.
»Und wenn sie nicht gestorben sind ...«, begann die Kleine.
»... dann küssen sie sich noch morgen«, ergänzte die Große.

Johannes Nebbien

Niemals würde Johannes diesen Anblick vergessen. Bleich und schwach hatte Femke in ihrem Bett gelegen. Ihr rotes Haar, das er so liebte, ausgebreitet auf dem Kissen. Das Schlimmste waren ihre Augen. Noch nie zuvor hatte er so viel Schmerz, Enttäuschung, Verletzung in einem Augenpaar gelesen. Nein, er würde ihren Blick niemals vergessen. Den Rest seines Lebens würde er ihn verfolgen.
Er lief die geschwungene Eichentreppe hinab in die Diele und eilig durch den Windfang hinaus auf die Glockengießerstraße. Der Kloß in seinem Hals war hart, wie aus Bernstein. Er glaubte, wenn er schluckte, würde er ihm die Kehle zerreißen. Was wäre schlecht daran?, dachte er bitter. Nichts wäre schlecht, im Gegenteil, gut wäre

es. Gut und richtig wäre es, wenn seine Kehle in Fetzen ginge. Die Kehle eines Feiglings. Blind lief er die Straße hinunter, überquerte die Königstraße und die Breite Straße. Und weiter rannte er immer schneller die Beckergrube hinab bis zur Trave, ohne zu wissen, wohin er wollte.

Er hatte getan, was sein Vater von ihm verlangt hatte. Wieder einmal. Doch dieses Mal, das wusste Johannes, war es falsch gewesen. Dieses Mal würde es ihm das Herz brechen und – noch grausamer – Femke ins Unheil stürzen. Geh zu ihr zurück, schoss es ihm durch den Kopf, lehne dich einmal gegen deinen Vater auf. Nur war es zu spät. Die Worte, die er ihr gesagt hatte, waren unverzeihlich. Er starrte auf die flachen grauen Wogen der Trave. Ihn packte eine innere Unruhe, die er nie zuvor gekannt hatte. Vielleicht ergriff zur Strafe die Raserei oder der Schwachsinn Besitz von ihm, dachte er. Da war es immer noch besser, seinem Leben ein Ende zu setzen. Ja, endlich wusste er, was er zu tun hatte. Johannes lief geradewegs zurück bis in die Breite Straße. Unter dem Haus mit der Nummer 95 lag De lüttje Keller, eine düstere kleine Wirtschaft, in der man starkes Braunbier ausschenkte. Er betrat die niedrige Schankstube, bestellte einen großen Krug davon und hockte sich an einen Tisch im hintersten Winkel. Die karge Einrichtung wurde von wenigen Öllampen kaum erhellt. Recht so, dachte er, musste ja nicht jeder sehen, dass der Nebbien sich mitten am Tage allein hier verkrochen hatte. Obwohl es ihm herzlich gleichgültig war, was die Leute von ihm dachten. Bald war er sowieso tot. Dann konnte sein Vater sich mit dem Gerede und dem schlechten Gewissen herumschlagen. Falls er überhaupt ein Gewissen hat, dachte Johannes voller Hass.

Er stürzte das Bier so schnell hinunter, dass er fürchtete, er müsse es gleich wieder ausspucken. Doch das geschah nicht, und er bestellte den zweiten Krug. Seine Augen gewöhnten sich an die Düsterkeit, *dafür verwischte der Alkohol jetzt seinen Blick. Wie durch einen Schleier sah er zu, wie der Wirt hinter dem einfachen Ladentisch den nächsten Krug füllte. Hinter ihm stand ein großer derber Schrank, in dem Flaschen und Gläser aufbewahrt wurden, daneben hing ein Bild mit einer Pumpe, deren Schwengel festgekettet war. Johannes kniff die Augen zusammen, um die Zeilen darunter lesen zu können. »Hier wird nicht gepumpt«, konnte er schließlich entziffern. Den zweiten Krug hatte er inzwischen bekommen und zur Hälfte geleert. Er kicherte, denn er fand das Plakat mit einem Mal ungeheuer komisch.*

»Mach gleich noch einen Krug zurecht, Wirt«, rief er mit unsicherer Zunge. »Und bring mir auch einen Branntwein. Ich will gewiss nichts pumpen. Ich kann bezahlen.« Er griff in seine Tasche und knallte ein paar Münzen auf den Tisch. An einer der blassgelb getünchten Wände bemerkte er erst jetzt eine Zeichnung von der Schlacht bei Belle-Alliance, derzeit eines der beliebtesten Motive in der Stadt. Er hob sein Glas. »Auf Ihr Wohl, Blücher«, lallte er. »Auf Ihr Wohl, Bonaparte!«

»He, he«, brummte der Wirt, »auf den wern Se ja wohl nich trinken.«

Johannes reagierte nicht darauf. Er tauchte in das Bild ein, sah Soldaten vor sich, die blutüberströmt nur einen Schritt von ihm entfernt zusammenbrachen. Er sah abgetrennte Arme und Beine, ein Ohr, bedeckt von Blut und Sand im Gras liegend, zerfetzte Gesichter von Kameraden, die er nicht mehr erkannte. Warum war er nicht umgekommen? Er stürzte den Branntwein hinunter. Er wusste, die Zeichnung der Schlacht sollte ihm ein gutes Gefühl geben, denn sie belegte, dass Napoleon, dieser Henker, endlich geschlagen war. Johannes hatte unter Blücher gekämpft, er hätte auf der Seite der Sieger gestanden, wenn er so weit gekommen wäre, anstatt verletzt im Heiligen-Geist-Hospital zu enden.

»Femke«, flüsterte er. Sie war zu ihm gekommen, als er auf der Pritsche noch um das nackte Überleben gekämpft hatte. Zu kraftlos, um die Augen zu öffnen, hatte er jedes Wort gehört, das sie zu ihm gesagt hatte. Sie war von Anfang an ehrlich zu ihm gewesen. Und auch später hatte sie versucht, ihm von dem Kind zu erzählen. Nur hatte er es nicht hören wollen.
»Dieser verfluchte Franzose!«, brach es aus ihm heraus. Er schlug mit der Faust auf den Tisch.
»Eben, eben«, stimmte der Wirt ihm zu, der ihn gründlich missverstand.
Mit jedem Schluck, den Johannes die Kehle hinablaufen ließ, wurden die Bilder vor seinen Augen bizarrer und grausamer: Femke mit abgetrennten Gliedmaßen, Soldaten mit gewölbten Bäuchen. Nie würden ihn die Geister seiner Vergangenheit loslassen. Ein Leben mit diesen Geistern würde er nicht ertragen. Er warf den linken Arm der Länge nach über den schmutzigen Tisch, der dadurch die Balance von der einen Seite auf die andere verlagerte. Ein Schwall Bier aus dem Krug, den der Wirt gerade gebracht hatte, schwappte über und tränkte langsam Johannes' Ärmel. Den kümmerte das nicht. Er legte seinen Kopf auf den Arm und begann zu schluchzen. Nur noch ein wenig ausruhen, dann würde er einen Plan fassen, wie seinem Leben ein Ende zu setzen sei. Er war so schrecklich müde, konnte sich nicht konzentrieren. Der angekettete Schwengel der Pumpe stand ihm plötzlich vor Augen. Das war es, eine Kette um Hände und Füße und dann hinab in die Tiefen der Ostsee. Oder reichte wohl die Wakenitz? Es war so schwer, die Sinne länger beisammenzuhalten. Nur ein wenig ausruhen, schlafen. Was konnte das schaden? Darauf käme es nicht an. Danach war noch immer Zeit für den Tod.

* * *

Nach dem Abendessen hatte Carsten sich verabschiedet und war zu Bett gegangen. Johanna und Louis flohen vor der stickigen Wärme im Haus und gingen spazieren. Noch immer konnte sie nicht glauben, dass Louis leibhaftig bei ihr war. Wieder und wieder musste sie an seinen Blick denken, jungenhaft verschmitzt einerseits, einen Hauch unsicher andererseits, so, als ob er fürchten würde, sie könne auf sein plötzliches Auftauchen anders reagieren als mit unbändiger Freude. Er hatte ihren Arm genommen. Sein Körper so dicht neben ihr fühlte sich großartig an. Nie wieder wollte sie ihn loslassen.
»Du hast einfach die Diligence genommen, ohne uns vorher deinen Besuch anzukündigen?«, fragte sie zum wiederholten Male. »Wie bist du nur auf diese Idee gekommen?«
»Ich hatte Sehnsucht, Chérie, das habe ich dir nun schon … wie oft erklärt?«
»Erkläre es mir noch mal«, sagte sie glücklich und schmiegte sich an ihn.
»Meine Sehnsucht war größer als die Distanz zwischen Bordeaux und Lübeck, also habe ich nicht länger gewartet, sondern bin in diese Kutsche gestiegen.« Er blieb stehen, legte ihr die Arme um die Taille und sah ihr in die Augen. »Ich wollte meine Braut sehen.« Er küsste sie auf die Wange. »Ich wollte sie spüren.« Er küsste ihre Nasenspitze. »Ich will sie haben«, sagte er heiser und küsste sie lange auf den Mund. Seine Lippen waren weich, aber auch fordernd. Immer näher zog er sie zu sich heran, immer fester hielt er sie in seinen Armen.
Als er ihre Lippen freigab, seufzte sie überglücklich. Seine Augen schienen ihr eine Spur dunkler als sonst zu sein.
»Lass uns heiraten«, sagte er und strahlte sie an wie ein Kind die Geschenke unter dem geputzten Christbaum. »Am liebsten jetzt gleich!«

Sie lachte. »Hier auf der Stelle?«
»Warum nicht?«
»Ich fürchte, so einfach ist das in Lübeck nicht. In Frankreich etwa?«
»Ja«, sagte er wie aus der Pistole geschossen. »Braut und Bräutigam müssen sich in einer schönen Sommernacht wie dieser nur tief in die Augen sehen.« Das tat er, und der Glanz in seinen Augen machte Johanna weiche Knie. »Dann müssen sie sich küssen.« Auch das tat er. Sie öffnete ihm ihre Lippen, schmeckte zum ersten Mal seine Zunge und drängte sich an ihn. Dieses Kribbeln tief in ihrem Inneren fühlte sich wundervoll an und sollte nie aufhören.
»Dann müssen sie sich gegenseitig sagen: Ich will!« Er sah sie erwartungsvoll an.
»Ich will«, sagte sie mit fester Stimme.
»Ich will«, erwiderte er feierlich, als ob es sich um eine echte Zeremonie handeln würde.
Sie küssten sich noch einmal. In der Ferne waren Schritte zu hören.
»Wir sollten besser zurückgehen«, flüsterte Johanna und kicherte. »Was werden die Leute denken, wenn sie uns so sehen?«
»Sie werden denken: Wie schön, ein frischverheiratetes Pärchen.«
Wieder lachte sie. »Komm schon! Außerdem bist du gewiss müde von der Reise. Letztes Mal warst du es, daran erinnere ich mich gut.«
Er machte eine wegwerfende Handbewegung. »Letztes Mal musste ich diese elende Kutsche auch eigenhändig aus diesem Schneehaufen wieder auf den Weg zurückbugsieren. Das hast du wohl vergessen.«

»Nein, habe ich nicht«, widersprach sie. »Du hast es immerhin sehr bildhaft beschrieben.«
»Voilà! Dieses Mal konnte ich es mir bequem machen und sogar ab und zu unterwegs ein Nickerchen halten. Und außerdem ...« Er machte eine bedeutungsvolle Pause. »Außerdem hat bei meinem letzten Besuch noch nicht meine bezaubernde Ehefrau auf mich gewartet. Aber dieses Mal.«
Johanna schluckte. Plötzlich fielen ihr die Schilderungen von Frau Aldenrath ein, dass sich ihr Mann wie ein Tier auf sie stürzte, wenn er von einer Seereise zurück nach Hause kam.
»Noch bin ich nicht deine Ehefrau«, wies sie ihn scherzhaft zurecht.
»Ich dachte, wir hätten das eben erledigt«, rief er mit gespieltem Entsetzen.
»Erledigt? Das klingt nicht sehr romantisch. Nein«, sagte sie und führte ihn langsam zum Haus ihres Großvaters zurück, »das habe ich mir doch anders erträumt. Ich fürchte, du wirst um eine richtige Hochzeitszeremonie nicht herumkommen.«
Er seufzte und folgte ihr ins Haus. Sie gingen die Treppen hinauf bis zu ihrer Kammer.
»Gute Nacht, Louis, ich bin so glücklich, dass du hier bist!« Sie gab ihm einen zarten Kuss.
»Du willst mich doch nicht alleine in meine Kammer gehen lassen?«, flüsterte er mit weit aufgerissenen Augen. »So grausam kannst du nicht sein.«
»Aber wir können doch nicht ... Wir sind noch nicht verheiratet«, zischte sie unsicher zurück.
»Aber bald, Chérie. Bitte, du hast mir so gefehlt. Ich kann nicht schon wieder ohne dich sein.«
Ihr ging es genauso. Sie überlegte kurz, dann wisperte sie: »Komm!«

Ihre Unsicherheit wuchs und wurde Angst, als er die Tür leise hinter sich ins Schloss zog. Was durfte sie ihm erlauben? Wie lange würde sie die Beherrschung behalten? Schon jetzt wollte sie so viel mehr von dem kosten, was sie erahnte, wenn er sie nur küsste. Dann war er bei ihr. Seine Lippen erkundeten nicht nur ihren Mund, sondern tasteten sich Stück für Stück über ihren Hals hinauf zu ihrem Ohr. Sie legte den Kopf in den Nacken, spürte, wie er knabberte, küsste, sog. Ihr Atem ging immer schneller. Mit einem Griff nahm sie ihre Haube ab und löste ihr Haar, so dass es offen über ihre Schultern fiel. Sofort tauchte er beide Hände hinein wie in einen Wasserfall und drückte dann sein Gesicht in die langen weichen Wellen.

»Es duftet wunderbar«, murmelte er. Spielerisch zog er an den Strähnen, um sie so hinunter auf ihr Bett zu dirigieren. Sie folgte und setzte sich. Sofort war er neben ihr, drückte sanft ihren Oberkörper auf das Kissen und küsste sie, als müsste er alles nachholen, was sie in den letzten Monaten verpasst hatten. Seine Hände fuhren in den Ausschnitt ihres Kleides und massierten ihren Nacken. Er hatte die schönsten Hände der Welt, fand Johanna, so kräftig und sanft gleichermaßen. Ganz kurz hob er ihren Körper noch einmal an, tastete nach den Knöpfen auf ihrem Rücken, öffnete sie blitzschnell und schob das Kleid von ihren Schultern. Er streichelte ihre weiche Haut und liebkoste den Ansatz ihrer Brüste mit seinen Lippen. Ein Schauer nach dem anderen lief durch ihren Körper. Das blieb ihm nicht verborgen. »Du bist herrlich«, murmelte er an ihrem Hals. »Es ist noch schöner, als ich es mir erträumt hatte. Bitte, Jeanne, lass mich dich glücklich machen.« Es war das erste Mal, dass er sie so nannte. Er raffte ihren Rock und streichelte über die bebenden Schenkel. »Ich verspreche dir, dass ich ganz

behutsam sein werde. Und ich schwöre dir, dass ich aufpasse. Du wirst keine Maman, noch bevor du meine Frau bist.«
Johanna schämte sich, weil sie nichts von der körperlichen Liebe wusste. Niemand hatte mit ihr je darüber gesprochen. Der Gedanke, sie könnte gleich heute Nacht ein Kind von ihm empfangen, war ihr gar nicht in den Sinn gekommen und machte ihr Sorge. Doch seine Hände, die sich langsam an ihren Schenkeln aufwärts tasteten, seine Zunge, die ihr Ohrläppchen liebkoste, brachten sie beinahe um den Verstand. Er hatte geschworen, also wollte sie sich einfach fallen lassen. Als er ihr keck in die Schulter biss, hätte sie beinahe aufgeschrien. Er lag neben ihr, stützte sich auf seinen Ellbogen und schob ihr Kleid nun ganz über ihre Brüste. Sie drehte sich zu ihm, so dass er das Mieder öffnen und beiseitewerfen konnte. Zum ersten Mal sah er ihre Brüste völlig nackt. Er betrachtete sie lange. Für den Bruchteil einer Sekunde ging Johanna durch den Kopf, wie sie schutzlos und splitternackt vor den Maskierten gestanden hatte. Jetzt war alles ganz anders. Sie schämte sich ihrer Blöße nicht. Louis fuhr mit dem Finger von der kleinen Kuhle an ihrem Hals hinab, umrundete erst eine Brust, dann die andere, legte die ganze warme Hand auf die feste weiche Wölbung und kniff ihr in die Brustwarze. Sie stöhnte und bäumte sich auf. Ein Prickeln schoss durch ihren Leib, wie sie es noch nie gespürt hatte, ein verheißungsvoller brennender Schmerz.
»Ja«, hauchte sie, »mach mich glücklich!« Sie griff mit beiden Händen in sein dichtes Haar und zog ihn zu sich hinab.

Johanna verbrachte den märchenhaftesten Sommer ihres Lebens. Louis legte Carsten dar, wie er sich die Kombination aus Weinanbau und Weinhandel genau vorstellte. Der war heilfroh, sich endlich ganz zur Ruhe setzen zu können, für seinen

Lebensabend würde gesorgt sein. Er war vollauf zufrieden. An einigen Tagen begleitete Louis Johanna in den Füchtings Hof oder stattete ihr dort zumindest einen kurzen Besuch ab. Die Albers-Mädchen liebten ihn, denn er war so ganz anders als andere Erwachsene. Er tollte mit ihnen herum, und es konnte ihm dabei gar nicht laut und turbulent genug zugehen. Die Witwen blühten auf, wenn er kam. Die Schmidtsche, der man so viel über ihn berichtet hatte, schaffte es, aufzustehen. Sie saß jeden Tag, trotz der Sommerhitze in eine dicke Decke gewickelt, auf der Bank vor ihrem Haus und hoffte, er möge sich blicken lassen. Die Verwaltersche lächelte, wann immer er in ihrer Nähe war, und verhielt sich dann sogar Johanna gegenüber freundlich, die sie, sobald Louis ihr den Rücken kehrte, nach alter Manier schikanierte, wo sie nur konnte.

Es gab Abende, da leistete Carsten ihnen bei dem einen oder anderen Glas Wein Gesellschaft, dann wieder ließ er sie früh allein, weil er seinen Schlaf brauche, wie er zwinkernd verkündete. Es war nicht zu übersehen, wie hingerissen er von dem Glück seiner Enkelin war. Als der August kam und die Luft flirrend in Lübecks Straßen stand, so dass man kaum mehr atmen konnte, schickte er die beiden nach Travemünde.

»Für mich ist das nichts mehr«, sagte er, dabei sah er in den letzten Tagen so gesund aus wie lange nicht. »Aber ihr solltet fahren. Deine Witwen kommen schon ohne dich aus, Johanna. Das müssen sie ohnehin bald, wenn du nach Frankreich gehst.«

»Wir, Großvater, wenn wir nach Frankreich gehen.«

»Ja, ja, warten wir es man ab, meine Kleine«, erwiderte er mit einem Blick, der Johanna ganz fremd war. Irgendetwas behagte ihr nicht, wenn sie auch nicht in Worte fassen konnte, was das

war. Vermutlich, so meinte sie, hing es mit dem Abschied von Füchtings Hof zusammen. Um mit Louis nach Frankreich gehen zu können, musste sie ihre Tätigkeit dort aufgeben. Sie hatte nicht vermutet, dass es ihr so schwerfallen würde. Doch den Preis würde sie gerne zahlen, dachte sie, wenn sie dafür immer mit Louis zusammen sein konnte.
»Was überlegst du denn noch?«, fragte Carsten. »Macht Ferien!«
Bevor sie aufbrachen, erhielt Johanna eine Botschaft von Nebbien. Er hatte herausgefunden, dass Deval vor fünfzehn Jahren an einem Feldzug nach Moskau teilgenommen hatte. Danach verlief sich seine Spur, wie er sich ausdrückte. Mit dem Militär schien er zumindest nichts mehr zu tun zu haben. Nebbien machte ihr keine großen Hoffnungen, versprach aber, sich Einblick in Meldeverzeichnisse zu verschaffen und weiter nach ihm zu suchen.

»Welch eine phantastische Idee von Großvater«, seufzte Johanna, als sie mit Louis am Strand von Travemünde stand. Sie waren mit einem der regelmäßigen Fuhrwerke, das die der Hitze überdrüssigen Lübecker in Scharen brachte, über die Herrenfähre angereist und hatten im Logierhaus, das zu dem prachtvollen Kurhaus gehörte, eine hübsche Kammer bezogen.
Sie hob den Saum ihres Kleides und drehte in der anderen Hand einen kleinen in Spitze gefassten Sonnenschirm.
»Soll man am Ostseestrand nicht Bernstein finden können?«, wollte Louis wissen und begann auch schon den Sand mit dem Fuß zu durchpflügen.
»Nein, nicht hier.«
»Schade.« Er bohrte seine Schuhspitze dennoch weiter in den

weichen Sand und scherte sich nicht darum, dass sie ganz staubig wurde.

Sie spazierten an Fischerhäusern entlang, schlenderten über die Alleen, die das Kurhaus sowohl mit dem Strand als auch mit dem alten Ortskern verbanden. Sie besuchten den neuen Musiktempel und lauschten Konzerten und standen am Hafen, wo die Dampfschiffe nach Kopenhagen ablegten.

»Man sagt, dass es bald von hier aus mit dem Dampfschiff auch nach St. Petersburg gehen soll. Kannst du dir das vorstellen? Eine so weite Reise auf einem Schiff, das muss ein großes Abenteuer sein. Und so viel bequemer als mit einer Kutsche.« Ihre Wangen glühten von der Sonne und vor Glück.

»Wenn du willst, machen wir einmal eine Seereise.«

»Wirklich?«

»Warum nicht? Wir können alles tun, was wir wollen.« Seine Augen blitzten übermütig. Ja, mit diesem Mann konnte sie alles tun, was sie wollte. Daran glaubte sie fest.

Sie verbrachten harmonische Tage und leidenschaftliche Nächte. Louis war zärtlich und wild, behutsam und draufgängerisch und führte sie in immer wieder neue Dimensionen von Empfindungen, von denen sie nie etwas geahnt hatte. Trotz aller ungestümer Glut, trotz des Feuers, das manches Mal in ihm loderte, hielt er sein Versprechen und sorgte dafür, dass Johanna kein Kind von ihm empfing.

»Das ist nur ein Vorgeschmack«, raunte er ihr mehr als einmal zu. »Wenn wir erst verheiratet sind, brauche ich nicht mehr aufzuhören, wenn es am schönsten ist. Dann endlich dürfen wir die Erfüllung erleben. Du wirst nicht genug davon bekommen«, prophezeite er und lachte voller Vorfreude.

Johanna vermochte sich kaum auszumalen, dass die Liebe noch erregender, noch erfüllender sein konnte, doch teilte sie seine Freude auf das, was sie noch miteinander erleben würden.

Allzu rasch mussten die beiden Travemünde wieder verlassen. Ein Gewitter zog auf, als sie zurückkehrten und über das staubige Pflaster der Hansestadt rumpelten.
»Gut«, sagte Louis, »vielleicht bringt das Gewitter auch Regen mit. Das wäre superb!« Er hatte recht, sie benötigten dringend einen kräftigen Guss. Johanna wäre das nicht aufgefallen, aber Louis war es von Kindesbeinen an gewöhnt, intensiv auf die Natur zu achten. Er musste es, denn die Trauben an den Reben waren auf ein gutes Verhältnis zwischen Sonne und Regen angewiesen. Und damit war es auch seine gesamte Familie.
»Gütiger Gott, so ein Glück, Sie sind zurück!«, rief Gesa, die bereits aus dem Haus stürmte, als das Fuhrwerk noch nicht einmal zum Stehen gekommen war.
»Sie sollten dichten«, scherzte Louis. »Sie können es offenbar.«
Johanna sah dem Mädchen sofort an, dass etwas ganz und gar nicht stimmte. »Ist etwas passiert?«, fragte sie.
»Der Herr Thurau«, stotterte sie atemlos. Schon schossen ihr Tränen in die Augen. »Es geht zu Ende mit ihm, sagt der Doktor.«
Johanna ließ Sonnenschirm und Pompadour achtlos fallen und stürmte die Treppe hinauf. Louis folgte ihr, blieb aber vor der Tür zu Carstens Kammer zurück, damit sie mit ihrem Großvater allein sein konnte. Der lag in seinem Bett, das Gesicht hochrot, die Augen glanzlos.
»Sie haben dich doch hoffentlich nicht meinetwegen aus den Ferien geholt, was?«

»Nein, Großvater, niemand hat mir auch nur ein Wort gesagt. Sonst wäre ich doch schon viel eher nach Hause gekommen.«
»Das wäre ja noch schöner«, sagte er etwas lauter und begann zu husten.
»Der Doktor war schon da?«
»Der Lambert, ja.«
»Das ist gut. Und was sagt er?« Johanna hoffte inständig, dass Gesa übertrieben hatte. Einen so schlechten Eindruck machte Carsten auf sie nicht. Er wirkte doch noch so wach und lebendig.
»Was soll er schon sagen? Ich bin ein alter Mann, es wird Zeit für mich. Gegen das Alter kann auch dein Doktor nichts unternehmen, meine Kleine.«
»So alt bist du wohl noch nicht. Etwas Zeit sollte dir schon noch bleiben.« Sie senkte den Kopf, denn er sollte nicht sehen, wie sie mit den Tränen kämpfte.
»Ach was, irgendwann reicht es einmal. Ich musste lange genug ohne meine Hanna auskommen. Wird Zeit, dass ich wieder an ihre Seite komme, wo ich hingehöre.«
Das war zu viel. Eine Träne nach der anderen kullerte Johanna über die Wangen. Sie saß auf der Bettkante, streichelte Carstens Hände und erzählte ihm von seinem geliebten Seebad, von dem Kurhaus, das man gerade so prächtig erneuert hatte, und von den vielen Besuchern, reiche Leute aus den verschiedensten Ländern, die den mondänen Ort schätzten. Sie wusste, dass es zwischen ihm und Hanna früher Streit gegeben hatte, weil er eine hübsche Stange Geld in das Seebad gesteckt, sie jedoch nicht an die Idee geglaubt hatte, Menschen könnten dort den Sommer verbringen wollen. Sie wollte ihrem Großvater versichern, wie richtig er mit seiner Sicht der Dinge gelegen hatte.
»Mir ist ein bisschen kalt«, sagte er plötzlich.

Johanna meinte sich verhört zu haben. Ihr selbst stand der Schweiß auf der Stirn, und sie sehnte sich nach der kühlen Brise zurück, die an der Ostsee allgegenwärtig war. Weil er aber zu zittern begann, legte sie einen Arm um ihn. »So besser?« Sie hielt ihn eine ganze Weile einfach nur fest und lauschte auf seinen dünnen Atem. Irgendwann wurde das Zittern weniger. Sie schob ihn sanft ein winziges Stück von sich, um in sein Gesicht sehen zu können. In dem Moment öffnete er die Augen.
»Donnerschlag«, murmelte er heiser. »Hanna?« Dann schloss er die Lider und hörte einfach auf zu atmen.

Johanna brachte so viele Stunden in Füchtings Hof zu, wie sie nur konnte. Genug zu tun gab es allemal, denn die Hitze machte den alten Damen schwer zu schaffen.
»Wird Zeit, dass der Herbst kommt«, sagte sie eines Abends zu Louis, als sie bei einem Glas Wein in der Stube saßen.
»Wenn es Herbst wird, muss ich spätestens nach Hause. Das heißt, genau genommen sollte ich innerhalb der nächsten zwei Wochen aufbrechen, um zeitig auf unserem Gut zu sein. Was meinst du?« Er streichelte ihr zärtlich über die Wange. »Wirst du dann schon so weit sein, mich zu begleiten?«
»So bald schon?« Wie gerne hätte sie ja gesagt, hätte alles hinter sich gelassen und wäre mit ihm gegangen. Aber da waren die Witwen, die sie doch noch brauchten. Und sie wollte Lambert die Möglichkeit geben, eine Nachfolgerin für sie zu finden, die sie im Hof einführen konnte. Außerdem hatte sie noch immer keine Auskunft von Nebbien.
Der Wein funkelte rot in ihren Gläsern, die Flammen der Kerzen, die in Bernsteinleuchtern auf dem Tisch und im Kandelaber neben der Tür brannten, spiegelten sich darin.

»Ich muss dir etwas sagen, Chérie.« Louis sah so ernst aus, so besorgt, dass es ihr Angst machte. »Ich habe Unterlagen gefunden, die Carsten mir bisher nicht gezeigt hat, und das aus gutem Grund.«

Ihre Kehle wurde eng. »Unterlagen? Welcher Art sind diese Unterlagen?«

»Offene Rechnungen, Schuldverschreibungen, Papiere, die belegen, wie es wirklich um Thuraus Weinhandel steht.«

»Was soll denn das heißen? Großvater hat ganz offen darüber gesprochen, dass es nicht zum Besten stand, nachdem die Franzosen Lübeck überfallen haben.« Sie funkelte ihn feindselig an, als ob er höchstpersönlich die Stadt angegriffen und den Weinhandel zugrunde gerichtet hätte. »Meine Großeltern haben ihr Sommerhaus verkauft. Damit war das Schlimmste doch überstanden.«

»Leider nicht. Wie es aussieht, war er nicht so offen, wie er getan hat. Die Papiere sprechen eine klare Sprache. Es tut mir so leid.«

Sie konnte und wollte kein einziges Wort glauben. Das ergab doch keinen Sinn. Wie oft hatte ihr Großvater davon geredet, dass Hanna und er durch den Verkauf des Sommerhauses wenigstens ihren Lebensabend gesichert hätten. Und zuletzt, als es um Hannas Grabmahl ging, da hatte er doch so vernünftig geklungen. Wenn er so leichtfertig Schulden gemacht hätte, wie Louis ihr weismachen wollte, warum hatte er es dann nicht wieder getan?

»Du musst dich irren.«

»Ich wünschte, es wäre so. Selbst dieses Haus gehört im Grunde längst der Spar- und Anleihe-Kasse.«

»Nein!« Sie starrte ihn fassungslos an.

»Mach dir keine Sorgen, Chérie.«

»Nenn mich nicht so.« Sie sprang auf und lief in der Stube auf und ab. »Wie soll ich mir wohl keine Sorgen machen, wenn du mir gerade weismachen willst, dass mein Großvater mich belogen hat und ich von einem auf den anderen Tag mittellos dastehe?«

Er erhob sich ebenfalls, kam zu ihr herüber und wollte ihre Hände nehmen.

»Nein, nicht jetzt. Lass mich in Ruhe, bitte.«

Sie sah, wie hilflos und traurig er war. Mit einer fröhlichen Frau konnte er umgehen, ihr die Welt zu Füßen legen, aber einer verzweifelten Frau, die sich von ihm zurückzog, war er nicht gewachsen.

»Bitte, Jeanne, es ist doch nicht meine Schuld«, unternahm er einen weiteren Anlauf. »Es war Carsten, der uns verschwiegen hat, wie misslich die Lage ist, nicht umgekehrt.«

»Du unterstellst meinem Großvater Betrug? Du behauptest wahrhaftig, er habe euch böswillig Zahlen oder Papiere vorenthalten?«

»Jeanne, versuch doch wenigstens deinen Verstand zu benutzen anstelle deiner Emotionen. Ich bitte dich!«

»Wie kannst du?«

»Wenn er Geld von der Kasse aufgenommen und dieses Haus dafür als Sicherheit hat eintragen lassen, wenn er von anderen Kaufleuten etwas geborgt, aber nie zurückgezahlt hat, kann er davon nichts gewusst haben? Sag mir, gibt es jemanden, der die Geschäfte für ihn geführt hat, so dass das möglich wäre?«

Natürlich war das nicht der Fall. Johanna fühlte sich in die Enge getrieben. Sie wollte Louis glauben und vertrauen, doch ihr Herz weigerte sich, das schändliche Verhalten ihres Großvaters für wahr abzunehmen. Sie suchte fieberhaft nach einer

plausiblen Erklärung, die den Ruf des Mannes wiederherzustellen geeignet war, bei dem sie ihre Kindheit verbracht, mit dem sie gelacht und getollt hatte und zu dem sie zu jeder Zeit und mit jeglichem Kummer hatte kommen können. Die einzige Erklärung, die sie hatte, war, dass Louis nicht die Wahrheit sagte. Womöglich wollte er sie glauben machen, dass Weinhandlung und Haus keinen Wert mehr hatten, um diesen dann dem Besitz seiner Familie zuschlagen zu können.
»Ich muss alleine sein«, sagte sie frostig und schickte sich an, die Stube zu verlassen. Er packte ihr Handgelenk.
»Nein, Jeanne, lass uns nicht so auseinandergehen. Nicht einmal für eine Nacht.« Er lockerte den Griff, seine Stimme wurde weicher. »Ich verstehe, dass du Zeit brauchst. Es ist nicht leicht für dich, das zu akzeptieren. Ganz bestimmt gibt es einen guten Grund, warum Carsten niemandem etwas gesagt hat. Vielleicht hatte er einen Plan, der nicht aufgegangen ist, vielleicht hat er sich geniert, weil er in diese Lage geraten ist. Ich weiß es nicht, aber ich will ganz sicher nicht von Betrug sprechen.«
Sie fühlte sich wie eine Katze, die man mit einem Stück Fleisch in die Falle locken wollte.
»Lass uns schlafen gehen. Morgen zeige ich dir die Unterlagen. In Ordnung?«
Wenn etwas mit den Papieren nicht stimmte, wenn er daran gedreht hatte, würde er ihr gewiss nicht von allein diesen Vorschlag machen, dachte sie. Er würde ihr dann wohl eher anbieten, sich an ihrer Stelle um alles zu kümmern.
»Na?« Er sah sie erwartungsvoll an. Am liebsten hätte sie sich in seine Arme geworfen. Gerade jetzt mochte sie nicht allein sein.
Trotzdem sagte sie: »In Ordnung. Aber ich würde heute lieber

allein in meiner Kammer schlafen. Ich muss einfach zur Ruhe kommen.«
»Natürlich«, erwiderte er leise. Er war enttäuscht, küsste sie auf die Nasenspitze und ging.

Der nächste Tag war entsetzlich. Johanna hasste die gedrückte Atmosphäre, die zwischen ihr und Louis herrschte. Sie fühlte sich an die Zeit bei Johann-Baptist und Bruni erinnert, als Vincent fort war. Nur sah sie sich außerstande, etwas daran zu ändern.
Gesa kam und brachte einen Brief von Luc. Louis las ihn aufmerksam, und sein Gesicht hellte sich mehr und mehr auf.
»O Jeanne, das ist superb!«
»Gute Nachrichten?«, fragte sie. Es fiel ihr schwer, sich von seiner Fröhlichkeit nicht anstecken zu lassen.
»Das kann man wohl sagen! Stell dir vor, der König hat den Premierminister vor die Tür gesetzt.«
»Und das macht dich so glücklich?«
Er sprang auf. »Aber natürlich, Chérie! Dieser Comte de Villèle ist einer dieser ganz besonders Königstreuen. Ein widerwärtiger Kerl! Mein Vater schreibt, man hat ihn entlassen, weil er Gesetze machen wollte, die zu Aufruhr geführt hätten. Das ist ein gutes Zeichen. Erkennst du die Macht des Volkes, Jeanne?«
»Das verstehe ich nicht. Der König entlässt einen seiner treuesten Männer, nur weil er einen Aufruhr befürchtet? Das Volk hatte noch nie Macht, Louis. Ein König hat bisher noch immer gewusst, wie er es im Zaum halten kann.«
»O nein, hast du etwa die Revolution vergessen?«
»Du sagtest doch selbst einmal, alles sei danach wieder wie vorher geworden.«

»Weil Fehler gemacht wurden. Alles, was unsere Vorväter im Kampf gegen Adlige und Kirchenmänner einmal erreicht haben, wurde hinterher mit Füßen getreten. Doch dieses Mal werden wir es besser machen.« Er schnappte sich den Brief. »Mein Vater schreibt, dass der Vicomte de Martignac sein Nachfolger werden soll. Eine gute Wahl! Auch er war einmal in höchstem Maße königstreu, doch er hat während der Invasion in Spanien gesehen, wie viel Leid sein König verursacht. Heute ist er ein anderer Mensch.« Louis war kaum noch zu bremsen. »Er kommt aus meiner Heimat, weißt du, aus Bordeaux. Er war Staatsanwalt, aber er beschäftigt sich auch mit Kunst, schreibt und arbeitet am Theater. Glaube mir, er ist genau der Richtige, um eine Politik des Kompromisses zu machen. Genau das, was wir brauchen.«
»Wie schön für euch«, sagte Johanna. Sie kannte und achtete seine Leidenschaft für politische Umwälzungen, nur hatte sie einfach gerade völlig andere Sorgen, die sie beschäftigten.
»Bitte, Jeanne, lass uns gemeinsam nach Hause gehen und endlich heiraten.« Er kniete sich vor ihrem Sessel hin und ergriff ihre Hände.
»Ich bin hier zu Hause«, erinnerte sie ihn reserviert.
Natürlich entging ihm ihr Unterton nicht. »Hör auf damit, ich bitte dich! Ich bin nicht dein Feind, in Ordnung? Also behandle mich bitte nicht so.«
Er erhob sich, blieb aber dicht bei ihr stehen.
Johanna schämte sich für ihre Feindseligkeit. Sie stand mit dem Rücken zur Wand und wusste nicht, wie sie sich verhalten sollte. Angriff war die beste Verteidigung, hatte sie einmal gelernt.
»Die Franzosen waren schon einmal die Feinde Lübecks, mein Vater ist Franzose und hat sich mir gegenüber feindlich verhalten. Wie kann ich wissen, dass du nicht mein Feind bist?«

Sein Gesicht verdunkelte sich. Er sah sie an, verletzt und enttäuscht. Es dauerte lange, bis er ihr antwortete: »Wenn dein Herz dir das nicht sagt, dann habe ich mich wohl in dir getäuscht. Ich werde morgen abreisen. Überlege dir gut, ob du mich begleiten willst oder nicht.«
Damit ließ er sie allein.

Johanna hoffte inständig auf eine Eingebung, die ihr verriet, was es mit Carstens Unterlagen auf sich hatte, wie sie sich verhalten sollte. Sie ging nicht in den Stiftshof, weil sie in Louis' Nähe sein wollte. Statt ihm entgegenzukommen, ging sie ihm jedoch aus dem Weg, begann ihre persönlichen Dinge für die Reise zu ordnen und hörte gleich wieder damit auf, weil sie ja doch nicht fahren würde. Sie lief ebenso rastlos wie sinnlos im Haus umher, stieß eine Vase um, die laut klirrend zu Bruch ging, und schrie Gesa an, die die Scherben nicht schnell genug beiseiteräumte. Schließlich schlug sie die Haustür hinter sich zu und lief nach St. Jacobi.
Das Gotteshaus war besonders für Pilger und Reisende da. Vor Louis lag eine lange Reise, also wollte sie für ihn beten. Die Kühle war angenehm und half Johannas erhitztem Gemüt, sich allmählich zu beruhigen. Sie setzte sich auf eine der Bänke und blickte nach vorn zu dem barocken Altar. Dann schloss sie die Augen und betete still. Nicht nur für Louis, sondern auch für die Seele ihres Großvaters. Was immer er getan hatte, er konnte keine bösen Absichten damit gehegt haben. Zum Schluss betete sie auch noch für sich selbst, dass sie sich richtig entschließen, das Richtige tun und irgendwann ihren Vater finden würde. Wie sehr hätte sie jetzt einen Vater gebraucht, der ihr helfen konnte, alles zu ordnen, zu verstehen. Ob dieser Deval dazu bereit wäre?

Als sie wieder nach Hause kam, fühlte sie sich innerlich aufgeräumt. Sie hörte Louis im Kontor ihres Großvaters und ging die Treppe hinauf zu ihm. Er sah kurz auf, als sie eintrat, und wandte sich dann wieder einem Bogen Papier zu, den er in Händen hielt.
»Ich möchte mich bei dir entschuldigen, Louis«, begann sie.
»Du solltest dich bei Gesa entschuldigen. Sie hat einen Schock erlitten«, erklärte er schlicht.
»Ja, du hast recht. Das sollte ich auch tun.« Sie hatte es sich einfacher vorgestellt. »Es tut mir schrecklich leid, Louis. Natürlich weiß ich, dass du nicht mein Feind bist.« Sie sah ihm in die Augen. »Das ist aber auch schon so ziemlich alles, was ich im Moment sicher weiß«, fügte sie leise hinzu.
Er ließ das Papier auf den Schreibtisch segeln und kam zu ihr.
»Es war alles sehr viel für dich, das weiß ich doch.«
»Dann bleibst du noch?«, fragte sie voller Hoffnung.
»Nein, Jeanne, ich kann nicht. Ich muss zurück.«
»Oh!« Sie sah zu Boden. Sie hatte erwartet, dass er augenblicklich nachgab, wenn sie nur einen Schritt auf ihn zumachte.
»Begleite mich. Es ist die beste Zeit dafür.«
Sie sah ihn fragend an.
»Aber natürlich! Nahrung ist in unserem Land so teuer geworden, dass der große Teil des bettelarmen Volkes alles aufwenden musste, um wenigstens das Nötigste kaufen zu können. Für Kleider oder andere Güter blieb nichts übrig. Wenn aber Produzenten nichts herstellen können, haben sie auch nichts mehr für ihre Arbeiter zu tun, verstehst du? Die sind auf der Straße gelandet, ganz ohne Geld. Es war ein elender Kreislauf. Doch jetzt kommt Martignac. Der wird diesen Kreislauf durchbrechen. Er wird sich um die Belange des Volkes kümmern. Frankreich wird ein strahlendes Beispiel für andere Län-

der, in denen es kein bisschen besser ist. Du wirst sehen, es gibt keinen besseren Moment, um nach Frankreich zu ziehen. Möchtest du denn nicht dort leben, wenn von dort alles neu, alles besser wird?«

Sie wusste nicht recht, was sie antworten sollte. Wie immer war sie von seiner Begeisterung fasziniert, doch das alles war so abstrakt, so weit von ihrem eigenen Leben entfernt.

»Ja, doch«, murmelte sie wenig überzeugt. »Aber ich kann noch nicht weg. Ich muss Großvaters Papiere ordnen, mit den Kaufleuten sprechen, von denen er sich Geld geliehen hat. Ich kann doch nicht einfach mit dir kommen, solange hier alles in Unordnung ist.«

Er nickte betrübt. »Du hast recht, Chérie. Es gefällt mir nicht, aber du hast leider recht.« Er nahm sie endlich wieder in die Arme, und sie ließ es nur zu gerne geschehen. »Weißt du, dass ich dich dafür liebe?«

Sie sah erstaunt zu ihm auf. »Aber ja, dir geht es nicht um dein Vergnügen, du stehst für das ein, was du für richtig hältst. Es gibt nicht viele Frauen, die so sind. Dafür liebe ich dich. Auch wenn es für mich bedeutet, dass ich die ganze lange Reise wieder allein sein werde.« Er machte ein gequältes Gesicht.

VII

Es zerriss Johanna fast das Herz, als sie am nächsten Tag zusehen musste, wie Louis in die Kutsche stieg und davonfuhr. Er hatte ihr versprechen müssen, sofort eine Nachricht zu schicken, wenn er wohlbehalten zu Hause angekommen war. Es konnte so viel geschehen. Eine Achse konnte brechen oder ein Rad, in einer der Schenken konnte man ihm verdorbene Lebensmittel verkaufen. Er hatte ihr hoch und heilig versprochen, ihr eine Botschaft zu schicken, nur würde es eben eine gute Weile dauern, denn der Weg war weit. Er hatte sie außerdem mehrfach inständig gebeten, so bald zu kommen, wie es irgend ging. Ihr wurde ganz warm ums Herz, wenn sie daran dachte. Nur zu gerne würde sie sich gleich morgen auf den Weg machen, aber es gab so viel zu tun.
Als Erstes ging sie in das Kontor von Johannes Nebbien.
Er erhob sich hinter seinem schlichten Schreibtisch, als sie eintrat. »Guten Tag, Johanna, wie geht es Ihnen?«
»Danke, es geht recht gut«, sagte sie knapp.
»Kommen Sie zurecht, jetzt wo …? Ich meine, kommen Sie ohne Ihren Großvater zurecht?«
»Habe ich denn eine Wahl?«
»Bitte, setzen Sie sich!« Er nahm ihr das Cape ab und deutete

auf einen Stuhl mit schlanken geschwungenen Armlehnen.
»Gut, dass Ihr Verlobter bei Ihnen ist. Sicher ist er Ihnen eine große Stütze.«
»Er ist heute Morgen abgereist.«
»Oh!«
»Die Weinlese beginnt bald, da muss er zu Hause sein und den Arbeitern auf die Finger sehen.«
»Ich dachte, darum kümmert sich sein Vater, und er bleibt hier und übernimmt den Weinhandel.«
»So war es auch für den Anfang gedacht. Nur gibt es mit Großvaters Geschäft ein Problem.« Sie verschränkte die Hände und sah von ihrem Schoß zu ihm auf. »Ich brauche Ihre Hilfe, Herr Nebbien.«
Nachdem sie ihm ihre Lage zumindest in groben Zügen auseinandergesetzt hatte, rieb er sich nachdenklich das Kinn.
»Da hat Ihnen Ihr Großvater ja einen schönen Schlamassel hinterlassen.«
»Es hat zumindest den Anschein, ja.«
»Genau sagen kann ich das natürlich erst, wenn ich alle Unterlagen gesehen habe. Wann kann ich zu Ihnen kommen, um mich mit allem vertraut zu machen?«
»Jederzeit. Je eher Sie für mich Licht in das Dunkel bringen, desto besser.«
Er nickte. »Gleich morgen früh bin ich bei Ihnen.«
»Danke!« Sie stand auf.
»Ach, Johanna, ich habe etwas Neues über Monsieur Deval.«
Ihr Herz setzte einen Schlag aus.
»Er ist nach Paris gegangen.«
»Und dort lebt er noch immer?«
»Ja, zumindest hat er dort eine Wohnung. Das muss aber nichts heißen. Es sieht so aus, als würde er zu einer Gruppe gehören,

die sich der Erziehung von Kindern widmet. Sie nennen sich die Freunde des ABC.«

»Die Freunde des ABC?« Sie lachte auf, ohne sich wirklich zu amüsieren. »Ein Mann, der sein Kind verlässt, noch bevor es geboren ist, kümmert sich um Erziehung? Ich bin nicht sicher, was ich davon halten soll.«

»Das bin ich auch nicht. Ich fürchte, es wird schwer, von hier mehr darüber und über ihn herauszufinden. Dafür müsste man wahrscheinlich nach Paris reisen.«

»Kein übler Gedanke«, sagte sie und verabschiedete sich.

Der nächste Gang führte sie zu Lambert. So schwer es ihr auch fiel, sie musste ihm sagen, dass sie früher oder später nicht mehr zur Verfügung stand. Sie bat ihn, sich um Ersatz für sie zu kümmern, und bot ihm an, auf jeden Fall noch die Einweisung einer Nachfolgerin sicherzustellen. Von ihm ging sie direkt in den Hof und geradewegs zur Verwalterschen.

»Guten Tag, Frau Haase. Na, macht die Goldene Ader noch Beschwerden?«

»War schon schlimmer«, grummelte sie und beäugte Johanna feindselig.

»Haben Sie denn auch Ihre Sitzbäder mit Eichenrinde gemacht?«

»Äh, das Zeug klebt nur immer überall. Ganze Bäume hat man ja im Hinterteil. Bis ich das alles abgepult habe ... Nee, das is nix.«

Johanna konnte ein Grinsen nicht unterdrücken. »Ja, liebe Frau Haase, haben Sie mir denn wieder nicht richtig zugehört? Ich hatte Ihnen doch gesagt, Sie sollen die klein geschnittene Rinde in ein Leinensäckchen geben und einige Minuten in das heiße Wasser hängen. Dann entfernen Sie den Beutel und ha-

ben nichts als heilsames reines Wasser. Und nichts bleibt irgendwo kleben.«
»Ach, so 'n Tüdelkram!« Sie winkte ab.
Johanna zuckte mit den Schultern. Musste die Verwaltersche sich eben weiter herumquälen. »Und wie geht es den anderen Damen? Irgendwelche Klagen?«
»Die klagen doch dauernd. Nix als rumjammern können die.«
Johanna hatte sich gar nicht erst gesetzt, und die Haase hielt es ohnehin nicht für nötig, ihr einen Platz anzubieten. So machte sie schon wieder kehrt und hatte die Türklinke in der Hand, als sie sagte: »Nichts Außergewöhnliches also, keine der Damen hat ein Messer in der Hand.«
»Wie?«
»Ach, nichts, das war nur ein Jux.«
»Hm«, machte die Haase.
Plötzlich wurde es unruhig im Hof.
»Ein Arzt muss her, holt einen Arzt«, rief eine. »Hilfe!«, schrie eine andere, und eine der Frauen weinte und wimmerte.
Johanna riss die Tür auf, rannte hinaus und prallte fast mit Vorsteher Behn zusammen, den der Tumult ebenfalls ins Freie gelockt hatte.
»Was ist denn hier los?«, fragten beide im selben Moment.
»Die Koch ist gestürzt«, ließ die Albers sie eilig wissen und war auch schon wieder auf dem Weg zu ihrer Nachbarin. »Geht ins Haus, Mädchen!«
»Tut, was eure Mutter sagt!«, rief Johanna den beiden zu, die wie versteinert und mit bangem Blick im Weg standen.
»So ein Unglück! Das musste ja so kommen. Die Arme klagt ja schon seit Tagen über den Schwindel, aber die Thurau kümmert's ja nicht«, tönte die Stimme von Frau Haase über den Hof.

Behn, der als Erster die Stufen zum Kochschen Haus erreicht hatte, starrte Johanna an. »Ist das wahr?«
»Nein!« Sie drehte sich um und sah die bucklige Verwaltersche vor ihrer Haustür stehen, das Gesicht zu einer bösen Grimasse verzogen. »Na warte«, flüsterte Johanna. Gleichzeitig mit Behn drängte sie sich durch die schmale Tür und blieb entsetzt stehen. Witwe Koch lag am Fuß der Treppe. Ihre Beine und die Hüfte waren in einer vollkommen unnatürlichen Neigung abgewinkelt. Ihr Kopf war auf den Steinfußboden geschlagen. Schon bildete sich eine Blutlache.
»Mein Gott, Frau Koch!« Mit zwei Schritten war Johanna bei ihr. Die Frau stöhnte vor Schmerzen. »Gott sei's gedankt, sie lebt«, flüsterte Johanna. Dann rief sie Behn zu: »Schicken Sie nach Lambert. Er soll alles stehen und liegen lassen!«
»Jawohl, Fräulein Thurau.« Seine Stimme war noch eine Nuance höher, wenn er aufgeregt war, als ohnehin schon. »Das hat noch ein Nachspiel«, plärrte er.
Sie hörte gar nicht hin. »Bitte, Frau Albers, können Sie etwas frisches Wasser holen? Und öffnen Sie doch die Fenster, ja? Es ist furchtbar stickig.«
»Ja, Fräulein Thurau, gewiss«, antwortete die junge Witwe, die, die Hände vor die Brust gedrückt, neben der Tür gestanden und die schreckliche Szene betrachtet hatte.
Johanna hockte am Boden und redete auf die Koch ein. »Dr. Lambert ist schon auf dem Weg. Halten Sie aus, er wird sicher gleich hier sein.« Sie strich der Frau eine Strähne aus dem runzeligen Gesicht und hoffte, dass sie nicht zu viel versprach.
Schon kam Ilse Albers mit dem Wasser zurück. Sie stellte den Eimer ab und öffnete das Fenster, wie Johanna ihr aufgetragen hatte. Sogleich fuhr ein frischer Wind durch den engen Raum.

»Gehen Sie zu Ihren Kindern. Die sind gewiss verängstigt wegen der Aufregung«, sagte sie und nickte der Albers zu.
»Wenn ich doch noch etwas tun kann, rufen Sie nur. Ich bin ja gleich nebenan.«
»Ja, danke!« Vorsichtig wischte sie der Koch die Stirn ab und tupfte das Blut aus ihrem weißen Schopf. »Das ist nur eine Platzwunde, meine ich. Haben Sie keine Angst, bald sind Sie wieder auf den Beinen.«
»Aber gerade die Beine tun mir so weh«, jammerte sie.
Johanna vermutete, dass ihr Fuß im Sturz irgendwie zwischen die derben Streben des Treppengeländers geraten war. Ganz sanft tastete sie die Hüften, Oberschenkel und Knie ab. Bei jeder Berührung stöhnte oder schrie die Koch auf.
»Ist schon gut«, flüsterte Johanna beruhigend. Ihr stand der Schweiß trotz der kühlen Luft auf der Stirn. Wenn Lambert doch nur endlich käme. »Es scheint nichts gebrochen zu sein. Wie es aussieht, haben Sie noch einmal Glück gehabt.«
»Glück?«, ächzte die. »Erst konnte ich wochenlang nicht laufen, weil ich auf das Knie gefallen bin. Und jetzt das.« Sie keuchte.
»Stimmt es, was die Verwaltersche sagt, hatten Sie hin und wieder den Schwindel?«
»Ja, das sach ich doch die ganze Zeit. Hab Se doch sogar rufen lassen, aber Se kommen ja nich.«
»Was? Das ist nicht wahr. Mein Großvater ist gestorben, und es gab familiäre Dinge zu regeln, aber ich hatte der Haase gesagt, sie soll mich benachrichtigen, wann immer jemand etwas hat.«
»Sie sind nich gekommen«, klagte die Koch weiter.
Ein Klopfen, die Tür flog auf, und Lambert betrat das kleine Haus.

»Na, na, liebe Frau Koch, Sie machen aber auch Sachen!«
Schon hockte er neben ihr und sah Johanna fragend an.
»Ich denke, dass nichts gebrochen ist und der Kopf auch nur eine Platzwunde abgekriegt hat.
»Der Schädel brummt mir man gewaltig«, meldete sich die Koch zu Wort.
»Das kann ich mir denken. Dann wollen wir mal.« Lambert hatte die Patientin rasch untersucht, holte tief Luft und schickte sich an, ihre Glieder in ihre natürliche Position zu bringen.
»Sollen wir ihr zuvor ein wenig Bilsenkraut geben?«, schlug Johanna hastig vor. »Dann spürt sie die Schmerzen nicht gar so schlimm.«
»Hätten Se da nich früher auf kommen können?«, japste die Koch.
Lambert nickte. Johanna griff in ihre Tasche, die sie stets mit sich führte, wenn sie herkam. Das Blut in den Haaren der Koch war unterdessen getrocknet, und Johanna bettete ihren Kopf auf eine gefaltete Decke.
»Länger kann ich nicht warten«, sagte Lambert, atmete nochmals tief durch und zog mit einem kräftigen Ruck am Kochschen Bein, das bis zu dem Moment ausgesehen hatte, als würde es nicht zu dem übrigen Körper gehören. Die Frau heulte auf, das Kreischen ging in ein Wimmern über.
»Geschafft«, murmelte Johanna und streichelte ihr beruhigend über das faltige Gesicht. »Das Schlimmste haben Sie hinter sich.« Mit dieser Einschätzung lag sie nicht richtig, denn es stellte sich als nahezu unlösbare Aufgabe heraus, die Patientin, die nicht in der Lage war, auch nur annähernd dabei zu helfen, aufzuheben. Für mehr als zwei Menschen, die anpacken konnten, reichte der Platz einfach nicht. Schon so standen sich Lambert und Johanna gegenseitig im Weg, stießen hier gegen

das hölzerne Geländer, auf der anderen Seite gegen die steinerne Wand. Je mehr das Bilsenkraut wirkte und je länger die Gelenke wieder an ihren angestammten Plätzen waren, desto besser konnte die Koch es aushalten, wenn man sie anfasste. Zwar protestierte sie noch immer, doch es gelang den beiden zu guter Letzt, Johanna an den Füßen zupackend, Lambert an den Schultern, sie nach oben in ihre Schlafkammer und in ihr Bett zu tragen.
»Ich fliege«, faselte sie nur noch.
»Das Bilsenkraut«, stellte Johanna fest, wischte sich den Schweiß mit dem Handrücken von der Stirn und ging nach unten, um den Fußboden vom Blut zu säubern. Lambert kam ebenfalls die Treppe hinab.
»Witwe Koch hat da vorhin gesagt, Sie seien nicht gekommen. Auf die Haase allein hätte ich nicht gehört, aber wenn die Koch das Gleiche sagt ...«
Johanna ließ die Wurzelbürste sinken, setzte sich auf ihre Füße und sah zu ihm hoch. Seine sonst so blassen Wangen waren von der Anstrengung gerötet, das schwarze Haar glänzte feucht. »Ich war in letzter Zeit nicht jeden Tag hier. Sie wissen ja, warum. Und wenn ich da war, dann habe ich nicht nach jeder der Frauen gesehen, wie es sonst meine Angewohnheit war. Ich war nur bei der Schmidt, bei der Krämer, die diesen Ausschlag hatte, und bei der Ludwigschen, die noch immer kein Gramm zugenommen hat. Es war ausgemacht, dass die Haase mich auf der Stelle unterrichtet, wenn eine der Frauen über Beschwerden klagt. Sie hat nichts davon erwähnt, dass sich die Koch schwindelig gefühlt hat.«
»Kommen Sie«, sagte er und reichte ihr die Hand. »Das da kann die Albers fertig machen. Wir statten der Haase einen Besuch ab.«

Die stand schon in der Tür mit ihrem schiefen Blick und bösem Funkeln in den Augen. »Sehen Sie, Doktor, die Thurau bringt uns nur Unglück. Kaum noch gekümmert hat sie sich um uns. Ist ihr wohl schon zu viel geworden. Na, wir können ja noch froh sein, dass sie uns nicht gleich vergiftet hat wie den armen Aldenrath-Wurm.«

»Seien Sie still!« Lambert stand vor ihr auf der ersten Stufe, sie war ganz oben auf der dritten. So konnten sie einander fast in die Augen sehen, ohne dass die Haase sich allzu sehr verbiegen musste. Sie starrten einander an, und Johanna fürchtete, er würde ihr jeden Moment ins Gesicht schlagen. Stattdessen sprang er nach einer Weile, die ihr wie eine kleine Ewigkeit erschien, von der Stufe und ging in die Mitte des Hofs.

»Dass das ein für alle Mal klar ist«, schrie er. Hier und da ging ein Fenster auf, und eine der Frauen steckte den Kopf heraus. »Fräulein Thurau trägt keine Schuld am Tod von Achim Aldenrath. Selbst die Eltern haben ihre Anschuldigungen zurückgezogen. Gibt es hier etwa jemanden, der es besser weiß?« Johanna freute sich zwar, dass er sich vor allen Leuten auf ihre Seite stellte, war aber auch peinlich berührt. Sie sah zwei blond gerahmte Köpfchen hinter der Gardine im Albers-Haus.

Er ging nun wieder zu Frau Haase, baute sich vor ihr auf und stemmte die Hände in die Hüften. »Fräulein Thurau trifft keine Schuld am Tod des Jungen«, wiederholte er in der gleichen Lautstärke wie zuvor. »Und sie trifft keine Schuld an dem, was Frau Koch widerfahren ist. Dafür sind ganz allein Sie verantwortlich.« Die Köpfe an den Fenstern wandten sich der Verwalterschen zu. Entsetzen war in den Augen zu lesen, Wut und Trauer. Leiser sprach er weiter: »Sie wussten, warum Fräulein Thurau nicht jeden Tag gekommen ist. Sie hätten sie unterstüt-

zen müssen, anstatt sie in ein offenes Messer zu schicken, das Sie zuvor geschliffen haben.«
»Benedikt von Nursia sagt: Die Sorge für die Kranken steht vor und über allen anderen Pflichten. Aber einen so frommen Mann kennt die ja nicht einmal. Die ist mit dem Teufel im Bunde!«
»Elende Heuchlerin!«, brüllte Lambert sie an. »Ich werde mich mit den Vorstehern besprechen. Sie sind nicht länger als Hofwärterin tragbar.«

Von einem Tag auf den anderen war es Herbst geworden. Johanna lief zum Postamt am Pferdemarkt. Sie hoffte auf Nachricht von Louis, der längst zu Hause angekommen sein musste. Ein Brief würde sie beruhigen und ablenken. Das hatte sie bitter nötig, denn für den späteren Nachmittag war sie mit Nebbien verabredet, von dem sie schlechte Neuigkeiten befürchtete. Im Hof gab es auch wenig Erfreuliches, denn mit dem Herbst zogen Husten, Schnupfen und Fieber in die Stiftswohnungen ein. Sie konnte kaum so schnell Spitzwegerich, Huflattich und Holundertee herbeischaffen, wie die Frauen die Arzneien verbrauchten. Die Vorsteher waren Lamberts Bitte, Frau Haase durch eine andere als Hofwärterin ersetzen zu lassen, nicht gefolgt. Es war aber offensichtlich, dass sie ein ernstes Gespräch mit ihr geführt und ihr gedroht hatten, sie würde ihre Position bei dem nächsten kleinen Vorkommnis verlieren. Da ihre Stelle mit hübschen Annehmlichkeiten hier und da verbunden war, nahm sich die Haase nun zusammen und verweigerte die Zusammenarbeit mit Johanna nicht länger. Das bedeutete jedoch nicht einmal im Ansatz, dass sie auch freundlich gewesen wäre. Sie ließ Johanna ihre tiefe Verachtung in jeder Minute spüren, was diese von Tag zu Tag unerträglicher fand.

Der Beamte händigte ihr zwei Briefe aus. Einer kam, wie sie gehofft hatte, von Louis, der andere Absender war Marcus Runge. Johannas Laune stieg schlagartig. Am liebsten hätte sie die beiden Kuverts noch im Postamt aufgerissen, doch sie beherrschte ihre Neugier und lief eilig nach Hause. Dort setzte sie sich in den Sessel, in dem Hanna meist gesessen hatte, wenn sie Handarbeiten zu erledigen hatte oder ein Buch lesen wollte.
Zuerst öffnete sie den Brief von Louis. Er schrieb, dass die Reise ohne Zwischenfälle verlaufen sei. Nun beginne also die Traubenlese, die jedes Jahr aufs Neue ein großes Vergnügen sei, berichtete er. Zwar sei es auch anstrengend, jeden einzelnen Zweig mit einer Schere zu schneiden, doch er liebe diese Arbeit und packe nur zu gern kräftig mit an. Sobald die Trauben reif seien, schrieb er, müsse alles sehr schnell gehen. Er sei sehr froh, dass er den Beginn der Lese nicht schon verpasst habe, denn warten könne man nicht mehr, wenn die Früchte erst so weit seien. Dann müssten sie geerntet werden, bevor womöglich ein kräftiger Regen alles zunichtemachen oder sich Tiere an den süßen Trauben laben würden. So komme es in aller Eile immer wieder vor, dass Blut fließe, wenn die Schere nicht konzentriert geführt würde. Doch dies sei selten schlimm. Es würde einfach Traubensaft in die Wunde geträufelt, eine Methode, die Johanna doch einmal bei ihren Witwen probieren könne, schlug er vor. Dann schilderte er den Anblick der vielen Helfer, die trotz aller Härte der Arbeit fröhlich ihre Lieder sängen, die Zusammenkünfte am Abend bei Käse, Salami und Schinken und natürlich Traubensaft sowie die Feste mit Fackelzug, Musik, Tanz und großem Mahl, die jede Ernte abschlossen.
Sie ließ seinen Brief sinken. Während sie die Zeilen gelesen hatte, war sie in eine andere Welt getaucht. Sie meinte beinahe den Geruch frischer Trauben riechen und die Lieder der Ar-

beiter hören zu können. Ihr war, als wäre sie mittendrin, doch sie fand sich allein in einer für sie viel zu großen Stube wieder. Wie froh sie war, dass sie zumindest Gesa unten in der Küche werkeln hörte.
Louis schrieb weiter, wie sehr er sie vermisse und wie glücklich er sein würde, wenn sie bei der Lese im nächsten Jahr an seiner Seite wäre. Er schickte ihr Küsse aus der Ferne.
Johanna schloss für einen Moment die Augen, ließ seine Worte auf sich wirken und stellte sich sein Gesicht vor, seinen Blick, den er in Füchtings Hof gehabt hatte, als er plötzlich aus heiterem Himmel aufgetaucht war. Sie seufzte, öffnete die Augen wieder und nahm Marcus' Brief zur Hand. Der hielt sich weder lange mit Beschreibungen auf, noch ließ er sie wissen, was sich in Stolp seit seinem letzten Schreiben zugetragen hatte. Stattdessen schrieb er, er habe einen Beschluss gefasst, der für sein weiteres Leben von größter Bedeutung sei und alles verändere. Da auch sie, Johanna, davon betroffen sei, wolle er es endlich wahr machen, nach Lübeck zu kommen, um sie zu sehen und von Angesicht zu Angesicht mit ihr zu reden.
Was konnte das heißen? Ein Beschluss von größter Bedeutung, von dem sie betroffen sein sollte? Johanna erschrak. Sie vermochte sich nicht vorzustellen, dass seine Gefühle nach der langen Zeit, in der sie sich nicht gesehen hatten und er diesbezüglich auch nichts mehr erwähnt hatte, noch immer die gleichen waren, dass er kommen und um ihre Hand bitten würde. Nur wollte ihr auch nichts anderes einfallen, was er mit seinen Andeutungen meinen könnte. Wie nur konnte er ihr einen solchen Brief schicken, der sie in helle Aufregung versetzen musste, ohne ihr eine echte Vorstellung von seinen Plänen zu geben?
»Das hat mir gerade noch gefehlt!«, schimpfte sie vor sich hin. Als ob es nicht genug Unruhe in ihrem Leben gäbe.

Johanna erschien zur verabredeten Zeit in Nebbiens Kontor. Er war am Tag nach ihrem letzten Besuch wie vereinbart ins Thurausche Haus gekommen, hatte sich einen Überblick verschafft und mit ihrem Einverständnis eine Mappe mit Unterlagen mitgenommen, um sich damit in Ruhe zu befassen. Nun wollte er ihr die Ergebnisse präsentieren.

Sie saß auf dem kleinen Stuhl, der für Klienten auf der einen Seite seines Schreibtisches bereitstand. Er lief hinter dem Schreibtisch auf und ab. Die Tiefe der Falte über seiner Nase ließ nichts Gutes vermuten.

»Wie stellen Sie sich Ihre Zukunft vor, Johanna?«

Sie war perplex. Mit dieser Frage hat sie nicht gerechnet.

»Nein, besser: Was wünschen Sie sich für Ihre Zukunft?«

»Worauf wollen Sie hinaus, Herr Nebbien?«

»Nun, wenn Sie frei von allen Zwängen wären, wenn Sie leben könnten, wo und wie Sie es wollen, was würden Sie dann tun? Haben Sie sich das einmal überlegt? Ich meine, völlig unabhängig von etwaigen Schulden oder Nöten.«

Sie dachte nach. Im Grunde hatte sie sich derartige Fragen nie gestellt. Warum auch? Es hatte immer jemanden gegeben, der ihr Leben eingerichtet und bestimmt hatte. Was sie nicht wollte, darüber hatte sie so manches Mal nachgedacht. In Stolp etwa, wo sie diese Dinge lernen sollte, die rein gar nichts mit ihr zu tun hatten.

»Die Antwort ist gar nicht so einfach, was?« Es war einer der seltenen Momente, in denen er lächelte. »Vielleicht kann ich Ihnen helfen.« Er setzte sich ihr gegenüber, faltete die Hände auf dem Schreibtisch und beugte sich vor. »Sehen Sie, ich habe nie das getan, was ich wollte. Als kleiner Junge habe ich liebend gern mit Holz gearbeitet, aber mein Vater hat bestimmt, dass ich in seine Fußstapfen trete, also ging ich nach Jena und wur-

de Advokat. Nicht, dass ich keine Freude an diesem Beruf hätte, verstehen Sie mich bitte nicht falsch. Nur selbst gewählt habe ich ihn nicht.«
»Halten Sie das für so ungewöhnlich?«, warf sie ein.
»Durchaus nicht, nein, aber wird es dadurch richtiger oder besser? Ich war also zufrieden in meinem Beruf, wollte nach Lübeck zurückkehren, um mit Femke eine Familie zu gründen und als Advokat tätig zu sein. Doch mein Vater bestimmte, dass ich mich freiwillig zum preußischen Heer meldete. Also wurde ich Soldat und zog in den Krieg. Es war furchtbar. Sie machen sich kein Bild davon.« Seine Fingerspitzen bohrten sich in seine Handrücken. »Ich habe überlebt. Gott weiß, wozu. Ich wollte Femke heiraten, ihr zur Seite stehen, doch mein Vater bestimmte, dass ich sie verlasse, was ich tat.«
»Sie wissen schon lange, dass es ein Fehler war«, sagte sie sanft. »Sie müssen sich irgendwann verzeihen, sonst werden Sie wahnsinnig.«
»Das kann ich nicht, niemals.« Er blickte unverwandt auf seine Hände. »Ich wollte mir das Leben nehmen. Dafür trank ich mir Mut an. Statt es zu tun, schlief ich in der Wirtschaft ein und wurde grob vor die Tür gesetzt. Eine Patrouille griff mich auf und lieferte mich bei meinem Vater ab. Unter Tränen gestand ich ihm, was in mir vorging und was ich noch immer zu tun gedachte. Doch er bestimmte, dass ich gefälligst am Leben zu bleiben habe. Ich sei das einzige Kind meiner Mutter und habe die Christenpflicht, weiterzuleben. Also tat ich es.« Johanna war erschüttert. Sie ließ ihm Zeit, wartete, bis er von alleine weitersprach. »Verstehen Sie, was ich Ihnen sagen will? Erst seit dem Tod meines Vaters bin ich ein freier Mann. Bloß kann ich mich an meiner Freiheit nicht mehr erfreuen. Die wichtigsten Entscheidungen habe ich bereits verdorben, den

wichtigsten Menschen verloren. Aber was Sie betrifft, kann ich noch etwas Richtiges tun, etwas, das mir Freude macht. Ich will zu meinem Wort stehen, für Sie da sein und alles tun, damit Sie Ihr Leben so leben können, wie Sie es für sich bestimmen.«
»Das ist sehr freundlich von Ihnen, aber ich verstehe nicht recht, was das mit den Unterlagen meines Großvaters zu tun hat.«
»Das will ich Ihnen sagen. Carsten Thurau hat sicher gehofft, durch Ihre Heirat mit einem reichen französischen Winzer seine Schulden begleichen zu können. Wenn er mich zum Schluss auch vom Hof gejagt hat, kannte ich ihn doch als einen hochanständigen, stets um das Wohl seiner Familie bemühten, ehrbaren Mann. Vielleicht konnte man ihn ein wenig zu optimistisch nennen. Er vertraute stets darauf, dass alles eine gute Wendung nehmen würde. Ihre Großmutter stand womöglich fester mit beiden Beinen auf dem Boden der Realität. Bis zu ihrem Tod hat sie verhindert, dass Carsten sich Geld leiht. Nach ihrem Tod jedoch hat er das getan, um weiter gut leben zu können.«
»Aber was ist mit dem Geld, das sie für das Sommerhaus bekommen haben? Es dürfte doch einiges wert gewesen sein.«
»Das war es gewiss einmal, nur leider haben die Soldaten aller Seiten sich dort verschanzt. Sie haben gehaust wie die Räuber, Dielen herausgerissen und verfeuert, Fenster zerschlagen. Ihre Großeltern konnten froh sein, überhaupt noch eine kleine Summe dafür zu bekommen.«
»Das wusste ich nicht«, sagte sie betroffen.
»Niemand wollte, dass Sie sich Sorgen machen. Sie waren nur ein kleines Mädchen, verzeihen Sie. Es ist nicht unüblich, dass man jungen Mädchen nichts von solchen Dingen erzählt. Diese Gewohnheiten ändern sich wohl nur sehr langsam.«

Sie versuchte sich das ganze Ausmaß ihrer Lage auszumalen.
»Dann muss ich das Geld für meinen Großvater irgendwie zurückzahlen, oder sein Ruf wird auf ewig zerstört sein? Wie soll ich das nur bewerkstelligen?«
»Es ist unmöglich.«
Sie starrte ihn fassungslos an.
»Für Sie ist das nicht zu schaffen. Aber ich bin ja auch noch da.« Er lächelte wieder.
Tränen stiegen ihr in die Augen. Sie würde den Rest ihres Lebens in seiner Schuld stehen, aber sie hatte kaum eine andere Wahl.
»Ich habe mir das so überlegt«, sagte er, stand auf und lief wieder hinter seinem Schreibtisch auf und ab. »Wir gehen gemeinsam zur Spar- und Anleihe-Kasse. Wir müssen ihnen sagen, dass sie ihr Geld niemals zurückbekommen werden, dafür gehört der Kasse dann das Haus.«
»Es bleibt nichts übrig?«
»Doch, ich nehme an, ein kleines Sümmchen wird schon bleiben. Aber ich will Ihnen nicht zu viel versprechen. Große Sprünge können Sie damit nicht anstellen.«
»Keine Sprünge, nur den Kaufleuten etwas zurückzahlen«, murmelte sie.
»Nein, hören Sie mir weiter zu. Um die Kaufleute werde ich mich alleine kümmern. Die wissen, dass sie ihr Geld verloren haben und würden nach einer gewissen gnädigen Trauerfrist sicher auf Sie zukommen. Ich werde schon vorher da sein und ihnen einen Teil der geliehenen Beträge anbieten. Die werden sie nehmen, mir die Schulden als beglichen quittieren, und die Sache ist erledigt. Der Ruf Ihres Großvaters ist gerettet, und Sie sind frei.«
»Da wird eine schöne Summe zusammenkommen«, meinte sie

peinlich berührt. »Das kann ich doch von Ihnen gar nicht annehmen.«

»Es ist ja nicht von mir.« Er blieb hinter seinem Stuhl stehen und stützte sich auf die Lehne.

Sie sah ihn überrascht an. »Nicht?«

»Nein, das ist ja das Gute an meinem Plan.« Jetzt strahlte er sie zum ersten Mal aus ganzer Seele an, und ihr ging das Herz auf. »Dafür, dass ich stets ein so gehorsamer Sohn war, habe ich das gesamte Vermögen meines Vaters geerbt. Ein nicht unbeträchtliches Vermögen, wie ich ergänzen möchte. Wenn ich davon nun Ihre Schulden aus der Welt schaffe, machen mein Vater und ich wenigstens ein Fünkchen von dem wieder gut, was wir Ihrer Familie angetan haben. Von meinem Vater kommt diese Vergeltung zwar nicht aus freien Stücken, doch bestimme nun einmal ich jetzt, was getan oder gelassen wird.«

Johanna musste lachen. »Die späte Rache des kleinen Mannes? Verzeihen Sie mir!«

»Nein, nein, Sie haben ja recht.« Nach einer Pause fragte er sie: »Also, was werden Sie mit Ihrer Freiheit anfangen? Wie soll es für Sie weitergehen?«

Sie konnte ihr Glück noch gar nicht begreifen. Erst nach einer Weile gelang es ihr, sich wirklich Gedanken darüber zu machen. »Zunächst erwarte ich Besuch aus Stolp. Denken Sie, das Haus wird mir noch ein paar Wochen zur Verfügung stehen?«

»Das wird sich gewiss einrichten lassen.«

»Gut. Und danach will ich nach Paris reisen, um meinen Vater zu finden.«

Er sah sie eindringlich an. »Das ist also wirklich Ihr fester freier Wunsch. Nun schön, dann werde ich Sie begleiten.«

Sie widersprach zunächst, ließ sich jedoch leicht und gern von ihm überzeugen, dass dies eine vernünftige Idee sei. Bevor sie

ging, wollte sie von ihm wissen, ob er der geheimnisvolle Fremde sei, der Woche für Woche ein Bündel Geldscheine in den Füchtings Hof bringen ließ.
»Nein, Johanna, der bin ich nicht. Ich habe keine Ahnung, wovon da die Rede ist.«

Marcus Runge hatte sich kein bisschen verändert. Das schüttere schwarze Haar war möglicherweise noch etwas weniger geworden, die Augen hinter der Brille, an der er ständig herumnestelte, wirkten unnatürlich groß und rund, und mit der spitzen Nase erinnerte er sie noch immer an ein Feldmäuschen.
Sie saßen einander im Salon gegenüber. Sein Wagen war spät eingetroffen. Er hatte rasch sein Quartier bezogen, den Reiseanzug gegen einen frischen getauscht und war dann in die Glockengießerstraße gekommen. Nach einer etwas schwerfälligen Begrüßung hatte Gesa Labskaus aufgetragen. Marcus hatte Johanna einmal verraten, dass Labskaus seine große Leidenschaft war, mit viel Rote Beete, einem Spiegelei und einem Rollmops, wie er anmerkte. So stand es nun auf dem Tisch.
»Es ist so schön, dass Sie gekommen sind«, sagte Johanna. Sie freute sich wirklich, wenn sie auch Angst hatte, dass er falsche Hoffnungen hegte.
»Es hat ja lange genug gedauert. Wenn ich gewusst hätte, dass Sie mir Labskaus kredenzen, wäre ich schon viel eher gekommen.« Er lächelte spitzbübisch.
»Sehr charmant«, erwiderte Johanna. Irgendwie, schien es ihr, hatte er sich doch verändert. Irgendetwas war ganz und gar anders an ihm, nur kam sie nicht darauf, was es war.
»Ich soll Ihnen die herzlichsten Grüße von Witwe Gernreich übermitteln, von Flitzebein, nun ja, von allen eben. Von den Beckers soll ich Ihnen selbstverständlich auch die besten Grü-

ße überbringen. Ich habe Post von ihnen im Gepäck. Sogar ein Extrabrief von Vincent Becker ist dabei.« Er schob sich eine Gabel Ei mit Labskaus in den Mund.
»Wie aufmerksam.« Es entstand eine Pause, in der sie schweigend aßen. »Wie geht es dem Fräulein Trautlind?«, fragte sie in die Stille.
»Gut, sehr gut. Ja, es geht ihr tatsächlich von Tag zu Tag besser.«
»Das ist wunderbar!« Johanna freute sich wirklich. Gern würde sie der jungen Frau wieder einmal begegnen. Sie räusperte sich. Es war unhöflich, dass sie ihn noch nicht danach gefragt hatte, wie es ihm ging, doch sie fürchtete sich vor seiner Antwort. Das Geräusch der Silbergabeln auf dem Porzellan und das Rauschen des Regens, das bereits seit dem Morgen die Luft erfüllte, dröhnte nahezu in ihren Ohren. Die Minuten verstrichen zäh, und sie wünschte sehnlichst, er würde sich umgehend verabschieden. Das war ein ebenso frommer wie törichter Wunsch.
Als Gesa schließlich die Tafel abräumte, begann er plötzlich ohne Unterlass zu plaudern. »Was haben Sie hier nur für ein fürchterliches Wetter in Lübeck? Ich habe den herrlichsten goldenen Herbst hinter mir gelassen, den man sich überhaupt nur vorstellen kann. Und was finde ich hier vor? Dichtes Grau und Wasser, das ich in dieser Menge nur in der Ostsee vermutet hätte.« Er lachte fröhlich. Bevor sie noch etwas entgegnen konnte, erzählte er von Stolp. Einen schrecklichen Brand habe es gegeben. Der schwarze Rauch habe weithin sichtbar über der Kirchhofsstraße gestanden. »Das Haus ist bis auf die Grundmauern niedergebrannt. Aber stellen Sie sich das vor, nur ein Huhn ist umgekommen, sonst niemand. Kann man das für möglich halten?« Er schüttelte den Kopf und lachte schon wieder.

Johanna beobachtete ihn fasziniert. Etwas war anders. Ja, jetzt wusste sie es. Er war gelöst, weniger verkniffen als sonst. Er hatte auch noch kein einziges Wort über neue Rezepturen verloren, die er entwickelt, oder über neue Erkenntnisse, von denen er gelesen hatte. Ihr kamen seine Worte in den Sinn. Von einer Veränderung von größter Bedeutung hatte er geschrieben. Ihr war, als läge eine solche Veränderung bereits hinter ihm.
»Nicht zu glauben«, erwiderte sie.
Er nahm die Brille ab und drehte sie in seinen Händen.
»Wie geht es in der Bernsteinwerkstatt?«, wollte Johanna endlich wissen. »Bestimmt kommt Vincent bestens zurecht, nicht wahr?«
»Daran gibt es keinen Zweifel. Er ist ein ebenso glänzender Kaufmann wie talentierter Künstler. Kürzlich hat er einen Baum angefertigt. Gerüchte gingen in Stolp um, er sei für das Lustschloss eines Königs gemacht.«
»Ein Baum?«
»In der Tat! Ich habe ihn selbst gesehen, ein wahres Prachtstück. Jedes einzelne Blatt war aus einem Bernstein gemacht, der zuvor in Form geschliffen, mit Konturen und Adern versehen und dann gründlich poliert worden war.«
»Das Polieren hat er sicher nicht selbst erledigt«, warf sie schmunzelnd ein.
»Ein echtes Meisterwerk«, wiederholte Marcus voller Begeisterung. »Raten Sie, aus wie vielen Blättern er bestand, wie viele Steine bearbeitet worden sind?«
»Wie soll ich das wohl erraten?«
Ohne zu zögern, sprang er auf und hielt eine Hand neben seine Hüfte. »Er war etwa so hoch.« Dann deutete er mit beiden Armen den Umfang an. »Und so dick war die Krone.« Er setzte sich wieder.

»Ich weiß es nicht«, sagte sie. »Vielleicht einige hundert?«
»Hundert?« Er lachte laut auf. »Tausende sind es, Tausende winzig kleine Blätter.« Er lehnte sich zufrieden auf dem Stuhl zurück und sah sie triumphierend an, als hätte er all die Steine eigenhändig in Form gebracht.
»Du meine Güte, wie lange mag er daran gearbeitet haben?«
Wieder trat Stille ein. Nicht unangenehm dieses Mal, sondern ganz natürlich. Jeder hing seinen eigenen Gedanken nach. Er mochte den Bernsteinbaum vor sich sehen, sie dachte an die Werkstatt, in die sie jeden Tag mit mehr Abneigung gegangen war.
Endlich fasste Johanna sich ein Herz. »Wie geht es Ihnen, Marcus? Sie schrieben von bedeutungsvollen Veränderungen.«
Mit einem Mal war er so fahrig und unsicher, wie sie ihn kannte. Er rieb seine Gläser an seinem Ärmel, eine vertraute Geste, die ihr ein warmes Gefühl von Geborgenheit vermittelte. Doch der Moment dauerte nicht lange, schon wirkte er wieder souverän und gelassen.
»Meine Bienen sterben noch immer, wenn ich sie um ihr Gift erleichtere. Bedauerlich, aber diesbezüglich kann ich leider keine Veränderungen vermelden.«
»Das ist wirklich bedauerlich«, stimmte sie ihm zu.
»Und in nächster Zeit werde ich mich kaum darum kümmern können.« Erneut hielt er inne. Dann setzte er sich gerade hin, holte tief Luft und sagte: »Ich bin hergekommen, um mit Ihnen über uns zu sprechen. Über Sie und mich.«
Johanna schoss die Hitze in die Wangen. Sie hatte sich also nicht getäuscht. Ihre Befürchtung bewahrheitete sich. Wie sollte sie ihm nur klarmachen …?
»Ich denke, Sie wissen sehr gut, was ich für Sie empfunden

habe. Nein, ich denke es nicht nur, ich weiß es, denn ich habe es Ihnen ganz unmissverständlich mitgeteilt.«
Johanna schwieg. Ihr fiel beim besten Willen nichts ein, was sie ihm sagen konnte. Sie hätte ihm längst schreiben müssen, dass sie seine Gefühle hätte erwidern können, dass sich dann allerdings so vieles geändert hatte. Jetzt war es zu spät. Sie konnte nur noch dasitzen und sich auf die Lippe beißen.
»Gewiss haben Sie sich Hoffnungen gemacht«, sprach er weiter. »Hoffnungen, die ich erst geweckt und mit meinen Briefen genährt habe.«
Sie sah ihn mit großen Augen an.
»Es tut mir so leid, Johanna. Es ist unverzeihlich, dass ich Ihnen nicht längst mitgeteilt habe, dass ich mich in eine andere Frau verliebt habe.«
»Wie bitte?«
»Ja, ich weiß, ich habe mich wie ein Feigling verhalten. Darum wollte ich wenigstens zu Ihnen kommen, um es Ihnen von Angesicht zu Angesicht zu sagen. Ich habe mich in Trautlind verliebt, Johanna.«
»Was sagen Sie da?« Sie konnte nicht mehr länger an sich halten und lachte schallend los.
»Ich könnte verstehen, wenn Sie verletzt sind, aber ich sehe nicht, was daran so lächerlich sein soll. Wenn Sie Trautlind heute sehen könnten! Sie ist ein völlig neuer Mensch.«
»O nein, lieber Marcus, Sie verstehen mich falsch.« Sie rang nach Luft. »Ich lache Sie doch nicht aus. Ganz bestimmt nicht! Im Gegenteil. Das ist die beste Nachricht, die mich seit langem erreicht hat.«
»Sie sind nicht enttäuscht?«
»Ein wenig in meiner Eitelkeit verletzt vielleicht«, sagte sie und zog eine Flunsch. Doch dann erfasste sie schon wieder der

nächste Ausbruch. Sie konnte kaum aufhören zu lachen, so erleichtert fühlte sie sich. Es war ihm anzusehen, dass er mit ihrer Reaktion nicht recht umgehen konnte. Einen kurzen Moment überlegte sie, ob sie ihm freimütig eingestehen sollte, was sie von seinem Besuch erwartet hatte. Warum nicht? Er war ehrlich ihr gegenüber gewesen, da wollte sie ihm nicht nachstehen.

»Glauben Sie mir, ich lache nicht Sie aus, sondern mich. Seit ich Ihren Brief in den Händen hielt, dachte ich, dass es um Ihre Gefühle für mich geht. Was sonst sollte von großer Bedeutung sein und mich betreffen? Ich dachte, Sie würden mir einen Antrag machen.«
»Sehen Sie, und daran bin ich schuld«, meinte er zerknirscht.
»Allerdings! Nur hatte ich nicht aus lauter Vorfreude und Hoffnung schlaflose Nächte, sondern vor lauter Angst und schlechtem Gewissen.«
Nun war es an ihm, überrascht die Augen aufzureißen.
»Auch ich habe einmal mehr für Sie empfunden als nur Freundschaft. Jedenfalls hätte mehr daraus werden können. Doch dann habe ich jemanden wiedergesehen, den ich schon sehr lange kenne, und habe mich in ihn verliebt.«
»Sie sind auch nicht mehr allein?«
»Nein.«
Er warf den Kopf in den Nacken und lachte, war er doch mindestens ebenso erleichtert wie sie. Bevor Johanna von Louis erzählen konnte, sprudelte Marcus los: »Wir haben große Pläne. Denken Sie nur, wir gehen nach Amerika!«
»Amerika? Große Güte, wie sind Sie denn auf diesen Einfall gekommen?«
Marcus erzählte von einem Spezialisten, von dem er gehört hatte. Wie man in Fachkreisen wusste, hatte er beeindruckende

Erfolge in der Behandlung von Geisteserkrankungen vorzuweisen.

»Er geht völlig anders an die Krankheiten heran als alle vor ihm, heißt es. Wir machen uns große Hoffnungen, dass Trautlind durch seine Behandlung wieder ganz gesund wird.«

»Sie sagten, es ginge ihr schon so viel besser.«

»Vielleicht erinnern Sie sich, dass ich einmal sagte, Trautlind habe als Kind womöglich eine Störung gehabt. Doch am meisten hat sie wohl unter den verschiedensten Therapieversuchen gelitten. Ich hatte ja von diesem Quacksalber berichtet, der aus dem Nichts aufgetaucht ist und ihr Schreckliches angetan hat. Heute bin ich davon überzeugt, dass sie sich mit jedem Behandlungsexperiment, das man an ihr vorgenommen hat, mehr in sich zurückgezogen hat. Sie wurde immer verängstigter, ja, geradezu panisch.« Er nahm die Brille ab. »Das ist nicht sonderlich wissenschaftlich ausgedrückt, ich weiß, aber so ist mein Eindruck.«

»Ich kann gut nachvollziehen, was Sie sagen. Es muss ein junges Mädchen ja mehr als durcheinanderbringen, wenn die fürchterlichsten Dinge mit ihm angestellt werden.«

»Was mich in meiner Ansicht vor allem so bestärkt, ist, wie sie aufblüht, seit wir uns so häufig sehen und sie Vertrauen zu mir gefasst hat. Ich glaube, sie kommt endlich zur Ruhe.«

»Warum braucht sie dann noch diesen Spezialisten? Denken Sie nicht, mit der Zeit wird sie wieder ganz gesund und Sie könnten zu Hause bleiben, anstatt sich auf den Weg nach Amerika zu machen?«

»Eine Weile habe ich das auch gehofft, aber ihre Seele hat einen Schaden genommen, das steht außer Frage. Wir sind guter Dinge, dass Sie mit der Hilfe dieses Mannes wieder ganz, nun, sagen wir, gesellschaftstauglich wird. Außerdem, Johanna, wo bleibt Ihre Abenteuerlust. Amerika, das gelobte Land. Alles soll dort besser sein.«

»Ich weiß nicht recht. Die Überfahrt muss doch sehr lang sein. Gewiss, so eine Seereise hat sicher einiges für sich, aber ob dort drüben alles besser ist? Ich kann es nicht glauben. Nein, nie zurück in mein geliebtes Lübeck zu kommen ist nicht gerade eine Vorstellung, die mir sehr behagt.«

»Aber spüren Sie nicht, wie sich alles in unserer Zeit wandelt? Wir wollen einen neuen Anfang in der Neuen Welt wagen. Das ist doch eine großartige Möglichkeit, die unsere Vorfahren nicht hatten.« Nachdenklich fügte er hinzu: »Gott weiß, wie sehr Trautlind einen neuen Anfang braucht.«

Nun erzählte Johanna von Louis, der den Wandel und die Umwälzung ebenso deutlich zur Kenntnis nahm wie Marcus. Sie erzählte von ihren Plänen, baldmöglichst zu ihm nach Frankreich zu gehen.

»Also verlassen Sie auch Ihre Heimat?«

»Aber es ist nicht so schrecklich weit. Kann sein, dass wir den Sommer in Travemünde verbringen und nur vom Herbst bis zum Frühling in Frankreich sind.«

»Nun, unser Schiff wird sechs, höchstens acht Wochen brauchen. Bedenken Sie, wie lange Sie unter Umständen mit dem Wagen bis in die Heimat Ihres Louis unterwegs sind. So schrecklich weit weg erscheint mir unser Ziel dann gar nicht mehr.«

Diese Ausführung war in der Tat bestechend.

»Wäre es nicht schön, wenn Sie und Louis sich einmal kennenlernen könnten? Und ich würde doch auch Trautlind so gerne wiedersehen. Denken Sie, das ist möglich? Wann reisen Sie?«

»Oh, nicht gleich morgen. Nein, so bald noch nicht. Vielleicht haben Sie davon gehört, dass Bremen ein gutes Stück Land gekauft hat, oben, wo die Geeste in die Weser mündet. An der Stelle wird jetzt ein Seehafen gebaut, ein künstliches Hafenbecken, von dem zu jeder Jahreszeit Schiffe nach Übersee ablegen können. Im nächsten Jahr geht es für uns wohl noch nicht los. So schnell ist ein Hafen nicht zu bauen. Es ist also nicht unmöglich und würde mich sehr freuen, wenn ich Ihren Verlobten kennenlernen dürfte.«

Sechs Tage blieb Marcus in Lübeck. Es waren herrlich unbeschwerte Tage. Johanna erzählte von ihrer Aufgabe in Füchtings Hof. Er begleitete sie dorthin und sorgte unverzüglich für Aufruhr. Die Witwen wollten nicht zulassen, dass Johanna schon wieder einen anderen Burschen mitbrachte. Nein, er sei bestimmt ein anständiger Kerl und auch nett anzusehen, meinten die Damen einhellig, doch es wäre ein schändlicher Betrug an dem Franzosen, auf dessen Seite sie eindeutig standen. Johanna versuchte ihnen vergeblich zu erklären, dass Marcus und sie nichts als reine Freundschaft verband, er immerhin auch verlobt sei, was die jedoch nur mit neuerlichem Entsetzen quittierten.
Für einen Ausflug nach Travemünde reichte die Zeit nicht, und auch das Wetter war dafür alles andere als geeignet. Die Herbststürme bliesen in diesem Jahr mit einer Gewalt, wie Johanna sie lange nicht mehr erlebt hatte. Kastanien und Linden bogen sich beängstigend, auf den Straßen lagen Äste, über die man hinwegsteigen musste, sofern es einen überhaupt ins Freie trieb. Dafür machten sie einen Besuch in der Löwenapotheke. Mit staunenden Augen besah sich Marcus alles ganz genau.
»Das ist etwas anderes als meine kleine Apotheke in Stolp«, sagte er mehrmals. Schon das historische Bauwerk, in dem die

Apotheke untergebracht war, begeisterte ihn, die stolze romanische Fassade, die schnittigen Treppengiebel.

Mit unverkennbarem Stolz führte der Betreiber, der die Konzession an seinen Sohn weiterzugeben gedachte, die beiden herum und gab gerne Anekdoten und Erinnerungen aus der traditionsreichen Geschichte des Hauses zum Besten. Aber auch von den Beschwerlichkeiten sprach er, von der Verwüstung durch die Franzosen etwa. Johanna fühlte sich unangenehm berührt. Nicht selten hörte man Lübecker über Napoleon und die sogenannte Franzosenzeit schimpfen. Zwar war es mit den Jahren immer weniger geworden, und sie hatte sich auf gewisse Weise daran gewöhnt, doch nun wusste sie, dass ihr Vater zu den Männern gehört hatte, die ihr geliebtes Lübeck verwüstet und so manches Gebäude in Schutt und Asche gelegt hatten.

Und damit nicht genug, ihr Herz gehörte ausgerechnet einem Franzosen. Wenn es auch noch so unsinnig war, sie fühlte sich dennoch schuldig. Bevor sie sich voneinander verabschiedeten, fachsimpelten die Männer über das Pflasterkochen. Marcus hatte ein höchst wirkungsvolles Rezept für Warzenpflaster entwickelt, wie er sagte. Nun war es an ihm, stolz zu sein. Sie verabredeten, dass Marcus vor seiner Abreise noch einmal kommen und mit dem Lübecker Apotheker einige Heilpflaster herstellen sollte.

»Vlies, Harze, Fette und Öl habe ich wohl da, nur fehlt mir leider das Händchen für diese so wichtige Aufgabe«, gab der Lübecker freimütig zu. Und Marcus hielt nur zu gerne Wort und zeigte ihm ebenso freimütig zwei Tage später die nötigen Handgriffe und die kleinen Tricks, die für das Gelingen unerlässlich waren.

Die Zeit verging allzu schnell, und schon hieß es Abschied nehmen.

»Lübeck liegt auf dem Weg zwischen Stolp und dem neuen Hafen von Bremen. Da wäre es doch gelacht, wenn Trautlind und ich nicht bei Ihnen Station machen könnten, bevor es auf das Schiff nach Amerika geht.«

»Das wäre wirklich schön, Marcus. Lassen Sie mich nur zeitig wissen, wann es so weit ist, damit ich dann nicht gerade in Frankreich bin.«

So wurde es ausgemacht, bevor er abreiste. Johanna fühlte sich schrecklich einsam. Nur zu gern hatte sie sich an seine Gesellschaft gewöhnt. Am liebsten wäre sie auf der Stelle zu Louis aufgebrochen, doch es war bereits zu spät. Der November stand vor der Tür, da musste man unterwegs mit heftigsten Wetterkapriolen und vor allem mit Schnee rechnen. Nein, eine Reise zu dieser Jahreszeit über die Berge, die auf dem Weg lagen, barg zu viele Risiken und Unannehmlichkeiten. Sie musste wohl oder übel auf den Frühling warten. Die Einsamkeit und die Sehnsucht nach Louis waren nicht die einzigen Sorgen, mit denen sie sich arrangieren musste. Von der Spar- und Anleihe-Kasse kam die Nachricht, man habe einen Käufer für das Haus in der Glockengießerstraße gefunden. Der wolle so bald wie möglich einziehen. Johanna hatte das Gefühl, als würde ihr der Boden unter den Füßen weggezogen. Sie konnte sich vorstellen, für einige Zeit oder auch irgendwann für immer an einem anderen Ort zu leben, doch der Gedanke, zwar in Lübeck zu sein, das Haus ihrer Großeltern, in dem sie aufgewachsen war, dennoch nicht betreten zu dürfen, machte ihr schwer zu schaffen. Zwar hatte Nebbien ihr umgehend zwei Kammern in seinem Haus in der Königstraße, das für ihn allein ohnedies zu groß war, angeboten, aber sie war trotzdem am Boden zerstört, als sie ihre wenigen persönlichen Besitztümer in Kisten und Koffer packen musste. Die meisten Möbel, einige von nicht wenig Wert und alle mit unzähligen Erinnerungen verbunden, blieben im Haus und würden dem neuen Besitzer gehören. Gesa war in Tränen aufgelöst, als sie sich wie alle anderen Angestellten der Thuraus schon lange zuvor eine neue Stellung suchen musste. Es brach Johanna das Herz, doch was konnte sie schon tun? Die ersten Tage verkroch sie sich in ihren neuen Kammern. Eine diente ihr als Schlafstube, in der anderen standen ihr bernsteinfarbener Sekretär, außer ihrem Bett das einzige Möbel, das sie hatte mitnehmen können, eine kleine Chaiselongue, zwei Stühlchen und ein rechteckiger niedriger Tisch. Nebbien ließ sie gewähren. Zwar bot er ihr mal an, sie zum Essen in den Ratsweinkeller mitzunehmen, dann wieder fragte er sie, ob sie ihm bei einem Glas Wein Gesellschaft leisten mochte, doch er drängte sie nie und ließ ihr die Zeit, sich in ihr neues Leben einzugewöhnen. Allmählich gelang ihr das zwar, doch haderte sie lange mit der für sie vollkommen neuen Situation, über keine Barschaft zu verfügen. Bisher hatte sie stets bekommen, was sie brauchte, und hatte zusätzlich immer ein Taschengeld gehabt, mit dem sie anstellen durfte, was sie wollte. Jetzt hatte sie gerade so viel, dass sie die Kutsche nach Frankreich, die Unterkunft in den Gasthäusern unterwegs und Essen und Trinken würde bezahlen können, wenn es endlich so weit war. Zu allem Unglück stand das erste Weihnachtsfest, das sie ohne Familie verbringen würde, vor der Tür. Sie mochte noch gar nicht daran denken.

Als sie mit Nebbien einmal darüber sprach, sagte er: »Ich kann Sie adoptieren, wenn Sie es wünschen, dann hat alles seine Ordnung, und Sie haben wieder eine Familie.«

Sie war gerührt, lehnte aber ab. Immerhin hatte sie einen Vater, den sie bald zu treffen hoffte. Nebbien war nicht gekränkt, oder er ließ es sich nicht anmerken. Sie könne ihn ja trotzdem als Familie betrachten, schlug er vor, denn es sei doch ganz unsinnig, wenn sie beide das Weihnachtsfest alleine verbringen würden.

Nach einer geraumen Weile packte Johanna sich selbst am Schopf und meinte, es sei genug Trübsal geblasen worden. Ihre Großmutter Hanna hatte ihr beigebracht: »Sei unverzagt, mein liebes Kind, die einen haben, die anderen sind.« Erst jetzt begriff sie mehr und mehr die Bedeutung dieser Worte. Es kam in der Tat nicht darauf an, was einer besaß. Sie dachte an Ilse Albers, mit der sie schon so manches Tässchen Tee getrunken und über Gott und die Welt geplaudert hatte. Sie konnte ihren Kindern kaum etwas geben außer ihrer Liebe und ihnen Anstand und Respekt beibringen. Die Mädchen schienen nichts zu vermissen. Oder sie dachte an Johannes Nebbien. Er besaß ein kleines Vermögen, doch glücklich machte ihn das nicht.

»Recht hast du gehabt, Großmutter«, sagte sie eines Morgens, als der November so grau war wie die Pflastersteine des Rathausmarktes und der Regen die Wege in Schlamm und Unrat mit sich reißende Sturzbäche verwandelte. »Ich werde meinen Vater finden, zur Rede stellen und endlich meinen Frieden mit meiner Vergangenheit machen. Und dann werde ich mit dem Mann leben, den ich von ganzem Herzen liebe. Was sollte mir wohl fehlen?« Sie drückte das Kreuz durch und beschloss, die Zeit, die ihr in Lübeck noch blieb, gut auszufüllen. Sie würde ein großes Weihnachtsfest im Hof veranstalten. Sie würde mit den Vorstehern sprechen. Wenn noch immer die Spenden regelmäßig und reich kamen, konnte sie vielleicht etwas bekommen, um für jedermann im Hof ein kleines Geschenk zu besorgen. Nebbien könnte sie begleiten. Es würde ihm guttun, einmal ein paar Menschen mehr um sich zu haben als immer nur Johanna. Sie war ganz aufgeregt vor Freude und beinahe verliebt in ihren Einfall. Jetzt hatte sie endlich etwas, womit sie sich beschäftigen konnte, wenn sie am Abend vom Hof zurück in die Königstraße ging. Die Zeit würde dadurch rascher vergehen, und Vorfreude war doch noch immer die schönste Freude. Auch so eine Weisheit von Großmutter Hanna.

Jan Delius

Jan Delius stand an Femkes Grab, den Seesack neben sich im Sand, das graue Haar unter einer wollenen Mütze verborgen. Seine Haut war fahl, er sah älter aus, als er in Wahrheit war. Schon wieder musste er an dem Grab einer Frau stehen, die ihm etwas bedeutet hatte.
»Ach, Femke«, flüsterte er niedergeschlagen, »nun dachte ich doch wirklich, ich könnte es in Lübeck aushalten, wenn Sie in der Werkstatt meines Vaters Bernstein schnitzen und Ihr Kind auf dem Boden herumkrabbelt. Aber nee, Sie machen sich einfach davon. Was aus mir wird, kümmert Sie wohl gar nicht.« Er schnaufte. »Ich geh nach Hamburg. Da gibt's immer was zu tun. Und bestimmt finde ich da auch 'n ollen Kahn, mit dem ich wieder wech komme. Raus auf See, da muss ich nich so viel denken, verstehn Sie das? Draußen hat man alle Hände voll zu tun, vor allem, wenn die See rauh ist und es hoch und runter geht. Da hängt Ihnen der Magen manchmal unter den Haarwurzeln, das kann ich Ihnen sagen.« Was machte er hier überhaupt? Er sah sich verstohlen um, ob auch niemand ihn beobachtete und hörte, was er mit einer Toten sprach. Aber er war

allein auf dem Friedhof, der De arme Lüds Karkhof genannt wurde. Er konnte sich einfach nicht entschließen zu gehen. »Ach, Femke«, seufzte er wieder. »Als meine Frau gestorben ist, da dachte ich, nu is alles aus und vorbei. War es aber nich. Es ging irgendwie weiter. Und dann waren Sie da, und ich konnte mich um Sie kümmern. Mensch, ich dachte wirklich, ich könnte noch mal mit einer Frau glücklich werden. Und nu is wieder alles aus und vorbei.« Er starrte auf die einfache Steinplatte hinab, die vor seinen Füßen lag. »Nee, nee, keine Sorge, ich habe meine Lektion verstanden. Es geht immer weiter. Und es gibt auch immer noch was Schönes. Vorbei isses erst, wenn man da unten liegt.« Er machte eine Pause und sah zum Himmel, über den graue Wolken trieben. »Und vielleicht noch nich mal dann«, ergänzte er nachdenklich. »Wer weiß das schon? Sie, Femke, Sie wissen das jetzt.« Er schulterte seinen Seesack. »Denn machen Sie's man gut. Und grüßen Sie meinen Vater von mir, wenn das geht. Also, Femke Thurau, ruhen Sie wohl.«

Jeden Abend brannte die Öllampe länger in Johannas Stube. Es war der 17. Dezember des Jahres 1827. Noch eine Woche bis zum großen Fest im Hof. Und sie hatte noch so viel zu tun. Auf dem Stuhl lag ihre Liste mit den Geschenken, die sie sich für die Frauen ausgedacht hatte. Für jede etwas anderes, etwas, das zu ihr passte. Von den Vorstehern bekam sie kein Geld für die Gaben. Das Essen, einen geschmückten Baum und auch einen Punsch würde man von dem Scherflein, das ein Bote noch immer Woche für Woche brachte, gern spendieren, aber Geschenke, nein, das lag nicht im Sinne der Stiftung. Die Witwen sollten nichts für sich begehren als das Dach über dem Kopf, den stets gedeckten Tisch und ein friedliches Miteinander. Wenn sie den Frauen kleine Gaben zum Weihnachtsfest bringen wolle, von ihrem Geld bezahlt, dann sei das natürlich etwas völlig anderes.

O ja, gewiss, dachte Johanna, als sie im schummrigen Licht die zweite Puppe nähte, die Frauen sollen hübsch bescheiden sein, aber die Vorsteher könnten sich ein Fest ohne viele bunte Pakete und große Seidenschleifen nicht vorstellen. Die einen haben, die anderen sind, ging es ihr wieder durch den Kopf. Louis hatte wahrscheinlich vollkommen recht, lange konnte es nicht mehr gutgehen, wenn Arbeiter, Bürger und Könige im selben Land und doch in anderen Welten lebten. In diesem Jahr würde es in Füchtings Hof jedenfalls ein Weihnachten geben, das keiner so schnell vergaß, dafür würde sie sorgen. Ihre Augen brannten, als sie den letzten gelben Wollfaden an dem Kopf der Stofffigur befestigte. Jedes der Albers-Mädchen würde eine Puppe bekommen, die ein Kleid trug, wie die Mädchen selbst eines besaßen. Es war nicht einfach gewesen, einen solchen Stoff aufzutreiben, aber es war ihr schließlich gelungen. Eine bekam glatte Haare, die andere Locken. Eine besonders gute Schneiderin war Johanna nicht, aber sie konnte eben nicht viel kaufen, sondern musste sich mit einfachen Mitteln behelfen und mit dem, was sie hatte. Sie war sicher, dass die Mädchen sich dennoch in ihren Puppen erkennen und darüber freuen würden.

Sie rieb sich müde das Gesicht, nahm die Liste vom Stuhl und überprüfte zum wiederholten Mal, für wen sie bereits etwas hatte und für wen sie noch etwas fertigen oder beschaffen musste. Hinter die meisten Namen hatte sie einen kleinen Haken gesetzt. Frau Haase fehlte noch. Der würde sie ein dickes Kissen nähen, das die sich unter ihren gepeinigten Allerwertesten schieben konnte. Die Eichenrindenbäder würde sie niemals machen, also konnte man ihre Qual nur auf diese Weise lindern. Die Schmidt, die vor wenigen Tagen doch wirklich und wahrhaftig ihren siebenundachtzigsten Geburtstag gefeiert hatte und die so wohlauf war wie lange nicht, bekäme den letzten Bernsteinanhänger aus Johannas Bestand. Dafür musste sie nur noch ein Lederband besorgen. Einen dicken Lederstreifen brauchte sie ohnehin noch, überlegte sie, während sie aus ihrem Kleid schlüpfte. Für Nebbien hatte sie sich nämlich etwas ganz Besonderes einfallen lassen und konnte kaum sein Gesicht erwarten, das er machen würde, wenn sie es ihm überreichte. Heute war alles ruhig im Haus. Sonst hörte sie ihn oft noch spät in seinem Kontor, wie er auf und ab ging oder eines der dicken Rechtsbücher aus dem Regal nahm.

Am 21. und 22. Dezember war in Lübeck Weihnachtsmarkt. Wie in jedem Jahr fand der Markt an den letzten beiden Werktagen vor dem Christfest statt. Längst waren die Buden auf dem Rathausplatz aufgebaut und Seile gespannt, an denen Stoffbahnen befestigt wurden, die die Besucher wenigstens in einigen Bereichen vor Schnee und Regen schützen sollten. Johanna hatte ihre Vorbereitungen abgeschlossen. Als kleines Mädchen war sie jedes Jahr mit ihren Großeltern zwischen den geschmückten Buden umhergelaufen, hatte hier Naschwerk zugesteckt bekommen und dort einem Leierkastenmann gelauscht. Kein Weihnachten ohne Markt, dachte sie. Sie wollte ja gar nichts kaufen, sondern einfach nur den Duft und die feierliche Stimmung genießen.
So klopfte sie am Nachmittag des Freitags an Nebbiens Kontor.
»Ja, bitte!«
Sie trat ein.
»Johanna, wie nett, bitte, nehmen Sie Platz!«

»Haben Sie viel Arbeit?«, fragte sie mit Blick auf die Regelwerke und Papiere, die sich auf seinem Tisch zu beiden Seiten auftürmten.

»Die üblichen Fälle.« Er lehnte sich zurück und rieb sich die Schläfen. »Händler, die schlechte Ware geliefert haben sollen, Kaufleute, die Wucherpreise verlangen, ein Pferd, das mitsamt einer Kutsche durchgegangen ist und erheblichen Schaden angerichtet hat.«

»Haben Sie das Tier schon zu dem Vorfall befragt?«

»Ich brachte ihm einen trockenen Kanten Brot, doch man bezichtigte mich der Zeugenbeeinflussung.«

Sie lachte. »Meinen Sie, Ihre Pferde und Kaufleute können sich noch etwas gedulden? Es ist Weihnachtsmarkt, und ich dachte, wir könnten gemeinsam einen kleinen Spaziergang über den Platz machen.«

»Eine vortreffliche Idee«, sagte er erleichtert. »Ich habe nur auf eine Gelegenheit gewartet, die Arbeit Arbeit sein lassen zu können.«

»Also, dann los!«

Noch war es nicht dunkel, doch dämmerte es bereits, und die Fackeln um den Platz herum waren angezündet worden. Hier und da stand ein eiserner Korb, in dem ebenfalls ein wärmendes Feuer flackerte. Es duftete herrlich nach den Waren der Kräuterfrauen, nach gebratenen Äpfeln und nach Glühwein.

»Ist Ihnen auch nicht zu kalt?« Nebbien sah besorgt auf ihre Hände, die zwar in Handschuhen steckten, die sie aber dennoch ständig aneinanderrieb.

»Nein, ich finde es ganz wunderbar. Außerdem gehören kalte Hände und Füße doch dazu.« Sie lachte ihn an.

»Meinen Sie? Ich weiß nicht. Wenn es nach mir ginge, sollte man den Weihnachtsmarkt in den August verlegen oder zumindest in eine behaglich beheizte Stube.«
»Das erscheint mir beides nicht gerade praktisch«, sagte sie und winkte ab.
Sie sahen sich die Auslagen der Zinngießer und Kürschner, der Glasbläser, Kerzenzieher und der Laternenbauer an. Besonders lang blieben sie bei den Holzschnitzern stehen. Johanna sah das Leuchten in Nebbiens Augen und dachte, wie bedauerlich es war, dass er in seinem Kontor verstaubte, anstatt sich mit Lust der Schnitzerei zu widmen. Wie ein großer Junge stand er dort und sah zu, wie die Späne durch die Luft wirbelten.
»Wissen Sie, dass man mit einem Bernstein und solchen Spänen zaubern kann?«, fragte er sie unvermittelt.
»Zaubern? Wohl kaum.«
»O doch, Ihre Mutter hat es mir gezeigt, als sie noch ein Kind war. Wir saßen im Hof in der Sonne. Ich habe gerade eine Holzkiste feingeschmirgelt, und sie hat, in Gedanken versunken, wie sie es so oft war, ihren Bernstein wieder und wieder an dem Stoff ihres Kleides gerieben. Und dann führte sie den Bernstein langsam über die Späne, und die bewegten sich wie von Zauberhand geführt in dieselbe Richtung. Ein kleiner Splitter wurde sogar angezogen und blieb an dem Stein haften.«
Sie standen noch eine Weile und spazierten dann weiter.
»Hatte sie keine Freunde? Ich meine, außer Ihnen natürlich.«
»Ihr bester Freund war Meister Delius, der Bernsteindreher«, antwortete er ihr.
»Aber das war doch ein erwachsener Mann und sie noch ein kleines Mädchen.«

»Femke brauchte keine Freunde. Sie hatte Delius, ihren Bernstein, ihre Träume und mich. Sie war der ungewöhnlichste Mensch, den ich je getroffen habe.«
Sie kamen an der mit dicken Samtstoffen in Lila und Gold geschmückten Hütte des Märchenerzählers vorüber.
»Wollen wir einen Glühwein trinken? Kommen Sie, dann wird Ihnen warm.« Schon war er bei der Bude, aus der es verheißungsvoll nach Wein, Zimt, Nelken und Honig duftete. Sie drehten die heißen Becher in den Händen und verbrannten sich fast die Lippen.
»War meine Mutter glücklich? Ich meine, bevor Sie nach Jena gegangen sind und der Krieg kam.«
Sein Blick verlor sich in dem dunklen heißen Wein, von dem Dampf aufstieg. »Ja, ich denke, das war sie.« Dann erzählte er davon, wie sie sich im Weingewölbe der Thuraus versteckt und heimlich Bier getrunken hatten. Er erinnerte sich daran, wie er die Luke zum Keller geschlossen und ihr im Dunkeln Gruselgeschichten erzählt hatte. Einem plötzlichen Einfall folgend, griff er in die Tasche seines Mantels und zog einen Würfel aus Bernstein hervor. »Den hat sie für mich gemacht«, erklärte er. Und dann erzählte er von einer Lüge, mit der er sie gerettet und auf der wohl ihre Freundschaft gegründet hatte.
»Eine Lüge? Das ist keine gute Grundlage für eine Freundschaft.«
»In diesem Fall schon«, widersprach er. »Ich habe Ihnen doch erzählt, dass ich von der Schule kam und Femke fast umgerannt habe. Sie behauptete, sie könne schnitzen, was ich ihr natürlich nicht geglaubt habe. Sie war immerhin ein kleines Mädchen. Jedenfalls hat sie mich in die Werkstatt zu Meister Delius geschleppt. Der zeigte mir Kugeln, die sie für ein Armband für ihre Mutter schnitzte. Es sollte ein Geschenk zu Frau

Thuraus Geburtstag und natürlich eine Überraschung werden.« Er schmunzelte bei der Erinnerung. »Wir kamen beide viel zu spät nach Hause. Frau Thurau ließ ein Donnerwetter los und wollte Femke verbieten, so bald wieder zu Delius zu gehen. Sie können sich ihr Entsetzen vorstellen. Wäre es bei dem Verbot geblieben, wäre es aus gewesen mit dem Geburtstagsgeschenk.«
»Oje!«
Sie leerten ihre Becher und blieben an einem der Feuerkörbe stehen. Inzwischen war es dunkel. Nur der Schein der Feuer und das Weiß des Schnees sorgten dafür, dass es nicht stockfinster war.
»Sehen Sie, das konnte ich nicht zulassen. Also habe ich gelogen. Ich habe behauptet, dass Femke meinetwegen zu spät nach Hause gekommen sei, weil ich sie gebeten hätte, mir einen Briefbeschwerer zu machen. Leider war da niemand, der für mich gelogen hat. Das hätte bei meinem Vater ohnehin nichts genutzt. Es gab was mit dem Pritschholz, dass ich tagelang nicht sitzen konnte.«
Johanna machte ein zerknirschtes Gesicht, als hätte er gerade erst die Tracht Prügel kassiert.
»Es hat sich gelohnt. Immerhin hat Femke mir versprochen, mir einen Briefbeschwerer zu machen. Immer wieder habe ich sie damit aufgezogen. Als ich dann nach Jena ging, hat sie mir den hier geschenkt.«
Johanna nahm ihn ihm vorsichtig ab und hielt ihn gegen das Feuer. Auf einen Blick war die Meisterhand der Schöpferin zu erkennen. Vollkommen gleichmäßig waren die Zahlen von eins bis sechs in Form von kreisrunden Vertiefungen herausgearbeitet. Im Innern des honigfarbenen Würfels war eine Daunenfeder eingeschlossen. Um sie herum zog sich ein rötlich

brauner Schleier. Ein perfekter Stein, der perfekt bearbeitet worden war. Von niemand Geringerem als von ihrer Mutter, dachte Johanna und reichte ihn Nebbien zurück.

»Er ist wunderschön«, sagte sie voller Ehrfurcht. »Sie können sich glücklich schätzen, für Ihre Lüge so reich belohnt worden zu sein. Tragen Sie ihn immer bei sich?«

»An jedem einzelnen Tag. Ich habe ihn nie verwendet, um meine Papiere vor dem Wind zu schützen. Im Grunde ist er dazu auch etwas zu leicht. Er ist mein Glücksbringer.« Er hüstelte verlegen. »Nun ja, mit dem Glück ist das so eine Sache. Vielleicht ist er auch dafür ein wenig zu leicht.«

Es hatte sacht zu schneien begonnen.

»Am Sonntag feiern wir im Füchtings Hof ein Weihnachtsfest. Ich wollte Sie schon lange fragen, ob Sie nicht auch kommen mögen«, begann Johanna, als sie die Mengstraße hinaufgingen. »Wenigstens ein Mann wäre eine nette Abwechslung zwischen all den Weibspersonen.«

»Und ich wollte Sie schon lange fragen, ob Sie mir an Heiligabend Gesellschaft leisten wollen. Ich dachte, ich lasse uns einen schönen Festtagsbraten servieren. Für einen alleine lohnt sich das nicht.«

»Tja, dann sollten wir wohl beide die Einladung annehmen, was meinen Sie?«

»Das ist eine glänzende Idee.« Nach kurzem Zögern sagte er noch: »Was ich Sie auch schon so lange fragen wollte: Womit kann ich Ihnen zum Fest wohl eine Freude machen? Ich bin nicht sehr geübt darin, jungen Frauen Geschenke zu machen.«

»Dann fangen Sie auch nicht ausgerechnet jetzt damit an«, tadelte sie ihn. »Ich stehe so schon derart in Ihrer Schuld, dass ich es niemals gutmachen kann.«

»So ein Unfug. Ich habe Ihnen doch erklärt, dass ich derjenige bin, der eine Menge gutzumachen hat. Es würde mir so große Freude bereiten.«
»Nein, wirklich. Wenn Sie mich zum Festessen einladen, dann ist das mehr als genug.«
»Nun, wir werden sehen«, sagte er geheimnisvoll.
Der Schnee knarzte unter ihren Stiefeln, von der Ferne konnte man noch die Musik und die Stimmen der Menschen hören. Wie schon so oft fiel Johanna auf, dass es im Winter, wenn der Schnee lag, eine Stille gab, wie man sie sonst das ganze Jahr nicht erleben konnte. Die Klänge und Geräusche wurden auf eigenartige Weise gedämpft, ja, nahezu verschluckt, meinte sie.
»Es ist so still«, sagte er in dem Moment. »Wenn der Schnee liegt, ist es auf merkwürdige Weise still, finden Sie nicht?«
Sie sah ihn von der Seite an. »Ja, das finde ich auch.«

Am Sonntag war Johanna früh auf den Beinen. Die Vorsteher stellten ihr im Querhaus die Diele zur Verfügung und halfen ihr, dort Tische und Stühle zu einer Tafel zu plazieren. Für so viele Menschen würde es recht eng werden, aber es musste eben gehen. Der Baum stand bereits in der Mitte des Hofes. Sie schmückte ihn mit roten und goldenen Schleifen und hängte ein paar Zuckerstangen, kleine rotbackige Äpfel und Kuchenkringel hinein, die sie gekauft hatte. Die Küchenfrauen brachten unterdessen das Geschirr und deckten die Festtafel.
»Können wir dir nicht helfen?«, bettelten die Albers-Mädchen. »Wir sind auch ganz vorsichtig und geben uns ganz viel Mühe!« Zu gerne wollten sie schon vor den anderen in die Diele, um einen Blick auf die Tafel und womöglich auf Geschenke zu erhaschen. Immerhin hatte Johanna höchst seltsame Andeu-

tungen gemacht. Es konnte doch sein, dass der Heilige Christ höchstpersönlich erschienen war oder wenigstens seine Helfer geschickt hatte, um die Kinder zu bedenken. Johanna blieb hart. Beim Schmücken des Baums durften sie ihr zur Hand gehen, aber dann war Schluss. Die Türen zur Diele des Querhauses würden sich auch für sie erst öffnen, wenn alles fertig war.

»Geht und sucht ein paar grüne Zweige. Vielleicht findet ihr etwas Tanne oder ein bisschen Efeu unter dem Schnee«, sagte sie. »Damit werde ich dann die Tafel schmücken.«

Begeistert stürzten die Mädchen davon.

Zur Mittagszeit war es endlich so weit. Nebbien erschien pünktlich. Er trug einen Frack und einen Kastorhut aus Biberfilz und sah sehr elegant aus. Die Witwen hatten fast wie die beiden Kinder offenkundig auch schon ungeduldig auf den Klang des Glöckchens gewartet und strömten nun zum Querhaus. Die alte Schmidt und die Koch wurden von ihren Nachbarinnen geführt. Auch zwei andere Frauen benötigten Hilfe. Alle trugen schlichte schwarze Kleider, die eine oder andere mit weißer Spitze. Mehr Schmuck war nicht erlaubt. Auch Johanna trug ein schlichtes dunkelblaues Kleid.

An jedem Platz stand ein Schildchen mit dem Namen darauf, und es lag für jede ein Päckchen bereit. Die beiden Mädchen wollten ihre sofort aufreißen, mussten sich aber in Geduld üben, denn schon wurde das Essen serviert. Die Küchenfrauen hatten geräucherten Aal vorbereitet, danach trugen sie Kartoffelklöße, Rotkraut und sogar Braten auf. Zum Nachtisch gab es geschmorte Äpfel, die mit Rosinen und Mandeln gefüllt waren.

»Dürfen wir endlich auspacken?«, drängelte die jüngere Albers-Tochter, kaum dass sie sich das letzte Stückchen Apfel in den Mund geschoben hatte.

»Und was ist mit eurem Gedicht?«, fragte ihre Mutter. »Das habt ihr doch wohl nicht vergessen. Ihr habt es doch eigens für Fräulein Thurau geübt.«
Die beiden Mädchen, die ihre goldblonden Haare auf Hochglanz gebürstet und mit großen Samtschleifen zu Pferdeschwänzen gebunden hatten, standen auf, kicherten und stießen einander in die Seite. Dann begann die Große, und die Kleine stimmte ein:

»Wir danken dir, lieber Heiliger Christ,
dass Johanna in Füchtings Hof gekommen ist.
Hat einer hier Schmerzen,
so bringt sie von Herzen
ganz schnell herbei
eine Arzenei.
Ob Kolik, Husten, gebrochenes Bein,
Johanna fällt ein Mittelchen ein.
Für jeden hat sie ein freundliches Wort.
Wir wünschten, sie ginge niemals fort!«

Johanna musste schlucken. »Das wünschte ich mir auch«, sagte sie leise. Sie räusperte sich. »Das war sehr schön. Ich danke euch. Na, dann dürfen jetzt aber alle ihre Geschenke auspacken«, verkündete sie.
Die Witwen fingerten mindestens ebenso eifrig an den Päckchen herum wie die Kinder. War das ein Jubeln und Lachen, ein Staunen und Juchzen.
»Das bin ja ich«, riefen die Mädchen wie aus einem Mund, als sie ihre Puppen in den Händen hielten. Johanna lächelte zufrieden.
Selbst die Streitsüchtigsten unter den Frauen hatten ihre Zank-

lust vergessen und zeigten den anderen, was sie bekommen hatten. Frau Haase schob sich ihr Kissen unter den Po, ruckelte hin und her und strahlte.

»Sehr kommod!«, kommentierte sie und sah Johanna von unten herauf an. Ihr Rücken war im Laufe der Zeit immer runder geworden. Sie hat es gewiss nicht leicht, dachte Johanna.

Der Punsch wurde gebracht, die Diele war erfüllt von fröhlichen Stimmen, köstlichen Düften und dem Geist der Weihnacht. Am späten Nachmittag, als es zu dämmern begann, zog sich jeder wieder in sein Häuschen zurück, und Johanna und Nebbien gingen zusammen in ihr Heim in der Königstraße.

Am nächsten Tag saßen sie erneut gemeinsam an einer Festtafel, nur zu zweit diesmal. Der Tisch war reich geschmückt mit Kristallleuchtern, silbernen Untertellern, mit bunt bemalten Sternen aus Wachs, mit Tannenzapfen und Pfefferkuchen. Johanna trug ein Kleid aus türkisfarbener Seide, das mit Perlen besetzt war. Ihre Haare hatte sie an den Seiten mit Kämmen hochgesteckt, die ebenfalls mit Perlen verziert waren. Der Rest fiel in weichen Wellen auf ihren Rücken. Ihre Kette mit dem Bernsteinanhänger war der einzige Schmuck, den sie trug.

»Das Fest im Hof war wunderbar«, sagte Nebbien. »Selten habe ich solchen Glanz in so vielen Augenpaaren gesehen.«

»Ja, es ist wirklich alles gelungen.«

»Sie haben das vorzüglich hinbekommen«, lobte er sie wie ein stolzer Vater.

»Nicht ich allein«, wiegelte sie ab. »Außerdem hat es mir so viel Freude gemacht.«

»Der Hof wird Ihnen fehlen, wenn Sie in Frankreich sind.«

»Das ist wahr.« Sie seufzte. »Aber ich denke doch, dass es dort auch genug zu tun gibt. Ich meine, möglicherweise gibt es so-

gar ähnliche Stiftshöfe oder Waisenhäuser. Jemand, der anpacken kann, wird immer gebraucht, glauben Sie nicht?«
»Dessen bin ich sicher. Trotzdem wird es nicht leicht, sich von den Menschen zu trennen, die Sie längst ins Herz geschlossen haben, was zudem auf Gegenseitigkeit beruht.«
Sie wusste, dass er recht hatte, wollte aber nicht darüber reden. Sie betupfte ihre Lippen mit dem Mundtuch, legte es beiseite und sah ihn erwartungsvoll an. »Kommen wir zur Bescherung«, verkündete sie.
»Oh«, machte er überrascht.
»Es ist nur eine Kleinigkeit«, sagte sie schnell und reichte ihm ein in Leder gebundenes Büchlein.
Er schlug es auf und blätterte darin. Sie konnte ihm ansehen, dass er nicht recht wusste, was er da vor sich hatte.
»Meine Mutter hat sich während einer langen Reise Geschichten ausgedacht, in denen die Eidechse vorkommt.« Sie nahm den Anhänger kurz zwischen Daumen und Zeigefinger. »Als ich noch klein war, hat Hanna sie mir manches Mal vorgelesen. Nun, ich dachte, weil Sie den Bernstein mit dem Reptil doch so mögen und weil Ihnen alles so viel bedeutet, was mit meiner Mutter zu tun hat, würde es Ihnen vielleicht auch Freude machen, ihre Geschichten zu lesen.«
»Oh, aber gewiss!«
»Darum habe ich dieses Büchlein besorgt und sie Ihnen aufgeschrieben.«
»Welch eine zauberhafte Idee, Johanna.« Er stand auf, kam um den Tisch, nahm ihre Schultern und küsste sie auf die Stirn. Seine Augen schimmerten, als er sie losließ. »Bedauerlicherweise ist mir nicht eine so reiche Phantasie geschenkt wie Ihnen. Aber leer ausgehen werden Sie nicht.« Er hob den Zeigefinger in die Luft, wurde mitten in der Bewegung unsicher und

tippte sich an die Nase. Dann drehte er auf dem Absatz um und verließ das Zimmer. Im nächsten Moment war er zurück und trug eine kleine verzierte Holzkiste herein.

»Oh, aber ... Sie sollten doch nicht ...«

»Machen Sie sie schon auf«, unterbrach er sie und überreichte ihr die Kiste.

Johanna sah den hölzernen Kasten von allen Seiten an. In den Deckel war die Silhouette Lübecks geschnitzt. Ganz klar waren die Türme der Kirchen, des Doms und des Rathauses auszumachen. »Haben Sie das geschnitzt?«

»Ja, ja, aber das ist nichts Besonderes. Ist lange her, dass ich die gemacht habe. Ich brauchte doch etwas, wo ich das Geschenk für Sie hineinlegen konnte. Da fiel mir die wieder in die Finger.« Er genierte sich.

»Oh, dann wollen Sie sie gewiss zurückhaben. Schade. Sie ist wirklich schön.« Die Seiten waren mit Koggen verziert, die mit geblähten Segeln auf Wellen tanzten. Sie erinnerten Johanna an die Standuhr in der guten Stube von Johann-Baptist.

»Nein, behalten Sie sie, wenn Sie Freude daran haben.«

»Wirklich?«

»Wenn Sie mögen ... Aber jetzt machen Sie schon auf. Um die Kiste geht es ja gar nicht.«

Johanna zog den winzigen silbernen Haken, der am Deckel befestigt war, aus dem Ring an der Vorderseite des Kästchens. Sie öffnete es und holte einen Muff aus dem Pelz eines Silberfuchses hervor. Sie erinnerte sich, einen solchen bei einem der Kürschner auf dem Weihnachtsmarkt gesehen zu haben.

»Oh, er ist wundervoll. So ein kostbares Geschenk! Ist der für mich?«

»Nun, ich würde damit doch recht weibisch aussehen, wenn ich ihn selber tragen sollte, meinen Sie nicht?«

Sie musste herzlich lachen. »Ich meine, ich wollte sagen, ich kann das nicht annehmen.«

»Ich weiß, was Sie sagen wollten, aber besser, Sie nehmen ihn an und tragen ihn. Sie haben doch häufig so kalte Hände. Ihre Mutter hatte auch stets kalte Finger. Auch sie hat ein ähnliches Stück besessen. Und ich würde mich damit wahrlich blamieren, wie ich schon sagte.«

Lange saßen sie beieinander, tranken Weinpunsch und redeten. Johanna schwärmte von Louis, von seiner Lebendigkeit, seinen Augen. Sie erzählte von Marcus und Trautlind und ihren Plänen, für immer nach Amerika zu gehen. Nebbien wollte ganz genau von ihr wissen, was sie zu tun gedenke, wenn sie ihrem Vater tatsächlich gegenüberstehen würde. Sie wurde das Gefühl nicht los, er hätte sie gern von ihren Plänen abgehalten.

»Ich begleite Sie gerne zu Ihrem Louis und reise dann nach Lübeck zurück«, schlug er ihr vor. »Vergessen Sie Ihren Vater. Er ist nur ein Irgendwer, der keine Bedeutung für Ihr Leben hat.«

»Sie wollen mich schützen, ich weiß. Aber ich muss das tun. Vielleicht hat er keine Bedeutung, aber das werde ich erst wissen, wenn ich ihm in die Augen sehen konnte.«

VIII

Seit gut zwei Stunden waren sie unterwegs. Noch immer konnte Johanna kaum ein Wort herausbringen. Zu sehr schnürte die Traurigkeit über ihren Abschied von Lübeck ihr die Kehle zu. An ihren letzten Besuch in Füchtings Hof durfte sie nicht einmal denken, weil ihr dann sofort die Tränen in die Augen schossen. Noch war es recht kalt, doch mit Schnee mussten sie jetzt wohl nicht mehr rechnen.
Nebbien saß auf der Bank ihr gegenüber. Er unterließ es nach wenigen zaghaften Versuchen, sie in eine Plauderei zu verwickeln. Er spürte einfach immer, wann sie reden mochte und wann sie Zeit für sich brauchte. Also sah er aus einem der kleinen Fenster und schwieg. Natürlich hatte er es sich nicht nehmen lassen, anstatt mit ihr in die Postkutsche zu steigen, einen eigenen Wagen anzumieten. Das hatte den unermesslichen Vorteil, sich nicht mit Fremden arrangieren zu müssen, die womöglich pausenlos schnatterten, wenig delikat rochen oder unschöne Angewohnheiten hatten. Auch für ihr Gepäck gab es auf diese Weise viel mehr Platz. Johanna hatte es aufgegeben, mit ihm über Geldangelegenheiten zu debattieren. Es war seinem Seelenheil offenkundig zuträglich, wenn er für sie aufkam, also ließ sie es dankbar geschehen.

War sie zu Beginn der Reise noch zutiefst betrübt, verwandelte sich ihre Verfassung irgendwann in Gleichmut. Tagaus, tagein rumpelten sie über sandige Wege, schaukelten vorbei an Wiesen, Wäldern und Flüssen. Mal sah sie eine Mühle, wenn sie zum Fenster hinausblickte, dann erspähte sie die Ruinen einer alten Festung. Es ging hinauf in die Berge, wo letzte Reste Schnee an den Winter erinnerten, dann wieder hinab in die Täler, in denen es zu blühen begann. Das Königreich Hannover hatten sie durchquert, waren dann westlich durch das Königreich der Vereinigten Niederlande gefahren und in südlicher Richtung endlich auf Paris zu. Bis Bordeaux war es noch ein weiter Weg, so dass Johanna erleichtert war, zunächst ein anderes Ziel zu haben: Paris.

Von Norden her erreichten sie die Stadt. Nebbien war nervös, weil der Abend bereits dämmerte. Zu spät wollte er sich nicht in den Gassen des fremden Ortes aufhalten. Johanna dagegen war ganz ruhig und konzentriert, seit Felder und Weiden hinter ihnen lagen und prächtige Gebäude an ihre Stelle getreten waren. Sie konnte sich nicht sattsehen, wollte kein Detail versäumen. Alles war so viel größer, lebendiger als daheim in Lübeck. Ganz nah war sie an das Fenster gerückt und schaute unentwegt hinaus. Sie überquerten die Seine und waren schließlich an einem kleinen Hotel in der Nähe der Kirche Saint-Germain-des-Prés angelangt. Der Wirt, ein kleiner dicker Mann mit schwarzem Haar, einem schwarzen Schnauzbart und einer blütenweißen Schürze, zeigte den beiden ihre Kammern.
»Keinen Moment zu früh«, kommentierte Nebbien noch einmal. »Wir hätten besser noch eine Rast eingelegt und wären morgen in aller Ruhe eingetroffen. Aber jetzt ist es ja geschafft.«

»Ja, wir sind wahrhaftig in Paris!«
»Wenn Sie einverstanden sind, wollen wir uns morgen zunächst ein wenig Orientierung verschaffen. Die Freunde des ABC sollen sich regelmäßig in einem Café nahe des Panthéon treffen. Ich schlage vor, dort sehen wir uns zuerst um. Wäre doch möglich, dass uns jemand Auskunft über Ihren Vater geben kann.«
»Natürlich bin ich einverstanden. Ich bin so froh, dass Sie mich herbegleitet haben. Was sollte ich nur ohne Sie anfangen?«
»Gute Nacht, Johanna, schlafen Sie sich erst einmal richtig aus. Das wird uns jetzt beiden guttun.«
Sie nickte, wünschte ihm auch eine gute Nacht und zog sich zurück. Ihre Kammer war nicht besonders groß, gefiel ihr aber ausnehmend gut. Das breite Bett war aus dunklem glänzendem Holz und hatte gedrehte Beine. Ebenfalls gedreht wie eine Efeuranke an einem Baumstamm ragten vier filigrane Pfosten in die Höhe und endeten an einem Baldachin. Der Boden war aus rötlichem Stein, vor den Fenstern hingen schwere gelbe Vorhänge, die der Kammer eine freundliche Atmosphäre verliehen. Auch die Wände waren in einem sonnigen Gelb getüncht. Es gab einen Stuhl, einen winzigen runden Tisch, auf dem gerade genug Platz für Waschschüssel und Krug war, und einen kleinen Schrank, alles aus dem gleichen dunklen Holz. An der Wand direkt neben der Tür war eine Laterne angebracht, in der eine Flamme anheimelnd flackerte. Johanna trat an das Fenster und zog den Vorhang zurück. Der Fluss war nicht weit, das hatte sie sich gemerkt, doch sehen konnte sie ihn nicht. Dafür sah sie den altehrwürdigen Kirchturm von Saint-Germain. Nebbien hatte ihr im Wagen vorgelesen, dass das Gotteshaus lediglich der klägliche Rest einer großzügigen Klosteranlage war. Wenn diese stattliche Kirche

nur ein kleiner Rest war, wie groß musste dann die gesamte Anlage einmal gewesen sein, die hier vor über zehn Jahrhunderten gestanden haben sollte?
Die Straßenlaternen brannten schon. Sie konnte Männer und Frauen sehen, die eingehakt des Weges flanierten. Einzelne Herren schienen es eilig zu haben und hasteten an ihnen vorbei. Sie entdeckte einen jungen Mann, der gerade seine Staffelei unter den Arm klemmte. Einen Pinsel hatte er im Mund, mit der freien Hand versuchte er umständlich eine Mappe und eine Palette mit Farbklecksen zu packen. Universitäten gab es hier seit beinahe siebenhundert Jahren. Johanna konnte kaum erwarten, sich in das pulsierende Leben zu stürzen, das für die Studenten üblicher Alltag war. Mit einem Mal fühlte sie sich Louis so nah. Er kannte Paris wie seine Westentasche. Bevor sie sich auf den Weg gemacht hatten, hatte sie ihm eine Nachricht geschickt. Sie hoffte inständig, dass er es einrichten und zu ihr kommen könnte. Ihr Herz pochte, ihre Wangen glühten. Irgendwo da draußen war ihr Vater, dessen war sie ganz sicher. Sie würde ihn finden, dachte sie.
Johanna hätte nicht sagen können, wie lange sie am Fenster gestanden und auf die dunkler werdende Stadt geblickt hatte. Sie gähnte. Liebend gern würde sie ein heißes Bad nehmen, doch das war zu der späten Stunde nicht mehr möglich, wie sie der Wirt mit größtem Bedauern und garniert mit einigen Bücklingen hatte wissen lassen. Es musste also wie so oft während der Reise eine Katzenwäsche genügen. Danach schlüpfte sie ins Bett. An Schlaf war nur leider nicht zu denken. Noch immer schien sie in einer schaukelnden Kutsche zu sitzen, die über Stock und Stein holperte. In ihrem Kopf drehten sich zudem die stets gleichen Fragen: Was mochte ihr Vater mit diesen Freunden des ABC zu schaffen haben? Hatte er kleine

Kinder, deren Erziehung ihm am Herzen lag, oder war es seine Art der Wiedergutmachung, weil er Johanna und Femke verlassen hatte? Wie würde er reagieren, wenn sie erst vor ihm stünde? Natürlich hatte sie auf keine der Fragen eine Antwort, und das machte sie nicht eben ruhiger. Hinzu kamen die fremden Geräusche der Stadt. Sie warf sich von einer Seite auf die andere, stand auf und blickte wieder aus dem Fenster, denn ihr war, als hätte jemand unten in der Gasse gerufen. Vielleicht hatte sie aber auch schon geträumt, denn da draußen war nur Dunkelheit. Kein Mensch war mehr zu sehen, kein Wagen, der den Weg entlangrollte, und so ging sie zurück in ihr Bett. Es war längst tiefe Nacht, als sie in einen unruhigen Schlaf fiel.

Am nächsten Morgen fühlte sich Johanna, als hätte eine Kutsche sie überrollt. Wie oft hatte sie sich den ersten Tag ausgemalt. Und nun war alles ganz anders. Sie war nicht voller Tatendrang, sondern schleppte sich mühsam zu dem kleinen Tisch, auf dem die Waschschüssel stand. Das Wasser vom Vorabend war kalt. Sie schauderte und überlegte, ob sie einfach zurück unter die warme Decke schlüpfen und darauf warten sollte, dass Nebbien ihr Beine machte. Ja, das war eine gute Idee. Schon drehte sie sich um und ließ Wasser Wasser sein, da klopfte es. Ein Mädchen erschien, machte einen Knicks und wünschte einen guten Morgen.
»Der Patron hat mir aufgetragen, Ihnen das Bad zu richten«, sagte sie, knickste erneut und schaffte dann einen großen Zuber in die Kammer. »Ich bin gleich zurück.«
Es dauerte in der Tat nicht lange, und das Mädchen kam mit einer weiteren Magd. Beide trugen große Krüge, leerten das dampfende Wasser in den Zuber, waren wieder verschwunden, um nach einer kurzen Weile erneut mit gefüllten Krügen zu-

rückzukehren. Sie wiederholten die Prozedur einige Male, bis ihnen der Schweiß von der Stirn lief. Schließlich war die Wanne gut gefüllt, eines der Mädchen gab einige Tropfen Öl aus einem Fläschchen hinein, dann waren sie fort. Johanna stieg sofort aus ihrem Nachtkleid, als sich die Tür hinter den beiden schloss. Vorsichtig tat sie einen Fuß nach dem anderen in das heiße Wasser und setzte sich schließlich ganz hinein. Ihre Haut brannte und prickelte, es war herrlich. Vor allem der Duft nach Lavendel erschien ihr nach all dem Schweiß und Unrat unterwegs der angenehmste zu sein, der ihr je in die Nase gekommen war.

Nach dem Bad fühlte sie sich viel besser. Die Mädchen hatten ihr gesagt, sie möge, wenn sie fertig sei, hinunterkommen. Ihr Vater warte in dem kleinen Speiseraum auf sie, in dem auch der Kaffee gereicht wurde. Sie musste lächeln, als sie in ein blaues Kleid mit weißem Blumenmuster schlüpfte. Beinahe hätte sie sich versprochen, doch dann war ihr gerade noch eingefallen, dass sie sich als Herr und Fräulein Nebbien, Vater und Tochter, ausgaben. Es käme den Leuten sonst nur merkwürdig vor, hatte er gesagt. Auf diese Weise würden sie sich ständiges Nachfragen und immer wieder gleiche Erklärungen ersparen. Johanna war es recht, auch wenn sie ihn im Verdacht hatte, sich gern mit einer Tochter zu schmücken.

»Guten Morgen, haben Sie gut geschlafen?«
»Fast gar nicht«, seufzte sie. »Aber das heiße Bad war wunderbar. Jetzt fühle ich mich besser.«
Sie tranken Kaffee, der hier ganz anders war als zu Hause in Lübeck. Er wurde in großen henkellosen Schalen serviert und war mit heißer Milch aufgegossen. Dazu aßen sie lange Weißbrötchen.
»Ich hoffe, Sie haben besser schlafen können?«

Er schüttelte den Kopf. »Auch nicht, nein. Ich hatte das Gefühl, ich säße noch in der Kutsche, dabei lag ich in einem Bett. Es wird Zeit, dass wir mal wieder unsere Beine gebrauchen. Sehen wir uns ein wenig um.«
»Wollen wir zuerst an den Fluss gehen, bitte?«
»Unser Ziel liegt aber auf dieser Seite der Seine. Wir müssen … Ach, was soll es schaden? Wir haben doch Zeit, oder etwa nicht? Gehen wir an die Seine.«
Die Luft war weicher als in Lübeck und wärmer, als Johanna es um diese Jahreszeit gewohnt war. Ihr Mantel war viel zu dick. Sie zog ihn aus und trug ihn über dem Arm, als sie das Ufer erreichten. Auf der anderen Seite des Flusses entdeckte sie ein riesiges Gebäudeensemble.
»Was ist das? Lebt dort der König?«
»Nein, schon lange nicht mehr. Es ist eine ehemalige Festung, gebaut, um vor Angreifern zu schützen, die mit Schiffen die Seine heraufkommen könnten. Karl V. und nach ihm etliche Könige haben den Louvre dann tatsächlich zu ihrer Residenz gemacht. Doch schon vor etwa hundertfünfzig Jahren wurde der Herrschersitz weit vor die Tore der Stadt verlegt.«
»Und was befindet sich jetzt in dem Gebäude? Es muss Raum für sämtliche Fischer von Travemünde und Stolpmünde zusammen bieten«, sagte sie lachend.
»Es ist beeindruckend, nicht wahr? Sie haben wirklich noch nicht vom berühmten Pariser Louvre gehört?«
»Nein«, gab sie ein wenig beschämt zurück.
»Es ist ein Museum.«
»Das ist ein Museum?« Sie war fassungslos.
»Allerdings. Wir sehen es uns an, wenn Sie wollen.«
»Das würde ich sehr gerne, nur nicht jetzt gleich, bitte. Ich glaube, ich muss mich erst ein wenig an alles gewöhnen, mich

ausschlafen, bevor ich mich in ein solch umfangreiches Museum wage.«

Sie kehrten der Seine den Rücken zu und durchquerten das Viertel, in dem auch ihr Hotel lag. Johanna brachte gegen Nebbiens Protest ihren Mantel in ihre Kammer, dann liefen sie weiter immer in Richtung Süden.

»Das muss das Palais du Luxembourg sein«, rief er begeistert aus, als sie sich einem Schloss mit reichverzierter Fassade und verspielten Springbrunnen näherten.

»Woher wissen Sie das alles? So dick war das Buch doch gar nicht, aus dem Sie mir über Paris vorgelesen haben.«

»Ich habe mich vorbereitet.« Er machte einen sehr zufriedenen Eindruck. »Kommen Sie, die Gärten sollen ein Erlebnis sein.«

Das war keinesfalls zu viel versprochen. Der Jardin du Luxembourg war ein Park von unvorstellbarem Ausmaß. Sie wandelten zwischen italienischen Marmorstatuen, Fontänen, Brunnen, einem Musikpavillon und unzähligen sauberen Beeten mit duftenden Blumen, die in allen Farben und aller Pracht blühten.

»Die Witwe Heinrichs IV. hat sich den Palast nach dem Tod ihres Gatten bauen und die Gärten anlegen lassen«, erklärte er beiläufig, während sie im Schatten einer kleinen Allee spazierten. »Sie war eine de Medici, deshalb die italienische Handschrift.«

Er muss sich wahrlich gut vorbereitet haben, dachte Johanna. Der Park gefiel ihr ausnehmend gut, und sie beschloss, in den nächsten Tagen noch einmal herzukommen. Im auffälligen Gegensatz zu all dem Prunk und Glanz des Witwenpalastes – sie musste an die Witwen in Füchtings Hof denken – standen einige zerlumpte Gestalten, die sich in den Gassen um die Gärten herum tummelten. Studenten waren gewiss auch dabei

in schon leicht zerschlissenen Anzügen, mit Mappen unter dem Arm. Doch da waren auch Kinder, wie Louis sie einmal beschrieben hatte. Einem kleinen Jungen fehlte anscheinend ein Auge. Er trug einen Verband darüber, der fleckig und lose war und eine eitrige Wunde nicht verbergen konnte. Ein anderer lungerte auf einer Mauer herum. Er trug viel zu große Hosen, die er aufgerollt und mit Hosenträgern über der nackten dünnen Brust befestigt hatte.
Nebbien verstärkte seinen Griff um Johannas Arm. Sie beschleunigten ihren Schritt immer mehr.
»Suchen wir das Café Musain«, schlug er vor. »Eine kleine Rast wird uns guttun, und vielleicht bekommen wir dort auch eine Stärkung.«
Sie mussten eine Weile suchen. In der Rue de Grès mussten sie beiseitespringen, da plötzlich ein Mann auf die Straße trat, den Kragen eines altmodischen Mantels hochgeschlagen. Er war aus einem unscheinbaren Hintereingang wie aus dem Nichts gekommen, murmelte Worte der Entschuldigung und verschwand mit eingezogenem Kopf.

Das Café Musain machte den Eindruck, als hätte es vor langer Zeit bessere Tage gesehen. Ungemütlich war es jedoch nicht, und so nahmen sie an einem der kleinen Tische Platz. Zu essen gab es nur süßes Gebäck oder die langen Weißbrötchen, die schon zum Frühstück auf den Teller gekommen waren. Sie bestellten Kaffee und Gebäck, neugierig beobachtet von den anderen Gästen.
»Verzeihung, Monsieur, wir hörten, in Ihrem Café treffen sich die Freunde des ABC«, sprach Nebbien den Wirt, einen Mann mit katzenhaftem Gesicht, an. Johanna bemerkte, wie die Gespräche augenblicklich leiser wurden und sich einige Köpfe

nach ihnen umdrehten. Der Wirt hingegen ließ sich nichts anmerken.
»Keine Ahnung«, sagte er und zuckte mit den Schultern.
Johanna musste husten. In einer Ecke saßen zwei Männer, die Pfeife rauchten, an anderen Tischen wurden Zigaretten und Zigarren geraucht. Ihr fiel auf, dass immer wieder Männer das Café betraten und durch eine Tür verschwanden. Ihre Kleider ließen darauf schließen, dass es sich um Arbeiter und um Studenten handelte.
»Sie gehen durch die Tür dort und kommen nicht wieder«, sagte sie.
Der Wirt kam mit dem Tablett.
»Entschuldigen Sie bitte, Monsieur«, versuchte Nebbien es noch einmal, »uns ist aufgefallen, dass immer wieder Herren durch die Tür dort verschwinden. Es gibt nicht zufällig einen Extraraum, wo sich die Freunde des ABC versammeln?«
Der Mann setzte das Tablett so schwungvoll auf dem Tisch ab, dass der Kaffee über den Rand der Becher schwappte. Das kümmerte ihn jedoch nicht. Er kniff die Augen zusammen, was sein Gesicht noch mehr an eine Raubkatze erinnern ließ.
»Monsieur«, antwortete er mit einer Stimme, die vom jahrelangen Atmen des Qualms rauh wie ein Backstein geworden war, »ich sagte doch, ich habe keine Ahnung von diesen ABC-Leuten. Wäre es nicht möglich, dass man Ihnen die falsche Adresse genannt hat? Suchen Sie in einem anderen Café, hier werden Sie sicher niemanden finden.« Während er sprach, hatte er Teller und Kaffeeschalen vor Johanna und Nebbien hingestellt. Nun zog er mit dem Tablett hinter seinen Tresen. Es dauerte nur einen Wimpernschlag, bis er von dort quer durch den Raum ging und durch exakt die Tür verschwand, auf die Nebbien ihn soeben angesprochen hatte.

»Das ist ein starkes Stück«, murmelte der. »Ich werde das Gefühl nicht los, der Kerl sagt nicht die Wahrheit.«
»Es hat den Anschein«, stimmte sie zu. »Nur will mir nicht in den Kopf, warum er vor uns verheimlichen sollte, wenn sich hier eine Gesellschaft trifft, die sich der Kindererziehung annimmt. Das ist doch nichts Verwerfliches.«
»Etwas stimmt hier nicht«, flüsterte er. »Das spüre ich. Immerhin habe ich ausreichend Erfahrung mit Gaunern und Halunken, und davon gibt es hier welche, da bin ich ganz sicher.«
Johanna war unwohl in ihrer Haut. Sie beeilten sich, Kaffee und Gebäck zu verzehren. Da kam der Wirt zurück, mit wenig Abstand gefolgt von einem der Männer, die Johanna zuvor durch die geheimnisvolle Tür hatte verschwinden sehen. Er schaute sie kurz an, warf dem Wirt einen Blick zu und verließ das Café. Nebbien legte ein paar Sou auf den Tisch und erhob sich. Als er gerade seinen Mantel angezogen hatte, stand an einem anderen Tisch ein junger Kerl auf, eilte durch den Raum und prallte mit Nebbien auf dem Weg zum Ausgang zusammen.
»Verzeihen Sie, Monsieur«, sagte er mit einem Akzent, der seine Herkunft aus dem Süden des Landes verriet. Er zog seine Mütze, verneigte sich kurz und war auch schon auf und davon.
»Also, das ist doch …« Nebbien suchte nach Worten. »Er hat mich doch gesehen«, eiferte er sich. »Trotzdem rennt er mich beinahe über den Haufen.«
»Gehen wir«, sagte Johanna und hakte sich bei ihm unter.
Schweigend gingen sie zum Hotel zurück. Sie wollten sich beide vor dem Abendessen ein wenig hinlegen. Die Strapazen der Reise und die wenig erholsame Nacht forderten ihren Tribut. Allein in ihrer Kammer, zog Johanna ihre Stiefel aus und mas-

sierte stöhnend die Füße. Sie war gerade dabei, die Knöpfe ihres Kleides zu öffnen, als es klopfte und zur gleichen Zeit Nebbiens Stimme erklang.
»Johanna, ich muss mit Ihnen sprechen. Darf ich hereinkommen? Bitte, es ist wichtig.«
»Schon gut, schon gut«, sagte sie und öffnete ihm die Tür.
»Das habe ich in meiner Manteltasche gefunden. Lesen Sie!«
Er sah sich um, schloss rasch die Tür hinter sich und streckte ihr einen kleinen weißen Papierfetzen entgegen.
Johanna las die Worte, die mit blassblauer Tinte geschrieben waren.

»Monsieur, Mademoiselle, geben Sie acht auf sich!
Diese Stadt birgt Gefahren, und wer das Alphabet
beherrscht, muss noch lange kein Freund sein.
Nichts ist, wie es scheint.
Ihr Schutzengel«

»Woher haben Sie das?«
»Ich sage es Ihnen doch, ich habe es in meiner Manteltasche gefunden. Ganz zufällig habe ich hineingegriffen und unversehens diese höchst mysteriöse Botschaft in der Hand.«
»Was hat das zu bedeuten?«
»Das müssen wir herausfinden.«
»Und wie gedenken Sie das anzustellen? Den Wirt des Café Musain brauchen wir nicht zu fragen. Besonders gesprächig war der nicht.«
»Der Kerl, der mich absichtlich angerempelt hat, muss mir die Nachricht zugesteckt haben.«
»Das liegt auf der Hand. Er ist unser Schutzengel. Zumindest behauptet er das.«

»Denken Sie, Sie würden ihn wiedererkennen, Johanna?«
»Ich weiß es nicht.« Sie war unsicher. Ihr war unbehaglich zumute bei der Vorstellung, noch einmal in die Nähe des Café Musain gehen zu müssen.
»Wir müssen es darauf ankommen lassen. Gleich morgen gehen wir wieder hin.« Nebbien war offenbar fest entschlossen. »Nichts ist, wie es scheint.« Er schüttelte nachdenklich den Kopf. »Was meint er damit?«
»Ich weiß es nicht, aber wenn wirklich nichts ist, wie es scheint, dann ist er womöglich auch kein Schutzengel, sondern eher das Gegenteil. So viel steht fest, wir müssen sehr vorsichtig sein.«
Johannas Müdigkeit war wie weggeblasen. Zwar hatten sie verabredet, sich trotz aller Aufregung schlafen zu legen, doch sie bekam kein Auge zu und war wie gerädert, als Nebbien sie zum Abendessen abholte. Auf Empfehlung des Patrons gingen sie vorbei an einem Kupferstichhändler zu Gorbeau. Dort sei das Essen gut und günstig, hatte man ihnen gesagt, und der Weg sei nicht weit. Johanna entschied sich für einen Gemüseteller, Nebbien wählte ein Fleischgericht. Dazu tranken sie Wasser, das in einer hübschen Karaffe auf dem Tisch stand. Sie sprachen nicht viel und aßen ohne großen Appetit. Bezahlt wurde an der Kasse bei Frau Gorbeau. Gerade eine Stunde nachdem sie das Restaurant betreten hatten, gingen sie wieder. Auf den Stufen der Kirche Saint-Germain-des-Prés kauerte ein Bettler, der ihnen die Hand entgegenreckte und vor sich hin murmelte. Nebbien gab ihm einen Sou.
»Morgen schauen wir uns dieses Café Musain noch einmal gründlich an«, sagte er vor Johannas Zimmertür. »Das wollen wir doch mal sehen. So leicht lassen wir uns nicht ins Bockshorn jagen, was?«

Statt einer Antwort machte sie ein zerknirschtes Gesicht.
»Und dann suchen wir die Adresse auf, unter der dieser Deval gemeldet sein soll. Müssen wir eben mit der Tür ins Haus fallen, wenn es anders nicht möglich ist.«
Sie wünschten sich eine gute Nacht. Johanna war durcheinander. Es wäre ihr so viel lieber, wenn sie Deval zunächst aus der Ferne beobachten und sich ihm langsam nähern könnten, wie sie es vereinbart hatten. Einfach vor seinem Haus zu erscheinen war ihr kein angenehmer Gedanke. Ihr Kopf schwirrte, als sie endlich unter die Decke schlüpfte. Diesmal fiel sie augenblicklich in einen Schlaf, an dessen Träume sie sich am nächsten Morgen nicht zu erinnern vermochte.

Es war ein sonniger Tag, der, nachdem der Morgennebel sich aufgelöst hatte, noch wärmer wurde als der Tag zuvor. Sie nahmen diesmal einen anderen Weg zum Café und kamen am Panthéon vorbei. Majestätisch ragte der Kuppelbau, der einst eine Kirche beheimatet hatte, in den blauen Himmel. Johanna betrachtete die korinthischen Säulen mit ihren fein gearbeiteten Sockeln und von Blätterranken geschmückten Kapitellen. Das wuchtige Bauwerk erinnerte an einen griechischen Tempel. Sie entsann sich, dass Louis ihr erzählt hatte, das Panthéon sei seit der Revolution ein Mausoleum, in dem tapfere Männer ihre letzte Ruhe fanden. Sie schauderte. Diese Stadt birgt Gefahren, ging es ihr durch den Kopf.
Sie harrten den gesamten Vormittag in der Nähe des kleinen Cafés aus, doch der Schutzengel ließ sich nicht blicken.
»Gehen wir rein«, schlug Nebbien unvermittelt vor. »Wir marschieren ganz selbstverständlich durch den Saal und durch die Tür, wie die anderen es gestern auch gemacht haben. Mal sehen, was dann geschieht.«

»Sind Sie wahnsinnig geworden?« Sie starrte ihn an.
Er lachte. »Sie müssten Ihr Gesicht sehen!«
»Ich finde das nicht komisch«, sagte sie böse.
»Entschuldigen Sie, Johanna. Nein, ich bin weder wahnsinnig noch lebensmüde. Nicht mehr. Es war nur ein Scherz.« Er sah sie fragend an. »Was tun wir also? Den Rest des Tages hier verbringen? Früher oder später wird der Wirt uns entdecken und es vermutlich nicht auf sich beruhen lassen.«
»Nur noch eine Weile«, bettelte sie. Sie fürchtete sich davor, die Adresse aufzusuchen, die Nebbien in der Tasche hatte.
»Also schön.«
Zäh tropfte die Zeit dahin. Zweimal schlug die Turmuhr einer nahe gelegenen Kirche zur vollen Stunde.
»Ich weiß, Sie fürchten sich davor, aber ich schlage dennoch vor, nun die Adresse Ihres Vaters aufzusuchen. Wir müssen ja nicht gleich beim ersten Besuch anklopfen. Wir sehen uns alles in Ruhe an, Sie gewinnen einen Eindruck, und wir kommen morgen oder in den nächsten Tagen wieder«, schlug er vor. »Was halten Sie davon?«
Sie hätte sich nur zu gerne davor gedrückt. Andererseits war sie nach Paris gekommen, um ihren Vater zu finden. Es wäre vollkommen unsinnig, nicht auch den letzten Schritt zu wagen.
Sie atmete tief durch. »Einverstanden.«
Die Rue Erasme war nicht weit vom Panthéon und Café Musain entfernt. Zwischen klobigen Schulgebäuden eingeklemmt lag das Haus Nummer 7.
»Hier also?«, flüsterte Johanna. »Das ist doch nicht möglich.«
Nebbien zückte sein Notizbuch. Er nickte langsam. »Kein Zweifel, das ist die Adresse, die man mir genannt hat.«
Von der Sandsteinfassade bröckelte die Farbe. Ein eisernes Gitter hing schief in den Angeln und war mit einer schweren

Eisenkette und einem verrosteten Schloss gesichert. Die Fenster waren mit Brettern vernagelt.
»Aber hier wohnt doch niemand«, hauchte sie tonlos.
»Gut möglich, dass er längst fortgezogen ist und sich nicht abgemeldet hat.« Er dachte nach. »Ich hätte die Information noch einmal überprüfen müssen, bevor wir aufgebrochen sind. Es ist schon eine geraume Zeit her, dass ich sie bekommen habe. Wir werden in der Stadtverwaltung nachfragen. Dort erhalten wir gewiss eine andere Adresse.«
Johanna atmete auf. Ja, das war eine plausible Erklärung und eine vortreffliche Idee.
»Na, wen suchen Sie denn?«, ertönte plötzlich die Stimme einer alten Frau. Die war unbemerkt über den Hof zwischen einem der Schulgebäude und dem Haus mit der Nummer 7 gekommen und hielt sich jetzt an dem schiefen Gitter fest.
»Schon gut, Madame, vielen Dank, wir haben uns geirrt«, rief Nebbien ihr zu.
Johanna fasste sich ein Herz. »Wir suchen Pierre Deval. Kennen Sie ihn?«
»Kommen Sie näher, Kindchen!« Die Alte winkte sie mit dem Zeigefinger heran, wodurch sichtbar wurde, dass ihr der Daumen an der Hand fehlte.
Johanna folgte ihrer Aufforderung und trat einen Schritt näher an das Gitter heran. Nebbien blieb dicht hinter ihr, was ihr ein Gefühl der Sicherheit gab.
»Den Deval suchen Sie also? Und was wollen Sie von ihm?«
»Verzeihung, Madame, ich möchte nicht unhöflich sein, aber das geht Sie ganz bestimmt nichts an.« Nebbien übernahm wieder.
»Sie sind fremd in der Stadt, und Sie brauchen Hilfe«, stellte die Alte fest und streckte die daumenlose Hand durch die Git-

terstäbe. Wenn sie sprach, machte sie leise pfeifende Geräusche, was zweifellos an der unglücklichen Aufteilung ihrer letzten vier Zähne lag, zwei oben und zwei unten, die jeweils eine Lücke bildeten.
»Sie kann uns nicht helfen. Gehen wir«, raunte er Johanna zu. Wenn es ihr auch an dem einen oder anderen fehlte, ihr Gehör schien noch ausgesprochen gut zu funktionieren.
»Ja, gehen Sie nur! Mich braucht es nicht zu kümmern. Ist auch besser, wenn ich nichts verrate. General Deval schätzt es nämlich nicht, wenn man zu viel über ihn ausplaudert.« Schon zog sie die Hand zurück, drehte sich um und schickte sich an, davonzuschlurfen.
»Warten Sie!« Johanna war mit einem Satz an der rostigen Pforte. »Wissen Sie, wo mein ... wo General Deval sich aufhält?«
Die Frau ließ sich alle Zeit der Welt, um sich wieder umzudrehen und zum Gitter zu kommen. Sie kam sehr nah diesmal. Johanna konnte Narben in der faltigen Haut erkennen. Sie roch den Atem der Alten, eine Mischung aus Knoblauch und faulen Zähnen. Johanna neigte den Kopf, um frische Luft zu holen.
»Sind ein hübsches Ding«, sagte die Alte in einschmeichelndem Ton. »Sie brauchen sich doch nicht zu verstecken.« Sie legte den Zeigefinger unter Johannas Kinn und hob deren Kopf.
Auf der Stelle griff Nebbien ein. »Hier ist ein Sou. Nun sagen Sie uns, wo wir Deval finden.« Während er sprach, schob er die krumme, faltige Hand zur Seite und Johanna einen Schritt zurück.
»Ein Sou?«, rief sie aufgebracht. »Was ich weiß, ist mehr wert. Außerdem kann der General ziemlich ungemütlich werden, wenn ihn einer verrät. Das überlegt man sich gut.«

Er seufzte und zückte zwei weitere Sou.
»Für drei Sou kriege ich gerade einen halben Gemüseteller«, mäkelte sie weiter. »Wenn ich mal Fleisch essen will, kostet mich das mindestens sechs.«
Er verdrehte die Augen, griff in seine Börse und gab ihr die verlangte Summe. »Ich hoffe für Sie, dass es auch für mich ein gutes Geschäft ist.«
Ihre hellblauen Augen blitzten auf. »General Deval ist schon lange nicht mehr hier gewesen. Er ist zu seiner Frau nach Antibes zurückgegangen. Das ist im Süden, wissen Sie?«
»Für sechs Sou sollten Sie uns schon die genaue Adresse in Antibes nennen.«
Sie lachte krächzend, ein Schwall fauligen Knoblauchgeruchs waberte zu Johanna herüber. »Meinen Sie etwa, der hat mir einen Brief von da geschickt? So gern hatte er mich auch wieder nicht.« Es schien sie sehr zu amüsieren. Da sich die beiden Fremden aber nicht von der Stelle rührten, sagte sie noch: »Fragen Sie Monsieur Roche. Er hat eine kleine Kunsthandlung gleich hinter der Sorbonne.« Sie wandte sich zum Gehen, hielt in der Bewegung inne und fügte hinzu: »Viel Glück dürften Sie bei dem aber auch nicht haben. Meistens ist General Deval nämlich nicht in Paris und auch nicht in Antibes.« Sie machte eine geheimnisvolle Pause, und Nebbien vermutete schon, dass sie im nächsten Moment wieder die Hand ausstrecken würde. Doch das tat sie nicht.
»Wo ist er denn sonst?«, wollte Johanna von ihr wissen.
»Weit weg. Irgendwo im Norden. Heißt Lübeck, glaube ich.«

»Das ist doch nicht möglich!« Johanna war außer sich. Konnte es wirklich wahr sein, hielt Deval sich in ihrer Heimatstadt auf, während sie hier in Paris nach ihm suchte? »Aber Sie sagten

doch, er habe Lübeck längst verlassen. Sie sagten, er habe an einem Feldzug nach Moskau teilgenommen.«
»Bitte, beruhigen Sie sich doch.«
»Ich will mich aber nicht beruhigen, ich kann es nicht.«
»Geben Sie doch nicht so viel auf die Worte dieser alten Frau. Wer weiß, vielleicht ist sie von Sinnen.«
»Sie wusste, dass er im Süden des Königreichs lebt. Das passt auch zu Ihren Erkenntnissen. Und sie wusste von Lübeck. Das ist doch kein Zufall!«
Sie bogen in die Rue des Écoles ein. Johanna hatte keinen Blick für die Sorbonne, die als bedeutendste Universität des Landes galt. Sie war vollkommen vernebelt von dem Gedanken, umsonst hierhergekommen zu sein. Immer wieder ging ihr durch den Kopf, dass sie in den vertrauten Gassen Lübecks womöglich längst an ihrem Vater vorübergelaufen war, ohne es zu wissen, ohne ihn zu kennen.

Die Kunsthandlung von Monsieur Roche entpuppte sich als ein winziger Raum, der mit alten Büchern, Gemälden und Skizzen vollgestopft war. Schon von draußen ließ sich erahnen, dass innen ein heilloses Durcheinander herrschte. Die grünen Fensterläden, die zu dieser Zeit offen standen, waren auf den Innenseiten mit Gedichtzeilen vollgekritzelt. In einem der Fenster bogen sich dünne Regalbretter unter der Last der ledergefassten Bände, im anderen baumelten an faserigen Leinen Radierungen, von mal in die eine, mal in die andere Richtung schief stehenden Wäscheklammern gehalten. Während Nebbien von den gedrechselten Holzklammern fasziniert war, betrachtete Johanna eine Federzeichnung, die einen knienden blonden Mann mit nacktem Oberkörper zeigte, der sie mit seinen muskulösen Armen und der kräftigen

Brust an Louis erinnerte. Sie las den Titel »L'Abaissé« – der Erniedrigte.

»Gehen wir hinein«, forderte Nebbien sie auf.

Drinnen war es erwartungsgemäß so eng, dass Johanna sich kaum rühren mochte. Immer hatte sie Angst, eines der Werke umzustoßen oder zu Boden zu reißen. In der Luft lag ein eigentümlicher Geruch von Staub, Leder und Papier.

»Einen wunderschönen guten Tag, die Herrschaften, womit kann ich Ihnen dienen?«

Johanna blickte sich irritiert um. Auch Nebbien musste erst einmal nach der Herkunft der melodischen Stimme suchen.

»Weiter unten«, sagte die Stimme freundlich.

Da entdeckten die beiden einen Mann hinter einem Ladentisch, der unter der Last der Bücher, Mappen und aufgerollten Papierbogen im nächsten Moment zusammenzubrechen drohte.

»Monsieur Roche, stets zu Ihren Diensten«, stellte der Mann sich vor, von dem lediglich der schmale Kopf zu sehen war. »Leider kann ich nicht aufstehen, um Sie zu begrüßen, denn mir sind meine Beine im Krieg abhandengekommen. Sie sind fremd in der Stadt, nicht wahr?«

Nebbien und Johanna sahen einander kurz an, dann sagte er: »Allerdings, wir sind nur zu Besuch. Das mit Ihren Beinen tut mir leid, Monsieur.«

»Ach, halb so schlimm. Denken Sie sich, mein Vater wäre Zimmermann oder Kupferschmied gewesen, da hätte ich sein Geschäft schlecht übernehmen können, wie es sich für den ältesten Sohn gehört. Aber für eine Kunsthandlung braucht man keine Beine. Bedauern können Sie mich höchstens, weil ich zu spät geboren bin. Ludwig XIV. hat den unzähligen Kriegsversehrten die prächtige Invalidenkaserne gebaut. Das gibt es kein zweites Mal auf der Welt, schwöre ich Ihnen. Monsieur Bonaparte jedenfalls war nicht ganz so sentimental mit seinen alten Kämpfern«, flüsterte er verschwörerisch. Er schob einen Stapel dicker Bücher ein wenig zur Seite, um durch den entstandenen Spalt besser sehen zu können. »Also, wonach suchen die Herrschaften?«

»Offen gestanden sind wir nicht hier, um etwas zu kaufen. Man meinte, Sie könnten uns etwas über den Aufenthalt von General Deval sagen.« Die beiden hielten den Atem an und beobachteten die Reaktion vom Monsieur Roche. Dessen Gesicht erhellte sich.

»Sie kennen meinen alten Freund Pierre Deval?«

»Kennen ist zu viel gesagt.« Nebbien wusste nicht recht, wie viel er preisgeben durfte.

»Wir haben ihn in Lübeck getroffen«, ergänzte Johanna.

»In Lübeck? Stammen Sie von dort?« Er sah nicht mehr ganz so erfreut aus.

Darum sagte Nebbien rasch: »So ist es, ja. Aber wir haben den General nicht als unseren Feind angesehen. Ich meine, Ihre Landsleute haben unserer Stadt viel Gutes gebracht. Wir wissen das zu schätzen.«

»Mein Großvater hat mit Wein aus Frankreich gehandelt«, ergänzte Johanna. »Und ich werde einen Franzosen heiraten. Wir kommen also gewiss nicht in schlechter Absicht und hegen Ressentiments.«

Nun entspannten sich Roches Züge wieder.

»Wir sind nur gerade in der Stadt, und da dachten wir, es wäre eine hübsche Gelegenheit, Monsieur Deval einmal wiederzusehen. Nach all den Jahren.« Nebbien zeigte ein gewinnendes Lächeln.

»Wie bedauerlich«, erklärte Roche. »Leider kann ich Ihnen nicht helfen. Wir haben zusammen vor Moskau gekämpft.

Ohne ihn wäre ich nicht mehr am Leben. Es ist schlechtes Wegkommen ohne Beine. Vor allem, wenn man noch nicht daran gewöhnt ist und von allen Seiten geschossen wird.« Er setzte ein schiefes Lächeln auf. Wenn er seine schwere Verletzung auch auf die leichte Schulter zu nehmen schien, ließ sich doch erahnen, wie sehr ihm die Erinnerungen zu schaffen machten. »Pierre hat mich aus dem Schussfeld gezogen und dann Schritt um Schritt getragen. Ein Soldat, dem man beide Beine weggeschossen hat, ist nicht mehr zu gebrauchen. Er ist nur Last und hat ohnehin kaum eine Überlebenschance. Also lässt man ihn für gewöhnlich liegen und kümmert sich nur um die eigene Haut.«
Johanna seufzte schwer und legte eine Hand auf die Brust.
»Verzeihung, Mademoiselle, derlei Erzählungen sind Ihrer zarten Seele sicher nicht zuträglich. Jedenfalls hat Pierre mich nicht zurückgelassen. Er hat eine unmenschliche Strapaze auf sich genommen, um mich zu retten. Was blieb mir da anderes übrig? Ich musste am Leben bleiben.« Er strahlte die beiden herzlich an.
»Ich nehme an, Sie sind nach diesem Erlebnis gute Freunde geworden, wenn Sie es nicht schon waren.«
»Worauf Sie sich verlassen können, Monsieur. Meinetwegen ging er nicht nach Hause, sondern kam nach Paris. Er hatte zwar eine Frau, die in Antibes auf ihn wartete, aber mit der Ehe stand es nicht zum Besten, wie er mir sagte. Darum hatte er es nicht eilig, zu ihr zu gehen.«
»Und Sie wissen nicht, wo er jetzt ist?«, meldete sich Johanna zu Wort.
»Bedaure sehr, Mademoiselle. Eines Tages sagte er zu mir, er müsse sein Leben ordnen. Er fuhr nach Antibes, kehrte noch einmal für kurze Zeit nach Paris zurück, danach habe ich nichts

mehr von ihm gehört. Es ist, als hätte ihn der Erdboden verschluckt.«
»Das ist wirklich schade«, sagte Johanna enttäuscht.
»Ja, wirklich.« Er nickte und faltete die Hände auf dem schmalen freien Stückchen Tischplatte vor sich. »Wenn ich sonst etwas für Sie tun kann. Mein Sohn könnte Ihnen die Stadt zeigen, wenn Sie Interesse haben. Oder er führt Sie in die besten Restaurants und Cafés. Scheuen Sie sich nicht. Er macht das sicher gern für die Freunde meines alten Retters und Kumpanen Pierre Deval.«
»Das ist sehr freundlich. Vielleicht später«, sagte Johanna unverbindlich.
Sie verabschiedeten sich und traten wieder ins Freie. Erst jetzt spürte Johanna, wie stickig es in dem kleinen Kunstladen gewesen war.
»Und nun?« Sie ließ die Schultern hängen. »Was der Mann sagt, bestätigt die Worte der Alten. Deval ist wahrhaftig in Lübeck.«
»Das wissen wir nicht.« Nebbien wollte dieser vermeintlichen Wahrheit noch lange nicht ins Auge sehen. »Warten Sie hier!« Er ging noch einmal alleine in das kleine Geschäft.
Johanna war verärgert und enttäuscht. In Gedanken versunken betrachtete sie das Bild des Erniedrigten. Was hatte Nebbien da drinnen allein zu suchen? Warum sollte sie hier draußen warten? Er ist doch nicht so eine große Hilfe, dachte sie. Hätte er, als er die Auskünfte über Deval eingeholt hatte, die gleiche Sorgfalt walten lassen wie bei der Vorbereitung dieser Reise, hätte er gewusst, dass ihr Vater in Lübeck zu finden war. Was, wenn er ebenso sorgfältig gewesen war? Was, wenn er wusste, dass Deval in der Hansestadt war? Konnte es wahr sein, dass er mit ihr hergekommen war, um sie so weit wie möglich von

Deval fernzuhalten, um ihr weiszumachen, er sei vom Erdboden verschluckt, wie Roche sich ausgedrückt hatte? Wahrscheinlich hoffte er, dass sie ihre Suche aufgeben und ihren Vater niemals, nicht einmal dort, wo er direkt vor ihrer Nase lebte, entdeckte.
Nebbien trat zu ihr. »Ich habe ihn nach den Freunden des ABC gefragt. Roche scheint mir ein freundlicher Mann zu sein, dem man vertrauen kann.«
»Was hat er gesagt?«, fragte sie kühl.
»Er hat bestätigt, dass sie sich zweimal in der Woche in einem Hinterzimmer des Café Musain treffen. Viele kennt er von Angesicht, weil sie hin und wieder bei ihm kaufen.« Er machte eine Pause, die ahnen ließ, dass er noch ein Ass im Ärmel hatte.
»Und?«
»Sein Sohn Arnaud ist einer von denen.«
»Roches Sohn gehört zu den Freunden …?«
»Des ABC, jawohl!« Er lächelte triumphierend.
»Ja, haben Sie denn etwas ausgemacht? Haben Sie eine Verabredung getroffen, dass dieser Arnaud uns die Stadt zeigt?« Sie konnte ihre Aufregung nicht mehr verbergen.
»Noch nicht. Ich dachte, es könnte komisch aussehen, wenn ich plötzlich doch an der Begleitung des jungen Mannes interessiert bin, sobald ich weiß, dass er zu diesen Leuten gehört. Ich habe mir überlegt, dass wir noch einmal das Café aufsuchen und nach dem Schutzengel Ausschau halten. Morgen gehen wir vielleicht in den Louvre oder erkunden ein wenig die Stadt. Und dann gehen wir zu Monsieur Roche und sagen, wir hätten uns sein Angebot überlegt.«

Wie am ersten Tag gingen sie durch die Rue des Grès, um das Café Musain zu erreichen.

»Vorsicht, da ist die Tür, durch die das letzte Mal ...« Weiter kam Johanna nicht, denn die Tür, die ihnen nicht aufgefallen wäre, wäre nicht bei ihrem ersten Besuch ein Mann dort hinausgestürzt und davongeeilt, flog auf. Wieder verließ ein Mann in einem Mantel durch diesen Hintereingang das Haus.

»Mein Gott, das war er«, stammelte Johanna überrascht.

»Das war wer?«

»Der Schutzengel, der Kerl, der Ihnen die Botschaft zugesteckt hat.«

»Und Sie täuschen sich bestimmt nicht?«

»Nein, ich bin ganz sicher.«

»Dann hinterher!« Schon lief Nebbien, Johanna an einer Hand hinter sich herziehend, in dieselbe Richtung, in die der geheimnisvolle Fremde gegangen war.

»Die Augen, ich habe die Augen erkannt«, keuchte Johanna, während sie versuchte, mit Nebbien Schritt zu halten. »Und auch die braunen Locken. Er war es«, sagte sie immer wieder, mehr zu sich selbst als zu Nebbien.

Sie folgten ihm bis in die Rue Erasme und sahen gerade noch, wie er die Universität direkt neben dem Haus Nummer 7 betrat. Es war die pädagogische Fakultät. Unschlüssig blieben sie vor dem schon etwas verfallenen Gebäude stehen.

Dann sagte er: »Gehen wir lieber. Es muss nicht sein, dass die Alte uns hier wieder sieht. Ich bin sicher, für ein paar Sou plaudert sie jedem auch über uns alles aus, was sie weiß oder zu wissen meint.«

Sie gingen in Richtung Panthéon, wo Fremde weniger auffielen.

»Das ist eigenartig«, begann Johanna, als sie den Schritt endlich wieder verlangsamten und sie zu Atem kam. »Ist Ihnen das Medaillon aufgefallen, das er am Revers trug?«
»Nein.«
»Es ging alles so schnell, und das Bildchen war ja auch sehr klein, aber ich könnte schwören, dass es dasselbe Motiv war, das ich gerade zuvor bei Roche im Fenster gesehen habe.«
»Von welchem Motiv sprechen Sie? Es gibt eine reiche Auswahl bei Monsieur Roche.«
»Ich meine den knienden Mann. Das Bild heißt ›L'Abaissé‹.«
»Der Erniedrigte. Der Name ist auf jeden Fall eigenartig. Nur weil der Mann kniet, muss er doch nicht erniedrigt sein.«
»Der Name spielt keine Rolle«, entgegnete sie aufgebracht. »Finden Sie es nicht mysteriös, dass ich das Motiv bei Roche sehe und dann bei dem Mann, der sich der Schutzengel nennt?«
Nebbien sah sie verständnislos an. »Zum einen glaube ich nicht, dass Sie ein so kleines Bild in der Kürze der Zeit erkennen können, wie Sie selber sagten. Erschwerend kommt das Überraschungsmoment hinzu. Sie konnten sich das kleine Medaillon nicht einmal gezielt ansehen. Zum anderen gibt es, wenn es denn das gleiche Bild ist, gewiss eine einfache Erklärung. Vielleicht ist der Maler gerade in Mode. Nein, ich finde daran nichts mysteriös.«

Wie sie es besprochen hatten, unterbrachen sie am nächsten Tag ihre Suche nach Deval oder den Freunden des ABC und sahen sich Paris an. Der Patron ihres Hotels hatte ihnen als unbedingtes Muss das Marais empfohlen, eines der ältesten Viertel der Stadt, das sich seinen mittelalterlichen Charme bewahrt hatte, wie er ihnen, von Bücklingen begleitet, versicherte.

Im Marais sei noch nicht alles so schrecklich modern und laut wie in den meisten anderen Teilen der Stadt. Da es sie ohnehin einmal auf die andere Seite der Seine zog, folgten sie seinem Ratschlag. Sie überquerten die Pont Neuf, die Johanna ein wenig an Lübecks Puppenbrücke erinnerte, und erreichten zunächst eine Insel, die mitten im Fluss lag.

»Das ist Paris«, sagte Nebbien.

Sie zog fragend die Augenbrauen hoch.

»Nun ja, auf diesem kleinen Eiland in der Seine siedelte vor über zweitausend Jahren ein keltischer Stamm. Das waren die zarten Anfänge der heute so stolzen und vor allem großen Stadt.«

»Interessant.« Johanna war zwar beeindruckt, konnte sich jedoch nicht recht konzentrieren. Ihre Gedanken waren woanders. Sie warf nur einen kurzen Blick auf das Reiterstandbild Heinrichs IV. und war auch schon an ihm vorbei.

»In der Tat, Sie scheinen mir heute ganz besonders interessiert zu sein.« Er lächelte ihr aufmunternd zu.

»Es tut mir leid«, murrte sie wenig überzeugend.

»Schon gut. Sehr lange wollte ich mich hier auch nicht aufhalten. Der alte Königspalast ist zwar von außen schön anzusehen, nur möchte ich ihn nicht näher kennenlernen.«

Sie warf von der Brücke einen Blick zurück auf die prachtvolle Fassade und die Türmchen, die mit ihren Zinnen und den spitzen runden Hütchen an ein Märchenschloss erinnerten. »Warum nicht?«

»Weil jetzt die Gefangenen darin in den Kerkern liegen.« Auch er war stehen geblieben, legte die Hände auf die steinerne Mauer der Brücke und betrachtete das Gefängnis nachdenklich. »Während der Revolution sollen hier Tausende von Todesurteilen gesprochen worden sein«, sagte er langsam. »Wenn ich mir das vorstelle, ich glaube, ich könnte meinen Beruf nicht länger ausüben. Mit Rechtsprechung hatte das wohl kaum mehr etwas gemein.«

Sie verließen über die zweite Hälfte der Pont Neuf die Insel. Am anderen Seine-Ufer hielten sie sich rechts, wie der Patron ihnen gesagt hatte, und erreichten bald das Marais-Viertel. Die glanzvollen Stadtpalais ließen erahnen, dass hier einmal die Reichen, die Adligen gewohnt hatten oder sogar noch wohnten. Tatsächlich wirkte alles malerisch und verträumt. Ganz anders an der Rue de Rivoli, die augenscheinlich gerade größer und schöner gemacht wurde. Schwitzend schleppten Arbeiter Steine heran, schippten hier Sand, klopften dort etwas fest. Sie waren von Staub bedeckt, muskulös zwar, aber teilweise dünngesichtig mit dunklen Schatten unter den Augen. Nur wenige Schritte entfernt flanierten pausbackige Herren mit gepuderten Damen unter den Arkaden entlang und tranken ihren Kaffee beim englischen Zuckerbäcker.

Johanna und Nebbien machten im Café Laiter Rast und nahmen einen kleinen Imbiss zu sich. Beide waren schweigsam. Dieses Paris ist von unglaublichem Reiz und unbeschreiblicher Schönheit, dachte Johanna. Doch sie empfand es als ebenso erschreckend und beängstigend. Auf der einen Seite gab es die prächtigsten Bauwerke, die üppigsten Gärten und die elegantesten Menschen. Was in Paris getragen wurde, war die Mode. Auf der anderen Seite schrien ihr an jeder Ecke Armut und Elend entgegen, wie sie sie aus Lübeck nicht kannte.

Sie spazierten durch die Tuilerien, genossen den Duft ungezählter Rosen, von Lavendel und Oleander, hörten den Springbrunnen zu und beobachteten Sperlinge, die in den Wasserbecken ein Bad nahmen und ihren Platz keck gegen fette Tauben verteidigten, die ihn ihnen streitig zu machen suchten. Den

Place de la Révolution überquerten sie rasch. Johanna dachte mit Grauen daran, dass hier Ende des vergangenen Jahrhunderts Tausenden, die für die gleichen Ziele gestanden hatten wie Louis heute, die Köpfe vom Messer der Guillotine abgeschlagen worden waren. Sie erreichten die Champs-Élysées und liefen bis zum Place de l'Étoile.

»Wodurch ist der so beschädigt worden?«, fragte Johanna mit Blick auf einen massiven steinernen Bogen, der den Eindruck machte, als hätte er schon weit bessere Tage gesehen.

»Er wurde nicht beschädigt, er wurde erst gar nicht beendet. Ich habe gelesen, dass Napoleon schon vor langer Zeit diesen Triumphbogen in Auftrag gegeben hat. Die Arbeiten daran sind unterbrochen worden. Und wenn Sie meine Meinung hören wollen, werden sie auch niemals abgeschlossen. Früher oder später wird man diesen Schandfleck wegreißen.«

»Bedauerlich, meine ich.« Johanna war nach Widerspruch zumute. »Es könnte ein Meisterwerk werden, wenn man es so vollendet, wie es begonnen wurde. Sie müssen nur Ihre Phantasie gebrauchen, dann müssen Sie das doch auch sehen.«

Im Gegensatz zu ihr wollte Nebbien jedem Streit aus dem Weg gehen. »Schon möglich. Nun, wir werden das verfolgen. Und wenn wir hören, der Bogen sei fertiggestellt, reisen wir noch einmal nach Paris. Was halten Sie davon?«

»Wir werden sehen.«

Mit einer Droschke fuhren sie zurück auf die andere Seite der Seine, vorbei an der beeindruckenden Invalidenkaserne, von der Roche gesprochen hatte, und zurück zu ihrem Hotel. Normalerweise wäre Johanna von dem gesamten Tag überaus begeistert gewesen. Vor allem der Rückweg, bei dem sie bequem vom Wagen aus dem Leben auf den Boulevards zusehen konnte, während ihre pochenden Füße endlich ausruhen durften, hätte ihr gefallen müssen. Doch nichts davon hatte sie genießen können, weil sie immerzu an Nebbiens Aufrichtigkeit zweifelte. Wusste er, dass Deval in Lübeck war? Diese Frage ließ sie einfach nicht los. Er hätte ihr leicht sagen können, Roche wisse nichts von den Freunden des ABC, aber das hatte er nicht getan. Er schürte ihre Hoffnung, doch noch etwas über ihren Vater zu erfahren. Wollte er sie nur in Sicherheit wiegen, spielte er ihr eine Schmierenkomödie vor, um ihr Vertrauen und ihre Zuneigung nicht zu verlieren, obwohl er sie die ganze Zeit über belog? Nein, das passte so gar nicht zu ihm. Sie sah ihn verstohlen an, wie er neugierig die fremden Straßen in sich aufnahm. Sie schämte sich für ihr Misstrauen, konnte sich indes nicht davon befreien.

Am Hotel entschuldigte sie sich sofort. »Es war ein anstrengender Tag, ich bin sehr müde«, sagte sie, wie sie es sich in der Droschke zurechtgelegt hatte. »Ich werde mir nur noch eine Suppe bringen lassen und dann früh schlafen gehen.«
Sie kannte Nebbien längst gut genug, um ihm seine Enttäuschung anzusehen. Trotzdem beklagte er sich nicht und wünschte ihr eine gute Nacht.
Johanna verzichtete auf das Abendessen. Sie hatte keinen Appetit. Sie hatte lediglich Sehnsucht nach einem Menschen, der sie in den Arm nahm und ihr sagte, was sie tun und lassen sollte, was sie glauben durfte und was nicht. Sie erinnerte sich an eine Unterhaltung mit Nebbien, in der er ihr sagte, es sei das höchste Gut, selber entscheiden zu können, was man tun, wie man leben will. Er hatte recht, daran gab es keinen Zweifel. Doch war es nicht nur ein hohes Gut, sondern auch sehr anstrengend. Sie setzte sich ans Fenster und schrieb einen Brief an Louis. Sie teilte ihm mit, in welchem Hotel sie wohnten,

dass sie bisher zu ihrem größten Bedauern noch keine greifbare Spur von ihrem Vater hatte, was in gewisser Weise stimmte, und dass sie ihn so rasch wie möglich zu sehen hoffte. Sie erinnerte ihn an ihren letzten gemeinsamen Sommer in Travemünde und fragte, ob er zu ihr nach Paris kommen könne. Als sie die Zeilen noch einmal las, verschwammen sie vor ihren Augen. Sie war in der Tat schrecklich müde. Den ganzen Tag waren sie auf den Beinen und an der frischen Luft gewesen. Sie hatte es sich wirklich verdient, sich gründlich auszuschlafen.

Arnaud Roche hatte rötliches Haar, eine lange schmale Nase und volle Lippen. Alles in seinem Gesicht schien ein wenig schief geraten zu sein. Was ihn auszeichnete, war gewiss nicht seine Schönheit, dafür hatte er die gleiche unerschütterliche Lebensfreude wie sein Vater. Er zeigte ihnen Theater, ein Opernhaus und bummelte mit ihnen an einem Abschnitt des Seine-Ufers entlang, an dem fliegende Händler Bilder von Notre Dame, dem Louvre und den Tuilerien anboten.
»Lassen Sie sich malen, Mademoiselle«, schlug er Johanna vor. »Glauben Sie mir, es sind wahre Künstler unter denen. Wenn Sie wollen, mache ich Sie mit dem besten von allen bekannt.«
»Die Händler verkaufen die Bilder nicht nur, sie malen selbst?«
»Aber ja, es sind Kunststudenten, Mademoiselle. Wollen Sie? Sie brauchen in kein Atelier zu gehen, sondern werden gleich hier draußen am Ufer der Seine gemalt. Ein unvergleichliches Souvenir, Mademoiselle!«
Nebbien ermutigte sie. »Das ist eine prächtige Idee. Eine solche Gelegenheit sollte man sich nicht entgehen lassen.«
»Sehen Sie, Ihr Vater möchte das Souvenir für sich haben. Lassen Sie sich eben zweimal malen, einmal für sich selbst, einmal für den Herrn Papa.«

Inzwischen fand es Johanna eher unangenehm als amüsant, dass sie als Nebbiens Tochter unterwegs war, doch jetzt konnte sie kaum zur Wahrheit zurückkehren.
»Ich werde darüber nachdenken. Jetzt würde ich lieber noch ein wenig am Fluss entlangspazieren. Vielleicht finden wir ein hübsches Bild von Paris. Das würde mir Freude machen.«
Arnaud zuckte mit den Schultern und warf Nebbien einen mitleidigen Blick zu. »Frauen! Sie haben alle ihren eigenen Kopf.«
»Und das ist gut so«, gab sie spitz zurück.
»Das sagen Sie so leicht dahin. Vermutlich ahnen Sie dabei nicht einmal, wie sehr wir armen Männer darunter leiden, ganz gleich, ob Väter oder Kavaliere. Glauben Sie mir, ich kenne viele junge Damen. Es ist keine darunter, die mich nicht um den Verstand bringt.« Er lächelte vieldeutig.
Die Sonne brannte kräftig. Johanna trug einen Schirm, um sich etwas Schatten zu verschaffen.
»Bei Ihrem Vater habe ich ein Bild gesehen, das mich interessiert«, sagte sie und betrachtete aufmerksam sein Gesicht. »Es heißt ›L'Abaissé‹.«
Nebbien verdrehte die Augen.
Arnaud dagegen nahm die seinen nicht mehr von Johanna. »Sie haben Geschmack«, sagte er. »Ich nehme an, es hat einen Grund, dass Sie mich auf gerade dieses Motiv ansprechen?«
Sie glaubte in seinen grünlich blauen Augen zu versinken, so intensiv sah er sie an. »Allerdings«, antwortete sie ihm und versuchte ebenso geheimnisvoll wie ihrer Sache sicher zu wirken.
Nebbien ging zu einem der Kunststudenten und ließ die Zeichnungen, die hintereinander gestapelt standen, durch seine Finger gleiten. Er begutachtete sie ohne großes Interesse und be-

merkte nicht, dass Arnaud und Johanna stehen geblieben waren, anstatt ihm am Ufer entlang zu folgen.
»Dann sind Sie also auch Freunde dieses Bildes?«, fragte Arnaud Johanna, nachdem er sie lange und sehr ernst angesehen hatte.
»O gewiss«, antwortete sie, ohne auch nur im Entferntesten zu wissen, worauf er hinauswollte.
Plötzlich war es, als ginge in seinem Gesicht die Sonne auf. »Endlich!«, rief er und klatschte in die Hände. Nebbien drehte sich irritiert nach ihnen um. »Ich habe nur auf ein Zeichen von Ihnen gewartet. Kommen Sie, es wird Zeit, dass Sie die Freunde kennenlernen.« Er nahm Johanna am Ellbogen und lächelte Nebbien bester Laune zu.
Er brachte sie ins Café Musain, begrüßte den Wirt Cholet und ging mit ihnen geradewegs durch die Tür, die den beiden bei ihrem ersten Besuch ein großes Rätsel aufgegeben hatte. Sie landeten in einem Hinterzimmer mit zwei kleinen Fenstern und einer weiteren Tür, die hinaus auf die Rue des Grès führte, wie er ihnen erklärte.
»Die meisten von uns schätzen es nicht, wenn man sie hier ein und aus gehen sieht. Darum wird diese Tür hier oft benutzt. Merken Sie sie sich gut, falls Sie uns auch in Zukunft die Freude Ihres Besuchs machen wollen.«
An einem Tisch saßen zwei Männer, einer mit einem ausgemergelten Gesicht, tiefliegenden Augen und kurzem grauem Haar und einer mit bronzefarbener Haut, einem stechenden Blick und langen schwarzen Haaren. Den ersten stellte Arnaud ihnen als Philippe, den zweiten als Auguste vor.
»Das sind Freunde«, erklärte Arnaud den beiden Männern. »Freunde von Deval und Freunde von uns.«
Die beiden nickten, murmelten ein paar Worte der Begrüßung

und wandten sich dann wieder ihren Getränken und der Debatte zu, die sie offenbar gerade geführt hatten.
»Setzen Sie sich, ich hole uns etwas zu trinken«, schlug Arnaud vor und verschwand auch schon in den vorderen Teil des Cafés.
»Was haben Sie ihm bloß erzählt, dass er uns plötzlich hierherbringt?«, flüsterte Nebbien, der sich weit über den Tisch beugte, damit ihn nur niemand hören konnte. Glücklicherweise achteten Auguste und Philippe nicht auf ihn.
»Nichts. Ich meine, ich weiß es nicht. Wir sprachen über das Bild und plötzlich ...« Sie brach ab, denn schon kehrte Arnaud mit Cholet zurück.
Der stellte einen Krug Wein und drei Becher auf den Tisch, stützte sich mit den zu Fäusten geballten Händen auf und sah langsam von einem zum anderen. Dann grinste er, dass sein Schnauzbart unter die Nase rutschte. »Sie müssen schon entschuldigen, dass ich letztes Mal ein wenig grob war, aber ich bin so etwas wie der Hofhund, verstehen Sie? Es ist meine Aufgabe, die Freunde vor unliebsamen Besuchern zu schützen. Man kann nie wissen, wer in freundlicher Absicht kommt und wer nicht.« Er kniff seine Katzenaugen zusammen. In weinerlichem Ton sagte er: »Sie ahnen ja nicht, wie viele Feinde diese aufrechten Männer haben. Nicht jeder will Kindern eine gute Erziehung gönnen, o nein. Viele wünschten sich, es ginge zurück in die alte Zeit, in der die Kinder schwer arbeiten mussten, statt hübsch in die Schule zu gehen.« Sie machten vermutlich sehr verdutzte Gesichter, denn Cholet prustete los und schlug sich mit den Händen auf die Oberschenkel. Auch Arnaud und die beiden anderen, die den Auftritt des Wirts verfolgt hatten, fielen in sein Gelächter ein. »Nichts für ungut«, meinte Cholet, noch immer lachend, und ging zurück an seinen Tresen.

»Er ist ein Spaßvogel«, sagte Arnaud. »Aber mit einem hat er recht, er ist wirklich so etwas wie unser Wachhund. An ihm ist noch keiner vorbeigekommen, der uns schaden wollte.« Er hob sein Glas. »Auf die Freunde des ABC!«
»Auf die Freunde des ABC!«, erwiderten Philippe und Auguste.
Johanna und Nebbien erhoben ebenfalls ihre Becher und lächelten ihnen zu.
»Wahrscheinlich kommt Ihnen das alles sehr komisch vor. Unsere Heimlichtuerei, meine ich. Das liegt daran, dass wir gebrannte Kinder sind. Jetzt, ja, jetzt ist alles friedlich. Nach dem liberalen Wahlerfolg im letzten Jahr haben wir berechtigte Hoffnung, dass unser Traum von Gleichheit endlich wahr werden kann. Natürlich sind wir nicht blind und sehen, dass es noch ein weiter Weg für die Liberalen ist. Doch immerhin sind wir auf dem richtigen Weg. Und das mit der Regierung anstatt wie früher gegen sie. Martignac will dafür sorgen, dass Bürgermeister und Departmenträte weniger abhängig vom König sind und mehr Selbstbestimmungsrechte bekommen.«
»Martignac? Kommt er nicht aus Bordeaux?« Johanna erinnerte sich daran, dass Louis ihr von dem Mann erzählt hatte. Der Name war das einzig Vertraute, das sie seit langem gehört hatte, und so griff sie nach der Chance wie eine Ertrinkende nach einem Seil.
»Ich bin beeindruckt, Mademoiselle, Sie kennen sich aus.«
Nebbien starrte sie fragend an. Er hatte Schweißperlen auf der Stirn. Sie lächelte nur bescheiden, sagte aber nichts weiter.
»Mehr Selbstverwaltung, das ist ein guter Schritt«, setzte er seine Ausführungen fort. »Die Presse ist freier geworden, das Wahlrecht hat sich verbessert. Wir sind auf einem wirklich guten Weg«, wiederholte er. »Das ist der Grund, weshalb die

Freunde, nun, sozusagen Winterschlaf halten. Aber glauben Sie mir, wo immer sie jetzt auch sind, ob in Paris oder in ihrer Heimat, ein jeder beobachtet die Lage und Entwicklung sehr genau. Sobald es nötig ist, sind alle bereit, zurückzukehren und wieder aktiv zu werden. Im Vertrauen …« Er beugte sich vor und bedeutete den beiden, näher zu kommen. Sie taten es und steckten die Köpfe zusammen. »Wir geben keinen Sou auf den König. Wenn es ihm gefällt, macht er alle unsere Errungenschaften zunichte. Einfach so!« Er schnippte mit den Fingern. »Von einem Tag auf den anderen. Darum die Heimlichtuerei, verstehen Sie? Wir müssen immer darauf gefasst sein, dass wir plötzlich wieder auf der falschen Seite stehen und das Messer der Guillotine geschärft wird.« Er richtete sich auf, lehnte sich zurück und nahm einen kräftigen Schluck Wein.
»Hoffen wir das Beste«, sagte Nebbien vage, warf Johanna einen unsicheren Blick zu und verbarg sich hinter seinem Becher.

»Diese angeblichen Kämpfer für gute Kindererziehung sind potentielle Aufständische.« Johanna hatte sich auf ihr Bett fallen lassen und saß da, beide Beine weit von sich gestreckt. Nebbien ging auf und ab. »Es kann nicht anders sein. Louis war auch eine Zeitlang in Paris und hat sich mit solchen Leuten verbündet. Alles, was Arnaud gesagt hat, passt zu dem, was Louis mir damals schrieb.«
»Aber was soll dann der Unfug mit der Erziehung und dem ABC? Das ergibt doch keinen Sinn!«
»Es ist nur ein Vorwand. Nichts ist, wie es scheint. Erinnern Sie sich? Die Männer brauchen einen Vorwand für ihre Zusammenkünfte. Und zwar einen, den der König und seine Armee akzeptieren würden, wenn sie davon erführen.«

»Nicht so laut!« Er blieb wie angewurzelt stehen und sah sie erschrocken an. »Noch mal.« Er setzte sich wieder in Bewegung. »Was genau haben Sie zu ihm gesagt, bevor er uns mit einem Mal in das Café Musain geführt hat?«
Sie seufzte. Wie oft waren sie das Ganze schon durchgegangen? »Ich habe ihn nach diesem Bild mit dem knienden Mann gefragt. Keine Ahnung, warum. Es war einfach eine Eingebung.«
»Langsam, langsam. Was genau haben Sie zu ihm gesagt? Jedes Wort kann wichtig sein.«
Sie konzentrierte sich. »Ich sagte ihm, ich interessiere mich für ein Bild, das ich in der Kunsthandlung seines Vaters gesehen habe. Der Titel sei ›l'Abaissé‹. Und dann sah er mich so merkwürdig an und fragte, ob wir Freunde des Bildes seien?«
Nebbien strich mit dem Zeigefinger die Kerbe über seiner Nasenwurzel hoch und wieder runter. Plötzlich hielt er inne. Er drehte auf dem Absatz um, starrte sie an und schlug sich mit der flachen Hand auf die Stirn. »Natürlich, das ist es!«
»Was, was denn nur?«
»Sagen Sie das noch einmal, den Titel des Bildes, meine ich.«
»L'Abaissé!«
»So ist es. Der Erniedrigte! Und nun nennen Sie den Namen der Vereinigung auf Französisch!«
Sie hatte keine Ahnung, worauf er hinauswollte. »Les amis de l'ABC.«
»Verstehen Sie denn nicht? L'Abaissé und l'ABC! Es ist ein Wortspiel. Der Klang ist gleich, nur Schreibweise und Bedeutung sind es nicht.«
»Der Erniedrigte«, flüsterte sie. »Es geht ihnen nicht um Kinder, die erzogen werden sollen, es geht um das erniedrigte Volk, das gestützt und aufgebaut werden soll.« Ja, so fügte sich ein

Mosaiksteinchen zum anderen, und vor Johannas Augen entstand ein vollständiges Bild. »Bleibt nur noch die Frage, was Deval mit diesen Leuten zu tun hatte. Können Sie sich vorstellen, dass ein General Seite an Seite mit Arbeitern und Studenten kämpft?«
»Sagten Sie vorhin nicht, dieser Martignac sei auch ein ehemaliger Militärmann?«
Sie nickte.
»Für mich bleibt eher die Frage, wer unser vermeintlicher Schutzengel ist und warum und vor allem vor wem er uns warnen wollte.«
»Das werden wir auch noch herausfinden«, sagte sie zuversichtlich.

Je häufiger sie Arnaud sahen, desto mehr gewann Johanna die Überzeugung, dass ihm Politik und Veränderungen in seinem Land nicht sehr am Herzen lagen. Nein, so stimmte das nicht ganz. Sie lagen ihm durchaus am Herzen, nur wäre es ihm äußerst recht gewesen, wenn andere sich darum kümmerten. Er stellte lieber hübschen Mädchen nach, die ihm zu ihrer großen Überraschung reihenweise zu Füßen lagen. Wo immer er auftauchte, warf ihm eine heimlich eine Kusshand zu, zwinkerte eine andere und steckte ihm im nächsten Moment eine Botschaft in die Tasche seiner Jacke. Teil einer Untergrundvereinigung zu sein spielte offenbar eine nicht unerhebliche Rolle, wenn es um seine Wirkung auf das zarte Geschlecht ging. Es machte aus ihm den unerschrockenen Draufgänger, der er in der Tiefe seiner Seele ganz sicher nicht war. Johanna hoffte, er müsse nie für seine vermeintliche Überzeugung einstehen. Sie war sehr froh, dass er sich, nachdem einmal die Bedeutung der Freunde des ABC und Nebbiens und ihr Wissen darüber geklärt waren, lieber mit anderen Themen befasste, ihnen seine Stadt und vor allem zauberhafte Restaurants und Cafés zeigte. Sosehr sie die sorglosen Tage genoss, sosehr sie Arnaud mochte, wurde sie doch immer unruhiger. Nebbien bemühte sich zwar, etwas über den Verbleib von Deval herauszufinden, da er, wie er sagte, nicht daran glaube, dass der Franzose ausgerechnet in Lübeck sein sollte, doch bisher hatte er kein Ergebnis. Johanna fühlte sich wie ein Raubtier in einem Käfig. Als sie eines Abends zu dritt im Restaurant des Hôtel des Princes beim Essen saßen, fasste sie sich ein Herz und sprach ihn auf Deval an.

»Sagen Sie, Arnaud, Ihr Vater glaubt nicht, dass Deval in Antibes bei seiner Frau ist. Was meinen Sie?«

Er verzog das Gesicht, wodurch es noch schiefer als gewöhnlich aussah. »Wie in so vielen Punkten stimme ich nicht mit meinem Vater überein.« Er blitzte sie aus seinen grün schimmernden Augen an.

»Sie denken also, er ist bei seiner Frau?«, hakte Nebbien nach.

»Nein, Monsieur, das würde ich beileibe nicht behaupten.«

»Haben Sie eine Idee, wo er sich sonst aufhalten könnte?«, bohrte er weiter.

»Was wollen Sie eigentlich von ihm? Mein Vater sagte mir, Sie seien mehr oder weniger zufällig in der Stadt und wollten ihn einfach nur wiedersehen. Aber Sie sind doch bestimmt nicht gekommen, um mich kennenzulernen und mit mir essen zu gehen. Waren Sie eher an den Freunden des ABC oder an Deval interessiert?«

»An beidem«, antwortete Nebbien.

»Sie wussten über die Freunde und ihr doppelsinniges Symbol Bescheid. Aus diesem Grund habe ich Sie in unsere Höhle mitgenommen. Was aber Deval angeht, werde ich mich hüten, etwas zu verraten. Nicht einmal meinem Vater hat er gesagt, wohin er geht. Mir sagte er zum Abschied, er wolle allein sein und nicht gefunden werden. Ich kenne ihn gut. Ich weiß, was das bedeutet.«

»Sie wissen, wo er ist?«, fragte Johanna nervös.

Arnaud schnitt ein Stück von dem Fleisch ab, das auf seinem Teller lag, und schob es sich genüsslich in den Mund. Er besaß den Trumpf, und den spielte er nur zu gerne aus. Nachdem er ausgiebig gekaut hatte, spülte er den Bissen mit einem guten Schluck Wein hinunter und sagte: »Sind Sie nicht zunächst an der Reihe, mir meine Frage zu beantworten? Was wollen Sie von ihm?«

Johanna überlegte und entschied sich für die Wahrheit. »Pierre Deval ist mein Vater.« Sie spürte Nebbiens Blick auf sich ruhen.

»Mademoiselle? Ich habe wohl nicht recht verstanden. Ich dachte, der Monsieur hier ...« Er zog die Stirn kraus und sah von einem zum anderen.

»Wir haben uns als Vater und Tochter ausgegeben, um nicht so angesehen zu werden wie jetzt von Ihnen«, erklärte sie und schenkte ihm ein charmantes Lächeln. Dann fügte sie noch hinzu: »Herr Nebbien ist ein guter Freund meiner Mutter, war ein Freund meiner Mutter. Sie lebt schon lange nicht mehr.«

»Das tut mir sehr leid.«

»Sie starb gleich nach meiner Geburt, ich kann mich nicht einmal an sie erinnern.« Sein Mitgefühl kam ihr gerade recht. »Sie können sich gewiss vorstellen, wie schrecklich das für mich ist. Aber damit war es noch nicht genug. Lange habe ich nicht einmal gewusst, wer mein Vater ist. Ich war ein Waisenkind!« Sie senkte den Kopf und machte eine Pause, die ihre Wirkung nicht verfehlte.

»Das Leben ist grausam!« Er legte seine Hand über ihre. »Eine so hübsche Frau wie Sie sollte niemals traurig sein.«
Sie blickte auf, direkt in seine Augen. »Danke, Monsieur Arnaud«, hauchte sie. »Durch einen glücklichen Zufall habe ich nun vor einiger Zeit erfahren, dass Monsieur Deval mein Vater ist. Verstehen Sie, dass ich ihn unbedingt sprechen muss?«
Er nickte und ließ seine Hand liegen, wo sie war. So also wickelt er die jungen Damen um den Finger, dachte sie.
»Leider kann ich es Ihnen nicht mit Sicherheit sagen.«
»Aber Sie ...« Johanna war zutiefst enttäuscht.
»Doch müsste ich mich schon sehr irren, wenn er nicht in Antibes bei seiner Mutter wäre.«
»In Antibes, ausgerechnet? Haben Sie uns nicht erzählt, er will nicht gefunden werden? Wollen Sie uns wahrhaft weismachen, ein Mann, der nicht entdeckt werden möchte, geht in seinen Heimatort?«
»Allerdings, Monsieur, das ist jedenfalls meine Meinung. Betrachten Sie es doch einmal so: Jeder denkt logisch wie Sie, Monsieur Nebbien. Jeder sagt sich, ein Versteck muss ein unbekannter Ort sein, einer, der mit demjenigen, der sich verbergen will, in keinerlei Zusammenhang steht. Am unwahrscheinlichsten ist also die Stadt oder das Dorf, aus dem er kommt.«
»Seine Mutter lebt also noch?«, wollte Johanna wissen. Meine Großmutter, dachte sie.
»Soweit ich weiß, erfreut sie sich bester Gesundheit. Ich habe ihr manchmal geschrieben. Wir haben uns alle bei einem großen Fest kennengelernt, das mein Vater für Deval gegeben hat, weil er ihm das Leben rettete. Deval schickte seiner Mutter einen Wagen mit vier weißen Pferden, Pelzen auf der Sitzbank und allem sonst erdenklichen Komfort, der sie zum Fest von

Antibes nach Paris brachte. Sie ist eine große Frau. Nicht von der Statur, nein.« Er lachte. »Sie ist winzig von Statur, doch mit einem großen Herzen und einer großen Weisheit ausgestattet. Sie hätten sie sehen müssen, wenn sie am Arm ihres Sohnes einen Boulevard entlangging. Er hatte beinahe Mühe, mit ihr Schritt zu halten. Er war ein General, aber sie marschierte strammen Fußes wie Bonaparte höchstselbst.« Wieder lachte er. Auf seinem Gesicht lag ein warmer Ausdruck. »Ich sagte zu ihr, ich hätte keine Frau je so geliebt, wie ich sie liebe, und sie sagte: Schön, dann sind Sie ab jetzt mein zweiter Sohn.«
»Deval hat keine Brüder?«
»Nein, Mademoiselle, er ist das einzige Kind seiner Mutter. Aber er gibt ihr die Liebe einer ganzen Heerschar, das versichere ich Ihnen.« Ihm fiel etwas ein. »Denken Sie sich, von jedem Feldzug hat er ihr ein Geschenk gebracht. Das prachtvollste brachte er ihr aus Lübeck. Es war ein Kreuz aus Bernstein. Ich habe so etwas noch nie in meinem Leben gesehen. Es sah aus, als wüchsen zwei Rosen aus dem Holz des Kreuzes und rankten sich daran bis ganz hinauf. Verstehen Sie, es sah wirklich aus, als wäre das kleine Schmuckstück aus Holz, so deutlich war die Maserung herausgearbeitet, dabei war es aus diesem Bernstein, den es bei Ihnen am Meer geben soll.«
Die beiden sahen einander an, sagten aber nichts.
»Was wollte ich …? Ja, richtig. Madame Deval und ich haben uns gegenseitig ins Herz geschlossen. Keine Frau kann mir widerstehen. Sagte ich das schon?« Er lachte sein fröhliches schiefes Lachen. »Leider habe ich sie nicht mehr gesehen, aber ein paar Briefe hat sie mir geschickt. Ich bin sicher, Deval würde mich wissen lassen, wenn sie nicht mehr am Leben wäre.«

»Ich fahre nach Antibes«, verkündete Johanna bestimmt. »Ich verstehe, wenn Sie zurück nach Lübeck reisen wollen. Sie haben mich so lange begleitet, mich so wunderbar unterstützt. Ich weiß kaum, wie ich Ihnen danken soll. Den Rest schaffe ich schon irgendwie alleine.« Ihr wurde flau bei dem Gedanken. Schnell redete sie weiter: »Es wäre durchaus denkbar, dass Louis sich auch auf den Weg macht und mit mir gemeinsam in Antibes eintrifft. Wir sehen, ob mein Vater dort ist, und fahren dann endlich nach Bordeaux.« Sie gab sich alle Mühe, einen zuversichtlichen Eindruck zu machen.

»Kommt nicht in Frage.« Nebbien ging auf und ab, wie er es meistens tat, wenn er denken wollte. »Femke hätte einen schönen Eindruck von mir, wenn ich ihre Tochter mitten in einem fremden Land mutterseelenallein zurückließe.« Er sah sie zerknirscht an. »Vernünftig ist Ihre Entscheidung nicht, aber es ist Ihre Entscheidung, und ich habe Ihnen gesagt, Sie sollen tun, was Sie für sich für das Richtige halten. Wie sähe es aus, wenn ich Ihnen jetzt etwas anderes einzureden versuchen würde?«

»Wirklich, das ist nicht nötig. Obwohl ich mich sehr viel besser fühlen würde, wenn Sie an meiner Seite blieben«, gestand sie kleinlaut.

»Ich bestehe darauf.«

»Danke.«

»Gleich morgen kümmere ich mich um einen Wagen. Hätte ich den anderen nur nicht fortgeschickt. Aber es war eine so gute Gelegenheit, immerhin brauchte dieser Flaubert einen Wagen nach Norden«, murmelte er geschäftig vor sich hin.

Sie schwiegen eine Weile, dann sagte Johanna: »Ich muss mich bei Ihnen entschuldigen.«

»Wofür? Weil Sie mich von meiner Arbeit abhalten und mir das größte Abenteuer meines Lebens bescheren?«

»Nein.« Sie schüttelte langsam den Kopf. »Weil ich an Ihnen gezweifelt habe. Ich dachte, Sie wüssten womöglich längst, dass Deval in Lübeck ist, und dass Sie es mir absichtlich verheimlicht haben.«
»So ein Unsinn!«
»Ich weiß. Jetzt weiß ich es.«

Sie brachen an einem heißen Tag am Ende des Monats August auf. Die Reise wurde zu einer Strapaze, die ihrer beider Vorstellungen bei weitem übertraf. Die Hitze war an manchem Tag so drückend, dass Johanna glaubte, sie müsse ersticken. Zwar hatten sie beide Fenster geöffnet, nur ging kein Lüftchen, das Abkühlung hätte bringen können. Zu allem Überfluss hatte man ihnen zwei alte Pferde gegeben, die lahmten, sobald der Kutscher sie einmal zu einem Galopp antrieb. Selbst junge, kräftige Tiere hätten bei diesen Temperaturen nicht rennen können, sondern wären nur langsam vorangekommen.
»Wenn wir nur bald am Meer sind«, stöhnte sie.
Doch vom Meer mit seiner erfrischenden Brise waren sie weit entfernt. Stattdessen quälten sie sich durch verbranntes Land und verdorrte Felder. Viel häufiger, als sie geplant hatten, mussten sie rasten und über Nacht Quartier beziehen. Nur kamen sie nicht etwa durch Städte wie Paris oder Lübeck, sondern blieben meist in kleinen Dörfern, die höchstens einen einfachen Gasthof zu bieten hatten. Um wenigstens einmal ein anständiges Bett und gutes Essen zu bekommen, ließen sie den Wagen nach Orléans lenken, dessen mächtige Kathedrale sie schon von weitem sehen konnten. Statt einer komfortablen Herberge erwartete sie an der Loire die Schwindsucht. Eines der besseren Hotels war geschlossen, weil es den Wirt und seine Frau erwischt hatte. In einer anderen Unterkunft begrüßte

sie ein Mann, der erbarmungswürdig aussah. Ihm fehle einfach nur der Appetit, meinte er, und er sei ein wenig erschöpft. Die viele Arbeit wahrscheinlich, die meisten Bediensteten seien nämlich ausgefallen, so dass er fast alleine dastehe. Er hustete vernehmlich. Die beiden wandten sich ab. Sie entschieden sich für ein einfaches Gasthaus etwas außerhalb des Stadtkerns. Dort schienen alle wohlauf und kräftig.

»Vielleicht kann ich helfen«, sagte Johanna zu Nebbien und ließ sich, nachdem sie sich gewaschen und gestärkt hatte, in das Herz von Orléans bringen, da hin, wo die meisten Kranken waren. Wie sie es von Marcus und Lambert gelernt hatte, achtete sie geradezu pingelig darauf, sich immer wieder die Hände zu reinigen. Sie ließ sich mehrfach frisches Wasser bringen, fasste die Kranken nicht an, sondern nahm saubere Tücher dafür, und trat mehrere Schritte zurück, wenn ein Hustenanfall sich ankündigte. Sie verabreichte den Patienten Thymianwein gegen den Husten und gab ihnen eine Tinktur, die sie von Marcus kannte. Sie war aus einem Kittharz gefertigt, mit dem die Bienen ihre Stöcke bauten und stabil machten. Er hatte ihr beigebracht, dass das Harz für die Insekten nicht nur Baumaterial, sondern gleichzeitig ein Schutz vor Krankheiten war. Sie erinnerte sich, dass er ihr davon berichtet hatte, schon die alten Ägypter hätten die klebrig-zähe Masse zur Einbalsamierung der Toten verwendet. Von der äußerst starken Wirkung hatte er geschwärmt. Bisher hatte sie es nicht einsetzen müssen, aber die Schwindsucht war eine schwere Erkrankung, die sich rasch ausbreitete, da half nur ein starkes Mittel.

Sie blieben mehrere Tage in der Stadt an der Loire.
»Von einer einzigen Arzneiengabe wird keiner gesund«, erklärte Johanna, und Nebbien wartete geduldig, bis sie es für ange-

bracht hielt, die Menschen sich selbst und ihren Ärzten zu überlassen. Er half ihr, wo er nur konnte, und vertiefte sich in der übrigen Zeit in einen Text von Adolphe Thiers mit dem Titel *Geschichte der französischen Staatsumwälzung*, den Arnaud gewissermaßen als Pflichtlektüre der Freunde des ABC angepriesen hatte.

Als sie endlich ihre Reise fortsetzten, hielten sie sich östlich. Die Dörfer, durch die sie kamen, hießen Avord und Bourbon-l'Archambault, wo es alte Festungstürme und eine Thermalquelle gab, Annonay und Lurs, von denen eines am Fuße eines Hügels, das andere hoch oben über dem Tal lag. Jede Station ihrer Reise hatte ihre Eigenart, jeder Ort war einzig und unverwechselbar. Doch überall präsentierte sich ihnen das gleiche Bild – eine verarmte Landbevölkerung, der die Missernten durch Trockenheit und Hitze den Rest gaben. Wo immer sie einkehrten, hatten die Menschen kaum mehr als das, was sie auf dem Leibe trugen. Und das war fürwahr nicht viel und obendrein meist zerlumpt oder von den Motten zerfressen.

»Mein Gott, was sollen diese Menschen im Winter tun?«, fragte Johanna. Sie litt unter den Anstrengungen der Reise und schätzte sich gleichzeitig von Tag zu Tag glücklicher, in eine Kutsche mit gepolsterten Sitzbänken steigen zu dürfen. In beinahe jeder Schenke, in der sie Quartier nahmen, war jemand, der einen Arzt benötigte. Davon gab es auf dem Lande ohnehin nicht genug, und wenn einer da war, konnten die Leute ihn nicht bezahlen. Also packte Johanna mit schöner Regelmäßigkeit ihre kleine Tasche mit den nützlichsten Arzneien aus und bestand darauf, wann immer eine Apotheke auf ihrem Weg lag, ihre Bestände wieder aufzufüllen. Die Skepsis, die ihr in Lübeck zumindest von einigen entgegengebracht wurde, kannte man hier nicht. Niemand fragte nach der Herkunft ihrer

Kenntnisse, niemand zweifelte an ihrem Können. Es gab nur Not und Elend und grenzenlose Dankbarkeit. Als Lohn für ihre Dienste und ihre Arzneien teilte man das wenige, was man hatte. Johanna und Nebbien durften in die Schlafstuben der Wirtsleute ziehen, während die sich zum Vieh in den Stall legten. Sie bekamen Eier und Käse, Tomaten und manchmal sogar Fleisch.
Als sie im Wagen saßen, nachdem sie wieder einmal mehrere Nächte an einem Ort geblieben waren, damit Johanna einen jeden behandeln konnte, der ihre Hilfe benötigte, sagte sie: »Es ist gar nicht heiß heute. Welch ein Glück.«
Nebbien entgegnete: »Haben Sie denn nicht bemerkt, dass längst Herbst ist? Wenn wir weiter so lange bleiben, wird uns noch der Winter erwischen.«

Der Winter verschonte sie, denn sie hatten die hügeligen Regionen, in denen eher mit Kälte und Schnee zu rechnen war, hinter sich gelassen und gelangten in das flache Küstenland des Südens. So waren die Temperaturen noch recht mild, als sie nach beinahe sechs Wochen völlig erschöpft Antibes erreichten. Nebbien reservierte ihnen auf der Stelle zwei Zimmer im besten Haus am Platz.
»Das hat mir so gefehlt«, stöhnte er erleichtert, als er seine Kammer mit einem breiten Bett, bequemen Kissen statt strohgefüllter Säcke und einer Schüssel für die tägliche Toilette betrat.
»Das hat mir so gefehlt«, sagte auch Johanna mit einem tiefen Seufzer, als sie am nächsten Tag oberhalb der felsigen Steilküste stand und auf das Meer hinaussah. Zwar war die Luft schon recht kühl, doch die Sonne zauberte ein Glitzern auf die dunkelgrauen Wellen, die heranhüpften und schließlich zu wei-

ßem Schaum wurden, wenn sie auf die von Algen und kleinen Muscheln überzogenen Felsen brandeten. »Paris ist so weit weg vom Meer. Dort könnte ich nicht leben«, sagte sie.
»Dafür hat Paris aber durchaus andere Vorzüge«, gab Nebbien zu bedenken. »Und Lübeck liegt auch nicht direkt am Meer.«
»Aber wir haben Travemünde. Wenn die Sehnsucht zu groß wird, ist man im Handumdrehen dort.«
Sie spazierten auf die Festungsmauern zu, die seit jeher Angreifern vom Meer trotzten. Gegen den blauen Himmel hob sich majestätisch das Château Grimaldi ab. Nach einem Tag der Ruhe, mit reichhaltigem Essen und heißem Bad, waren sie wieder frisch und voller Tatendrang. Die Adresse von Madame Deval zu erhalten war unkompliziert gewesen. Die alte Dame war so etwas wie eine Institution im Ort. Ein jeder kannte sie. Schon von weitem sahen sie sie vor dem kleinen Haus aus Naturstein hocken. Sie saß, in eine Decke gewickelt, auf einem zierlichen Bänkchen und hatte die Augen geschlossen, als schliefe sie. Johanna erkannte das Bernsteinkreuz an ihrem Hals, als sie näher traten.
»Sie ist es«, flüsterte sie.
»Natürlich bin ich es. Wer sonst sollte vor meinem Haus sitzen?« Ihre Stimme klang wie aus Pergament. Sie schlug die Augen auf. »Und, mit wem habe ich es zu tun?«
»Guten Tag, Madame Deval. Bitte entschuldigen Sie, dass wir Sie belästigen«, sagte Nebbien. Mit einer eleganten Verbeugung stellte er sich vor: »Nebbien, Johanna und Johannes Nebbien.«
»Haben Sie da, wo Sie herkommen, keine Auswahl an Namen? Johanna und Johannes, das ist wirklich nicht besonders einfallsreich.«
»Vater und Tochter«, erklärte er.

Madame Deval blickte von einem zum anderen. Ihre Augen verrieten auf Anhieb den wachen Geist. »Sie sehen sich kein bisschen ähnlich.« Jetzt erhob sie sich. Es dauerte lange und ließ erkennen, wie schwer ihr die Bewegung fiel. Die Zeiten, in denen sie hurtigen Schrittes die Boulevards entlanggelaufen war, waren vorbei. Sie trat auf Johanna zu und sah ihr konzentriert ins Gesicht. »Sie sind sicher, dass das Ihr Vater ist?«
Johanna nickte erschrocken. Es war mit Arnaud ausgemacht, dass sie die Verwandtschaft mit Pierre Deval nicht preisgab, weil das für die alte Dame zu viel Aufregung bedeuten würde. Nie hätte sie damit gerechnet, dass der Schwindel schon in der ersten Sekunde auffliegen könnte. War es möglich, dass Madame Deval die Züge ihres Sohnes in Johannas Antlitz erkannt hatte?
»Da haben Sie aber wirklich Glück, dass Sie anscheinend nach Ihrer Mutter geraten sind.«
Johanna fiel ein Stein vom Herzen. Sie fing einen pikierten Blick von Nebbien auf und lächelte. »Wir kommen geradewegs aus Paris und sollen Ihnen die besten Grüße von Monsieur Roche und seinem Sohn Arnaud überbringen.«
Die faltige Mundpartie, die bis zu diesem Moment ein wenig grimmig und abweisend gewirkt hatte, verzog sich zu einem breiten Lächeln. Ihre schwarzen Augen glänzten. »Das ist eine Freude! Wie geht es den beiden?«
»Sehr gut! Arnaud bedauert so sehr, dass er Ihnen seit der Feier damals nicht mehr begegnet ist.«
»Ach, der gute Junge! Ja, es ist lange her. Kommen Sie, gehen wir ins Haus. Sie müssen einen Teller Kürbissuppe mit mir essen. Niemand in Antibes kocht die Kürbissuppe so gut wie ich.« Sie warf Nebbien einen strengen Blick zu. »Junger Mann, wollen Sie mir wohl Ihren Arm reichen?«

Mit einem Satz war er bei ihr. »Selbstverständlich, gnädige Frau.«
»Das sind mir Kavaliere heutzutage«, wisperte sie mit ihrer eigenartig knisternden Stimme. »Sehen Sie denn nicht von alleine, wie schlecht ich zu Fuß bin?«
»Was ist passiert?«, wollte Johanna wissen. »Arnaud sagte uns, Ihr Sohn habe kaum mit Ihnen Schritt halten können, so flott waren Sie auf den Beinen.«
Sie kicherte. Es gefiel ihr, dass man so über sie sprach. »Das war ein dummer Unfall im letzten Frühjahr. Ich war unten am Strand zum Muschelnsammeln. Zwischen den Felsen findet man die besten, und ich wollte doch eine Bouillabaisse kochen. Ich muss ausgerutscht sein, bin eben keine zwanzig mehr. Da lag ich dann wie eine Krabbe auf dem Rücken und habe mit Armen und Beinen gezappelt. Na ja, mit einem Bein, das andere war hin.«
Johanna konnte unmöglich glauben, dass diese alte Frau vor gut einem Jahr noch zwischen den Felsen herumgeklettert war.
Die Suppe war so köstlich, wie die Deval es versprochen hatte. Johanna und Nebbien mussten ihr in allen Einzelheiten von ihrem Besuch in Paris berichten. Sie liebte die Hauptstadt.
»Ach, wenn mein Sohn mich doch nur noch einmal auf die Champs-Élysées und in die Tuilerien mitnehmen könnte.« Sie geriet ins Schwärmen.
»Lebt Ihr Sohn denn in Paris?«
Sie musterte ihn missbilligend. »Hätte Monsieur Roche Ihnen das nicht mitgeteilt und Ihnen umgehend aufgetragen, meinen Sohn aufzusuchen, um mir ein Geschenk von ihm bringen zu können?«
»Ja, das hätte er ganz sicher getan.«

»Eben!«
So beiläufig, wie es ihr nur gelingen wollte, sagte Johanna: »Monsieur Roche bedauert auch sehr, Ihren Sohn seit langem nicht gesehen zu haben. Wissen Sie, ob er Pläne hat, die ihn mal wieder nach Paris führen?«
»Nein.« Damit war das Thema für sie beendet. »Mögen Sie noch etwas Suppe?«
Die Gesellschaft von Madame war für Johannas Empfinden in höchstem Maße angenehm gewesen, nur hatte sie leider kein Wort über den Aufenthaltsort ihres Vaters erfahren. Doch sie war zuversichtlich, dass ihr das schon noch gelingen würde. Mit größter Freude hatte sie ihr weitere Besuche versprochen, solange sie in Antibes waren.

Gleich nach ihrer Ankunft hatte Johanna Louis mitgeteilt, wo sie sich aufhielt, und ihn gebeten, sie hier abzuholen, wenn es ihm möglich war. Es dauerte nicht lange, bis sie Antwort von ihm erhielt.

> »Meine liebe Jeanne,
> es ist für mich furchtbar, Dich in meinem Land zu wissen und Dich dennoch nicht sehen zu können. Wie gerne würde ich Deiner Bitte folgen und sofort aufbrechen. Aber ich kann nicht, Chérie. Unsere Weinstöcke sind von einer schlimmen Krankheit befallen. Mein Vater ist kein junger Mann mehr, er kann sich nicht um alles kümmern. Also kann ich ihn in dieser Situation unmöglich allein lassen.
> Du weißt, wie sehr ich Dich liebe und wie schwer mir diese Entscheidung fällt. Aber ich muss Dich um Geduld bitten. Bleibe in Antibes. Ich schicke Dir eine

Nachricht, sobald ich kommen kann. Noch lieber würde ich Dich bitten, hierherzukommen, nur wage ich nicht, Dir das zuzumuten.
Du fehlst mir!
Louis«

»Gute Nachrichten?« Sie hatte Nebbien gar nicht kommen hören.
»Nein, das kann man leider nicht sagen. Es gibt Probleme mit dem Wein. Die Stöcke sind von einer schlimmen Krankheit befallen.«
»Das tut mir sehr leid.«
»Ja. Es wird wohl eine Weile dauern, bis Louis herkommen kann.«
»Wie es aussieht, wird es auch noch eine Weile dauern, bis Sie Madame Deval einen Wurm aus der Nase ziehen können, was? Ich brauche es gar nicht erst zu versuchen. Sie mochte mich von Anfang an nicht.« Er schmollte ein wenig.
»Sagen Sie das nicht. Es ist einfach ihre rauhe Schale, aber sie hat gewiss ein weiches Herz.«
»Wenn sie mit Ihnen spricht, ist auch ihre Schale weich. Ich merke den Unterschied sehr wohl.«
Johanna schmunzelte.
»Ich hätte es Ihnen bestimmt gegönnt, hier endlich mehr über Ihren Vater zu erfahren. Es tut mir sehr leid, dass auch dieser Weg offenbar im Sande verläuft. Womöglich ist es an der Zeit, sich von Ihrem Vorhaben zu verabschieden. Wenn Sie wollen, bringe ich Sie nach Bordeaux, Johanna.«
»Ich weiß. Und ich weiß das sehr zu schätzen, glauben Sie mir. Aber so rasch werde ich nicht aufgeben. Es wird die Gelegenheit kommen, Madame Deval direkt zu befragen. Selbst wenn

mir nicht gefallen wird, was ich von ihr höre, muss es irgendwann einmal gut sein. Ich kann Ihre Hilfsbereitschaft und Ihre Großzügigkeit nicht über Gebühr strapazieren. Wenn ich hier wieder keine Hinweise erhalte, muss ich alleine zurechtkommen. Sie müssen schließlich irgendwann einmal zurück in Ihr Kontor.«

»Wer sagt, dass ich das muss?«

Mit dieser Frage hatte sie nicht gerechnet, und so blieb sie ihm die Antwort schuldig.

»Ich denke darüber nach, mich in Paris niederzulassen.«

»Was sagen Sie da?«

Er setzte sich zu ihr auf den hohen Korbstuhl, der neben ihrem noch frei war, an den kleinen viereckigen Tisch. Es gab kaum noch Gäste zu dieser Jahreszeit, also waren sie allein in dem gläsernen Erker, der auf die Steilküste hinaussah. Es war ein stürmischer Tag, dicke Tropfen rollten an den Fenstern hinab.

»Arnaud hat mir das Werk von diesem Thiers empfohlen. Während unserer Reise hierher hatte ich genug Zeit, es zu lesen. Es ist interessant, es ist wahrhaftig mehr als das. Ich möchte diesen Mann kennenlernen. Er muss ein brillanter Beobachter sein, und er versteht es, sich auszudrücken.«

»Das ist doch noch kein Grund, Lübeck gleich den Rücken zu kehren.«

»Das sagt ... wer?«

»Ich!« Sie las in seiner Miene, dass sie in die Falle gegangen war. »Bei mir ist das völlig anders«, verteidigte sie sich.

»Natürlich.« Er verzog spöttisch das Gesicht. »Es ist noch gar nicht gesagt, dass ich für immer in Paris bleibe, aber eine Zeitlang würde es mir gewiss gut bekommen.«

»Was wollen Sie dort anfangen?«

»Vielleicht versuche ich mich als Journalist, wenn dieser Thiers mich lässt. Er ist Publizist bei einem der liberalen Blätter. Oder ich mache das, was ich gelernt habe. Als Advokat findet man überall schnell eine Aufgabe. Die französische Sprache beherrsche ich. Immerhin das habe ich der Ausbildung, die mein Vater mir aufgezwungen hat, und der Franzosenzeit zu verdanken.«
Sie kannte ihn nicht wieder. »Ich werde Sie vermissen«, sagte sie leise. Der Regen trommelte an die Fenster.
»Das werden Sie nicht. Sie haben Ihren Louis und werden eine Familie gründen. Da bleibt gar keine Zeit, an die Vergangenheit zu denken. Und das ist ganz richtig so.«

Als sich einige Tage später die Sonne wieder blicken ließ und die Temperatur geringfügig stieg, ging Johanna alleine zu Madame Deval. Sie machte einen Spaziergang mit der alten Dame, ganz langsam, ihren Ellbogen untergehakt. Sie kamen zu einer malerischen Bucht. Der Sand sah fein und golden aus, die Wellen rollten ganz gleichmäßig auf den kleinen halbkreisförmigen Strand. Johanna konnte sich gut vorstellen, wie herrlich es hier im Sommer sein musste.
»Es ist ein schönes Fleckchen Erde«, sagte sie. »Wie viel Glück Sie haben, hier zu leben.«
»Das weiß ich, mein Kind, das weiß ich.« Madame Deval schaute auf das Meer hinaus. »Weiter als Paris bin ich in meinem Leben nicht gekommen. Was soll ich sagen? Mir ist's gerade recht so. Paris war groß und eindrucksvoll. Der König ist in Paris! Also?« Johanna erkannte die Ironie in den Worten dieser klugen Frau. »Leben könnte ich dort niemals«, sagte sie. »Das Meer würde mir fehlen. Paris ist zu weit weg vom Meer.«

»Genau das habe ich auch zu ... zu meinem Vater gesagt. Ich könnte nicht sein ohne das Meer.«
»Wo leben Sie, mein Kind?«
»In Lübeck. Das ist zwar auch nicht direkt am Meer, aber ...«
»Ich weiß, wo Lübeck ist«, unterbrach sie sie barsch. »Halten Sie mich für dumm?«
»Nein, Madame, ganz im Gegenteil.«
Sie grinste zufrieden, und ihre welken Lippen wurden zu dünnen langen Strichen. »Mein Sohn war in Lübeck. Er hat viel von der Welt gesehen. Was hat es ihm am Ende genutzt? Glauben Sie, er kann Ihnen sagen, welche Kathedrale in welcher Stadt steht oder wo die schönsten Mädchen zu Hause sind?« Sie schüttelte den Kopf. »Nein, er weiß nur die Zahlen der Toten zu nennen oder die Namen seiner Kameraden, die in Lübeck oder Moskau gefallen sind. Wäre er hiergeblieben und hätte ein Stück Land bewirtschaftet, es wäre ihm besser ergangen. Meinen Sie nicht?«
»Da stimme ich Ihnen voll und ganz zu, Madame. Was ist aus ihm geworden?«, fragte sie vorsichtig. »Die Feldzüge sind vorbei, nehme ich an.«
Madame Deval erweckte den Anschein, als hätte sie Johanna nicht gehört. »Gehen wir zurück, meine Beine haben genug.«
Johanna beließ es dabei. Sie vermochte sich das Verhalten der Frau, die ihre Großmutter war, nicht zu erklären. Ob sie es wagen konnte, ihr die Wahrheit zu offenbaren? Dann würde Madame Deval ebenfalls nicht länger schweigen, dessen war sie sicher. Was aber, wenn die alte Frau den Schock nicht verkraftete? Womöglich war es besser, wenn sie ihr Unterfangen endlich aufgab, wie Nebbien ihr geraten hatte, und ihre Vergangenheit ruhen ließ. Nebbien hatte recht, sie würde mit

Louis ein neues Leben beginnen und hatte dann ohnehin keine Zeit mehr, Gewesenem nachzuhängen.

»Ich habe Ihnen etwas mitgebracht«, sagte sie, als sie das kleine Natursteinhaus erreichten.

»Mir?«

»Für Ihr Bein!« Johanna holte ein Fläschchen aus der Tasche ihres Mantels. »Bernsteinöl. Wenn Sie wollen, reibe ich Ihnen damit Ihr Bein ein. Vielleicht lindert es Ihre Beschwerden wenigstens um ein Fünkchen.«

»Bernstein?« Sie ließ sich auf ihren Schaukelstuhl sinken, der in der Küche am Ofen stand. Wie klein und verloren sie darauf aussah.

»Es mag ihnen merkwürdig erscheinen, dass man Öl aus einem Stein machen kann. Aber in Wahrheit ist Bernstein gar kein Stein, sondern ...«

»Harz«, kam es wie aus der Pistole geschossen.

»Hat Ihr Sohn Ihnen etwas über das Material erzählt?« Johanna setzte sich auf die Holzbank ihr gegenüber.

Madame Deval blickte durch Johanna hindurch. Eine Träne sammelte sich in ihrem Auge, floss über und nahm einen Weg ständig wechselnder Richtung, den eine tiefe Falte ihr vorgab. Gleich darauf rollte eine weitere Träne über die Wange. Es wurden immer mehr.

»Madame Deval, was ist mit Ihnen? Habe ich etwas Falsches gesagt oder getan? Ich halte Sie gewiss nicht für töricht. Es ist nur ... nicht viele Menschen kennen sich mit Bernstein aus.«

»Das ist es nicht, mein Kind.« Die Stimme war nur noch ein Hauch und brüchig wie ein alter Reisigkorb, in dem der Holzwurm gewesen war. »Es ist nicht Ihr Fehler.« Sie zog ein Spitzentuch hervor und tupfte sich die Augen. »Was ist nun mit dem Öl?«, drängte sie. »Wollen Sie mich damit einreiben oder nicht?«

»Natürlich, gern. Ich muss Sie warnen, es riecht nicht sehr angenehm, aber es wird Ihnen gewiss helfen.« Sie hockte sich vor sie, Madame Deval hob ihre Kleider, und Johanna rieb das kranke Bein mit festen kreisenden Bewegungen ein.

»Ach, wie erquicklich!«, seufzte sie.

»Das können Sie öfter haben, wenn Sie wünschen«, schlug Johanna munter vor.

Sie ging nicht darauf ein. Nach einer Weile begann sie zu erzählen: »Mein Sohn war ein General, wie er im Buche steht. Er war stolz, für sein Land zu kämpfen. Zweifel an dem, was er tat, kannte er nicht. Bis er sich irgendwann immer mehr veränderte. Er hat mir dieses Kreuz aus Lübeck mitgebracht, damit es mich immer beschützen sollte. Es habe magische Kräfte, behauptete er, denn es sei von der Bernsteinfrau gemacht.«

»Der Bernsteinfrau?« Johanna hatte Mühe, sich nichts anmerken zu lassen. Sie war froh, Madame Deval nicht ins Gesicht sehen zu müssen.

»So nannte er sie. Die Steine, die sie schnitzt, haben rätselhafte Kräfte. Das waren seine Worte. Mehr als von den Steinen schien er mir jedoch von der Frau selbst beeindruckt gewesen zu sein. Ich weiß nicht, was sie für ihn war, welche Verbindung es zwischen den beiden gab, aber das steht fest: Sie hat ihn vollkommen in ihren Bann geschlagen.« Wieder verloren sich ihre Augen in einer Ferne, die nur ihr sichtbar war. Plötzlich lachte sie auf. »Wissen Sie, was verrückt ist? Ich glaube es inzwischen selbst. Das mit den magischen Kräften. Einmal fuhr der Blitz in einen Baum keine zehn Schritte neben mir. Ich trug das Kreuz, und mir ist nichts geschehen. Ein anderes Mal ging die Schwindsucht um. Vier aus dem Ort sind daran gestorben, doch ich hatte nicht einmal den leichtesten Husten. Aber an dem Tag, als ich auf den Felsen gestürzt bin, da hatte ich es zu Hause gelassen, weil ich fürchtete, es könne sich von der Kette lösen und vom Meer verschluckt werden. Finden Sie das nicht eigenartig?«

»Tja, man könnte wirklich leicht glauben, dass es etwas mit dem Stück auf sich hat.«

»Er hat so viel von der Bernsteinfrau erzählt, von den Kunstwerken, die sie herstellte, von ihren grünen Augen, dem roten Haar. Er war wie verhext. Und dann hat er geweint. Nicht einmal als Kind hat er das getan. Doch in diesem Moment, als er mir von der Bernsteinfrau erzählte, da fing er zu weinen an.«

Johanna strich den Rock von Madame Deval glatt und stand langsam auf. Sie hatte Angst, sie würde nicht weiterreden, wenn sie eine falsche Bewegung machte. Behutsam setzte sie sich wieder auf die schlichte Holzbank.

»Dort, wo Sie jetzt sitzen, haben wir beieinandergehockt. Er presste seinen Kopf an meine Brust und hat gewimmert wie ein Säugling.«

»Aber warum? Ich meine, was hat ihn denn nur so traurig gemacht?«

»Das verstehe ich bis heute nicht. Er sagte: ›Der Meister ist tot. Ich habe den Bernsteinmeister getötet.‹«

Johanna war verwirrt. Sie wartete ab und hoffte auf eine Erklärung.

»Ich wollte von ihm wissen, was er damit meint. Er war doch Soldat, das Töten war ihm doch vertraut. Was also war daran so besonders?« Sie seufzte tief. »Ich habe nie eine Erklärung bekommen. Aber von dem Moment an, als er in meinen Armen geweint hat, war er nicht mehr derselbe. Er hat seine Frau verlassen und ist ruhelos herumgezogen. Nach dem Moskau-

Feldzug hat er kaum noch gesprochen. Einmal sagte er zu mir, er müsse nach Lübeck gehen, um nach dem Grab der Bernsteinfrau zu sehen. Dann wieder redete er von einem Kind, einem Mädchen. Er müsse für seine Erziehung sorgen, meinte er, und wolle nach Paris gehen. Wenn Sie mich fragen, er hat den Verstand verloren.«

Nach dem Besuch bei Madame Deval lief Johanna lange alleine an der Steilküste entlang. Das Salz in der Luft, das schwache Aroma von Algen und Fisch, das Rauschen und Glucksen des Wassers vermittelten ihr ein Gefühl der Sicherheit. Deval war am Leben, ihr Vater war, wenn man den Erzählungen seiner Mutter glauben durfte, verwirrt, aber am Leben. Er schickte ihr erst Briefe, wenn er gerade wieder weitergezogen war. »Ich kehre Paris den Rücken und reise in den Norden«, hieß es einmal, dann wieder: »Zu lange war ich in der Fremde. Wie sehr freue ich mich darauf, in wenigen Tagen in meinem guten alten Paris einzutreffen.« Bevor er seiner Mutter einen Besuch abstattete, schickte er niemals Briefe. Er stand einfach vor ihr, blieb Tage oder Wochen und verschwand genauso plötzlich, hatte sie geklagt.

Johanna blieb draußen am felsigen Ufer des Mittelmeers, bis der Abend kam und die See mit seiner Dunkelheit einfach verschluckte. Durchgefroren und mit pochenden Schläfen kehrte sie zurück ins Hotel.

Nebbien wartete bereits auf sie. »Wo waren Sie nur so lange? Ich bin voller Sorge. Draußen ist es ja schon stockfinster.«

»Ich musste allein sein.«

»Ist alles in Ordnung?«

Sie dachte nach. Dann sagte sie sehr bestimmt: »Jetzt ist alles in Ordnung, ja. Sie hatten recht, es ist an der Zeit, mein Vorha-

ben zu begraben. Dieser Deval ist überall und nirgendwo, will man meinen. Weiter nach ihm zu forschen bedeutet die sprichwörtliche Suche nach der Nadel im Heuhaufen. Und wozu? Sie haben mich mehr als einmal gefragt, was ich mir von der Begegnung erhoffe. Ich habe vermieden, mir selbst eine Antwort darauf zu geben. Plötzlich scheint mir alles so einfach und klar zu sein. Dieser Mann weiß, dass er eine Tochter hat. Er zieht in der Welt umher, kommt, so scheint es, auch nach Lübeck, unternimmt aber nicht einmal den Versuch, den Kontakt herzustellen. Was soll ich davon halten? Was kann ich anderes davon halten, als den einzigen möglichen Schluss zu ziehen? Er will mich nicht sehen, will nichts mit mir zu tun haben. Also schön, das akzeptiere ich von nun an. Als ich da draußen am Strand war, ist mir eines bewusst geworden. Ich brauche diesen Mann nicht. Wenn ich etwas über meine Mutter erfahren will, ist niemand besser geeignet als Sie, mir von früher zu erzählen. Wenn ich eine Entscheidung zu treffen habe, die ich alleine nicht zu treffen vermag, sind Sie der beste Ratgeber, den ich mir wünschen kann. Ich werde eine eigene Familie gründen, vielleicht schon bald selbst Mutter sein. Was für eine schöne Vorstellung. Wenn ich mich aber in den Schoß einer Familie flüchten will wie als kleines Mädchen, werden Sie da sein. Ich wüsste nicht, was ich mir mehr wünschen könnte.«
Sie standen einander im Foyer des Hotels gegenüber. Der Glanz in seinen Augen verriet, wie sehr ihn ihre Worte berührten.
»Johanna!« Er nahm sie fest in die Arme.

Louis schrieb, sein Kommen würde sich bedauerlicherweise weiter verzögern, und fragte erneut, ob es ihr nicht möglich sei, nach Bordeaux zu reisen. Der Wintereinbruch verhinderte das.

Ihr Weg hätte durch die Berge geführt, was unnötige Gefahr und Strapazen bedeutete. Sie waren gezwungen, in Antibes zu bleiben, bis die Route schneefrei war. Johanna und Nebbien war das gerade recht. Sosehr sie sich auch nach Louis sehnte, genoss sie doch aus tiefster Seele die Stille, die zu dieser Jahreszeit an der Südküste wohnte. Seit sie ihre sinnlose Suche aufgegeben hatte, war sie von einem kaum gekannten inneren Frieden erfüllt. Tagelang saß sie in dem kleinen Erker und las in Büchern über Wein. Sie wollte ihrem zukünftigen Mann nicht nur eine gute Ehefrau sein, ihm Kinder schenken, sondern sie hoffte etwas von dem zu verstehen, was er tat. Sie wünschte sich, eine Gefährtin im besten Sinne für ihn zu werden.

Meist saß Nebbien an ihrer Seite und las ebenfalls. Er war wie besessen von den Ideen dieses Adolphe Thiers und schrieb ihm einen Brief, den er an Arnaud adressierte, mit der Bitte, ihn weiterzuleiten und ein Treffen zu arrangieren, wenn er wieder in Paris sei. Wenn sie nicht lasen und Johanna nicht bei Madame Deval war, um ihr die Beine einzureiben und ihr ein wenig die Zeit zu vertreiben, führten sie lange Gespräche. Nebbien erzählte von Femke, von ihren Zeilen, die sie ihm nach Jena geschrieben hatte, von ihren Träumen, die sich in Wirklichkeit verwandelten. Er schilderte ihr, wie Femke sich, als die Preußen in Lübeck festsaßen und die Franzosen vor den Toren der Stadt lagen, in das Lager der Franzosen schlich und ihnen Wein bringen ließ.

»Sie ist alleine in das Lager der Feinde gegangen? Und sie hat ihnen auch noch Wein gebracht? War das nicht sehr leichtsinnig? Warum tat sie das?«

»Weil sie geträumt hatte, die Soldaten würden von dem Wein so berauscht sein, dass eine preußische Kompanie unbemerkt

aus der Stadt entkommen konnte. Meine Kompanie. Sie träumte, der Plan würde mir das Leben retten. Und wer weiß, wahrscheinlich hatte sie damit sogar recht.«
»Sie muss eine mutige Frau gewesen sein. Wenn meine Großeltern von ihr sprachen, hatte ich eher das Bild einer zerbrechlichen und etwas hilflosen Person vor Augen.«
»Das war sie auch, in gewisser Weise.« Er lachte leise. »Wenn Sie meine Meinung hören wollen, war sie im Grunde ihrer Seele nicht mutig. Sie hat einfach alles getan, was ihr nötig erschien, um ihrem Herzen zu folgen.«
»Gehört dazu nicht großer Mut?«
Er nickte bedächtig. »Ja, Sie haben recht. Da sehen Sie es, Femke steckte voller Widersprüche. Das war der Grund, weshalb ich sie so geliebt habe.«
Ein anderes Mal erzählte Johanna ihm von ihrer Zeit in Stolp. Es erschien ihr, ein ganzes Leben her zu sein. Ihr Unfall, bei dem sie sich das Messer in die Hand gestoßen hatte, die Bekanntschaft mit Marcus Runge und all die Stunden, in denen sie so unermesslich viel bei ihm gelernt hatte, der gemeine Betrug, der Vincent ins Gefängnis gebracht hatte. Während sie alle diese Geschehnisse nachzeichnete, wurde sie sich ihrer Bedeutung bewusst. Wie sehr hatte sie es gehasst, jeden Morgen aufzustehen, um in die Werkstatt zu gehen. Jetzt erst wurde ihr klar, dass die Zeit in Stolp für ihr Leben von großer Bedeutung war.

Sie begrüßten das Jahr 1829. Johanna war an einer Station der Durchreise angekommen, wo sie sich endlich mal zu Hause fühlte und voller freudiger Erwartung auf das war, was das Leben noch für sie bereithielt. Da platzte ein Brief von Louis in die Idylle.

»Der König hat uns betrogen«, schrieb er. Nach seiner Einschätzung war Martignac nur als geschickter Schachzug zu sehen, um das Volk und die Liberalen für eine gewisse Zeit ruhigzustellen. Doch der König, so vermutete Louis, verstand ihn nur als Anführer eines Übergangskabinetts. Es würde immer klarer, habe er von engen Vertrauten aus Paris erfahren, dass er keinesfalls an weniger Selbstverwaltung und mehr Wahlrechten interessiert sei. Martignac stehe am Abgrund, teilte er ihr mit. Für alle, denen Freiheit, Gleichheit und ein gerechtes Frankreich ein Anliegen sei, stehe der Moment der Wahrheit bevor. Den Kopf in den Sand stecken oder drohendes Unheil durch eigene Kraft abwenden, das sei die Wahl, die jeder habe. Seine Entscheidung stehe fest.

»Wir sehen uns in Paris. Ich sende dir eine Nachricht, sobald ich weiß, wann ich aufbrechen kann«, schrieb er ihr.

IX

Es dauerte noch eine gute Weile, bis die angekündigte Nachricht von Louis kam und sich auch Johanna und Nebbien auf den Weg machen konnten. Von der politischen Unruhe, die einige Kreise erfasst hatte, war in Antibes nichts zu spüren gewesen. Nebbien hatte die Zeitungen aufmerksam verfolgt und war in regem Briefwechsel mit Arnaud. Dennoch, für Johanna bestand die größte Aufregung darin, Louis bald wiederzusehen. Was ihr sonst noch bevorstehen könnte, kümmerte sie wenig.
Das änderte sich schlagartig, als sie in Paris eintrafen, das ihr längst nicht mehr so gewaltig erschien wie bei ihrem ersten Besuch. Sie wurde in einen Strudel hineingerissen, den sie sich nie hätte träumen lassen. Das Kabinett sei umgebildet worden, hieß es gleich nach ihrer Ankunft. Das sei ein schlechtes Zeichen. Nebbien traf sich mit Thiers. Die Freunde des ABC waren zu einer Gruppe von mindestens fünfzehn Mann angewachsen, die sich fast jeden Tag im Hinterzimmer des Café Musain versammelten, hitzig debattierten und übelste Szenarien von der Zukunft entwarfen. Zunächst waren sie nicht begeistert, dass eine Frau an ihren Zusammenkünften teilnahm. Das sei komplett unüblich, waren sie sich einig. Bei ihrem ers-

ten Besuch, ja, da war alles ruhig gewesen und das Hinterzimmer im Grunde nichts weiter als ein Café, aber das sei jetzt anders. Arnaud war derjenige, der seine Mitstreiter überzeugte. Gleichheit müsse für alle gelten, nicht nur unabhängig vom Stand, sondern auch vom Geschlecht, argumentierte er.
Johanna war hin- und hergerissen zwischen Aufregung und Angst. Vor allem aber war sie erfüllt von der Hoffnung, Louis möge endlich ebenfalls in Paris eintreffen. Oft blieb sie, wenn Nebbien sich mit den anderen traf, im Hotel zurück, um seine Ankunft nicht zu versäumen.

Dann endlich hatte das Warten ein Ende. Johanna saß an ihrem Lieblingsplatz in dem kleinen Erker. Ein Buch lag aufgeschlagen auf ihrem Schoß, doch sie las keine Zeile. Ihr Blick ging durch die Buchstaben hindurch ins Nichts. Da hörte sie plötzlich seine Stimme.
»Jeanne!«
Sie sprang auf, raffte ihren Rock und flog in seine Arme.
»Jeanne«, flüsterte er immer wieder und küsste ihre Wangen, ihre Stirn, die geschlossenen Lider und ihre Lippen. »Du hast mir so gefehlt. Ich bin fast wahnsinnig geworden.«
»Du hast mir auch gefehlt.« Sie vergrub ihre Hände in seinem dichten Haar, das länger war als bei ihrer letzten Begegnung.
»Wir trennen uns nie wieder, hörst du? Nie wieder!«
»Einverstanden«, wisperte sie an seinem Hals. »Ich lasse dich nie wieder los.«
Ein Herr ging durch das Foyer. Sie mussten voneinander ablassen, um ihm Platz zu machen.
Als er vorüber war, sagte Louis: »Von wegen, du lässt mich nie mehr los. Kaum kommt ein anderer daher, tust du es doch.«
Sie nahm seine Hand. »Komm!«

Als die Tür ihrer Kammer sich hinter ihnen schloss, sanken sie sich in die Arme und hielten sich lange Zeit einfach nur fest umschlungen. Johanna löste sich langsam von ihm und sah ihm, seine Arme noch immer um ihre Taille, in die Augen. Ihr kam eine Idee.

»Du musst doch erschöpft sein von der Reise und staubig. Wie wäre es, wenn ich dir den Nacken und deinen Rücken mit herrlich kühlem Wasser abreibe?«

»Von mir aus den ganzen Körper«, gab er zurück, zwinkerte ihr zu und zog auch schon Weste und Hemd aus.

Er hat einen prächtigen Körper, dachte sie, wie eine Statue der Antike. Seine Haut schimmerte goldbraun und spannte sich über den Muskeln, deren Verlauf deutlich zu erkennen war.

»Was siehst du mich denn so begehrlich an? Hast du etwa Dinge im Sinn, die eine anständige Frau nicht im Sinn haben sollte?«

Sie ging zu ihm und wickelte spielerisch ihren Finger in sein blondes Brusthaar. »Was wäre das beispielsweise?«

Er küsste sie ganz weich auf den Mund. »So etwas zum Beispiel.«

»Oh«, machte sie. »Nein, das hatte ich tatsächlich nicht im Sinn. Mehr dieses hier.« Nun küsste sie ihn. Ihre Zungenspitze fuhr über seine salzigen Lippen. Er öffnete seinen Mund und zog sie fest an sich. Das Spiel ihrer Zungen jagte ihr ein heftiges Kribbeln in den Leib. Sie spürte seinen warmen Körper ganz nah, spürte, wie erregt er war.

»Das hatte ich schon eher im Sinn«, flüsterte sie keck.

Er tastete nach den Verschlüssen ihres Kleides.

»Warte! Der Schweiß klebt dir ja noch auf der Haut. Lass mich ihn zuerst abwaschen.«

»Es würde mich sehr wundern, wenn ich nicht gleich wieder

ins Schwitzen käme«, sagte er, und seine Augen wurden ganz dunkel. Trotzdem entwischte sie ihm, goss Wasser in die Schüssel, die auf dem kleinen Tisch stand, tauchte ein Tuch hinein, drückte es kurz aus und kam damit zu ihm. Sie legte es ihm auf die Schulter, führte es langsam auf die Brust hinab und zur anderen Schulter wieder hinauf. Er stöhnte vor Wonne. Die Erfrischung war nach den Stunden in einer stickigen Kutsche wahrhaft eine Wohltat. Johanna tauchte den Lappen erneut ein. Jetzt rieb sie ihm Staub und Schweiß vom Nacken und glitt die Wirbelsäule hinab.
»Ah, das tut so gut!« Seine Stimme klang tief und voll.
Wieder ging sie zu der Waschschüssel. Als sie mit dem nassen Stoff zu ihm trat, sah sie, dass er die Augen geschlossen hatte. Er stand mit nacktem Oberkörper in ihrer Kammer und vertraute sich ihr blind an. Das sollte er nicht bereuen. Sie wollte seine tiefe Stimme hören, wie sie vor Wohlbefinden und vor Erregung seufzte und stöhnte. Sie erfrischte seinen Hals mit dem kühlen Wasser und ließ das Tuch wieder auf seine Brust gleiten. Während sie das tat, küsste sie seinen Hals. Immer weniger drückte sie den Lappen aus, bevor sie damit seinen Körper liebkoste. Stattdessen küsste und leckte sie ihm die Tropfen von der Haut.
»O Jeanne, was tust du mit mir?«, fragte er heiser. Sein Atem ging schneller, als sie seinen flachen Bauch abrieb und gleich darauf das Rinnsal mit ihren Lippen aufsog. Als sie erneut zum Tisch gehen wollte, packte er blitzschnell ihr Handgelenk. Er nahm ihr das Tuch ab und warf es achtlos in die Schale. Sie war wie hypnotisiert von seinen dunkel glühenden Augen.
»Zieh dich aus«, sagte er. Es war keine Bitte, es war eine Aufforderung, die keinen Widerspruch duldete. »Ich will dich haben. Jetzt.«

Johanna schluckte. Ein Zittern lief durch ihren Körper. Langsam öffnete sie die Verschlüsse ihres Kleides. Sie ließ ihn dabei nicht aus den Augen. Auch als sie Schuhe, Kleid und Unterkleid abstreifte, riss die Verbindung zwischen ihnen nicht ab. Beide waren in dem Blick des anderen versunken.
»Du bist so schön«, stellte er beinahe ehrfürchtig fest, als sie schließlich nur noch mit zarter Spitzenwäsche bekleidet vor ihm stand. Er hob sie auf seine Arme und legte sie auf ihr Bett. »Ich liebe dich, Jeanne, ich will, dass du meine Frau wirst. Jetzt.«
Ihr Atem flatterte. Sie verstand, was er meinte. »Ja«, sagte sie und zog ihn zu sich.

Im August musste sich Martignac eingestehen, dass er gescheitert war. Der neue an der Spitze des Kabinetts war Fürst von Polignac, ein Ultra-Royalist und eine reine Provokation für diejenigen, die dem König vertraut hatten und dem Bürgertum mehr Macht zudachten.
»Er ist ein Jugendfreund des Königs«, fauchte Auguste, ein Mann mit fast bläulich glänzendem schwarzem Haar, das er offen und in langen Wellen trug.
»Der König hat die Mehrheit in der Abgeordnetenkammer nicht befragt. Er wusste, dass Polignac nicht ihre Wahl gewesen wäre, doch er tritt die Meinung der Abgeordneten mit Füßen. Das ist ein Affront!« Georges gehörte zu den älteren der Freunde des ABC und war, ohne sich dieser Rolle selbst wahrscheinlich bewusst zu sein, so etwas wie ihr Anführer. Sein Kinn und seine Oberlippe waren von einem schwarzen Bart bedeckt, der bereits graue Stellen aufwies. Auch sein lockiges schwarzes Haar schimmerte hier und da silbern.
Im Laufe der letzten Wochen war die Stimmung in Paris und, da waren die Männer sich einig, in allen Städten des Landes im-

mer explosiver geworden. Zu der unerträglichen Ignoranz des Königs, der Zustände zurücksehnte, wie sie einmal im 18. Jahrhundert vor der von den Liberalen gepriesenen Revolution geherrscht hatten, kamen die Auswirkungen der Wandlungen in der Arbeitswelt. Dampfmaschinen sollten den Menschen harte Tätigkeiten erleichtern. Davon allerdings war wenig zu spüren. Von einer immer größeren Ausbeutung der Arbeiter war die Rede – Öl in den Flammen der Unzufriedenheit.
Die Untergrundgruppe, von der Louis Johanna einst so viel geschrieben hatte, war zerbröckelt. Diejenigen von ihnen, die sich in Paris zusammengefunden hatten, schlossen sich den Freunden des ABC an. Auch weitere Organisationen und Gruppierungen suchten deren Nähe und vereinten sich für den bevorstehenden Kampf. Obwohl Louis ihr immer wieder versicherte, wie fest er mit der Eskalation der Kraftprobe zwischen König und Liberalen rechne, hoffte sie weiterhin, Karl X. lenke ein und verhindere so das Schlimmste.

Wieder einmal saßen Louis und Johanna im Café Musain. Auch Nebbien war an diesem Tag bei ihnen. Seine Anwesenheit war mittlerweile eine Besonderheit, denn die meiste Zeit verbrachte er mit Thiers, der kürzlich ein neues Blatt, *Le National,* gegründet hatte. Die beiden Männer verstanden sich ausnehmend gut, und Nebbien sollte im *National* seine ersten Artikel veröffentlichen. So war es geplant. Er genoss ein hohes Ansehen, was damit zu tun hatte, dass er wie Heinrich Heine Jurist war, der sich des geschriebenen Wortes bedienen wollte, um für seine Überzeugungen zu kämpfen. Eine Nuance zu verklärt für Johannas Geschmack betonten einige immer wieder, wie ehrenvoll es doch von Heine gewesen sei, sich nach der Bücherverbrennung zu erheben und zu verkünden, dass man

dort, wo man Bücher verbrenne, auch vor Menschen nicht haltmache. Überhaupt kamen ihr einige dieser Umbruch-Willigen hin und wieder eine Spur zu verträumt vor. Wenn sie ernst genommen werden und etwas erreichen wollten, war mit Träumerei kein Staat zu machen, meinte sie.
Sie saßen also im Café und tranken einen Absinth. Johanna hatte sich daran gewöhnt, mit den Männern den Kräuterschnaps zu trinken, mit viel Wasser freilich. Da betrat ein Jüngling in einem langen Mantel mit hochgeschlagenem Kragen das Hinterzimmer.
»Victor!«, riefen einige, sprangen auf, umringten ihn, nahmen ihn in den Arm und klopften ihm freundschaftlich auf die Schulter.
»Du warst lange nicht bei uns«, stellte Georges fest.
Philippe, ein ausgemergelter grauhaariger Mann, von dem Johanna wusste, dass er Professor an der Sorbonne war, zog die Person, die sie Victor nannten, zu sich an den Tisch. Als alle sich setzten, konnte sie ihn sehen. Er hatte gütige braune Augen, braune Locken und trug ein kleines Medaillon am Revers.
»Der Schutzengel«, zischte sie Nebbien zu. »Das ist er!«
Victor sah zu ihnen hinüber, neigte kurz den Kopf und wandte sich dann wieder seinen Gesprächspartnern zu.
»Wir werden ihn zur Rede stellen, später, nicht vor allen Leuten«, meinte Nebbien.
»Kennst du den Mann?«, fragte sie Louis.
»Nein, ich habe ihn noch nie gesehen. Warum fragst du?«
»Ohne weiteren Grund. Wir sahen ihn nur schon einmal, als wir das erste Mal hier im Café waren. Er ist mir aufgefallen.«
Louis schaute Victor noch einmal an, der ebenfalls mehrfach zu ihnen herüberblickte.

»Du gefällst ihm, Chérie, das ist alles«, flüsterte er nah an ihrem Ohr. »Ich hoffe nur, er gefällt dir nicht auch.«
»Also wirklich!« Sie versetzte ihm einen sanften Stoß in die Seite.

Die Gelegenheit, Victor allein zu sprechen, ergab sich einige Tage später. Johanna war auf dem Weg ins Café Musain. Louis und Nebbien waren mit den Druckern des *Le National* verabredet. Sie wollten Flugblätter herstellen, die vor allem die Studenten und Kaufleute aufrütteln sollten, die bisher offenkundig zu träge oder eben zu uninformiert waren, um klar Stellung zu beziehen. Bald würde es auf jeden Mann, auf jede Stimme ankommen, darum war es an der Zeit, mobil zu machen. Johanna hatte sich einige Bücher von Roche geholt und wollte darin bei einem französischen Kaffee blättern, während sie auf die Männer wartete.
Vor dem Hintereingang des Musain lief sie, damit beschäftigt, den kleinen Bücherstapel in Balance zu halten, fast in Victor hinein. In letzter Sekunde nahm sie ihn wahr.
»Oh, Monsieur Victor!«
»Und Sie sind Jeanne, richtig?«
»Eigentlich Johanna. Ich komme aus Lübeck.«
»Ich weiß.« Er sah sie mit diesen sanften, melancholischen Augen an.
»Ah ja?« Sie war unsicher.
»Gehen wir ein Stück? Die Bücher nehme ich Ihnen ab.« Ohne ihre Antwort abzuwarten, griff er nach dem Stapel und ging die Rue des Grès hinunter. Sie musste einige Schritte laufen, um an seiner Seite zu bleiben. Wollte sie das überhaupt? War es nicht ungehörig, sich allein mit einem Fremden in der Öffentlichkeit zu zeigen. Was wohl Louis sagen würde?

»Tun Sie eigentlich nie das, was man Ihnen sagt?«
Sie sah ihn verdutzt an. »Aber das tue ich doch gerade. Sie wollten ein Stück laufen, ich laufe ein Stück mit Ihnen. Wobei ich nicht sicher bin, ob das eine gute Idee ist.«
»Ich spreche von meiner Botschaft. Hatte ich Ihnen nicht geraten, auf sich achtzugeben?«
Er machte es ihr leicht, indem er sie von selbst auf den Zettel ansprach, den er Nebbien in die Manteltasche geschmuggelt hatte.
»Sie schrieben, nichts sei, wie es scheint. Ich wollte Sie schon lange fragen, vor wem Sie uns warnen wollten und warum. Aber Sie sind ja davongelaufen.«
»Ich bin nicht davongelaufen. Ich war mir sicher, die kleine Warnung genügt, dass Sie die Finger von den Freunden lassen.«
»Den Freunden des ABC?«
Er blickte sich in der Gasse um. Johanna bemerkte, dass er sie in die Rue Erasme führte.
»Kommen Sie«, sagte er mit einer äußerst melodischen Stimme, die Johanna sehr mochte. »Ich kenne keinen Platz, wo wir besser reden könnten.«
Sie gingen zur pädagogischen Fakultät. Es war ein seltsames Gefühl für Johanna, wieder vor dem verfallenen Haus zu stehen, in dem ihr Vater einmal gewohnt haben sollte. Sie sah an der bröckelnden Fassade hoch, in die die Zeit tiefe, klaffende Wunden gerissen hatte. Für einen Moment war ihr, als wäre da oben an dem einzigen Fenster, das nicht mit Holzlatten vernagelt war, jemand gewesen. Gewiss hatte sie sich getäuscht.
Sie betraten das Nachbargebäude. Es hatte einen dunklen Holzfußboden und dunkel gestrichene Wände. Alles wirkte

düster und abweisend. In der Luft hing ein Geruch von Papier und Staub und Druckerschwärze. Sie gingen einen langen Gang hinunter, drei Stufen hoch und einen weiteren Gang bis zu einer Tür, die den anderen Türen aufs Haar glich. Um aufzuschließen, musste er Johannas Bücherstapel mit einer Hand balancieren, was ihm nicht im Geringsten schwerzufallen schien. Er blickte sich um, bevor er die Tür öffnete, kurz zur Seite trat, um sie hineingehen zu lassen, ihr folgte und die Tür rasch hinter sich ins Schloss zog. Ihre Bücher legte er auf ein Pult und setzte sich daneben. Obwohl es einen Stuhl gab, blieb Johanna lieber stehen. Sie erwartete, dass er ihr erklären würde, warum er sie gerade hierher gebracht hatte, ob das zum Beispiel seine Schreibstube war. Vielleicht bekleidete er trotz seines gewiss nicht hohen Alters eine Position an dieser Universität. Er tat nichts dergleichen, verlor kein Wort darüber, warum er diesen Raum für eine Unterhaltung gewählt hatte.

»Was haben Sie mit den Freunden des ABC zu schaffen?«, wollte er unvermittelt von ihr wissen.

Sie fühlte sich überrumpelt und ging zum Gegenangriff über. »Meinen Sie nicht, Sie schulden mir zuerst Antworten? Was wollten Sie mit Ihrer Botschaft bezwecken?«

»Dass Sie Ihre zarten Hände von den Freunden lassen.«

Dieser Mann machte sie schrecklich nervös. »Und warum, wenn ich fragen darf? Glauben Sie, nur weil ich keine Französin bin, gingen mich Ihre Angelegenheiten nichts an?«

»Stimmt, ja, das ist meine Meinung.«

Sie schnappte nach Luft.

»Sie interessieren sich doch nicht wirklich für die Revolution. Ihr Vater gewiss, aber Sie?«

»Was wissen Sie von meinem Vater?« Sie erschrak. Es war ihr herausgerutscht, ohne dass sie nachgedacht hätte.

»Nicht viel, das gebe ich zu, aber Adolphe scheint große Stücke auf ihn zu halten. Das reicht mir.«

Johanna atmete tief durch. Das war noch einmal gutgegangen.

»Worum geht es Ihnen, Mademoiselle? Glauben Sie, Sie müssen eine zweite Jeanne d'Arc werden, um Ihren Verlobten zu beeindrucken? Er liebt Sie, das sieht man auf den ersten Blick. Halten Sie sich also besser aus der Politik raus.«

»Kann sein, dass die Frauen, die Sie kennen, sich nicht für Gerechtigkeit und Gleichheit interessieren«, sagte sie betont von oben herab. »Bei mir ist das anders. In Lübeck gibt es auch so viel himmelschreiende Ungerechtigkeit. Das kann nicht immer so weitergehen.« Sie dachte an die Witwen in Füchtings Hof und an die Vorsteher. Sie dachte an ihren Großvater, der um ein Haar in die Armut geglitten wäre, hätte er sich nicht zu diesem etwas unfeinen Weg entschieden, der letztendlich sie, Johanna, mittellos hatte dastehen lassen. »Glauben Sie mir«, ereiferte sie sich, »Armut und Elend sind keine französischen Privilegien. Und gesunder Menschenverstand, gepaart mit einem ausgeprägten Gerechtigkeitssinn, ist es ebenso wenig. Es gibt sie auch anderswo auf der Welt, und überall wird das die gleichen Folgen haben. Ehrbare Bürger werden sich erheben und dem ein Ende machen.« Sie war sehr stolz auf sich und blickte ihn herausfordernd an.

Victor erhob sich und begann ihr zu applaudieren. »Bravo, Mademoiselle, ich muss schon sagen. Eine flammende Rede von Ihnen, und der König wird einlenken.«

»Was bilden Sie sich eigentlich ein?« Ihre Wangen glühten, sie bebte vor Zorn. »Sie verstecken sich nur hinter dem Kragen Ihres Mantels, schmücken sich mit dem Zeichen des l'Abaissé und betiteln sich selbst als Schutzengel. Sie mögen sich in der

Rolle des geheimnisvollen Zynikers gefallen, auf mich machen Sie damit keinen Eindruck. Ich werde jetzt gehen.« Doch sie schickte sich keineswegs an, den Raum zu verlassen, sondern wartete auf seine Reaktion. An seiner Mimik konnte sie erkennen, dass ihre Worte ihn getroffen hatten.

»Verzeihen Sie, ich wollte nicht zynisch sein, Mademoiselle. Das ist ein Makel von mir, den ich abzustellen versuche. Anscheinend mit mäßigem Erfolg.« Wenn er derartig einlenkte und so ruhig sprach, verkörperte er in der Tat Johannas Vorstellung von einem Engel. »Es war mir ernst und ist es heute umso mehr«, erklärte er ihr, »als ich von großer Gefahr sprach. Es gibt einen Verräter in den Reihen der Freunde.«

»Um Himmels willen, sind Sie sicher?«

»Ja, Mademoiselle.«

»Aber warum haben Sie denn die anderen nicht längst gewarnt, wenn Sie es damals schon wussten?«

»Alles lag in einem Dämmerschlaf. Es hätte die Chance bestanden, dass wir nie wieder zu aktiver Gegenwehr erwachen müssen. Es hätte sich alles in Wohlgefallen auflösen können. In diesen Zeiten sieht das völlig anders aus. Wir steuern geradewegs auf Straßenkämpfe zu und können nur hoffen, dass diese nicht gar so ausufern werden wie 1789.«

»Umso mehr müssen Sie Ihre Mitstreiter alarmieren!«

»Nein, Mademoiselle, ein Wort zu früh von mir, und er redet sich heraus, taucht ab, setzt einen anderen auf uns an. Glauben Sie mir, ich muss warten, bis ich ihn vor allen anderen demaskieren kann. Bis dahin muss er sich in Sicherheit wiegen.«

»Aber das ist gefährlich!«

»Sie sagen es, Mademoiselle. Aus diesem Grund wollte ich Sie und Ihren Vater von der Gruppe fernhalten.«

»Es geht nicht um uns, nicht nur«, rief sie verzweifelt aus.

»Denken Sie doch nur an die anderen, an Arnaud, Auguste, an Philippe und Georges. Sie müssen doch auch an Ihr eigenes Leben denken.«
»Wir wissen, worauf wir uns einlassen. Vertrauen Sie mir. Sie hingegen können das Risiko nicht einschätzen. Bleiben Sie in Zukunft in Ihrem Hotel. Oder noch besser, fahren Sie nach Lübeck zurück.«
»Kann ich jetzt gehen?«
»Natürlich.«
»Bekomme ich die Bücher zurück?«
»Sie liegen hier, ich habe nicht vor, sie Ihnen zu stehlen«, sagte er und setzte sich erneut neben den Stapel auf das Pult.
Da war er wieder, der Zyniker. Nur jetzt keine Angst zeigen und nicht klein beigeben, dachte sie, machte den Rücken gerade, hob das Kinn und trat an das Pult heran. Sie spürte seine Körperwärme und seine männliche Ausstrahlung, als sie dicht neben ihm stand und nach den Büchern griff. In dem Moment richtete er sich auf, so dass sie sich beinahe berührten.
»Kommen Sie, ich nehme Ihnen die schweren Schinken wieder ab und bringe Sie ins Musain.«
Widerwillig gab sie nach.

Louis wartete bereits auf sie. Seine Wangenmuskeln zuckten, als er sie zusammen mit Victor kommen sah. Zum ersten Mal erlebte sie ihn kühl und abweisend. Selbst bei ihrem Streit damals in Lübeck war sie diejenige gewesen, die ihn links liegengelassen hatte. Er war ihr entgegengekommen. Diesmal aber sprach und lachte er mit den anderen, machte Pläne und beratschlagte mit seinen Gefährten ihr weiteres Vorgehen. Johanna schien Luft für ihn zu sein. Sie fühlte sich verletzt und gedemütigt, zumal Victor sie ständig beobachtete. Sie war ganz si-

cher, dass ihm die Spannung zwischen ihr und Louis nicht verborgen blieb, was sie zusätzlich ärgerte.
»Wie konntest du mich nur dermaßen brüskieren?«, fuhr sie ihn an, kaum dass sie das Café verlassen hatten und allein waren.
»Ich dich?«, fauchte er zurück. »Ist dir nicht klar, was meine Weggefährten dachten, als du mit diesem Gockel die Szene betreten hast? Ich habe dagesessen wie ein Narr.«
»Das ist doch Unsinn«, versuchte sie ihn zu beruhigen. »Jeder konnte sehen, dass er mir lediglich meine Bücher getragen hat.«
»Jeder hat gesehen, dass ihr zusammen gekommen seid«, korrigierte er wütend.

Johanna wurde die Zeit in Paris allmählich lang. Sie hatte keine rechte Aufgabe und wurde von den Männern nur zum Teil in die politischen Gespräche einbezogen. Nebbien dagegen blühte auf. Er schrieb Artikel über die Vorzüge des parlamentarischen Systems Englands, über den Nutzen einer engen Abhängigkeit zwischen Regierung und Kammern. Man schätzte seinen klaren Geist, seine Begabung, politische Zusammenhänge und rechtliche Gegebenheiten verständlich auf den Punkt zu bringen. Und man schätzte ihn vor allem für seinen Eifer, seine anscheinend grenzenlose Energie, die er ausschließlich der Sache widmete.
Der Winter kam und ging. Johanna hatte das Gefühl, dass sich nichts bewegte. Wieder und wieder sprach sie Louis darauf an, ob sie nicht endlich nach Bordeaux gehen könnten. Sein Vater brauche gewiss seine Unterstützung. Doch Louis wollte davon nichts hören.
»Es gibt nichts, was so wichtig ist wie mein Land. Ein einzelnes Schicksal zählt nichts, wenn es um das große Ganze geht. Vater kommt schon zurecht.«

Es nützte nichts, ihn auf die lange Zeit hinzuweisen, die bereits vergangen sei, ohne dass etwas passiert sei. Auf derartige Einwände reagierte er zunächst geduldig wie ein Vater, der seinem Kind die Welt erklären muss, wurde dann aber immer ungehaltener.

»Wenn du nicht spürst, wie viel sich verändert hat, wie sehr sich alles zuspitzt, Jeanne, habe ich dich vielleicht überschätzt«, sagte er einmal, was sie tief verletzte.

Die meiste Zeit verstanden sie sich gut, doch wann immer es darum ging, ob ihre Anwesenheit in Paris wirklich einen Sinn ergab und wie lange sie noch dauern sollte, gerieten sie in Streit. Das Gleiche galt für die Momente, in denen Victor auftauchte. Johanna und er teilten ein Geheimnis. Das führte dazu, dass sie ihn ein ums andre Mal allein zu sprechen versuchte. Sie wollte wissen, wie es um den Spion stand, ob Victor vorhatte, ihm endlich das Handwerk zu legen. Auch Victor suchte ihre Nähe, was Louis ihr mit schöner Regelmäßigkeit vorhielt. Er war rasend eifersüchtig, obwohl es dafür doch niemals einen Grund gab, wie Johanna stets aufs Neue beteuerte.

Im März 1830 zeigte sich, dass Louis und die Männer recht gehabt hatten. Unter der Oberfläche hatte sich die Situation tatsächlich zugespitzt. Und dann begann die neue Parlamentsperiode mit einem Eklat. Die Abgeordnetenkammer nötigte den König, zwischen Regierung und Kammer zu entscheiden. Man legte ihm nahe, seine Minister zu entlassen, was er nicht tat, und so wurde in der nächsten Kabinettssitzung der Vorschlag laut, die Kammer aufzulösen. Die Minister waren sich einig, im Mai wurde der Gedanke zur Tat und die Kammer aufgelöst. Neuwahlen wurden für den 23. Juni und 3. Juli ausgerufen. Bevor die neue Kammer sich aber auch nur bilden konnte, erließ der König Verordnungen, mit denen er die Freunde des ABC und alle, die zu ihnen gestoßen waren, vollends gegen sich aufbrachte.

Sie saßen wie so oft im Hinterzimmer des Café Musain. Man fühlte sich wie im Vorhof zur Hölle, so heiß war es in der Stadt, so hitzig waren die Gemüter. Johanna sah durch eines der beiden Fenster nach draußen. Alles war ihr so vertraut. Die Gassen von Paris waren ihr zur Heimat geworden. Wenn sie darüber nachdachte, konnte sie es noch immer nicht glauben. Sie war gekommen, um ihren Vater zu finden. Nebbien hatte sie zwar, ohne zu zögern, begleitet, doch gern hatte er es nicht getan. Es wäre ihm sehr viel lieber gewesen, sie von ihrem in seinen Augen gewiss törichten Plan abzubringen. Und jetzt? Nebbien war mit Thiers befreundet, dem Sprachrohr der Untergrundkämpfer, und hatte sich dessen Sache angeschlossen. Seit er endlich nur noch seiner Überzeugung folgte, statt auszuführen, was andere für ihn bestimmten, war er kaum mehr wiederzuerkennen. Und Johanna selbst? Ihren leiblichen Vater hatte sie nicht gefunden, ihren angeblichen gewissermaßen verloren. Sie hatten sich entschieden, ihren neuen Freunden gegenüber ehrlich zu sein, was ihr vermeintliches Verwandtschaftsverhältnis betraf, und hatten erwähnt, dass Nebbien nicht tatsächlich ihr Vater, sondern nur ein enger Freund ihrer Mutter gewesen sei, der sich ihrer angenommen habe. Das entsprach der Wahrheit, die sie für unerlässlich erachteten, wenn die anderen ihnen vertrauen sollten.
Vielleicht war es ihre Bestimmung, dachte Johanna, zu dieser Zeit in Paris zu sein und sich den Aufständischen anzuschließen. Die letzten Tage hatten alles verändert. Sie wusste, dass

Louis recht gehabt hatte, sie wusste, dass er für das Richtige kämpfte. Und sie stand fest an seiner Seite.
Zwei Jahre war sie nun schon hier, eine kleine Ewigkeit. Sie sah die Tür an, den Hinterausgang, durch den sie bereits mehr als einmal das Café verlassen hatten. Vor zwei Jahren hatte sie auf der anderen Seite gestanden und verwundert beobachtet, wie die Männer von dort in die Gasse traten und eilig ins Nirgendwo tauchten.
Sie blickte in dem kleinen Raum umher, der trotz der glühenden Julisonne nur in schummriges Licht getaucht war. Zu klein waren die beiden Fenster, zu eng standen die Häuser, als dass zwischen ihren dicken Mauern Helligkeit hereinkonnte. Sie sah Victor, der wie gewöhnlich eine Schale Tee vor sich stehen hatte. Er beobachtete genau, sprach nicht viel. Und er suchte häufig Johannas Blick. Die anderen, Philippe und Georges, Auguste und Arnaud, tranken Absinth mit Wasser. Louis debattierte mit Arnaud. Sie hatten die Köpfe zusammengesteckt. An ihren Gesten und ihrer Mimik konnte Johanna erkennen, wie aufgebracht sie waren, bereit, sich mit Haut und Haaren in den Aufstand zu stürzen. Thiers war an seinem Schreibtisch, um eine neue, vermutlich noch schärfere Ausgabe des *Le National* herauszugeben. Nebbien war bei ihm. Doch ganz gleich, an welchem Ort, alle waren im höchsten Maße angespannt, alle wussten, dass die Explosion nicht mehr lange auf sich warten ließe.
Und so war es. Pascal, ein struppiger Straßenjunge von höchstens zwölf Jahren, wie Johanna schätzte, kam den Gang vom Cafésaal entlanggestürmt. Er trug Männerhosen, die er, anstatt sie aufzurollen, einfach abgerissen hatte. Die Fransen hingen ihm über die Knie. Mit einer Hand hielt er seine Mütze, ein fleckiges kariertes Ding, das er stets auf dem wild gelockten rötlichen Haar trug.

»Die Kammer ist aufgelöst!«, schrie er.
»Was sagst du da?« Georges sprang auf und packte den Jungen bei den Schultern. Auch die anderen erhoben sich, langsam jedoch, wie unter Schock.
»Karl hat die Abgeordnetenkammer aufgelöst«, wiederholte er atemlos.
Cholet, der Wirt, war dem Jungen gefolgt. »Du weißt nicht, was du da redest, Bengel. Die Kammer ist doch gerade erst neu …« Weiter kam er nicht.
»Keiner weiß besser, was in dieser Stadt los ist, als ich«, brüstete sich Pascal. »Ich habe die Tuilerien fest in der Hand und von dort meine Informationen. Das mit der Kammer ist längst nicht alles. Fort mit dem Wahlrecht. Nur noch die Großgrundbesitzer dürfen wählen, die dicken fetten. Ihr wollt darüber in der Zeitung lesen?« Er warf den Lockenkopf in den Nacken, eine Hand noch immer auf der Mütze, und lachte schallend. Man konnte sehen, wie er es genoss, im Mittelpunkt zu stehen, von den Männern, die er so bewunderte, erwartungsvoll angestarrt zu werden. »Keine Zeitungen mehr, in denen die Wahrheit steht. Er verbietet dem Volk den Mund. Kein freier Artikel mehr, der nicht vorher abgesegnet wurde. Möchte wetten, Thiers verfasst schon scharfe Texte darüber.« Er feixte.
Johanna saß allein an dem kleinen Tisch. Wie betäubt sah sie zu, wie die Männer dicht um Pascal standen, auf ihn einredeten, miteinander berieten, aufgeregt, fassungslos und voller ungezügelter Wut. Louis klopfte Georges auf die Schulter und kam zu ihr.
»Es geht los«, sagte er. Seine Augen funkelten in einer Weise, die ihr Angst machte. »Der König hat uns den Krieg erklärt, er will uns kleinkriegen. Jetzt gilt es. Es gibt nur noch Siegen oder Sterben!«

»Um Himmels willen, Louis, sag doch so etwas nicht. Du machst mir Angst.«
Er nahm ihr Gesicht in seine Hände. »Wir haben alle Angst, Jeanne. Wir dürfen eben nicht scheitern«, entgegnete er mit fester Stimme.
Cholet zwirbelte seinen Schnauzbart. »Was wollt ihr jetzt tun?«
»Kämpfen!«, tönte es aus allen Kehlen.
»Wir finden uns drüben auf der anderen Seite zusammen«, verkündete Georges. »Am Place de la Révolution und am Palais Royal werden die Aufstände losbrechen, da wette ich. Verschanzen wir uns im Marais!«
»Ja, auf ins Marais! Gehen wir! Beeilen wir uns!«, riefen die Männer durcheinander.
»Ich bringe alles in Sicherheit, was zu Bruch gehen kann, und schließe das Café ab, dann komme ich, euch zu unterstützen«, rief Cholet eifrig.
»Du kennst doch Paris«, erwiderte Arnaud lachend. »Verkauf du nur weiter Kaffee und Brot. Die Barrikaden werden drüben stehen, hier geht das Leben weiter, als wäre nichts geschehen, das schwöre ich.«
»Diesmal nicht«, meinte Auguste. Er strich sich eine Strähne seines langen schwarzen Haars hinter das Ohr. »Wenn der König es wirklich gewagt hat, dann werden sich in allen Straßen die Menschen erheben. Ja, schließ du dein Café nur gut ab, Cholet. Wir wollen uns hier auf einen Absinth wieder treffen, wenn alles vorüber ist.«
»Außerdem können wir jeden Mann gebrauchen«, stimmte Georges ihm zu.
»Also, wo finde ich euch?«
»Rue du T«, erwiderte Georges knapp.

Das Gebäude in der Rue du Temple war eine ehemalige Apotheke. Ausgerechnet. Der Apotheker hatte sie vor Jahren geschlossen und sich selbst überlassen. Es gab Kellergewölbe und Platz für allerlei Gerätschaften, die man benötigte, um sich zu verschanzen, und natürlich für Waffen. Der größte Vorzug des Gewölbes war ein Durchgang zu den Katakomben, die sich wie ein zweites Wegenetz in der Erde unterhalb der Stadt spannten. Früher waren es Steinbrüche gewesen. Links von der Seine nutzte man inzwischen einige der Tunnel und Gänge als Beinhäuser, um die unhaltbaren Zustände auf den Friedhöfen zu verbessern. Die Freunde des ABC hatten diesen Durchgang vor langer Zeit geschaffen. Von dort konnten sie ungesehen vom Viertel Marais weit bis an den königlichen Palast gelangen und sich auch wieder in Sicherheit bringen, wenn es brenzlig wurde.
Die Männer verabschiedeten sich. Jeder hatte etwas zu erledigen. Die einen wollten noch einmal ihre Familie sehen, bevor der Kampf begann, andere wollten erst von weiteren Informanten hören, was im Königspalast vor sich ging. Johanna und Louis machten sich eilig auf den Weg zum *Le National*. Thiers und Nebbien würden wissen, wie schlimm es wirklich stand.
Thiers machte seinen Leuten Beine, als sie eintrafen. Nebbien war derjenige, der sie ins Bild setzte.
»Alle Artikel müssen ab sofort vom Innenministerium genehmigt werden, bevor wir sie drucken dürfen. So hat es der Polizeipräfekt heute verkündet. Das ist natürlich vollkommen inakzeptabel.«
»Was ist mit den Erlässen des Königs?«, wollte Louis wissen.
Nebbien bestätigte die Auflösung der Kammer. »Karl X. beruft sich auf den Notstandsartikel der Verfassung«, sagte er kopfschüttelnd. »Und das in großem Stil. Auch das Wahlgesetz hat

er nicht etwa unangetastet gelassen. Thiers meint, die Kaufleute hätten nicht regierungskonform gewählt. Deshalb wird die Gewerbesteuer von heute an nicht mehr für den Wahlzensus angerechnet.«

»Was bedeutet das?«, fragte Johanna, die die Fassungslosigkeit in Louis' Blick verstehen wollte.

»Die Stimmen der Wähler werden nach Besitz gewichtet. Erst ab einem bestimmten Vermögen oder einer bestimmten Abgabenhöhe, die du zahlst, darfst du auch wählen«, erklärte er. »Das ist schon schlimm genug, aber die Leute wussten sich bisher stets zu helfen. Sie haben zum Beispiel die Steueraufkommen innerhalb einer Familie addiert und damit die nötige Summe erlangt, um den Wahlzensus zu erreichen. Fließt die Gewerbesteuer nicht mehr ein, sind damit automatisch viele Handwerker und Geschäftsinhaber von der Wahl ausgeschlossen. Ein Skandal!«

Louis weihte Nebbien in die Pläne der Freunde des ABC ein.

»Wir treffen uns gleich zu Hause«, sagte der atemlos.

Johanna und Louis beeilten sich, in ihr kleines Haus, das zwischen Sorbonne und Panthéon lag und das sie seit einiger Zeit gemietet hatten, zu kommen. Das Herz des Hauses war ein großer Raum mit einem langen Holztisch und zwei einander gegenüberstehenden Bänken. In einer Ecke war der Ofen. Darüber hinaus gab es ein mächtiges Büfett aus dunklem Holz, dessen Türen mit groben Schnitzereien verziert waren, einen dunkelbraunen Steinfußboden und nur ein kleines Fenster. Die Wände des alten Hauses waren dick, so dass die Hitze ausgesperrt war.

Johanna atmete auf, stellte einen Krug mit Wasser und zwei Gläser auf den Tisch und ließ sich auf eine der Bänke fallen. Louis setzte sich neben sie.

»Der Tag, auf den wir so lange gewartet haben, ist gekommen«, begann er. »Ich muss mich bei dir entschuldigen, denn ich war manchmal schrecklich ungeduldig.«

»Aber nein«, widersprach sie halbherzig.

»Mir war die ganze Zeit so klar, dass es auf eine Konfrontation hinausläuft, ich bin aber auch schon mein ganzes Leben mit der Politik meines Landes befasst. Du dagegen kommst aus Lübeck. Wie solltest du die Veränderungen spüren, die manchmal nur eine Ahnung waren? Du konntest die Feinheiten nicht erkennen, doch genau das habe ich von dir gefordert. Bitte, verzeih mir, Jeanne.«

»Ist schon gut.«

»Nun ist der Tag also gekommen«, wiederholte er. Und nach einer kurzen Weile fügte er hinzu: »Und ich habe dich noch nicht einmal gefragt, was du tun willst.«

»Wie meinst du das?«

»Ich kann nicht hier sein, um auf dich aufzupassen. Nebbien wird das ganz sicher auch nicht tun. Er wird uns in die alte Apotheke begleiten und von dort an die Barrikaden. Hör zu, vielleicht wird es auf dieser Seite der Seine gar nicht so schlimm. Du schließt die Tür und schiebst zur Not den Tisch davor. Wann immer ich kann, komme ich zu dir.«

»Was redest du denn da? Ich werde selbstverständlich mit euch gehen.«

»Zur Apotheke? Das geht nicht.«

»Warum nicht? Ich gehöre zu euch. Bitte, Louis, lass mich nicht alleine hierbleiben. Ich möchte an deiner Seite sein.«

»O Jeanne!« Er nahm ihre Hände. »Auf der einen Seite habe ich gehofft, dass du das sagen würdest. Du könntest mit deinem Arzneiköfferchen und deinen Kenntnissen nützlich sein. Und es gibt keinen Ort, wo ich dich lieber wüsste als an meiner

Seite. Andererseits habe ich große Angst um dich. Es kann sehr gefährlich werden. Ich meinte es ernst, als ich sagte, wir werden siegen oder sterben.«
»Umso mehr will ich bei dir sein. Wenn jemand verletzt wird, kann ich mich um ihn kümmern. Der Gedanke, dir könnte etwas zustoßen und ich wäre nicht da, um deine Wunden zu versorgen, ist mir unerträglich. Bitte, Louis, ich werde wahnsinnig, wenn ich alleine in diesem Haus bleiben muss und nicht weiß, ob du noch am Leben bist. Ich muss euch begleiten.«
In seinen Augen lag so viel Wärme, aber auch so viel Schmerz. Sie konnte sehen, wie schwer der innere Kampf war, den er auszufechten hatte. Er stand dem sich abzeichnenden in nichts nach.
»Also gut«, sagte er schließlich. Und mit einem Blick zur Zimmerdecke flehte er: »O Gott, bitte lass mich diesen Entschluss niemals bereuen müssen!« Er drückte ihre Hände fester und sah sie eindringlich an. »Ich besorge dir etwas zum Anziehen. Ich will nicht, dass du in Frauenkleidern an den Barrikaden stehst. Das ist unpraktisch und unklug.«
»Ich soll Hosen tragen?« Johanna starrte ihn mit großen Augen an. »Aber das geht doch nicht!« Eine Frau in Männerkleidern war ganz und gar unschicklich.
»Glaube mir«, sagte er und stand bereits auf, »es ist die beste Wahl. Ich bin gleich zurück.« Er gab ihr einen flüchtigen Kuss auf die Stirn, lief zur Tür, drehte auf dem Absatz um, kam zurück und küsste sie leidenschaftlich auf den Mund. Dann war er fort.

Am Abend hing eine merkwürdige Atmosphäre im Raum. Zu dritt saßen sie am Tisch, aßen schweigsam, zogen die Vorhänge, die am Tag die Sonne aussperrten, erst gar nicht auf, sondern zündeten ein paar Kerzen an. Sie tranken Rotwein und gingen dann wieder und wieder die Geschehnisse des Tages durch. Keiner glaubte mehr an ein Wunder. Straßenkämpfe waren unvermeidlich, nur über das Ausmaß spekulierten sie. Nebbien hatte auf die Mitteilung, dass Johanna sie begleiten würde, ruhiger reagiert, als sie erwartet hatte. Er hatte lediglich einmal gefragt, ob sie es sich gut überlegt habe und ob es das sei, was sie wirklich aus eigenem Wunsch tun wolle. Dann hatte er sie lange angesehen, langsam genickt, und damit war das Thema beendet.

Johanna wusste, dass sich bereits zu dieser Stunde einige der Männer in der alten Apotheke eingefunden hatten. Nebbien, Louis und sie würden erst im Morgengrauen zu ihnen stoßen. Die Nacht über, so war jedenfalls Louis' Einschätzung, würde es schon noch ruhig bleiben. Warum sollten sie da auf ihr Bett und die Bequemlichkeit ihres Hauses verzichten? Ihr war es nur recht. Sie fürchtete sich vor dem, was vor ihnen lag. Zum wiederholten Mal kontrollierte sie die Tasche, in der sie ihre Heilmittel aufbewahrte. Hätte sie nur früher gewusst, dass sie es womöglich mit einigen Verletzten zu tun bekommen würde, dann hätte sie sich einen kleinen Vorrat an Kräutern und Tinkturen beschafft. So musste es eben mit dem gehen, was sie noch hatte. Weil es an Verbandszeug mangelte, riss sie ein altes Unterkleid in Streifen. Immer wieder stand sie auf, warf einen Blick in die Tasche, schnitt Salami und Käse ab, die sie ebenfalls verstaute, und setzte sich zwischendurch wieder zu den beiden Männern.

Nebbien war der Erste, der sich zur Nacht verabschiedete. »Wir sollten uns noch einmal gründlich ausruhen«, sagte er. »Wer weiß, wie lange alles dauert. Wir werden unsere Kräfte ganz gewiss brauchen.«

Louis und Johanna stimmten ihm zu und zogen sich ebenfalls zurück. Im Bett drängte sie sich an ihn.
»Halt mich fest«, flüsterte sie. »Ich habe so schreckliche Angst.«
»Du kannst es dir noch überlegen, Jeanne, du musst nicht mitgehen.«
»Ich habe doch viel mehr Angst um dich und um Nebbien.« Sie seufzte tief. »Und um all die anderen«, fügte sie leise hinzu. »Hoffentlich geschieht Pascal nichts. Er ist doch noch ein Kind.« Ihr Kopf lag auf seiner Brust, seine Hand spielte mit ihrem langen Haar.
»Schlaf jetzt«, flüsterte er. »Nebbien hat recht, wir brauchen all unsere Kraft.«
»Ja«, murmelte sie und streichelte in Gedanken seine Brust. Sie spürte, wie seine Hand ihren Arm entlangwanderte und sich auf ihren Bauch legte. Sofort meldete sich das vertraute Kribbeln in ihrem Leib. Sie ließ ihre Hand über seine Lenden gleiten. Er antwortete, indem er die Fingernägel ganz sanft aufwärtsführte, bis sie nahezu zufällig ihre Brustwarze streiften. Sie stöhnte auf.
»Du schläfst ja noch gar nicht«, neckte er.
»Wie könnte ich?«
»O Jeanne, werden wir morgen siegen oder untergehen?« Seine Stimme klang unsicher. Er hatte ebenso viel Angst wie sie.
»Wir werden siegen«, sagte sie mit aller Zuversicht, die sie aufbringen konnte. »Du wirst es sehen, wir werden siegen.« Sie rollte sich über ihn und küsste sanft seine Lippen. Wenn dies ihre letzte Nacht sein sollte, wollte sie sie bis zur letzten Sekunde genießen. Ihr war es egal, ob sie am nächsten Morgen müde wäre. An Schlaf war ohnehin nicht zu denken. Es war nicht schwer, Louis von dieser Ansicht zu überzeugen.

Im Morgengrauen verließen sie getrennt das Haus. Nebbien schlug den Weg zum *Le National* ein, um zu schauen, ob er dort gebraucht wurde. Louis und Johanna liefen geradewegs zur Pont Neuf, über die Seine-Insel und auf der anderen Seite des Flusses zur Rue du Temple. Johanna fielen die Soldaten auf, die überall in den Boulevards und Gassen unterwegs waren. Es waren mehr als sonst, und sie machten einen höchst angespannten Eindruck. An einer dunklen Ecke meinte sie Cholet mit einem Uniformierten zu sehen, die vertraulich miteinander tuschelten. Zu schnell zog Louis sie weiter. Wahrscheinlich war es ohnehin ein Irrtum gewesen. Ihre Nerven spielten ihr einen Streich, dachte sie. Sie blickten sich sorgsam um, bevor sie durch die Seitentür, die aussah, als wäre sie seit Jahren nicht mehr bewegt worden, in das alte Apothekerhaus schlüpften. Durch die Dunkelheit tasteten sie sich vor bis zu der Stiege, die hinab in das Gewölbe führte. Louis klopfte an eine alte Holztür, die letzte Hürde, bevor sie die Keller betreten konnten. Er klopfte zweimal, Pause, einmal, wieder Pause und erneut zweimal und gab sich damit als einen der Freunde des ABC zu erkennen. Es wurde geöffnet. Im Licht einer Laterne erschien das ausgemergelte Gesicht von Philippe.

»Wer ist er?«, fragte er erschrocken. Dann erkannte er sie. »Jeanne!« An Louis gewandt, erkundigte er sich, ob das mit Georges und den anderen besprochen sei.

»Was gibt es da zu besprechen? Sie gehört zu uns. Sie ist nicht die erste Frau in einer Revolte. Also mach nur kein Aufheben.« Damit war er an dem Professor vorbei und zog Johanna mit sich. So einfach war die Sache indes nicht. Victor wandte sich vehement gegen ihre Anwesenheit.

»Sie stammt nicht einmal aus Paris«, argumentierte er. »Es ist nicht ihre Sache. Ihr Angebot in Ehren, Mademoiselle, aber die Gefahr ist zu groß. Gehen Sie wieder nach Hause, solange Sie noch können.«

»Eine Frau ist nur ein Klotz am Bein. Wir werden auf sie aufpassen müssen, anstatt uns um die Soldaten kümmern zu können«, zischte Auguste.

»Keinesfalls, ich bin durchaus in der Lage, auf mich selbst aufzupassen«, wehrte sie sich.

»Das mag wohl sein«, schaltete Arnaud sich ein. »Dennoch hat Victor recht, meine ich. Sie haben nichts mit dem Kampf zu tun, den wir auszutragen haben. Und es ist einfach nicht die Bestimmung einer Frau.«

Bevor noch jemand etwas sagen konnte, klopfte es schon wieder in dem bekannten Rhythmus. Alle starrten auf die Tür und zählten die Schläge mit. Philippe öffnete, und Pascal stürmte herein, heftig mit einer Zeitung wedelnd.

»Das müsst ihr lesen!«, rief er, und seine Stimme überschlug sich. »Das gibt Ärger!«

Johanna war verblüfft, dass der kleine Kerl des Lesens mächtig war. Auguste riss ihm das Blatt aus den Händen und las, von zwölf Augenpaaren aufmerksam beobachtet, im Schein einer Laterne den Artikel, der die Titelseite füllte.

»Was steht drin?«, fragte einer.

»Nun sag schon«, drängte der Nächste. Eine Hand griff nach dem Papier, doch Auguste verteidigte es. Endlich ließ er es langsam sinken. Er sah von einem zum anderen. »Ein offener Protest gegen die Verordnungen des Königs!«

Einen kurzen Moment blieb es still. Johanna meinte, es wurde nicht einmal mehr geatmet. Im nächsten Moment brach der Jubel los.

»Seid ihr wahnsinnig?«, rief Georges sie zur Ordnung. »Wollt

ihr, dass wir hier unten entdeckt werden, bevor es richtig losgeht?«
Sofort dämpften alle ihre Stimmen. Wieder klopfte es. Diesmal war es Nebbien.
»Der Protest ist nicht nur bei Thiers erschienen, sondern auch im *Le Globe* und im *Le Temps*. Die Polizei war schon da und hat die Druckerpressen beschlagnahmt. Ich konnte mich gerade noch rechtzeitig aus dem Staub machen. War ein ziemlicher Tumult. Die Drucker sind augenblicklich auf die Straße gegangen. Die ersten Geschäfte auf dieser Seite der Seine bleiben geschlossen. Die Inhaber und Arbeiter lungern ebenfalls auf den Straßen herum, bereit, sich dem Protest anzuschließen, denke ich.«
Georges strich sich durch den Bart. »Mein Vorschlag ist folgender: Einer von uns geht raus und sondiert die Lage. Jeweils eine Stunde, danach lässt er sich ablösen. Sobald die Garnison anfängt Posten aufzustellen, schlagen wir ebenfalls los und bauen unsere Barrikade.«
»Da ist noch etwas, das ihr wissen solltet«, sagte Nebbien. »Das Oberkommando über die Garnison hat der Herzog von Ragusa übernommen.«
Die Männer zogen hörbar die Luft ein. »Was?« – »Das kann doch nicht …« – »Das ist die reine Provokation«, schimpften sie aufgebracht durcheinander. Johanna hatte den Namen schon häufig gehört. Sie wusste nicht, was diesem Mann vorgeworfen wurde, nur, dass er als Verräter galt. Ja, man setzte seinen Namen sogar mit dem Wort Verrat gleich.
»Wenn das so ist, sollten wir uns augenblicklich formieren«, schlug Auguste vor.
»Ja, jeder nimmt, was er tragen kann. Wir gehen durch die Katakomben bis kurz vor den Königspalast. Dort tauchen wir auf und bauen unsere Festung«, stimmte Philippe ihm zu.

»Einverstanden«, sagte Georges.
Auf der Stelle begannen alle Fässer, Pflastersteine, alte Stühle und Tische und Reste der Ladeneinrichtung, die man schon vor einiger Zeit in Stücke geschlagen hatte, zu packen.
»Und was ist mit mir?«, fragte Johanna scheu.
Louis bedeutete ihr zu warten und wandte sich an Georges. Er redete auf ihn ein und zeigte auf Johannas Tasche mit der Arznei. Er hatte gewonnen. Georges sah zu ihr herüber und nickte ihr zu. Auch sie griff umgehend nach einem Schemel und einem Holzbrett. Mehr konnte sie außer ihrer Medizin nicht tragen.
»Komm!«, rief Louis ihr zu, der auf der rechten Schulter ein dickes Fass und im linken Arm einen Haufen Bretter trug.
Einer nach dem anderen schlüpfte durch den engen Durchlass in die Katakomben. Es war feucht und modrig. War die Kühle im ersten Moment eine willkommene Erfrischung von der Julihitze, begann Johanna doch schon bald zu frösteln. Nie hätte sie vermutet, dass es unter den Straßen der Stadt selbst zu dieser Jahreszeit so kalt war. Zudem musste man auf seine Schritte achtgeben, so uneben war der Boden. Mal ragte hier ein Stein heraus, mal lag dort etwas im Weg, das erst im letzten Augenblick im flackernden Schein der Fackeln und Laternen auftauchte. Der Pfad durch die Unterwelt von Paris schien Johanna nicht enden zu wollen. An einigen Stellen war er so schmal, dass man sich vorsichtig zwischen den rauhen Steinwänden hindurchzwängen musste, dann wieder war er niedrig, und sie mussten gebückt vorwärtskommen. Es knisterte und raschelte, eine Ratte machte sich davon. Einmal hätte Johanna beinahe aufgeschrien, denn etwas klebrig Krabbelndes glitt über ihr Gesicht. Gewiss nur Spinnweben, beruhigte sie sich selbst. Sie war heilfroh, eine Hose zu tragen, so dass wenigstens nichts ihre Beine heraufkriechen konnte.

Endlich hatten sie den Ausgang erreicht. So schnell sie konnten, traten sie hinaus in die gleißende Sommerhitze. Sie hatten keine Zeit, sich nach und nach an das grelle Licht zu gewöhnen, sondern mussten sofort mit dem Bau ihres Bollwerks beginnen. Sie hatten Glück, ein Kohlenwagen stand verlassen mitten auf der Straße. Sie fackelten nicht lange, packten mit sechs Mann an und kippten den Wagen um. Was hundertmal besprochen war, wurde nun in die Wirklichkeit umgesetzt. Während die einen schon wieder in die dunkle kalte Welt der Katakomben tauchten, befestigten die anderen das Material an dem umgestürzten Wagen.
Johanna hatte keine Aufgabe in ihrem Plan. Sie war nicht eingeteilt in die eine oder andere Gruppe, konnte weder besonders viel tragen noch übermäßig geschickt Bretter und Möbelstücke zu einem uneinnehmbaren Schutzwall verbinden. Also tat sie, was Louis ihr gesagt hatte. Sie ging an die Seite, wo sie niemandem im Weg war, und hielt nach Uniformierten Ausschau, um Alarm schlagen zu können. Mit einem Mal war ihr, als begänne ihr Bernsteinanhänger auf ihrer Brust zu glühen. Einem Impuls folgend, hatte sie ihn nicht im Haus zurückgelassen, sondern trug ihn unter dem karierten Männerhemd. Ein Tuch mit einem Knoten am Ende verdeckte die Kette. Johanna konnte an nichts anderes mehr denken als an ihre Eidechse. Sie sah das Knopfauge des Reptils vor sich, wie es sie anstarrte. Johann-Baptist fiel ihr ein. Es würde ihn um den Verstand bringen, wenn der Stein mit dem Einschluss hier in Paris verlorenginge. Wenn ihr, Johanna, etwas zustieße, wäre es um das Schmuckstück geschehen. Wie schnell hatte es ihr jemand vom Hals gerissen, wenn sie bewusstlos oder gar getötet auf dem Pflaster läge. Sie überprüfte den Sitz ihrer Mütze, unter der ihr langes Haar verborgen war. Dann eilte sie dem Ein-

gang der Katakomben zu. Sie überlegte nicht, was sie tat. Es war, als hätte die Eidechse die Führung übernommen.
Die Dunkelheit hüllte sie so vollständig und plötzlich ein, dass sie erschrocken an der Wand stehen blieb. Wie töricht sie doch war. Vorhin waren sie nicht aus dem hellsten Sonnenschein, sondern aus dem finsteren Apothekenhaus, dessen Fenster vernagelt waren, in die unterirdischen Gänge getreten. Außerdem hatte es Fackeln gegeben. Jetzt war nichts als Schwärze um sie herum. Ihre Knie wurden weich. Was sollte sie nur tun? Sie tastete sich mit winzigen Schritten vor und befühlte die Wand. Etwas Weiches war da am Stein. Sie zog entsetzt die Hand zurück. Vielleicht ist es nur Moos, dachte sie. Ihr fiel die Zelle im Landarbeiterhaus von Stolp ein, in der sie Vincent besucht hatte. Ja, es musste Moos sein, das am feuchten Stein wuchs. Zaghaft streckte sie die Hand wieder aus und tastete sich weiter. Aus der Ferne drang ein schwacher Schein zu ihr. Sie erinnerte sich, dass es in den Stollen wenige Nischen gab, in denen Fackeln an der Wand befestigt waren. Dorthin musste sie es schaffen. Mit jedem Schritt wurde es ihr leichter, nicht nur, weil das Flackern näher kam, sondern weil ihr ihre Ahnen einfielen, deren Geschichte in der Chronik der Eidechse aufgeschrieben war. Was hatten sie alles ertragen müssen, was hatten sie mutig überstanden, nicht zuletzt, um den Anhänger in Sicherheit zu bringen? Es begann mit Lene, deren Mann Nikolaus den Bernstein aus der Ostsee gefischt, unterschlagen und dafür mit dem Leben bezahlt hatte. Hätte man den Brocken, damals noch vollkommen ungeschliffen, bei ihr entdeckt, wäre auch sie des Todes gewesen. Behutsam setzte Johanna einen Fuß vor den anderen. Plötzlich hörte sie Schritte, die rasch näher kamen. Es konnten nur ihre Leute sein, aber dennoch huschte sie in einen unbeleuchteten Seitengang und hielt den

Atem an. Irgendetwas fiel von der gewölbten Decke auf ihren Hals und krabbelte in ihr Hemd. Sie schlug mit der flachen Hand darauf, die Augen vor Entsetzen weit aufgerissen. Als die beiden Männer, die Holznachschub heranschafften, vorüber waren, riss sie das Hemd aus der Hose und schüttelte es aus. Der Eindringling landete mit leisem Klack auf dem Boden, eine Kakerlake vermutlich. Ihr Atem ging schnell, sie versuchte sich zu beruhigen. Nur weg hier, dachte sie und trat zurück in den Gang. Sie erreichte eine der Nischen. Zunächst wollte sie dort ein Loch graben, um ihren Anhänger zu verstecken. Dann kam ihr in den Sinn, dass diese Stelle alles andere als geeignet sein dürfte. Nirgendwo sonst wie ausgerechnet unterhalb der Fackeln würde eine Stelle, an der gegraben wurde, so leicht ins Auge fallen. Sie hatte eine bessere Idee.

Johanna schob die Fackel aus der Halterung und duckte sich damit in einen niedrigen schmalen Stollen, der einen Bogen in Richtung Seine machte. Sie musste die Flamme weit vom Körper halten, um in der Enge nicht am Rauch zu ersticken oder sich zu verbrennen. Sie beeilte sich, denn schon wieder hörte sie einige Männer durch die Katakomben laufen. Wenn sie auch niemandem von ihnen Böses zutraute, sollte doch keiner von ihnen wissen, wo sie ihr Erbstück verbarg. Ihre Gedanken gingen zurück zu den Frauen, die diesen Bernstein vor ihr besessen hatten. Einige hundert Jahre nach Lene war es Johannas leibliche Großmutter Luise gewesen, die ihn gehütet hatte. Obwohl sie gewiss große Not hatte erdulden müssen, hatte sie niemals den Anhänger versilbert, der ihr einiges eingebracht hätte. Stattdessen hatte sie ihr eigenes Kind ausgesetzt. Ob das besser war, fragte Johanna sich. Ihrer Tochter Femke hatte Luise den Stein mit der Eidechse überlassen, als sie sie in Windeln und Fell gewickelt vor dem Sommerhaus von Carsten und Hanna Thurau ablegte. Femke schließlich hatte Hanna im Kindbett, das ihr Sterbebett wurde, damit beauftragt, das Familienstück an sie, an Johanna, weiterzugeben. Ihr war, als wäre ihre Mutter Femke, als wären all die Frauen, die das Schicksal des Steins bisher gelenkt hatten und deren Schicksal von dem Stein so beeinflusst worden war, in diesem Moment bei ihr, um ihr die Kraft zu geben, das Richtige zu tun.

Als sie sich weit genug vom Hauptpfad entfernt wähnte, kniete sie nieder und lehnte die Fackel an die Wand. Sie entschied sich für eine Spalte zwischen zwei Steinen am Boden. Mit den Fingernägeln kratzte sie Sand und Unrat aus dem Spalt, band ihr Halstuch los und riss einen winzigen Fetzen davon ab, der gerade groß genug war, um die Kette mit dem Bernstein darin einzuschlagen. Das kostbare Päckchen schob sie so weit zwischen die beiden Steine, wie es nur ging. Zum Schluss bedeckte sie das Ganze wieder mit dem Sand. Zufrieden betrachtete sie ihr Werk. Niemand würde hier nach einem Schmuckstück suchen. Johanna erhob sich, klopfte sich den Schmutz von der Hose und eilte zurück zu der Nische, aus der sie die Fackel genommen hatte. Sie befestigte sie wieder in der Halterung. In das gebogene Eisen klemmte sie außerdem einen weiteren Fetzen ihres Halstuchs. Es sah so aus, als wäre jemand mit der Kleidung hängengeblieben, als er nach der Fackel gegriffen hatte. Nichts Auffälliges also, aber für Johanna war es ein Wegweiser, der sie zu ihrer Eidechse zurückbringen würde. Sie musste Nebbien und am besten auch Louis von diesem Zeichen erzählen, damit sie den Anhänger zu Johann-Baptist bringen konnten, falls ihr etwas Schlimmes geschehen sollte. Schließlich verbarg sie sich in der Dunkelheit, bis drei Männer aus der Richtung der Apotheke, beladen mit Brettern und Stöcken, durch den Schacht kamen. Sie folgte ihnen mit gerade so viel Abstand, dass sie unentdeckt bleiben, aber doch den Schein ihrer Laterne nutzen konnte.

»Um Himmels willen, Jeanne, wo bist du gewesen?« Louis riss sie in die Arme. »Ich habe deine Tasche dort drüben an der Hausecke gesehen, aber von dir keine Spur.«
Sie blinzelte gegen das gleißende Licht, das ihr Tränen in die Augen trieb. Die schwüle Luft traf sie nach ihrem Ausflug in die kalten Katakomben mit ganzer Wucht.
»Ich war hier«, stammelte sie. »Ich meine, ich habe ein wenig tragen geholfen. Sonst hätte ich doch nur untätig im Weg gestanden.«
»Würdest du nächstes Mal bitte ein Wort sagen, bevor du aus unserer Sichtweite verschwindest. Nebbien und ich sind fast umgekommen vor Angst.«
»Es tut mir leid«, erwiderte sie kleinlaut und traute sich in diesem Moment nicht, ihm die Wahrheit zu sagen.
Die Barrikade war inzwischen so etwas wie eine Festung von einiger Höhe und vor allem augenscheinlich von erstaunlicher Stabilität. Die Männer ruhten sich dahinter aus. Ihre Hemden klebten auf ihrer Haut, ihre Gesichter waren von der Anstrengung gerötet. Pascal kletterte geschickt und elegant wie ein Eichhörnchen auf die Barrikade und blickte die Straße entlang. Inzwischen waren noch mehr Kerle seines Reviers, wie er sie nannte, aufgetaucht. Ihnen allen war gemeinsam, dass sie niemanden hatten, der für sie sorgte. Sie waren ein eigenes kleines Volk, arm und auf Almosen angewiesen, aber ebenso fröhlich und schlau. Einen sah Johanna, der schielte, ein anderer, den sie schon früher gesehen zu haben glaubte, trug eine Augenklappe. Und wieder ein anderer hatte eine Mütze aus

Rattenfell auf dem Kopf. Haare hatte er keine, stattdessen trug er das Fell trotz der nahezu unerträglichen Temperaturen stolz auf dem Haupt. Die Gassenjungen waren überall und nirgends, drehten hier einem Geistlichen, der erschien, um die Aufständischen zum Einlenken zu bewegen, eine Nase oder beschmierten die Wände eines Hauses mit Kohle. Vor allem aber schienen sie durch jedes noch so kleine Loch schlüpfen zu können, was von einigem Vorteil war. So konnten sie die Männer darüber unterrichten, was in anderen Straßen oder auf den Boulevards vor sich ging, und frühzeitig Alarm schlagen, falls Gefahr drohte.

Die nahte aus Richtung des königlichen Palastes. Ein Knirps, dessen Namen Johanna nicht kannte, rannte auf die Barrikade der Freunde des ABC zu, eine rote Fahne als Erkennungsmerkmal schwenkend. Er rief Pascal etwas zu, der mit wenigen Sprüngen von seinem Ausguck herunter war.

»Soldaten!«, brüllte er. »Mindestens sechzig Mann, vielleicht auch mehr!« Sein Informant schlitterte im nächsten Moment hinter das sichere Bollwerk. Statt Schuhe zu tragen, hatte er Lumpen um die Füße gewickelt. Schon waren Stiefel im Gleichschritt auf dem Pflaster zu hören. Mit Doppelladern und Pistolen erwarteten die Aufrührer die Soldaten. Einige hatten auch Säbel in den Händen. Die Männer legten ihre Waffen an und zielten.

Victor warf Johanna ein Messer zu. »Nur für den Fall«, rief er. Im nächsten Augenblick war Nebbien bei ihr. »Halten Sie sich dicht bei mir und machen Sie sich so klein, wie Sie können. Wenn etwas passiert, rennen Sie los und verschwinden in die Katakomben.«

Sie duckte sich und presste sich in den Winkel zwischen Kohlenwagen und Rad.

»Ihr habt keine Chance!«, rief eine Stimme, die dem Befehlshaber der Soldatengruppe gehören musste.
Jemand flüsterte: »Unten bleiben. Das ist eine Finte.«
Wieder ertönte die schneidige Stimme, der jahrelange Erfahrung beim Militär anzuhören war. »Ihr seid allein! Niemand schließt sich dem Aufstand an. Macht die Straße frei, und wir ziehen ab, ohne das Feuer zu eröffnen.«
»Lügner!«, brüllte Pascal schrill aus seinem Versteck. »Überall stehen die Barrikaden. Wir sind nicht allein, ihr seid es!«
Einige der Männer mussten über den mutigen Dreikäsehoch lachen. Da fielen die ersten Schüsse. Johanna fuhr zusammen. Die Aufständischen erwiderten das Feuer, ohne dabei aus ihrer Deckung zu kommen. Sie hatten Schießscharten frei gelassen, durch die sie die Gewehrkolben nun schieben konnten. Noch nie zuvor hatte Johanna aus nächster Nähe erlebt, wie Waffen abgefeuert wurden. So schrecklich laut hatte sie sich das nicht vorgestellt. Sie schickte Gebete zum Himmel und musste an ihre Eidechse denken, die sie jetzt gerne in die Hand genommen hätte. Es dauerte eine entsetzliche Weile, bis die Soldaten mit einem Mal das Feuer einstellten. Kommandos wurden geschrien, sich entfernende Schritte waren zu hören. Der erste Sieg ging an die Freunde. Ihr Jubel dauerte jedoch nicht lang. Ihnen war klar, dass ihnen nicht viel Zeit bis zur Rückkehr der Regierungstruppen blieb. Und sie würden mit größerem Aufgebot und besser bewaffnet anrücken, das stand fest. Johanna spürte, dass sie zitterte, doch für Angst war jetzt keine Zeit. Sie mussten sich alle gemeinsam einen Überblick über die entstandenen Schäden und vor allem über etwaige Verletzungen verschaffen. Und die gab es. Die Geschosse der Soldaten hatten zum Beispiel Holzsplitter aus den Brettern geschlagen. Einer davon steckte in dem Arm eines jungen Mannes, dessen Na-

men Johanna wohl mal gehört, aber längst wieder vergessen hatte. Zu viele waren es, die Seite an Seite kämpften. Sie holte Wasser aus einem nahen Brunnen, schob behutsam die Haut an der Eintrittsstelle zusammen, bis sie den Span greifen konnte, zog ihn heraus und reinigte die Wunde. Sie dachte an eine der Witwen, die sich einmal einen Rosendorn eingetreten hatte. Wie sie es damals auch gemacht hatte, gab Johanna zum Schluss Salbe aus Schwarzem Beinwell auf die verletzte Haut. Pascal hatte eine Platzwunde am Hinterkopf abbekommen.
»Hab ich gar nicht gemerkt«, log er. »Muss wohl passiert sein, als ich mich rücklings von der Barrikade habe fallen lassen, damit mich keiner sieht. Ist ja ziemlich hoch.«
Die Wahrheit war, dass er sich eines der Gewehre stibitzt und geschossen hatte. Zum ersten Mal hatte er eine derart wuchtige Waffe bedient und mit dem Rückschlag nicht gerechnet. Auch seine Wunde versorgte Johanna hingebungsvoll. Dann steckte sie ihm noch ein Stück Salami zu.
»Hier. Du hast bestimmt noch nicht viel gegessen.«
Seine Augen leuchteten, als er blitzschnell nach der Wurst griff und sie im Mund verschwinden ließ. »Danke! Hast was gut bei mir.«
Sie lächelte.

Für eine gnädige Weile trat Ruhe ein. Nebbien machte sich auf den Weg zu Thiers, um ihm seine Hilfe anzubieten. Georges und die anderen berieten sich, Louis hörte ihnen zu. Er hielt Johanna, die neben ihm hockte, im Arm. Einer der Gassenjungen, den Pascal geschickt hatte, die Lage auszukundschaften, kam zurück.
»Auf der anderen Seite vom Palast stand auch eine Barrikade, viel dichter dran als unsere«, brachte der atemlos hervor. Er

lispelte und sprach mit einem eigenartigen Dialekt, den Johanna noch nie gehört hatte. »Die haben die Soldaten zerstört, gesprengt, einfach so. Ein Mann ist tot.«
»Ein Soldat?«, wollte Arnaud wissen.
»Nein, einen von den Arbeitern hat's erwischt.«
Betroffenes Schweigen breitete sich aus. Doch nach und nach hob wieder eifriges Debattieren an, mit gedämpften Stimmen, in denen Wut und Traurigkeit lagen.
»Mein Gott, warum musste es nur so weit kommen?«, fragte Johanna.
Louis drückte sie wortlos an sich und küsste sie auf die Wange. Gemeinsam beschlossen die Männer, ihre Festung abzubauen und ein Stück weiter vom Palast entfernt wieder zu errichten. Sie wollten provozieren, blockieren, wenn es ihnen bestimmt war, womöglich sogar das Palais des Königs einnehmen. Was sie nicht wollten, waren Tote in ihren Reihen. Sie nahmen in Kauf, dass es einen jeden von ihnen treffen konnte. Sie würden auch niemals davonrennen, aber ein unsinniges Risiko eingehen würden sie ebenso wenig. Das war der Grund, der sie zunächst zum Rückzug bewegte.
Die Sonne stand hoch am Himmel, als sie das schwere Baumaterial auseinanderrissen, fortschafften und in der Rue de Rivoli wieder aufbauten. Sogar den Kohlenwagen hievten sie mit Schwung auf die Räder und zogen ihn zu dem neuen Standort. Pascals Kerle packten mit an wie erwachsene Männer. Johanna fiel auf, dass der Knirps mit der Mütze aus Rattenfell sehr blass war. Er taumelte, hielt sich an einem der Holzräder. Mit raschen Schritten war sie bei ihm.
»Fühlst du dich nicht wohl?«
»Mir ist schlecht«, jammerte er und war plötzlich das kleine Kind, das zu seinem Alter passte.

»Wie heißt du?«

»Jean-Marius de Brujon«, gab er stolz zur Antwort.

»Oho«, machte sie und lächelte ihm aufmunternd zu. »Da ist ein wenig Stroh. Leg dich am besten ein Weilchen darauf.«

»Das geht nicht, ich werde gebraucht«, widersprach er ohne große Überzeugung.

»Im Moment ist es ruhig, da kannst du dir eine kleine Pause gönnen. Aber nachher, wenn es wieder losgeht, dann wirst du gewiss gebraucht. Gerade deshalb sollst du dich jetzt hinlegen. Ich hole dir Wasser.« Als sie sah, dass er gehorchte, ging sie Wasser holen. Viel war nicht mehr da, und bis zum Brunnen war es von ihrem neuen Standort weiter als vorher. Sie würde sich darum kümmern, wenn sie Jean-Marius versorgt hatte. Wieder bei ihm, tauchte sie den Rest ihres Halstuchs in das Wasser und kühlte damit den kahlen Kopf und den Nacken des Jungen. Außerdem gab sie ihm zu trinken. »Nicht so hastig«, ermahnte sie ihn.

Victor hockte sich zu ihr. »Was ist mit ihm?« Er sah den Jungen mit seinem sanften Engelsblick an.

»Die Hitze«, antwortete sie. »Und dann die körperliche Anstrengung. Das ist viel zu viel für so einen kleinen Kerl.«

»Sie gehören ebenso wenig hierher wie Frauen.«

Johanna sah, dass Louis sie und Victor beobachtete. Sie wandte sich wieder Jean-Marius zu, kühlte erneut Kopf und Nacken und legte dann seine Füße auf ihren Schoß.

»Na, fühlst du dich schon besser? Oder ist dir noch schwindlig?«

»Ach was, es war ja nichts. Geht schon«, meinte er tapfer. Tatsächlich kam Farbe in seine Wangen zurück.

Victor erhob sich und ging. Louis' Gesichtszüge entspannten sich.

Im Laufe des Tages kam noch ein Pfaffe, wie die Gassenjungen die Geistlichen verächtlich nannten. Er redete, wie es schon ein anderer Kirchenmann vor ihm getan hatte, auf die Aufständischen ein.

»Sie werden untergehen, meine Herren. Es wird ein großes Blutvergießen geben. Lassen Sie das nicht zu!«

»Sondern? So weitermachen wie bisher?« Philippe war außer sich und sprach aus, was jeder dachte. »Natürlich, euch Pfarrern und Bischöfen geht es bestens. Würdet ihr euch wahrhaftig um das Volk sorgen, kämpftet ihr an unserer Seite.«

»Ihr irrt, mein Herr«, erwiderte der Mann. »Weil ich mich um das Volk sorge, bin ich hier. Um Schlimmeres zu verhindern.«

Johanna sah, dass der Geistliche und Philippe sich in einen schattigen Winkel verzogen und heftig aufeinander einredeten. Plötzlich hatte Philippe seine Pistole in der Hand. Johanna hielt den Atem an. Philippe drehte die Waffe, so dass die Mündung auf ihn selbst gerichtet war, und hielt sie dem anderen hin. Der blickte lange auf den Griff, hob die Hand, ließ sie dann aber wieder sinken. Er streifte seine Soutane über den Kopf, faltete sie sorgsam, bekreuzigte sich und legte sie hinter der Barrikade ab. Philippe und er klopften einander kameradschaftlich auf die Schulter. Der Mann war jetzt einer von ihnen.

Es kamen immer wieder Frauen, Gattinnen ehemaliger Soldaten etwa, die Krüge mit kaltem Wasser, dünnem Bier und Saft brachten. Einige legten verstohlen Munition ab, die sie unter ihren Schürzen getragen hatten. Alle machten sich rasch wieder davon. Eine Bäckersfrau brachte Brot und süßes Gebäck. Die Regierungstruppen ließen sich nicht mehr blicken. Vielleicht spielten sie auf Zeit, hieß es. Hitze, Hunger und Durst würden die Aufrührer früher oder später schon zermürben, so mochte die Taktik lauten.

Als die Abenddämmerung hereinbrach, kam nicht nur Nebbien zurück, auch Cholet ließ sich sehen. Er wusste zu berichten, dass de Marmont, so war der Name des Herzogs von Ragusa, nicht auf die Aufständischen schießen wolle.
»Soll das komisch sein?«, fragte Arnaud. »Es wurde heute bereits geschossen.«
»Morgen nicht mehr. Der Herzog will einlenken. Er will, dass der König für Ruhe sorgt, ohne alles zu Klump schlagen zu lassen.« Eifrig fügte er hinzu: »Ich glaube, er versteht es, die Zeichen der Zeit richtig zu deuten. Der Sieg gehört bereits uns.«
Einige der Männer grinsten erfreut und klatschten die Hände gegeneinander. Die Jungen grinsten ebenfalls über die ganzen verdreckten Gesichter, zwei hakten sich ein und führten ein Tänzchen auf. Victor ließ Cholet nicht aus den Augen. Er sah aus, als würde er einfach nur voller Interesse zuhören, doch Johanna wusste, dass er gespannt war wie ein Bogen kurz vor dem Schuss.
»Wir sollten uns nicht zu früh freuen«, dämpfte Georges in seiner sachlichen Art die Begeisterung. »Ein besonnenes Gebaren, wie du es beschreibst, passt nicht zum Herzog. Selbst wenn er die Lage einfach richtig einschätzen und Verluste auf beiden Seiten verhindern wollte, heißt das noch lange nicht, dass der König im gleichen Maße klug und einsichtig ist. Woher beziehst du überhaupt deine Information, Cholet?«
Victor sah ihn erwartungsvoll an. Ein kaum wahrnehmbares spöttisches Lächeln spielte um seine Lippen.
»Ein Freund von mir war einmal in der Nationalgarde. Er hat noch Kontakt zu seinen ehemaligen Kameraden, die das eine oder andere durchsickern lassen. Das vertraut er mir dann an. Er ist also ein erstklassiger Informant.«

Man kam zu dem Entschluss, die Stellung auch über Nacht zu halten. Man hoffte, Cholet möge recht haben, vertraute jedoch lieber nicht auf die Aussagen eines unbekannten Informanten.

Die Dunkelheit legte sich über sie wie ein weiches samtenes Tuch. Nur zwei Laternen wurden angezündet, eine für denjenigen, der auf Patrouille ging, und eine, die hinter der Barrikade dafür sorgte, dass niemand über einen anderen stolperte oder sich verletzte. Zwei der Jungen hatten stapelweise Decken angeschleppt. Johanna wollte sich lieber nicht ausmalen, woher sie diese so plötzlich hatten. Die Decken dufteten frisch und waren sauber und ordentlich gefaltet. Ganz in der Nähe gab es eine Wäscherei ... Sie legten die blütenweißen Decken auf die staubige Straße, wo sie als Nachtlager dienen sollten. Philippe war der Einzige, der nach Hause ging. Zwei junge Frauen gesellten sich zu den Männern, eine gehörte zu Arnaud, die andere zu dem Blonden, dem Johanna den Splitter aus dem Fleisch geholt hatte. Wie in der Nacht zuvor in ihrem Haus, bettete sie ihren Kopf auf Louis' Brust. Wieder war an Schlaf kaum zu denken. Doch trotz dieser Gemeinsamkeit waren die Nächte ungleiche Schwestern. Diesmal trug Johanna Männerkleider, und über ihr spannte sich nicht die Holzdecke des kleinen Hauses, sondern das Firmament. Mit leisen Stimmen tuschelten einige noch lange miteinander. Die Jungen hatten einen zusätzlichen Wachdienst auf die Beine gestellt und lösten einander ab. Hin und wieder kam jemand aus einem der Häuser, der sie fragte, ob sie noch etwas benötigten. Ruhe wollte nicht einkehren.
Johanna wurde nicht müde, den Sternenhimmel anzusehen. Louis, der den ganzen Tag schwer geschuftet hatte, schlief

rasch ein. Sie dagegen war hellwach oder erwachte, wenn sie doch einmal eingeschlafen war, bei dem kleinsten Geräusch sofort wieder. Als die ersten Sonnenstrahlen die Männer an den Nasen kitzelten, das eigenartige Schlaflager allmählich wieder munter wurde und sich in die Festung des Vortages verwandelte, waren Johannas Lider bleischwer. Sie hatte Mühe, sich auf den Beinen zu halten.

Am zweiten Tag der Revolte schlossen sich viele Pariser dem Aufstand an. Immer mehr Studenten und Arbeiter, ebenso ehemalige Nationalgardisten in wachsender Zahl bewaffneten sich, errichteten Straßensperren oder nisteten sich in Häusern ein, deren Lage sie als günstig erachteten. Die Soldaten der Regierungstruppen konnten nicht mehr sicher sein, nicht aus den Fenstern eines bis dahin braven und unauffälligen Bürgers mit Geschossen verschiedenster Art traktiert zu werden. Wie Cholet es vorhergesagt hatte, übte sich der Herzog von Ragusa in Zurückhaltung. Es sprach sich herum, dass der König gar nicht in der Stadt, sondern zur Jagd aufs Land gefahren sei. Das konnte erklären, warum die Truppen noch nicht mit ganzer Härte losschlugen. Man hatte, das war unübersehbar, die gesamte Situation und die Reaktion des Volkes auf die königlichen Verordnungen gründlich unterschätzt. Jetzt wollte man einen klaren Befehl von Karl X. Und den zu erhalten war nicht so einfach.
Der Tag war ebenso schwül und unerträglich wie der Vortag, doch er war um so vieles erfreulicher. Keine Stunde verging, ohne dass eine gute Nachricht mit einem der Gassenjungen an die Barrikade gelangte.
»Notre-Dame ist von Aufrührern besetzt«, hieß es. Dann gar: »Das Rathaus ist besetzt! Uns gehört das Rathaus!« Schon

machten Gerüchte die Runde, der König sei dazu aufgefordert worden, seine Erlasse zurückzunehmen und seine Minister ihrer Ämter zu entheben. Bestätigt wurden solche Geschichten indes nicht. Zu späterer Stunde hörte man, die Truppen des Herzogs hätten große Verluste erlitten, er selbst habe sich in den Louvre geflüchtet.

Es war eine unwirkliche Stimmung, die einen jeden mit sich riss. Wie im Rausch feierten sie jeden neuen Bericht.

Victor ließ sich sogar dazu hinreißen, Johannas Taille zu umfassen und dicht an ihrem Ohr zu flüstern: »Sollte ich Cholet etwa doch zu Unrecht verdächtigt haben? Was er gestern prophezeit hat, scheint heute einzutreten.«

Sie machte sich sofort von ihm frei und sah ängstlich nach Louis. Sie wollte nicht noch einmal mit ihm streiten, weil er meinte, sie habe sich mit Victor eingelassen. »Es wäre gut für uns alle«, gab sie knapp zurück und ließ ihn stehen.

Außer kleinen Scharmützeln brachte der Tag keine ernsthaften kämpferischen Auseinandersetzungen. Schon freuten sie sich, dass alles so schnell vorbei sein würde.

Nebbien, der bei Thiers gewesen war, verkündete: »Der König muss abdanken. Der Herzog von Orléans soll ihm auf den Thron folgen.«

»Ist das sicher?«, fragte Philippe.

»Sicher ist noch gar nichts, wenn ihr meine Meinung hören wollt, nicht einmal der siegreiche Ausgang dieser Revolte.«

Protest unterbrach Nebbien in seinen Ausführungen.

»Lasst ihn doch sprechen«, rief Georges die Männer zur Ordnung.

»Thiers bereitet eine Proklamation vor. Er will alles tun, damit es der Herzog von Orléans auf den Thron schafft. Das wäre eine gute Wahl, meine ich.«

Es wurde beratschlagt, das Für und Wider lautstark gegeneinander aufgerechnet und darüber gemutmaßt, wie die Chancen für Thiers' Plan standen.

Auguste platzte in die Diskussion hinein. Ihn hatte es nicht lange an der Barrikade gehalten, nachdem die Jungen mit den ersten schier unglaublichen Nachrichten gekommen waren. »Eine Waffenfabrik ist geplündert«, berichtete er keuchend. »Ich weiß außerdem von drei Läden von Büchsenmachern, die aufgebrochen und leer geräumt sind. Morgen, Freunde, geben wir den Soldaten des Königs den Rest. Wer weiß, vielleicht schon heute Nacht!« Sein schwarzes Haar glänzte feucht, seine Augen blitzten abenteuerlustig. »Laternen sind zertrümmert, Pflastersteine aus den Straßen gerissen. Ich habe Häuser gesehen, deren Türen gesprengt waren. Einige Gruppen haben sich einfach Zutritt verschafft und tragen hinaus, was in den Häusern zum Bau von Barrikaden geeignet ist. Ja, selbst Bäume haben sie ausgerissen.«

Immer mehr redete er sich in Rage und unterstrich seine Erzählung mit wilden Gesten. Die anderen hingen an seinen Lippen, applaudierten und lachten. »Lasst uns die Trikolore auf unserer Festung hissen«, schlug er am Ende seines Auftritts feierlich vor.

»Noch nicht!« Georges' Stimme zerschnitt die Luft, bevor der Beifall aufbranden konnte. »Warten wir den morgigen Tag noch ab. Weht die Trikolore zu früh über Paris, bringt das nur Unglück.«

Nicht alle waren einverstanden und protestierten leise. Keiner wagte aber, ihm lautstark die Stirn zu bieten.

Der zweite Abend an der Barrikade begann. Cholet ließ sich erneut blicken. Diesmal hatte er zur allgemeinen Freude Absinth und Wein mitgebracht. Johanna beobachtete, wie Victor den Wirt beiseitenahm und mit ihm flüsterte. Beide lachten. Sie wusste nicht, was sie davon halten sollte.

»Kannst du diesen Victor denn gar nicht aus den Augen lassen«, zischte Louis, der unbemerkt neben sie getreten war.

»Was? Aber ...« Sie wollte ihm erklären, dass es gar nicht um Victor, sondern um Cholet ging, doch Louis ließ sie einfach stehen. Sie kochte innerlich. Was glaubte er nur? Dass sie mit ihm an der Barrikade ausharrte, um in Victors Nähe zu sein? Das war ja lächerlich!

»Alles in Ordnung?« Es war Nebbien, der von hinten auf sie zugetreten war.

»Ich weiß nicht. Ich traue diesem Cholet nicht über den Weg. Wenn ich schon sein verschlagenes Gesicht sehe ... Es ist das einer Katze.« In dem Moment fiel ihr eine Geschichte ein, die Nebbien ihr einmal von ihrer Mutter erzählt hatte. »Und dann der Alkohol. Sie haben mir einmal von einem Ablenkungsmanöver erzählt, mit dem meine Mutter damals die französischen Soldaten außer Gefecht gesetzt und den preußischen Truppen die Flucht ermöglicht hat. Was ist, wenn Cholet etwas Ähnliches im Sinn hat? Womöglich ist es sein Plan, die Männer betrunken zu machen und sie später zu überfallen.«

»Johanna, ich bitte Sie, das würde bedeuten, dass er ein Verräter ist. Aber er gehört doch zu uns. Oder nicht?« Misstrauisch sah er zu ihm hinüber.

»Ich weiß nicht, ob er ein Verräter ist«, sagte sie gereizt. »Jedenfalls halte ich ihn für ein Schlitzohr.«

»Ich werde einen Blick auf ihn haben.«

Sie sah noch einmal nach den Jungen, bevor sie sich ihr Nachtlager zurechtmachte. Der Boden war hart. Ohne Louis' Brust, die ihr als Kissen gedient hatte, ohne seine Körperwärme fühlte sie sich verloren. Trotzig schloss sie die Augen. Wie sollte man da schlafen, wenn die Männer tranken und grölten und lachten? Zwar rief Georges sie manches Mal zur Ordnung, wenn es zu laut wurde, aber auch mit ihm ging anscheinend die Freude über den vermeintlichen Sieg, den sie so schnell und leicht erstritten hatten, durch. Irgendwann fiel sie in einen unruhigen Schlaf. Als sie erwachte, war alles dunkel. Nur eine kleine Laterne stand ein gutes Stück von ihr entfernt. Louis lag neben ihr, und von allen Seiten hörte sie das Schnarchen von Männern, die zu viel getrunken hatten. Sie gewöhnte sich an die Dunkelheit und konnte schemenhaft Louis' Gesicht ausmachen. Er sah so entspannt und zufrieden aus. Sie musste schmunzeln. Eifersüchtiger Kerl, dachte sie und schloss wieder die Augen. Da hörte sie ein Flüstern. Anscheinend war außer ihr noch jemand wach. Sie meinte Cholets Stimme zu erkennen. Sofort war sie in höchster Alarmbereitschaft. Sie lauschte angestrengt in die Finsternis, Schweiß trat ihr auf die Stirn.

»Habe ich zu viel versprochen?«

»Nein, Cholet. Wenn dies kein Hinterhalt ist! Du bist jeden Sou wert.«

»Ich hoffe, dass es etwas mehr sein wird als nur ein paar lächerliche Sou.« Er lachte bösartig.

»Psst«, fuhr sein Begleiter ihn an.

»Die schlafen fest. Können Sie mir ruhig glauben.«

»Wir treffen uns in zehn Minuten wieder hier.«

»Sie wissen doch jetzt, wo Sie die ABC-Freunde finden. Wozu muss ich dabei sein?«

»Es ist so ausgemacht.«

»Schon, aber …«

»Nichts da! In zehn Minuten.«

Die beiden Männer schlichen sich in die Schwärze der Nacht

zurück, aus der sie aufgetaucht waren. Sogleich rüttelte Johanna Louis wach.

»Was denn? Lass mich noch schlafen«, knurrte er.

»Nein«, sagte sie laut und vernehmlich. »Aufwachen, sofort! Das gilt für euch alle.«

»Was ist denn da los?« Arnaud griff nach der Laterne und schwenkte sie in Johannas Richtung.

»Wir werden angegriffen. In zehn Minuten«, sagte sie eindringlich. Sie holte gerade Luft, um zu erklären, dass es Cholet war, der sie verraten hatte, als ein Schrei die nächtliche Stille endgültig zerriss.

»Er ist tot! Diese Schweine haben ihm die Kehle durchgeschnitten! Jean-Marius ist tot!« Es war Pascals Stimme. Johanna konnte sein bleiches Gesicht im Schein der zweiten Laterne sehen, die er in die Höhe hielt.

Jetzt waren alle auf den Beinen. Johanna rannte mit ihrer Tasche zu dem Jungen mit der Rattenmütze. Sie war ihm vom Kopf gerutscht und lag in einer Blutlache auf dem schmutzigen Pflaster der Rue de Rivoli. Wo vor wenigen Tagen noch die reichen Leute flaniert waren und der kleine Jean-Marius sie vermutlich um einige Sou erleichtert hatte, lag er nun und rührte sich nicht mehr. Johanna kniete sich neben ihn, die Männer standen um sie herum. Sie neigte den Kopf und hielt ihr Ohr dicht über seinen Mund. Dann legte sie eine Hand auf seine Brust und schließlich um sein dürres Handgelenk. Sie tastete verzweifelt. Nichts. Tränen liefen ihr über die Wangen.

»Du musst leben«, flüsterte sie ihm immer wieder zu. »Hörst du mich? Wir werden siegen. Du musst die Trikolore schwenken.«

Der Kleine rührte sich nicht. Wie in Trance reinigte sie seine

Wunde. Der Junge, der so schrecklich schielte, begann laut zu schluchzen. Die Männer gingen langsam auseinander. Pascal stand wie erstarrt da und sah Johanna bei ihrem unsinnigen Tun zu. Sie beide wollten den Kampf um das junge Leben einfach nicht aufgeben, der doch von Anfang an verloren war.
Plötzlich hörten sie Schritte.
»Wer da?«, schrie jemand.
»Es ist Cholet«, rief Arnaud.
Johanna sprang mit einem Satz auf die Füße. »Der Verräter«, brüllten sie und Victor aus einem Mund.
Dann brach die Hölle los. Aus der Dunkelheit schälten sich immer mehr Soldaten, die Cholet an die Barrikade geführt hatte. Schüsse krachten, Mündungsfeuer blitzten auf. Die Aufständischen griffen zu den Waffen. Es waren längst nicht mehr alle da. Cholet und sein Begleiter mussten bei ihrem ersten Besuch einige mitgenommen haben, ohne dass Johanna das bemerkt hatte.
»Verschwinde in die Katakomben!« Louis versetzte ihr einen Stoß. Sie sollte losrennen, ihr Leben retten.
»Ich bleibe bei dir. Ich gehöre an die Seite meines Mannes«, erwiderte sie und griff nach einem Pflasterstein. Mit ganzer Kraft schleuderte sie ihn auf die Soldaten. Gleich bückte sie sich nach dem nächsten. Hier kämpften welche Mann gegen Mann, da lagen andere verschanzt und verschossen die Munition, die sie hatten, dort warfen wieder andere Steine oder Holzklötze. Es war ein verzweifelter, ein ungleicher Kampf. Als Johanna sich gerade aufrichtete, nachdem sie erneut einen Pflasterstein gepackt hatte, geschah alles gleichzeitig. Sie sah, wie einer den Doppellader anlegte und in exakt die Richtung zielte, in der sie Louis vermutete. Sie hielt nach ihm Ausschau, den Stein noch immer in der Hand.

»Achtung, Louis!«, schrie sie. Im gleichen Moment sprang Nebbien zwischen sie und die Barrikade. Dann fielen zwei Schüsse. Johanna sah Louis zusammenbrechen und wollte zu ihm. Doch sie konnte sich nicht von Nebbiens Anblick lösen, der vor ihr stand und sie aus leeren Augen ansah. Langsam fiel er auf die Knie und brach schließlich ganz zusammen.
»Nein!« Der Stein glitt ihr aus der Hand. Sie ließ sich auf die Knie sinken und beugte sich über ihn. Wie aus weiter Ferne, als hätte jemand eine unsichtbare Kuppel über sie gedeckt, die alle Geräusche dämpfte, hörte sie die Soldaten Kommandos rufen.
»Das reicht«, meinte einer. »Die haben genug!« Und: »Lasst uns verschwinden!« Von den Aufständischen jagten einige hinter den Angreifern her, die sich ebenso rasch zerstreuten, wie sie aus der Schwärze der Nacht auf der Szene erschienen waren.
Johanna zog Nebbiens Kopf auf ihren Schoß. Sie spürte etwas Feuchtes an seinem Nacken. Blut. Sein gesamter Hinterkopf war voller Blut.
»Ich muss die Wunde säubern«, sagte sie konzentriert. Sie durfte jetzt keinen Fehler machen. Sie musste ihm helfen. Was war mit Louis? Nicht daran denken. Erst musste Nebbien versorgt sein. Ihn hatte es schlimm erwischt.
»Dir ist nichts passiert. Ich bin so froh!« Seine Stimme war so schwach, dass Johanna ihn nur mit Mühe verstehen konnte. »Da war dieser Kerl, er hat auf dich angelegt. Ich dachte schon, ich schaffe es nicht mehr.«
Johanna begriff. Nebbien war zwischen sie und den Schützen gesprungen und hatte ihr so mit allergrößter Wahrscheinlichkeit das Leben gerettet.
»Alles wird wieder gut«, versprach sie ihm.

Mit einem Mal war Victor an ihrer Seite. Er hatte Louis im Arm, der kraftlos, ja, beinahe leblos an ihm hing.
»Wir müssen ihn hier wegbringen. Er braucht einen Arzt. Schnell!«
»Aber ich kann doch nicht einfach gehen. Wir müssen Johannes mitnehmen.«
»Nein«, keuchte der, »kümmer dich um Louis. Du gehörst zu ihm. Für mich kannst du nichts mehr tun.« Er hob eine Hand. Sie konnte sehen, welche Kraft das von ihm verlangte. Die Hand zitterte. Er legte sie auf ihre Wange. »Du bist meine Tochter, Johanna. Ob du es willst oder nicht, du bist meine Tochter geworden.«
»Ja«, sagte sie. »Und ich bin sehr froh, einen so wundervollen Vater gefunden zu haben.« Tränen rannen ihr übers Gesicht.
»Alles ist, wie es sein sollte«, flüsterte er schwach und schloss die Augen.
»Nein!« Johanna schluchzte laut auf.
»Er ist tot. Kommen Sie, Jeanne, wir müssen gehen«, drängte Victor.
Louis öffnete die Augen und versuchte etwas zu sagen, doch sofort rollten die Augäpfel unkontrolliert zur Seite, und die Lider schlossen sich wieder.
Johanna war zerrissen. Sie sah das Zucken um Nebbiens Mundwinkel.
»Er lebt!«, stieß sie hervor. »Wir können ihn nicht zurücklassen, er lebt!«
»Alles ist, wie es sein sollte«, wiederholte Nebbien angestrengt. »Ich gehe jetzt zu Femke. Ich werde endlich mit ihr zusammen sein. Und du gehst mit deinem Mann.« Die tiefe Falte über seiner Nasenwurzel verschwand. Es hatte beinahe den Anschein, als ob er lächeln würde. Dann rollte sein Kopf in ihrem

Schoß zur Seite. Sie deckte ihn mit ihrem Körper zu und weinte. Als sie eine Hand auf der Schulter spürte, sah sie langsam auf.

»Wenn Sie Ihren Verlobten nicht auch noch verlieren wollen, müssen wir gehen.« Victor hatte recht. Sie konnte es kaum ertragen, Nebbien auf dem Pflaster von Paris zurückzulassen. Ihr fiel Großvater Carsten ein, der kurz vor seinem Tod davon gesprochen hatte, bald endlich wieder mit seiner Hanna vereint zu sein. Ganz ähnlich waren Nebbiens Worte gewesen. Wahrscheinlich war er jetzt genau da, wo er schon lange sein wollte. Sie griff nach einer Decke, formte sie zu einem Knäuel und bettete seinen Kopf darauf. Dann stand sie auf und legte sich Louis' Arm, der an ihm baumelte, als würde er nicht zu seinem Körper gehören, um den Hals und half Victor, Louis fortzuschaffen. In der Ferne sah sie die Türme der Kathedrale Notre-Dame, hinter der die Sonne aufging. Ein neuer Tag.

Sie liefen die Rue de Rivoli beinahe bis zum Place de la Bastille. Victor klopfte an der Tür eines prachtvollen weißen Hauses. Zwei Säulen zierten den Eingang, über der breiten Holztür mit fein gearbeiteten Ornamenten war ein rundes Fenster mit buntem Glas, das Johanna an Kirchenfenster erinnerte. Der Arzt war Victors Vater. Er stellte keine Fragen, sondern entfernte die Patrone, die Louis' Lunge nur knapp verfehlt hatte, versorgte dann die Wunde und machte ihm ein Krankenlager zurecht.

»Du solltest auch hierbleiben, Sohn«, sagte Victors Vater und bot Johanna ebenfalls an, sich für eine Weile hinzulegen und auszuruhen.

»Danke, Vater.« Er wandte sich an Johanna. »Bleiben Sie bei Louis, Jeanne. Er wird froh sein, Sie zu sehen, wenn er erwacht.«

»Und Sie?«
»Mein Platz ist an der Barrikade.«
Sie musste nicht überlegen. »Ich gehe mit Ihnen. Lassen Sie mich dafür sorgen, dass Nebbien eine würdevolle Ruhestätte bekommt.«
»Sie tun wahrlich niemals, was man Ihnen sagt.« Er lächelte spöttisch und schüttelte langsam den Kopf.
»Dafür haben Sie sich als wahrer Schutzengel erwiesen. Danke, dass Sie Louis da rausgeholt haben.«
»Das mit Nebbien tut mir sehr leid. Er war ein großer Mann und der eigentliche Schutzengel, denn er war es, der Ihnen das Leben gerettet hat.«
Sofort schossen ihr wieder Tränen in die Augen. Sie konnte nicht sprechen, nickte nur stumm und wischte sich über die Wangen.
»Bleiben Sie hier«, forderte er sie noch einmal auf. »Ich kümmere mich um Nebbiens Leichnam, das verspreche ich.«
Sie schüttelte den Kopf. »Gehen wir«, sagte sie leise.

Am Louvre kamen ihnen bereits die Menschen entgegen. Viele Soldaten aus den Truppen des Herzogs waren dabei. Der Louvre, wo dieser sich verschanzt hatte, war gefallen. Soldaten liefen über oder flüchteten. Die Aufständischen hatten trotz der schlimmen Verluste der Nacht die Oberhand. Überall waren neue Barrikaden errichtet, immer größer wurde das Heer derer, die Schlachtrufe gegen den König skandierten und den Herzog von Orléans auf dem Thron sehen wollten. Thiers hatte offenbar bereits ganze Arbeit geleistet. Entweder hatte er seine Proklamation schon gedruckt oder wenigstens diesbezüglich lautende Artikel unter das Volk gebracht.

An der Barrikade lagen Nebbien, Jean-Marius und ein weiterer armer Kerl, den es erwischt hatte, nebeneinander aufgereiht. Jemand hatte sie mit der Trikolore, die stolz auf der kleinen Festung hätte wehen sollen, zugedeckt. Pascal saß auf einer Kiste und weinte. Mit einer Hand hielt er seine Mütze vor das Gesicht, mit der anderen knetete er die seines Kameraden Jean-Marius. Johanna musste schlucken. War ihr eigener Schmerz auch noch so groß, brach der des Kleinen ihr nahezu das Herz.

Sie hockte sich zu ihm. »Er hat gekämpft wie ein Held«, tröstete sie ihn. »Du kannst sehr stolz auf ihn sein.« Mehr wusste sie nicht zu sagen. Pascal wischte sich mit dem Handrücken einen dicken Tropfen weg, der aus seiner Nase lief. Er setzte seine Mütze wieder auf die Locken, und sie konnte sein Gesicht sehen. Tränen und Staub hatten sich zu schwarzen Schlieren vermischt. Er gehörte in eine Badewanne, an einen reichgedeckten Frühstückstisch und dann in ein weiches wundervolles Bett. Stattdessen hauste er in den Katakomben, in Kellern und in Hinterhöfen, wühlte den Müll der Restaurants nach etwas Essbarem durch oder erbettelte sich eine Kleinigkeit. Und seine Badewanne war die Seine. Hoffentlich war nicht alles umsonst, dachte Johanna. Hoffentlich würden sich die Zustände für die Gassenjungen und andere Kreaturen, die nichts besaßen und niemals eine Chance hatten, verbessern, damit Nebbiens Tod und der der anderen Kämpfer einen Sinn bekam.

Die Männer luden die Toten auf einen Karren und brachten sie fort. Johanna wollte nicht wissen, wohin. Ihr reichte das Wort, das man ihr gegeben hatte, dass sie eine Beisetzung bekommen würden. Für sie gab es nichts mehr zu tun. Nebbien war tot, Louis lag schwer verwundet im Haus von Victors Vater, auf der

Barrikade wehte die Trikolore, an der das Blut der Toten klebte. Es war vorbei. Sie konnte gehen. Als sie schon ein gutes Stück weit gekommen war, fiel ihr der Bernsteinanhänger ein, der noch unter den Straßen der Stadt verborgen lag. Sie musste ihn holen. Danach konnte sie zu Louis gehen und sich um einen Wagen nach Bordeaux kümmern.

Johanna lief zurück zum Eingang der Katakomben und tastete sich, wie sie es schon einmal gemacht hatte, langsam vor. Diesmal hatte sie keine Angst. Sie fühlte sich nur benommen von den Verlusten, die sie erlitten hatte. Wie eine Marionette setzte sie einen Fuß vor den anderen, bis sie schließlich die Fackel erreichte, in deren Halterung ein Fetzen ihres Halstuchs hing. Sie griff nach der Fackel, beeilte sich, in den niedrigen Gang zu gelangen, und bückte sich. Plötzlich hörte sie Schritte. Sie ging, so rasch sie konnte, um die nächste Biegung und blieb dort regungslos stehen.

»An mir liegt es nun wirklich nicht, dass Sie eine derartige Niederlage erlitten haben. Ich habe mein Bestes getan. Nun gut, als Zeichen meines Entgegenkommens führe ich Sie auch noch in ihren Schlupfwinkel. Dann erwischen Sie vielleicht noch ein paar von denen. Aber dann will ich endlich mein Geld, damit ich verschwinden kann. Muss für eine Weile raus aus Paris.« Es war Cholet, der ohne Pause vor sich hin brabbelte.

»Cholet!«, unterbrach eine schneidige Stimme ihn, die, wie sie vermutete, zu einem Soldaten höheren Ranges gehörte. »Woher weiß ich, dass du mich nicht in eine Falle lockst. Es ist sehr dunkel hier unten, und ich bin ganz allein.« Die Stimme hatte jetzt einen einschmeichelnden Ton und klang sehr nah. Sie mussten nicht weit von dem Gang entfernt sein, in dem sich Johanna verbarg.

»Aber Monsieur, wenn ich das gewollt hätte, wären Sie mir schon an der Barrikade ins Netz gegangen, mit Verlaub.« Cholet war aufgeregt und sehr bemüht, den Mann, dem er sich verkauft hatte, in Sicherheit zu wiegen. Mit einem Mal schien ihm ein böser Gedanke zu kommen. »Sie wollen mich doch nicht um mein Geld prellen, Monsieur, oder? Ich habe meinen Teil der Vereinbarung eingehalten. Mehr als das, Monsieur. Jetzt sind Sie an der Reihe.«

Johanna stand wie erstarrt da und wagte kaum zu atmen. Liebend gern wäre sie tiefer in den Stollen geschlichen, doch sie traute sich nicht. Zu groß war ihre Angst, entdeckt zu werden. Was aber, wenn sie den Schein ihrer Fackel sahen? Sie redete sich ein, dass die Flamme nicht so groß und sie durch die Biegung des Schachtes geschützt sei. Außerdem hatten die Männer gewiss selbst Laternen bei sich, wodurch ein Licht ihnen weniger auffiele, als stünden sie in völliger Dunkelheit.

»Ganz recht, Cholet, du hast deinen Teil getan. Jetzt bin ich an der Reihe, und du sollst deinen Lohn haben.« Die Worte klangen vielversprechend und freundlich, das Timbre der Stimme dagegen grausam und bedrohlich.

»Danke, Monsieur, das ist sehr …« Cholet brach mitten im Satz ab.

Johanna hörte einen dumpfen Laut, ein Würgen und Gurgeln. Ein Schauer lief ihr den Rücken hinab, und das lag sicher nicht an der Kälte hier unten. Das Keuchen und Röcheln verebbte immer mehr, ein gedämpfter Aufprall, als ob ein Getreidesack auf die Erde fallen würde, dann war es still. Aber nicht lange. Schritte und ein schleifendes Geräusch kamen näher. Sollte der Soldat Cholets Leichnam etwa ausgerechnet in den Stollen schleppen, in dem sie sich versteckte? Sie wagte sich einige Schritte tiefer in den Gang, auf leisen Sohlen und ängstlich

darauf bedacht, die Fackel so ruhig wie möglich zu halten. Ihr trat der kalte Schweiß auf die Stirn, ihr Herz schlug so kräftig, dass sie meinte, der Unbekannte müsse es hören. Wieder vernahm sie einen dumpfen Aufprall.
»Nun, Cholet, ich hoffe, die Summe entspricht deinen Vorstellungen.« Ein gehässiges Lachen, dann entfernten sich die Schritte schnell.
Johanna harrte noch lange in absoluter Stille aus, bevor sie sich traute, nach den beiden Steinen zu sehen, zwischen denen sie ihren Anhänger aufbewahrt hatte. Da, das mussten sie sein. Sie hockte sich hin, kratzte den Sand aus der Fuge, sah sich immer wieder panisch um und hatte endlich das Päckchen mit ihrem Eidechsenschatz in der Hand. Sie presste es an die Brust und schloss die Augen. Stumm flehte sie das kleine Reptil, ihre Ahnen und Nebbien an, ihr beizustehen. Was, wenn Cholet nicht tot war? Sie durfte sich das nicht weiter ausmalen. Sie musste einfach an ihm vorbeigehen, irgendwie. Langsam schlug sie den Weg zurück zu dem Hauptgang ein, die Fackel weit vor sich gestreckt. Außer ihrem Atem und ihren Schritten war nichts zu hören. Er war tot, er musste tot sein. Der tanzende Schein der Flamme verriet, wie sehr ihre Hand zitterte. Ein Schweißtropfen rann ihr die Schläfe entlang, als sie um die letzte Biegung schlich. Da lag er, regungslos, mitten auf dem Weg. Natürlich gab es keinen Platz in diesem schmalen Tunnel, um an der Leiche eines ausgewachsenen Menschen vorbeigehen zu können. Sie würde über ihn hinwegsteigen müssen. Das konnte sie nicht. Nein, völlig unmöglich. Andererseits hatte sie gar keine Wahl.
Johanna ging auf ihn zu, Schritt für Schritt, den Blick fest auf ihn gerichtet, immer wieder abwartend, ob er sich doch noch bewegte. Irgendwann berührte ihre Schuhspitze beinahe sei-

nen Kopf. Sie betrachtete den Schnauzbart, die Lippen. Atmete er? Nein, sie war ziemlich sicher, dass er nicht mehr am Leben war. Wäre er es, er hätte längst versucht sich bemerkbar zu machen, um sie um Hilfe anzuflehen. Sie holte tief Luft, tat einen großen Schritt und setzte den Fuß zwischen seinem Oberkörper und einem seiner Arme auf. Dadurch geriet sie so weit an die gewölbte Wand des Schachtes, dass sie sich ein wenig zur Seite neigen musste, um sich nicht den Kopf zu stoßen. Das wiederum führte dazu, dass sie die Balance verlor und strauchelte. Ihr Atem ging schnell, sie rechnete jederzeit damit, dass Cholet sich erheben und nach ihr greifen würde. Sie zog den Fuß nach und setzte ihn zwischen seine Beine. Sie trat auf etwas Weiches. Hoffentlich ist es nur der Stoff seiner Hose, schoss es ihr durch den Kopf. Mit einem letzten Sprung war sie über ihn hinweg, hastete in den etwas geräumigeren Gang und fort aus den Katakomben, so schnell sie nur konnte.

Drei Tage und drei Nächte wachte Johanna an Louis' Bett. Dass König Karl X., kaum dass er die Stadt betreten hatte, wieder aus Paris geflüchtet war, vernahm sie nur nebenbei. Ebenso, dass der Herzog von Orléans sich auf dem Balkon des Rathauses, in die Trikolore gewickelt, vom Volk zujubeln ließ und seine Zukunft als Monarch des Landes damit besiegelte. Sie aß kaum, schlief nur wenige Stunden und erwachte von jedem Geräusch, von jeder Veränderung seines Atems. Dann endlich schlug er die Augen auf.
»Jeanne«, war das erste Wort, das er mit heiserer Stimme herausbrachte. Dann fragte er nach Nebbien. Er konnte sich also erinnern.
»Er ist tot«, sagte Johanna beklommen. Immerhin vermochte sie das Schreckliche inzwischen auszusprechen.

»Es war meine Revolte, Jeanne. Ich hätte euch niemals in das alles hineinziehen dürfen. Er war wie ein Vater für dich, jetzt ist er tot, und es ist meine Schuld«, brachte er niedergeschlagen hervor. »Kannst du mir das jemals verzeihen?«
»Da ist nichts, was ich dir verzeihen müsste. Du trägst keine Schuld. Johannes Nebbien war ein erwachsener Mann. Er hat sein Schicksal selbst gewählt.« Sie senkte den Kopf. »Das hat er wirklich«, fügte sie leise hinzu. »Das Einzige, was jetzt wichtig ist, bist du. Du musst wieder ganz gesund werden. Und dann gehen wir endlich nach Hause.«
Er sah sie fragend an.
Sie nahm seine Hand und sagte: »Nach Bordeaux.«

Epilog

Johanna ging über den Klingberg die Mühlenstraße hinauf. Es war sonderbar, wieder in Lübeck zu sein. Alles erschien ihr so klein und fremd, doch zugleich auch vertraut und unverändert. Sie musste an die Reise von Paris nach Bordeaux denken. Den Winter hatte sie mit Louis auf dem Weingut verbracht. Er hatte sich prächtig erholt und sprach von nichts anderem als davon, endlich Hochzeit zu feiern. Doch Johanna hatte noch etwas zu erledigen. Und das wollte sie tun, bevor sie Louis' Frau wurde und für immer bei ihm bleiben konnte. Sie hatte einen Brief nach Stolp geschrieben und sich mit Vincent in Lübeck verabredet. Sie würde ihm die Eidechse aushändigen. In einem Museum, wie es Johann-Baptists Wunsch war, war sie endlich sicher aufgehoben. Die Chronik sollte man ebenfalls ausstellen, das war ihre Bedingung. So würden all die Frauen niemals vergessen werden, deren Schicksal mit dem des Anhängers verbunden war. Sie schritt durch das Mühlentor. Wie bedauerlich, dachte sie, dass Marcus und Trautlind noch nicht auf ihrem Weg über Bremen nach Amerika waren. Wie gerne hätte sie die beiden noch einmal gesehen. Hier in Lübeck wäre die Gelegenheit dazu günstig gewesen. Ob es sich danach noch jemals einrichten ließ?

Es war bitterkalt an diesem Märztag des Jahres 1831. Genau wie damals in Le Havre, ging es Johanna durch den Kopf, als sie als kleines Mädchen zum ersten Mal in Frankreich gewesen war und ebenfalls zum ersten Mal ein Dampfschiff gesehen hatte. Sie betrat zögernd den St.-Annen-Friedhof, den De arme Lüds Karkhof. Schon so oft war sie hier gewesen, am Grab ihrer Mutter, die heute ihren siebenundvierzigsten Geburtstag begehen würde, wenn sie nicht in so jungen Jahren gestorben wäre. Doch erst jetzt verstand sie, warum ihre Mutter hier und nicht auf einem der Kirchhöfe innerhalb der Stadtmauern ihre letzte Ruhe gefunden hatte, erst jetzt kannte sie die Geschichte ihrer Mutter, die sich dem Feind hingegeben und ein uneheliches Kind zur Welt gebracht hatte. Jetzt erst kannte sie ihre eigene Geschichte. Als Kind war sie oft mit ihren Großeltern hier und hatte an der Grabstelle mit der schlichten Steinplatte nicht gewusst, womit sie sich beschäftigen sollte. Ihr war langweilig gewesen, und sie war froh, in Stolp wenigstens dieser Pflicht entkommen zu sein. Nun war jedoch alles anders geworden. Sie war allein, ihre Großeltern waren nicht mehr am Leben. Es fiel ihr mit einem Mal schwer, hierherzukommen. Doch das war es, was sie wollte. Trotz des Protestes von Louis war sie im Winter gereist, um sich am Geburtstag ihrer Mutter von ihr, von Lübeck und von ihrer Vergangenheit zu verabschieden.

Langsam und bedächtig setzte sie einen Fuß vor den anderen, den Saum ihres Kleides angehoben, damit er den schmutzigen Boden nicht berührte. An einigen Stellen lag noch Schnee, Pfützen waren zum Teil gefroren und verwandelten den einfachen Sandweg in einen Pfad, auf dem man leicht ausrutschen konnte. Sie blickte konzentriert auf die Erde. Dann hob sie den Kopf, um sich zu orientieren. Nicht weit von ihr, dort, wo etwa die Grabstelle ihrer Mutter sein mochte, stand ein Mann. Eben noch schien er tief in Gedanken versunken gewesen zu sein, doch nun sah er auf. Sein graues Haar mit einzelnen dunklen Strähnen verriet, dass er bereits weit in der zweiten Hälfte seines Lebens war, doch die schwarzen Augen, die Johanna jetzt fixierten, hatten den Glanz und die Kraft eines jungen Mannes.

Johanna war stehen geblieben, raffte nun aber erneut ihren Rock und ging weiter in Richtung des Fremden. Der blickte noch einmal rasch nach unten, neigte dann kurz den Kopf und kam ihr mit schnellen, sicheren Schritten entgegen.

»Guten Tag«, sagte Johanna, als er direkt vor ihr war und Anstalten machte, an ihr vorüberzueilen.

»Au revoir«, antwortete er leise und entblößte dabei makellos weiße Zähne. Schon war er vorbei.

Johanna hörte die Schritte leiser werden und war beinahe an der Grabstelle angekommen, da zögerte sie und drehte sich noch einmal nach dem Fremden um. Die französische Sprache war ihr lieb und vertraut, doch hier in der Hansestadt war sie fehl am Platz. Gewiss, in Johannas frühester Kindheit hatte man auch hier die Sprache der Franzosen gesprochen, hatte man Bonne ville statt Lübeck gesagt, aber das war lange her. Seit die Stadt ihre Freiheit zurückgewonnen hatte, seit die alten Verfassungsverhältnisse wiederhergestellt worden waren, hatten die meisten Lübecker sofort wieder deutsch gesprochen. Nur wenige hatten es für schick gehalten, weiterhin die Sprache ihrer Besatzer zu verwenden. Inzwischen dürfte es kaum noch jemanden geben, der das tat. Der Fremde musste Franzose sein.

Er war stehen geblieben, wandte Johanna aber den Rücken zu.

»Monsieur?« Sie hatte laut gerufen, was sich nicht schickte, und gewiss nicht an diesem Ort. Doch in dem Moment war ihr klar, wer der Mann war, den sie am Grab ihrer Mutter überrascht hatte. Sie hatte es sehr eilig, ihn aufzuhalten, bevor er für immer aus ihrem Leben verschwand.

»Monsieur Deval!«, rief sie, während sie eilig den Weg zurücklief, den sie gekommen war. Das Eis auf den Pfützen krachte unter ihren Stiefeln, doch sie achtete nicht mehr darauf.

Langsam drehte er sich um. Er blieb stehen und wartete, bis sie bei ihm war.

»Sie sind es, Sie sind Monsieur Deval, nicht wahr?«, fragte sie ganz außer Atem. »Ich habe nach Ihnen gesucht.«

»Und nun haben Sie mich gefunden, Mademoiselle.«

Er lächelte nicht. Johanna konnte den Ausdruck seiner dunklen Augen nicht deuten.

»Also sind Sie wahrhaftig in Lübeck!«, brachte sie hervor. Sie wollte abwarten, was er sagen oder tun würde. Sie wollte diejenige sein, die ihr Wissen geschickt ausspielte, es erst dann preisgab, wenn es ihr gefiel. Sie wollte ihn zappeln und leiden lassen, denn, so glaubte sie, das würde ihrer Mutter erst wahre Ruhe bringen, das würde sie rächen und ihren Ruf wiederherstellen. Doch sie hielt sein Schweigen keine Minute aus. »Wollen Sie nicht wissen, wer ich bin?« Sie reckte das Kinn, ihr Atem ging schnell vor Aufregung. Die Kälte, die ihr gerade noch zu schaffen gemacht hatte, war vergessen.

»Sie sind ihre Tochter«, antwortete er ruhig. »Das ist nicht zu übersehen. Sie haben nicht ihre roten Haare, aber die Augen sind die gleichen.« Johanna schluckte. Es fiel ihr mit jeder Sekunde, die verstrich, schwerer, ihn für das zu hassen, was er ihrer Mutter angetan hatte. »Sie sind ihr sehr ähnlich«, fuhr er fort, ohne sie aus den Augen zu lassen. »Femke, meine Bernsteinfrau, ist auch einfach auf und davon gelaufen, weil sie eine törichte Idee hatte. Sie wollte Bernstein holen. Als Frau, ganz allein.« Er schüttelte langsam den Kopf und lächelte nun zum ersten Mal. »Und Sie? Was tun Sie? Reisen nach Frankreich mitten in die Gefahr hinein, nur um mich zu finden.« Wieder schüttelte er den Kopf.

Johanna wusste nicht, was sie von einer Begegnung mit Monsieur Deval erwartet hatte. Vermutlich hatte sie darauf gehofft, dass sie ihn demütigen konnte, dass er bereuen würde. Nun musste sie sich eingestehen, dass er nicht das Scheusal zu sein schien, das sie sich in ihren Träumen ausgemalt hatte. Er war ein feiner älterer Herr mit einer melodischen Stimme, der weder überrascht, geschweige denn entsetzt reagierte, sondern Sicherheit und Ruhe ausstrahlte. Womöglich traf das, was seine Mutter über ihn gesagt hatte, zu. Johanna hatte es bisher eher für die verklärte Sichtweise einer alten Dame über ihren Sohn gehalten. Anderseits ...

Trotzdem wollte sie ihn aus der Fassung bringen. Irgendwie musste das doch gelingen. Sie unternahm einen weiteren Versuch. »Ich bin eben genau wie damals meine Mutter meinem Herzen gefolgt, ohne lange darüber nachzudenken.« Sie machte eine Pause und hoffte, irgendeine Reaktion bei ihm erkennen zu können. »Wollen Sie denn nicht wissen, warum ich Sie gesucht, warum ich mich dafür sogar in Gefahr begeben habe?«

»Nun, ich nehme an, Sie wollten Ihren Vater kennenlernen.«

»Sie wissen ...?«

»Alles«, fiel er ihr ins Wort. »Ich habe erfahren, dass Femke ein Kind bekommen hat, und ich wusste sofort, dass es von mir war. Es konnte gar nicht anders sein.« Seine Stimme wurde rauh und leise.

»Aber warum sind Sie dann nicht zu ihr gegangen? Wie konnten Sie sie im Stich lassen?« Und leise fügte sie hinzu: »Und mich.«

Deval holte tief Luft, dann nahm er Johannas Arm und führte sie schweigend zur Grabstelle von Femke Thurau. »Ich habe sie geliebt«, sagte er. »Doch das habe ich erst viel zu spät verstanden. Was soll ich sagen? Ich war jung, ein Draufgänger.« Er lachte ein trauriges Lachen. »Sie müssen das verstehen. In meiner Heimat war ich mit einer Frau verheiratet, die ich aus finanziellen Erwägungen geehelicht hatte. Sie war obendrein schön und temperamentvoll. Was will ein Mann mehr?« Seine Augen blitzten auf, und er schien sich auf einmal in den jungen Draufgänger von damals zu verwandeln, mit dem Johannas Mutter sich eingelassen hatte. »Der Krieg war ein großes Abenteuer für mich. Als General hatte ich Macht. Ich konnte mir nehmen, was mir gefiel. Dazu gehörten auch Frauen. Oder Schmuck zum Beispiel. Können Sie sich das vorstellen? Sie betreten die kleine Werkstatt eines alten Bernsteinschnitzers, sehen die prachtvollsten Dinge und können sich nehmen, was Ihnen gefällt. Einfach so.« Er hob den Arm und machte eine Handbewegung, als könnte er etwas aus seinem Ärmel zaubern. »Ich werde nie vergessen, wie der Alte sich mir damals in den Weg stellen, mich fortjagen wollte, als ich nach der Bernsteinfrau fragte. Das war dumm von ihm. Ich habe ihn beiseitegestoßen, er ist gestürzt und mit dem Kopf auf den Steinfußboden geschlagen. Es hat mir kaum etwas ausgemacht. Ich war wie ein Jäger, ja, der Krieg war wie eine Jagd, in der es nur darum ging, Beute zu machen. Das war das Einzige, was mich interessiert hat.«

Johanna atmete hörbar ein und starrte auf die Steinplatte vor ihren Füßen, in die der Name ihrer Mutter und die Daten ihres kurzen Lebens gemeißelt waren. Femke Thurau hatte ihrer Tochter mit dreiundzwanzig Jahren das Leben geschenkt und war bald nach der Niederkunft gestorben.

Kaum älter bin ich heute, ging es Johanna durch den Kopf, und sie war ihrer Mutter näher als je zuvor.

»Der Krieg war ein Abenteuer, Lübeck war ein Abenteuer, und Ihre Mutter war ebenfalls eines. So habe ich es gesehen. Doch Femke, dieses verrückte Wesen, hat sich vollkommen anders verhalten, als ich es von anderen Frauen kannte. Sie war …« Er suchte offenbar nach dem richtigen Wort. »… unberechenbar«, sagte er dann und lächelte auf die Grabplatte hinab. »Ich war einige Zeit auf Urlaub zu Hause in Südfrankreich. Dort gab es keinen Tag, an dem ich nicht an sie denken musste. Sie hat mir gefehlt. Ich wollte es nicht wahrhaben, aber sie hat mir gefehlt. Als ich nach Lübeck zurückkam, habe ich mich als Erstes nach ihr erkundigt. Da habe ich erfahren, dass sie ein Mädchen geboren hat, aber selbst gestorben ist.« Seine Augen glänzten.

Johanna wollte die ganze Geschichte hören, doch so schwer es ihr auch fiel, sie drängte ihn nicht. Sie ließ ihm die Zeit, die er benötigte.

»Zuerst habe ich mir eingeredet, dass ich nun endlich Ruhe hätte. Ich brauchte mir keine Gedanken mehr darüber machen, ob ich sie je wiedersehen könnte, denn sie war tot, fort aus meinem Leben.« Er lachte bitter auf. »Mon Dieu, ich war ein Idiot! Es wurde noch viel schlimmer. Im Frühjahr 1812 zogen wir mit einer gigantischen Armee gegen Moskau. Sechshunderttausend Mann, können Sie sich das vorstellen? Ich führte eine Truppe aus dem norddeutschen Département an. Ein Dreivierteljahr hat der Russlandfeldzug gedauert. In jedem Dorf, in dem wir uns einquartierten und von den Bewohnern Verpflegung verlangten, sah ich Frauen mit roten Haaren und grünen Augen. Ich konnte sie nicht vergessen. Und was mich fast um den Verstand brachte, ma fille, war die Tatsache, dass ich plötzlich ein schlechtes Gewissen hatte.« Wieder das freudlos-bittere Lachen. »Stellen Sie sich vor, ich hatte ein Gewissen! Jeden Tag habe ich mir Vorwürfe gemacht. Sie war doch nur eine Tote mehr auf meinem Lebenskonto, aber sie war genau eine Tote zu viel. Ich konnte mir nicht vergeben, dass ich ihr junges Leben ausgelöscht hatte. Sie hätte es verdient, glücklich zu sein.« Wieder machte er eine Pause. Er schluckte schwer. »Mit einem Mal begannen all die Menschen mich zu verfolgen, deren Tod ich ebenfalls zu verantworten hatte. Ich wurde vom Jäger zum Gejagten, fing an, den Krieg mit anderen Augen zu sehen. Mit ganz anderen Augen.« Wieder unterbrach er seine Rede. Er hob den Kopf und starrte in die Ferne. Schließlich fuhr er fort: »Als ich aus Russland in meine Heimat zurückkehrte, war ich ein gebrochener Mann. Meine Frau glaubte, alle glaubten, es wäre die Folge der verheerenden Niederlage, die wir hinnehmen mussten. Mit Verlierern wird nicht gerade zimperlich umgegangen, das können Sie mir glauben. Doch die Niederlage war es nicht. Wenn wir vor Moskau gesiegt hätten, wäre es mir nicht bessergegangen, non, Mademoiselle. Es wurde zu meiner Obsession zu beobachten, was aus der Tochter der Bernsteinfrau wird. Aus meiner Tochter«, fügte er leise hinzu.

Nun hielt Johanna es nicht mehr aus. »Aber Sie haben niemals den Kontakt zu mir gesucht. Sie hätten schon früher nach Lübeck kommen oder mir wenigstens einen Brief schreiben können.«

»Und dann? Die französischen Besatzungseinheiten zogen sich in der Folge der Russlandniederlage und einer weiteren Schlacht bei Leipzig zurück. Hätte ich Ihrer Meinung nach einfach wieder in die Stadt spazieren sollen? Man hätte mich, nachdem Napoleon abgedankt hatte und die verhassten Franzosen endlich aus dem Norden Ihres Landes fort waren, auf der Stelle zum Tor hinausgejagt oder Schlimmeres. Außerdem, ich wäre Ihnen kein guter Vater gewesen. Das hätte nicht zu mir gepasst. Ich hätte nur Verwirrung in Ihr Leben gebracht. Dazu hatte ich doch kein Recht, nicht wahr?«

»Ich denke, Sie konnten sich nehmen, was immer Sie wollten. Da hätten Sie sich doch auch Ihre Tochter nehmen können, oder etwa nicht? Sie haben doch noch nie nach Recht oder Unrecht gefragt«, fauchte sie lauter, als es ihre Absicht war.

»Ich bin ein Mensch, Mademoiselle, und Menschen ändern sich. Ich habe mich geändert. Was ich getan habe, bereitet mir heute schlaflose Nächte, doch ich kann es nun einmal nicht ungeschehen machen. Aber noch mehr Leben zerstören? Das wollte ich auf keinen Fall. So habe ich mich damit begnügt, Ihnen mal Blumen zu schicken und mal Ihre Arbeit bei den alten Frauen ein wenig zu unterstützen. Und immerhin war ich auch in Lübeck, um mich zu überzeugen, dass es Ihnen gutgeht. Jedenfalls hin und wieder. Vielleicht kann ich damit wenigstens meine Seele retten.«

»Sie waren das!« Die Blumen nach dem Tod von Großmutter Hanna, die namenlosen Spenden an den Füchtings Hof, er steckte also dahinter. Er war die ganze Zeit da gewesen. Unsichtbar, manchmal meilenweit entfernt, aber doch da.

»Ist es nicht ein netter Einfall des Schicksals, dass Sie nach Frankreich gehen und einen Franzosen heiraten werden? Ich wünsche Ihnen Glück, Johanna, ich wünsche Ihnen von ganzem Herzen Glück.« Er sah sie noch einmal lange an, als wollte er sich jede Kleinigkeit ihres Gesichts für immer einprägen, dann machte er Anstalten zu gehen.

»Was haben Sie jetzt vor?«, fragte sie.
»Ich hätte Sie gern zum Abschied in den Arm genommen, aber dann werde ich nur sentimental und will Sie vielleicht nie mehr hergeben, wer weiß?« Er lachte sein verlorenes, einsames Lachen. »Sie hätten mir nicht einmal begegnen sollen, aber so ist es nun mal passiert. Belassen wir es dabei. Ich werde jetzt wieder aus Ihrem Leben verschwinden. Das ist das Beste.«
Sie sah ihm hinterher, wie er mit sicheren Schritten ganz aufrecht davonging. Ein Anflug von Panik ergriff sie. Gewiss gab es noch unzählige Fragen, die er ihr beantworten könnte. Sie wollte ihn noch einmal rufen, ihn aufhalten. Doch sie ließ Deval gehen. Er war nicht mehr wichtig, spielte keine Rolle mehr. Ihr Vater hatte sein Leben für das ihre gegeben. In Paris an den Barrikaden. Johannes Nebbien hatte vollkommen recht gehabt: Deval war nur ein Irgendwer, der für sie keine Bedeutung hatte.
Sie legte den Tannenzweig, den sie mit einer schwarzen Samtschleife verziert hatte, auf die Grabplatte.
»Alles Gute zum Geburtstag, Mutter. Ich hoffe so sehr, dass du deine Ruhe gefunden hast. Und ich hoffe, dass Johannes bei dir ist.«
Johanna senkte noch einmal den Kopf, dann streckte sie den Rücken und verließ hocherhobenen Hauptes den Friedhof, die Stadt und ihr bisheriges Leben.

GLOSSAR

Belle-Alliance	anderer Ausdruck für Waterloo. Schlacht bei Belle-Alliance entspricht der Schlacht bei Waterloo, Napoleons letzte Schlacht, bei der er von den britisch-niederländisch-deutschen Truppen vernichtend geschlagen wurde.
etwas beschicken	etwas erledigen
Dachsgürtel	Gürtel aus Dachsfell; hält die Nieren warm und fördert die Durchblutung
Diligence	Schnellpost bzw. Eilpostkutsche
Dorfschulze	Er sorgt dafür, dass Abgaben gezahlt werden, hat die Position der Dorfobrigkeit inne und besitzt richterliche Befugnisse.
Goldene Ader	veralteter Begriff für Hämorrhoiden
Hoffmannstropfen	Mischung aus Äther und Alkohol zum Erwecken aus der Ohnmacht, benannt nach dem Arzt Friedrich Hoffmann (1660–1742).
Kastorhut	Hut aus Biberfell (castor, lat. = Biber), Vorgänger des mit Seide bespannten Zylinders

Küterhaus	Schlachthaus. Die Küter schlachteten das Vieh, das von den Fleischhauern verkauft wurde. Lohn der Schlachter waren die Eingeweide (= Kut) und Fett.
der Lüttste	der Kleinste
Paternostermacher	Handwerker, die Rosenkranz- bzw. Paternoster-, also Vaterunserschnüre, herstellten
Pompadour	beutelartige Handtasche
Wasserkunst	System zur Förderung, Hebung und Verteilung von Wasser
Wehde	Pastorenhaus

Liebe Leserin, lieber Leser,

oft werde ich gefragt, was in meinen Büchern Wahrheit ist und was Fiktion.
Ich halte es da wie der Drehbuchautor David Benioff, der sagt, ein Schriftsteller schulde seinem Leser keine wahre Geschichte, sondern eine gute Geschichte, die wahr erzählt ist.
Also: Die Figuren meiner Romane sind frei erfunden, ebenso ihre Schicksale und Erlebnisse. Die historischen Personen und Fakten dagegen sind gründlich recherchiert. Es liegt mir am Herzen, dass Orte und Atmosphäre stimmen. So gab es etwa den Gasthof De lüttje Keller zu der Zeit, in der die Handlung stattfindet, an der genannten Adresse. Wie diese Wirtschaft aussah, weiß ich nicht, darum beschreibe ich sie so, wie kleine Kneipen dieser Art in der damaligen Zeit in Lübeck ausgesehen haben. Auch die Katakomben in Paris existieren und sind teilweise heute noch zu besichtigen.
Dies sind nur zwei Beispiele, damit Sie sich ein Bild davon machen können, was recherchiert und was erdacht ist.
Ach ja – das Märchen, das Johanna im Füchtings Hof erzählt, ist ein baltisches Märchen. Es heißt »Der Vogel Bulbulis und der Bernsteinring« und stammt aus Lettland.

Danksagung

Für Hans-Jörg – danke für deine Einstiegsidee, deine Unterstützung, für die Rettung, wenn der Computer mich in den Wahn treibt, und überhaupt für alles, was du für mich tust und bist.
Nicht unerwähnt lassen möchte ich Victor Hugo, dessen reicher Sprache und präzisen Beschreibungen ich es verdanke, dass ich so tief in das Paris einer längst vergangenen Zeit habe eintauchen können.

Lena Johannson

Das Marzipanmädchen

Roman

Lübeck im Jahre 1870. Marie Kröger, 16 Jahre alt, hat nur einen Traum: Sie will einmal Tänzerin werden. Doch als ihr älterer Bruder ums Leben kommt, soll sie die väterliche Konditorei übernehmen. Schweren Herzens fügt sich Marie dem Willen des schwerkranken Vaters und muss sich nun nicht nur den Respekt der Angestellten erkämpfen, sondern auch das Vertrauen der Kunden gewinnen – zu denen auch der russische Zar gehört. Hilfe erhofft sie sich von einem geheimnisvollen Marzipanrezept, das sich seit Generationen im Besitz ihrer Familie befindet. Nur Marie weiß, wo ihr verstorbener Bruder es aufbewahrte. Kann dieses Rezept Marie und die Konditorei vor dem Ruin retten?

»Auf alle Fälle sind unterhaltsame und interessante Lesestunden bei diesem historischen Roman garantiert.«
Mindener Tagblatt

Knaur Taschenbuch Verlag

Lena Johannson

Die Bernstein-sammlerin

Roman

Lübeck 1806: Die Thuraus sind eine Familie, die durch den Handel mit Wein reich und mächtig geworden ist. Ihre Tochter Femke aber, deren meeresgrüne Augen schon so manchen fasziniert haben, zaubert aus dem Bernstein, den sie am Ostseestrand sammelt, wahre Meisterwerke, denen man sogar magische Fähigkeiten nachsagt. Als die Familie aufgrund der Bedrohung durch Napoleons Truppen in wirtschaftliche Bedrängnis gerät, ist es Femkes Talent, das den Thuraus das Überleben sichert. Femke ahnt nicht, dass sie ein Findelkind ist und dass ein dunkles Geheimnis in ihrer Herkunft sie mit dem Stein verbindet, der ihr Schicksal ist ...

»Zauberhafter Roman aus dem alten Lübeck.«
Bergedorfer Zeitung

Knaur Taschenbuch Verlag

Heidi Rehn

Die Wundärztin

Roman

Deutschland im Dreißigjährigen Krieg: Die kluge Söldnertochter Magdalena arbeitet als Wundärztin im kaiserlichen Tross. Bald entbrennt sie in großer Liebe zu dem Kaufmannssohn Eric – eine verbotene Liebe. Als Eric plötzlich spurlos verschwindet, muss die inzwischen schwangere Magdalena schweren Herzens allein im Tross weiterziehen. Zwei Jahre später geschieht das Unerwartete: Der tot geglaubte Eric liegt schwer verwundet vor ihr – und wird des Mordes beschuldigt. Magdalena steht vor der schwersten Entscheidung ihres Lebens …

Knaur Taschenbuch Verlag

Judith Kern

Das Leuchten des Sanddorns

Roman

Das Rauschen der Ostsee, die Blumenpracht, die Faszination der weißen Kreidefelsen – nach Rügen und besonders in das Seebad Binz zieht es Anfang des 20. Jahrhunderts zahlreiche Gäste. Hier lebt die schöne junge Marie, die glaubt, mit ihrem Mann, einem ehemaligen Kapitän, glücklich zu sein. Bis sie Sophie von Blankenburg kennenlernt, die für die Rechte der Frauen kämpft – eine Begegnung, die nicht nur Maries Ehe gefährdet, sondern auch das Schicksal ihrer Töchter und Enkelinnen dramatisch beeinflussen wird ...

Knaur Taschenbuch Verlag

*Kaffee, Liebe und Intrigen. Eine Familiensaga,
durch die der Duft von Kaffee zu ziehen scheint!*

Karin Engel

Die Kaffeeprinzessin
Roman

Bremen, Anfang des 20. Jahrhunderts: Für die schöne und kapriziöse Schauspielerin Felicitas geht ein Traum in Erfüllung, als sie in die vornehme Familie Andreesen einheiratet, die ihren Reichtum dem Kaffee verdankt. Doch zunächst ist es nicht leicht für die temperamentvolle und eigenwillige Frau, sich ihren Platz in dieser Welt zu erobern. Vor allem ihre Schwiegermutter Elisabeth beäugt sie mit Misstrauen. Felicitas muss viel Mut aufbringen, um sich durchzusetzen. Als sie ihren Mann verliert, scheint sie völlig alleine dazustehen. Und dann ist es ausgerechnet Elisabeth, die ihr neuen Lebensmut gibt ...

Das Erbe der Kaffeeprinzessin
Roman

Teresa hat von ihrer Mutter Felicitas, die in Bremen nur die »Kaffeeprinzessin« genannt wird, nicht nur die leuchtend blauen Augen geerbt, sondern auch deren Willensstärke und Durchsetzungsvermögen. Beide Eigenschaften hat sie dringend nötig, als nach dem Krieg die Villa der Familie von den Engländern besetzt wird. Teresa steht vor der schier unlösbaren Aufgabe, das Erbe der Kaffeedynastie Andreesen weiterzuführen. Oft genug möchte sie verzweifeln, doch sie lässt sich nicht unterkriegen. Als ihr Weg sie nach Brasilien führt, in jenes Land, für das ihr Herz schon seit jeher schlägt, trifft sie dort ihren Geliebten Pedro wieder, den sie nie vergessen hat ...

Knaur Taschenbuch Verlag